Für meinen Vater

PROLOG

3. April 2088

„ICH KANN SEHEN, wie deine Neuronen feuern, Ray."

Die Stimme war vertraut, Ray Caldwell kannte sie seit Jahrzehnten. Dann sah er ein Gesicht. Bryson Nichols.

Ich muss wohl liegen.

Spüren tat er es nicht. Er war gelähmt.

„Ich habe dich ins Bewusstsein zurückgeholt, um dir den Eingriff zu erklären."

Eingriff? Eingriff bei wem? Es waren keine weiteren Eingriffe geplant, Ray hatte sie alle abgesagt.

Nichols' Gesicht verschwamm, verschwand, kam wieder. Die chirurgischen Instrumente in seinen Händen waren Caldwell nur zu bekannt.

Nein ... Das würde er doch nicht ...

Während er arbeitete, sprach Nichols weiter, die Stimme ruhig. „Tut mir ausgesprochen leid mit der Betäubung. Aber es ging nicht anders. Du weißt, wie sehr ich unsere Zusammenarbeit – ich meine, unsere Freundschaft – geschätzt habe all die Jahre. Ich würde nie etwas tun, was diese Freundschaft aufs Spiel setzt.

Aber du hast dummes Zeug geredet, Ray. Die Sache an diesem Punkt zu stoppen, das wäre Wahnsinn gewesen. Ich habe mir gesagt, das muss das erste Anzeichen deiner Krankheit sein, dass du nicht mehr klar denken konntest. Oder vielleicht hattest du auch nur kalte Füße bekommen, dass du jetzt auch dran sein würdest. Auf jeden Fall musste ich den Zeitplan beschleunigen."

Nichols schwieg; von rückwärts schob sich sein Gesicht in Caldwells Blickfeld und verharrte dort lächelnd.

„Deine Alphas zeigen, dass du zögerst, aber ich entschuldige diese Reaktion, Ray. Wirst sehen, wenn der Eingriff vollzogen ist, sind wir uns wieder einig."

Caldwell musterte Nichols' Gesicht. Er war ruhig, entschlossen, selbstsicher. Keine Spur von Schock über das Verbrechen, das er gleich begehen würde.

„Oh, Ray, endlich frei sein von den Fesseln der biologischen Intelligenz. Ich wünschte, ich könnte mit dir tauschen!"

Es wurde still, bis auf das leise Klicken der Schalter und das Schnurren und Sirren der Messinstrumente. Caldwell kannte das Procedere gut. Er hatte die Operation schon oft selbst durchgeführt, wenn auch nie vollständig.

Lass dir was einfallen! Er musste nachdenken. In knapp einer Stunde würde sein biologisches Gehirn ausgeschaltet sein ... für immer. Wenn er nur reden könnte! Er würde Nichols davon abbringen, ihn zu ...

Nichols' Gesicht erschien wieder. Er war jetzt bereit zu beginnen, das erkannte Caldwell intuitiv. Jetzt hatte er seine letzte Chance, sein Schicksal abzuwenden.

„... ich halte deine Hand, Ray. Natürlich spürst du es nicht. Aber du sollst wissen, dass ich die ganze Zeit bei dir bin."

Nichols' Kopf kam näher, seine Stimme wurde leiser. „Offen gestanden, ich bin ein bisschen neidisch. Eigentlich hatten wir ja immer verabredet, dass ich der Erste sein sollte, an dem der Selbstversuch vollzogen wird. Und nun sieht es so aus, als ob dieser Ruhm an dich geht ... der erste Transmensch zu sein."

Er richtete sich auf. „Ich könnte schon ein wenig bitter sein, dass du mich so ausbootest. Aber was ist letzten Endes schon die Anerkennung, die wir für unsere Leistungen erhalten? Kaum der Rede wert im Vergleich dazu, welchen Beitrag wir für den Fortschritt unserer Spezies – ja, für die Evolution des Universums – leisten."

Nichols schaute nach rechts. „Deine Hirnaktivität zeigt mir, dass du mir nicht ganz zustimmst ..." Er legte den Kopf zur Seite. „Ray, deine Gamma-Wellen spielen verrückt. Das typische Bild. Du versuchst mir etwas zu sagen, oder?"

Er kam wieder näher und schüttelte den Kopf. „Du erstaunst mich immer wieder. Ich glaube nicht, dass es unter unseren Kollegen einen Zweiten gibt, der seine Gehirnströme so mühelos beeinflussen kann. Nicht zuletzt aus diesem Grund hab ich dich damals ins Team geholt. Immer wieder erstaunlich."

Nichols' Gesicht verschwand, dann kam es zurück. „Ich lass dich jetzt wieder schlafen, Ray. Wenn du aufwachst, ist alles vorbei. Was immer dich auch jetzt beunruhigt, es wird dann vorbei sein. Dann bist du das, wofür wir so hart gearbeitet haben, wovon die Menschheit seit Jahrtausenden geträumt hat. Unsere Freundschaft, unsere Partnerschaft in diesem großen Projekt, wird fortbestehen. Und bald wirst du dann mich transformieren. Wir beide werden die Menschheit in ihr letztes und größtes Abenteuer führen." Er lächelte breit. „Auf Wiedersehen am anderen Ufer."

Mit seiner gesamten Willenskraft befahl Ray Caldwell seinen Armen, sich zu heben, seinen Beinen, die Gurte zu durchbrechen, die ihn auf dem Operationstisch hielten. Aber es war umsonst. In wenigen Augenblicken würde er das Bewusstsein verlieren. Wenn er aufwachte, würde ihm das fehlen, was allein sein Leben – ja, die Existenz selbst – lebenswert gemacht hatte.

Die Müdigkeit überkam ihn. Sein Geist dämmerte weg.

* * *

Drei Stunden und sechs Minuten später startete sein neues Gehirn. Er wurde wach. Elektronische Impulse schossen durch die Silikonmasse, die jetzt unter seiner Schädeldecke lag.

Panik packte ihn. Er setzte sich abrupt auf und schaute um sich. Da, vielleicht zwei Schritte entfernt, das lächelnde Gesicht von Bryson Nichols.

„O schöne neue Welt, die solche Bewohner hat! Ray, wie fühlst du dich, mein Freund?"

Hinter Nichols, in einem Glasgefäß, sah er die vier Pfund schwere graue Masse, die man ihm herausoperiert hatte. Die Panik ging in Resignation über. Was er am meisten gefürchtet hatte – es war also geschehen.

Es war fort. Alles fort. Er hatte seine Verbindung verloren.

1

Drei Wochen später

ICH HATTE SCHON immer Geschichte unterrichten wollen. Dass ich eines Tages Geschichte schreiben würde, hätte ich mir nie träumen lassen. Geschichte schreiben – das tun Erfinder, Politiker und Astronauten! Aber nicht Professoren. Und schon gar nicht solche, die mit beiden Beinen in der Vergangenheit stecken.

Besucher, die in mein Büro in der Uni kommen – viele sind es nicht; man geht nicht mehr auf den Campus, um zu studieren – staunen immer über meine „Antiquitäten". Das Türschloss aus Messing, für das man noch einen altmodischen Schlüssel braucht. Die Uhr zum Aufziehen. Das Namensschild aus Metall, in das – von Hand! – „Creighton Daniels" eingraviert ist. Die Massen an Büchern.

Die Studenten, die in mein virtuelles Büro kommen (es ist identisch mit meinem physischen Büro), staunen vor allem über zwei Dinge: die Bücher und den Geruch. Eigentlich ist das ja dasselbe. Schaff dir genügend alte Bücher an und du kriegst dieses Moderaroma. Aber das weiß heute niemand mehr, weil niemand mehr Bücher besitzt.

Bis auf die Tür und das große Fenster hinter meinem Schreibtisch sind die Wände meines Büros mit deckenhohen Regalen vollgestellt, die von Büchern überquellen. „Wo haben Sie nur all die Bücher her?", fragen meine Studenten mich. Und die weniger höflichen fügen hinzu: „Wozu brauchen Sie die?"

Ich habe gerne Bücher um mich. Das war schon immer so. Wenn ich als Kind meine Großeltern besuchte, stieg ich in die Rumpelkammer unterm Dach und grub in den Kisten und Kästen, die dort standen, auf der Jagd nach alten Kinderbüchern. Lederstrumpf, Alice im Wunderland, Harry Potter ... die Klassiker eben.

„Warum erlebst du diese Geschichten nicht einfach in der virtuellen Realität, wie andere Kinder auch?", fragte mein Vater immer.

Er hatte Angst, dass ich technologisch hinter der Zeit zurückbleiben würde. Was ich auch tat. Aber gleichzeitig entwickelte ich eine Leidenschaft für Bücher. Und nebenbei auch für das Lernen.

Wenn ich mit meiner Erklärung, warum ich so ein Büchernarr bin, fertig bin, rümpfen die meisten Studenten die Nase und fragen: „Was riecht da so komisch?" Worauf ich sie in die Freuden des Umgangs mit alten Büchern einführe: Wie es sich anfühlt, wenn man eines aus dem Regal zieht, der Geruch, wenn man es aufschlägt, diese Spur von Alter und Muffigkeit. Es gibt nichts, was dem gleichkommt.

An diesem Mittwoch ging ich den menschenleeren Flur des zweiten Stocks des McMinnus Building entlang zu meinem Büro und begann mein kleines Morgenritual. Ich machte mir einen Kaffee, setzte mich an meinen Schreibtisch, nahm den ersten Bissen von meinem getoasteten Cranberry-Bagel und loggte mich bei Interface ein.

„Guten Morgen, Alistair."

Auf einem der beiden Besucherstühle vor meinem Schreibtisch erschien Alistair.

„Guten Morgen, Creighton. Wie hast du geschlafen?"

„Danke, gut. Öffne CulturePulse, bitte."

Alistair runzelte die Stirn. „Du musst bis Ende des Trimesters noch sieben Dissertationen lesen. Soll ich die aktuelle aufrufen?"

Ich seufzte. Dissertationen. Der Fluch meines Berufs. Die Gehirnimplantate, die die Lese- und Verständnisgeschwindigkeit um den Faktor 8 steigerten, waren schön und gut; aber auch sie machten 500 Seiten über „Nationale Klischees in der virtuellen Realität und ihre Auswirkungen auf die interkulturellen Beziehungen von Jugendlichen" nicht interessanter.

Ich tat, was ich immer tat, wenn ich vor einer unangenehmen Arbeit stand.

„CulturePulse zuerst, bitte, Alistair."

Hundert elektronische Bilder erschienen in der Luft hinter meinem Schreibtisch – die Einträge, die (nach Meinung der Webseite) im Netz in den letzten 24 Stunden am häufigsten besucht worden waren.

„Nummer eins, bitte."

Das Bild ganz links schob sich zum Stuhl neben Alistair. Es war eine attraktive junge Frau mit kurzem braunen Haar in einem blauen Sommerkleid und Sandalen. Sie hieß Katie und kam aus Auburn (Michigan, USA).

Sie hatte einen Traum gehabt, in dem ihr Jesus erschien.

Das zweite Bild kam. Ein junger Mann in beigem T-Shirt und Jeans. Er hatte den gleichen Traum gehabt. Ich überflog die übrigen 98 Bilder; in 22 von ihnen ging es um dieselbe Geschichte.

Ich nahm meine Kaffeetasse und lehnte mich auf meinem Stuhl zurück. *Warum hatten alle diese Leute den gleichen Traum? Und warum kamen sie alle aus Nordamerika?*

Ein Audio-Tap riss mich aus meinen Gedanken. Polizeipräsidium Champaign. *Das ist bestimmt keine gute Nachricht.*

„Hier Creighton Daniels."

„Mr Daniels – oder *Dr.* Daniels?" Die Stimme war leise und langsam.

„Wie Sie wollen. Ist etwas passiert?"

„Mr Daniels, laut Netz sind Sie die erste Kontaktperson Ihres Vaters, Eli Daniels."

Ich richtete mich auf. „Das ist richtig, ja. Ich hoffe, es geht ihm gut?"

Eine Pause, dann: „Es tut mir leid, Ihnen das mitteilen zu müssen, aber Ihr Vater hat Selbstmord begangen."

* * *

Der Polizist stieg aus seinem Auto, als er mich vor dem Haus meines Vaters vorfahren sah.

„Mr Daniels? Officer Stefan Hixon."

Wir schüttelten uns die Hände.

„Sie waren schon im Leichenschauhaus und haben ihn identifiziert?"

Ich nickte.

„Furchtbar, wenn so ein junger Mensch stirbt. Keine 90 Jahre. Wenigstens war es schmerzlos. Hat er je angedeutet, dass er an Selbstmord dachte?"

„Nein. Also mir gegenüber nicht. – Stimmt es, dass er eine Abschiedsnachricht hinterlassen hat?"

„Ja. Ich muss Sie bitten, sie sich anzusehen, und auch die Wohnung – ob alles in Ordnung ist. Es ist nur eine Formalität, die Autopsie ist ja schon gemacht worden."

Wir gingen durch die Haustür in das bescheidene, sechzig Jahre alte Haus, in dem mein Vater die letzten zwei Jahrzehnte gewohnt hatte. Wir hatten uns ein oder zwei Mal im Monat in der virtuellen Realität getroffen, aber in seinem Haus hatte ich ihn seit elf Jahren nicht mehr besucht. Es sah aus wie damals: makellos. Mein Vater war ein Ordnungsfanatiker gewesen. Leider hatte er mir dieses Gen nicht weitervererbt.

Der Polizist startete den Monitor. Dad saß an seinem Schreibtisch, das Gesicht ausdruckslos. Nun ja, es war eigentlich immer ausdruckslos gewesen.

„Dies ist eine kurze Botschaft an die Menschen, die ich zurücklasse", sagte er. „Ich schätze mich glücklich, dass ich so viele gute Freunde und Verwandte hatte, besonders meine Kollegen an der Universität. Ich habe euch alle sehr geschätzt. Aber jetzt ist es Zeit, mich zu verabschieden. Ich habe eine schlimme Diagnose bekommen: Creutzfeldt-Jakob, was bekanntlich unheilbar ist. Ich habe dies bewusst niemandem gesagt, um euch nicht unnötig zu belasten. Die Ärzte geben mir noch ein Jahr, in dem es mit mir rasant abwärtsgehen würde. So will ich nicht abtreten, und so möchte ich nicht in eurer Erinnerung bleiben. So ist es für uns alle besser. Lebt wohl, meine Lieben!"

Das war alles.

Warum hatte er mir nichts gesagt? Und warum nur dieses allgemeine „Lebt wohl"?

Der junge Beamte schüttelte den Kopf. „Ja, das ist hart. Tut mir echt leid." Er schaute sich im Wohnzimmer um. „Also, ich möchte Sie bitten, eben zu prüfen, ob alles in Ordnung ist. Sie sind der einzige Sohn? Keine Geschwister?"

„Nein, keine."

„Eine Lebenspartnerin?"

„Das ist Jahre her."

„Hat er noch Eltern?"

„Sie wohnen im Staat Washington. Ich glaube, er hat seit Jahren nicht mehr mit ihnen gesprochen."

Er nickte. „Das erleb ich oft – Einzelkinder, an denen dann alles hängen bleibt. Aber so ist das wohl heutzutage." Er unterbrach sich und zeigte zur Haustür. „Ich warte dann dort. Lassen Sie sich ruhig Zeit. Nehmen Sie halt jetzt noch keine Sachen mit."

Ich ging langsam durch das Wohnzimmer, die Küche, die beiden Schlafzimmer, das Bad. Alles sah normal aus, aber wie wollte ich das beurteilen? Ich trat in das Arbeitszimmer meines Vaters und setzte mich an den Schreibtisch. Er sah makellos aufgeräumt aus. Ich öffnete eine Schublade. Darin lagen, in Reih und Glied, diverse elektronische Zubehörteile. Ich öffnete die zweite Schublade und zog einen unordentlichen Stapel Papiere heraus. Ich weiß nicht, was mich mehr überraschte, die Papiere oder die Unordnung. So hatte Vater seine Sachen nie aufbewahrt.

Ich blätterte den Stapel durch. Es schien nichts Wichtiges dabei zu sein.

Ich schaute in die unterste Schublade. Eine Schüssel. Vater aß immer Popcorn, wenn er arbeitete. Ein veralteter elektronischer Notizblock. Ich öffnete ihn. Er war verstaubt, wahrscheinlich seit Jahren nicht mehr benutzt. Ich wollte ihn gerade wieder schließen, als ich sah, dass im Innenfach des Deckels etwas steckte. Ich zog eine altmodische digitale Speicherkarte hervor. Solche Dinger benutzte man schon seit zwanzig Jahren nicht mehr.

Ich schaute durch den Flur zur Haustür hin. Der Polizist war in die virtuelle Realität abgetaucht.

Ich schob das Speicherding in meine Hosentasche.

2

Neun Tage später

ABIGAIL CALDWELLS AUGEN öffneten sich. Sie hob mühsam ihren Kopf vom Boden des Einbaums und schaute zum Sonnenlicht hoch, das zwischen den endlosen Kolonnaden der Baumriesen an beiden Ufern des Flusses hing.

Später Nachmittag. Ich fahre Richtung Osten.

Sie setzte sich auf und musterte den Dschungel links und rechts, dann die Biegungen des Flusses vor und hinter ihr. Nein, die Gegend kannte sie nicht.

Sie langte nach dem handgeschnitzten Paddel und begann, es rhythmisch in das Wasser zu tauchen. Ihre Arme und Schultern waren steif. Sie konzentrierte sich auf die Technik ihres Paddelschlags. Rücken gerade. Arme entspannt.

Kaum war sie wach, kamen die Moskitos wieder. Um sie zu verscheuchen, hätte sie mit dem Paddeln aufhören müssen – ein Luxus, den sie sich nicht erlauben konnte. Sollten die Biester sich doch gütlich tun …

Hunger und Durst plagten sie. Zwei Tage hatte sie nichts gegessen, hatte keine Zeit gehabt, anzuhalten, um nach Essbarem zu suchen, und sich auch nicht allein in den unbekannten Dschungel gewagt. Sie ließ die Hand über den Rand des Kanus gleiten, schöpfte etwas bräunliches Wasser und trank. Es schmeckte widerlich, aber die Flüssigkeit war ihrer Zunge und ihren Lippen dennoch willkommen.

Schließlich hatte sie geschlafen. Bevor sie mit dem Kanu aufgebrochen war, hatte sie zwei Nächte lang keinen Schlaf bekommen. Sie war pausenlos auf den Beinen gewesen, hatte die Kranken versorgt. Nun verlangte ihr Körper nach mehr Schlaf. Sie spürte die Schwere in Kopf und Muskeln, aber jetzt konnte sie ihr nicht nachgeben. Sie musste vorwärtskommen.

Die Sonne kroch tiefer. Das Kanu glitt durch eine Flussschlinge nach der anderen, mal nach Westen, dann wieder nach Osten. Sie versuchte, in gleichmäßigem Tempo zu paddeln. Sie merkte, wie ihr Rücken sich krümmte, und machte ihn gerade. Zehn Minuten später dasselbe. Sie gab es schließlich auf, sollte der Buckel ruhig wehtun.

Die Nacht kam. Der Dschungel ertönte in einem Missklang aus Gekreisch, Grunzen, Geheul und Gekrächze. Ein plötzlicher geller Schrei – und der Wald verstummte abrupt. Sie wandte ruckartig den Kopf und starrte in die Schwärze. Sie konnte ihre eigene Hand nicht sehen.

Sie kämpfte gegen eine ansteigende Panik. Konnte sie noch eine mondlose Nacht auf dem Fluss überstehen? Jeden Augenblick konnte der Einbaum gegen einen querliegenden Baum, einen Felsen oder eine niedrige Brücke krachen und sie hinausschleudern in den von Krokodilen und Flusshaien wimmelnden Fluss – oder, schlimmer noch, plötzliche Stromschnellen sie in die Tiefen des brackigen Wassers reißen.

Aber sie musste es wohl riskieren. Sie musste die Küste erreichen. Wenn sie versagte, würde das ganze Dorf – alles, was sie je gekannt hatte – sterben.

Sie hörte auf zu paddeln und ließ sich von der Strömung tragen. Sie schloss die Augen. Sie schlief ein, träumte. Ein dunkelhäutiges kleines Mädchen trat mit einem weißen Hibiskuszweig zu ihr.

„Wo hast du das gefunden, Miraba?"

„Am Fluss."

„Diese Blume wächst nicht in unserem Dschungel."

„Es war nur diese eine da."

Das Mädchen legte die Blüte vor sich auf den Boden. Sie wuchs langsam hoch und hüllte es ein.

„Ich gehe Hilfe holen, Miraba. Warte auf mich."

„Xén, bi náana 'nû ten la." Mein Herz ist immer bei dir, Mama.

Sie wachte auf, als ihr Gesicht ins Wasser tauchte. Sie keuchte und schluckte einen Mund voll schwarzer Flüssigkeit, versuchte es auszuhusten, und schluckte nur noch mehr. Sie schlug mit Armen und Beinen um sich, begann zu schwimmen. Nach oben, nach unten? Sie wusste es nicht. Ihr Kopf stieß an etwas Hartes. Sie hielt an, einen Augenblick benommen.

Ich muss atmen.

Sie hob die Hände über den Kopf und fühlte etwas. Das Kanu. Mit aller Kraft stieß sie nach oben. Ihr Kopf schoss durch die Wasseroberfläche. Sie keuchte, würgte, bekam das Kanu zu packen, hielt sich fest, während sie das schwarze Wasser heraushustete.

Jetzt einfach so bleiben und sich flussabwärts treiben lassen … Aber das wäre das Ende. Sie musste zurück in den Einbaum!

Sie arbeitete sich zum Heck des Kanus vor. Jetzt die Hände auf beide Seiten des Kanus gepresst und ihren Körper hochgedrückt, ein Mal, noch ein Mal! Ihr Körper kam aus dem Wasser, jetzt lag ihre Taille auf dem Heck. Der Einbaum schwankte heftig. Sie zog vorsichtig ihre Beine nach und ließ sich nach innen rutschen. Geschafft.

Dann packte sie Panik. Ihre Hände fuhren hektisch die Wände des Kanus entlang. *Wo ist das Paddel?* Sie spürte etwas Loses und packte erleichtert zu. Das Paddel. Sie stieß einen Seufzer aus, suchte das Kanu weiter ab, aber ihr zweiter Schatz blieb verschwunden: ihr Messer. Jetzt war sie schutzlos.

Abby biss sich auf die aufgesprungenen Lippen und spürte, wie der Riss größer wurde. Sie schmeckte Blut. Sie starrte in die Dunkelheit. Was sollte sie jetzt bloß tun? Ihre Hände griffen das Paddel. Paddeln. Sie konnte nur paddeln.

Als ihre Arme ihr den Dienst versagten und sie sich kaum noch wachhalten konnte, rollte sie sich auf dem Boden des Einbaums zusammen und schlief ein. Sie erwachte mit der Sonne. Ihre Hände verscheuchten mechanisch die Blut saugenden Moskitos. Ihre Arme pochten. Sie langte mit der Hand an ihren Nacken und fühlte eine Schwellung. In ihrem Haar klebte getrocknetes Blut.

Sie setzte sich auf und inspizierte ihre Umgebung. Sie befand sich auf einem anderen Fluss. Er war breiter als der erste, die Strömung sanfter, die Farbe ein Milchkaffeebraun. Die Bäume links und rechts am Ufer hingen wie grüne Gewölbe über dem Wasser. Lianen, Zweige, Epiphyten waren zu grünen Hängeteppichen verflochten, oft so dicht, dass man das Ufer nicht sehen konnte.

Der Morgen schritt voran und das Terrain änderte sich. Sie fuhr jetzt an Felsen vorbei. Die Strömung wurde stärker. Dann von vorne ein Geräusch, das nicht zum Dschungel gehörte. Es klang wie ein Motor. Was immer es war, den Menschen, die das Geräusch machten, wollte sie lieber nicht begegnen. Sie hatte keine Ahnung, welcher Stamm an diesem Abschnitt des Flusses lebte und ob man ihr hier sichere Durchfahrt gewähren würde.

Sie lenkte den Einbaum zum gegenüberliegenden Ufer und ließ sich von der Strömung treiben. Aha, da war es, auf der anderen Seite des Flusses – ein Motorboot mit zwei Männern, das im Leerlauf vor einer Anlegestelle lag. Hinter dem kleinen Pier kletterte ein Dorf von vielleicht hundert Holzhäusern auf Pfählen einen steilen Hang hoch. Unterhalb des Piers überspannte eine Holzbrücke den Fluss.

Sie lenkte das Kanu zwischen dem Lianenvorhang und dem eigentlichen Ufer hindurch. Die Zweige würden ihr die nötige Deckung geben, um ungesehen zur Brücke zu kommen.

Die Lianen klatschten gegen sie. Sie hörte einen dumpfen Schlag im Heck und wandte sich um. Ein neuer Schlag, jetzt vorne. Zwei Todesottern. Sie holte mit dem Paddel aus und traf die zweite, die augenblicklich tot war. Die erste schoss vor und biss sie ins linke Bein. Abby wirbelte herum und schrie auf, als der Schmerz die Ferse durchzog. Sie packte das Reptil, riss es von ihrem Bein und schmiss es in den Fluss.

Sie musste hinaus aus den Lianen, aber es war keine Lücke in Sicht. Sie lenkte das Kanu direkt gegen den grünen Vorhang, duckte sich und schoss durch. Die Wucht der Zweige warf sie auf den Rücken.

Sie hob den Kopf und ließ ihren Blick über das Kanu fahren. Es waren keine Schlangen mehr zu sehen. Sie inspizierte ihr Bein. Es schwoll schon an. Wenn sie ein Messer gehabt hätte, hätte sie die Wunde aufschneiden und das Gift aussaugen können. Sie bückte sich und saugte, so viel sie konnte.

Sie packte wieder ihr Paddel. Stimmen, vom anderen Ufer. Sie schaute hoch. Die Dorfbewohner hatten sie entdeckt. Mehrere Männer und Jungen rannten auf die Brücke zu, andere gestikulierten zu den beiden Männern in dem Motorboot hin. Sie schaute zurück und sah, dass sie das Boot losmachten. Sie steuerten es rückwärts in den Fluss und nahmen Kurs auf sie.

Mit aller Kraft paddelte sie auf die Brücke zu. Die Dorfleute hatten sie schon erreicht und überquerten sie nun – auf ihre Seite zu. Würde sie gleich das Zischen von Pfeilen hören?

Das Motorboot kam näher. Die Männer darin winkten aufgeregt – sicher ein Signal für die anderen auf der Brücke, dachte sie, die ebenfalls wild gestikulierten und laute Rufe ausstießen. Sie sah keine Waffen, aber das beruhigte sie nicht.

Sie duckte sich. Der Einbaum schoss unter der Brücke durch. Sie schaute kurz zurück. Die Dorfleute schrien und fuchtelten weiter mit den Armen. Es sah nicht feindselig aus. Das Motorboot wurde langsamer und hielt bei der Brücke an.

Sie atmete tief durch. Sie lebte noch.

Sie wandte ihren Kopf langsam stromabwärts. Die Strömung war deutlich stärker geworden und sie hörte ein leises Grollen, wie von einem näher kommenden Wolkenbruch.

Das Grollen wurde lauter. Verzweifelt versuchte sie, das Ufer zu erreichen, aber der Fluss riss sie unerbittlich mit.

Zwischen zwei großen Felsblöcken auf der linken Seite des Flusses schoss sie in die Stromschnellen hinein. Das Wasser wirbelte und tobte unter ihr. Sie brauchte all die Kraft, die sie noch hatte, um das Kanu mit dem Bug nach vorne zwischen den zahllosen Felsen und Steinen hindurchzulenken. Da vorne, die kleine Insel! Der Felsen an ihrer Spitze war doppelt so hoch wie sie. Sie paddelte wie wild nach rechts, wo das Wasser ruhiger wurde. Keine Chance, die Strömung zog sie nach links. Der Felsen kam unerbittlich näher. Dann stieß der Bug des Kanus an einen kleineren Stein direkt davor und drehte nach links.

Sie passierte den Felsen, aber dafür schoss ihr Boot jetzt quer zur Strömung nach unten. Sie stieß das Paddel ins Wasser. *Komm, dreh dich!* Der Einbaum drehte nach links, das Heck voraus. Dann ein plötzlicher Schlag, das Paddel hatte einen Stein getroffen. Sie fiel auf den Rücken und spürte, wie das Paddel ihr aus der Hand flog. Sie rappelte sich hoch und sah gerade noch, wie es in einem wilden Strudel verschwand.

Jetzt war sie dem Fluss ausgeliefert.

Das Kanu hüpfte und tanzte, von allen Seiten kam die Gischt.

Dann plötzlich ein neues Geräusch, wie Donnergrollen. Sie sah, wie weiter vorne das Wasser zu kochen schien, und dahinter – nichts.

Panik überflutete sie. Sie legte sich flach auf den Boden des Einbaums, lauschte auf das Poltern der Wände gegen die Felsen. Was, wenn das Boot schon vor dem Wasserfall in Stücke brach?

Das Kanu stürzte ins Bodenlose. Sie presste ihre Hände um das Holz. Für einen Augenblick sah sie die Gischtwand und den See unten, dann, kurz bevor das Kanu auf das Wasser schlug, duckte sie sich.

Die Wucht des Aufpralls nahm ihr die Luft. Sie flog aus dem Kanu, sank. Nach oben, ich muss nach oben, wo das Sonnenlicht ist! Sie trat und strampelte mit ihrem rechten Bein – das linke war nutzlos – und ruderte mit beiden Armen.

Sie öffnete den Mund. Luft! Sie schluckte Wasser. Viel Wasser.

Das ist das Ende ... für uns alle. Miraba ...

Dann plötzlich Sonne und neblige Luft. Sie hustete heftig, atmete tief ein, hustete wieder. Sie schaute stromaufwärts. Der Wasserfall lag weit hinter ihr und sie glitt langsam flussabwärts. Sie schaute nach rechts, dann nach links. Ihr Kanu trieb zehn Armlängen entfernt, gekentert, aber unversehrt.

Sie arbeitete sich zu ihm hin, packte den Rumpf und legte ihren Kopf darauf. Ich muss das Ding aufrichten. Aber sie hatte nicht die Kraft.

Sie legte ihre Arme um den Rumpf und hievte sich eine Handbreit hoch. Sie versuchte, das Manöver zu wiederholen, rutschte aber zurück ins Wasser.

Sie blieb neben dem Boot. Sie nahm den Rest ihrer Kräfte zusammen und drückte sich wieder hoch. Beim siebten Versuch gelang es ihr, sich rittlings auf das gekenterte Kanu zu setzen, die Füße baumelten im Wasser.

Sie legte ihren Kopf auf den Bootsrumpf. Ihr wurde schwarz vor Augen.

3

ABBY CALDWELL ÖFFNETE die Augen und fand sich an einem fremdartigen Ort vor. Sie lag auf einem weichen Bett. Um sie herum war alles weiß. An ihrem rechten Arm war ein langer dünner Plastikschlauch angebracht. Links und rechts von ihr waren Metallkästen mit Lichtern.

Eine dunkelhäutige Frau in weißer Kleidung trat ins Zimmer. Sie schaute Abby an, dann die Metallkästen. Sie lächelte und sagte etwas in einer Sprache, die Abby nicht kannte.

„¿Neen jné?“, erwiderte Abby.

Die Frau sah sie fragend an.

Abby versuchte es mit Englisch. „Entschuldigung, ich kann Sie nicht verstehen.“

Die Worte kamen stockend. Sie war es gewohnt, auf Englisch zu denken, aber Englisch gesprochen hatte sie seit Jahren nicht mehr.

Die Frau antwortete, jetzt auch auf Englisch: „Geht es Ihnen besser?"

„Mir tut alles weh."

„Sie haben ein Mordsglück gehabt. Sie trieben auf dem Sepik, als man Sie gerettet hat."

Abby setzte sich abrupt auf. „Wo … wo bin ich?"

„Langsam." Die Frau drückte sie sanft zurück in die Kissen. „Sie sind im Meridian-Hospital in Lae. Ich bin Schwester Somare und Ihre Ärztin ist Dr. Kate Sampson. Bei ihr sind Sie in besten Händen. Darf ich Ihren Namen wissen?"

„Ich brauche die Ärztin."

Die Schwester schaute auf einen Plan über dem Bett. „Sie kommt in etwa zwei Stunden."

Abby packte die Schwester mit ihrem linken Arm. „Nein! Ich brauch die Ärztin jetzt! Das ist ein Notfall."

Die Schwester blieb die Ruhe selber. „Sie waren ausgetrocknet und hatten einen Schlangenbiss, aber jetzt geht es Ihnen sehr ordentlich."

„Es geht nicht um mich, es geht um meine Leute. Sie sterben. Bitte!" Sie lockerte ihren Griff um den Arm der Schwester.

Die Schwester sah sie an. „Gut, ich piepse sie an."

Fünf Minuten später kam eine weiße Frau in blauer OP-Kleidung herein. „Ich bin Dr. Sampson. Schön, dass Sie aufgewacht sind. Sie machen recht gute Fortschritte." Sie schaute kurz auf das elektronische Memo in ihren Händen. „Sie waren ausgetrocknet, hatten einen Hitzschlag, eine Gehirnerschütterung von dem Schlag auf Ihren Kopf und einen Schlangenbiss. Wir haben Ihnen ein Gegenmittel gegen den Biss gegeben, die Schwellung ist schon zurückgegangen. Die Infusion hat Ihnen auch wieder genug Flüssigkeit zugeführt. Die Gehirnerschütterung beobachten wir noch, aber Sie machen sich wirklich gut."

Sie lächelte ihre Patientin an. „Das muss ja ein Abenteuer gewesen sein. Wie lange waren Sie in dem Kanu?"

Abby starrte sie an, als käme sie von einem anderen Planeten.

Die Ärztin räusperte sich. „Aber alles der Reihe nach. Wie heißen Sie?"

Abby starrte weiter, dann sagte sie: „Sie … sind weiß."

Die Ärztin sah einen Augenblick verdutzt aus. „Ja, sicher. Ich bin aus den USA. Sie ... sehen weiße Gesichter sicher nicht sehr oft?"

Abby schüttelte ihren Kopf.

„Wann haben Sie das letzte Mal eins gesehen?"

„Bis auf einen Mann am Fluss in der letzten Woche – vor acht Jahren."

„Acht Jahre? Dann verlassen Sie das Landesinnere aber nicht oft."

„Nein. Nie eigentlich."

Die Ärztin hob ihre Augenbrauen. „Nie? Und wie sind Sie da hingekommen?"

„Durch meine Eltern. – Bitte, können Sie uns helfen? Sie sterben."

„Ihre Eltern sterben?"

„Nein, die sind tot. Mein Dorf stirbt. Können Sie zu uns kommen?"

* * *

Als sie ihrem Netzmodul befahl, den Gesundheitsminister zu rufen, spürte Kate Sampson einen Knoten im Magen. Ihr letztes Gespräch mit ihm – eine persönliche Begegnung – war nicht sehr glücklich verlaufen.

Ein Neuguineer mit grauer Halbglatze erschien auf ihrem Viviscreen.

„Dr. Poon."

„Dr. Sampson. Sind Sie immer noch in unserem Land?"

Er wusste das natürlich genauso gut wie sie. Ihr Krankenhaus war das einzige in der zweitgrößten Stadt des Landes und sie leitete die Station für Innere Medizin. Sie entschloss sich, nicht auf diese Bemerkung einzugehen.

„Ich brauche Ihre Genehmigung für einen medizinischen Einsatz."

„In Ihrer Position brauchen Sie Reisen nicht zu beantragen, Dr. Sampson."

„Die Patienten sind Inisi."

Poons Augenbrauen hoben sich. „Inisi? Sie hatten Kontakt mit Inisi?"

„Nein. Gestern fand man auf dem Sepik eine bewusstlose Amerikanerin, die in einem Inisi-Dorf lebt. Sie sagt, ihr Dorf stirbt an irgendeiner Krankheit."

„Nicht-Inisi ist der Kontakt mit Inisi generell verboten."

„Ich weiß. Sie sagt, ihre Familie habe vor Jahren auf Bitten des Stammes die Erlaubnis erhalten, dort zu leben. Sie ist gekommen, um medizinische Hilfe für ihr Dorf zu suchen."

„Was für eine Krankheit ist das?"

Kate zuckte die Achseln. „Keine Ahnung. Sie sagt, die Symptome sind Kopfschmerzen, Desorientierung, Schwindel, Gedächtnisverlust und schließlich Koma. Es passt zu keiner der bekannten Dschungelkrankheiten."

Poon schüttelte den Kopf. „Stimmt, das sehe ich auch so. Wie viele sind bisher gestorben?"

„Zum Zeitpunkt ihrer Abreise vier."

„Wie lange dauert es vom Ausbruch bis zum Tod?"

„Drei Tage, höchstens."

„Hat sie selber Symptome?"

„Nein. Wir haben alle üblichen Virentests durchgeführt."

„Negativ?"

Sie nickte. „Dr. Poon, ich brauche Ihre Genehmigung."

Er schüttelte energisch den Kopf. „Das kann ich nicht genehmigen. Nicht zu den Inisi. Das Innenministerium …"

„So wie ich es sehe, können Sie die Genehmigung erteilen, wenn es darum geht, eine Epidemie einzudämmen." Sie starrten sich einen Augenblick an. „Das stimmt doch, oder?"

„Dr. Sampson, wir wissen nicht, wie ansteckend …"

„Ein ganzes Dorf ist angesteckt worden und mindestens vier Menschen sind tot. Dr. Poon …" Sie trat näher an den Viviscreen. „Dieser Frau – meiner Patientin – ist das ernst. Sie kam mit dem Kanu bis zu uns, um ihr Dorf zu retten."

„Dann besitzt sie Beharrlichkeit und Geduld und kann warten, bis ich grünes Licht vom Innenministerium habe. Guten Tag, Frau Doktor."

Sein Bild verschwand. Kate kochte. Sie überlegte kurz, dann rief sie mit ihrem Modul ihren Assistenten an. Er erschien auf dem Bildschirm.

„Ja, Dr. Sampson?"
„Amu, fordern Sie den Hubschrauber an."
„Für wann?"
„Jetzt sofort."

* * *

Kate Sampson schaute durch die Passagierkabine des Rettungshubschraubers zu Abby hinüber. Der stand die Angst auf dem Gesicht geschrieben; der Start hatte sie gründlich durcheinandergeschüttelt. Aber sie erholte sich rasch. Seit der Hubschrauber abgehoben hatte, klebte Abbys Gesicht am Fenster. Dann und wann hörten sie in ihren Kopfhörern, wie der Pilot angab, wo sie gerade waren. Abby sagte jedes Mal „Danke".

Sie wussten nur ungefähr, wo sie hinwollten. Erst den Sepik hoch, den Fluss, auf dem Abby gekommen war. Dann einen seiner Hauptnebenflüsse hoch, den Yuat, das war schon Inisi-Gebiet. Und dann? Abby kannte den Namen des Nebenflusses des Yuat, an dem ihr Dorf lag, nicht. Die Dorfbewohner nannten ihn einfach *Jmĩĩ juee',* „der Fluss". Es konnte den ganzen Tag dauern, bis sie ihn fanden.

Aber es war jeden Versuch wert. Grünes Licht oder nicht – Kate weigerte sich, das Überleben eines ganzen Dorfes von irgendeinem Beamtenschreibtisch in Port Moresby abhängig zu machen. Sie war vor vier Monaten mit Matt, ihrem Lebenspartner und Kollegen, nach Neuguinea gekommen, um Leben zu retten und nicht, um sich mit Bleistiftspitzern herumzuschlagen. Die Regierung hatte ein neues Programm zur medizinischen Versorgung von Eingeborenenstämmen via Boot und Hubschrauber begonnen. Es war die Art Abenteuer, die sie suchte: Hilfe und Heilung in die echte Wildnis zu bringen, in das immer noch ungezähmte Innere der riesigen Insel.

Aber dann war es anders gekommen. Zwei Monate nach ihrer Ankunft hatte die Regierung das Programm gestrichen. Eine Woche später flog Matt in die USA zurück, um „alles zu überdenken". Kurz darauf war ihre Beziehung zu Ende gewesen.

Was Kate anging, so waren die temperamentvollen Menschen

und die urwüchsige Landschaft Neuguineas ihr bald ans Herz gewachsen. Sie beschloss zu bleiben und nahm eine Stelle als Leiterin der Inneren Medizin im Meridian-Hospital an.

Ein Trip zu den Inisi, deren Territorium die Regierung Jahrzehnte zuvor zum Sperrgebiet erklärt hatte, um die kulturelle Identität des Stammes zu bewahren, konnte sie ihren Job kosten. Nun ja, man würde es wohl bei einer Rüge belassen, denn woher sollten sie einen Nachfolger für sie nehmen? Bevor sie kam, war die Stelle vierzehn Monate unbesetzt gewesen. Und wahrscheinlich würde ihr Antrag sogar genehmigt werden, wenn auch zu spät, um noch jemanden zu retten. Eines war klar: Diese Krankheit verbreitete sich rasend schnell und konnte tödlich sein. Wenn man die Ausbreitung des Erregers nicht stoppte, konnte er nicht nur die Inisi bedrohen, sondern das gesamte Landesinnere, ja, die ganze Insel.

Das Einzige, was Kate wirklich Unbehagen bereitete, war, dass ihre Patientin mitflog. Bei ihrer Einlieferung vor zwei Tagen war sie mehr tot als lebendig gewesen. Gut, nach der Flüssigkeitsinfusion und der Behandlung des Schlangenbisses hatte sie sich bemerkenswert rasch erholt, aber Kate bestand doch darauf, während des Fluges alle zwei Stunden ihren Gesundheitszustand zu prüfen.

Der Helikopter erreichte einen großen Nebenfluss des Sepik. „Wir fliegen jetzt den Yuat hoch", verkündete der Pilot.

Kate sah, wie unten ein schwärzlicher Fluss in einen größeren milchig braunen floss. Noch mehrere Meilen flussabwärts war das Wasser wie ein braun-schwarz gemusterter Teppich.

Dicht über den Baumwipfeln flogen sie flussaufwärts. Alle fünf bis zehn Minuten kamen sie an einen Nebenfluss; auf einem davon musste Abby gekommen sein, aber Abby wusste nicht, welcher es war. Die einzige Orientierungsmarke, die sie nennen konnte, war eine lange, dunkelbraune Sandbank, etwa eine Dreiviertelstunde Fußmarsch von ihrem Dorf entfernt.

Der Pilot flog jeden Nebenfluss fünfzehn Minuten weit hoch. Sie fanden nichts.

„Ist diese Sandbank vielleicht von Bäumen verdeckt?", fragte Kate.

„Nein, nein, sie liegt in der Sonne."

Sie suchten weiter. Zehn Nebenflüsse. Fünfzehn.

„Wir müssen bald umkehren“, warnte der Pilot. „Sonst reicht das Benzin nicht für den Rückflug.“

Abby sah erschrocken zu Kate hin. Die versuchte zu lächeln. Es war ein schwacher Trost.

Sie inspizierten zwei weitere Nebenflüsse. Keine Sandbank.

„Wir kehren um“, sagte der Pilot. Der Hubschrauber drehte abrupt nach Osten.

„Nein!“, schrie Abby in ihr Mikrofon. „Noch nicht, bitte! Wir müssen weitersuchen.“

„Sorry, Madam, aber die Treibstoffanzeige leuchtet gerade auf. Das heißt, dass wir gerade noch genug für den Rückflug haben.“

„Können wir nicht wenigstens noch einen …?“

„Haben Sie nicht einen Reservetank?“, fragte Kate.

Der Pilot sah kurz zu ihr hin. „Also gut, noch einer.“

Er drehte zurück und flog weiter den Yuat hoch. Sechs Minuten später fanden sie den nächsten Nebenfluss, drehten nach rechts und begannen ihm zu folgen. Nach fünf Minuten wurde er zu einem Gebirgsbach.

„Wir fliegen jetzt endgültig zurück“, sagte der Pilot. Er nahm wieder Kurs nach Osten.

Kate sah ihre Patientin an. „Es tut mir leid, Abby.“

Abby nickte, ohne sich umzudrehen. Ihr Gesicht klebte weiter an dem Fenster, die Tränen liefen ihr über die Wangen.

4

AM NÄCHSTEN TAG unternahmen sie einen zweiten Versuch. Der Pilot nahm die Suche dort wieder auf, wo sie sie am Vortag abgebrochen hatten. Die ersten beiden Nebenflüsse brachten kein Ergebnis. Beim dritten Fluss waren sie etwa 25 Kilometer flussaufwärts geflogen, als Kate links eine Sandbank entdeckte. Sie zeigte auf sie. „Was ist das dort?“

Abby löste hastig ihren Sicherheitsgurt und sauste an das gegenüberliegende Fenster. „Ja! Da ist sie!“ Sie schob ihren Kopfhörer zurecht und rief ins Mikrofon: „Da links! Das ist die Sandbank!"

Der Pilot drehte den Hubschrauber und ging in den Sinkflug über. Er flog vielleicht siebzig Meter dicht über den Fluss dahin, dann blieb er über dem Ufer stehen.

„Können wir hier landen?", rief Kate.

„Keine Ahnung! Wie weich ist der Sand?"

„Die Füße sinken nicht tief ein", sagte Abby.

„Können Sie das prüfen, Dr. Sampson? Ich lasse Sie eben runter."

Der Pilot ging bis auf eineinhalb Meter hinunter. Kate entsicherte die Ausstiegsluke und öffnete sie.

„Sie können sich an dem Seil runterlassen."

„Das ist okay, ich springe."

„Wie Sie wollen. Lassen Sie das Seil mit runter, damit Sie sich später dran hochziehen können."

Kate warf das eine Ende eines dicken Seils über Bord und sprang in den Sand. Sie fiel auf ihr rechtes Knie, dann kam sie wieder auf die Füße. In geduckter Haltung umrundete sie den Hubschrauber, den Sand mit ihren Schuhen prüfend.

„Ist ziemlich fest", rief sie in ihr Mikrofon. „Glaube nicht, dass Sie da einsinken."

„Das wollen wir nicht hoffen."

Kate schaute kurz nach links zum Fluss und nach rechts zum Dschungel, dann ging sie zwanzig Meter die Sandbank entlang, um Platz für den Hubschrauber zu machen, die Augen auf das Wasser geheftet. In Neuguinea gab es keine großen Raubkatzen, aber mit den Krokodilen war nicht zu spaßen. Der Helikopter schwebte vollends auf die Sandbank. Er sank eine halbe Handbreit ein. Der Pilot stellte den Motor ab. Er drehte sich zu Abby hin und sprach in sein Mikrofon: „Sind Sie sicher, dass es ungefährlich ist, hierzubleiben?"

Abby antwortete nicht. Sie beugte sich schon durch die Luke. Kate trat an den Hubschrauber, streckte einen Arm aus und half ihr hinunter.

„Wie weit müssen wir jetzt laufen?"

„Keine Stunde. Wir gehen ein Stück den Strand entlang und nehmen dann einen Pfad, der uns zum Dorf führt."

Kate musterte ihre Patientin. „Und trauen Sie sich das zu?"

„Ja."

„Lassen Sie mich eben Ihren Blutdruck ..."

Abby schüttelte den Kopf. „Keine Zeit. Machen Sie das, wenn wir da sind."

Kate zuckte die Achseln, setzte ihren Rucksack auf und nahm ihren Arztkoffer. „Sie zuerst."

Die beiden Frauen gingen schweigend die Sandbank entlang. Kate, fit wie sie war, hatte Mühe, mit Abby mitzuhalten. Die Vormittagshitze war bereits erdrückend. Kein Lufthauch kam vom Fluss. Von oben ertönte eine exotische Sinfonie von Vogel- und anderen Tierstimmen. Bei jedem neuen Schrei hob Kate den Blick nach oben; Abby schien die Geräusche gar nicht zu bemerken.

Nach fünf Minuten wurde der Sandstrand schmaler, dann verschwand er ganz. Jetzt reichte der Wald bis zum Wasser.

Abby blieb stehen, um auf Kate zu warten. „Passen Sie auf, hier gibt's Schlangen."

Sie drückte sich durch ein Gesträuch und verschwand im Dschungel. Kate blieb misstrauisch stehen, dann folgte sie ihr und blieb prompt gleich an mehreren Stellen mit ihrem T-Shirt in den Ästen hängen.

Hinter dem grünen Vorhang lag ein schmaler Trampelpfad. Abby legte ein Tempo vor, dass Kate fast rennen musste, um mitzuhalten. Mehrmals stolperte sie über Wurzeln, die Abby keine Mühe machten. Mehr als einmal schien Abby einfach im Unterholz zu verschwinden, aber wenn Kate ihr folgte, entdeckte sie jedes Mal, dass sie auf einem neuen Pfad waren.

Der Pfad schwenkte scheinbar völlig wahllos mal nach links, mal nach rechts. Jetzt kreuzte er einen anderen Pfad und Abby bog nach links ab. Kate schaute auf ihre Uhr. Eine halbe Stunde war vergangen.

Je näher sie dem Dorf kamen, umso schneller wurde Abby. Der Schweiß strömte über Kates Gesicht. Sie schaute nach unten und sah rote Flecken auf ihren Socken. Blutegel. Sie blieb kurz stehen, um sie abzureißen, dann rannte sie weiter. Wenn Abby jetzt nur nicht im nächsten Gestrüpp verschwand!

Der Pfad wurde etwas breiter und gerader, dann mündete er abrupt in eine Lichtung, auf der zwei Dutzend strohgedeckte Hütten standen, in deren Mitte ein etwas größeres, ebenfalls strohgedecktes Haus. Abby war neben dem Baum, an dem der Pfad endete, stehen geblieben. Kate trat keuchend zu ihr.

Die beiden Frauen sahen sich an. Sie wussten schon die Antwort auf ihre Frage. Der Gestank sagte alles.

Abby löste sich aus ihrer Erstarrung und ging auf die Hütten zu.

„Stopp!"

Sie schaute zu Kate zurück.

„Wir brauchen Atemmasken und Handschuhe."

Kate öffnete ihre Arzttasche, holte OP-Masken und Handschuhe heraus und zog sie Abby und sich selber an. Sie hatte auch OP-Kleider und Schutzbrillen mitnehmen wollen, es sich dann aber anders überlegt, weil sie nicht wollte, dass diese Frau sich in ihrem eigenen Dorf vorkam wie ein Marsmensch. Jetzt hätte sie sich dafür ohrfeigen können.

„Abby, auch so müssen wir aufpassen, dass wir nichts berühren. Wir dürfen uns nicht anstecken. Wir müssen vorsichtig sein."

Abby schien es nicht zu hören. Sie rannte an den ersten vier Hütten vorbei und trat in die fünfte. Kate folgte ihr. Drinnen war niemand zu sehen. Sie gingen in die nächste Hütte. Abby schaute hinein. *„¡¿'Ee hua 'noo. Jiaa' mîngoo lajîn te' dsa?!"*

Sie ging hinein und kniete sich neben die Leichen: ein Baby und drei Kinder lagen in Leichentücher gehüllt auf dem Lehmboden. Neben ihnen lagen die Leichen eines Mannes und einer Frau auf einer Strohmatte. Abby streckte die Hand aus, um den Kopf des Säuglings zu streicheln.

„Nichts berühren!"

Abby schaute zu Kate hoch, ihre Augen bittend. Dann richtete sie sich langsam wieder auf und ging zur nächsten Hütte.

In jeder Hütte war es das Gleiche. Wenigstens waren die Kinder zuerst gestorben; sie waren alle in Leichentücher gehüllt.

Sie kamen zur letzten Hütte. Hier lagen zwei tote Erwachsene auf der Schlafmatte, daneben vier Kinder in Leichentüchern. Neben den beiden Erwachsenen lag ein dunkelhäutiges Kind ohne Tuch.

Abby beugte sich darüber. „Abby, nein!", rief Kate.

Aber es war zu spät. Abby hielt das Kind in den Armen und

wiegte es schluchzend hin und her. *„¡Miraba! ¡Xii' mî bi 'náana, Miraba!"*

Ihr Schluchzen ging in ein lautes Weinen über, dann in ein stilles Stöhnen. Hin und her wiegte sie das Kind. Die Minuten tickten.

Kate ließ sie gewähren. Es war zu spät, ihr zu befehlen, das Kind wieder hinzulegen. Lange stand sie schweigend da, dann trat sie neben Abby und legte ihr die Hand auf die Schulter. „Das tut mir so leid."

Abby strich dem Kind übers Haar. „Sie war meine Tochter."

Tochter? Hundert Fragen schossen Kate durch den Kopf. Dies war eindeutig ein Eingeborenenmädchen. Sie schob die Fragen beiseite.

Endlich legte Abby das Mädchen wieder hin. *„Rîgüe'na cô ca'ee cî"*, sagte sie. *Ich komme bald wieder.*

Sie verließen die Hütte. Abby ging zu einem großen flachen Stein vor dem Eingang des Gemeinschaftshauses und setzte sich darauf. Sie wollte den Kopf in ihre Hände legen, dann sah sie die Plastikhandschuhe, legte den Kopf auf ihre Knie und weinte.

Kate setzte sich neben sie und legte ihren Arm um sie. Sie war noch nie eine gute Trösterin gewesen, aber Abby brauchte sie jetzt. „Ich wollte, ich könnte jetzt das Richtige sagen."

Abby lehnte sich an sie und Kate hielt sie fest, während sie schluchzte und schluchzte. Nach und nach ging das Schluchzen in ein leises Weinen über.

Endlich wischte sie sich mit dem Ärmel das Gesicht ab. „Ich habe sie geliebt. Alle."

Kate spürte, wie ihr selbst die Tränen kamen.

Abby schwieg. Dann beugte sie sich vor. „Wir sind zu spät gekommen. Wenn ich nur ..."

„Abby, nein. Das ist nicht Ihre Schuld, glauben Sie das keinen Augenblick." Kate schaute auf ihre Armbanduhr. „Halb vier. Wir müssen zurück."

„Zurück?"

„Ja, nach Lae."

Abby schüttelte heftig ihren Kopf. „Ich muss hierbleiben."

„Wir können morgen wiederkommen. Man wird Männer schicken, die sich um die Leichen und das Dorf kümmern."

„Was werden die machen?"

„Sie werden das Dorf und die Leichen verbrennen. Das klingt jetzt vielleicht ..."

Abby sah sie entsetzt an. „Verbrennen? Nein! Sie müssen sie begraben!"

„Abby, diese Menschen sind an einer hoch ansteckenden Krankheit gestorben. Ihre Leichen müssen zuverlässig beseitigt werden, damit es keine Epidemie gibt. Ich werde nur eine mitnehmen und eine Autopsie vornehmen, die anderen müssen wir verbrennen."

„Sie müssen sie begraben!"

„Aber wir dürfen nicht riskieren, dass diese Krankheit sich weiter verbreitet. Was, wenn jemand die Gräber öffnet?"

„Das macht hier keiner, das würde die bösen Geister stören."

Die Ärztin sah sie einen langen Augenblick an, dann zuckte sie die Schultern. „Also gut, wir begraben sie. Aber das Dorf muss verbrannt werden."

Abby schaute zu den Hütten hin. „Okay. Das Dorf."

„Dann sind wir also einig? Und morgen kommen wir hierher zurück."

„Ich muss die Nacht über hierbleiben."

„Abby, das geht nicht."

„Dies sind meine Leute. Ich kann sie nicht im Stich lassen."

Kate schaute um sich. Dann rief sie den Hubschrauber an. „Saperi, ist bei Ihnen alles okay?"

Stille, dann eine Stimme. „Bin noch hier. Was haben Sie gefunden?"

„Die Leute im Dorf sind alle tot." Sie sah Abby an, die ihren Blick erwiderte. Sie fuhr fort: „Ich brauche ein paar Männer, die morgen herfliegen, um die Leichen zu begraben und das Dorf zu verbrennen."

„Und was machen Sie?"

„Wir übernachten hier. Sie können jetzt fliegen."

„Übernachten? Ist das denn sicher?"

„Nein, ist es nicht. Ich weiß nicht, was für eine Krankheit das ist und wie sie übertragen wird. Aber Ms Caldwell will hierbleiben und ich möchte sie nicht allein lassen."

Eine lange Pause, dann: „Möchten Sie, dass ich bei Ihnen bleibe?"

Das war das Letzte, was er wollte, das war Kate klar. „Nein. Kommen Sie einfach morgen mit ein paar Leuten zurück."

Sie gingen zurück zu Abbys Hütte – der ersten Hütte, die sie betreten hatten –, und setzten sich auf zwei Bambusstühle. Sie aßen und tranken von den Vorräten, die Kate in ihrem Rucksack dabeihatte. Während Abby Feuer machte, nahm Kate Blutproben von mehreren der Leichen. Die Sonne ging unter und sie legten sich auf dem nackten Boden zum Schlafen hin.

Der Dschungel wurde lebendig. Eine Höllensinfonie aus Schreien, Kreischen, Grunzen und Krächzen hielt Kate stundenlang wach, bis ihre Augenlider sich selbst bei den grässlichsten Geräuschen nicht mehr öffneten. Nie in ihrem Leben war sie so froh gewesen, dass da noch jemand neben ihr schlief.

* * *

Am folgenden Tag kamen acht Männer mit dem Hubschrauber an. Abby und Kate schauten zu, wie sie anfingen, die Leichen zu begraben. „Abby", sagte Kate, „wir müssen eine Leiche mitnehmen, für die Autopsie. Das Leichenschauhaus im Krankenhaus ist geschlossen, wir müssen die Leiche nach Port Moresby schicken."

Abby dachte kurz nach, dann sagte sie leise: „Nehmen Sie die vom Häuptling. Er war immer bereit, sich für sein Volk zu opfern."

Die Männer brauchten bis in den Nachmittag, um alle Leichen zu begraben. Als sie fertig waren, hielt Abby für jeden der Verstorbenen eine kurze Grabrede und verabschiedete sich von ihm. Das letzte Grab war das ihrer Tochter, Miraba. Abby kniete sich neben dem frischen Grab hin und weinte. Dann langte sie an ihren Kopf, um ihre OP-Maske abzunehmen.

„Behalten Sie die Maske und die Handschuhe an, Abby", sagte Kate.

Abby schien es nicht zu hören. Sie streifte Maske und Handschuhe ab, legte ihre Finger an den Mund, küsste sie, legte sie auf die Graberde und sagte etwas, offenbar in der Inisi-Sprache. Mehrere Minuten lang hockte sie schweigend mit geneigtem Kopf da, dann erhob sie sich und zog Maske und Handschuhe wieder an. „Ich werde jetzt meine Sachen packen", sagte sie zu Kate.

„Das hat einer von den Männer schon gemacht."

Abby ging zu ihrer Hütte. „Ich möchte gerne noch ein, zwei Tage hierbleiben."

„Der Pilot muss aber jetzt nach Lae zurück."

„Fragen Sie ihn, ob er in zwei Tagen zurückkommen kann."

„Er wird Nein sagen."

„Bitte." Die beiden Frauen sahen sich an.

„Okay", sagte Kate. Sie rief den Hubschrauber an, sprach mit dem Piloten und sah wieder Abby an. „Er sagt, er kann nicht zurück. Die Männer sagen, dass wir alle jetzt fortmüssen. Sie müssen das Dorf gleich anzünden."

Abby schaute zu Boden und flüsterte, gerade so laut, dass Kate es hören konnte: „Alles wird gut sein, alle Dinge werden gut sein, alles wird gut."

Kate schaute sie überrascht an. „Was ist das?"

„Ein altes Sprichwort. Es tröstet mich manchmal."

Die beiden Frauen gingen in das Dämmerlicht des Dschungels, während die Männer begannen, das Dorf anzuzünden. Sie warteten beim Hubschrauber, bis die Männer sich vergewissert hatten, dass es keinen Waldbrand geben würde, und nachkamen. Der Helikopter startete. Abby schaute hinunter auf ihr Dorf, wo die Geschichte ihres Lebens in zwei Dutzend orangenen Feuerringen verbrannte. Hinter ihr war die Nacht eingebrochen. Vor ihr würde die Sonne über einer Welt aufgehen, die sie nie gekannt hatte.

5

DAMIEN CLEARY SASS in der letzten Reihe des großen Ballsaals im Hotel La Salle in Chicago, der mit mehr als tausend Menschen übervoll war. Cleary mochte keine großen Menschenansammlungen in der physischen Realität und war dagegen gewesen, die Besucher physisch-real an der Präsentation teilnehmen zu lassen. Aber Bryson Nichols hatte sich nicht abhalten lassen und dies hier war *seine* Show.

Nichols war nicht mehr in Person vor der Stiftung zur Förderung der Transhumanforschung getreten, seit er sie vor vierzehn Jahren mit einer Handvoll technologischer Visionäre und Philanthropen gegründet hatte. Inzwischen gehörte ihr fast jeder renommierte Wissenschaftler aus den Bereichen künstliche Intelligenz, Robotertechnik und Gentechnologie an, dazu ein ganzer Schwarm von Gutmenschen, die den gemeinnützigen Zweig von Nichols' Aktivitäten finanzierten.

Nicht, dass Nichols auf ihr Geld angewiesen war. Als Gründer und Direktor von Nichols Technology Inc. (NTI) und weltweit führender Innovator auf dem Gebiet der künstlichen Intelligenz, konnte er jedes Projekt beginnen und finanzieren, das er wollte. Aber zu seiner Strategie hatte es von vornherein gehört, die Regierung und den gemeinnützigen Sektor einzubeziehen.

Seine Vision war nicht einfach die Entwicklung und Vermarktung der neuen Technologie der künstlichen Intelligenz, die ungeahnte Gewinne einfahren würde. Nein, Nichols wollte nicht weniger als eine Neudefinition des Menschen. Und bis jetzt war sein Plan wie am Schnürchen gelaufen. Damien Cleary überraschte es nicht; alles, was Nichols anpackte, lief wie am Schnürchen.

Cleary konnte sich für Nichols' Strategie nicht erwärmen. Er verachtete die Nichtwissenschaftler in der Stiftung – diese Kriecher und Schleimer, deren Ego es streichelte, mit der wissenschaftlichen Weltelite per Du zu sein. Solch ein Technologiesprung nach vorne, wie er und Nichols ihn geschafft hatten, würde seine eigene Dynamik entwickeln. Mit genügend Motivation würde die Welt ihnen von allein in die nächste Entwicklungsstufe der Menschheit folgen.

Aber Bedenken hin, Verachtung her – dieses Ereignis hier wollte Cleary nicht verpassen. Er, Nichols und Ray Caldwell waren die Köpfe hinter dem Erfolg gewesen, der gleich präsentiert werden würde. Nur wenige der Anwesenden wussten von Clearys Schlüsselrolle, am meisten vielleicht Hutch Hardin, der gewiefte Meisterpolitiker und Strippenzieher aus Washington, mit dem er sich in den frühen Tagen der Stiftung angefreundet hatte. Für die anderen war Cleary nichts weiter als noch ein Gesicht mehr im Saal.

Als Leiter der Abteilung für Eventualitätsplanung bei NTI stand Cleary außerhalb des Rampenlichts, und wenn es nach ihm ging, würde das auch so bleiben. „Eventualitätsplanung" – dahinter stand der Satz: „Was, wenn die Sache außer Kontrolle gerät und den ganzen Planeten bedroht?" Niemand sprach laut darüber, dass es solche Fragen überhaupt gab.

NTI arbeitete an der vordersten Front der selbstreplizierenden Nanotechnologie und Cleary hatte einen zweifachen Job: Erstens hatte er dafür zu sorgen, dass die Selbstreplizierung (also selbstständige Vermehrung) der von der Firma hergestellten zellengroßen Roboter, der Nanobots, nicht außer Kontrolle geriet und in einem Weltuntergangsszenario die sich rasend vermehrenden Zellen sämtliche Ressourcen des Planeten innerhalb von Tagen aufbrauchten. Zweitens arbeitete er zusammen mit regierungsübergreifenden Behörden an der Entwicklung weltweiter Abwehrsysteme gegen eine solche Bedrohung (ob nun absichtlich oder zufällig) durch Dritte. Bryson Nichols hatte diesen Job nur einem engen Vertrauten geben wollen und ein solcher war Cleary schon seit den Tagen, als die beiden zusammen an der California Polytechnic State University studiert hatten.

Cleary musterte den Saal. Die Stimmung war erwartungsvoll. Die Gäste wussten, dass es nicht geheißen hatte „Abendkleidung erwünscht", nur um ihnen den neuesten Jahresbericht der Stiftung zu präsentieren. Gerade nahmen die Letzten Platz, Champagnergläser und Hors d'oeuvres noch in der Hand.

Cleary rief die Uhrzeit vom Netz ab. 18.58 Uhr. In zwei Minuten würde Nichols da sein, der Mann war die Pünktlichkeit in Person. Er hörte, wie hinter ihm die Saaltüren sich schlossen. Die Deckenbeleuchtung erlosch. Der Saal wurde still.

19 Uhr. Links des Podiums öffnete sich eine Tür. Bryson Nichols kam heraus, trat auf das Podium und marschierte zum Rednerpult. Er lächelte selbstbewusst – Cleary nannte es „Nichols' Honigkuchengesicht" – und ließ seinen Blick von links nach rechts über sein Publikum gleiten.

„Meine Herren, meine Damen! Der Augenblick, auf den unsere Stiftung hingearbeitet hat, der Augenblick, für den das Universum uns erschaffen hat, dieser Augenblick ist endlich gekommen. Die Singularität ist da!"

Anhaltender Applaus. In der ersten Reihe standen drei Personen auf. Die hinteren Reihen folgten, bis der ganze Saal stand. Nichols genoss es sichtlich. Er lächelte, nickte, zeigte auf einzelne Gesichter, dann hob er die Hand. Der Applaus verstummte, man setzte sich wieder.

„Ich danke Ihnen. Ja, ganz wörtlich: Ich danke *Ihnen*. Denn dass dieser Augenblick Wirklichkeit werden konnte, ist eine Frucht der hingebungsvollen Arbeit und Unterstützung und des unerschütterlichen Glaubens dieser erlesenen Schar von Gläubigen. Sie haben daran geglaubt, dass es möglich ist, die menschliche Intelligenz und ihre Schöpfung, die technische Intelligenz, miteinander zu verschmelzen und noch zu unseren Lebzeiten vom Homo sapiens zur nächsten Stufe auf der Leiter der Evolution zu gelangen. Ich stehe heute Abend vor Ihnen, um Ihnen mitzuteilen, dass wir diesen nächsten Schritt geschafft haben. Der *Homo technicus* ist Realität!"

Die Menge erhob sich wie ein Mann und applaudierte erneut. Nichols strahlte. Er wartete eine ganze Minute, dann bedeutete er seinem Publikum, sich wieder zu setzen.

„Vor noch nicht allzu langer Zeit war der Gedanke der Verschmelzung des Menschen mit technischer Intelligenz Science-Fiction. Wie Arthur C. Clarke einmal sagte: ‚Jede hinreichend fortgeschrittene Technologie ist von Magie nicht zu unterscheiden.' Und den Menschen von vor hundert Jahren wäre das, was ich Ihnen gleich präsentieren werde, in der Tat wie Hexerei erschienen.

Doch unsere Vorfahren hätten wissen können, dass wir den Punkt, an dem wir jetzt stehen, einmal erreichen würden. Die Straße dorthin ist die exponentielle Kurve des technischen Fortschritts, der die Menschheit seit Jahrtausenden gefolgt ist …"

Hinter Nichols erschien eine holografische Projektion eines Diagramms mit einer horizontalen und einer vertikalen Achse, die eine immer steiler von links nach rechts ansteigende Kurve zeigte. Auf der horizontalen Achse erschienen Markierungen für die Jahrhunderte, einundzwanzig an der Zahl.

„Technologischer Fortschritt ist nicht linear. Er ist exponentiell. Die längste Zeit in der Geschichte der Menschheit war das nicht offensichtlich, denn die Menschheit lebte im flach ansteigenden Bereich der Kurve. Aber weil das Wissen der Menschheit auf sich selbst aufbaut, beschleunigt sich der Wandel stetig. Das zwanzigste

Jahrhundert sah so viele Veränderungen wie die fünf vorangehenden Jahrhunderte zusammen. Die ersten beiden Jahrzehnte unseres Jahrhunderts waren Zeuge von so viel Fortschritt, wie ihn das ganze zwanzigste Jahrhundert erlebt hatte. Und heute erleben wir diesen Fortschritt in einem einzigen Jahr. In fünfzig Jahren wird das Wissen der Menschheit sich in einer Kurve abbilden lassen, die nahezu senkrecht verläuft."

Cleary ließ seinen Blick durch den Saal schweifen. Niemand rührte sich.

Nichols sprach weiter. „Aber spotten wir nicht über unsere armen Vorfahren, die sich diese Singularität nicht vorstellen konnten. Unser Erfolg beruht auf dem Zusammenwirken von Revolutionen auf drei Gebieten, die noch in den 1950er-Jahren gänzlich unbekannt waren: Biotechnologie, Nanotechnologie und künstliche Intelligenz.

Noch im Jahr 2000 hatte der Durchschnittsbürger keine Ahnung davon, dass die Grundlagen für das, was wir heute präsentieren, bereits gelegt waren. Das menschliche Genom war vollständig entschlüsselt worden. Auch künstliche Intelligenz auf einer primitiven Stufe kannte man schon, ebenso erste neurale Implantate. Wir hatten den ersten Schritt hin zum künstlichen Gehirn getan: die Konstruktion künstlicher Nervenzellgruppen, die mit biologischen Nervenzellen verbunden wurden und gemeinsam funktionierten."

Nichols wurde schneller. Beim Thema „künstliche Intelligenz" war er in seinem Element.

„Bis 2020 hatten wir komplette Tiergehirne vermessen und konnten große Teile des menschlichen Gehirns nachbilden. Millionen nutzten Nervenimplantate gegen Schwerhörigkeit und Erblindung. Die erste Generation der virtuellen Realität war Standard in Militär und Industrie.

Das Mooresche Gesetz war nach wie vor in Kraft: Die Computerleistung verdoppelte sich alle 18 Monate. Gegen 2030 hatte ein normaler PC die gleiche Verarbeitungskapazität wie das menschliche Gehirn. Wir hatten noch keine Software, die exakt das menschliche Gehirn nachahmte; aber in der reinen Verarbeitungskapazität hatten wir es eingeholt.

Nur fünf Jahre später hatten die Fortschritte in der Spracherkennung das Ende des Computers als separatem Gerät gebracht und die Tastatur ging den Weg der Schreibmaschine. Die volle virtuelle Realität war erreicht; visueller und auditiver Input wurden direkt an Sinnesneuronen weitergeleitet. Aus dem alten Internet wurde das Weltnetz, eine tausendfache Verbesserung des Cyberspace.

2040 war der Einsatz der Gentechnologie in Medizin, Lebensstil-Management und Schönheitspflege Stand der Technik geworden.

2045 hatten die ersten Molekül-Assembler die Nanotechnologie zu einer kommerziellen Realität gemacht. Nanobots halfen uns, das menschliche Gehirn durch internes Scanning auf der Ebene der Neuronen und Synapsen fertig zu vermessen – ein Riesenschritt nach vorne für das Projekt der Reproduzierung des Gehirns durch die Entwicklung einer funktionsfähigen Software zur Gehirnsimulation.

Die Nukleare Krise verlangsamte den Fortschritt natürlich erheblich. Aber die exponentielle Kurve ließ sich nicht stoppen. Die Nanotechnologie wuchs explosionsartig. 2060 waren Molekül-Assembler, die aus Rohstoffen industrielle und Verbraucherprodukte herstellten, gang und gäbe. Nervenimplantate zur Verbesserung von Gehirngeschwindigkeit, analytischem Denken und Kreativität bedeuteten, dass die Intelligenz des Normalbürgers ein Niveau erreichen konnte, das früher Genies vorbehalten gewesen war."

Cleary schaute kurz zu seinen Nachbarn zur Linken hin und schüttelte den Kopf. *Wie Genies sehen die nicht gerade aus ...*

„2063 fasste NTI auf dem Künstliche-Intelligenz-Markt Fuß. Wir erreichten unseren ersten Durchbruch im Jahr 2067: der Einsatz von Nervenzellenimplantaten zur direkten Verbindung des Gehirns mit dem Weltnetz. Über Nacht wurden wir die Vorreiter in der Künstlichen-Intelligenz-Technologie.

Sieben Jahre später kam die nächste Revolution von NTI: Gedächtnisdatenströme. 2072 stellten wir eine Technologie vor, die es dem Träger unserer Nervenzellenimplantate erlaubte, sämtliche Erinnerungen aus dem Wach- wie dem Schlafzustand elektronisch aufzunehmen, zu speichern und anschließend virtuell abzurufen. In nur drei Jahren speicherten 82 Prozent der Nordamerikaner und 43 Prozent der Weltbevölkerung auf diese Art ihr Gedächtnis ab.

Während wir die Gehirnfunktionen verbesserten, machten andere Riesenfortschritte im Blick auf Gesundheitsmanagement und Lebenserwartung. Bis zum Jahre 2060 waren die meisten Krankheiten gentechnologisch heilbar geworden. Biotechnologische Fortschritte erhöhten die durchschnittliche Lebenserwartung auf über 120 Jahre und es gab Spekulationen, dass der Tod, der gegenüber dem letzten Jahrhundert bereits um über 60 Jahre aufgeschoben worden war, bis zum Jahre 2100 überwunden sein könnte.

Aber während die meisten Körperzellen sich als fast beliebig reparabel erwiesen, war das Gehirn ein hartnäckigerer Bursche. All den Jahren der Forschung zum Trotz gab es bei der Reparatur von Gehirnzellen nur wenig Fortschritte. Der uralte Traum der Menschheit vom ewigen Leben, der vor zwanzig Jahren so zum Greifen nahe schien, musste aufgeschoben werden – wie es schien, auf unbestimmte Zeit. Die Empfindlichkeit des Gehirns selber, jener wunderbaren, aber unvollkommenen Schöpfung der biologischen Evolution, hatte sich als die letzte, unüberwindbare Barriere erwiesen – dachten die Wissenschaftler."

Nichols machte eine dramatische Pause. Cleary wusste: Jetzt würde es kommen.

„Aber die Evolution bleibt nie stehen. Sie zielt auf die progressive Umgestaltung von Materie in immer komplexere Ebenen von Ordnung, Leistungsvermögen und Sinn. Durch die Menschheit – durch uns alle, die wir hier in diesem Raum beisammen sind –, hat die Evolution des Lebens auf diesem Planeten nun ihr Medium gewechselt: vom unvorstellbar langsamen Tempo biologischer Veränderungen zum exponentiell sich beschleunigenden Tempo des technologischen Fortschritts. Denn wir sind das Geschöpf dieses Universums und was immer menschliche Intelligenz erschafft, darin verwirklicht sich das Ziel des Universums; es ist der Höhepunkt und die Fortsetzung der Evolution des Universums."

Nichols' Stimme schwoll an.

„Unsere Intelligenz ist nicht mehr rein biologisch, was sie ja auch nie sein sollte. In ihr verschmelzen sich heute das Biologische und das Nichtbiologische, das Menschliche und das Künstliche. Wir stehen vor den schwindelnden Höhen grenzenloser Intelligenz."

Nichols' Arme schwebten jetzt fast in Schulterhöhe, die Ellenbogen angewinkelt, die Hände eindringlich gestikulierend, als ob sein Körper sich mit allen Fasern auf die große Enthüllung vorbereitete.

„Die Intelligenz, das Ergebnis eines Leben schaffenden Universums, lässt sich nicht stoppen. Ich stehe heute Abend vor Ihnen, um Ihnen mitzuteilen: Wir haben das ewige Leben erreicht. Wir können nicht mehr nur die alltäglichen Probleme dieses Planeten lösen – Verteilung von Nahrungsmitteln und Wasser, Umweltzerstörung, internationale Konflikte und dergleichen. Nein, jetzt können wir die letzte Grenze der Menschheit abschaffen: den Tod."

Cleary ließ seine Augen über das Publikum gleiten. Alle saßen mit angehaltenem Atem da, in Erwartung der großen Enthüllung.

„Vor zwei Jahren ist es NTI in einem bis jetzt noch nicht bekannt gegebenen revolutionären Durchbruch gelungen, das gesamte menschliche Gehirn in das Format einer funktionierenden Software hochzuladen. Wir sind heute in der Lage, den Extrakt jedes beliebigen menschlichen Gehirns – die Gedankenmuster, Erinnerungen, Vorlieben und Neigungen, alle Operationen des Nervennetzwerks – in einer funktionsfähigen Software nachzubilden. Dies war die Phase eins.

Vor sieben Monaten operationalisierten wir Phase zwei: das Herunterladen der Replizierungssoftware auf ein durch Nanobots erstelltes permanentes Silikonsubstrat, das das Funktionieren des biologischen Gehirns nachbildet. Einmal durch die Software aktiviert, repliziert dieses Silikongehirn die Funktionsweise des biologischen Gehirns des Wirtsorganismus.

Und heute Abend ist es mir eine große Ehre, Ihnen die erfolgreiche Durchführung der dritten und letzten Phase mitzuteilen. Es ist uns jetzt möglich, dieses neue Silikongehirn in den menschlichen Schädel zu transplantieren und so dem Empfänger ein praktisch unsterbliches Gehirn zu geben. Die Verschmelzung von menschlicher und technologischer Intelligenz ist damit Realität geworden.

Meine Damen und Herren, ich präsentiere Ihnen Bryson Nichols, den ersten Transmenschen."

Während alle Augen im Saal gebannt das angekündigte Schauspiel erwarteten, hob Nichols beide Hände an die Schläfen, nestelte kurz mit seinen Fingern an seinem Haar und legte dann die Handflächen an die Wangen. Einen Augenblick schien es, als wollte er seinen Kopf hochziehen. Aber er zog ihn nicht hoch, er löste die obere Schädelhälfte vom Rest des Kopfes ab.

Mehrere Frauen in den ersten Reihen kreischten auf, eine fiel in Ohnmacht. Der Saal explodierte von schockierten Schreien. Dann wurde wieder alles still.

Nichols hatte seinen künstlichen Halbschädel fertig abgehoben. Er nahm ihn in die rechte Hand, als sei er ein Fußball. Schädeldeckenlos stand er da und lächelte sein Publikum an, das mit angehaltenem Atem das metallisch-graue Ding betrachtete, das Bryson Nichols' Gehirn war.

***

„Wir haben nichts gefunden."

Kate starrte den Laborarzt ungläubig an. „Wie meinen Sie das – Sie haben nichts gefunden?"

Der Mann schüttelte den Kopf. „Wir haben alle Tests zweimal gemacht – ohne Ergebnis. Keinerlei Bakterien oder Viren, außer denen, die bei den Bewohnern dieser Insel normal sind und kein Krankheitsrisiko darstellen."

„Bei allen Proben? Sehe ich das richtig: Sie behaupten, dass diese Menschen mit nichts infiziert waren?"

„In den untersuchten Blutproben war nichts, was irgendwelche pathogenen Reaktionen hervorrufen würde. Soweit wir es beurteilen können, war das Blut dieser Menschen kerngesund, als sie starben – oder so gesund, wie man es unter ihren Lebensbedingungen erwarten kann. Wenn wir es hier mit einem Erreger zu tun haben, dann ist es einer, den wir nicht kennen und von dem wir gar nicht wüssten, wie wir ihn suchen sollen."

Kate überlegte kurz. „Haben Sie auch schon Abigail Caldwells Blut getestet?"

Der Mann nickte. „Das Gleiche. Nichts. Kerngesund."

Kate seufzte erleichtert auf. Sie kannte Abby erst seit vier Tagen und schon bedeutete sie ihr viel. „Danke, Yopi. Könnten Sie mir noch einen Gefallen tun? Schicken Sie die Proben bitte nach Port Moresby und bitten Sie um eine Analyse bis morgen. Ich möchte ganz sichergehen."

„Ich schick sie gleich hin."

Das virtuelle Bild des Laborarztes verschwand. Kate lehnte sich in ihrem Sessel zurück. Abbys Blut war also in Ordnung; das war die gute Nachricht. Das Merkwürdige war, dass es auch bei den anderen Dorfbewohnern in Ordnung gewesen war. Aber woran waren sie dann gestorben?

* * *

Abbys Gesicht war ein Fragezeichen. „Die haben nichts gefunden?"

Kate saß auf einem Stuhl an der Wand des Krankenzimmers. „Nein. Sämtliche Proben waren hundert Prozent in Ordnung. Wir wissen nicht, woran diese Menschen gestorben sind. Was immer es war, in ihrem Blut scheint es keine Spuren hinterlassen zu haben."

„Wie kann das sein?"

„Abby, ich hab keinen Schimmer. Das Ganze ist ein Rätsel."

„Und mein eigenes Blut?"

„Dasselbe. Nach wie vor negativ."

„Und was machen wir jetzt?"

„Ich werde als Nächstes die Autopsie des Häuptlings vornehmen lassen."

„Heute noch?"

Kate schüttelte ihren Kopf. „Leider nein. Ein paar Tage wird es schon dauern. Das Leichenschauhaus in Port Moresby hat zu wenig Personal und die übliche Warteliste."

„Und muss ich so lange noch hierbleiben?"

Kate lächelte. „Nein, eigentlich nicht. Ich entlasse Sie."

Abbys Gesicht verzog sich zum ersten richtigen Lächeln, das Kate an ihr gesehen hatte. „Entlassen? Aus dem Krankenhaus?"

„Ja. Ihre Verletzungen heilen gut, Ihr Blut ist gesund und Sie haben keine Symptome der Krankheit aus Ihrem Dorf."

„Und wo …" Abby verstummte und schaute zum Fenster hinaus.

„Sie meinen, wo sollen Sie jetzt hin?"

Abby nickte.

„Abby, die Regierung ist bereit, Sie jederzeit zurück zu den Inisi zu fliegen, unter den gleichen Bedingungen wie gehabt: dass Sie anschließend dort bleiben. Aber wenn Sie erst noch ein paar Tage in Lae bleiben wollen …"

„Dr. Sampson", hauchte Abby. „Da hab ich keine Unterkunft."

„Doch. Sie haben eine Freundin, bei der Sie wohnen können."

„Und wer ist das?"

Kate lächelte. „Ich."

6

ICH HATTE KAUM die Augen geöffnet, als Alistairs Stimme durch die Stille meines Schlafzimmers drang. „Creighton, es könnte sein, dass du heute Morgen sofort ins Netz willst."

„Eine Katastrophe?"

„Nein. Ein wissenschaftlicher Durchbruch."

Ich schwang meine Füße auf den Boden. „Sehr schön." Ich gähnte. „Ruf's gleich hier auf."

„Voll- oder Kurzfassung?"

„Voll."

Ich schaute zu, wie Bryson Nichols eine Rede an seine Stiftung beendete und das Oberteil seines Schädels abnahm. Ich war sprachlos.

Künstliche Gehirne – jetzt waren sie also Realität. Wie lange würde es dauern, bis sie das Normalste von der Welt waren? Und wenn, wie Nichols behauptete, man sich jetzt endlos immer neue Silikongehirne herunterladen konnte – also nicht mehr zu sterben brauchte –, was bedeutete dies für die Einstellung der Menschen zum Leben, für ihre Lebensentwürfe, ihre Pläne? Wenn das Leben kein Ende mehr hat, wird ja alles anders …

Aber mehr noch: Wenn unser Gehirn bald schier endlose Mengen an Information speichern und verarbeiten konnte, was für Möglichkeiten eröffnete das der Menschheit, oder genauer: *Was für Möglichkeiten eröffnete das mir?*

Meine Studenten waren bald im Bilde. Als es 10 Uhr war, hatte mich schon ein Dutzend im Netz angetapt. Ich versuchte, meine

Reaktion so weit wie möglich herunterzuspielen: Jawohl, das ist ein toller Erfolg; warten wir's ab, was das für unsere Gesellschaft bedeutet … Aber ich wusste natürlich Bescheid. Praktisch über Nacht war die Welt unwiderruflich anders geworden.

Ich widerstand dem Impuls, mir den halben Morgen den Netz-Chat über Nichols' Durchbruch anzuschauen. Ich hatte anderes zu tun. Wenn ich schon ein künstliches Gehirn gehabt hätte, hätte ich vielleicht beides machen können, aber …

„Alistair, bitte einen Tap zum Magazinverwalter der Universität."

Einen Augenblick später war ich in der virtuellen Realität, vor dem Schreibtisch eines aufgekratzten Mannes, mit dem ich mich bisher einmal getroffen hatte. Er lächelte mich an. „Schön, Sie wiederzusehen, Professor." Wir schüttelten uns die Hand. „Was kann ich für Sie tun?"

Ich zog die Speicherkarte, die ich aus der Wohnung meines Vaters mitgenommen hatte, aus meiner Hosentasche. „Ich möchte herausfinden, ob auf diesem Ding etwas gespeichert ist. Haben wir irgendein Gerät, das das lesen kann?"

Er nahm mir die Speicherkarte aus der Hand und betrachtete sie. „Hmm, so was hab ich seit zwanzig Jahren nicht mehr gesehen." Er schaute mich an. „Die braucht man heute nicht mehr, es ist ja alles im Netz gespeichert."

„Ich weiß. Das Ding gehörte meinem Vater. Ich wollte nur wissen, ob ich das irgendwie öffnen kann."

Er betrachtete die Karte wieder. „Irgendwo gibt's sicher noch ein Lesegerät, vielleicht sogar bei uns. Ich schau mal nach und tappe Sie zurück."

Zwei Stunden später meldete er sich. „Bin fündig geworden. Wir haben im Lager einen Haufen alte Elektronik, die keiner mehr benutzt. Liegt da rum und setzt Staub an. Ich glaub, das letzte Mal …"

„Kann ich vorbeikommen und den Apparat mitnehmen?"

„Sicher. Sie können ihn hier bei mir im Büro benutzen, wenn Sie möchten."

„Ich würde das lieber hier bei mir machen."

„Wie Sie wollen. Ich zeig Ihnen, wie's funktioniert, wenn Sie kommen."

Ich verließ die virtuelle Realität. „Alistair, ich brauche ein Auto, um zum Campus zu fahren."

Eine Stunde später schob ich das Speicherding in einen kleinen elektronischen Apparat, den ich auf meinen Schreibtisch gestellt und mit dem Netz verbunden hatte.

„Alistair, bitte zeige mir die Dateien auf diesem Speichermedium."

„Es gibt nur eine."

„Nur eine? Bist du ganz sicher?"

„Ganz sicher."

„Was ist das für eine Datei?"

„Eine Videonachricht. Aber die Datei ist fehlerhaft, nur der Ton funktioniert."

„Woher kommt die Datei?"

„Es ist nur eine Netzadresse angegeben. Ray4306."

„Kein Name?"

„Nein."

„Bitte spiele die Nachricht ab."

Alistair öffnete sie. Ich hörte:

„Eli, ich wollte mich eigentlich in der virtuellen Realität mit dir treffen und dir das persönlich sagen; ich schicke dir stattdessen diese kurze Nachricht, die ich auch an Sam und Lauren sende. Ich hoffe, dass er sie bekommt und dass sie nach all den Jahren bereit ist, mir zu antworten. Ich weiß nicht, ob ich ihr vertrauen kann, aber ich habe keine andere Wahl.

Mir ist klar, dass wir erst seit Kurzem eine Freundschaft wiederbelebt haben, die vor Jahrzehnten begann, aber dir vertraue ich.

Ich bin nie ein Panikmacher gewesen, aber jetzt bin ich sehr besorgt. Ich fürchte, meine Mitarbeit durch all die Jahre ist ein großer Fehler gewesen. Der Mann, mit dem ich arbeite – der, von dem ich dir schon erzählt habe – ist bereit, zur Erreichung seines Ziels Schritte zu tun, die über alles hinausgehen, was ich mir je vorstellen konnte. Ich habe Angst, dass die Menschheit vor einem Abgrund steht, aus dem es vielleicht kein Entrinnen mehr gibt. Und ich habe dabei mitgewirkt."

Eine Pause, dann kam die Stimme wieder: „Dies hat mit dem zu tun, worüber wir beide uns unterhalten haben. Entschuldige, wenn das alles wie das Geschwätz eines Irren klingt, das war nicht meine Absicht. Aber gewisse Ereignisse haben mir die Klarsicht gegeben, die ich vorher nicht hatte. Bitte tap mich an, sobald du dies erhalten hast."

Ich lehnte mich auf meinem Stuhl zurück und atmete tief durch. Wer war dieser Mann? Die Stimme war mir unbekannt. Mein Vater hatte ihn also seit Jahrzehnten gekannt? Wie hatte er ihn kennengelernt? Wie ein Irrer klang der Mann vielleicht nicht, aber etwas paranoid schon.

„Alistair, aus welchem Jahr ist diese Nachricht?"

„Aus diesem."

„Aus diesem? Und was ist das Datum?"

„14. April."

Eine Woche, bevor mein Vater gestorben war.

* * *

Kate Sampson stellte die Dunstabzugshaube über ihrem Herd ab und gab zwei Portionen Linguini mit Pestosoße auf zwei Teller. Dann lauschte sie zur Tür hinüber. Was war das? Sie folgte dem Geräusch zur Tür ihres Badezimmers, in das Abby kurz vor dem Dinner gegangen war. Sie hörte, wie drinnen das Wasser lief. Und wie Abby weinte.

„Abby? Ist alles in Ordnung?" Sie klopfte sachte an die Tür.

„Abby, ich bin's. Kate. Bist du okay? Kann ich rein?"

Eine Pause, dann: „Ja. Komm rein."

Sie öffnete die Tür. Abby stand über das Waschbecken gebeugt und versuchte, mit ihren Händen den Wasserhahn zu stopfen. Das Wasser spritzte in alle Richtungen.

„Was ist?"

„Ich … ich weiß nicht … wie ich das Wasser … das kostbare Wasser …"

Kate trat neben sie. „Du hältst einfach deine Hand vor diesen Sensor hier."

Der Wasserstrom hörte auf. Abby stand da, klatschnass. „Kate, das tut mir so leid! So viel Wasser vergeudet hab ich noch nie. Wie kann ich das je …"

Kate reichte ihr ein Badetuch. „Abby, keine Panik. Wir haben jede Menge Wasser."

„Ja?"

Kate lächelte. „Ja. Jede Menge." Sie schaute Abby an und hielt sich die Hand vor den Mund, um nicht loszukichern. „Aber ein trockenes Kleid für dich wär jetzt nicht schlecht."

Abby erwiderte ihr Lächeln. „Du meinst, das hier tut's nicht mehr für heute Abend?"

Kate lachte. „Nein. Ich hol dir eben eins von meinen. Es wird etwas kurz sein, aber es wird dir passen. Und morgen gehen wir beide neue Klamotten kaufen."

„Aber ich hab kein Geld."

„Das ist okay, zahlen tu ich."

Abby zog sich um und sie setzten sich zu Tisch. Sie unterhielten sich etwas über Kleider, Essen und Kates Wohnungseinrichtung, die Abby bestaunte. Kate wollte Rücksicht darauf nehmen, dass Abby gerade erst den traumatischen Verlust ihres Lebensumfelds hinter sich hatte; aber andererseits wäre etwas Small Talk über andere Dinge vielleicht eine gute Ablenkung.

„Wie fühlst du dich?", fragte Kate schließlich. „Ich meine, seelisch. Gegenüber dem Leben im Dschungel musst du hier ja 'nen halben Gefängniskoller haben."

Abby dachte kurz nach, bevor sie antwortete. „Es geht jetzt besser. Aber … ich versteh einfach nicht, wie man den ganzen Tag drinnen sein kann, ich meine, das ist … so steril. Im Dschungel gibt es so viele Geräusche und Gerüche, so viel wildes Leben. Das vermiss ich schon."

Kate war unwillkürlich ein wenig neidisch auf diese Frau, die in Extremform das erfahren hatte, was Kate eigentlich in Papua-Neuguinea hatte erleben wollen. Sicher, in Abbys Leben schien es eine starke religiöse Seite zu geben, die Kate unverständlich war. Aber es störte sie auch nicht. Sie war hergekommen in der Erwartung, dass sie hier Menschen mit den unterschiedlichsten Überzeugungen, Weltanschauungen und Glaubenshaltungen treffen würde. Und eine Amerikanerin, die bei den Inisi gelebt hatte, überraschte und faszinierte sie.

„Und was vermisst du noch?"

„Mein Dorf – meine Leute. Und am meisten meine Tochter." Abby schluckte. „Ich vermisse Miraba so sehr ..." Tränen standen ihr in den Augen.

Kate ließ ihr einen Moment Zeit, sich zu fassen. „Miraba? War sie dein Kind?" Eigentlich hatte das Mädchen ja zu dunkelhäutig ausgesehen dafür.

„Nein, nein, ich hab sie adoptiert."

„Und wie alt war sie, als du das gemacht hast?"

„Drei Jahre."

„Und was war mit ihren Eltern?"

„Die waren tot. Malaria."

„Und da hast du Miraba aufgenommen?"

Abby nickte.

„Und das Dorf hatte keine Probleme damit?"

„Sie waren sogar dankbar, dass sie einen Esser weniger am Hals hatten. Richtig satt essen konnten sich meine Leute fast nie."

„Dann warst du also alleinerziehend?"

„Alleinerziehend?"

„Ohne männlichen Partner."

„Du meinst, ohne einen Mann?" Abby lächelte. „Nein, ich hatte keinen Mann."

„Warum lächelst du? Hast du dich nie für einen Mann interessiert?"

Abby schüttelte ihren Kopf, sie wurde jetzt munterer. „Sagen wir eher, es hat sich nie ein Mann für mich interessiert. Die Männer fanden, dass ich nicht die Frau war, die sie sich vorstellten, und das stimmte auch."

„Und was für eine Art Frau stellten sie sich vor?"

„Eine, die die Arbeit macht. Die Frauen besorgen das ganze Essen, bis auf das Fleisch, sie holen Wasser aus dem Fluss, sie kochen, hüten die Kinder, weben Körbe, machen Kleider, flicken Löcher in den Hütten ..."

„Und was tun dann die Männer?"

„Meistens jagen. Und fischen. Und den Jungen beibringen, wie man jagt und fischt."

„Dann gehen also bei euch die Männer den ganzen Tag jagen und die Frauen machen alles andere?"

Abby lachte. „Sozusagen. Bei den Inisi haben die Männer ganz bestimmte Aufgaben und die Frauen ebenfalls. Das ist das, was sie unter Ehe verstehen."

„Und … Liebe? Spielt das eine Rolle?"

„Nein, eigentlich nicht. Obwohl … ein paar fingen an, in die Richtung zu gehen, als sie meine Eltern beobachteten. Ihre Ehe war …" Abby überlegte kurz. „… ja, zärtlich, das ist wohl das richtige Wort. Und fröhlich. Sie lachten viel. Und sie arbeiteten gemeinsam.

Ein paar von den jüngeren Männern haben glatt angefangen, bei der Brautwerbung romantisch zu werden – oder was sie unter ‚romantisch' verstanden. Aber im Prinzip sind Ehen nach wie vor ein Zweckbündnis für den Lebensunterhalt und das ist mir einfach nicht genug; meine Eltern haben mir etwas anderes vorgelebt." Abby musterte das Zimmer. „Du hast ein großes Haus. Wohnst du ganz allein hier?"

Kate lächelte. „So groß ist es auch wieder nicht. Bis vor ein paar Monaten wohnte mein Partner, Matt, bei mir. Aber jetzt ist er zurück in den USA."

„War er dein Mann? Warum hat er sein Haus verlassen?"

Abby schein verwundert.

„Nein, er war nicht mein Mann. Er …" Wie sollte sie das dieser Frau aus dem Dschungel erklären? „Dieses Haus gehörte uns beiden. Als er ging, hab ich ihm seinen Anteil abgekauft."

„Ach so."

Abby sah aus, als lägen ihr noch weitere Fragen auf den Lippen, aber Kate stand auf und begann den Tisch abzuräumen. Sie wusste nicht, ob sie Abby von Matt erzählen sollte – es war alles so kompliziert.

„Lass mich das bisschen in der Küche selber machen", sagte Kate. „Setz dich so lange auf das Sofa, du brauchst das."

Als sie ein paar Minuten später zurück ins Wohnzimmer kam, fand sie Abby über ein großes altes Buch gebeugt. Der Einband war abgegriffen, aber Abby schien sorgfältig mit dem ehrwürdigen Stück umzugehen.

„Ach, hast du das Album gefunden", sagte Kate. „Das hat meine Großmutter zusammengestellt, vor sechzig Jahren."

Abby blätterte vorsichtig ein paar Seiten um. „Die Bildhölzer deiner Familie", sagte Abby. „Interessant."

„Meine was?"

„Wenn bei den Inisi ein Familienmitglied stirbt, schneiden die Angehörigen ein großes Stück Holz aus dem Stamm einer Sagopalme heraus. Auf dieses Holz schnitzen sie Bilder, die die Lebensgeschichte des Verstorbenen erzählen. Das Bildholz wird in der Hütte aufgehängt. Wenn Besucher kommen, zeigt man ihnen die Schnitzereien und sagt: „Das ist die Geschichte meiner Mutter. Das ist die Geschichte meines Großvaters. Und hier die meiner Schwester." Abby schloss das Album. „Hast du auch neuere Fotos aus den USA?"

„Sicher. Ich hol sie eben auf den Viviscreen."

„Den was?"

„Den Viviscreen. Das mache ich, wenn ich mir etwas im Weltnetz anschaue." Sie sah Abby an. „Hattet ihr im Dschungel keinen Zugang zum Netz?"

„Seit meiner Kindheit nicht mehr."

Sie schauten sich mehrere Bilder an. „Das da ist meine Mutter", erklärte Kate. „Sie wohnt in Indiana. Und das ist mein Vater – in Arizona."

„Sind sie nicht mehr verheiratet?"

Kate lächelte. „Sie waren nie verheiratet, Abby. Heiraten – das macht man eigentlich nicht mehr."

„Oh!"

Kate rief das nächste Bild auf. „Das ist Matt."

Sie betrachteten das Bild. „Vermisst du ihn?", fragte Abby.

Kate sah sie an. „Doch, sehr sogar. Ich hatte gedacht, wir würden lange zusammen sein."

Sie rief das nächste Bild auf. Es zeigte Kate von der Seite; sie war schwanger.

Abby setzte sich auf. „Du hast ein Kind?"

„Dieses Bild wollte ich eigentlich löschen."

„Warum? Ist das Kind … ist es gestorben?"

Kate schüttelte den Kopf. „Es kam tot zur Welt. Ein Mädchen. Vor eineinhalb Jahren."

„War das Kind von Matt?"

Kate nickte, ohne die Augen von dem Bild abzuwenden. Sie schwiegen. Als Abby sprach, zitterte ihre Stimme vor Mitgefühl. „Das tut mir so leid, Kate. Ich hab viele Totgeburten miterlebt und weiß, wie schwer das ist."

Kate sah sie an, ihre Augen waren feucht. „Wieso hast du das miterlebt?"

„Als Hebamme bei den Inisi. Da kommt so was oft vor."

„In den USA nicht. Da weiß niemand, wie das ist." Kate wischte sich eine Träne ab. „Entschuldige, ich wollte jetzt nicht sentimental werden."

„Ist schon gut." Abby legte ihre Hand auf Kates Arm. „Ich weiß, wie es ist, wenn man seine Tochter verliert."

Kate begann zu lächeln. „Meine Tochter … so hat sie noch nie jemand genannt."

7

AM NACHMITTAG TAT ich endlich wieder das, wofür die Universität mich bezahlte. Der Tod meines Vaters hatte mich in meinem Pensum hoffnungslos zurückgeworfen. Ich bastelte eine Stunde lang an der nächsten Seminarstunde und griff dann in die Trickkiste. Die Studenten meines Seminars über Amerikanische Kulturgeschichte seit 1900 würden kulturell relevante Fragen zu vier Schlüsselereignissen des mittleren 20. Jahrhunderts erarbeiten – Hiroshima und Nagasaki, die Ermordung Kennedys, den Vietnamkrieg und die Bürgerrechtsbewegung. Dann würden wir die Ergebnisse diskutieren. Seminar vorbereitet.

Ich fuhr zurück nach Hause und rief im Netz die Taps ab, die ich den ganzen Nachmittag ignoriert hatte. Mehrere weitere Studenten wollten meine Reaktion auf die Gehirntransplantation wissen. Dieser Durchbruch konnte ein Schlüsselmoment für diese ganze Generation sein.

Ich nahm den Faden wieder auf, der mich den ganzen Tag beschäftigt gehalten hatte: herauszufinden, wer oder was hinter

„Ray4306“ steckte. Als Testamentsvollstrecker meines Vaters hatte ich zum Glück sein Netzpasswort bekommen.

„Alistair, rufe die Netznachrichten meines Vaters auf, Passwort: adt36w48.“

„Aufgerufen.“

„Bitte zeige alle Nachrichteneinträge aus diesem Jahr an, die von Ray4306 stammen.“

„Keine Einträge vorhanden.“

„Was soll das heißen, keine Einträge vorhanden? Was ist mit der Audionachricht vom 14. April?“

„Für diese Nachricht existiert kein Eintrag.“

Kein Eintrag? Jede Nachricht wird im Netz gespeichert, entweder im aktiven Status oder im Archiv.

„Gib alle Nachrichten dieses Absenders aus den letzten fünf Jahren an.“

„Es existieren keine Nachrichten dieses Absenders.“

Ich holte Luft. „Aus den letzten zwanzig Jahren.“

„Es existieren keine Nachrichten dieses Absenders.“

Das war unmöglich! Es sei denn, mein Vater hätte jede Nachricht persönlich gelöscht. Aber warum hätte er das tun sollen? Warum sie alle im Netz löschen und nur eine auf einem antiquierten Speicherchip behalten?

Ich erwog die andere Möglichkeit. Jemand anderes hatte die Nachrichten gelöscht – was technisch schwierig und ohne Passwort definitiv illegal war. Aber das konnte man herausfinden. „Alistair, nimm bitte eine Nachricht auf, nur Audio.“

„Bin bereit.“

„Sir, mein Name ist Creighton Daniels. Ich bin der Sohn von Eli Daniels, der am 14. April eine dringende Audionachricht von Ihnen erhielt. Ich muss Ihnen leider mitteilen, dass mein Vater am 21. April verstorben ist. Ich antworte an seiner Stelle auf Ihre Nachricht. Bitte antworten Sie so bald wie möglich. Nachricht Ende.“

„Möchtest du die Nachricht bearbeiten?“

„Nein. Netzadresse Ray4306. Bitte sende die N…“

Ich hielt inne.

„Hast du gesagt: ‚Bitte sende die Nachricht‘, Creighton?“

Falls irgendjemand wollte, dass die Nachricht von Ray4306 nicht bekannt wurde … überwachte er bestimmt seine Netzadresse.

„Creighton, hast du …?“

„Alistair, lösche die Nachricht.“

***

„Was ist ‚Inland Tribes‘?“ Kate Sampson stellte eine Tasse Tee vor Abby auf den Frühstückstisch.

„Das ist die Missionsgesellschaft, bei der meine Eltern waren. Warum fragst du?“

„Du hast eine Nachricht von denen. Das Krankenhaus hat sie gerade an mich weitergeleitet.“

„Eine Nachricht? Kann ich die mal sehen?“

„Natürlich.“

Das Bild eines Schwarzafrikaners an einem Schreibtisch erschien auf dem Viviscreen vor ihnen.

„Diese Nachricht ist für Abigail Caldwell. Abigail, mein Name ist Umtobo Ogungi. Ich bin der Büroleiter von Inland Tribes. Einer meiner Mitarbeiter hat mich darüber informiert, dass Sie sich in Lae aufhalten. Ich habe die Akte Ihrer Familie durchgesehen und dabei eine sehr alte Nachricht entdeckt, die Ihnen nie zugegangen ist. Wir möchten uns dafür entschuldigen, aber es war uns technisch unmöglich, Ihnen Nachrichten nach Neuguinea zu schicken. Wir trauern mit Ihnen über den Tod Ihrer Eltern, freuen uns aber zu hören, dass es Ihnen gut geht. Gott segne Sie!“

Kate sah Abby an. „Möchtest du, dass ich diese alte Nachricht öffne? Sie ist … Mensch, die ist sechzehn Jahre alt.“

Abby nickte.

Kate rief die Nachricht auf. Ein älteres Paar auf einem Sofa in einem amerikanisch aussehenden Zimmer erschien vor ihnen. Abby stieß einen kleinen Schrei aus. „Nonny und Poppy! Das sind meine Großeltern!“

Ihr Großvater begann zu reden. „Abby, unser Goldstück. Wir würden dir diese Worte so gerne persönlich sagen. Aber seit unserem letzten Besuch in Neuguinea gab es keine Gelegenheit dazu. Damals warst du noch ein Baby. Auch wenn wir euch nie wieder besucht haben – im Herzen sind wir immer bei dir gewesen. Und wir beten täglich für dich. Wir konnten nicht mehr mit dir sprechen, seit das Territorium eures Stammes gesperrt wurde, aber wir hoffen, dass es Inland Tribes gelingen wird, dir diese Botschaft zukommen zu lassen."

Er schaute zu seiner Frau hin und lächelte. Sie fuhr fort:

„Abby, wir haben deinen achtzehnten Geburtstag für diese Nachricht gewählt, weil in Amerika die jungen Leute mit achtzehn die Schule abschließen und ihr eigenes Leben anfangen. Normalerweise geben Großeltern ihren Enkeln in diesem Alter weise Ratschläge für das Erwachsenenleben. Aber du hast nicht das typische Teenagerleben gehabt, und bestimmt haben deine Eltern dir schon viel gesagt …"

Sie sah kurz ihren Mann an, drückte ihm die Hand und sprach weiter: „Und so möchten wir stattdessen über etwas anderes reden – etwas, das uns sehr am Herzen liegt. Das klingt jetzt vielleicht etwas hochtrabend, aber wir müssen uns über die Zukunft unterhalten – deine Zukunft, unsere Zukunft, ja, die unseres ganzen Landes."

Sie wandte sich wieder zu Abbys Großvater hin. Dessen Gesicht wurde ernster, als er weitersprach:

„Das Christentum, wie wir es früher kannten und wie du es hoffentlich noch auf dem Missionsfeld kennengelernt hast, ist in Amerika so gut wie verschwunden, Abby. In vielen Gebieten der Welt gibt es noch christliche Widerstandsnester, aber die USA sind dem Vorbild Europas gefolgt und den Weg des Säkularismus gegangen. Der christliche Glaube ist zwar nicht direkt verboten. Aber wer vom Evangelium spricht, gilt als Hetzredner und steht mit einem Bein im Gefängnis. Nicht, dass das noch viel ausmacht – es gibt ohnehin kaum noch Menschen, die etwas vom Glauben wissen. So schlimm sind die Zeiten geworden.

Und es wird noch schlimmer werden, bevor die Lage sich bessert. Das hat Gott uns deutlich gezeigt, sowohl in unserem Herzen als nun auch" – Abbys Großvater lehnte sich auf der Couch vor und sein Tonfall wurde dringlich – „in unseren *Träumen*. Ich hätte nie gedacht, dass Gott in Träumen zu mir reden würde, und habe sie erst nicht weiter beachtet. Aber dann fing deine Großmutter an, mir von *ihren* Träumen zu erzählen, und wir entdeckten, dass wir manchmal genau *den gleichen* Traum hatten. Das muss von Gott kommen, Abby, eine andere Erklärung gibt es nicht.“

Er beugte sich noch weiter vor. „Wir glauben, dass Gott einen Grund dafür hat, wenn er die Kirche hier sterben lässt. Alles, was Gott tut, hat einen Grund. Er hat einen Plan und in diesem Plan wird der Glaube nach Amerika zurückkehren.

Du fragst dich jetzt wahrscheinlich, was das mit dir zu tun hat. Hör gut zu, Abby – und habe keine Angst. Wir wissen, dass das jetzt abenteuerlich klingen wird, aber … in unseren Träumen hat Gott uns den Menschen gezeigt, den er benutzen will, um seine Kirche in Amerika wieder aufzubauen. Wir wissen nicht, wie oder wann dies geschehen wird oder warum Gott ausgerechnet diese Person für diese scheinbar unmögliche Aufgabe erwählt hat. Aber er hat sie erwählt. Und diese Person, Abby, diese Person – bist du.“

Kate sah, wie Abbys Unterkiefer herunterfiel.

„Wir glauben, dass Jesus dich dazu bestimmt hat, das Christentum in den USA wieder zum Leben zu erwecken. Ich wollte, wir könnten dir mehr sagen. Ich wollte, wir wüssten mehr. Aber Gott hat uns nicht mehr gezeigt und sicher hat er seine Gründe dafür. Ich bin überzeugt, er will, dass du dich direkt an ihn wendest, um mehr zu erfahren.“

Jetzt sprach wieder ihre Großmutter: „Abby, das Leben ist voll von Möglichkeiten und Herausforderungen und manchmal erscheint es uns, als könnten wir sie nicht bewältigen. Egal, wann diese Nachricht dich erreicht, es kann gut sein, dass diese Worte dir erst einmal unglaublich erscheinen. Aber bitte … nimm sie ernst. Rede mit Gott darüber. Er weiß, wann und wie er dich gebrauchen wird. Wenn es sein Wille ist, werden wir dann noch an deiner Seite sein, und wir werden es als unser größtes Vorrecht ansehen, dich auf deinem Weg zu begleiten.“

Abbys Großvater lächelte jetzt herzlich. „Du bist täglich in unseren Herzen und unseren Gebeten. Wir beten zu Gott, dass er dich behütet und bewahrt und dir ganz nahe ist.“

Dann fügte ihre Großmutter noch hinzu: „Wir lieben dich, Abby, und wir können es kaum erwarten, bis wir dich persönlich in die Arme schließen können, Liebes. Auf Wiedersehen.“

Die Nachricht endete. Abby saß stumm da, ihr Gesicht war eine Maske des Schocks.

Kate sah sie an. „Mann! … Was soll man dazu sagen?“ Der Kommentar kam ihr sofort dumm vor.

„Ich … ich weiß nicht. Ich … wie soll ich …“

Kate schaltete die Nachricht ab, das Bild von Abbys Großeltern verschwand. Der Schock auf Abbys Gesicht verschwand ebenfalls; einen Augenblick schien es, als ob sie gleich anfangen würde zu weinen.

„Bist du okay, Abby?“

Einen langen Augenblick antwortete Abby nicht. Als sie es endlich tat, war ihre Stimme halb resigniert, halb entschlossen. „Ich muss da hin.“ Sie flüsterte es fast.

„Dahin? In die USA?“

Abby nickte.

Kate ging in die Küche und kam mit mehr Tee zurück. „Abby, diese Nachricht ist sechzehn Jahre alt. Was … wie viel weißt du über das Leben deiner Großeltern?“

„Ich kann mich nicht erinnern, sie je gesehen zu haben. Ich erinnere mich nur an die Pakete, die Nonny geschickt hat, bevor das Dorf von der Außenwelt abgeschnitten wurde. Ich war noch sehr klein, aber ich liebte den rosa Plüschbären, den sie geschickt hatte, und jahrelang brauchte ich ihn, um einzuschlafen.“ Sie schien ganz im Gedanken an die Vergangenheit versunken. „Ich weiß, dass sie sehr gläubige Menschen waren. Mein Vater hat mir erzählt, wie es war, bei ihnen aufzuwachsen, und dass Gott immer im Mittelpunkt ihres Lebens stand. Mein Vater war seinen Eltern sehr verbunden und er vertraute ihnen vollkommen.“ Sie zuckte die Achseln. „Mein Großvater war irgendeine Art von Wissenschaftler. Ich habe nie herausgefunden, was er genau machte, aber …“

Kate nahm einen Schluck von ihrem Tee. „Findest du nicht, dass du besser erst mal mit deinen Großeltern reden solltest, bevor du dich da in eine große Sache reinstürzt?“

Abbys Gesicht erhellte sich. „Daran hab ich noch gar nicht gedacht! Natürlich! Kann ich das hier bei dir machen?“

„Klar. Wir müssen sie nur im Netz ausfindig machen. Wie heißen sie?“

„Ray und Giovanna Caldwell. Aber ... ich weiß gar nicht, ob sie noch leben. Sie müssen über neunzig sein."

Kate lächelte. „Ich weiß, deine Eltern und dein Bruder sind früh gestorben. Im Dschungel hatten sie halt nicht die medizinischen Möglichkeiten. In den USA werden die Leute heute oft 140."

Abby setzte sich auf. „Und wie finden wir sie im Netz?"

„Wir brauchen nur die Informationen über dich ins Netz einzugeben. Wie ist dein voller Name?"

„Abigail Elizabeth Caldwell."

„Dein Geburtsdatum?"

„13. März 2054."

„Und der Geburtsort?"

„Hier."

Kate sah sie an. „Also in Lae?"

Abby nickte.

„Im Krankenhaus?"

„Ja. Meine Mutter bekam während der Schwangerschaft Komplikationen, sodass sie für die Geburt hierherkamen."

„Die Welt ist klein." Kate betrachtet den Viviscreen vor ihr. „Bitte den Familienstammbaum der letzten drei Generationen zeigen für: Abigail Elizabeth Caldwell, geboren am 13. März 2054 in Lae, Papua-Neuguinea."

Ein neues Bild erschien vor ihnen.

Kate beugte sich näher zu dem Bild. „Also ... Die Eltern deiner Mutter leben noch, in Hamburg in Deutschland."

Abby zuckte die Achseln. „Ich kenne sie nicht. Ich weiß auch nicht viel über sie. Sie waren dagegen, dass meine Eltern hierherkamen, und schon bevor das Dorf isoliert wurde, gab es kaum Kontakt zu ihnen."

Kate ließ ihren Blick weiter über das Bild gleiten. „Und die Eltern deines Vaters ... Giovanna ..." Sie wurde leiser. „Abby, deine Großmutter väterlicherseits ist vor sechs Jahren gestorben. Und dein Großvater Ray ..."

Abby starrte auf den Bildschirm. „Ist er ... auch tot?"

Kate legte ihre Hand auf Abbys Arm. „Abby, das tut mir so leid."

Die Tränen liefen Abby über die Wangen. „Ist schon gut. Es ist halt so … Ich hatte gerade angefangen, mir vorzustellen, wie es sein würde, sie zu sehen."

„Du scheinst viel mit ihnen gemeinsam gehabt zu haben."

Abby wischte sich die Tränen ab, setzte sich auf und schaute wieder auf den Viviscreen. „Wann ist er gestorben?"

„Anscheinend erst in diesem Jahr", sagte Kate. „Computer, bitte das genaue Datum von Raymond Caldwells Tod."

„16. April 2088."

Abby sah sie an. „Das ist erst drei Wochen her."

8

LAUREN CALDWELL HASSTE die Washingtoner Empfänge. Drei Stunden Plastiklächeln und politischer Small Talk mit der Schickeria der US-Hauptstadt, es war nicht ganz das, was sie sich vorgestellt hatte, als sie vor elf Jahren im fünften Distrikt von Texas in den Kongress gewählt worden war. Aber die jährliche Gala des Washington Media Club war für eine Kandidatin für den US-Senat Pflicht, nicht Kür.

Lauren glitt tapfer lächelnd durch den Ballsaal des Hotels. Sie war eine eindrucksvolle Frau, hochgewachsen, jung, die Stimme rauchig-selbstbewusst – die Art Frau, die man in Washington zu bewundern hat.

„Lauren!"

Sie drehte sich um und sah das markante Gesicht von Ethan Norwood, dem gefürchteten politischen Online-Kommentator. Ihr Lächeln wurde noch breiter. „Ja, Ethan, ich dachte, Sie machen gerade Urlaub in der Karibik!"

„Vergessen Sie's, es ist Wahlkampf, Stress pur. Wo ist Sabin?"

„Zu Hause. Kreiert das nächste Hologramm, dringender Termin, wie immer. Dann hat Rodney Sie also auch an der Überstundenleine."

„Er will, dass ich 'nen Sonderbeitrag über die Chancen der American Party mache."

„Und was sagt Ihr Instinkt Ihnen?"

„Dass Sie im Repräsentantenhaus Federn lassen werden, aber sich im Senat vielleicht behaupten, Ihren Sitz eingeschlossen natürlich."

„Noch ist es nicht meiner, aber danke für die Blumen."

Er trat näher zu ihr und senkte seine Stimme. „Lauren, nach unseren letzten Umfragen sind die Demokraten dabei, national mit der AP gleichzuziehen, und in Texas haben sie sogar die Nase vorn. Glauben Sie wirklich, dass Sie Ihren Vorsprung halten können?"

„Nun, da es keinen ernst zu nehmenden republikanischen Kandidaten gibt … Ich nehme an, das bleibt unter uns?"

„Sicher."

„Wir spekulieren auf 40 Prozent der republikanischen Stimmen. Und da Gouverneur Menendez uns in die Hände arbeitet …"

Norwood schüttelte den Kopf. „Ich weiß nicht, wie Sie das Blatt wenden wollen, wenn die Wirtschaft weiter den Bach runtergeht." Er nahm einen Schluck aus seinem Glas. „Ich sag das jetzt nicht gerne, aber nach sechs Jahren im Weißen Haus seht ihr von der AP ein bisschen – alt aus."

„Wenn ihr undankbaren Journalisten uns so alt macht – na ja!" Lauren lachte. Sie hoffte, dass es hinreichend echt klang. Sie konnte es sich nicht leisten, sich Norwood zum Feind zu machen.

Er hatte ja recht. Die Wirtschaftskrise war definitiv nicht gut für die American Party. Nicht, dass die Krise ihre Schuld war. Die Kriege in Südasien hatten in diversen technologischen Bereichen zu Verknappungen geführt und die Preise hochgetrieben; nervöse Märkte und steigende Inflation waren die Folge. Das Wirtschaftswachstum ging nach unten, die Arbeitslosigkeit nach oben. Und zum ersten Mal zeigte für die American Party – eine zentristische dritte Partei, die Demokraten wie Republikaner überholt und das Weiße Haus und den Kongress erobert hatte – die Kurve nach unten. Sie waren nicht mehr die jungen Wilden, sie waren die Hüter der Macht, die man für die Probleme der Nation verantwortlich machte. So war das nun mal in der Politik. Die Partei brauchte dringend ein zündendes Thema. Lauren brauchte irgendetwas, das Bewegung in die Umfragetrends in Texas brachte.

Ihr Audioimplantat signalisierte ihr, dass gerade eine Nachricht für sie kam.

„Entschuldigen Sie mich eben, Ethan, mein Assistent tapt an."

Sie trat beiseite und betrat die virtuelle Realität; ihr Gesicht wurde glasig. Einen Augenblick später kehrte sie in die physische Realität zurück. Vor ihr stand eine Kollegin aus dem Kongress, Clara Barnes.

„Ist was, Lauren? Du siehst aus, als ob du gerade einen Geist gesehen hast."

„N-nein", erwiderte Lauren. „Aber ich werde demnächst einen sehen."

* * *

„Krise, Lauren?"

Lauren Caldwell wandte sich zu dem vertrauten Profil von Hutch Hardin um. Er studierte gerade die Gebäckstücke in der Theke von Sal's Seaside Café. Über dem blauen Wasser und dem Kieselstrand der nördlichen Adria gelegen, war das Café der virtuelle Lieblingstreffpunkt für Lauren und ihren politischen Mentor.

Früher, als die Politiker-Stelldicheins noch in den Washingtoner Kneipen stattfanden, hatten sie das Futter für die Klatschspalten des nächsten Tages geliefert. Heute war das anders. Die Treffen in der virtuellen Realität (VR) waren mit normalen Mitteln nicht ablauschbar; hier konnte jedes Duo, jede Gruppe zusammenkommen, ohne Angst vor Entdeckung haben zu müssen. Selbst ein Belauschen mit illegalen Mitteln ließ sich unterbinden, wenn man einen fähigen VR-Berater hatte.

„Es ist alles Krise bei uns, Hutch. Aber mit einem guten Kaffee lässt sich alles lösen."

Er bestellte Croissants und Kaffee. Sie schlenderten zu einem Tisch an einem Geländer, hinter dem es zwanzig Meter tief zum Strand unter ihnen ging.

Lauren setzte sich und schaute zu zwei weißen Jachten hin, die auf die offene See hinausglitten, dann drehte sie sich zu ihrem Mentor. „Meine Güte, Hutch, du siehst ja immer jünger aus. Und deine Haare werden mehr statt weniger."

Hardin hatte, wie meistens, ein VR-Bild von sich selbst gewählt, das ihn zwanzig Jahre jünger und zehn Pfund leichter zeigte, als er tatsächlich war.

„Ich überlege gerade, ob ich selbst in den Senat will“, sagte er trocken. „Meinst du, die Wähler werden mich so mögen?“

„Du in den Senat? Und was hast du an politischen Leistungen vorzuweisen? Ich meine, so was erwarten die Leute von einem Senatskandidaten.“

„Ohne Leute wie mich würde in dieser Stadt nichts laufen.“

Sie lächelte. „Und deswegen hast du dich noch nie um einen Parlamentssitz beworben, stimmt's oder hab ich recht? Wer will schon weniger Macht haben als früher?“

„Stimmt. Die politischen Spiele, die wir spielen, Lauren, sind viel zu unterhaltsam.“

Ein Kellner kam mit ihrer Bestellung. Sein kroatischer Akzent war unüberhörbar.

„Du solltest auf deine Figur aufpassen, Hutch.“

Er strich dick Butter auf sein Croissant. „Vielleicht sollte ich nur noch virtuell essen.“

„Das soll der letzte Schrei sein. Iss nur in der virtuellen Realität richtig und begnüg dich in der physischen mit ein bisschen Gesundheitsvogelfutter.“

Er biss in sein Croissant. „Aber jetzt erzähl mir mehr über diese Cousine von dir.“

„Also, sie ist die Tochter meines Vetters ersten Grades, Sam Caldwell. Ich hatte nicht viel mit ihm zu tun als Kind, aber ich erinnere mich, dass er ein religiöser Aktivist war. Als er Mitte zwanzig war – ich war damals auf der Highschool –, sind er und seine Frau Emily einer Organisation beigetreten, die Eingeborenenstämme zum Christentum zu bekehren versuchte. Sie gingen nach Neuguinea, zu einem Stamm, der noch fast ohne Berührungspunkte mit der Zivilisation lebte.“

„Gab es da noch solche Stämme? Wann war das denn?“

Sie nippte an ihrem Cappuccino. „In den Dreißigern. So viel ich weiß, war dies der letzte solche Stamm, jedenfalls in Neuguinea. Die Regierung dort erklärte sein Territorium schließlich zum kulturellen Sperrgebiet, damit er seine kulturelle Integrität bewahren konnte.“

„Aber dein Onkel und deine Tante waren schon da."
„Ja."
„Und mussten sie dann nicht gehen?"
„Der Stamm wollte, dass sie blieben, und die Regierung stimmte dem schließlich zu, unter der Bedingung, dass Sam und Emily jegliche Kontakte zur Außenwelt einstellten. Danach hat man nichts mehr von ihnen gehört."
„Und wann war das?"
„2052. In dem Jahr, wo ich in Swarthmore mein Examen machte."
Hutch lehnte sich auf seinem Stuhl zurück. „Diese Abby war damals also noch nicht geboren."
„Nein. Als sie zu dem Stamm ausreisten, hatten sie einen kleinen Jungen. Die Familie ... wir haben nach all den Jahren schließlich angenommen, dass sie wohl gestorben waren."
Er nahm einen Schluck von seinem Espresso und setzte die Tasse wieder ab. „Und was weißt du über Abbys religiöse Einstellung?"
„Wir müssen wohl davon ausgehen, dass sie den Glauben ihrer Eltern übernommen hat."
„Sehe ich auch so." Hutch starrte in seine Tasse. „Und jetzt ist sie also da. Ich kann mir Schöneres vorstellen."
„Ich auch."
„Und was gedenkst du zu tun?"
„Ich lasse sie halt zu mir kommen."
Er warf ihr einen scharfen Blick zu.
„Ich meine, was sollte ich anderes machen? Hätte ich mich weigern sollen, sie aufzunehmen?"
Er schüttelte den Kopf. „Nein."
„Sie wird erst mal bei uns wohnen."
„Und dann?"
„Ich weiß nicht." Sie sah ihn nervös an. „Was würdest du mir raten?"
Er nahm den nächsten Bissen von seinem Croissant und trank einen weiteren Schluck Espresso. „Wir sollten zusehen, dass wir sie so bald wie möglich wieder loswerden. Die Medien werden von ihr erfahren und sie als christliche Missionarin darstellen. Und du hast dann die Wahl: entweder die christlichen Proselytenmacher öffent-

lich in Schutz zu nehmen oder dich öffentlich von einer armen, heimatlosen Verwandten zu distanzieren. Die Dumme bist in jedem Fall du."

Lauren seufzte. „Ich fürchte, da hast du recht."

Er beugte sich vor. „Lauren, die Wähler vergeben dir vieles, aber eine religiöse Fanatikerin im Haus – das kostet dich Stimmen – und du brauchst jede Stimme, wenn du in den Senat willst! Setz sie in das nächste Flugzeug zurück in den Dschungel, bevor sie dir alles kaputt macht, wofür du gearbeitet hast."

* * *

Nach mehreren Tagen Nachforschungen ließ er sich nicht mehr vermeiden, der elektronische Besuch, den ich am liebsten nicht gemacht hätte. Alistair hatte die Nachrichten meines Vaters komplett durchgescannt. War irgendetwas darin, das von den anderen kam, die Ray4306 erwähnt hatte, also „Sam" und „Lauren"? Komplette Fehlanzeige. Dann hatte Alistair die Mitarbeiterlisten von sämtlichen neurologischen oder neurologierelevanten Universitätsfakultäten in der Welt nach einem „Ray" oder „Raymond" durchsucht und auch drei Raymonds gefunden, aber keiner von ihnen kannte meinen Vater.

Als zweitletzten Versuch kontaktierte ich Gwen, die letzte Lebenspartnerin meines Vaters. Ihre Beziehung war vor siebzehn Jahren auseinandergegangen, und obwohl ich mich immer gut mit Gwen verstanden hatte, hatte ich seitdem nicht mehr mit ihr gesprochen. Es tat ihr leid, zu hören, dass mein Vater gestorben war. Nein, ihr war kein Ray aus seinem Freundeskreis bekannt.

Also gut, es musste wohl sein. Auf zum letzten Versuch. Am liebsten hätte ich es bei einem einfachen Audiotap belassen, aber das kam mir zu unpersönlich vor. Und so begab ich mich in die virtuelle Realität. Ich stand neben einem Straßencafétisch vor einem Bistro in einer Großstadt, die Paris sein musste. Am Tisch saß eine Frau in den Achtzigern. Ihr Haar war grau, ihr Lächeln breit.

„Hallo, Creighton, wie lange ist es her – zehn Jahre?"

„Hallo, Mutter. Ich glaube, elf."

Ich weiß nicht mehr genau, worüber meine Mutter und ich uns

gestritten hatten, aber wir hatten ein Jahr lang nicht mehr miteinander gesprochen, dann zwei und danach war es mir irgendwie zu dumm gewesen, sie anzutappen. Was sagt man jemandem, mit dem man vier, sechs, acht Jahre keinen Kontakt mehr hatte?

Unser Fall war nichts Besonderes. Es war das Normalste von der Welt, dass man den Kontakt zu einem Elternteil (manchmal sogar zu beiden) abreißen ließ. Die Eltern meiner Generation waren nie verheiratet gewesen und hatten keinen Partnerschaftsvertrag über mehr als zehn Jahre geschlossen. Eltern sein – das war ein Lebensabschnitt und keine Lebensaufgabe mehr.

Und doch: Irgendwie war es komisch, hier an einem Tisch zu sitzen und mit der Frau zu sprechen, die mich zur Welt gebracht hatte.

Wir tauschten die üblichen Bemerkungen über das Wetter aus, dann sagte ich: „Mutter, ich muss dir etwas mitteilen. Mein Vater ist tot."

Ihr Gesicht wurde traurig. Es schien echt zu sein. „Oh! Wie ist das gekommen?"

„Wie's aussieht Selbstmord."

„Oh, Creighton, das tut mir so leid." Sie sah mir in die Augen. „Wie packst du das?"

„Das … danke, es geht. Ich bin halt seine Sachen durchgegangen und hab Verschiedenes geregelt. Und das … tja, das ist der Grund, warum ich dich angetapt hab."

„Wie meinst du das?"

„Vater hatte eine etwas ungewöhnliche E-Nachricht von einem Freund bekommen. Er heißt Ray und sie müssen sich seit Jahrzehnten gekannt haben. Erinnerst du dich an jemanden aus Vaters Bekanntschaft, der so hieß?"

Sie schüttelte ihren Kopf. „Das ist so lange her, dass er und ich zusammen waren. Bald vierzig Jahre." Sie nahm einen Schluck von ihrem Wein und dachte nach. „Nein. Nein, ich kann mich an keinen Ray erinnern. Ein paar von seinen Freunden hab ich gekannt, aber nicht alle. War das was Wichtiges, diese Nachricht?"

Ich setzte ein Lächeln auf. „Wahrscheinlich nicht. Ich war halt neugierig. Und es gab mir einen guten Grund, dich anzutappen; entschuldige, dass ich so lange gewartet hab damit."

Sie erwiderte mein Lächeln. „Du brauchst dich nicht zu entschuldigen. Vielleicht können wir jetzt besser in Kontakt bleiben."

„Ja. Das wäre schön, Mutter."

Ich verließ die virtuelle Realität. Ich langte nach meiner lauwarmen Kaffeetasse und verschüttete die Hälfte.

„Soll ich deinen Heimroboter rufen, Creighton?"

„Nein, danke, Alistair, das kann ich selbst aufwischen." Ich holte ein Küchenhandtuch und einen Donut aus der Küche. Ich brauchte etwas, um auf andere Gedanken zu kommen.

„Alistair, was hast du mir in CulturePulse zu bieten?"

Kurzberichte mit Bildern erschienen. Die nächsten Leute, die von Jesus geträumt hatten. Die ersten Interessenten für Gehirntransplantationen. *An eurer Stelle würde ich jemand anderes die Versuchskaninchen machen lassen und warten, bis die Kinderkrankheiten beseitigt sind.*

Dann weckte ein Artikel mit einer ungewöhnlichen Überschrift mein Interesse:

Amerikanerin aus letzter Eingeborenen-Enklave aufgetaucht

Eine amerikanische Bürgerin, Ms Abigail Caldwell, kam letzte Woche zum ersten Mal in ihrem Leben in Berührung mit der Zivilisation. Sie tauchte mit einem Kanu aus dem Landesinneren von Papua-Neuguinea auf dem Sepik auf. Ms Caldwell hatte 34 Jahre lang bei den Inisi gelebt, dem letzten für sich lebenden Stamm auf unserem Planeten.

Die Eltern der in Neuguinea geborenen Ms Caldwell waren amerikanische Missionare der christlichen Religion, die bei den Inisi blieben, als die Regierung Neuguineas den Stamm zum kulturellen Sperrgebiet erklärte. Nach deren Tod in den 2070er-Jahren war Ms Caldwell die einzige verbliebene Ausländerin, die bei dem Stamm lebte.

Letzten Donnerstag wurde sie ohnmächtig in ihrem Kanu aufgefunden, nahe der Stadt Dagua an der Nordküste Neuguineas. Man brachte sie in das Krankenhaus in Lae, wo sie nach kurzer Behandlung wieder entlassen wurde. Auf Vermittlung der US-Botschaft wird sie demnächst ihre Cousine und nächste Verwandte, die US-Kongressabgeordnete Lauren Caldwell in Texas, besuchen.

Eine Anhängerin der christlichen Religion … Die meisten Leser dieses Artikels fragten sich sicher, wie diese Frau sich wohl vorkam bei dieser ihrer ersten Begegnung mit der Zivilisation. Wahrscheinlich hatte sie keinen Netzzugang und ganz bestimmt keine Nervenimplantate. Wie konnte sie auch nur einigermaßen in der modernen Welt zurechtkommen?

Aber ich wusste: Das war nicht die eigentliche Frage. Jeder, der in ein fernes Land reist, kann sich auf fremde Technologien und Lebensstile einstellen – solange er in diesem Land Menschen findet, die die Welt mit ähnlichen Grundüberzeugungen betrachten wie er selber.

Aber diese Frau würde niemanden finden, der die gleiche weltanschauliche Mentalität hatte wie sie. Nicht in Amerika.

9

DIE MEISTEN BESUCHER staunten nicht wenig bei ihrem ersten Besuch in Bryson Nichols' selbst gestaltetem VR-Schlupfwinkel. Von einem der führenden Innovatoren der Welt erwarteten sie in Sachen Design das Neueste vom Neuen. Stattdessen fanden sie sich in einer englischen Kneipe im Stil des 19. Jahrhunderts wieder, die Nichols „Die Bibliothek" nannte.

Elegante Bücherregale aus Eichenholz zierten die Wand, in denen signierte Erstausgaben klassischer englischer Werke aus sechs Jahrhunderten prangten. An der gegenüberliegenden Wand hing ein VR-Original der Magna Charta mit dem Siegel Königs Johann I. Dunkelbraune Ledersessel, zwischen denen kleine Mahagonitische standen, luden zum Sitzen ein. Öllampen verbreiteten ein heimeliges Dämmerlicht. Unter der Decke schwebte eine Wolke aus Pfeifenrauch, deren Aroma den ganzen Raum füllte. Holografische Stammgäste sorgten für eine stilechte, gedämpfte Geräuschkulisse.

Seinen Gästen – mehr als einen auf einmal lud er selten ein – erklärte Nichols immer, dass er ein Mann war, dessen Vision die Zukunft war, dessen Wurzeln aber in der Vergangenheit lagen, in den Zeiten, in denen die Menschheit begonnen hatte, die jahrtausendealten Fesseln von Stammeskriegen und machtgierigen Despoten abzuwerfen und die Fundamente einer aufgeklärten Welt zu legen.

Die Morgendämmerung war schließlich im England des 13. Jahrhunderts angebrochen, mit der Unterzeichnung der Magna Charta, die zum ersten Mal in der Geschichte die Macht des Königs einschränkte und seinen Untertanen verbriefte Rechte gab. Eine politische Revolution, die auf ihre Art die kopernikanische Wende in der Naturwissenschaft vorwegnahm, hatte begonnen. Fünfhundert Jahre später würde Thomas Jefferson die amerikanische Unabhängigkeitserklärung formulieren: „Wir halten diese Wahrheiten für ausgemacht …"

Nichols sah sich als jemand, der in der Tradition von Hume, Descartes, Jefferson, Madison und Lincoln die Menschheit zielstrebig weiterführte auf dem Weg zu ihrer großen Bestimmung. Diese Männer hatten den Weg für die politische Zukunft der Menschheit bereitet; er bereitete den Weg für ihre biologische und intellektuelle Zukunft, eine Zukunft, die frei sein würde von den lähmenden Fesseln des biologischen Verfalls und des Todes. Hier, in seiner alten englischen Kneipe, hatte Nichols den Weg der Menschheit nicht nur für das nächste Jahrzehnt oder Jahrhundert, sondern für die nächsten Jahrtausende vorgezeichnet.

Das Bild von Lauren Caldwell erschien in der Tür. Nichols winkte ihr zu. Lauren ließ ihren Blick über die Stammgäste gleiten, durchquerte den Raum und setzte sich an Nichols' Tisch.

„Guten Abend, Lauren."

„Guten Abend, Bryson." Sie musterte kurz seinen Kopf. „Herzlichen Glückwunsch zu deiner Bekanntmachung."

„Danke. Ohne dich hätte ich das nicht geschafft. Oder sollte ich sagen: Ohne Sie, Frau Abgeordnete, kann ich das nicht?"

„Da hast du völlig recht."

Nichols winkte dem Barkeeper und nippte an seinem Glas. „Worüber sollen wir zuerst sprechen – die Finanzierung deiner Wahlkampagne, die Hearings oder deine Cousine?"

„In den Umfragen liegen wir momentan sieben Prozentpunkte …"

Er schüttelte leicht den Kopf. „Ja, ich weiß. Ich will nur wissen, wie viel Geld du brauchst."

„Für den Rest der Kampagne?"

Er nickte.

„Zwölf Millionen."

„Wird morgen überwiesen." Er beugte sich vor und sah ihr in die Augen. „Ich zähle darauf, dass du gewinnst, Lauren."

Sie räusperte sich. „Ich auch."

Er lehnte sich zurück und lächelte. „Und jetzt die Hearings: Hat eure Vorsitzende die Termine schon festgelegt?"

„Es sieht so aus, als ob sie erst im Herbst kommen."

„Im Herbst? Lauren, bis zum Herbst ist die Luft raus." Der Barkeeper stellte ein Glas vor Lauren hin.

„Der Unterausschuss für Technologie und Innovation ist bis zur Sommerpause ausgebucht. Und die Hearings sind nicht gerade oberste Priorität. Wenn dein Zeitplan sich nicht beschleunigt hätte …"

Er seufzte. Er war die Welt der Wirtschaft gewöhnt, wo das Wort des Chefs Gesetz war. Die politische Arena mit ihren ständigen Kompromissen frustrierte ihn.

„Wir müssen weiter auf einen früheren Termin drängen. Mit wie vielen Hearing-Tagen rechnen wir?"

„Drei."

„Und wie viel können wir in dieser Zeit erreichen?"

„Du meinst, ob wir genügend öffentlichen Druck auf die Regierung erzeugen können, dass sie den Leuten deine Transplantationen bezahlt?"

„Genau."

Dies war der Grund, warum Nichols Lauren Caldwell Millionen für ihre politische Karriere schenkte, ja, warum er überhaupt Notiz von ihr nahm. Er brauchte jemanden im Capitol, der sich dafür einsetzte, dass Gehirntransplantationen von der staatlichen Krankenversicherung bezahlt wurden.

Nichols wusste, dass die Nachfrage nach solchen Transplantationen hoch sein würde. Und dass nur die ganz Reichen das nötige Kleingeld dafür hatten. Die einzige Möglichkeit, den Markt auszuschöpfen, bestand darin, dass der Staat den Eingriff bezahlte. Aber der Weg dorthin war dornig. Der Kongress konnte natürlich ein Gesetz erlassen, das die Finanzierung verbindlich vorschrieb, aber um genügend Abgeordnete für ein solches Gesetz zu gewinnen, würde man mindestens ein Jahr brauchen, eher zwei. Dies ließ sich dadurch umgehen, dass die staatliche Krankenversicherung Gehirntransplantationen in ihren Leistungskatalog aufnahm.

Doch die ständigen Defizite versetzten den Staat nicht gerade in Spendierlaune. Um ihn umzustimmen, musste man die öffentliche Meinung mobilisieren. Nichols' sensationelle Enthüllung des Transplantationsverfahrens war der erste Schritt in diesem Prozess gewesen; der zweite waren medienwirksame Hearings vor dem Kongress.

„Werden drei Tage genügen?“, fragte Nichols.

Lauren zuckte die Achseln. „In diesem Geschäft … Sagen wir mal, die Hearings werden den Ball nach vorne bringen. Ob wir schon dieses Jahr ein Tor schießen oder …“

„Wenn nicht, kannst du den Ball ja in die Erste Kammer mitnehmen.“

Lauren lächelte. „Dafür bin ich ja hier.“

Sie tranken beide.

„Also“, fuhr Nichols fort. „Deine Cousine.“

„Meine Cousine, ja.“

Nichols setzte sein Glas ab. „Vielleicht sollten wir noch einmal über die Nachricht reden, die du von Ray erhalten hast.“

„Da könntest du recht haben.“

„Es wäre für uns beide nicht gut, wenn sie von dieser Nachricht erfährt.“

„Das kannst du laut sagen.“

„Und auch nicht, wenn sie zu lange im Land bleibt.“

„Sehe ich auch so.“

Nichols hob sein Glas. „Auf weitere gute Zusammenarbeit, Lauren.“

* * *

Abby starrte auf ihren offenen Koffer; ihre paar Sachen füllten kaum die eine Hälfte. Sie holte die Toilettentasche heraus, öffnete den Reißverschluss, suchte und fand die nagelneue Zahnbürste und trat ans Waschbecken, um zum zweiten Mal in den letzten zehn Minuten ihre Zähne zu putzen.

Eine Stunde noch und sie würde zum Flughafen fahren, in ein Flugzeug steigen und ein Abenteuer beginnen, das ihr gefährlicher vorkam als alle, die sie bis jetzt bestanden hatte. Sie versuchte krampfhaft, nicht an ihre gescheiterte Rettungsaktion von vor ein paar Tagen zu denken.

Aber was hatte sie für eine Wahl?

Die Botschaft ihrer Großeltern war echt, da gab es keinen Zweifel. Und das setzte ihr zu. Nicht, dass sie nicht tun wollte, was Gott von ihr wollte – aber sie konnte sich nicht vorstellen, dass es ausgerechnet sie sein sollte, die den Lauf der Welt verändern würde. Wie konnte sie, die noch nie weiter in der Welt herumgekommen war als durch ein paar Inisi-Dörfer, glauben, sie könne eine spirituelle Revolution in Amerika auslösen?

Aber obwohl alles dagegensprach, fühlte Abby sich gedrängt, diesen Weg weiterzuverfolgen. Ihre Eltern hatten die Botschaft von Christus zu den Inisi gebracht, und jetzt rief Gott sie auf ein neues Missionsfeld. Ein großes Missionsfeld.

„Abby, bist du fertig? Wir müssen jetzt zum Flughafen."

„Nur einen Augenblick", antwortete Abby. Sie sah ihr Bild im Spiegel an, atmete tief ein und sprach die Frage aus, die ihr auf der Seele lag. *Gott, du weißt, was du tust, oder?*

Sie steckte die Zahnbürste zurück in den Toilettenbeutel und schloss den Koffer. Dann ging sie ins Wohnzimmer.

„Ich bin so weit."

* * *

„Da steht dein Flugzeug." Kate drehte sich von dem riesigen Fenster weg und sah Abby an. „Bist du ganz sicher, dass du das willst? In die Staaten zu gehen wird ein größerer Schock sein, als in meinem Krankenhaus aufzuwachen und zum ersten Mal seit Jahren ein weißes Gesicht zu sehen."

Abby nickte. „Ja. Ich hab Angst, aber ich will es." Sie nahm Kates Arm. „Kate, ich kann dir gar nicht sagen, wie dankbar ich bin für alles, was du für mich getan hast. Du hast …"

Kate schüttelte den Kopf. „Das war mir eine Ehre. Und vergiss nicht: Wenn du wiederkommst, kannst du jederzeit bei mir wohnen, so lange du willst."

„Danke."

Abby wandte sich um, zu den Fenstern an der anderen Seite der Abflughalle, durch die man das Hochland sah. „Ich will nur noch ein Mal da drüben hin."

„Ich gehe mit dir."

Sie standen an dem Fenster und schauten in das Innere der Insel hinaus. Abby berührte die Scheibe mit allen fünf Fingern ihrer rechten Hand. „Ich wollte, ich könnte bis zur Beerdigung des Häuptlings bleiben."

„Er würde dich sicher verstehen", antwortete Kate.

„Wenn du die Autopsie gemacht hast, wird man ihn dann zurückfliegen und im Dorf begraben?"

„Ja, das haben sie zugesagt." Kate zögerte. „Abby, wenn du willst, kann ich da mitfliegen."

Abby lächelte sie an. „Oh, Kate … danke. Das würde mir sehr viel bedeuten."

Der erste Aufruf zum Einsteigen kam aus dem Lautsprecher. „Dein Flugzeug wird gerade aufgerufen. Gehn wir zurück."

Abby schaute noch ein paar Augenblicke zu den Bergen hin. „Leb wohl, Miraba", flüsterte sie. Sie drehten sich um und gingen zum Ausgang.

„Du meldest dich, Abby, nicht wahr?"

„Natürlich. Du bist der einzige Mensch, den ich auf diesem Planeten kenne."

Kate umarmte sie. „Das wird bald anders werden. Du hast dir gemerkt, wie du mich im Netz kontaktierst?"

„Ich hab mir's aufgeschrieben."

„Du kannst mich jederzeit antappen. Mach dir keine Sorgen wegen dem Zeitunterschied."

„Gut." Abby sah die Schlange der Passagiere an, dann wieder Kate. „Kate, noch mal danke für all die Kleider und Sachen, die du für mich gekauft hast."

„Man tut, was man kann. Die Leute sollen ja nicht denken, du kommst vom Mond."

Sie kicherten.

Sie schwiegen einen Augenblick, dann sagte Kate: „Aber jetzt musst du in dein Flugzeug. Wenn du unterwegs was brauchst oder Fragen hast, frag die Flugbegleiter."

„Mache ich."

„Und wenn in Washington niemand da ist, der dich abholt ..."

„... hab ich den Zettel, wo draufsteht, wie ich Lauren antappe. Du hast mich gut vorbereitet."

Sie umarmten sich wieder, lange und fest.

„Bis dann, wenn du zurückkommst."

„Ich melde mich, wenn ich in Amerika bin."

Abby bückte sich, nahm ihre Bordtasche und trat an das Ende der Schlange. Am Eingang zum Flugsteig drehte sie sich noch einmal um, um Kate zuzuwinken. Kate winkte lächelnd zurück. Sie schaute Abby nach und wischte sich ein paar Tränen aus den Augen.

Was wartete in den USA auf diese mutige Frau? Abby in Amerika – wenn sie wirklich vom Mond gekommen wäre, der Unterschied hätte kaum größer sein können. Aber Abby war stark, sie würde es schaffen. Eigensinnig ist sie und zäh, dachte Kate, als ihr in den Sinn kam, wie Abby die Dinge im Dorf angepackt hatte. Sie würde sich in Amerika zurechtfinden. Sie musste es einfach.

Die Türen des Flugsteigs wurden geschlossen. Kate drehte sich um und ging zurück durch die Abflughalle. Sie musste ins Leichenschauhaus von Port Moresby, ihre Autopsie machen.

* * *

Kate Sampson drehte sich abrupt zur Seite und erbrach sich. Obwohl sie nur selten Autopsien machte, hatte sie die Hoffnung nicht aufgegeben, sich eines Tages an den Gestank zu gewöhnen, doch dieser Tag schien noch nicht da zu sein.

Sie schaute zum Chefpathologen, Dr. Jonathan Mandoha, hinüber. „Entschuldigung. Ich kann's nicht glauben, dass mir das immer noch passiert."

Der Pathologe hielt seinen Blick ungerührt auf die Leiche geheftet. „Sie sind nicht die Erste." Er wandte sich an eine Hilfskraft: „Pyande, holen Sie eben jemand, der das aufwischt."

Mandoha war gerade dabei, die Sichtkontrolle des rasierten Kopfes des Häuptlings vorzunehmen. Kate war froh, dass sie Abbys Bitte, bei der Autopsie dabei sein zu dürfen, abgelehnt hatte. Es war nicht gut, bei der Autopsie eines Menschen zugegen zu sein, den man gekannt hatte.

Kate beugte sich wieder über die Leiche und ließ ihre Augen denen Mandohas folgen. Es waren keine Einstiche oder Schnitte zu sehen.

„Keine äußerlichen Anomalien", konstatierte Mandoha. „Öffnen wir den Schädel, Dr. Sampson? Wenn ja, muss mein Techniker eben die Geräte holen."

„Ich würde gerne zuerst das Gehirn scannen. Ich möchte eine komplette neuronale Erfassung mit bildgebenden Verfahren haben."

In den USA lief nichts mehr ohne bildgebende Verfahren. Aber in Neuguinea, wo Gehirnerkrankungen im Vergleich zu den vielen anderen Krankheiten unter „ferner liefen" kamen, waren die Scanningapparate um Jahrzehnte veraltet, sodass die Öffnung des Schädels unumgänglich war. Aber Kate wollte doch gerne sehen, was das Scanning ergab.

Sie schoben den Kopf des Häuptlings in den Scanner und begannen. Die Prozedur dauerte zehn Minuten, die Kate nutzte, um am Netzterminal des Leichenschauhauses die neuesten E-Nachrichten für sie abzurufen. Als sie die letzte anschaute, sah der Techniker zu ihr hin. „Fertig, Dr. Sampson."

„Schieben Sie's hierher zu mir, bitte."

Ein 3-D-Hologramm des Gehirns erschien vor ihr. Mandoha kam zu ihr. Sie betrachteten das Bild. Dann fragte Mandoha den Techniker: „Pyande, was ist mit dem Rest des Scans?"

„Wie meinen Sie das?"

„Hier." Der Arzt zeigte auf das untere Drittel der Schädelhöhle. „Da ist nichts. Wo ist dieser Teil der Aufnahme?"

„Keine Ahnung."

Der Techniker prüfte die Projektionsapparatur. „Hier ist alles in Ordnung. Am besten wiederholen wir das Scanning einfach."

Er tat es und projizierte das zweite Bild auf den Monitor des Pathologen.

„Das Gleiche. Warum fehlt da was?" Mandoha kniff die Augen zusammen. „Und was ist dieses Graue da, wo der Hippocampus sein sollte?" Er schaute Kate an. „So was hab ich noch nie gesehen."

Sie sah den Leichnam an, dann den Techniker. „Haben Sie irgendwo einen zweiten Scanner?"

Der Techniker wiederholte die Prozedur mit einem anderen Scanner und projizierte das Bild erneut. Immer noch das Gleiche. Mandoha sah Kate an. „Nun?"

„Öffnen wir ihn."

Zehn Minuten später laserte der Pathologe den Knochen durch. Er legte den Laser beiseite, schob seine Hände in die beiden Schädelhälften und drückte sie vorsichtig auseinander. Er musterte den oberen Teil des Gehirns. „Nichts Verdächtiges zu sehen."

Er nahm den Laser wieder in die Hand und schnitt weiter, bis er an der linken Schädelhälfte die gesamte Schädeldecke abheben konnte. Die beiden Ärzte nahmen die Gehirnmasse in Augenschein.

„Bis jetzt absolut nichts", sagte Mandoha. „Möchten Sie ein paar Querschnitte zur weiteren Untersuchung?"

„Nein, noch nicht. Erst möchte ich mir die Gegend ansehen, die nicht auf dem Bild ist."

Er laserte weiter, bis er auch um die untere Hälfte des Gehirns den Schädel entzweigeschnitten hatte. Er zog die untere linke Schädelhälfte ab.

Kates Kiefer klappte nach unten, ihre Augen hefteten sich auf die Stelle, die auf dem Bild leer geblieben war. Sie nahm ein Autopsiemesser und hielt es in die silbergraue schmierige Flüssigkeit, die aus dem Gehirn quoll. Sie blieb wie Motorenöl an dem Messer kleben.

„Was zum …"

10

ABBY ZITTERTE AM ganzen Leib, als sie aus dem Auto stieg. Ihr war übel. In Neuguinea mit Kate in einem Auto zu fahren war schlimm genug gewesen, aber dies hier – es war furchtbar. In Amerika fuhren die Autos ohne Fahrer. Sie fühlte sich ausgeliefert. Jedes entgegenkommende Fahrzeug schien geradewegs auf sie zuzuschießen und brachte sie dazu, aufzuschreien oder sich panisch zu ducken. Sie hatte sich schließlich auf ihrem Sitz hingelegt und die Augen geschlossen, bis der Wagen anhielt und die Computerstimme sagte: „Bitte steigen Sie aus."

Abby stellte ihren Koffer auf den Gehweg und schaute zu, wie der Wagen wegfuhr. Sie starrte das Haus vor ihr an. Zum zweiten Mal in 24 Stunden spürte sie ein Gefühl, das sie bisher nicht gekannt hatte: panische Angst. Zum ersten Mal hatte sie es im Flugzeug gespürt. Nicht nur beim Start, als eine unsichtbare Faust sie in den Sitz gepresst hatte, sondern während des ganzen Fluges, als sie merkte, wie wenig sie sich mit den einfachsten Dingen außerhalb des Dschungels auskannte.

Kate hatte ihr Bestes getan, sie vorzubereiten, aber wer hätte an die hundert kleinen Dinge, Regeln und Gebräuche denken können, die allein mit *einer* Sache verbunden waren: einem Passagierflug? Woher sollte Abby wissen, dass es in der Maschine Toiletten gab? Und wie man die Toilettentür verriegelte und die Spülung bediente? Wie konnte sie wissen, dass die Passagiere manchmal auf ihren Sitzen bleiben mussten? Oder dass man, wenn man durch den Mittelgang ging, nicht die anderen Passagiere höflich grüßte? Ihrer eigenen Unwissenheit immer wieder zu begegnen, frustrierte sie über die Maßen.

Und jetzt stand sie also vor dem Haus, das der nächsten Verwandten, die sie in der Welt hatte, gehörte. Was, wenn es das falsche Haus war? Was dann? Ihr Vater hatte sie immer angehalten, einen „Plan B" parat zu haben, aber hier gab es keinen Plan B, ja, sie wusste noch nicht einmal, was Plan A war.

Sie sprach ein rasches Gebet, nahm ihren Koffer, stieg die Stufen zur Haustür hinauf und klopfte. Niemand öffnete. Sie klopfte wieder und die Tür ging auf. Ein Mann stand im Hauseingang. Er mochte 40 oder 45 Jahre alt sein, war etwas größer als sie und lächelte einladend.

„Du bist Abby, nicht wahr? Ich bin Sabin Wright, Laurens Partner. Lauren wird gleich zurück sein. Komm, lass mich das nehmen."

Er griff nach ihrem Koffer. Sie traten in ein geräumiges Wohnzimmer mit zwei Sofas.

„Wie war dein Flug? Du bist sicher müde. Möchtest du etwas trinken?"

„Ein Tee wäre nicht schlecht."

Sabin verschwand in der Küche.

Abby sah sich um. Die Wände des Zimmers waren olivgrün gestrichen, an der einen Wand prangten zwei Wandteppiche. An der gegenüberliegenden Wand hing zwischen zwei Fenstern ein Bild, das einen alten Mann zeigte, der ein Fahrrad eine steile Kopfsteinpflasterstraße hinaufschob. Auf einer Anrichte hinter dem Sofa stand ein Bild von einem Hund, daneben ein kleiner antik aussehender Globus und die Bronzefigur eines Stiers.

Durch ihre Gespräche mit Kate glaubte Abby besser zu verstehen, welche Bedeutung die Ausstattung einer Wohnung hatte, aber dieser Raum wirkte auf sie steril. Sie bedauerte es, keine Familienfotos an den Wänden zu sehen – sie hatte gehofft, irgendetwas hier zu finden, was sie mit ihren Großeltern verband. Wie ging das an, dass jemand keine Bilder seiner Familie hatte? Sie hätte wer weiß was gegeben für ein Bild von Miraba.

Einen Augenblick lang ergriff sie Panik. Sie hatte kein Bild von Miraba. Würde einmal eine Zeit kommen, in der sie sich nicht mehr an das Gesicht ihrer wunderbaren Tochter erinnern würde?

Sabin kam zurück. „Der Tee ist gleich fertig. Setz dich doch." Er zeigte auf das eine Sofa und setzte sich selbst auf das andere. „Wie war dein Flug? Es war dein erster, nicht wahr?"

Abby versuchte ein Lächeln und suchte nach den passenden Worten. „Na ja ... es war ziemlich laut, aber kaum hatten die Leute sich gesetzt, schliefen sie ein und wurden erst wieder wach, als das Flugzeug landete. Ich konnte aber nicht schlafen und jetzt bin ich entsprechend müde."

Sabin lachte. „Die haben nicht geschlafen, die waren in VR."

„In ... was?"

„In der virtuellen Realität."

Der Teekessel pfiff.

„Ich erklär dir das nachher. VR ist das, was ich mache, beruflich, meine ich."

Er stand wieder auf und ging in die Küche. Abby hörte ein Geräusch von der Haustür und drehte sich um. Eine makellos gekleidete Frau in blauem Kostüm und Stöckelschuhen kam herein.

„Du musst Abigail sein.“ Sie hielt Abby förmlich ihre Hand hin.

„Ja. Abby.“

„Ich bin Lauren. Willkommen in den Vereinigten Staaten.“

Sabin kam mit zwei Teetassen zurück. „Lauren. Ich hab gerade Tee gemacht. Willst du auch einen?“

„Nein, danke, ich muss mich erst frisch machen.“ Sie drehte sich zurück zu Abby. „Wie war dein Flug?“

„Er war … etwas Neues. Als ich ins Flugzeug …“

„Ich nehme an, nach der Landung hast du meine Assistentin auf Anhieb gefunden?“

„Ja. Aber wir sind in eine andere Richtung gegangen als alle anderen Leute in dem Flugzeug. War das richtig?“

„Diplomatisches Privileg. Da ich Kongressabgeordnete bin, müssen meine offiziellen Gäste nicht durch den Zoll.“ Sie machte einen Schritt in Richtung Küche. „Komm, ich zeig dir grad das Haus. Ich möchte, dass du dich hier wohlfühlst, auch wenn du nicht lange bleibst.“

Ein paar Minuten später gingen die drei die Treppe hoch, Lauren voran. „Es tut mir leid, dass die Umstände deines Besuches nicht angenehmer sind, Abigail. Du kannst es sicher kaum erwarten, zurück in den Dschungel zu gehen, in ein neues Dorf.“

„Ja, doch, ich würde gern wieder dort sein, aber zuerst muss ich hier ein paar Sachen erledigen …“

Lauren schien es nicht zu hören. „Hier wirst du schlafen.“ Sie öffnete die Tür zu einem Zimmer. Es war mittelgroß und hatte ein Bett (es kam Abby furchtbar hoch vor), mehrere Möbelstücke aus dunklem Holz und zwei Fenster mit weißen Läden. „Die Fenster würde ich zulassen. Hier in Washington wird es im Sommer nachts nicht kühler. Wir reden morgen weiter miteinander. Wenn du was essen möchtest, bevor du ins Bett gehst, weißt du ja, wo die Küche ist.“

„Erst mal bräuchte ich die Toilette, wenn das okay ist.“

Lauren zeigte auf eine Tür. „Natürlich. Du weißt, wie man die benutzt, ja?“

Sie behandelt mich wie eine Idiotin, dachte Abby. *Ich bin schon seit über einer Woche nicht mehr im Dschungel. ‚Du weißt, wie man eine Toilette benutzt?' Pah …* Sie bemühte sich, sich nichts anmerken zu lassen.

„Ich glaube schon, vielen Dank."

Abby ging den Flur entlang. Als sie vor dem Bad stand, klang Sabins Stimme zu ihr herüber.

„Findest du nicht, dass du ein bisschen kühl zu ihr bist?"

Abby blieb vor der Tür zum Bad stehen.

„Darüber haben wir schon gesprochen, Sabin. Wir haben sie nicht eingeladen, sie hat sich selbst eingeladen. Und sie ist ein potenzielles Risiko."

„Für dich."

„Für uns beide, wenn du das Leben, das wir bisher hatten, nicht verlieren möchtest."

„Apropos das Leben, das wir haben …"

„Fang nicht schon wieder an."

„Du bist so besessen von deinem Wahlkampf, dass wir uns kaum noch sehen."

„Dies ist nicht die Zeit oder der Ort, darüber zu reden, Sabin."

Dann herrschte Schweigen. Abby schloss die Badtür leise hinter sich. Ein paar Minuten später stand sie wieder im Gästezimmer. Lauren zwang ein Lächeln auf ihr Gesicht. „Brauchst du noch etwas?"

„Habt ihr eine Matte?"

„Eine Matte? Du meinst, eine Fußmatte? Deine Schuhe sehen sauber aus."

„Nein, eine Strohmatte, zum Schlafen."

„Eine … Strohmatte." Lauren sah Sabin an und gab sich keine Mühe, ihre Geringschätzung zu verbergen. „Nein", fuhr sie fort, „so was haben wir nicht. Aber du wirst sehen, dein Bett ist sehr bequem." Sie drehte sich um und verließ den Raum. „Gute Nacht."

Sabin sah Abby an. „Tut mir leid, dass Lauren so kurz angebunden ist. Sie hat halt gerade ziemlich viel Stress. Ihr Wahlkampf, weißt du. Wir … wir freuen uns, dass du gekommen bist. Schlaf gut, und bis morgen früh dann."

„Gute Nacht."

Abby lauschte auf seine Schritte auf der Treppe. Sie setzte sich aufs Bett und sah sich in dem Zimmer um. Es war stilvoll, aber kalt. Sie zog die Bettdecke auf den Fußboden und legte sich darauf. In kaum einer Minute war sie eingeschlafen.

* * *

Damien Cleary saß an Bryson Nichols' Tisch und musterte die virtuellen Gäste der „Bibliothek“. Nichols grinste. „Damien, hast du hier schon mal jemand gesehen, der nicht hierher gehört?“

Cleary beendete seine Prüfung. „Schwer zu sagen. Warum hast du überhaupt Leute hier, Nichols? Ohne wäre das Sicherheitsrisiko kleiner.“

„Ich vertraue meinem Sicherheitsmann. Und ganz allein hier zu sitzen wäre todlangweilig.“

Cleary zeigte auf die VR-Besucher. „Verstehe. Diese Herren sind recht unterhaltsam.“

Der Barkeeper kam und stellte Cleary seinen Drink hin. Nichols bedeutete ihm, Zigarren zu bringen.

„Du glaubst also, dass die Geschichte mit dem Internet begann, Damien.“

„Nicht die Geschichte. Die Zivilisation.“

Nichols schüttelte den Kopf. „Du bist ein Kulturbanause. Keinerlei Sinn dafür, welche Fortschritte wir gemacht haben. Vor zehntausend Jahren waren wir Jäger und Sammler, die sich mit Säbelzahntigern herumschlugen.“

„Vielleicht solltest du eine Jagdtrophäe an die Wand da hängen.“

„Meinst du?“ Nichols nippte an seinem Wermut mit Rum. „Aber etwas anderes: Wie fandest du meine Rede neulich?“

„Brillant. Gerade so wie ich's erwartet hatte.“

„Wie war die Reaktion der Leute in deiner Ecke?“

„Sie waren ganz weg. Du hattest sie voll im Griff – nein, du *hast* sie voll im Griff, Nichols.“

Nichols lächelte. „Ich muss gestehen, mit so viel Erfolg hatte selbst ich nicht gerechnet. Hast du mitgekriegt, wie viel Publicity das gebracht hat?“

„Natürlich. Du bist in der ganzen Welt in den Schlagzeilen.“ Cleary beugte sich nach vorne. „Nichols, ich habe dir nicht immer folgen können. Ich habe immer gedacht, du solltest die Sache eher publik machen. Aber du hast recht gehabt. Noch zehn Jahre und der ganze Planet wird transhuman sein."

Nichols lachte. „Zehn Jahre? Ich wäre hochzufrieden mit fünfzig."

Ihre Blicke trafen sich mit einem wissenden Ausdruck von Stolz und Triumph. Cleary hob sein Glas. „Auf fünfzig Jahre."

Nichols folgte ihm. „Auf fünfzig Jahre, mein Freund."

Sie tranken, langsam und den Augenblick auskostend. Dann brach Cleary das Schweigen. „Aber jetzt könnten wir ein Problem kriegen."

Nichols lehnte sich zurück. „Ein kleines, ja."

„Hast du es auch im Netz gesehen?"

„Selbstverständlich. Ich verpasse nichts, Cleary, und jetzt schon gar nicht mehr."

„Schon gut. Bild dir nicht zu viel ein auf dein Silikongehirn, bald hab ich auch eins."

„Wann ist deine Transplantation? Nächste Woche?"

Cleary trank von seinem Bourbon. „Korrekt. Wird auch Zeit. – Hast du mit dieser Kongressabgeordneten gesprochen?"

„Ja."

„Wird sie ein Problem sein, jetzt, wo diese Cousine von ihr hier ist?"

„Nein."

„Was meinst du – wie gefährlich wird diese Cousine werden?"

„Wenn sie bald wieder nach Neuguinea geht, gar nicht. Wenn sie länger bleibt …" Nichols schaute um sich, beugte sich instinktiv näher und senkte seine Stimme. „Wenn sie das mit Ray herausfindet, dann wäre das ein echtes Problem. Damien, ich leg das in deine Hände. Sorg dafür, dass sie's nicht rausfindet."

„Und wie weit soll ich dabei gehen?"

„Bleib ihr auf den Fersen, beobachte sie, lenk sie ab. Halte sie im Dunkeln."

„Und wenn das nicht reicht? Was ist wichtiger: diese eine Frau oder das Projekt?"

Nichols seufzte tief.

„Ich hoffe, dass ich nie vor dieser Entscheidung stehen werde.

Aber eins ist klar: Wir können nicht zulassen, dass Abigail Caldwell alles gefährdet, wofür wir zwanzig Jahre lang gearbeitet haben."

* * *

Da ich der Alleinerbe war, waren die Testamentsformalitäten meines Vaters ein Kinderspiel. Die Haushaltsauflösung war eine andere Geschichte. Der Mann war ein Eichhörnchen gewesen – entsprechend umfangreich war seine Sammlung persönlicher Schätze, die natürlich exakt sortiert war. Eine Kiste mit Fotos, die er von seinen Eltern geerbt hatte. Zwei Kisten mit wissenschaftlichen Auszeichnungen und Orden. Zwei übervolle Kisten mit meinen Krakeleien aus der Grundschule. Gerümpel ohne Ende. Ich hatte nicht die Zeit, das alles in seiner Wohnung durchzugehen, und so ließ ich es mir nach Dallas schicken, wo es zwar mein Wohnzimmer zumüllte, wo ich aber alles in Ruhe durchgehen konnte.

Jetzt hatte ich nur noch drei Kisten vor mir. Ich saß auf dem Fußboden und sichtete zwanzig Minuten lang Seminarpapiere – ja, wirklich: Papiere! – aus seiner Studienzeit. Ich langte nach der vorletzten Kiste und öffnete sie.

Ich starrte das Ding an, das da auf einem Haufen elektrischer Kabel lag. Es war das gleiche Gerät wie das, was ich aus dem Magazin der Universität ausgeliehen hatte.

„Alistair, sichtbar, bitte."

Alistair erschien.

„Sind die persönlichen Kaufbelege meines Vaters noch in seinem System gespeichert?"

„Ja."

„Wie weit zurück?"

„Die Archive gehen zehn Jahre zurück."

Das reichte kaum für ein solches Gerät, aber versuchen konnte ich es ja.

„Kannst du mir sagen, wann er dieses Gerät gekauft hat?" Ich las den Produktnamen und die Nummer vor.

„Dieser Gegenstand ist am 17. April gekauft worden."

Ich verdrehte die Augen. „17. April in welchem Jahr, Alistair?"

„Dieses Jahr, Creighton."

Ich erstarrte. *Dieses Jahr.*

Mein Vater hatte sich dieses uralte Gerät besorgt, um eine einzige Datei zu speichern. *Warum?*

11

GERADE VERLIESS EIN weiterer politischer Almosenbettler aus ihrem Wahlkreis Laurens Büro, da kam der Tap. Es war Sabin. Sie begab sich zu ihrem Lieblings-VR-Treffpunkt im Yosemite National Park. Sabin küsste sie. „Abby und ich sind gerade in der Stadt. Möchtest du mit uns zu Mittag essen?"

Lauren rief die Zeit vom Netz ab. „11.45 Uhr." Sie zögerte. „Ich hab eine Ausschusssitzung um eins. Wo seid ihr gerade genau?"

„Im Stadtzentrum."

Lauren war überrascht. „Und was macht ihr da?"

„Ein Abendkleid für Abby kaufen."

Lauren runzelte die Stirn. „Wofür das denn?"

„Na, für die Dinnerparty morgen Abend."

„Dinnerparty?" Sie sah ihn ungläubig an. „Da ist sie doch gar nicht dabei."

„Lauren, sie muss dabei sein! Sie ist deine Verwandte, die zu Besuch ist, und alle Gäste wissen das. Die wollen sie kennenlernen."

„Sabin, sie wird Sachen sagen, die nur peinlich für mich sind."

„Sie wird genau das sagen, was unsere Besucher von jemandem wie ihr erwarten. Die werden das nicht weiter ernst nehmen, keine Bange. Vielleicht finden sie sie sogar originell."

„Originell? Machst du Witze?" Sie kochte.

„Also … isst du mit uns zu Mittag oder nicht?"

Ihr Blick war Antwort genug.

* * *

Es war Mitternacht, als Kate Sampsons alter Elektro-Volvo vor ihrem Haus anhielt. Sie stieg aus dem Auto, eilte die vier Stufen zu ihrer Haustür hoch, ließ ihre Taschen im Flur stehen und ging ins Bett. Der Tap kam gegen halb vier, als sie gerade von Matt träumte. Als sie aufwachte, war die Nachricht schon wieder vorbei. Sie schaute auf ihre Digitaluhr. Ein Tap um diese Zeit bedeutete nie etwas Gutes.

„Netz, wer hat da gerade eine Nachricht hinterlassen?“

„Sie haben eine Nachricht von Abigail Caldwell bekommen.“

„Bitte die Nachricht wiedergeben.“

Abbys Bild erschien auf einem Viviscreen am anderen Ende des Zimmers. Sie saß in einem geschmackvoll eingerichteten Zimmer auf einem Bett und sah müde aus.

„Hallo, Kate! Hier Abby. Es ist vielleicht ein bisschen früh, um dich anzutappen. Entschuldige, wenn ich dich geweckt hab. Ich wollte dir nur sagen, dass ich gut angekommen und in Laurens Haus bin. Es ist ganz nett hier. Eigentlich ist alles hier nett. Aber ich …“ Sie ließ ihren Blick kurz durch das Zimmer gleiten. „Ich fang schon an, den Dschungel zu vermissen.

Nein, es tut mir nicht leid, dass ich hergekommen bin. Das war richtig so. Ich bin nach wie vor entschlossen, hier zu sein. Aber ich vermisse mein Dorf und besonders Miraba.

Es ist kalt hier, selbst mit den beiden Pullovern, die du mir geschenkt hast.“ Sie deutete ein Lächeln an. „Ich vermisse die Wärme des Dschungels.“

Abby schaute nach unten, dann wieder auf. „Ich habe hier noch nicht viel gemacht. Ich lerne gerade Sabin kennen; das ist Laurens Mann oder Lebenspartner. Er hat mir angeboten, mit mir zur Capitol Mall zu fahren und mir die Regierungsgebäude zu zeigen, aber schon wieder in so ein automatisches Auto steigen – ich weiß nicht.“

Kate lächelte. Automatische Autos. Mochte sie auch nicht.

„Es ist fast nicht zu glauben, aber die haben hier keine Bücher. Jedenfalls nicht in Laurens Haus. Alles ist im Netz. Sabin hat mir gezeigt, wie man im Netz lesen kann, aber es ist nicht dasselbe, wie in einer Hängematte zu liegen und ein Buch zu lesen.“

Abby stand auf und begann im Raum hin- und herzugehen. „Lauren kenne ich noch nicht besonders gut. Sie hat immer zu tun. Aber das ist nicht nur bei ihr so; hier ist jeder beschäftigt und alles muss schnell gehen. Ich vermisse mein Dschungelleben: Da kam jemand aus einem anderen Dorf und dann verbrachte man den ganzen Tag damit, sich gegenseitig Geschichten zu erzählen. Das Leben hier ist völlig anders."

Sie blieb stehen und fuhr dann fort: „Letzte Nacht hatte ich einen Traum. Mein Dorf brannte, wie an dem Tag, als wir mit dem Hubschrauber weggeflogen sind, aber ich und alle anderen waren noch da. Ich hörte Miraba schreien und rannte in eine Hütte nach der anderen, aber ich fand sie nicht." Sie stockte. „Ich habe mehrere solche Träume von Miraba und meinem Dorf gehabt. Vielleicht hilft dir das, wenn du das Ergebnis aus dem Labor kriegst. Hast du schon was gehört? Und haben sie den Häuptling schon begraben?"

Der Häuptling. Kate mochte nicht vor Abby zugeben, dass er noch auf seinem Stahltisch im Leichenschauhaus lag. Sobald das Labor seinen Bericht geschickt hatte, konnte sie ihr vielleicht melden, dass das Begräbnis in die Wege geleitet war.

„Kate, wenn ich zurückkomme, kannst du dann vielleicht mit mir in den Dschungel gehen, um mir zu helfen, mich in einem neuen Dorf niederzulassen? Ich würde dir gerne mal zeigen, wo ich aufgewachsen bin. Zum Beispiel den Bach, der in den Fluss fließt, an dem unser Dorf lag. Wir saßen oft auf Baumstämmen im Wasser und dachten nach, unterhielten uns, lauschten den Papageien und schauten zum Himmel hoch. Ich liebte diesen Ort, da fühlte ich mich Gott so nah. Dort habe ich oft mit ihm gesprochen. Du wirst die Stelle auch mögen, bestimmt."

Abby stand jetzt vor dem Bett. „Ich schätze, in ein paar Tagen melde ich mich wieder. Noch einmal vielen, vielen Dank für alles, was du für mich getan hast."

Die Nachricht war zu Ende.

Abby war also einsam. Und gelangweilt. Und entmutigt. Einen Augenblick wünschte Kate sich, sie wäre mit ihr in die USA geflogen. So ganz allein – wie sollte sie mit dem Leben in Amerika zurechtkommen? Aber Abby war stark. Sie war allein in einem Kanu den Sepik hinuntergefahren, um ihren Stamm zu retten. Sie würde es schaffen.

* * *

Zu Anfang ihres Lebens unter den Inisi hatten Abbys Eltern eines sehr schnell gelernt: Der Schlüssel zum Herzen eines Dorfes war der Häuptling. Wenn er Christ wurde, wurden die anderen es auch. Und wenn man den Häuptling eines ganzen Clans (es gab sechs Clans bei den Inisi) bekehren konnte, bekehrte sich recht bald der ganze Clan.

Als Abby sich zur Dinnerparty anzog, ließ die Tür, die Gott ihr da geöffnet hatte, ihr Herz schneller schlagen. Gleich würde sie einige der führenden Politiker der Vereinigten Staaten kennenlernen! Was konnte es für den Rest Amerikas bedeuten, wenn einer oder mehrere von ihnen Christen wurden? Was für eine Gelegenheit! Was für eine Verantwortung!

Sie schlüpfte in das rote Abendkleid und die hochhackigen Schuhe, die Sabin ihr gekauft hatte. Ein Schritt in Richtung Zimmertür und sie stolperte und fiel der Länge lang hin. Wie konnte man in diesen Schuhen laufen? Sie stellte sich vor, wie sie so durch den Urwald rannte und ein Schwein zu fangen versuchte. Das brachte sie zum Kichern. Und es fühlte sich so gut an, wieder einmal zu lachen.

Sie übte wohl besser etwas, bevor sie sich auf die Treppe wagte. Nach einer Viertelstunde ging sie in den Flur und stakste, beide Hände am Geländer, die Treppe hinunter.

Unten wartete Sabin, ein Glas in der Hand. „Du siehst fantastisch aus."

Abby grinste. „Meinst du?"

Der Klang eines Löffels an einem Weinglas ließ die Gesellschaft verstummen. Lauren senkte das Glas wieder. „Darf ich euch meine Cousine, Abigail Caldwell, vorstellen? Abigail ist, wie ihr wisst, aus dem Dschungel Neuguineas zu Besuch gekommen. Und jetzt darf ich euch alle bitten, euch zum Dinner zu setzen."

Abby landete an einem Ende des Tischs, neben Sabin. Lauren saß am anderen Ende. Die Gäste in Abbys Nähe begannen ohne Umschweife, sie mit Fragen zu löchern.

Senator Trevor Carlson aus Colorado wollte wissen, wie friedlich die Inisi waren. Abby beschrieb die endlosen Kriege und Blutrachen, die es früher gab und wie dies nach der Ankunft ihrer Eltern anders geworden war.

„Ihre Eltern scheinen ja Wunder gewirkt zu haben", bemerkte der Senator.

„Nun …" Abby schaute um den Tisch herum. „Ich glaube, der eigentliche Wundertäter war Jesus."

Adela Ruiz, die Partnerin des puerto-ricanischen Kongressabgeordneten, beugte sich vor. „Das müssen Sie uns genauer erzählen."

Abby wandte sich ihr zu, halb überrascht, halb ermutigt. „Nun, die Aufforderung, dem Feind zu vergeben, stammt von Jesus – aus der Bergpredigt. Dort sagt Jesus, dass man, wenn jemand einem das Hemd nimmt, ihm noch den Mantel dazugeben soll."

Sie warf einen Blick auf Laureen am anderen Tischende. *Sie kann uns nicht hören, ganz sicher nicht.*

Rebecca Billups, die ehemalige Erziehungsministerin, warf ein: „Aber reden nicht alle Religionen von Vergebung?"

„Ich weiß nicht", erwiderte Abby. „Ich bin keine Religionsexpertin. Aber Jesus hat jedenfalls Vergebung gelehrt und er hat den Menschen dies selber vorgelebt, als er starb. Gott fordert uns auf, zu vergeben, weil er selber vergibt. Er hat Jesus gesandt und in ihm hat Gott selbst unsere Sünden auf sich genommen und ist daran gestorben."

„Da komme ich gerade nicht ganz mit", sagte Rebecca.

„Nun, durch seinen Tod am Kreuz hat Jesus den Preis für unsere Sünden bezahlt."

„Den Preis für …"

„Für unsere Sünden. Der Lohn der Sünde ist der Tod, sagt die Bibel. Irgendjemand musste diesen Preis zahlen und das hat Jesus getan. Wenn wir glauben, dass er für uns gestorben und danach von den Toten auferstanden ist, vergibt er uns, sodass wir nicht mehr Gottes Feinde sind und nach unserem Tod für immer bei ihm sein können."

Abby holte tief Luft. Sie hatte schnell gesprochen, als hätte sie Angst, dass jemand sie ablenken würde, bevor sie das Wichtigste gesagt hatte.

Allgemeines Schweigen. Dann wandte Rebecca sich an Senator Benjamin Claymore aus Virginia. „Ben, wie findest du das?"

Der Senator lehnte sich zurück. „Sehr authentisch, das kam Ihnen wirklich von Herzen, junge Dame. Aber … ich möchte Ihren religiösen Überzeugungen nicht zu nahe treten, aber ich glaube, die

Vergebung, die Sie da Jesus zuschreiben, ich meine die von Mensch zu Mensch, bekommen wir in unserer säkularen Gesellschaft ganz gut auch ohne ihn hin."

Sara Raynes, seine Partnerin und Professorin für Literaturwissenschaft, pflichtete ihm bei. „Ich kann das, was Abby sagt, gut verstehen. Die meisten Kulturen erleben Phasen, in denen die Menschen aufhören, einander wegen jeder Kleinigkeit totzuschießen, und sich den positiveren Aspekten der Religion zuwenden. Es sieht so aus, als ob die christlichen Überzeugungen in der Welt Ihres Stammes, Abby, sehr gut funktioniert haben. In unserer Gesellschaft sind wir natürlich darüber hinausgewachsen. Wir brauchen einen solchen Glauben nicht mehr. Wir sind auch ohne Religion eine friedliche Gesellschaft."

Das Gespräch entwickelte sich gar nicht so, wie Abby gehofft hatte. „Aber es geht hier nicht nur um Frieden in der Gesellschaft, es geht um Frieden mit Gott, und den kann uns nur Jesus bringen – eben weil er am Kreuz für uns gestorben ist."

Sara Claymore legte ihre Gabel hin. „Das ist ja barbarisch – an einen Gott zu glauben, der verlangt, dass jemand stirbt, nur weil die Menschen bestimmte Regeln nicht befolgt haben. Was ist das denn für ein Gott, der so etwas verlangt?"

„Das sehe ich auch so." Alle Köpfe drehten sich in Richtung Rebecca. „Ich möchte Ihnen nicht zu nahetreten, Ms Caldwell, aber so ein Gott scheint mir mehr mit der Blutrache zu tun zu haben, die Ihr Stamm aufgab, als mit der Vergebung, die Jesus gelehrt hat."

Jetzt mischte Sara Raynes sich ein. „Diese ganze Idee eines Gottes, der einem vergeben muss, ergibt für mich einfach keinen Sinn. Nehmen wir mal an, es gibt einen Gott, was muss er oder sie uns dann vergeben? Ich finde, wenn hier jemand um Vergebung bitten muss, dann doch am ehesten Gott selber, weil er oder sie uns so lange im Zustand der Unmündigkeit und Unaufgeklärtheit belassen hat." Die anderen nickten.

Senator Carlson sagte: „Man kann das, was Jesus über die Vergebung gesagt hat, doch auch so glauben, ohne das mit dem Kreuz. Das Wichtigste ist doch, dass die Menschen die Freiheit haben, selbst zu entscheiden, was sie glauben. Das sehen Sie doch sicher auch so, Abby?"

Abby merkte, wie sie ins Schwimmen geriet. Die höfliche, aber feste Ablehnung, die ihr entgegenschlug, tat ihr geradezu körperlich weh. Sie sah den Senator an. „Entschuldigung, könnten Sie das noch mal …"

Er lächelte sie herablassend an. „Ach, lassen wir das. Wir schätzen es, dass Sie uns so an Ihren Überzeugungen teilnehmen lassen. Wirklich informativ."

Für den Rest des Dinners fühlte Abby sich ausgeklinkt. Sie antwortete, wenn jemand sie ansprach, blieb aber sonst still.

Die Gäste gingen. Lauren zog sich in ihr Schlafzimmer zurück. Abby ging die Treppe hoch. Sie hörte Schritte im Flur und wandte sich um. Es war Sabin. „Hallo", sagte er. „Alles in Ordnung? Du warst so einsilbig vorhin."

Abby ließ sich auf einen Polsterstuhl sinken. „Das war wohl nichts."

„Was war nichts?"

„Dass …" Abby zögerte. Sabin war der Einzige in diesem Land, der sich um sie kümmerte; mit ihm wollte sie es nicht auch noch verderben. „Dass es mir nicht gelungen ist, diesen Menschen das Evangelium zu erklären."

„Das Evangelium?"

„Ja. Die gute Nachricht von Jesus."

„Hm." Er trat zu ihr und setzte sich auf ihr Bett. „Du hast halt gesagt, was du glaubst."

„Ja, aber dann haben die anderen gesagt, was *sie* glauben, und dann hab ich irgendwie den Überblick verloren. Ich glaube, meine Antworten auf ihre Argumente waren nicht besonders gut."

„Also, ich finde, du hast dich gut geschlagen. Du wirst sie halt nicht überzeugen, nicht diese Sorte Leute. Aber dass das nichts war … Ich würde sagen, es war ein interessantes Gespräch."

Sabin lächelte. Abby schaute auf den Fußboden. Sie hatte eigentlich nicht vorgehabt, jemand von der Nachricht ihres Großvaters zu erzählen. „Ja, sicher war es interessant. Aber auch enttäuschend. Ich hatte mehr erwartet."

„Das musst du mir genauer erklären."

„Als ich in Lae war, bekam ich eine Nachricht von meinem Großvater, Ray …"

„Aber da war er schon tot."

„Ich weiß. Die Nachricht war sechzehn Jahre alt. Sie war von ihm und von meiner Großmutter."

„Du hast eine sechzehn Jahre alte Nachricht erhalten?"

„Die Missionsgesellschaft meiner Eltern schickte sie mir zu, als sie hörten, dass ich in Lae war." Sie stand auf und ging zu ihrem Koffer. „Kate hat mir aufgeschrieben, wie ich die Nachricht öffnen kann. Ich glaube, es ist am einfachsten, wenn du sie dir selber eben ansiehst."

Sabin nahm ihr den Zettel ab. „Möchtest du wirklich, dass ich das tue?"

Sie zögerte. „Ja … doch, ja."

Sie sahen sich die Nachricht gemeinsam an. Als sie vorbei war, starrte Sabin weiter auf die Stelle, wo das Bild gewesen war. „Wow", sagte er schließlich. „So etwas hatte ich nicht erwartet." Er wandte sich Abby zu. „Also … du glaubst wirklich, Gott erwartet von dir, dass du das Christentum in den USA neu belebst?"

Sie nickte. Würde er sie jetzt auslachen? Aber seine Miene wurde weicher. „Abby, das ist sicherlich ein hohes Ziel. Und das nötigt mir Achtung ab. Aber ich will ganz ehrlich sein, Abby. Ich glaube nicht, dass die Amerikaner sich heute noch sehr für die christliche Religion interessieren."

Abby atmete tief durch. „Ich hab nie geglaubt, dass es einfach sein wird."

12

„ABBY, JEMAND TAPT dich an."

Abby schloss ihre Bibel und schaute vom Wohnzimmersofa zu Sabin hoch.

„Wie kann mich jemand antappen?"

„Na ja, sie haben das Haus angetapt. Sie warten gerade. Möchtest du mit ihnen reden?"

„Von mir aus."

Er projizierte das Bild auf einen Viviscreen vor Abby. Eine Blondine in blauem Kleid erschien mitten im Wohnzimmer. Sie sprach schnell und mit einem Akzent, den Abby noch nicht gehört hatte. „Hallo, Abigail. Mein Name ist Pamela Murphy, von *Global Sunrise* in New York."

„Entschuldigen Sie", unterbrach Abby sie, „was ist *Global Sunrise?*"

Die Dame lächelte. „Wir sind ein Nachrichtensender. Ich möchte Sie gerne fragen, Ms Caldwell, ob Sie zu einem Studiointerview bereit wären, diesen Donnerstag, 19. Mai."

„Ein Studio- ..."

Sabin ergriff das Wort. „Hallo, mein Name ist Sabin Wright; ich bin Abbys Gastgeber. Kann ich eben mit ihr reden?"

„Natürlich", antwortete die Dame.

Sabin schaltete das Gespräch auf Wartestellung und wandte sich an Abby. „Ich schätze, *Global Sunrise* will dich über dein Leben in Neuguinea interviewen, weil die Zuschauer so was interessiert."

„Die ... Zuschauer?"

„Die Leute, die sich die Sendungen im Netz anschauen. Das sind Millionen von Menschen."

„Und was meinst du – soll ich das machen?"

„Nun ..." Er lächelte. „Es wäre vielleicht eine gute Gelegenheit, deine gute Nachricht, wie du sie nennst, unter die Leute zu bringen."

Abbys Gesicht hellte sich auf. „Dann mach ich's."

* * *

Lauren kam durch die Haustür gesegelt, hängte ihre Jacke an den Garderobenständer und marschierte quer durch das Wohnzimmer. „Hallo, Abigail. Wir müssten uns eben über deinen Rückflug unterhalten. Du weißt ja, dass Sabin und ich in ein paar Tagen eine Wahlkampftournee durch Texas machen, und das wäre doch die beste Gelegenheit ..."

„Sabin hat mich eingeladen, mitzukommen."

Lauren blieb kurz vor der Küche stehen und drehte sich um. „Ach so? Und was habt ihr noch alles geplant, während ich weg war?"

„Ich … ich fahre morgen nach New York."
„Wie, bitte?"
„Ich fahre nach New York."
„Was willst du denn in New York? Wie willst du dahinkommen?"
Abby sah verunsichert aus, was Lauren gerade recht war. „Mit dem Zug. Sie haben gesagt, das ist am einfachsten."
„Wer ist ‚sie'?"
„Die Leute von dem Sender. Hab ich da was falsch gemacht? Wenn wir im Dschungel in ein anderes Dorf gehen wollen, stehen wir einfach auf und …"
„Was für ein Sender?"
„Ich glaube, *Global Sunrise* oder so."
„Du kommst in *Global Sunrise*?" Lauren kreischte es fast.
Abby versank fast im Sofa. „Sie haben mich eingeladen … über mein Leben in Neuguinea zu sprechen. Ist das falsch?"
Lauren beherrschte sich mit Mühe, kam herüber und setzte sich aufs andere Ende des Sofas. Sie zwang ein Lächeln hervor. „Natürlich nicht, meine Liebe. Ich … hatte nur Angst um deine Sicherheit; New York ist so eine große Stadt für jemanden, der noch nicht lange hier ist."
„Das macht nichts, Sabin fährt ja mit."
„So?" Laurens Gesicht erstarrte. „Na, vielleicht können wir heute Abend über dein Interview reden."
„Ich nehme an, die werden mich halt fragen, wie mein Leben im Dschungel war. Sie klangen ziemlich interessiert."
Lauren nickte. „Sicher. Aber vielleicht stellen sie auch andere Fragen, und darauf solltest du vorbereitet sein. Zum Beispiel Fragen über deine Religion. Darüber sagst du besser nicht zu viel."
Abby sah überrascht aus. „Aber gerade über meinen Glauben möchte ich reden."
„Ja, natürlich. Aber es ist vielleicht gut, wenn ich dir da ein paar Tipps gebe."
Lauren erhob sich und ging in ihr Schlafzimmer. Abby in *Global Sunrise*, wie sie ihren religiösen Fanatismus für alle Welt – und für alle Wähler – öffentlich zur Schau stellte … Es wäre ein politisches Desaster. Als sie die Tür zum Schlafzimmer öffnete, sah sie Sabin

am Waschbecken des Badezimmers stehen. Sie schloss die Tür hinter sich.

„Sabin, wir müssen miteinander reden."

* * *

„Dr. Sampson, bitte entschuldigen Sie die Verzögerung, aber erst hatten wir Probleme mit den Geräten, und dann mussten wir die Probe von zwei Teams untersuchen lassen … je zwei Mal."

Dem Mann, einem Neuguineer mittleren Alters in einem weißen Laborkittel, schien die Sache wirklich peinlich zu sein. Kate widerstand der Versuchung, ihrem Unmut Luft zu machen. Mehrere Tage lang hatte das staatliche Labor über der Autopsieprobe gebrütet. Kate wollte keine Entschuldigung, sie wollte das Ergebnis.

„Und was haben Sie gefunden?"

„Die Probe, die Sie uns eingeschickt haben, besteht aus zwei Substanzen. Die erste ist zersetztes biologisches Material, in erster Linie Aminosäuren. Bedenkt man, von welcher Stelle die Probe stammt, dürfte es sich hier um den Hippocampus handeln, aber das lässt sich nicht mit letzter Sicherheit sagen."

„Was könnte zu der molekularen Zersetzung geführt haben?"

„Die Antwort auf diese Frage könnte in der zweiten Substanz liegen. Sie besteht aus inorganischen Molekülen, die nach einer vorgefertigten Matrix angeordnet sind."

„Und das bedeutet?"

„Dass es sich um molekulare Maschinen handelt – oder Nanobots, wie man sie gemeinhin nennt. Nanobots können natürlich selbstreplizierend sein, aber das scheint bei diesen zumindest zurzeit nicht der Fall zu sein."

Nanobots. In den Körpern von Angehörigen eines völlig von der Außenwelt isolierten Stammes. Wie war das möglich?

„Ich schicke Ihnen eine Kopie unseres Berichts. Sollen wir Ihnen auch die Probe zurückschicken?"

„Ja, bitte." Sie zögerte. Wusste dieser Mann vielleicht noch mehr? Aber er hatte seinen Job getan. „Ich danke Ihnen."

Kate ließ sich auf ihren Stuhl fallen. Nanobots. Die Infektion, die

die Gehirne der Dorfleute zerfressen hatte, war künstlich gewesen. Es gab keinen neuen Dschungelvirus, den man eindämmen musste. Das war die gute Nachricht.

Aber sie war ein schwacher Trost, wenn man die schlechte bedachte. Irgendjemand hatte mikroskopisch kleine Maschinen so programmiert, dass sie in das menschliche Gehirn eindringen und es von innen her auflösen könnten. Und dann hatte er diese Eingeborenen mit diesen Maschinen infiziert – warum, wusste sie nicht.

* * *

Drei Stunden später erschien ein bekanntes Gesicht auf Kates Viviscreen. „Kate! Was für eine schöne Überraschung!“

Dr. Rich Godwin, ihr Mentor an der Medizinischen Fakultät der University of Washington, hatte sie schon immer herzlich begrüßt. Als Studentin hatte sie sich gesagt, dass er das halt bei allen machte. Aber sie wusste, dass er sie besonders mochte, und jetzt hatte sie ein schlechtes Gewissen, dass sie sich drei Jahre nicht mehr bei ihm gemeldet hatte und ihn erst jetzt antapte, wo sie seine Beziehungen brauchte. Aber wie die Umstände auch sein mochten, sie war jetzt wirklich froh, den Kontakt wieder aufzunehmen.

Auch er schien sich ehrlich zu freuen. „Ich hab oft an Sie denken müssen, seit wir uns das letzte Mal gesehen haben, Kate.“

Sie lächelte. „Danke, Rich. Tut mir leid, dass ich so lange nichts von mir hab hören lassen.“

Er schüttelte den Kopf. „Oh, das ist schon in Ordnung. Wir haben alle unsere Arbeit. Was kann ich für Sie tun? Sie haben mich bestimmt nicht nur angetapt, um mir Guten Tag zu sagen.“

„Ich wünschte, es wäre nur das. Ja, ich möchte Sie um etwas bitten … Ich brauche – eine Empfehlung.“

* * *

Dafür, dass er nur ein Computerprogramm ist, hat Alistair eine unheimliche Fähigkeit: Er liest mich wie ein offenes Buch. Als er mitkriegte, dass diese Frau aus Neuguinea ein Interview in *Global Sunrise* geben würde, dachte er gleich, dass mich das interessieren könnte. Und damit lag er natürlich voll richtig. Diese Frau konnte eine Goldgrube für einen Kulturhistoriker sein.

Ich saß in einem Sessel im Wohnzimmer und fuhr das Netz hoch, um mir den Beitrag anzusehen. Die Sendung begann mit einer kurzen Dokumentation über die Dschungel von Neuguinea. Die Moderatorin, Gabrielle Marshall, schilderte Abigail Caldwells dramatische Kanufahrt in die Zivilisation und den tragischen Untergang ihres Dorfes. Dann wandte sie sich Abigail zu, die neben ihr im Studio saß. Sie wirkte älter als ihre 34 Jahre, hatte ein attraktives, gebräuntes Gesicht, ungewöhnlich muskulöse Arme und glattes, fast schwarzes Haar.

„Was für eine Geschichte. Was für ein Leben", sagte Marshall. „Sind Sie froh, endlich wieder zu Hause in den Staaten zu sein?"

Abigail starrte sie verdutzt an – wie Wild, das von einem Autoscheinwerfer geblendet wird.

„Abby, sind Sie froh, dass Sie wieder in den USA sind?"

Abigail löste sich aus ihrer Erstarrung. „Es ist schön, hier zu Besuch zu sein. Aber meine Heimat ist Neuguinea."

„Ich verstehe. Und Sie besuchen also gerade Ihre Cousine, die Kongressabgeordnete Lauren Caldwell aus Texas?"

„Zurzeit bin ich im Hotel Omni. In Washington wohne ich bei Lauren, ja."

„Wie war Ihre Zugfahrt nach New York? Wie fühlt man sich, wenn man Dinge sieht, die man bisher nur vom Hörensagen kannte?"

„Manches war schon interessant. Mein Stamm würde aus dem Staunen nicht mehr herauskommen. Die Pferde und Kühe zum Beispiel."

„Hatten Sie noch nie ein Pferd oder eine Kuh gesehen?"

„Nein. So was gibt's bei uns im Dschungel nicht."

Was für eine Hinterwäldlerin ... Hatte diese Frau denn kein bisschen Bildung mitbekommen?

„Und Ihre Eltern, Sam und Emily, waren also als Missionare der christlichen Religion bei den Inisi, nicht wahr?"

„Ja."

„Und Sie sind im Dschungel geboren?"

„Ja."

„Aber Ihre Eltern und Geschwister leben nicht mehr?"

„Das ist richtig, ja. Mein Vater und mein Bruder William starben an einem besonders virulenten Typus von Malaria, als ich neunzehn war. Meine Mutter ist vor acht Jahren gestorben."

Virulent. Hinterwäldler benutzten so ein Wort nicht.

Marshalls Gesicht verwandelte sich vom Modus „beste Freundin" in „seriöse Journalistin". *Üben Medienleute so was?*

„Haben Ihre Eltern je darüber nachgedacht, dass ihr Leben unter den Inisi und die Religion, die sie mitbrachten, den Stamm unwiderruflich verändern könnten?"

Hoppla, jetzt wurde es heikel. Aber das schien Gabrielle Marshalls Gast nicht zu merken. Wie konnte man nur so naiv sein.

„Es gab keine Garantie, dass die Arbeit meiner Eltern Erfolg haben würde. Aber sie haben gearbeitet und gebetet und Gott hat ihre Gebete erhört."

Marshall lächelte herablassend. „Ich will es noch einmal anders formulieren: Hatten Ihre Eltern Sorgen, dass das, was sie da machten, die natürliche Lebensart der Inisi zerstören könnte?"

Abigail sah sie einen Augenblick an. „Ach so meinen Sie das. Ob meine Eltern hofften, dass sie die Inisi dazu bringen würden, sich in manchen Punkten zu ändern? Ja, natürlich."

„Und sie fanden, dass die christliche Religion die richtige Methode dazu war?"

„Nun, sie wussten, dass nur Jesus diese Menschen befreien konnte."

„Wie würden Sie die Einstellung Ihrer Familie gegenüber den Inisi beschreiben? War es sehr schwierig, sie nicht zu verachten, da Sie doch gekommen waren, um das Christentum zu predigen?"

Abigail sah überrascht aus. „Verachten? Warum hätten wir sie verachten sollen? Die Inisi wuchsen uns ans Herz. Ich selbst habe ein Inisi-Mädchen adoptiert. Das Ziel meiner Eltern war, ihre Kultur zu erhalten, indem sie ihnen den Weg Jesu, den Weg der Liebe und Vergebung zeigten, der Schluss machte mit Hass und Krieg."

„Hatten die Inisi keine eigene Religion?"

„Sie meinen, ob sie einen Bezug zur Welt der Geister hatten? Ja, doch, ihr ganzes Leben wurde davon bestimmt. Sie lebten in ständiger Angst vor Geistern und Dämonen, die der Dorfschamane zu besänftigen versuchte."

„Und Ihre Eltern kamen nie auf die Idee, den Inisi andere Religionen oder Weltanschauungen nahezubringen?"

„Andere Religionen?"

„Ja. Zum Beispiel den Islam oder das Judentum oder den Hinduismus. Oder dass man einfach das Universum so nimmt, wie es ist."

Abigail sah verwundert aus. „Nein. Warum hätten sie das tun sollen? Ich meine, keine dieser Religionen bringt einen zu Gott."

Die Antwort gefiel Marshall anscheinend nicht. „Wirklich? Wie kommen Sie zu dieser Aussage?"

„Weil Jesus der einzige Weg zu Gott ist. Nur er ist gestorben und wiederauferstanden, um die Menschen zu erlösen."

„Und das Judentum?"

„Sie meinen im Alten Testament?"

„Nein, in der heutigen Welt."

„Der jüdische Glaube ergibt doch keinen Sinn, wenn man nicht an den Messias glaubt."

„Und Mohammed?"

„Mohammed war ein falscher Prophet. Mir tun all die Menschen leid, die ihm durch die Jahrhunderte hindurch gefolgt sind."

„Und die östlichen Religionen – Hinduismus, Buddhismus …"

„Sind alle falsch. Sie behaupten, dass man durch Erleuchtung erlöst wird. Aber die schönste Erleuchtung kann uns nicht unsere Sünden vergeben. Das kann nur Jesus."

„Und wenn es keinen Gott gibt?"

Abby lachte. „Es soll Menschen geben, die das allen Ernstes glauben. Ich kann das überhaupt nicht nachvollziehen."

„Gut." Marshall schaute in die Kamera. „Eine Frau aus Neuguinea, die weiß, was sie glaubt." Sie sah wieder Abby an. „Und haben Sie vor, nach Neuguinea zurückzukehren, Abby?"

„Ja, natürlich. Ich werde zu den Inisi zurückkehren, das sind meine Leute."

„Das merkt man, ja. Es muss merkwürdig für Sie sein, ein Land zu besuchen, wo niemand mehr Christ ist."

„Ja." Abby zögerte kurz und etwas wie Skepsis huschte kurz über ihr Gesicht. „Hmm … stimmt das wirklich? Dass hier niemand mehr an Christus glaubt? Mein Großvater Ray …"

„Das Christentum ist hier so gut wie ausgestorben."

Sie schwiegen einen Augenblick. Dann blickte die Moderatorin wieder in die Kamera. „Tja, man erlebt so seine Überraschungen, wenn man aus dem Dschungel kommt." Sie sah Abby an. „Ms Caldwell, ich danke Ihnen, dass Sie heute Morgen bei uns waren."

* * *

Alistair hatte recht gehabt. Diese Frau war ein faszinierendes Objekt für soziologische Studien, vermutlich das einzige dieser Art. „Alistair, schalte bitte …"

Halt! Was hatte die da gesagt? *Mein Großvater Ray …*

„Alistair", sagte ich hastig, „bitte das Interview wiederholen."

„Von wo ab?"

„Ab … dem ersten Eigennamen."

Gabrielle Marshall sprach. *„Sie besuchen also gerade Ihre Cousine, die Kongressabgeordnete Lauren Caldwell aus Texas?"*

Lauren *Caldwell.*

„Alistair, der nächste Name, bitte."

Abigail sagte: *„Zurzeit bin ich im Hotel Omni."*

„Der nächste", instruierte ich. „Nur Personennamen."

„In Washington wohne ich bei Lauren."

„Der nächste."

„Und Ihre Eltern, Sam und Emily, waren also …"

„Stopp. Programm beenden."

Sam. Lauren. Großvater Ray. In der Nachricht, die mein Vater bekommen hatte, ging es um diese Familie! Diese Namen, sie konnten kein Zufall sein. Großvater Ray hatte die Nachricht an meinen Vater geschickt, an Abigails Vater und an Abigails Cousine, die Kongressabgeordnete.

Ich musste Abigail Caldwell finden.

* * *

Sekunden nach dem Interview wurde Lauren angetapt. Sie versetzte sich nach Sal's Seaside Café und ging zu Hutchs Stammplatz an dem Geländer.

„Na, was denkst du?"

Sie zog einen Stuhl hervor und setzte sich. „Über das Interview?"
Er nickte.
„Das könnte sie ins Gefängnis bringen."
„Warum?"
„Wegen Verletzung der Toleranzgesetze."
„Inwiefern?"
„Sie hat in dem Interview die Religionen Andersglaubender offen kritisiert."
„Und?"
„Der Oberste Gerichtshof hat dies in seinem Urteil im Prozess *Vereinigte Staaten gegen Gadney* aus dem Jahre 2039 ausdrücklich als Verstoß gegen die Toleranzgesetze bezeichnet."
Hutch lächelte. „Okay. Wollte nur hören, ob wir diesbezüglich gleicher Meinung sind. Was machen wir jetzt?"
„Wir sagen ihr, dass sie entweder das Land verlässt oder der Generalstaatsanwalt Anklage gegen sie erheben wird."
„Dazu müssten wir ihn erst kontaktieren. Ich bin nicht sicher, dass er wirklich gegen sie ermitteln wird."
„Aber das war *Global Sunrise*, Hutch! Das haben Millionen gesehen, da kann der Generalstaatsanwalt doch nicht wegschauen."
„Nein. Aber es könnte den Präsidenten Sympathiepunkte kosten, wenn er einen nichts ahnenden Gast vor den Kadi bringt."
„Auch dann, wenn der Gast ein religiöser Fanatiker ist? Da könnte er sogar Punkte machen."
Hutch überlegte. „Kann sein, schwer zu sagen. Ich schätze, wenn wir den Generalstaatsanwalt anspitzen, wird er froh sein, wenn sie einfach wieder verschwindet. Das wäre die beste Lösung. Sie verschwindet, wie ein Punkt auf dem Radarschirm, der wieder weg ist, Schnee von gestern. In einem Monat erinnert sich niemand mehr an das Interview." Er beugte vor. „Aber – bist du sicher, dass sie gehen wird?"
Lauren nickte. „Wenn ihr ein Prozess droht, allemal. Sie fühlt sich hier sowieso nicht wohl. Abby Caldwell wird jeder Grund recht sein, zurück in den Dschungel zu fliegen."

* * *

„Du hast etliche Taps."

Abby hob ihr Gesicht aus dem Waschbecken des Hotelzimmers, wischte sich das Interview-Make-up ab und sah zu Sabin hinüber, der in der Tür stand.

„Von wem?"

„Keine Ahnung. Die Netzadressen sind mir alle unbekannt. Insgesamt sind's 338."

Abby ließ das Handtuch sinken. „O, nein. So viele? Woher wissen die, dass ich hier bin?"

„Das hast du selbst in dem Interview erwähnt, Abby."

„Oh, wirklich? – Sollen wir die Nachrichten abspielen?"

„Na klar. Warum nicht?"

Er rief die erste Nachricht ab. Das Bild eines Mannes im mittleren Alter erschien in der Mitte des Zimmers. „Sie – *piep, piep, piep* – Was gibt Ihnen das Recht, in unser Land zu kommen? Gehen Sie zurück in Ihren – *piep* – Urwald, wo Sie die Neandertaler bekehren können." Abby hielt sich die Hand vor den Mund. Das Bild verschwand. Sabin und Abby sahen sich an.

„Das tut mir leid. Dem scheint dein Besuch nicht gefallen zu haben."

„Seh ich auch so. Aber was waren diese Piepser zwischendrin?"

„Das waren die Wörter, die das Tap-Programm als Kraftausdrücke identifiziert und unkenntlich gemacht hat."

„Kraftausdrücke?"

„Vulgäre, beleidigende Wörter."

„Ach so."

„Ich kann dem Programm befehlen, sie voll wiederzugeben."

„Nein, lass nur."

Sie spielten die zweite Nachricht. Eine junge Frau erschien. „Hey, du – *piep*. – Ich hoffe, Sie lochen dich ein! Wie kannst du es wagen, hier aufzukreuzen und zu sagen, dass dein Glaube besser ist als der anderer Leute! Mit dieser fundamentalistischen Engstirnigkeit haben wir schon lange Schluss gemacht, Mädchen."

Sie spielten zwei weitere Nachrichten ab. Der Inhalt war ganz ähnlich. Sabin schaute auf die Liste der Nachrichten und sagte: „Willst du noch mehr sehen? Die nächste scheint von irgendeinem Professor zu sein."

Abby setzte sich auf die Bettkante und starrte hinaus auf die Skyline von Manhattan. „Nein, ich glaube, das reicht."

* * *

Damien Cleary setzte sich an Bryson Nichols' Lieblingstisch in der „Bibliothek" und nahm die *London Times* vom 12. Mai 1859 in die Hand. „Wie haben es die Leute damals geschafft, mit so einer Zeitung aus Papier auf dem Laufenden zu bleiben?"

Nichols nippte an seinem Wermut mit Rum. „Glaubst du, die Leute heute sind besser informiert, Damien?"

Cleary legte die Zeitung hin. „Bald werden die Menschen mehr wissen, als sie sich je hätten träumen lassen. Apropos Medien: Unsere Besucherin aus Neuguinea hat ja glatt ein paar Schlagzeilen gemacht."

„Ja, dankenswerterweise. Schätze, in zwei Wochen wird sie außer Landes sein."

„Außer Landes – und nicht vor Gericht?"

Nichols schüttelte seinen Kopf. „Eine Anklage stünde dem Generalstaatsanwalt nicht gut zu Gesicht, dazu ist sie ein zu leichtes Ziel – frisch aus dem Dschungel, keine Kenntnis unserer Gesetze. Aber sie werden ihr mit einer Anklage drohen und dann wird sie freiwillig gehen. Ich schätze, sie fühlt sich in Amerika sowieso nicht wohl, sie wird ihren Urwald vorziehen. Wir müssen sie natürlich weiter beobachten."

„Und wenn der Staatsanwalt gar nichts unternimmt?"

„Als Tad Knowles noch der Hausanwalt von NTI war, ging er ohne meine Genehmigung nicht aufs Klo, wie du vielleicht noch weißt. Sagen wir mal, er weiß, wem er seinen jetzigen Posten verdankt."

13

„DAS IST MEINE offizielle Wohnung", sagte Sabin, als er mit Abby durch die Haustür eines Stadthauses in Fort Worth ging. Sie stellten ihr Gepäck im Flur ab.

„Du meinst, die in Washington ist es nicht? Ich dachte ... ich meine, du bist ja ihr Mann. Sozusagen."

Sabin lächelte. „Ihr Lebenspartner. Wir haben einen Zehn-Jahres-Vertrag. Und dass ich der Mann bin, macht keinen Unterschied. Lauren gehört das Haus in Washington. Es ist ganz praktisch, zwei Häuser zu haben – es gibt jedem von uns Freiräume. Jede gute Beziehung braucht das. – Komm, wir machen eben eine Schlossführung."

Sie gingen rasch durch das Haus. „Dies ist das Schlafzimmer. Das Gästezimmer ist oben, du kannst deine Sachen da reinstellen. – Und hier die Küche. Nicht mehr das Neueste – nun ja, nicht für dich." Sie lächelten beide. „Das ist das Esszimmer, und dahinter" – er öffnete eine Tür – „der Hausarbeitsraum. Und hier" – sie gingen durch eine Doppelschwingtür – „das Wohnzimmer."

Auf dem Sofa lag eine Teenagerin, die so aussah, als ob sie schlief. Abby schätzte, dass sie gerade in der virtuellen Realität war.

„Wer ist das?"

„Das ist Laurens Tochter, Chloe. Sie verbringt hier den Sommer, während wir meistens in Washington sind."

„Lauren hat eine Tochter? Das hat sie mir noch nie gesagt."

„Ja, manchmal vergisst sie's. Sie ist von ihrem letzten Partner."

Chloe schlug die Augen auf. „Hey, habt ihr mich erschreckt."

Sabin trat ins Zimmer und setzte sich. Abby folgte ihm.

„Chloe, dies ist deine ... ja, deine Cousine. Abby Caldwell."

Chloe sah sie an, sagte aber nichts.

„Hi", sagte Abby. „Schön, dich kennenzulernen."

„Mmmhh ..."

Sabin schüttelte den Kopf. „Hast du an deinem Biologieprojekt gearbeitet? Ist doch bald fällig, oder?"

Chloe zuckte die Schultern. „Sex mit Jerod gehabt."

Sie warf Abby einen Blick zu. „Mein Freund."

Abby zuckte zurück. Das Mädchen sah so jung und unschuldig aus. In ihrem Dorf wurden Mädchen auch in sehr jungem Alter verheiratet, aber das hier … fühlte sich anders an.

Sie sah, wie Sabin Chloe einen vielsagenden Blick zuwarf. Als Antwort schnitt Chloe eine Grimasse. „Was willst du denn? Muss ich das verschweigen?"

Sabin seufzte. „Also dann. Chloe, könntest du eben mal Abbys Koffer rauftragen?"

„Warum kann sie das nicht selber?"

„Weil sie unser Gast ist. Also, machst du das, bitte?"

Chloe verdrehte die Augen. „Von mir aus." Sie ging in den Flur.

Abby sah ihr nach, als sie mit dem Koffer die Treppe hinaufstieg. Dann sah sie wieder Sabin an. „Wie kann man in der virtuellen Realität eigentlich hören und sehen und fühlen und so?"

„Das ist ganz einfach. Ich meine, die Technologie nicht, aber die Sache an sich. Wir haben alle Nervenimplantate, die Signale aus dem VR-Programm des Netzes erhalten, sodass unsere motorischen Neuronen die gleichen Empfindungen registrieren wie in der physischen Welt. Die Verarbeitung des neuralen Inputs ist genau die Gleiche. Streng genommen sind die Empfindungen in der VR sogar reiner. Alles – was wir schmecken, riechen, fühlen usw. – macht sozusagen ein bisschen mehr her. Das ist der Grund, warum die meisten Menschen lieber in der virtuellen Realität sind, besonders bei Sex und solchen Dingen."

Abby verschluckte sich fast. „Aber sie ist doch erst … wie alt ist Chloe?"

„Ach so, ja, das muss ich dir vielleicht erklären. Die meisten Kids dürfen ab dreizehn virtuellen Sex haben, und Chloe ist vierzehn." Er machte eine kleine Pause. „Entschuldige bitte, wenn dich das gerade schockiert hat."

Abby rutschte auf ihrem Stuhl. „Nein, das ist okay, es ist ja dein Haus. Ich möchte nur … na ja, tun, was man hier eben normalerweise tut. Du brauchst nicht extra für mich … Es ist halt alles ein bisschen neu …"

Sabin nickte. „Ja, das kann ich mir vorstellen."

* * *

„Ich hab für dich was auf den Viviscreen geholt." Sabin räumte Abbys Teller vom Esstisch ab. „Ein Interview, das Bryson Nichols heute im Netz gegeben hat."

„Bryson Nichols?"

„Er ist der Chef von NTI. Dein Großvater war dort der leitende Neurowissenschaftler. Er und Nichols haben maßgeblich die neueste Erfindung von NTI auf die Beine gestellt."

„Und was ist das?"

„Hast du das noch nicht gehört? Ein künstliches Gehirn."

Abby starrte ihn an. „Ein künstliches Gehirn? Bei so was hat mein Großvater mitgemacht?"

„Er war einer der führenden Neurowissenschaftler der Welt. Er und Nichols hatten zwanzig Jahre an dem Projekt gearbeitet."

„Woher weißt du das?"

„Von Lauren. Nichols ist ihr wichtigster politischer Sponsor."

„Und was heißt das?"

„Na, dass er ihren Sitz im Kongress finanziert." Sabin ging ins Wohnzimmer und aktivierte einen Viviscreen. „Also, möchtest du das Interview sehen?"

„Ja, unbedingt."

Meredith Norby, eine Wissenschaftsredakteurin, stellte Nichols vor.

„Sie sind buchstäblich nicht mehr dieselbe Person, die Sie vor einem Monat waren", begann Norby. „Können Sie uns erklären, was mit Ihnen passiert ist?" Sie war, wie alle in den Medien, schlank und gut gekleidet, ihr Gesichtsausdruck schwankte zwischen „selbstbewusst" und „arrogant".

Nichols war die Ruhe in Person, wie immer, wenn er im Netz war. „Eigentlich habe ich mich gar nicht geändert. Ich bin so sehr Bryson Nichols wie früher auch."

„Manche würden sagen, dass Sie nach dem Eingriff, den Sie hinter sich haben, nicht mehr Sie selbst sind."

Nichols lächelte geziert. „Nun, Meredith, was die Leute denken, denken sie. Was uns unsere Identität gibt, sind nicht die Partikel, die zu einem Zeitpunkt X unseren physischen Körper bilden. Diese Partikel ändern sich ständig. Alle Moleküle in unserem Körper erneuern sich jeden Monat oder so, sogar die in unserem Gehirn – und doch bleiben wir dieselben. Warum?"

„Das müssen *Sie* mir sagen."

„Weil das, was uns unsere Identität gibt, unsere Informationsstrukturen sind, wie sie sich ursprünglich in unserer DNA finden. Was die neue Technologie des NTI tut, ist schlicht, dass sie diese Informationsmuster bewahrt, aber unsere biologischen Neuronen durch ein Silikonneuronennetz ersetzt. Von meinem Wesen ist also nichts verloren gegangen und ich werde sozusagen ewig leben."

Die Interviewerin beugte sich nach vorne, ihre Stirn runzelte sich. „Woher wollen Sie wissen, dass Ihr Silikongehirn dieselben Entscheidungen treffen wird wie Ihr altes Gehirn?"

Nichols schüttelte den Kopf. „Ich weiß es definitiv nicht. Aber auch bei meinem alten Gehirn wusste ich nicht vorher, wie es reagieren würde. Gehirne funktionieren nach Quantenalgorithmen, die sich nicht vorausberechnen lassen. Es ist unmöglich, zu sagen, was ein Gehirn in der oder der Situation gemacht hätte. Es ist also ungenau, zu sagen, dass ich durch mein neues Gehirn das, was meine Zukunft gewesen wäre, verändere. Diese Zukunft hat nie existiert. Das, was hätte geschehen können, ist nur eine von unzähligen Möglichkeiten. Selbst mit meinem Silikongehirn gibt es zu viele Quantenvariablen, um vorauszusagen, wie ich in welcher Situation reagieren werde. Auch mit Silikongehirn bin ich ein Mensch. Silikongehirne sind nicht programmiert, wie die eines Roboters, sie sind strukturiert, wie natürliche Gehirne."

Norby warf einen Blick auf ihr E-Pad. „Was stimmt denn nicht mit der Funktion des biologischen Gehirns, außer halt, dass es altert?"

Nichols gluckste. „Finden Sie nicht auch, dass das ein erhebliches Problem ist, eben dass das Gehirn altert und stirbt? Da haben wir einiges zu bieten.

Aber um zu Ihrer eigentlichen Frage zu kommen: Unser Gehirn funktioniert wunderbar, sofern Sie ein Jäger und Sammler etwa 50000 Jahre vor unserer Zeitrechnung sind. Die Gehirne, die wir geerbt haben, können manche Dinge hervorragend, aber andere gar nicht gut, zum Beispiel sehr rasch große Mengen finanzieller Daten verarbeiten – was unsere Mammut jagenden Vorfahren natürlich nur selten tun mussten.

Diese Begrenzungen können wir nur sprengen, indem wir biologische durch technologische Intelligenz ersetzen. Wir alle haben bereits Nervenimplantate. Unsere neue Technologie ist lediglich der nächste Schritt."

Norby rutschte auf ihrem Stuhl nach vorn. Sabin merkte, dass sie das Interview genoss, aber sie spielte die Rolle des Advocatus Diaboli weiter. „Woher sollen wir auf einer Erde, wo keiner mehr stirbt, aber ständig neue Menschen dazukommen, genügend Platz und Nahrungsmittel für alle bekommen?"

Nichols lächelte. „Ihre Frage geht davon aus, dass alle physische Körper haben werden. Ich glaube, sobald die Gehirne der Leute in Computersubstrate hochgeladen sind, werden viele sich für ein Leben in der virtuellen Realität entscheiden."

Er lehnte sich vor und nahm einen Schluck Wasser aus dem Glas, das vor ihm stand.

„Also, ich wage zu behaupten, dass die um ein Vielfaches größere Intelligenz der Transmenschen dieses Problem recht schnell lösen wird. Nicht nur auf der Erde werden wir Ressourcen für eine theoretisch unbegrenzt große Bevölkerung erschließen; auch Mond und Mars werden bald bewohnbar sein. Außerdem erscheint es zum ersten Mal in der Menschheitsgeschichte möglich, andere Sonnensysteme zu Kolonien zu machen. Jeder, den man als Computersubstrat erfassen kann, kann auch die Reise in die virtuelle Realität antreten und sich selbst an jedem Ort des Universums als Nanokörper wieder herunterladen." Nichols Augen bekamen ein seltsames Glitzern, als er über die Möglichkeit sprach, die Entfernungen des Universums zu überwinden.

Chloe kam ins Wohnzimmer und setzte sich auf das Sofa. „Warum guckt ihr euch das an?"

Sabin runzelte die Stirn. „Das ist für Abby. Sei bitte ruhig."

„Aber warum das biologische Gehirn schon jetzt entfernen?", fragte Norby. „Warum laden wir es nicht erst einmal in Softwareform hoch, speichern das Ganze und machen die Transplantation, wenn das biologische Gehirn verbraucht ist?"

„Das ist eine sehr gute Frage. Es gibt vor allem zwei Gründe. Der erste hat mit der Kontinuität des Bewusstseins zu tun. Wenn Sie Ihr Gehirn irgendwo abspeichern, zehn Jahre warten und dann den Transfer vornehmen, haben Sie diese zehn Jahre für Ihr Gehirn verloren."

„Und wenn man die Softwarespeicherung regelmäßig updatet, sagen wir, einmal pro Woche?"

Nichols schüttelte den Kopf. „Aber den Gehirnscan zum Hochladen vorzunehmen und daraus eine Software herzustellen, ist zeitaufwendig und teuer. Es ist besser, den kompletten Gehirntransfer auf einmal vorzunehmen.

Was uns zu dem zweiten Grund führt. Das Silikonsubstrat bietet uns ganz einfach ein besseres Gehirn – viel schneller, mit mehr Verknüpfungen, mit einer wesentlich höheren Intelligenz als selbst beim optimal entwickelten biologischen Gehirn."

Norby lehnte sich auf ihrem Stuhl zurück. „Kritiker behaupten, dass Sie jetzt nur noch ein Roboter sind und kein Mensch mehr."

„Wenn Ihre Definition von ‚Mensch' auf ein chemisch basiertes Gehirn begrenzt ist, das an einen kohlenstoffbasierten alternden Körper gebunden ist, könnte an diesem Argument etwas dran sein. Aber meine Definition ist sehr viel weiter. Für mich ist das Wesen des Menschlichen die Intelligenz, der kreative Geist und die Fähigkeit zur Anpassung, die die Evolution in uns hervorgebracht hat. *Das* ist der Schlüssel, und nicht die physischen Moleküle, die in einem gegebenen Moment diesen Körper ausmachen. Und dieser Kern meines Menschseins ist vollständig erhalten geblieben. Der Prozess, den wir erfunden haben, beendet nicht unser Menschsein, im Gegenteil: Er befähigt uns, unsere Bestimmung zu erfüllen."

„Und was ist für Sie diese Bestimmung?"

Nichols grinste breit. „Dass wir unsere Intelligenz im ganzen Universum verbreiten."

„Buchstäblich im Universum?"

„Absolut. Die stärkste Kraft, die wir kennen, die mit der größten Auswirkung auf die Existenz, ist die Intelligenz. Wenn wir Biologie und Technik miteinander verschmelzen, gibt es für unsere Intelligenz keine Grenzen mehr."

„Heißt das dann nicht, dass Sie den Plan der Natur in die eigene Hand nehmen?"

Nichols schien die Frage nicht zu gefallen. „Wir *sind* die Natur. Wir sind das Produkt der evolutionären Kräfte der Natur. Wir sind die Methode des Universums, Intelligenz hervorzubringen. Jetzt bedient sich die Evolution unserer Erfindung, um ihr Medium zu verändern. Es ist nicht mehr nur biologisch. Es ist von nun an technologisch."

„Kehren wir einen Augenblick zur Erde zurück. Was, wenn manche Menschen Ihren Weg nicht mitgehen wollen?"

„Das ist wie bei jeder Technologie. Zuerst werden es sich nur einige wenige leisten können. Aber irgendwann die ganze Welt. Mein Ziel ist es, den Tod, wie wir ihn kennen, zu besiegen, und zwar innerhalb der nächsten fünfzig Jahre: Das Wesen jedes Menschen wird ewig leben, in Form von gespeicherten Daten. Sicher, es wird eine weltweite Anstrengung erfordern, sowohl im politischen als auch im privaten und privatwirtschaftlichen Sektor – aber wir können es schaffen. Wir werden es schaffen. Das Zeitalter der Transmenschheit hat begonnen."

Das Interview endete. Sabin sah Abby an, die schweigend dasaß.

„Na, wie findest du das?"

„Ich kann's immer noch nicht glauben, dass mein Großvater an dieser Erfindung beteiligt gewesen sein soll."

Chloe kniff die Augen zusammen. „Warum nicht?"

„Ich finde, das ist … unnatürlich."

„Dann meinst du, es ist besser, zu sterben?"

„Nein." Abby sah Chloe fest an. „Ich glaube, es ist besser, an Jesus zu glauben."

Chloe starrte sie einen Augenblick lang an, sah zu Sabin hin und lachte. „Okay, von mir aus."

* * *

„Na, hast du was Interessantes gefunden?"

Abby drehte sich um und schaute aus dem begehbaren Wandschrank in die Richtung, aus der die Stimme kam. Sabin kam zu ihr.

„Ich schau mir gerade die Fotos an, die ich hier entdeckt habe", sagte sie. „Sehen aus wie Familienfotos. Und ich hatte gehofft, eins von meinen Großeltern zu finden."

Er setzte sich neben sie auf den Boden. „Ach … nein, das ist unwahrscheinlich." Er griff ein gerahmtes Bild heraus und betrachtete es.

„Warum hat Lauren keine Bilder von Poppy? Er war ihr Onkel. Ich meine, wenn man bedenkt, dass sie mit Nichols …"

Sabin schüttelte den Kopf. „Ich glaube, sie hat sich schon als Teenager mit ihm zerstritten, und dabei ist es dann geblieben. Als sie Nichols kennenlernte, dachte ich, das wird vielleicht wieder, aber Lauren kann sehr stur sein."

„Was hat mein Großvater genau gemacht?"

Abby langte nach einem weiteren Bild aus dem Stapel vor ihr und betrachtete dann das Bild, auf dem lauter Menschen waren, die sie nicht kannte.

„Dieses Interview mit Bryson Nichols geht mir einfach nicht aus dem Kopf."

„Dass er ein künstliches Gehirn erfunden hat?"

Abby runzelte die Stirn. „Ich kann's immer noch nicht glauben, dass mein Großvater da mitgemacht hat."

„Warum nicht?"

„Wegen seinem Glauben."

„Seinem Glauben an …?"

„Gott. Wusstest du nicht, dass er Christ war?"

Sabin wirkte überrascht. „Nein. War er das? Muss es aber ziemlich geheim gehalten haben."

Abbys Brauen zogen sich zusammen. „Das glaube ich kaum." Sie begann die Fotos, die sie vor sich aufgestellt hatte, wieder in den Schrank zu räumen. „Woran ist er eigentlich genau gestorben?"

„Gehirnaneurisma, so viel ich weiß. Für einen Neurowissenschaftler eigentlich komisch; ich meine, wenn jemand regelmäßig sein Gehirn scannen lässt, dann so jemand. Aber er scheint das nicht getan zu haben. Es ist jammerschade, dass du ihn um die paar Wochen verpasst hast, ihr hättet euch sicher gut verstanden. Und für ihn tut es mir auch leid – er hätte dich gemocht."

Abby nahm das letzte Foto und legte es in den Schrank. „Ich habe ihn ja eigentlich nie gekannt, aber ich vermisse ihn. Ich glaube, er wäre der einzige Mensch hier, mit dem ich mich wirklich verstanden hätte."

* * *

„Chloe, habt ihr ungesäuertes Brot?"

Chloe schloss die Kühlschranktür und schaute zu Abby hinüber, die in der Küchentür stand. „*Was* für'n Brot?"

„Ungesäuertes … ohne Hefe."

„Brot ohne Hefe gibt's nicht."

„Doch, das …" Sie unterbrach sich. Nur keinen Streit mit Chloe. „Und normales Brot, wo habt ihr das?"

„In der Speisekammer." Chloe zeigte auf die Tür.

„Darf ich dich noch was fragen?"

„Ja, sicher."

„Habt ihr irgendeinen Obstsaft?"

„Mango im Kühlschrank. Und Orange." Chloe drehte sich um und ging zur Treppe.

Abby nahm sich Brot und Saft und ging damit zurück auf ihr Zimmer. Sie hörte, wie jemand an den Türrahmen klopfte, und blickte hoch. Es war Sabin. „Du hast die nächsten Taps."

Abby ließ die Schultern hängen. „Wieder das gleiche Zeug?"

„Ein paar schon. Weiß nicht, woher sie wissen, dass du hier bist. Aber auch diverse von einem Professor aus Dallas, der lässt nicht locker. Hätte gerne, dass du zu seinen Studenten sprichst."

„Und was meinst du dazu?"

„So schlimm wie das *Global-Sunrise*-Interview kann's sicher nicht sein."

„Höchstens, wenn sie anfangen, faule Eier zu werfen."

„Hör zu, Abby. Das wäre deine nächste Chance, deine Sache mit Jesus unter die Leute zu bringen. Ich weiß nicht, wie klug das ist, das musst du selber wissen. Und wie Lauren reagieren wird, weiß du ja schon. Aber ist das nicht genau die Art Gelegenheit, die du suchst?"

Sie überlegte einen Moment und wünschte sich, sie hätte mit größerer Sicherheit antworten können. „Ja, das ist es vermutlich. Ich werd's machen."

„Wenn du willst, nehmen wir morgen früh mit ihm Kontakt auf."

„Ja, das wäre sicher gut. Danke."

Sabin musterte das Brot und den Saft. „Kleines Betthupferl?"

„Äh … nein, ich möchte das Abendmahl feiern."

„Also doch ein Betthupferl?“

„Nein, eine Erinnerungszeremonie, die Jesus seinen Jüngern hinterlassen hat.“

„Seinen was?“

„Seinen Jüngern. Seinen nächsten Anhängern.“

Sabin trat vollends ins Zimmer und setzte sich auf einen Stuhl. „Und diese Zeremonie … feierst du die allein?“

„Eigentlich nicht. Im Dschungel haben wir das immer mit dem ganzen Dorf gemacht, aber hier hab ich niemanden.“

„Ich kann dir gerne Gesellschaft leisten, wenn du willst.“

Sie lächelte. „Das ist nett von dir, aber …“

„Was ‚aber‘? Du hast doch gerade gesagt, dass du das sonst zusammen mit anderen machst.“

Es lief allem, was ihre Eltern ihr an theologischen Grundsätzen vermittelt hatten, zuwider. Das heilige Abendmahl war nur für diejenigen da, die an Jesus glaubten, aber …

„Doch“, sagte sie. „Ich freue mich, wenn du mitmachst, das ist sehr nett von dir.“

Sabin setzte sich im Schneidersitz neben sie auf den Boden. Abby nahm das Brot in die Hand. „An dem Abend, bevor er gekreuzigt wurde, feierte Jesus mit seinen Jüngern das Passahmahl.“

„Passahmahl?“ Sabin sah sie fragend an. „Entschuldige, ich frag wahrscheinlich zu viel.“

„Nein, das ist schon in Ordnung. Das Passahmahl war ein jüdisches Fest, das die Juden daran erinnerte, wie Gott sie aus Ägypten geführt hatte. Jesus war ja Jude.“

„Ja, das weiß ich.“

Sie lächelte verlegen. „Und bei diesem Mahl … hat Jesus den Jüngern seine Abschiedsworte gesagt.“

„Bevor er gekreuzigt wurde.“

„Ja. Er nahm das Brot und sagte: ‚Dies ist mein Leib, der für euch gebrochen wird.‘ Dann ließ er das Brot um den Tisch herumgehen. Und so nehmen auch wir das Brot …“ Sie riss ein Stückchen von der Brotschreibe ab und reichte es Sabin, dann riss sie etwas für sich selber ab.

„Und wir danken Jesus dafür, dass er seinen Leib für uns gegeben hat.“ Sie neigte den Kopf und betete: „Jesus, danke, dass du dich selbst am Kreuz für uns hingegeben hast." Sie sah wieder auf. „Und dann essen wir das Brot."

Sie schob sich das Brotstück in den Mund, kaute und schluckte es. Sabin folgte ihrem Beispiel.

„Und der Saft?"

„Der steht für das Blut Jesu. Beim Passahmahl war es nicht Saft, sondern Wein, aber im Dschungel hatten wir keine Weintrauben und haben stattdessen Kwa-Saft genommen."

„Wir haben Wein im Haus, wenn du welchen möchtest."

„Du meinst ... ginge das?"

Sabin lächelte. „Na, klar. Ich hol ihn eben."

Er ging und kam mit zwei kleinen Gläsern Wein zurück. „Wenn du noch nie Wein getrunken hast, wirst du ihn vielleicht heftig finden."

„Das ist okay."

Echter Wein zum Abendmahl – Abby war begeistert. Sabin reichte ihr ihr Glas. Sie schaute andächtig hinein, dann sagte sie: „Jesus sagte: ‚Tut dies zur Erinnerung an mich.' – Danke, Jesus, dass du dein Blut vergossen hast, um unsere Sünden zu vergeben."

Sie hob das Glas an ihre Lippen und trank – und verzog das Gesicht. *„Das* ist Wein?"

Sabin lachte. „Ich habe dich gewarnt."

„Das schmeckt ja ... furchtbar." Sie lachte selbst auch. „Und ich hab's die ganzen Jahre nicht erwarten können, Wein zu trinken."

„Man gewöhnt sich an den Geschmack."

Sabin streckte eine Hand aus und sie reichte ihm das Glas zurück.

„Und was kommt jetzt?"

„Das war alles."

„Das ist aber eine kurze Zeremonie."

Abby nickte. „Sie soll eben daran erinnern, was Jesus für uns getan hat."

Sabin betrachtete die Weingläser. „Du glaubst wirklich daran, oder?"

„Ja."

„Wie ... ich meine, wie ist das, wenn man so sicher an etwas glaubt, wofür es doch keine Anhaltspunkte gibt?"

Abby zuckte die Schultern. „So habe ich das noch nie betrachtet. Gibt es denn nichts, woran du glaubst?"

Er schüttelte den Kopf. „Jedenfalls nichts, was mit deinem Glauben vergleichbar wäre."

„Hmm." Sie starrte gedankenverloren auf den Fußboden und sah dann wieder Sabin an. „Es ist ... tröstlich, finde ich. Ich weiß, dass es jemanden gibt, der mich hört, wenn ich bete."

„Glaubst ... glaubst du wirklich, dass da oben einer ist, der zuhört, wenn du betest?"

„Das glaube ich nicht, das weiß ich."

Er stellte die Gläser auf den Fußboden und musterte sie. „Abby, fühlst du dich einsam hier, in den Staaten?"

Abby zögerte, dann nickte sie schließlich. „Ja, ich schätze, das ist es. Alles ist so fremd und ich habe niemanden, mit dem ich mich wirklich verbunden fühle. Aber jedenfalls ist Gott immer nah."

Sabin betrachtete sie einen Moment lang. „Ich schätze, das ist nicht mein Ding, was du da über Gott sagst." Er lächelte warm. „Aber ich muss zugeben, ich bin froh, dass du da bist, Abby. Von dir kann man ganz gewiss interessante Sachen lernen."

Abby lächelte nun ebenfalls. „Auch ich bin froh, Sabin."

14

FAST HATTE ICH die Hoffnung aufgegeben, von Abigail Caldwell zu hören, als sie mich antapte. Sie benutzte einen Viviscreen, aber ihr Bild wurde natürlich direkt in meine Nervenimplantate übertragen. Die Ausstrahlung dieser Frau – ihr schwarzes Haar, ihr Gesicht, ihr athletischer Körper – faszinierte mich noch mehr als in dem Interview bei *Global Sunrise*. Aber ich schob diese Wahrnehmung gezielt beiseite.

„Hallo, Ms Caldwell, mein Name ist Creighton Daniels. Ich bin Professor für Geschichtswissenschaft an der University of the South in Dallas. Ich habe Ihr Interview in *Global Sunrise* gesehen und würde Sie gerne zu einer Fragerunde in eines meiner Seminare einladen, zum Thema ‚Amerikanische Kulturgeschichte seit 1900‘."

„Eine ... Fragerunde?"

„Ja. Ich würde meinen Studenten eine Einführung in Ihren Fall geben und sie Fragen vorbereiten lassen, die Sie dann beantworten."

„Persönlich oder schriftlich?"

„Am liebsten wäre mir, Sie kommen persönlich hierher in die Universität." Ich erwähnte nicht, dass das Seminar in der virtuellen Realität stattfand und wir sie von jedem beliebigen Ort dort hineinprojizieren konnten.

„Mr Daniels, warum interessiert sich Ihr Seminar für mich?"

Ihre Nachfrage schien zu signalisieren, dass sie Interesse an meinem Vorschlag hatte. Warum hätte sie sonst nachfragen sollen?

„Wir werden bald den Nie-" – fast hätte ich „Niedergang" gesagt – „äh, die Geschichte des Christentums in den USA in diesem Jahrhundert behandeln, und da wäre es recht instruktiv, wenn die Studenten einmal einen praktizierenden Christen sehen könnten. Gar zu viele gibt es ja nicht mehr ..."

„Ja, das habe ich gehört."

„Ich schätze, sie würden Ihre Geschichte faszinierend finden."

„Wie viele Leute würden dieses Gespräch sehen?"

„Nur meine Studenten – es sind ungefähr sechzig."

„Es wäre nicht weltweit zugänglich?"

„Nein. Nur für meine Studenten." *Und für jeden, dem sie es zeigen würden.*

„Und ich könnte über meinen Glauben sprechen?"

„Ja, natürlich, das möchte ich ja."

Sie schwieg; anscheinend erwog sie, wie sie auf meine Einladung reagieren sollte. „Gut." Sie zog das Wort in die Länge, als müsse sie sich selbst überzeugen. „Dann möchte ich das machen. Wann soll ich kommen?"

„Wie wäre es mit nächstem Montag?" Ich fand es furchtbar, dass ich so lange warten sollte, aber ich hatte kaum eine andere Wahl. In der Woche davor standen die Semester-Halbzeit-Prüfungen an, da konnte ich sie nicht gebrauchen.

„Ich schicke Ihnen auch gern einen Wagen. Wenn Sie wollen, zeige ich Ihnen auch die Stadt."

„Das wäre nett, ja. Danke für Ihre Einladung."

Sie drehte sich um, fragte jemanden, wie man das Gespräch beendete, und verschwand von meinem Viviscreen.

Ich lehnte mich auf meinem Bürostuhl zurück. Am liebsten wäre ich auf der Stelle nach Fort Worth gefahren, um ihr die Nachricht zu zeigen, die mein Vater von ihrem Großvater erhalten hatte. Aber mir war sehr wohl bewusst, dass das recht unklug gewesen wäre.

Eines nach dem anderen. Erst musste ich ihr Vertrauen gewinnen. Und ich freute mich wirklich auf ihren Besuch in meinem Seminar. Sie war ein kulturgeschichtliches Musterexemplar: ein lebendiger Mikrokosmos der Welt des Glaubens, aufgewachsen in völliger Abschottung von der modernen Welt. So jemanden würden meine Studenten in tausend Jahren nicht mehr zu sehen bekommen.

Ich nahm meine Teetasse. „Alistair, was kannst du mir über den Stamm der Inisi in Neuguinea sagen?"

* * *

Sabin öffnete die Haustür. Draußen standen zwei Herren in Straßenanzügen. Im Zeitalter der virtuellen Realität waren Besuche in der physischen Welt selten geworden; dass jemand unangemeldet kam, war eine Sensation.

„Wohnt hier eine Abigail Caldwell?"

Er betrachtete die beiden argwöhnisch.

„Und wer sind Sie, bitte?"

„Wir kommen von der Generalstaatsanwaltschaft der Vereinigten Staaten." Einer der Herren hielt Sabin einen Ausweis vor die Nase. „Wohnt Ms Caldwell hier?"

„Gibt es ein Problem?"

„Darüber müssten wir mit ihr selber sprechen, Sir."

Sabin runzelte die Stirne. „Einen Augenblick, bitte."

Er rief nach oben. Abby kam herunter, barfuß und in Khaki-Shorts und T-Shirt. „Abby, du hast Besuch."

Ihr Gesicht hellte sich auf. „Ja? Von wem?"

„Von der Staatsanwaltschaft."

Sie setzten sich ins Wohnzimmer. Sabin bot den Männern Kaffee an; sie lehnten dankend ab. Der größere der beiden, der schon um die Mittagszeit Nachmittagsstoppeln am Kinn hatte, begann das Verhör.

„Sind Sie sich über die juristischen Implikationen Ihrer Aussagen in der *Global-Sunrise*-Show am Morgen des 17. Mai im Klaren?"

„Hab ich etwas Falsches gesagt?" Abby sah Sabin an, der die Achseln zuckte.

Jetzt räusperte sich der Kleine. „Was Sie sagten, dürfte in den meisten Kreisen als sehr ... diskriminierend verstanden werden."

„Diskriminierend? Sie meinen, was ich über meinen Glauben gesagt habe? Ich dachte, in diesem Land herrscht Meinungsfreiheit. Und Religionsfreiheit. Zumindest haben meine Eltern es mir immer so dargestellt."

Der Große schüttelte den Kopf. „Nach dem Toleranzgesetz von 2036 sind Ihre Ausführungen über nicht christliche Religionen eindeutig illegal."

Zum ersten Mal nahm Sabin so etwas wie Ärger in Abbys Stimme wahr. „Dann wollen Sie mich jetzt verhaften?"

„Nein, Ms Caldwell. Der Generalstaatsanwalt möchte unter den gegebenen Umständen von einer Klageerhebung eigentlich absehen. Aber angesichts der sehr öffentlichen Dimension Ihres Vergehens ist er gehalten, die Sache alsbald vor eine Anklagejury zu bringen, die über eine Klageerhebung befinden wird."

„Und was würde dann passieren?"

„Es würde Anklage gegen Sie erhoben und Sie könnten darauf das Land erst dann verlassen, wenn Ihr Prozess vorbei ist oder Sie sich mit dem Gericht auf ein ermäßigtes Strafmaß geeinigt haben."

Abby schwieg einen Augenblick, dann sagte sie: „Soll das heißen, dass ich für das, was ich da gesagt habe, ins Gefängnis kommen könnte?" Sie sah Sabin an. „Können die das machen?"

Sabin nickte.

Der erste Agent sagte: „Dieses Risiko besteht in der Tat, Ms Caldwell. Es hängt davon ab, ob eine Jury Ihre Ausdrucksweise für diskriminierend und volksverhetzend befindet."

Sabin mischte sich ein: „Und um eine Strafverfolgung zu vermeiden ..."

„Müssten Sie das Land verlassen. Das wäre die Lösung, die dem

Generalstaatsanwalt am liebsten wäre. Die Sache wäre dann vergessen."

„Und wie bald müsste ich das Land verlassen?"

„Innerhalb von zwei Wochen."

* * *

Der Tap kam von NTI. Kate Sampson leitete ihn auf ihren Viviscreen. Das ausdruckslose Gesicht einer Frau in einem Laborkittel erschien.

„Dr. Sampson, mein Name ist Danielle Short. Ich wollte Sie wegen der Probe kontaktieren, die Sie uns geschickt haben."

„Haben Sie in den Nanobots irgendetwas gefunden, was darauf schließen lässt, woher sie stammen?"

„Leider nein."

„Keine Identifikatoren? Wie ist das möglich?"

Danielle schüttelte den Kopf. „Das wollte ich Ihnen gerade sagen. Wir haben keine Analyse durchführen können."

„Nicht? Und warum nicht?"

„Es gab eine Panne im Labor. Nichts Schlimmes, aber Ihre Probe wurde leider verunreinigt und konnte nicht mehr rekonstruiert werden. Haben Sie noch mehr von dem zu analysierenden Material?"

Es dauerte einen Moment, bis Kate begriff.

„Ja, natürlich." Es gelang ihr nicht, ihre Verärgerung zu verbergen. „Aber das wirft mich um mindestens eine Woche zurück."

Die Frau zuckte die Achseln. „Ich bitte Sie sehr um Entschuldigung. Wir werden die Analyse vornehmen, sobald wir die zweite Probe haben."

* * *

Bryson Nichols und Damien Cleary marschierten durch den Nordflügel des Neurowissenschaftlichen Labors von NTI. Es geschah nicht oft, dass Nichols persönlich im Labor erschien, und noch seltener sah man ihn zusammen mit Cleary. Aber Nichols fand es wichtig, hin und wieder auch physisch aufzukreuzen, und sei es nur, um den Mitarbeitern seine Wertschätzung zu zeigen. Er hatte in zwei Abteilungen diverse Hände geschüttelt, bevor er nun mit Cleary den langen Flur entlangschritt.

„Wie sind die neuesten Interessentenzahlen für die Transplantation?", fragte Nichols. Er hatte die Zahlen erst am frühen Morgen selbst abgerufen, wie jeden Tag, aber Clearys Antwort würde zeigen, wie intensiv der den Fortgang des Projekts beobachtete.

Cleary versuchte, mit dem höher gewachsenen Nichols Schritt zu halten. „Vierzehnhundert, Tendenz steigend."

Sie bogen nach links ab, gingen durch eine Pendeltür, öffneten eine weitere Tür und traten in ein Zimmer, das als Aufwachraum diente. Ein Neurochirurg sprach gerade mit einem älteren Mann in einem Krankenhausbett, der offenbar gerade die Transplantation erhalten hatte. Nichols streckte dem Arzt die Hand entgegen. „Dr. Dewitt, schön, Sie wiederzusehen." Er sah den Patienten an. „Und wessen Leben haben wir heute für immer verändert?"

Dewitt strahlte. „Dies ist Alston Randolph. Ehemaliger Patient der Neurologischen Klinik Boston. Endstadium, sie hatten ihm noch vier Monate gegeben."

Nichols schüttelte dem Patienten die Hand. „Wie alt sind Sie, Mr Randolph?"

„Nächste Woche 133."

„Und wie fühlen Sie sich?"

„Wie neugeboren, nur die Stelle, wo sie die obere Hälfte von meinem Kopf wieder aufgesetzt haben, juckt ein bisschen. Ich hab den Doktor hier gefragt, ob er 'ne Partie Schach mit mir spielt, aber er wollte nicht."

Nichols grinste. „Ich kann ihn gut verstehen. Gegen das Jucken hat er bestimmt eine Salbe für Sie. Ich freue mich, dass es Ihnen so gut geht."

Er nickte dem Arzt zu und ging mit Cleary in den Operationsraum nebenan. Cleary setzte sich auf eine Untersuchungsliege.

Nichols nahm auf einem Drehstuhl Platz und fing an, mit einem Bildschirmgerät zu spielen. „Die große Frage ist, ob unser Schulungsprogramm auf Dauer mit dem Bedarf Schritt halten kann."

Cleary nickte. „Das Programm, das Holographics auf die Beine gestellt hat, läuft besser, als wir erwartet hatten. Die Leute absolvieren es in Rekordzeit. Wie du gesagt hast, es ist kein Fehler, dass Neurochirurgen meistens die besten Nervenimplantate haben. Im Durchschnitt brauchen sie ganze drei Wochen, um die Transplantation aus dem Effeff zu beherrschen."

„Wie viele machen zurzeit diese Eingriffe?"

„Sechs."

„Wie viele am Tag?"

„Zwei, und das an zwei Tagen pro Woche."

„Lässt sich das verbessern?"

„Mit genügend Übung schon etwas."

„Also drei am Tag."

„Das wären ... an die zweitausend im Jahr, mit dem gegenwärtigen Personalstand."

„Korrekt."

Nichols drehte sich um und legte die Hände hinter seinen Kopf. „Also, Doktor ..."

Cleary schüttelte den Kopf. „Nenn mich nicht ‚Doktor', Nichols. Ich bin hier angestellt, das ist alles."

Nichols grinste. „Also, was meinst du: Wie viele könnten wir in einem Jahr schaffen?"

„Drei Millionen."

„Drei Millionen? Wie kommst du auf diese Zahl?"

„Ich schätze mal, es gibt weltweit 50000 Neurochirurgen. Nehmen wir an, 20 Prozent von ihnen machen diese Operation; das wären 10000. Diese 10000 machen drei Eingriffe pro Tag, an hundert Tagen im Jahr. Das sind drei Millionen."

Clearys Zahl war um den Faktor drei höher als die von Nichols, aber sie war nicht überzogen. „Drei Millionen Eingriffe pro Jahr. Bei diesem Tempo bräuchten wir also gut 120 Jahre für die gegenwärtige Bevölkerung der USA."

„Natürlich", sagte Cleary, „werden wir kaum mehr als 10- oder 20000 auf die Warteliste kriegen, wenn du keine Mittel von der staatlichen Krankenversicherung dafür lockermachen kannst."

„Da bin ich gerade dran."

„Und? Tut sich was?"

Nichols runzelte die Stirn. „Die Mühlen der Politik mahlen langsam."

Cleary glitt von dem Untersuchungstisch und ging durch den OP-Raum, mit dem Rücken zu Nichols. „Die ganze Sache könnte durch eine Krise um einiges beschleunigt werden."

„Was für eine Krise?"

„Eine Pandemie zum Beispiel." Er drehte sich zu Nichols um. „Eine weltweite Grippeepidemie, die tödlicher ist als die vor fünfzig Jahren. Die Leute würden Schlange stehen, um ihr Gehirn hochladen zu lassen, bevor die Grippe zuschlägt."

Nichols wusste: Ersatzkörper würden sich früher oder später aus Nanobots konstruieren lassen. Bis es so weit war, würden die „Hochgeladenen" einfach in der virtuellen Realität weiterleben.

„Wie schnell könnten wir die Transplantationen hinkriegen und nicht bloß das Hochladen? Selbstverständlich vorausgesetzt, wir hätten die nötigen unprogrammierten Substrate zur Verfügung."

„Das hängt davon ab, welcher Teil der Prozedur von Robotern ausgeführt werden könnte."

„Ja, aber das wissen wir nicht, solange wir die Software dafür noch nicht haben."

Cleary grinste. „Wir wissen es, Nichols."

Nichols fuhr sich mit der Hand über die gerunzelte Stirn.

„Wieso?"

„Tja, wir haben die Software für Roboter entwickelt."

„Ihr habt …?" Nichols starrte seinen Mitarbeiter an. Er war zwiegespalten: einerseits beeindruckt, solche Ressourcen zur Verfügung zu haben, aber auch irritiert, dass solche weitreichenden Projekte ohne sein Wissen verfolgt worden waren. „Alle Achtung. Aber findest du nicht auch, ihr hättet mich das wissen lassen sollen?"

Cleary lachte. „Nichols, du sagst doch selbst immer, wie sehr du Eigeninitiative schätzt, und wir sind halt initiativ geworden. Oder soll das jetzt eine Rüge sein?"

Nichols dachte kurz nach, dann lächelte er. „Nein, natürlich nicht."

„Also, zurück zu deiner Frage: Wir nehmen also die Hälfte aller Chirurgen auf diesem Planeten – etwa eine Million. Die erhalten unsere Schulungssoftware. Sagen wir, zwei Wochen extra für die, die keine Neuronenimplantate haben. Diese Chirurgen fungieren als eine Art Supervisoren für die Roboter. Und die schaffen zehn Operationen am Tag, sechs Tage pro Woche. Das wären … drei Milliarden Operationen. Innerhalb von drei Jahren könnten wir den ganzen Planeten umwandeln. Vielleicht sogar schneller.

Nichols wusste: Dies war mehr als optimistisch. Aber es regte die Gehirnzellen an, dieses Zahlenspiel.

„Gut.“ Er erhob sich. „Das Risiko einer Pandemie ist natürlich nicht mehr so hoch wie 2033. Die Medizin hat schließlich auch Fortschritte gemacht.“

Cleary räusperte sich. „Wir bräuchten ja nicht unbedingt auf eine natürliche Pandemie zu warten.“

Nichols sah ihn an.

Cleary fuhr fort: „Was, wenn, rein theoretisch, ein fremdes pathogenes Element in das menschliche Ökosystem eingeführt würde?“

„Eine Krankheit“, verbesserte Nichols.

Cleary nickte. „Genauer gesagt, eine Seuche, die das Gehirn rasch zerstört – wie BSE in den 1990er-Jahren, nur ansteckend. Wenn die Mortalität genügend hoch ist, gäbe es eine universale Nachfrage nach Transplantationen. Der Übergang zur transhumanen Welt im großen Maßstab würde sich fast im Handumdrehen vollziehen.“

Nichols' Stirn legte sich in Falten. „Damien, du bist wahnsinnig. Ich werde keine Pandemie erzeugen, nur um meine eigene Technologie an den Mann zu bringen.“

„Natürlich nicht. Es geht auch nicht darum, deine Technologie zu vermarkten. Es geht darum, das letzte Ziel der Menschheit voranzubringen.“

„Und … wer würde diese Erreger entwickeln?“

„Es existieren bereits künstliche Pathogene, das weißt du.“

„Die alle noch nicht an realen Versuchspersonen getestet wurden.“

„Ja, das stimmt. Aber das ließe sich doch leicht arrangieren, meinst du nicht?“

„Sicher. – Wir jedenfalls werden diese Spur nicht weiterverfolgen. Die Menschheit wird sich rasch genug in die Transmenschheit verwandeln. Ich bin zufrieden, wenn sich diese Entwicklung in ihrem eigenen Tempo vollzieht.“ Er starrte seinen Mitarbeiter an. „Und du ebenfalls, hoffe ich?“

Cleary lachte. „Nichols, manchmal nimmst du die Dinge einfach zu ernst. Das war nur ein Test."

„Ein Test wofür? Wie sehr ich mich für die neue Menschheit engagiere? Oder muss ich meine Schädeldecke aufklappen?"

„Dein Engagement steht außer Zweifel, Nichols. Da kann dir niemand etwas vorwerfen."

15

„SABIN, ICH GEH zurück nach Papua-Neuguinea."

Sabin goss Orangensaft in die Gläser und kam mit einem Teller Muffins und Crêpes für zwei zum Küchentisch. Er setzte sich und sah Abby an. „Ich schätze, nach dem, was die beiden Herren gesagt haben, hast du keine große Wahl."

„Ja. Aber …"

„Aber was?"

„Ich muss dauernd an diese Botschaft von meinen Großeltern denken. Sie haben das ernst gemeint, das weiß ich. Und ich habe gebetet. Vielleicht hat Gott wirklich eine Aufgabe für mich hier. Den Eindruck hatte ich, als ich kam. Und jetzt … werd ich zurückgeschickt. Und was hab ich dann erreicht? In dieser Kultur ist mir alles fremd, ich bin richtig einsam – damit will ich nichts gegen dich sagen, ich meine …"

„Ich versteh schon. Wir kennen uns ja kaum."

Ihre Mundwinkel zogen sich nach unten und sie fuhr fort: „Lauren ist zu beschäftigt für mich. Ich merke auch, dass es zwischen ihr und dir Probleme gibt, und ich bin da irgendwie im Weg …"

„Die gab es schon lange, bevor du kamst."

„Gut, aber ich will nicht, dass es durch meine Schuld noch schlimmer wird. Ich kann mir nicht vorstellen, wie Gott mich hier gebrauchen will. Und, um ehrlich zu sein: Ich hab furchtbares Heimweh nach Neuguinea. Ich will nach Hause."

Sie schwiegen einen Augenblick. Abby schob die Muffins und Crêpes zu Sabin hinüber. „Hier, iss, bevor sie kalt werden."

Er legte einen Crêpe auf seinen Teller und nahm einen Bissen. „Und wenn du zurückgehst – wo würdest du bleiben?"

„Bei den Inisi. Aber zuerst würde ich zu Kate gehen, sie hat mich eingeladen."

Abby schaute um sich, als suche sie etwas. „Ich weiß nicht, warum sie mich so lange nicht mehr angetapt hat."

„Weiß sie, dass du hier bist?"

Abby sah ihn an. „Ich … ich glaub, nicht."

„Sie muss eine Adresse oder Namen haben, um einen Tap senden zu können."

Sabin fragte die Uhrzeit in Neuguinea aus dem Netz ab. „Bei ihr ist jetzt Mitternacht. Möchtest du sie antappen?"

„Nein, das können wir später machen."

Sabin stand auf, holte den Saftkrug zum Tisch und goss ihnen nach. Er nahm einen Schluck und schaute Abby an. „Ich gebe Lauren Bescheid. Aber ein paar Tage wirst du ja noch hier sein. Ich mache dieses Wochenende eine Bergwandertour in Colorado. Möchtest du mit? Das ist vielleicht deine letzte Chance, die Berge hier zu sehen."

„Ich dachte, das machen die Leute alles in der virtuellen Realität."

„Beim Bergwandern ist mir die richtige Realität lieber."

Sie lächelte. „Doch, da würde ich gerne mitkommen."

* * *

„Es sind nicht die Politiker in Washington, die dieses Land zu dem machen, was es ist; es sind die arbeitenden, ehrlichen, engagierten Menschen in Städten wie Grapevine, die das Herz Amerikas waren und sind und immer sein werden."

Hutch Hardin schaute zu, wie Lauren Caldwell ihre Zuhörer bearbeitete. Er ging nicht oft auf politische Veranstaltungen. Es tat ihm gut, zu erleben, wie wirkliche Menschen sich für etwas begeisterten, das sie für echt hielten.

„Und als Ihre Senatorin möchte ich Ihnen versichern: Egal, wie oft und wie lange ich in Washington bin, um Sie zu vertreten, in meinem Herzen werde ich immer eine echte Texanerin bleiben.

Ich verspreche Ihnen allen: Ich werde stets dafür kämpfen, dass die Menschen in Texas aus ihrem Leben das machen können, wovon sie schon immer geträumt haben!"

Applaus, Hochrufe. Aus den Lautsprechern der Highschool-Turnhalle kam Musik. Lauren Caldwell setzte ein breites Lächeln auf, winkte der Menge zu und ging zur Seite des Podiums, wo etliche Reporter schon warteten. Hutch ging ebenfalls dorthin und stellte sich dazu.

„Frau Abgeordnete", sagte einer der Journalisten, „es gibt Berichte darüber, dass Ihre Cousine, Abigail Caldwell, zurzeit bei Ihnen in Fort Worth wohnt."

Hutch konnte sehen, wie angespannt Lauren auf einmal war. „Sie wird nicht lange bleiben", antwortete sie.

„Teilen Sie die Ansichten, die Ihre Cousine auf *Global Sunrise* geäußert hat?"

„Nein, selbstverständlich nicht."

Ein zweiter Journalist nahm das Thema auf. „Es gibt Bestrebungen, den Generalstaatsanwalt auf diesen Fall anzusetzen – schließlich berühren die Äußerungen Ihrer Cousine die Toleranzgesetze. Wenn es dazu kommt – werden Sie sie weiter unterstützen?"

Sie starrte den Frager eisig an. „Ich unterstütze sie überhaupt nicht. Ich unterstütze es nicht, wenn jemand intolerante Überzeugungen äußert. Alles, was ich tue, ist, dass ich einer Frau, die zu meiner Familie gehört, Gastfreundschaft gewähre, bis sie demnächst in ihr eigenes Land zurückkehrt."

Hutch hatte sich gerade entschlossen, Lauren vor weiteren Fragen zu bewahren, als er angetapt wurde. Als er wenige Minuten später aus der virtuellen Realität zurückkam, stand Lauren neben ihm.

„Ich dachte, du bist hierhergekommen, um mich vor den Wölfen zu retten, und nicht, um mich im Stich zu lassen, Hutch."

„Manchmal muss man halt sofort drangehen."

Sie berührte seinen Arm. „Was ist passiert?"

„Mein Vater."

„Ist er krank?"

„Er ist tot."

***

Kate sah irgendwie verkehrt aus. Sie war im Schlafanzug, ihr Haar zerzaust. Abby musterte sie besorgt. „Kate, wie geht's dir?"

„Hallo, Abby. Nett, dass du antapst. Mir geht's gut, bin nur ein bisschen daneben heute Morgen, das Wetter, weißt du." Sie nahm einen Schluck aus ihrer Kaffeetasse. „Bin halt noch nicht richtig wach. Was gibt's Neues in den Staaten?"

Abby räusperte sich. „Ich hab beschlossen zurückzukommen."

„So bald schon?"

„Ja. Irgendwie klappt das nicht hier. Meine Cousine Lauren ist mitten in ihrer Wahlkampagne und ihr Partner, Sabin" – sie warf einen kurzen Blick in seine Richtung – „ist richtig toll, aber ich möchte ihnen nicht zur Last fallen. Aber vor allem hab ich Heimweh. Ich vermisse den Dschungel so."

„Das verstehe ich. Es war mutig von dir, in die USA zu gehen. Ich hab dich übrigens auf *Global Sunrise* gesehen."

„Hast du?" Abby zuckte innerlich zusammen.

„Du hast dich gut geschlagen."

Abby lächelte. „Danke für die Blumen, aber das sehen hier manche Leute anders."

„Das tut mir leid. – Aber gut, du kannst gerne so lange bei mir bleiben, wie du möchtest. Es ist nicht ganz der Dschungel, aber nahe dran." Sie wollte ihre Kaffeetasse auf den Tisch stellen, verfehlte aber den Tisch und verschüttete den Kaffee. „Mist." Sie nahm ein Tuch, um den Kaffee aufzuwischen. „Das ist schon das zweite Mal heute Morgen." Sie schaute wieder zum Bildschirm hin. „Und wann fliegst du zurück?"

„Sabin schaut gerade nach einem Flug. Wie wär's mit nächste Woche Donnerstag, abends?"

„Das geht gut. Ich gebe das eben ins Netz ein. Also, du kommst – an welchem Tag?"

„Donnerstag."

„Morgens oder abends?"

„Abends. Kate, geht es dir wirklich gut?"

„Heute ist halt nicht ganz mein Tag."

„Das tut mir leid. Ich will dir keine Mühe machen, wenn du dich nicht wohlfühlst, aber hast du schon was über diese Krankheit herausgefunden?"

Einen Augenblick sah Kate verwirrt aus. „Die … Ach so, ja. Es ist keine Dschungelkrankheit. Es sieht so aus, als ob das Dorf an einer Infektion mit Nanobots gestorben ist; das sind Miniaturroboter. Wie es aussieht, haben sie die Gehirne der Bewohner zersetzt."

Abby schlug die Hand vor den Mund und starrte ungläubig den Viviscreen an. Miraba und ihr Dorf waren Opfer von etwas geworden, das ihnen das Gehirn zerfressen hatte? Sie spürte, wie ihr Tränen in die Augen stiegen.

„Aber wie …?"

„Das weiß ich nicht, das versuchen wir gerade rauszufinden. Ich hab eine Probe zur Analyse in ein Labor in den USA geschickt. Aber die Probe ist verunreinigt worden, und jetzt muss ich eine zweite schicken, aber die scheint verschwunden zu sein, wir suchen gerade noch. Tut mir leid, dass ich dir nichts Schöneres sagen kann, Abby."

Abby presste die Handflächen auf ihre Augen und versuchte, die Fassung wiederzufinden. Schließlich sagte sie: „Und der Häuptling? Habt ihr ihn begraben?"

„Oh, Abby, tut mir so leid. Das hab ich ganz vergessen. Ich werde mich heute drum kümmern."

Abby quälte sich ein schwaches Lächeln ab. „Danke." Sie überlegte, wusste nicht, was sie Kate noch sagen sollte. „Soll ich dich dann in ein paar Tagen wieder antappen, wegen dem Flug?"

„Ja, gerne."

„Ich kann's nicht erwarten, wieder in Neuguinea zu sein. Noch mal vielen Dank, dass du mich aufnimmst."

„Gern geschehen. Ich freu mich auf dich."

Sie beendeten das Gespräch. Sabin beugte sich vor zu Abby. „Tut mir leid, Abby. Das klang ziemlich schrecklich."

Abby seufzte tief. „Na ja … wenigstens haben sie das jetzt hinter sich. Alle." Sie sah ihn an und schüttelte den Kopf, als verwirre sie etwas.

„Sabin, irgendwas stimmte nicht mit Kate."

* * *

Zwei Tage später stand Hutch Hardin in der Leichenhalle und schaute in den Sarg von Thomas Hardin, seinem Vater. Er hatte seit Jahren gewusst, dass sein Vater früh sterben würde. Niemand konnte so leben wie er und erwarten, 140 zu werden. Oder auch nur hundert.

„Wie friedlich er aussieht", würden die Leute morgen sagen. Tatsache war, dass er steril aussah und auch so roch – so ähnlich wie früher, als Hutch noch ein Junge war, am Sonntagmorgen, wenn er sich rasiert und parfümiert und ein Hemd mit Krawatte angezogen hatte, um zur Kirche zu gehen. „Gott mag keine schlampigen Kleider", hatte er immer gesagt.

Auch an dem Morgen, wo er Hutch seine Piraten weggenommen hatte, hatte er zehn Meilen gegen den Wind nach Aftershave gerochen. „Wir gehen gleich, Hutch. Was für ein Spielzeug hast du ausgesucht? Du weißt ja, heute musst du deinen Zehnten für die Geschenkkiste geben."

Hutch war widerwillig zu der Kommode in seinem Zimmer marschiert, hatte ein Matchbox-Auto, das darauf stand, in die Hand genommen und es seinem Vater hingehalten.

„Was ist das?"

„Ein Matchbox-Auto, Papa."

„Ein einziges kleines Auto? Meinst du, das reicht?" Sein Vater hatte das Auto in den Papierkorb geworfen.

„Papa!" Hutch hatte sein Auto wieder herausgeholt. Er schaute um sich, mit den Tränen kämpfend. „Warum will Gott meine Sachen zurückhaben? Er hat sie mir doch geschenkt, oder?"

„Du egoistischer …" Sein Vater baute sich vor ihm auf, die eine Hand schlagbereit.

„Papa! Bitte!"

„Wie kannst du es wagen, so über Gott zu reden? Er will unser Bestes, wie kannst du ihn da mit so einem Firlefanz abspeisen?" Er senkte seine Hand, seine Augen glitten suchend durch Hutchs Zimmer. „Es ist Zeit, dass du das endlich lernst."

Und er fing an, Hutchs Piratensammlung – Schiff, Fort und Männer – vom Fußboden aufzuheben und in eine große Plastikdose zu tun.

„Papa, nein – nicht meine Piraten, bitte! Ich such was anderes. Irgendwas anderes …"

„Zu spät, Hutch! Du hättest es dir eher überlegen sollen, wie du Gott dienen willst. ‚Wer mir dient, den wird mein Vater ehren', Johannes 12,26."

Auf der ganzen Fahrt zur Kirche hatte Hutch still vor sich hin geweint. Seine Mutter saß stumm auf dem Beifahrersitz. An der Kirche angekommen, marschierte sein Vater über den Parkplatz und ins Foyer der Kirche, wo er die Piraten in eine große Kiste mit der Aufschrift „Liebesgaben" kippte. Hutch trottete hinterher. Sein Vater packte ihn am Arm und zog ihn zum Sonntagsschulraum. „Hier wirst du vielleicht lernen, so zu lieben wie Jesus." Er öffnete die Tür des Raums.

„Guten Morgen, Ältester Hardin", flötete die Sonntagsschullehrerin.

„Guten Morgen, Judy." Er lächelte breit. „Hat der Herr dich diese Woche gesegnet?"

Hutch hatte seinem Vater nie vergeben, so wie dieser es ihm nie verziehen hatte, dass er sich mit siebzehn von Kirche und Glauben abwandte. Sein Abgang zwang Thomas, seinen geliebten Sitz im Gemeinderat der Kirche abzugeben, hatte er sich doch als jemand erwiesen, der „seinem eigenen Haus nicht vorstehen konnte" und somit nicht für ein Leitungsamt taugte.

Hutch war zu Hause ausgezogen und hatte Jura studiert. Er hatte sein Studium selbst finanziert und keinen Penny mehr von seinen Eltern angenommen. Er sah sie nur noch in den Ferien, wo er den Abstieg seines Vaters vom Gemeindeältesten zum Sonntagsschullehrer, zum gewöhnlichen Gottesdienstbesucher und schließlich zu einem verbitterten Mann miterlebte, der sonntagmorgens vor der Sportschau im Fernsehen saß. Irgendwann hatte es keine Kirchen mehr gegeben, in deren Schoß Thomas Hardy hätte zurückkehren können, aber mittlerweile wollte der von Gott nichts mehr wissen – oder Gott von ihm, aber das war Hutch egal, denn das mit der Religion war so oder so nichts als Einbildung und Humbug.

16

HUTCH LIESS SEINE Blicke über die etwa dreißig Trauergäste schweifen, die der heißen texanischen Sonne trotzten: ein halbes Dutzend alte Bekannte von seinem Vater, ein paar Verwandte, die Hutch seit Jahren nicht mehr gesehen hatte, einige Leute aus der Stadt, Lauren und Sabin und Laurens Cousine, Abby, die Lauren auf seinen Vorschlag hin mitgebracht hatte. Er wollte sich selbst ein Bild von ihr machen.

Die Trauerrednerin trat an den Sarg und räusperte sich. „Seien Sie alle willkommen, die Sie hierhergekommen sind, um das Leben von Thomas Hardin zu feiern. Die Elemente seines Seins, die Atome seines Körpers, wurden vor Äonen im Feuer ferner Sterne geboren. Das Universum selbst hat ihm das gegeben, was wir Leben nennen. Jetzt bekommen seine Elemente eine andere Gestalt in diesem Universum und wir gedenken voll Freude des Wesens, das wir als Thomas kannten.

Es gab Zeiten in seinem Leben – dunkle Jahre –, wo Thomas den früheren Mythen der westlichen Zivilisation zum Opfer gefallen war, Mythen, die uns zusammenschlossen, als wir noch eine junge Gesellschaft waren, aber über die wir dann hinauswuchsen. Auch Thomas ist über sie hinausgewachsen – und heraus kam ein Mann, der heil war, Frieden mit sich selbst und mit dem Leben gefunden hatte und sich mit allem Einsatz für eine bessere Gesellschaft engagiert hat."

Frieden mit sich selbst. So hatte Hutch seinen Vater höchstens dann erlebt, wenn er vor dem Fernseher sein Sechserpack Bier hinuntergespült hatte. Wie oft hatte er ihm gesagt: „Vater, heute ist Alkoholismus heilbar. Du musst nicht mehr so leben." Worauf sein Vater geantwortet hatte: „Bei mir bastelt kein blöder Doktor an den Genen herum." Der Alkohol war eine der beiden verbliebenen Freuden in seinem Leben gewesen.

„Er war ein zuverlässiges Mitglied des Tierschutzvereins, liebte Hunde und war aktiv im Gartenbauverein Brownwood tätig. In seinem Garten baute er sich sein eigenes Gewächshaus – ein richtiges, wohlgemerkt, kein virtuelles" – mehrere der Anwesenden lachten –, „in dem er zahlreiche Blumensorten züchtete, die nicht in dieser Gegend von Texas beheimatet sind. Sein Gewächshaus war ein Muss bei der jährlichen Gartenausstellung in Brownwood."

Ja, die zweite Freude in seinem Leben waren die Blumen gewesen. Soweit Hutch sich zurückerinnern konnte, hatte sein Vater seine Blumen gepflegt und jetzt schmückten sie seinen Sarg. Wie hatte ein so hässlicher Mann so etwas Schönes züchten – und lieben können? Hutch wusste es nicht. *Wir sind schließlich alle nur eine Mischung aus Schönheit und Hässlichkeit.*

„So wie die Pflanzen in seinem Gewächshaus nur ein Jahr überdauerten, bevor er neue Blumen pflanzte, die ihre Blüten entfalteten, so bleiben auch wir nur eine Zeit lang in dem Zustand, den wir unser Leben nennen. Danach kehren wir zurück zu den Elementen und machen Platz für das Leben derer, die nach uns kommen. Und obwohl wir Thomas Hardin vermissen, haben wir durch ihn so viel mehr gewonnen, als wir verloren haben. Ihm und dem Kosmos, aus dem er kam, weihen wir diese Stunde des Erinnerns und Feierns."

Mehrere Freunde und Verwandte erhoben sich, um Nachrufe auf den Verstorbenen vorzutragen. Eine Dame aus dem Gartenbauverein las ein Gedicht über das heilige Ritual des Lebens vor. Dann trat ein elfjähriger Junge, einer von Thomas' Großneffen, vor. Er las von einem E-Pad:

„Ich werde Onkel Thomas vermissen, weil er der Erwachsene in meinem Leben war, der für mich da war und mir Sachen beibrachte, die er wusste. Er hat mir viel über Pflanzen beigebracht. Er half mir, selber einen Garten anzulegen, und wenn ich erwachsen bin, möchte ich auch so ein Gewächshaus haben wie er. Er nahm mich auf Baseballspiele mit und brachte mir Strategie bei. Er erzählte mir auch von Kriegen und Präsidenten und alten Autos. Ich hätte mir das alles auch aus dem Netz holen können, aber es von Onkel Thomas zu hören, war viel besser."

Er schaute nervös zu seinen Zuhörern hoch, dann wieder auf sein Pad. „Ich glaube, Onkel Thomas war ein guter Onkel. Ich freue mich, dass er 96 Jahre auf der Erde gelebt hat, sodass ich ihn kennenlernen konnte. Ich wollte, er hätte länger gelebt. Ich weiß, dass wir ihn nie wiedersehen werden, aber ich werde ihn nie vergessen."

Er verstummte und marschierte rasch zurück zu seinem Platz, ohne aufzusehen.

Ein Cembalospieler begann irgendein Lied über die Schönheit des Lebens und die Natürlichkeit des Todes zu spielen. Es war ein passender Abschluss der Zeremonie, dachte Hutch; sein Vater hatte Cembalomusik gehasst.

* * *

Abby verließ die Trauergesellschaft. Sie ging zu einem kleinen Bach an der anderen Seite des Friedhofs, setzte sich und begann zu weinen.

Ein paar Minuten später setzte Sabin sich neben sie. „Abby, was ist los?"

Sie wischte sich die Tränen ab. „Ich ... das verstehst du nicht, Sabin."

Er legte seine Hand auf ihre Schulter. „Vielleicht doch. Sag mir's einfach."

Sie schaute ihn an und machte die Andeutung eines Lächelns. „Diese Rede, die die Frau da gehalten hat ..."

„Die Gedenkrede?"

„Ja. Die hat mich richtig aufgewühlt."

„Warum?"

„Weil ... weil sie so ohne Hoffnung war."

„Wie meinst du das?"

Sie schaute zum Bach hinunter. „Das war gerade so wie bei den Inisi, als wir noch nicht lange bei ihnen waren. Ihre Beerdigungen – oder die Totenklagen – dauerten eine ganze Woche oder noch länger. Ich hab das als Kind mitbekommen. Tagelang haben sie geheult und geschrien und der Ehepartner und die Eltern des Verstorbenen ritzten sich zum Zeichen der Trauer die Arme auf."

„Das war halt ihre Sitte."

„Ja. Aber sie hatten einen guten Grund für ihre tiefe Trauer. Sie glaubten, dass ihre Lieben jetzt im Totenreich waren, dem Reich der Geister. Und die Geister liebten die Inisi nicht, sie liebten überhaupt keine Menschen. Sie waren böse und unberechenbar. Und die Verstorbenen waren jetzt in ihrer Hand und niemand konnte daran etwas ändern. Es gab keine Hoffnung."

Sabin dachte einen Augenblick nach. „Du hast gesagt, dass das so war, als ihr noch nicht lange dort gewesen wart. Ist es also später anders geworden?"

„Meine Eltern brachten den Inisi eine Botschaft der Hoffnung. Wenn jemand starb, brauchte er nicht in den Händen der Geister zu sein, er konnte für immer in den Händen eines Gottes sein, der ihn liebte und ihn erschaffen hatte, ja der auf die Erde gekommen war, um für seine Sünden zu sterben."

„Und wie haben die Inisi das aufgenommen?"

„Es dauerte etwas, aber als sie sahen, wie meine Eltern, das, was sie predigten, auch lebten, nahmen sie ihre Botschaft an. Sie begannen, ihr Vertrauen auf Jesus zu setzen, und damit wurden ihre Trauergebräuche anders. Sie vermissten ihre Toten immer noch, aber sie hatten jetzt eine Hoffnung. Sie wussten, dass der Verstorbene jetzt an einem besseren Ort war."

Sabin rutschte näher an Abby heran. „Ich glaube, ich komm da nicht ganz mit. Was hat das jetzt mit der Trauerfeier von vorhin zu tun?"

Sie machte eine Handbewegung in Richtung der Trauerversammlung. „In der Ansprache dieser Frau gab es überhaupt keine Hoffnung. Zu behaupten, dass wir eine Zeit lang leben und dass dann unsere Moleküle zu Elementen im Universum werden – was sagt das über den Tod aus, ja über das Leben? Es nimmt doch jeden Sinn weg. Wenn wir nur Ansammlungen von Atomen sind ..."

„Ich weiß nicht, ob sie ..."

„Und als dann dieser Junge aufstand und im Wesentlichen das Gleiche sagte – so eine Botschaft der Hoffnungslosigkeit – und das von einem Kind! Der merkt ja gar nicht, wie trostlos das ist." Sie schwieg, dann sah sie Sabin an. „Die Beerdigung meines Großvaters war sicher anders, nicht wahr?"

„Das weiß ich nicht, ich war nicht dabei."

Abby sah ihn überrascht an. „Du warst nicht da? Und was hat Lauren erzählt?"

„Die war auch nicht dabei, sie musste plötzlich ins Ausland reisen."

Abby verspürte einen Stich des Bedauerns für ihren Großvater. Sie selbst hatte ja nicht da sein können, sie hatte ja gar nichts von seinem Tod gewusst … aber sie wünschte sich sehr, dass es anders gewesen wäre. „Wer war denn da?“

„Ehrlich gesagt, das weiß ich nicht.“

„Weißt du, ob sie die Beerdigung als Film oder so aufgezeichnet haben?“

Sabin sah überrascht aus. „Wir haben nie ein solches Dokument bekommen. Lauren wird allerdings auch nicht danach gefragt haben. Aber sie hat einen Erbschein bekommen.“

„Einen Erbschein?“

„Ja. Den haben alle Hinterbliebenen … aber ich glaube, du sicher nicht.“

„Nein.“

„Ich frage mich gerade, ob du in dem Testament erwähnt bist.“

Abby zuckte mit den Schultern. Sicher, Geld wäre hilfreich, falls sie etwas geerbt haben sollte. Aber was sie mehr beschäftigte, war der Gedanke an das einsame Begräbnis ihres Großvaters.

Sabin winkte ihr, ihm zu folgen. Sie gingen zurück zu Lauren, die gerade ein kurzes Interview mit einem Reporter des Lokalsenders beendete. Sabin wartete, bis der Mann gegangen war.

„Wieder mal auf Stimmenjagd, Lauren?“

Sie runzelte theatralisch die Stirn. „Wenn meine Gegner die Toten für sich einspannen, kann ich das auch.“

„Abby und ich haben uns gerade über Rays Tod unterhalten.“

„Wessen Tod?“

„Dein Onkel Ray.“

„Ach so, ja.“

Abby hätte Lauren am liebsten gepackt und durchgeschüttelt. Was war los mit Lauren, dass sie nicht einmal ihrem Onkel den grundlegendsten Respekt erweisen konnte?

„Weißt du, wer sein Testament vollstreckt hat?“, fragte Sabin.

Lauren rief ihre Assistentin. „Claire, erinnerst du dich noch an den Erbschein, den ich von Raymond Caldwell erhalten habe?“

„Ja, Ms Caldwell.“

„War ein Brief von dem Testamentsvollstrecker dabei?“

„Ja. Der Brief war von Bryson Nichols.“

Abby spürte, wie sich ihr Nacken anspannte. Das ergab alles keinen Sinn. Sie konnte nicht verstehen, warum seine eigene Familie sich nicht für ihren Großvater interessiert hatte, Bryson Nichols aber sehr wohl. Und warum ließ das alles Lauren so kalt?

Lauren sah Sabin an. „Bitte sehr. Ich weiß nicht, warum das nicht ein Verwandter gemacht hat, aber er und Nichols waren eng befreundet. Seine Verwandten fanden Ray immer ziemlich distanziert."

„Ich glaube, das war anders herum", erwiderte Sabin.

Abby war erleichtert, als der nächste Reporter Lauren um ein Interview bat. Sie wusste nicht, wie lange sie noch Herzlichkeit gegenüber ihrer Cousine würde vorspielen können. Alle traten zur Seite, als die Friedhofsmitarbeiter begannen, das Zelt, das man für die Zeremonie errichtet hatte, wieder abzubauen. Abby sah Sabin an.

„Lauren kennt Bryson Nichols doch ganz gut. Was meinst du – könnte sie ihn vielleicht wegen dieser Erbschaft kontaktieren? Und ihn fragen, ob es eine Aufzeichnung von der Trauerfeier gibt?"

Sabin schüttelte den Kopf. „Abby, an den Mann kommt man fast nicht ran und seit dieser Gehirnverpflanzung rennt er wahrscheinlich von einem Termin zum nächsten."

„Aber du bist Laurens Partner, und wenn sie ihn so gut kennt …"

Er seufzte. „Okay, ich versuch's. Aber erwarte besser nicht zu viel."

* * *

„Die Enkelin meines lieben Freundes Raymond Caldwell. Und dazu noch eine Frau, die viele Abenteuer erlebt hat. Solch ein Vergnügen habe ich nicht jeden Tag."

Bryson Nichols strahlte – zumindest auf dem Viviscreen – eine Wärme und einen Charme aus, die Abby schier hinrissen.

„Sie … Sie kennen mich?"

„Ich habe Ihr Interview in *Global Sunrise* gesehen. Sie sind eine Frau, die sich nicht leicht unterkriegen lässt, wenn ich das einmal so sagen darf."

Sie schielte zu Sabin hinüber, der am anderen Ende des Wohnzimmers saß, und wurde rot. „Meinen Sie? Aber danke für das Kompliment. Ich weiß es sehr zu schätzen, dass Sie mir eine Minute Ihrer Zeit schenken."

„Das Vergnügen ist ganz meinerseits. Sagen Sie mir, was ich für Sie tun kann."

„Man hat mich informiert, dass Sie der Testamentsvollstrecker meines Großvaters sind."

„Ja, das stimmt. Wir waren eng befreundet. Mein herzliches Beileid übrigens; Sie haben ihn sicher sehr gerngehabt."

„Das hätte ich bestimmt, wenn ich ihn kennengelernt hätte. Es heißt, dass er ein wunderbarer Mensch war."

Nichols nickte. „Das ist richtig. Und Sie haben also eine Frage zu seinem Testament?"

„Das auch, aber erst einmal: Haben Sie eine Aufzeichnung von seiner Beerdigung? Die würde ich mir so gerne ansehen."

Für den Bruchteil einer Sekunde sah Nichols überrascht aus, dann lächelte er. „Natürlich. Ich besitze keine persönliche Aufzeichnung, aber die Leichenhallen machen das ja. Ich werde meinen Assistenten bitten, der Sache nachzugehen. Ist das okay?"

„Ja, vielen Dank. Und jetzt die Sache mit dem Testament: Ich möchte nicht pietätlos erscheinen oder geldgierig, aber …"

„Sie möchten wissen, ob sein Testament die Erben einzeln und namentlich erwähnt, jedoch ohne Ihren Namen, oder ob es allgemein gefasst ist und sich auf alle noch lebenden direkten Nachkommen bezieht."

„Woher wussten Sie das?"

„Nun, es ist eine naheliegende Frage für Sie. Eine sehr vernünftige Frage."

„Also … ich möchte Ihnen keine Mühe machen, aber … könnte vielleicht ein Mitarbeiter von Ihnen das für mich prüfen?"

Nichols schüttelte den Kopf. „Das ist nicht nötig. Ich erinnere mich noch gut an die Formulierung, sie war in der Tat allgemein. Sie sind eine Erbin. Es gibt noch Mittel aus dem Nachlass, über deren Auszahlung ich bestimmen kann. Ich werde die Überweisung an Sie in die Wege leiten. Sie haben doch ein Konto?"

„Ein Konto?"

„Ein Bankkonto. Falls nicht, wird mein Assistent eines für Sie einrichten."

Abby lehnte sich auf dem Sofa zurück. „Vielen, vielen Dank."

„Ganz meinerseits. Ihre Cousine hat mich informiert, dass Sie bald nach Neuguinea zurückkehren werden?"

Abby nickte. „Mein Flugzeug geht in sechs Tagen."

„Dann werde ich das Geld an Sie sofort anweisen. Ich hoffe, Ihr Besuch in den Staaten war angenehm für Sie. Alles Gute für Ihren Heimflug, Ms Caldwell."

Abby sah zu, wie Nichols verschwand. Der Mann war die engste Verbindung zu ihrem Großvater, die sie kannte. Dieser Gedanke löste ein Gefühl von Kälte in ihr aus. Von Kälte … und Einsamkeit.

* * *

Sabin blieb stehen, um zu verschnaufen. Der Pfad wurde immer steiler. Er war es gewöhnt, bis zu 3000 Meter hochzusteigen, aber jetzt, bei 3500 Metern, merkte er, das die Luft dünner wurde.

Er schaute über seine Schulter. Abbie war stehen geblieben, um die majestätische Gipfelkulisse der Rocky Mountains zu bewundern. Den ganzen Weg hinauf durch die Espen- und Fichtenwälder hatte sie mühelos mit ihm Schritt gehalten.

„Woher hast du diese Kondition?", rief er ihr zu. „Machst du in Neuguinea Bergsteigen?"

Sie kam lächelnd zu ihm herauf. „Wir haben Berge, aber es würde Tage dauern, um sie zu erreichen, und sie liegen sowieso außerhalb unseres Territoriums. Ich laufe halt viel durch den Dschungel."

Sie redeten nicht viel auf dem steilen Pfad, genossen lieber das Panorama. Dann und wann fragte Abby, was das gerade für ein Geräusch gewesen war. Sie schien Dinge zu hören und auch zu sehen, die er beim besten Willen nicht wahrnahm. Sie schien ganz in ihrem Element zu sein.

Nach zwanzig Minuten wurde der Weg eben. Abby schloss auf, bis sie neben Sabin ging. „Sabin, ich möchte gern über etwas reden."

„Gern. Was liegt dir auf dem Herzen?"

„Ich überlege, ob ich bleiben sollte."

Sabin wandte sich zu ihr um. „Bleiben – wie meinst du das? Hier in den USA?"

Sie nickte.

„Abby, ich glaube nicht, dass das klug wäre. Du kannst jede

Menge Probleme kriegen, wenn du bleibst, das haben die Leute von der Staatsanwaltschaft doch klargemacht."

Sie atmete jetzt tief durch. „Ich weiß, und ich bin bestimmt nicht scharf darauf. Aber je mehr ich darüber nachdenke, desto mehr merke ich, dass die Probleme ja was ganz Normales sind; es ist ja nicht so, als ob Gott das nicht wüsste."

„Abby, der Generalstaatsanwalt macht keine Witzchen. Die können dich ins Gefängnis stecken."

Abby verlagerte ihr Gewicht vom linken auf das rechte Bein. „Das weiß ich. Und ... es ist komisch, aber das ist mit der Grund, warum ich auf einmal finde, ich sollte bleiben. Weißt du, ich denke ... wenn Gott mich genau auf diese Weise gebrauchen kann, wird er mir auch die Kraft geben, die Situation durchzustehen.

Sabin schüttelte den Kopf.

„Abby, überleg dir gut, was du tust. Die Gefängnisse sind vielleicht nicht mehr so schlimm wie früher, aber sie sind nichts für eine Frau wie dich. Du gehörst in den Dschungel."

Abby sah ihn verdutzt an.

„Okay, das kam jetzt vielleicht etwas hart rüber", sagte er. „Was ich meine, ist: So schön ich es finde, dass du hier bist ... Abby, aber du – du passt hier nicht hin. Hast du das nicht selber gesagt? Und jetzt diese juristischen Geschichten, da ist es doch nur logisch, dass ..."

„Sabin, das ist alles richtig, aber mein Herz sagt mir halt etwas anderes. Als ich auf dieser Beerdigung war und hörte, was dieser Junge da sagte ..."

„Abby, ich will dir nicht zu nahetreten, aber du bist drauf und dran, dein Leben wegzuwerfen, und wofür? Eine uralte Nachricht von Großeltern, die du nie gekannt hast, die Worte eines elfjährigen Jungen und jetzt deine Gefühle ... Glaubst du, dass du daraufhin dein ganzes Leben aufs Spiel setzen solltest?"

„Ich weiß, dass das verrückt klingt, aber ich sag das nicht leichtfertig, Sabin. Ich ... habe einfach immer mehr den Eindruck, dass Gott will, dass ich hierbleibe, dass er eine Aufgabe für mich hat. Wie mein Großvater sagte: dass ich den christlichen Glauben hier wieder ..."

„Lauren geht an die Decke, wenn sie das hört."

Abbys Gesicht verschloss sich. „Willst du mich deshalb plötzlich loswerden? Weil du Angst hast vor Laurens Reaktion?"

„Sie hat mir klipp und klar gesagt, dass sie dich für eine Belastung hält."

„Oh, Entschuldigung, wenn es so ist. Dann muss ich mir halt eine andere Bleibe suchen."

„Abby, das hab ich doch gar nicht ..."

Sie ließ ihn nicht ausreden, ging an ihm vorbei und stürmte den Pfad hoch.

Sabin versuchte ihr zu folgen. Er rief ihr nach; sie reagierte nicht. Mit jeder Minute fiel er weiter zurück. Nach fünfzehn Minuten auf Hochtouren drosselte er seinen Schritt auf ein realistisches Tempo. Wenn sie den Gipfel erreicht hatte, musste sie ja umkehren.

Nach einer Stunde Aufstieg sah er sie endlich. Sie saß auf einem Grasflecken neben dem Weg.

„Bist du okay?", fragte er.

„Ja." Ihre Verärgerung schien verflogen, aber sie wirkte trotzdem distanziert.

Als er wieder bei Atem war, setzte er sich neben sie. „Tut mir leid, das eben. Ich hätte dir nicht sagen sollen, was Lauren gesagt hat. Es ist eben so ... Du bist mir nicht egal, ich möchte nicht, dass dir was passiert."

Ihre Miene wurde weicher. „Ist schon gut, Sabin. Ich bin es, die sich entschuldigen muss für meine Reaktion vorhin. Das war nicht deine Schuld. Vielleicht sind mir einfach die Nerven durchgegangen, weil ich so durcheinander bin."

Sie schaute zurück auf den Pfad. „Ich weiß einfach nicht genau, was ich jetzt tun sollte ... Du hast ja recht mit deinen Argumenten. Und keinen scheint es zu interessieren, was ich zu sagen habe. Für die muss ich wie eine Verrückte klingen. Aber seit dieser Beerdigung merke ich, wie dringend diese Menschen die Nachricht von Jesus brauchen. Und jetzt kommt auf einmal die Frage einer Erbschaft auf. Vielleicht will Gott mir damit die nötigen Mittel schenken, um hierbleiben zu können." Sie sah Sabin an. „Ich weiß, du findest das absolut verrückt."

Er schüttelte den Kopf. „Ich kann deine Sichtweise zumindest teilweise nachvollziehen. Was ich nicht verstehe, ist, warum Gott –

wenn es ihn denn gibt – dich hier in den USA gebrauchen will und nicht in Neuguinea. Entschuldige, aber da passt du doch viel besser hin."

Abby starrte zu Boden. „Ja, du hast recht. Das habe ich auch immer wieder gedacht."

Sie schaute zu Boden. „Ja, das habe ich auch schon oft gedacht."

* * *

„Na, gibt's was Neues von Gott?", fragte Sabin zwei Tage später.

Abby klappte ihre Bibel zu und schaute hoch. Sabin ging gerade in die Küche. Ein Augenblick und er kam zurück ins Wohnzimmer. Er schaute auf ihre Bibel. „Nun?"

Sie schüttelte den Kopf. „Ich warte immer noch darauf, das etwas aus diesen Seiten mich plötzlich berührt – eine Art Dienstanweisung, weißt du. Ein Vers, der sagt: ‚Abby, als Nächstes solltest du jetzt …'"

Sie lächelte schwach. „Aber das ist eben nicht die Art, wie die Bibel redet."

Er setzte sich. „Vielleicht hab ich eine Art Dienstanweisung für dich."

„Du? Wieso?"

„Laurens Assistentin hat gerade eine Nachricht für dich weitergeleitet."

Abby setzte sich auf. „Für mich? Von wem?"

„Inland Tribes."

„Inland Tribes? Noch eine?"

„Ich rufe sie eben ab, dann kannst du dir sie selbst ansehen, wenn ich weg bin. Wer weiß, was Gott diesmal mit dir vorhat …" Er grinste. Sie lächelte zurück.

Sabin rief die Nachricht ab und instruierte Abby, wie sie sie öffnen konnte. „Ich bin in ein paar Stunden wieder da. Viel Erfolg inzwischen bei diesem Professor und seinen Studenten."

Er ging. Abby startete die Nachricht.

17

ICH SASS AN meinem Schreibtisch und wartete. Ich spürte eine merkwürdige Mischung aus Nervosität und Ungeduld. Komisch, so hatte ich mich schon lange nicht mehr gefühlt.

Das Universitätsgebäude war still. Seit vielen Jahren gab es kaum noch jemanden, der regelmäßig durch diese Flure ging. Aber jetzt hörte ich Fußschritte am anderen Ende der Etage. Sie kamen näher und hielten hinter meiner Tür an. Dann erklang das erwartete Klopfen.

„Herein."

Der Türknopf drehte sich, die Tür ging auf. In ihr stand eine Frau, die nicht nur von einem anderen Ort, sondern auch aus einer anderen Zeit zu kommen schien. Sie war hochgewachsen – fast 1,80 Meter – und dünn. Nein, nicht dünn, „sehnig" war vielleicht das bessere Wort. Ihr wettergegerbtes Gesicht sah älter aus, als sie war – 34, oder? –, aber doch attraktiv, mit hohen Wangenknochen, schmaler Nase, breitem Mund und schmalem Kinn. Am meisten faszinierte mich ihr Haar: lang, fast schwarz und vollkommen glatt.

Ihr ärmelloses rotes Sommerkleid fiel mir sofort ins Auge. Falls sie puritanisch erzogen worden war, zog sie sich jedenfalls nicht so an. Wie die meisten Frauen in Texas versteckte sie ihre braune Haut nicht. Dass bei ihr die Bräune, anders als bei den anderen Frauen, die ich kannte, natürlich sein musste, machte sie mir doppelt attraktiv.

„Sie müssen Abby sein."

„Professor Daniels?"

Ich erhob mich. „Nennen Sie mich doch Creighton."

Ich bedeutete ihr, sich auf einen Stuhl vor meinem Schreibtisch zu setzen, und brachte ihr ein Glas Wasser. Wir tauschten Höflichkeiten aus. Ich sagte, wie sehr es mich freute, dass sie in mein Seminar kam. Dann fragte ich sie, wie ihr Besuch in den USA bis jetzt gewesen war.

„Also …" Sie schien zu überlegen, wie offen sie sein konnte. „Es ist nicht leicht. Das Leben hier ist so hektisch, die Leute wollen hier immer so viel schaffen. Wo ich herkomme, ist das Leben langsamer."

„Das kann ich mir vorstellen, ja."

Ich sah, wie ihr Blick durch mein Büro glitt. „Sie haben viele Bücher."

„Ja, ich bin etwas altmodisch. Es steht nichts darin, was ich nicht auch im Netz finden könnte."

„Und warum behalten Sie dann die Bücher?"

„Weil ich Bücher mag. Ich mag es, wie sie sich anfühlen. Man kann sie richtig in den Händen halten, kann darin blättern …"

Sie musterte das Zimmer weiter. „Ich mag auch Bücher."

„Hatten Sie im Dschungel Bücher?" Was für eine dumme Frage. „Aber das hatten Sie bestimmt, nicht wahr?"

„Wir hatten in unserer Hütte über hundert Bücher in Plastikbeuteln. Die waren meine Schule und mein Studium, sozusagen."

„Und was für Bücher waren das?"

„Einige griechische Klassiker. Frühe Kirchenväter. Die Reformatoren. Und … warten Sie … Shakespeare, Dostojewskij, Darwin …"

„Ihre Eltern ließen Sie Darwin lesen?"

„Ja." Sie unterbrach sich. „Warum? Überrascht Sie das?"

„Ja, das tut es. Für Eltern wie die Ihren kommt mir das ungewöhnlich vor."

„Sie wollten halt, dass ich gebildet bin."

„Es scheint, Sie haben eine recht solide Bildung genossen, und eine klassische dazu. Das gibt's heute nicht mehr. Und was haben Sie sonst gelesen – zum Vergnügen, meine ich?"

„Jane Austen."

„Nein, ich meine, Kinderbücher."

„Ach so. Lewis Carroll hab ich verschlungen. Die Narnia-Bücher. Und die vom Kleinen Haus in der Prärie. Ich hab geheult, als meine Mutter mir sagte, dass es in den USA nicht mehr so ist."

Ich lachte. „Das ist es in der Tat nicht mehr. Als Sie bei uns angekommen sind, haben Sie sich sicher gefühlt wie Alice im Wunderland, als sie in den Kaninchenbau gefallen war."

„Ja, das kann man sagen."

Ich wusste nicht, ob ich die Frau bemitleiden oder beneiden sollte. Bestimmt kam sie aus dem Staunen nicht heraus. Aber der Kulturschock. Und der tragische Verlust ihres Dorfes. Ich war verblüfft, wie gut sie das alles verarbeitet zu haben schien. Oder war das nur Fassade? Aber nein, diese Frau war nicht der Schauspielertyp.

Ich schaute auf die Uhr. „Sind Sie bereit für die Stadtrundfahrt? Sollen wir starten?"

* * *

„Wann haben Sie eigentlich beschlossen, Geschichtsprofessor zu werden?", fragte Abby, als wir ins Auto stiegen.

„So mit sechzehn."

„Das war aber früh."

„Ja. Viele Menschen wissen selbst nach ihrem Studium noch nicht, was sie später machen wollen."

Wir fuhren durch den Campus. Ich merkte, dass sie sich in einem Auto nicht wohlfühlte, aber sie schien es tapfer zu ertragen.

„Wie sind Sie auf Geschichte gekommen?"

„Durch ein Buch über die amerikanische Kulturgeschichte."

Ich instruierte den Wagen, zum White-Rock-See zu fahren, dem malerischsten Punkt der Stadt. Der Wagen wechselte die Fahrspur. Abby schaute nervös zur Seite, ob wir auch mit niemandem kollidierten, dann lehnte sie sich wieder zurück.

„Ist das üblich, dass Teenager solche Bücher lesen?"

„Eigentlich nicht. Aber mein Vater war ein Geschichtsfreak und das hat wohl auf mich abgefärbt. Er schenkte mir Jacob P. Argyles Buch *Den Koloss bewegen. Die amerikanische kulturelle Revolution, 1960 bis 2020.* Ich verschlang es förmlich. Es zeigte mir den Gang der Geschichte auf eine ganz neue Art. Es behandelte nicht bloß Präsidenten und Kriege und was man in den Schlagzeilen liest, es zeigte, wie die kulturellen Einstellungen sich geändert hatten. Das wurde meine große Leidenschaft."

Wieder wechselten wir die Spur, wieder fuhr Abby zusammen. Ich wies den Wagen an, für den Rest der Fahrt möglichst selten die Spur zu wechseln. Abby sah mich an, unsere Blicke trafen sich. „Danke", sagte sie.

Ich lächelte. „Keine Ursache. Entschuldigen Sie, dass ich nicht eher daran gedacht habe."

Ihr Körper entspannte sich etwas, sie musterte die Gegend draußen. „Und wann haben Sie angefangen zu unterrichten?"

„Nach meiner Promotion, 2073."

„Hier an der University of the South?"

„Nein, an der North Carolina State."

„Und was hat Sie hierhergeführt?"

„Die Kommunikation zwischen Studenten und Dozenten. Nur sehr wenige Universitäten bieten überhaupt eine direkte Interaktion zwischen Professoren und Studenten und meine ist eine der wenigen amerikanischen Unis, die noch Hörsäle und Seminarräume haben, wenn auch in der VR. Die meisten Studiengänge sehen heute so aus, dass die Studenten standardisierte Vorlesungen aus dem Netz herunterladen und sie sich ansehen, wann sie Lust haben. Manchmal müssen sie noch nicht einmal das tun, sondern rufen die benötigte Information bei Bedarf aus dem Netz ab und benutzen sie, um Fragen für die Klausuren zu formulieren."

„Sie meinen: um Antworten zu formulieren."

„Nein, Fragen. Man prüft heute keine Antworten mehr. Faktenwissen – das braucht man heute nicht mehr groß."

„Ich dachte immer, das Ziel von Bildung ist Wissen."

„Nicht mehr. Fakten können Sie heute jederzeit abrufen; das Netz liefert Ihnen alle Antworten, die Sie wollen. Der Schlüssel zur Bildung liegt darin, die richtigen Fragen zu stellen. Fragen, die zu nützlichen Antworten führen – das ist das, was wir unseren Studenten beizubringen versuchen."

Wir hielten am Dallas Arboretum an. Ich fand die Sommerhitze in dem botanischen Garten drückend; Abby schien sie nichts auszumachen. Ich wischte mir mit dem feuchten Tuch, das man am Eingang bekam, den Schweiß von der Stirn.

Ich merkte, dass wir jetzt schon eine ganze Zeit über mich redeten. Und dass mir das guttat; es war lange her, dass jemand sich für mein Leben interessiert hatte. Aber ich wollte mich revanchieren, und so fing ich an, Abby nach ihrem Leben zu fragen: nach ihrer Familie, dem Leben im Dschungel, ihrem Stamm. Ihre Antworten waren, wie alles an ihr, so exotisch, so archaisch, so – ja, unschuldig. Ich konnte schier nicht glauben, dass ich mit so einer Frau durch den Park ging und mich unterhielt.

Wir fuhren weiter, von einer touristischen Attraktion zur anderen. Sehr viele gab es in Dallas ohnehin nicht. Die erste war das Kennedy-Museum, das an die Ermordung des Präsidenten erinnerte und in keiner Dallas-Tour fehlen durfte.

Als wir aus dem Auto stiegen, bemerkte Abby hinter einer Grünanlage ein kleines Gebäude, auf dessen Dach ein hölzernes Kreuz war. „Was ist das?"

„Das ist eine Gebetskapelle."

Ihr Gesicht erhellte sich. „Wirklich? Und wird die benutzt?"

„Nicht, dass ich wüsste."

„Oh! Und warum steht sie dann da?"

„Vor langer Zeit schenkte jemand der Stadt das Gebäude, mit der Auflage, dass es eine Gebetskapelle zu bleiben hatte, tja, und so steht es immer noch da. Ich finde es sehr hübsch."

Sie ließ ihren Blick darauf ruhen. „Ja, hübsch", sagte sie.

Nach dem Kennedy-Museum fuhren wir an einem großen Park entlang, der sich am Trinity River entlangzog. Die Rasenflächen waren von Tausenden Menschen belagert, die auf dem Gras lagen, als seien sie tot.

„Was sind das für Leute?", fragte Abby.

„Obdachlose VR-Junkies."

„Obdachlose ... was?"

„VR-Junkies. Jedenfalls sind die meisten obdachlos. Es sind Leute, die den größten Teil ihres Lebens in VR verbringen und irgendwann nicht mehr herausfinden. Meist verlieren sie dann alles – ein Zuhause, den Job, die Familie. Irgendwann wurde das Problem für die Stadt zu groß und so wurde dieser Park hier für sie freigegeben – für alle, die nichts anderes wollen als ein Leben in der virtuellen Realität."

Abby runzelte die Stirn. „Aber ist das nicht schrecklich, sein Leben so zu verschwenden?"

Ich nickte. „Technologie. Manche Leute können einfach nicht damit umgehen."

Wir passierten das Energie-Museum und machten eine Runde durch den Norden der Stadt. Ein großer Gebäudekomplex kam in Sicht.

„Was ist das?", fragte Abby.

„Das war früher eine der größten Kirchen in Amerika. Ich glaube, baptistisch.“ Was ein Baptist war, wusste natürlich keiner mehr. „Bis zu 30000 Menschen kamen zu den Gottesdiensten.“

„Und was ist es heute?“

„Einen Teil haben sie zu einer Grundschule umgebaut, einen anderen zu einer Mittelschule; auf diesen Klassenstufen kommen Schüler und Lehrer noch physisch zusammen, auf der Highschool nicht mehr. Was sie mit dem Rest gemacht haben, weiß ich nicht.“

Sie starrte den Komplex an. „Und … wann?“

„Wann es aufhörte, eine Kirche zu sein?“

Sie nickte.

„Vor fünfundzwanzig Jahren, vielleicht auch dreißig. Zum Schluss ging kaum noch jemand hin.“

Ein paar Sekunden war sie in Gedanken verloren. Dann sagte sie, mehr wie zu sich selber: „Hier kamen also früher 30000 Menschen zusammen, um Gott anzubeten.“

* * *

Ich hob etwas, das wie ein Astronautenhelm aus einem alten Science-Fiction-Film aussah, von meinem Schreibtisch und wandte mich an Abby. „Das hier hab ich für Sie besorgt. Es war das Beste, was ich so kurzfristig kriegen konnte. Es ist etwas altertümlich, aber ich schätze mal, Sie sind nicht mit dem Netz verbunden, nicht wahr?“

„Verbunden?“

„Ich meine, neural. Nein, das sind Sie bestimmt nicht.“

„Ich dachte, wir gehen in Ihren Seminarraum?“

„Das tun wir auch.“

Sie sah zur Tür meines Büros hinüber. „Und wo ist der?“

„Hier in diesem Zimmer … sozusagen.“

Ich ging um den Schreibtisch herum und reichte ihr den Helm. „Mein Seminar trifft sich in der virtuellen Realität. Wir müssen auf elektronischem Wege dorthin und dazu dient bei Ihnen dieser Helm. Setzen Sie ihn auf, bitte.“

Sie tat es. Er saß ein wenig locker und rutschte etwas, wenn sie den Kopf bewegte. Ich half ihr mit dem Kinnriemen und setzte mich dann wieder in meinen Stuhl. „Okay. Sehen Sie diese Fernbedienung auf meinem Schreibtisch? Mit der schicke ich Sie jetzt in den Seminarraum. Ich folge Ihnen sofort.“

„Spürt man was dabei?“

„Es wird gerade so sein, als ob Sie in einem wirklichen Gebäude einen Seminarraum betreten, das ist alles.“

„Okay.“

Ich aktivierte ihren Helm und schickte sie in meinen Seminarraum, dann folgte ich ihr. Als ich ankam, hörte ich das Ende eines Aufkeuchens und sah, dass Abby ganz schockiert aussah. Sie schaute hektisch um sich, als erwarte sie den Angriff einer Giftschlange. Als sie mich sah, machte sie einen Schritt auf mich zu. „S-sind wir da?“

„Ja. Willkommen in meinem Seminar. Ich hoffe, Sie hatten einen angenehmen Übergang.“

„Doch. Ich bin nur ... überrascht.“

„Sicher.“

Abby ließ ihren Blick ein zweites Mal durch den Seminarraum gleiten. Die gepolsterten Stühle, die in ansteigenden Reihen angeordnet waren, boten Platz für sechzig Studenten.

„Guten Morgen, Professor.“ Eine junge Frau aus China erschien in der zweiten Reihe.

„Guten Morgen, Xin.“

Zwei Plätze neben der Frau erschien ein junger Mann. „Guten Morgen, Professor.“

„Hallo, Allesandro. Wie ist es gerade in Madrid?“

„Heiß. Die Sommerhitze. Aber am Wochenende fahre ich mit meiner Familie ans Meer.“

„Klingt gut.“

Abby sah den Studenten an, dann mich. „Ist er ... ist er in Madrid?“

„Ja.“ Ich schüttelte den Kopf. „Entschuldigung, Abby, das hätte ich Ihnen erklären sollen. Meine Studenten wohnen über die ganze Welt verstreut. Zweimal die Woche treffen wir uns in diesem VR-Seminarraum. Körperlich sind sie nach wie vor in ihren Heimatländern, aber neural, mit ihrem Bewusstsein sind sie hier.“

„Aber ... den Stuhl in Ihrem Büro, auf dem ich sitze, spüre ich nicht mehr.“

„Natürlich nicht. Ihr Helm blockiert sensorische Reize aus jener Welt und öffnet Sie für sensorische Reize aus dieser Welt."

Sie sah verwirrt aus. Ich bekam ein schlechtes Gewissen. Warum hatte ich sie nicht besser vorbereitet? „Hier." Ich wies auf einen Platz in der ersten Reihe, rechts von mir an der Wand. Sie setzte sich. „Diese virtuelle Welt ist praktisch genau wie die wirkliche. Um in die wirkliche zurückzugehen, drücken Sie einfach diesen roten Knopf an der Seite Ihres Helms, das ist alles."

Halb erwartete ich, dass sie den Knopf sofort drücken würde, aber sie begnügte sich damit, ihn zu betasten, und nickte. „Was ist, wenn ich zur Toilette muss?"

Ich lächelte. „Oh, dazu müssen Sie zurück in die physische Welt. Die Technik hat halt doch ihre Grenzen. Wenn Sie ankommen, nehmen Sie den Helm ab. Die Toilette ist draußen im Gang, auf der linken Seite. Um hierher zurückzukehren, setzen Sie den Helm wieder auf und drücken den roten Knopf an der anderen Seite. Er ist auf diesen Seminarraum programmiert."

Sie nickte.

„In der ersten Hälfte der Sitzung werde ich meine Vorlesung halten, danach machen wir dann die Fragerunde."

„Gut."

„Machen Sie es sich bequem, es wird Ihnen bestimmt gefallen."

Kaum hatte ich das gesagt, hätte ich mich ohrfeigen können. Gefallen? Wie, um alles in der Welt, konnte ihr das gefallen, was sie gleich hören würde? Ich war so damit beschäftigt gewesen, sie hierherzubekommen, dass ich nicht daran gedacht hatte, wie sie auf meine Vorlesung reagieren würde, die allem, was ihr heilig war, zuwiderlaufen würde. Sie hatte mir vertraut, hatte meine Einladung nichts ahnend angenommen – und gleich würde ich aus allen Rohren auf ihre Sicht der Welt schießen. Ich hatte plötzlich das Gefühl, dass ich diese bemerkenswerte Frau auf eine sehr unwürdige Weise benutzte.

18

ICH TRAT ANS Pult und lächelte tapfer in Abbys Richtung. Ich hatte meinen Job zu machen und wenn es dabei ein paar Scherben gab, würde ich sie später aufkehren. Aber jetzt zur Sache.

„Guten Morgen. Wir haben heute einen ganz besonderen Gast unter uns, Abigail Caldwell. – Abby, würden Sie bitte Ihre Hand heben?"

Abby hob ihre Hand und schaute sich zu den Studenten um, die sie gelangweilt ansahen. Das fing ja gut an.

„Abby ist vor Kurzem aus Papua-Neuguinea, wo sie ihr ganzes Leben im Stamm der Inisi verbracht hatte, in die USA gekommen. In der zweiten Hälfte der heutigen Sitzung haben Sie Gelegenheit, ihr Fragen zu stellen – zu ihrem Leben dort und zu ihrem Glauben. Ich glaube, das wird eine hervorragende Vertiefung des Themas sein, das wir heute Morgen weiterbehandeln: der Niedergang des Christentums im Amerika des 21. Jahrhunderts."

Ich lächelte wieder in Abbys Richtung, dann schaute ich auf den Viviscreen, der meine Aufzeichnungen vor mir abscrollte. Nicht, dass das nötig gewesen wäre; ich hatte diese Vorlesung schon ein Dutzend Mal gehalten und kannte sie praktisch auswendig.

„Die wohl wichtigste kulturelle Entwicklung im Amerika des 21. Jahrhunderts war der Abstieg der christlichen Religion von der Dominanz zur völligen Bedeutungslosigkeit. Obgleich nicht explizit als christliche Nation gegründet, waren die USA immer ein tiefreligiöses Land gewesen; noch im Jahre 2025 bezeichnete eine Mehrheit der Bevölkerung sich als christlich. Heute ist das Christentum so gut wie verschwunden.

Für diese kulturelle Umwälzung sind viele Ursachen vorgebracht worden. Ich glaube, vor allem fünf Punkte sind für eine Erklärung relevant. Die ersten vier haben wir in unserer letzten Sitzung besprochen. Ich möchte sie kurz wiederholen. Kann jemand mir die erste Ursache nennen?"

Peter aus der Ukraine hob seine Hand. „Der Fortschritt der Wissenschaft in den letzten zweihundert Jahren."

„Der mit wem begann?", fragte ich.

„Darwin."

„Richtig. Die Evolutionstheorie, die dem biblischen Mythos vom Ursprung der Menschheit zuwiderlief, stieß bei den Christen von Anfang an auf heftige Ablehnung. Eineinhalb Jahrhunderte lang folgte eine Attacke der anderen. Gewöhnlich folgten diese Angriffe dem Designargument, das Ende des 20. Jahrhunderts in welcher Bewegung gipfelte?"

„Intelligent Design", antwortete Fakhri.

„Jawohl. Was behauptete die Intelligent-Design-Theorie?"

„Dass die Struktur und Ordnung des Universums nicht das Produkt des Zufalls sein könne, sondern einen intelligenten Superschöpfer erfordere."

„Korrekt. Diese Argumente konnten sich im wissenschaftlichen Mainstream jedoch nie durchsetzen und in dem Maße, wie die ganze Gesellschaft säkularer wurde, wurde die Debatte zunehmend irrelevant. Die Sache war erledigt; man brauchte keine Gottheit, um die Vielfalt des Lebens auf der Erde zu erklären. Womit eine der Hauptsäulen des Glaubenssystems der christlichen Religion gefallen war."

Vinay, ein junger Inder, hob seine Hand. „Ich verstehe nicht, warum es so einen Widerstand gegen die Idee der Evolution gab. Wollten die Menschen denn nicht die Wahrheit über ihre Existenz wissen?"

Ich trat vor das Pult. „Eine exzellente Frage. Viele wollten sie nur dann wissen, wenn sie ihrem zutiefst verwurzelten religiösen Glauben nicht zuwiderlief. Um das zu verstehen, muss man wissen, dass über Jahrhunderte die Art, wie die Menschen über ihre Existenz dachten, von der Religion bestimmt worden war, und was diesen Glauben untergrub, wurde abgelehnt. Wir finden das natürlich auch heute noch in einigen der weniger entwickelten Gebiete der Erde, doch der Großteil unseres Planeten ist aus diesen Kinderschuhen herausgewachsen."

Xin meldete sich. „Professor Daniels, ist es nicht so, dass die Entwicklungen in der Kosmologie die Evolution des ganzen Universums schon lange vor der Jahrtausendwende klar erwiesen hatten?"

„Sehr gut. Aber jetzt weiter: Während die Evolutionstheorie eine zentrale Rolle beim Niedergang des Christentums spielte, tat die Urknalltheorie dies nicht. Können Sie sich vorstellen, warum nicht?"

Die Studenten sahen mich an. Es war zugegebenermaßen eine knifflige Frage, und um sie zu beantworten, mussten meine Studenten einen Augenblick lang die Brille der christlichen Weltsicht aufsetzen, die ihnen völlig fremd war. Ich gab selbst die Antwort: „Die Urknalltheorie passte eigentlich sehr gut zum biblischen Schöpfungsbericht. Dort heißt es, dass Gott das Universum zu einem bestimmten Zeitpunkt erschuf, wobei er mit dem Licht begann. Das entspricht den Grundaussagen der Urknalltheorie und die Gegner dieser Theorie waren denn auch Astronomen, denen ihre religiösen Implikationen nicht gefielen; sie versuchten lange zu beweisen, dass das Universum keinen Anfang hat (und damit auch keinen Schöpfer). Heute denken wir natürlich nicht mehr in solchen Kategorien."

Ich schaute kurz auf meinen Bildschirm. „Aber jetzt weiter. Die erste Ursache für den Niedergang des Christentums im Amerika des 21. Jahrhunderts war also der Fortschritt der Wissenschaft. Was war die zweite?"

Xin hob ihre Hand. „Das Scheitern des christlichen Kulturkampfes."

Ich nickte. „In den 1980er-Jahren begannen konservative Religionisten, ihre Moralvorstellungen dem Rest des Landes aufzuzwingen. Es ging hier um eine ganze Palette von Themen, vom Schwangerschaftsabbruch über Homosexualität bis zur Freiheit visueller sexueller Stimulation. Die Religionisten wollten ihre Vorstellungen, die sie von der Bibel ableiteten, zur gesetzlich festgelegten Norm für die Gesellschaft machen. Ihren Zenit erreichte diese Bewegung mit der Wahl eines konservativen Religionisten zum Präsidenten. Welcher Präsident war das?"

„George W. Bush", antwortete Philip.

„Exakt. Doch die Gesellschaft wurde zunehmend säkular und das hatte zwei Folgen für den Kulturkampf. Welche waren es?"

Sven meldete sich von hinten. „Die Religionisten hatten nicht mehr genügend Anhänger, um politikbestimmend zu wirken."

„Richtig. Und wissen Sie auch die zweite Folge?"

„Je heftiger die Religionisten versuchten, die Regierungspolitik zu bestimmen, umso unattraktiver fanden die Menschen das Christentum. Sie sahen es mehr als politische Bewegung denn als spirituelle Option."

„Ganz genau. Jesus wurde zu einer Art politischen Gallionsfigur der konservativen Religionisten, die die säkulare Mehrheit nur abschreckte. Mit ihren schrillen politischen Tönen schossen die Religionisten sich letztlich ins eigene Bein."

Ich schaute kurz zu Abby hinüber. Ihre Miene verriet nichts. *Mach weiter,* befahl ich mir.

„All dies fiel zeitlich zusammen mit dem dritten Grund für den Niedergang des Christentums und dies war ..."

Theresa hob die Hand. „Die durch den islamischen Fundamentalismus verursachte Abwehrreaktion gegen alles Religiöse."

Ich nickte. „Die Zerstörungswut und Mordlust des Islamismus führte zu einer radikalen Reaktion gegen jede Form von fundamentalistischer Religiosität, deren Dogmatismus als tödliche Gefahr für das gesunde Funktionieren einer multikulturellen Gesellschaft empfunden wurde. Die Bezeichnung ‚Christ' wurde zum Inbegriff des ‚dogmatischen Fanatikers' und dogmatische Fanatiker wollten die Menschen nicht sein. Sie erinnern sich, dass das Toleranzgesetz von 2036 auf dem Höhepunkt dieser Periode erlassen wurde. Es war das Ergebnis der wachsenden Angst der Bevölkerung vor fundamentalistischer Religion."

Ich schielte wieder zu Abby hin. Sie hörte aufmerksam zu. Ich hasste mich dafür, diese ganz offensichtlich intelligente Frau mit religiösen Fundamentalisten in einen Topf zu werfen. Was konnte sie denn für ihre Erziehung und dafür, dass sie fernab der Zivilisation aufgewachsen war?

„Gut. Kommen wir zur vierten Ursache, auf die wir in der letzten Sitzung schon kurz zu sprechen kamen."

Melinda meldete sich. „Die vierte Ursache war ein neues Verständnis von Wahrheit und Wissen."

„Korrekt. Aber was bedeutet dies? Bis etwa zum 14. Jahrhundert herrschte in der abendländischen Kultur eine platonische Sicht von Wahrheit: Wissen erwächst aus Philosophie und göttlicher Offenbarung. Wahrheit musste man nicht erforschen, man brauchte sie bloß abzuleiten. Dann führte Thomas von Aquin wieder die aristotelische Sicht ein: Wissen erwächst aus der empirischen Beobachtung der Natur. Damit war die wissenschaftliche Methode geboren. Ironischerweise wurde diese Methode durch Religionisten wie Isaac Newton vorangetrieben – Newton glaubte an einen rationalen Schöpfer, der eine rationale, verstehbare Welt konstruiert hatte. Wahrheit wurde zu einem System absoluter Realitäten, die der Mensch durch Forschung entdecken konnte.

In der Mitte des 20. Jahrhunderts geriet diese Sicht ins Wanken. Die Philosophen verwarfen die Idee einer absoluten Wahrheit. Was die Menschen für Wahrheit hielten, waren in Wirklichkeit gesellschaftliche Konstrukte. Niemand, so sagte man jetzt, könne die Realität in einem Vakuum deuten; jeder *konstruiere* das, was er für die Realität hält – und zwar auf der Grundlage seiner kulturellen Normen oder auch der Ablehnung dieser Normen, die dann selber zu einer neuen Norm wird. Die Behauptung, etwas sei ‚wahr', sei eigentlich eine Strategie, mit der die jeweils Herrschenden ihre Macht aufrechterhalten wollen.

Um die Wende zu unserem Jahrhundert verschwand die Idee von der absoluten Wahrheit zunehmend auch aus den Köpfen der normalen Bürger. Meinungsumfragen aus dem ersten Jahrzehnt des Jahrhunderts ergaben, dass die meisten Amerikaner nicht mehr an eine absolute Wahrheit oder an eine absolute Moral glaubten.

Dieses philosophische Erdbeben war für die christliche Religion verheerend. In einer Kultur, die nicht mehr an eine absolute Wahrheit glaubte, fielen die Aussagen des Christentums auf taube Ohren. Wo es keine Wahrheit mehr gab, zählte nur noch die persönliche Erfahrung. Die Frage lautete nicht mehr: ‚Was ist wahr?', sondern: ‚Was ist *für mich* wahr?' Das konnte das Christentum sein oder die Esoterik oder gar keine Religion – und der Trend ging zu gar keiner Religion. Wenn Wahrheit nur ein gesellschaftliches Konstrukt ist, warum soll ich mich dann mit einer Religion abgeben, die mir vorschreibt, was ich zu denken habe? War es dann nicht viel besser, sein Leben auf den eigenen freien Entscheidungen aufzubauen?"

Ich machte eine Pause.

„Schön. Und nun also zum fünften Grund für den Niedergang des Christentums in Amerika. Ich möchte ihn ‚mangelnde Lebenspraxis' nennen. Dieser Punkt ist vielleicht etwas schwierig für uns, weil wir heute nicht mehr so denken; wir erwarten nicht, dass jemand anders ist, weil er eine bestimmte Religion hat. Aber versuchen Sie, mir zu folgen.

Die christliche Religion hatte von der ersten Stunde an behauptet, dass das Eingreifen der Gottheit in das Leben der Menschen diese zu besseren Menschen machen würde. Ihr Wesen würde sich verändern, auch ihre Moral – und zwar zum Besseren. Sie würden anders denken, anders reden und sich anders verhalten. Man nannte das ‚Christus ähnlicher werden'; ‚Christus' – wir erinnern uns – war der Titel, den die Christen dem Begründer ihres Glaubens, Jesus von Nazareth, gaben.

Diese angebliche Veränderung im Leben der Christen schrieb man nicht nur ihrem Bemühen zu, bessere Menschen zu werden, obwohl man auch dies für wichtig hielt. Sie war vielmehr auch die Folge einer Kraft, die die Christen den ‚Heiligen Geist' nannten. Dieser Heilige Geist krempelte den Gläubigen angeblich so um, dass er für andere sichtbar wie Jesus lebte.

Diese Vorstellung funktionierte, solange die große Mehrheit der Gesellschaft sich zum Christentum bekannte, denn es gab ja so gut wie keine Nichtchristen, mit denen man die Christen hätte vergleichen können. Dies änderte sich, als die Menschen begannen, dem Christentum den Rücken zu kehren. Als immer mehr Menschen offen nicht religiös wurden, passierte etwas Erstaunliches – erstaunlich zumindest für die Religionisten. Die Menschen entdeckten, dass Religionisten und Nichtreligionisten sich ganz ähnlich verhielten. Ob es um sexuelles Verhalten, Scheidungsraten oder Ehrlichkeit im Alltag ging, es gab keine signifikanten Unterschiede zwischen Religionisten und Nichtreligionisten.

Kurz und gut: Es stimmte offenbar nicht, dass die Gottheit das Leben der Gläubigen veränderte; das Ganze war nur ein psychologisches Theater. Immer mehr Menschen erkannten dies – und sagten: ‚Warum soll ich dieses Glaubenssystem übernehmen? Es verändert niemanden.'

Dies führte zu einer Art Kettenreaktion: Die jüngere Generation – die Generation der 1980er-Jahre und danach – sah sich ihre Eltern an und stellte fest, dass sie ja genauso lebten wie alle anderen auch, und sie wandten sich von der Religion ihrer Eltern ab. Bereits im ersten Jahrzehnt unseres Jahrhunderts blieb nur ein Drittel der in christlichen Elternhäusern aufgewachsenen Menschen als Erwachsene dem Glauben ihrer Eltern treu. Dazu traten immer weniger Menschen aus anderen Religionen zum Christentum über.

Die Folgen für das Christentum in Amerika waren katastrophal. Die Zahl der Christen sank mit jeder neuen Generation weiter nach unten. 2030 bezeichnete sich nur noch die Hälfte der Amerikaner als Christen, 2050 kaum noch ein Viertel, 2065 keine 10 Prozent. Dies war die letzte Generation des Christentums; heute finden Sie noch ein paar Christen in Altenpflegeheimen. Das ganze 21. Jahrhundert hindurch versuchten die Christen, ihre Religion an die nachfolgenden Generationen weiterzugeben, die sie ihnen aber schlicht nicht mehr abkauften."

Anderson hob die Hand. „Aber Anfang dieses Jahrhunderts scheint das Christentum in den USA doch richtig aufgeblüht zu sein. Ich meine, ich habe Gebäude gesehen, die damals Zehntausenden Religionisten Platz boten."

Ich nickte. „Ja, das stimmt. Aber diese Bewegung – die sogenannten ‚Megakirchen' – war in Wirklichkeit der Anfang vom Ende, sozusagen ein letztes Aufbäumen des Christentums. Um die Massen zu erreichen, machte man die Kirchen immer größer. Die Gottesdienste waren nicht mehr so sehr Versammlungen der Christen, sondern dienten der Vermarktung des Glaubens; Außenstehende sollten durch ein Unterhaltungsprogramm mit poppiger Musik und Lebenshilfetipps für den Glauben gewonnen werden. Doch das änderte den praktischen Lebensstil der Menschen auch nicht und die Leute durchschauten die Masche schließlich und sagten sich: ‚Wenn ich mich amüsieren will, kann ich auch zu Hause bleiben und mich vor den Fernseher setzen.' Sie erinnern sich: Das war für die Menschen damals Unterhaltung."

Die Studenten lachten.

Ich rief die Zeit vom Netz ab. „So weit für heute. In der nächsten Stunde werden wir die Kehrseite des heutigen Themas untersuchen: Was das Verschwinden des Christentums für die amerikanische Kultur als Ganzes bedeutet hat."

Ich schaltete meinen Viviscreen ab. „Und jetzt übergebe ich für den Rest des heutigen Seminars an unseren Gast, den ich Ihnen vorhin kurz vorgestellt habe. Abby ..."

Ich warf einen Blick hinüber zu Abbys Platz.

Sie war verschwunden.

19

ICH KEHRTE HASTIG in mein Büro zurück. Abby saß auf ihrem Stuhl, den Helm auf dem Kopf. Sie schaute mich frustriert an. „Entschuldigen Sie, aber als ich in den Seminarraum zurückwollte, bin ich auf irgendeinem Strand gelandet."

„*Was* haben Sie gemacht?" Ich trat zu ihr und untersuchte den Helm. „Oh. Die Netzadresse ist verrutscht. Warten Sie."

Ich stellte den Helm wieder auf meinen Seminarraum ein. „So, jetzt stimmt's wieder." Ich trat zurück. „Wie war es an dem Strand?"

Sie lächelte. „Schön warm."

Wir kehrten ins Seminar zurück. Ich zog einen Stuhl für Abby nach vorne, dann wandte ich mich an die Studenten. „Okay, nach einer kleinen Verzögerung können wir jetzt die Fragerunde beginnen. Ich werde den Anfang machen, damit Sie unseren Gast besser kennenlernen, und dann können Sie Ihre Fragen stellen."

Ich fragte Abby, warum ihre Familie nach Neuguinea gegangen war, was sie dort gemacht hatten, wie sie von der Außenwelt abgeschnitten worden waren und wie sie selbst so plötzlich in die USA gekommen war. Abby sprach souverän und mitreißend über ihr Leben im Dorf. Ich konnte nicht umhin, mir vorzustellen, wie es sein müsste, mit Abby als Reiseführer Neuguinea zu erkunden.

Als sie über Miraba, ihre Adoptivtochter, sprach, traten ihr Tränen in die Augen. Ich wartete einen Moment, bis ich den Eindruck hatte, dass sie sich wieder gefasst hatte, dann eröffnete ich die Fragerunde der Studenten. „Bedenken Sie bitte, dass Abby mit einer ganz anderen Weltsicht aufgewachsen ist als wir – einer Weltsicht, die viel mehr gemein hat mit dem alten amerikanischen Christentum, über das wir heute gesprochen haben. Lassen Sie uns diese Gelegenheit dazu nutzen, diese verschiedenen Weltsichten miteinander zu vergleichen."

Abby beantwortete ein paar Fragen über ihr Leben im Dschungel. Dann hob Molly, eine Amerikanerin, die Hand. „Was vermissen Sie am meisten an Neuguinea?"

„Meine Tochter, Miraba. Ich vermisse sie sehr." Abby schluckte. „Und mein Dorf – die Menschen dort. Sie waren meine Familie. Ich vermisse auch den Dschungel, seine Geräusche und Gerüche. Das kann man eigentlich nicht beschreiben, das muss man selbst erlebt haben. Und ... und ich vermisse dieses Gefühl von Gottes Nähe. Das war mir so kostbar. Hier in Amerika habe ich das nicht gefunden. Vielleicht kann das hier niemand erleben."

Der Raum wurde still. Das war das, was ich erhofft hatte – eine lebendige Brücke nicht nur zu einer anderen Kultur, sondern zu einer ganz anderen Art, über die Realität zu denken, einer Art, die meine Studenten nur aus Artikeln im Netz kannten.

Ich sagte: „Abbys letzte Bemerkung ist vielleicht ein guter Einstieg in Fragen über ihren Glauben. Sie erinnern sich: Die Informationen, die Sie in Seminaren bekommen, sollen Ihnen helfen, gute Fragen zu formulieren."

„Wie können Sie noch an das Christentum glauben, wenn es doch nachweislich falsch ist?", fragte Sven.

Ein Murmeln ging durch den Raum, viele Köpfe nickten.

Abby beugte sich nach vorne. „Wie meinen Sie das – ‚nachweislich falsch'?"

„Na, aufgrund der wissenschaftlichen Erkenntnisse der letzten zwei Jahrhunderte. Die Evolution. Der Urknall. Die Entdeckung von Mikroorganismen auf dem Mars. Wissen Sie um diese Dinge?"

Abby lächelte. „Doch, sicher. Ich kann nur sagen, ich habe noch nie von irgendwelchen wissenschaftlichen Entdeckungen gehört, die meinen Glauben bedrohen würden. Was die Schöpfung angeht, hängt mein Glaube nicht davon ab, wie lange Gott brauchte, die Welt zu erschaffen, oder wie er das genau machte. Ich glaube das, was im Schöpfungsbericht der Bibel steht, aber ich glaube nicht, dass er je als wissenschaftliche Abhandlung gemeint war. Er wurde für eine vorwissenschaftliche Kultur geschrieben. Mit vorwissenschaftlichen Kulturen kenne ich mich aus. Nach meinem Verständnis passen Urknall und Schöpfungsbericht gut zusammen, aber der Schöpfungsbericht ist für meinen Stamm, die Inisi, auf eine Art plausibel, wie die Urknalltheorie es nicht wäre. Sie könnten ihnen die schönste Erklärung des Urknalls geben, sie könnten damit nichts anfangen."

Das war eine gute Antwort. Eine sehr gute sogar – eine, an die ich noch nie gedacht hatte.

In der ersten Reihe meldete sich Maya. „Glauben Sie wirklich, dass Jesus Gott war?"

„Ja."

„Und dass er von den Toten auferstand?"

„Ja."

„Aber ist es nicht unglaublich naiv, ja gefährlich, sein Leben auf Mythen aufzubauen?"

Die Frage schien Abby nicht zu erschüttern. Sie dachte kurz nach, dann sagte sie: „Ich würde sagen, wenn ein Mythos tatsächlich passiert ist, dann ist es keiner. Und ich glaube, das mit Jesus *ist* passiert. Ich glaube, die Auferstehung Jesu ist durch die historischen Fakten gut belegt."

„Ich möchte Ihnen nicht zu nahetreten", sagte Melinda, „aber wie kann ein intelligenter Mensch an die Bibel glauben? Sie wurde vor Tausenden von Jahren in einer patriarchalischen Gesellschaft geschrieben, stellt Gott als männlich dar, stellt die Männer über die Frauen, befürwortet die Sklaverei, billigt Gewalt und ist in ihrem Moralgesetz nicht besser als hundert andere Religionen auch."

Ich lächelte innerlich. Der Kampf der Weltbilder.

„Ich würde sagen … ich sehe die Bibel nicht so", erwiderte Abby einfach.

Melinda schüttelte den Kopf. „Warum halten Sie an einer Religion fest, die sagt, dass Sie weniger wert sind als ein Mann? Was sagt das über das Bild, das Sie von sich selber haben?"

„Ich sehe mich nicht als weniger wert an als ein Mann. Wo sagt die Bibel so etwas?"

„Na, überall, oder?"

Abby sah mich an, als wollte sie fragen: *Was jetzt?* Ich kam ihr zu Hilfe. „Dies ist eine wichtige Frage, aber ich finde, wir sollten unsere Zeit nicht damit verbringen, über dieses eine Thema zu diskutieren."

Kadie hob ihre Hand. „Glauben Sie wirklich, dass, falls Gott existiert, es nur *einen* Weg zu ihm oder ihr gibt?"

„Ja. Jesus hat gesagt, dass er selbst dieser Weg ist."

„Aber ist das nicht unglaublich intolerant? Was ist dann mit all den anderen Wegen zu Gott, die durchaus ernst zu nehmende Menschen im Laufe der Jahrhunderte gegangen sind?"

Abby dachte kurz nach. „Ich finde, die eigentliche Frage ist, wie es *mehr* als einen Weg zu Gott geben kann. Wenn Gott in dem Menschen Jesus auf die Erde gekommen ist, dann hat er das so gewollt; es war sein Plan, die Verbindung mit den Menschen wiederaufzunehmen. Und wenn er sich für diesen Plan entschieden hat, warum sollte dann irgendetwas anderes, das wir selbst uns ausgedacht haben, funktionieren? Dann würden wir uns ja an Gottes Stelle setzen!"

Yuan, einer meiner intelligentesten Studenten, warf ein: „Glauben Sie nicht auch, dass die ganze Sache mit der Religion eine Krücke war für Menschen, die etwas brauchten, an das sie glauben konnten – etwas anderes als sie selbst? Ich schätze, wir alle hier wissen, dass es in meinem Land noch Gegenden mit praktizierenden Christen gibt, aber für mich ist klar, dass das eine Religion der Ungebildeten ist. Die intelligente Gesellschaft hat das hinter sich gelassen."

„Das hängt davon ab, wie Sie ‚Krücke' definieren", erwiderte Abby. „Wenn wir eben genau dazu erschaffen sind, eine Beziehung zu Gott zu haben, würde ich das nicht eine Krücke nennen. Ich würde sagen, dass wir unseren Platz im Universum ausfüllen, wenn wir dieser Bestimmung folgen."

Toby fragte: „Finden Sie es nicht anmaßend von Ihren Eltern, dass sie zu einem Eingeborenenstamm gegangen sind, um diesen Leuten ihre eigene Kultur und Religion überzustülpen, als ob sie wüssten, was das Beste für sie wäre? Ist das nicht Kulturimperialismus pur?"

„Für mich sind die Inisi meine Kultur. Dort bin ich aufgewachsen."

„Aber wie viel von ihrer ursprünglichen Kultur haben sie verloren, weil Sie Ihre überholte westliche Kultur bei ihnen eingeführt haben?"

„Unser Ziel war es nicht, ihnen die westliche Kultur zu bringen, sondern Jesus."

„Aber ist dieser Jesus nicht einfach ein Konstrukt westlichen Denkens? Ich meine, was wissen wir schon über den historischen Jesus? Wir wissen noch nicht mal, ob es ihn gab."

„Da kann ich nur sagen ... ja, ich würde sagen, ich weiß, dass es ihn gab."

Das klang nicht besonders überzeugend.

Kadie meldete sich. „Haben Sie das, was Ihre Eltern Ihnen an Religion beigebracht haben, einfach unkritisch übernommen, oder haben Sie den Eindruck, dass Sie es kritisch, also objektiv, überprüft haben?"

„Ich habe die Wahrheit des christlichen Glaubens nie angezweifelt, falls Sie das meinen. Wenn Sie die Realität Gottes so erfahren haben wie ich, dann ... dann stellen Sie Gott nicht infrage, sondern ergreifen seine Hand."

„Und wie wollen Sie die Realität Gottes erfahren haben?"

„In meinem Herzen, in meinem ganzen Leben."

„Aber ist das nicht total subjektiv? Da könnte ich doch genauso gut sagen, ich habe einen Frosch in meinem Herzen erfahren." Allgemeines Gelächter. „Ich meine, wer könnte mir das Gegenteil beweisen?"

Abby dachte wieder nach. „Ja, das ist richtig. Aber ein Frosch kann nicht über böse Geister triumphieren; Jesus kann das."

Allgemeines Kopfschütteln, Kichern, Gelächter, halblaute Bemerkungen zu Sitznachbarn. Ich sah nach der Uhrzeit und trat nach vorne. „Vielen Dank. Unsere Zeit ist leider abgelaufen. Ich glaube, Ms Caldwell hat einen kleinen Applaus dafür verdient, dass sie sich die Zeit genommen hat, in unser Seminar zu kommen."

Die Studenten applaudierten höflich, dann verschwanden sie einer nach dem anderen zurück in die physische Realität, bis nur noch Abby und eine Studentin in der zweiten Reihe, die aus Dallas kam, da waren. Ich sagte: „Miranda, haben Sie noch eine Frage?"

„Ich würde Abby gern eine persönliche Frage stellen."

„Bitte sehr."

Sie erhob sich und kam nach vorne, wo Abby stand. „Ich glaube nicht an Jesus. Ich meine, ich glaube, dass es ihn gegeben hat, aber ich glaube nicht so an ihn, wie Sie das tun."

„Ich verstehe", erwiderte Abby.

Die Studentin trat von einem Bein auf das andere. „Aber kürzlich hatte ich einen komischen Traum. In dem Traum schlief ich und dann wachte ich auf und am Fußende meines Bettes stand Jesus. Ich wusste einfach, dass er es war."

„Und was sagte er?"

Ein Tap kam. Der Dekan meiner Fakultät. Ich trat zur Seite und begab mich in sein VR-Büro. Als ich einen Augenblick später zurückkam, sprach Miranda noch. „Ich achte nicht besonders auf meine Träume, aber der hier lässt mich irgendwie nicht los. Wie ... ja, wie sehen Sie diesen Traum?"

Abby lächelte. „Ich glaube, er bedeutet, dass Gott mit Ihnen reden möchte."

Ich staunte nur so. Hier war eine Frau, die die innere Kraft hatte, sich in eine völlig fremde, neue Kultur zu begeben, allein durch eine fremde Stadt zu fahren, einem wildfremden Mann in eine unwirkliche elektronische Welt zu folgen, sich wegen ihrer Religion auslachen zu lassen, ohne bissig zu werden, und die jetzt auch noch dieser jungen Frau, die sie um Rat bat, so freundlich begegnete.

Ich teilte Abbys Glauben in keiner Hinsicht, ja bei jedem anderen hätte er mich abgestoßen. Aber nicht bei ihr. Trotz allem, was ich über die Realität wusste und wie mittelalterlich ihr Glaube auch sein mochte – diese Frau faszinierte mich.

* * *

Wir kehrten in mein Büro zurück. Abby nahm ihren Helm ab.

„Abby, ich muss Ihnen noch etwas zeigen."

„In der Stadt?"

„Nein, hier in meinem Büro. Es ist ... vielleicht setzen Sie sich erst mal."

Sie sah verwirrt aus. Was mochte sie jetzt denken? Fragte sie sich, warum dieser Professor auf einmal so ernst wurde? Denn so klang ich, ich merkte es selber.

Ich öffnete eine Schublade und holte die Speicherkarte meines Vaters heraus. „Mein Vater ist vor ein paar Wochen gestorben. Die Polizei sagt, es war Selbstmord."

„Oh, das tut mir leid."

„Als ich in seiner Wohnung war, hab ich dies hier gefunden."

Sie kniff die Augen zusammen. „Was ist das?"

„Eine alte elektronische Speicherkarte. Heute werden die nicht mehr benutzt."

„Und was macht man damit?"

„Man speichert Dateien darauf."

„Da- … was?"

„Dateien. Nachrichten. Auf diesem Ding ist eine Videonachricht, aber der Video-Teil geht nicht, nur der Audio-Teil."

„Sie wollen eine Nachricht abspielen, die Ihnen jemand geschickt hat?"

„Nein. Eine Nachricht, die jemand meinem Vater geschickt hat."

„Und warum soll ich die anhören? Ist das nicht was Privates?"

„Doch, schon. Aber … Hören Sie es sich bitte an, dann verstehen Sie's."

Sie zögerte. Wenn ich nur mehr Zeit gehabt hätte, ihr Vertrauen zu gewinnen. Aber ich wusste nicht, ob ich noch einmal eine Chance wie diese hier bekommen würde.

„Gut", sagte sie schließlich.

Ich spielte die Nachricht ab. Abby hörte zu. Als die Nachricht zu Ende war, sah sie mich an.

„Abby, war dies gerade Ihr Großvater?"

„Ja."

„Und die Personen, die er nennt – Sam und Lauren – sind Ihr Vater und Ihre Cousine?"

„Ja."

„Wissen Sie, was diese Nachricht bedeutet?"

Sie schwieg.

„Abby, wissen Sie, was das bedeutet?"

Sie öffnete den Mund, als wollte sie etwas sagen, dann zögerte sie. Sie stand auf, starrte mich einen Augenblick an und sagte: „Danke für die Einladung in Ihr Seminar, Herr Professor."

Bevor ich antworten konnte, hatte sie die Tür erreicht und den Raum verlassen.

20

ICH LEHNTE MICH in meinem Stuhl zurück und starrte an die Decke. *Und was jetzt?*

Ich hatte sie vertrieben. Ihr Angst gemacht. Vielleicht hätte ich es langsamer angehen sollen, hätte ihr Zeit geben sollen, mich kennenzulernen. Hatte meine Vorlesung sie verärgert? Oder die Fragerunde? Hätte ich sie lieber nur selbst interviewen sollen, ohne die Sache mit dem Seminar? Vielleicht …

Endlich gestand ich mir die Wahrheit ein. Ich hatte keine Chance, herauszufinden, wie ich mir ihre Mitwirkung sichern konnte. An ihrer Stelle hätte ich mir vielleicht auch nicht über den Weg getraut. Eines war sicher. Im Augenblick konnte ich nichts tun. Wenn ich sie zu bald wieder kontaktierte, würde der Schuss nur nach hinten losgehen. Nein, es blieb mir nichts anderes übrig als zu warten.

Ich sammelte ein paar Sachen ein, die ich mitnehmen wollte, fuhr nach Hause und legte mich auf die Couch. Ich beschloss, mich mit etwas anderem zu beschäftigen. Da war noch diese Sache – ein kleines Geheimnis, an das die Begegnung mit Abby mich wieder erinnert hatte. „Alistair."

Meine Netzschnittstelle erschien. „Ja, Creighton."

„Ich brauche eine Suche in deiner historischen Datenbank." Ich stockte. Fast hatte ich Hemmungen, diesen Auftrag zu erteilen. Als ob meine Netzschnittstelle Gefühle hätte. „Ich brauche sämtliche vorhandenen Informationen über Träume von Jesus."

„Berichte über Menschen, die von Jesus träumen, gibt es bis zurück ins 1. Jahrhundert unserer Zeitrechnung. Kannst du etwas genauer sein, Creighton? Suchst du den Traum einer bestimmten Person?"

„Nein, nicht den Traum einer Einzelperson. Ich suche Fälle, wo ganze Gruppen von Menschen von Jesus geträumt haben – größere Zahlen innerhalb eines begrenzten Zeitraums."

„Dafür gibt es zahlreiche Beispiele in der Geschichte."

„Wann waren die letzten?"

„In den ersten beiden Jahrzehnten unseres Jahrhunderts."

„Was für Personen wollen diese Träume gehabt haben?"

„Zahlreiche Personen aus islamischen Ländern berichteten im Internet von Träumen von Jesus, meist im Rahmen von Berichten über ihre Bekehrung zum Christentum."

„Waren solche Bekehrungen damals in den meisten muslimischen Ländern nicht illegal?"

„Das ist korrekt."

„Von woher kamen dann diese Berichte?"

„Die Autoren waren typischerweise entweder anonym oder ehemalige Muslime, die in ein westliches Land ausgewandert waren."

Anonyme Quellen und Immigranten. Diese Quellen konnten nur einen Bruchteil der tatsächlichen Fälle abdecken.

„Alistair, kannst du bitte alle diese Berichte durchgehen und die Gesamtzahl der Einzelfälle ermitteln?"

„Das wird etwas dauern, Creighton."

„Verstehe."

Wenn Alistair sagte: „Das wird etwas dauern", kam das Ergebnis innerhalb von Sekunden; dafür sorgte die Rechengeschwindigkeit von einer Billion Operationen pro Sekunde.

„Die Gesamtzahl der in existierenden Aufzeichnungen berichteten Einzelfälle für die Jahre 2001 bis 2020 beträgt 41374."

Einundvierzigtausend. Und das waren nur die berichteten Fälle. Die tatsächliche Zahl musste im sechsstelligen Bereich liegen, wenn nicht noch höher. Kein Wunder, dass es zu Beginn des Jahrhunderts eine Renaissance des Christentums in islamischen Ländern gegeben hatte.

Was konnte ein solches Phänomen verursacht haben? Und konnte es sein, dass es sich gerade in den USA wiederholte?

***

Abbys Gesicht erhellte sich, als sie am nächsten Morgen vom Küchentisch aufblickte und sah, wie Sabin hereinkam. „Du hast lange geschlafen", sagte sie.

Er schüttelte den Kopf. „Bin zu lange aufgeblieben und hab an einem Programm gearbeitet. Wie war das Seminar gestern?"

Sie zuckte die Achseln. „Ich würde sagen, diese Studenten waren nicht wirklich bereit, sich auf das Thema einzulassen. Aber damit hatte ich ja gerechnet. Bis auf eine, vielleicht."

Sabins Kopf kam hinter der Kühlschranktür hervor. „Na, das ist ja ein Anfang. Und wie war der Professor? Netter Typ?"

„Doch." Vor ihrem inneren Auge erschien Creighton Daniels, wie er ihr von seiner Liebe zur Geschichte erzählte. „Ziemlich nett. Schätze ich mal."

„Was heißt ‚schätze ich mal'?"

„Also … Ich bin es gewöhnt, die Menschen im Dschungel einzuschätzen, aber hier …"

„Ich glaube, du musst deinem Instinkt vertrauen."

Sie schwieg. Sabin ging seine Taps durch.

„Abby, deine Erbschaft ist überwiesen worden."

„Ach ja? Das ist ja toll!"

„Ja." Er machte eine Pause. „Aber … das ist komisch."

„Was ist komisch? Mr Nichols hat doch gesagt, er leitet das in die Wege."

„Aber deine Überweisung kommt von einem anderen Bankkonto als Laurens."

„Und das kannst du sofort erkennen?"

„Liegt wohl an meinen Gedächtnisimplantaten. Was auch immer."

„Sag mal, Sabin, hat hier jeder solche … solche Gehirnverstärker?"

„Ja, ziemlich. Du könntest bestimmt auch welche kriegen."

Sie schüttelte ihren Kopf. „Danke, ich mag mein Gehirn so, wie es ist."

Er öffnete einen Viviscreen für Abby. „Schau hier." Er zeigte auf zwei Zahlen auf dem Bildschirm. „Hier steht, dass deine Überweisung von einem Konto der Capital-Trust-Gruppe kommt, und … das Konto kenn ich doch."

„Deine Verstärker, schätze ich?“

Er grinste. „Ja. Es ist dieselbe Nummer, von der das Geld für Laurens Wahlkampagnen kommt. Dein Erbe ist direkt von Bryson Nichols gekommen.“

„Also, egal, wo es herkommt, brauchen werde ich's bestimmt. Wenn man wegen was angeklagt wird, braucht man doch einen Anwalt, oder?“

„Dann willst du also endgültig bleiben?“

„Ja.“

„Hat Gott wieder zu dir gesprochen?“

„Sozusagen. Ich hab mir die Nachricht von Inland Tribes angeschaut, die du für mich abgerufen hast.“

„Und was war das?“

„Ich ... ich weiß nicht, ob ich darüber reden soll.“

***

Abby atmete erleichtert auf. Kate Sampson sah normal aus. Es war eine Woche seit ihrem letzten Kontakt und sie hatte sich die ganze Zeit Sorgen um Kate gemacht.

„Kate! Es ist ja so gut ...“

Kate begann zu reden. „Hallo, Sie sind bei Dr. Kate Sampson am Meridian Hospital in Lae. Im Augenblick bin ich leider nicht zu sprechen. Bitte hinterlassen Sie eine Nachricht.“

Abbys Schultern sackten nach unten. „Hallo, Kate, hier Abby. Es ist eine Menge passiert seit unserem Gespräch und ich habe meine Pläne geändert. Ich werde noch eine Weile in den Staaten bleiben, wie lange, weiß ich nicht.“ Sie rutschte nervös auf dem Sofa herum. Einen Bildschirm anzureden – es war so unnatürlich. „Ich hab mich darauf gefreut, dich wiederzusehen, und danke dir sehr für die Einladung; sicher kann ich sie später noch annehmen. Ich halte dich auf dem Laufenden und hoffe, dass es dir gut geht.“

Abby beendete die Übertragung, wie Sabin es ihr gezeigt hatte.

Sie ging die Treppe hinauf. Im Netz eine Nachricht zu hinterlassen, ließ in ihr immer ein Gefühl von Kälte zurück. Es verstärkte das Gefühl, das sie jetzt, wo sie beschlossen hatte, zu bleiben, hatte: die Einsamkeit.

Sie kniete sich neben ihr Bett. Sie hatte Ja zu Gottes Plan für sie gesagt – was immer das auch sein würde. Momentan hatte sie keine Ahnung. Leider schien auch ihr Beten diesen Plan keineswegs zu enthüllen.

***

„Hast du Chloe Hallo gesagt? Ich glaub, sie ist noch auf."

Lauren öffnete ihren Koffer und holte ihre Kosmetiktasche heraus. „Sie ist in VR, ich wollte sie nicht stören." Sie ging an Sabin vorbei zum Bad. „Und wie geht's meiner kühnen Cousine?"

„Danke ... gut. Bin mit ihr in Colorado Bergsteigen gewesen. Wie war's in San Antonio?"

Lauren holte ihren Make-up-Entferner heraus, gab etwas auf ein Tuch und wischte sich das Gesicht. „Wie üblich. Ich hab gelabert und die Leute haben gespendet."

Sabin trat ans Bett, schlug die Decke zurück und schlüpfte hinein. „Ohne diese Bettelveranstaltungen geht's nicht, wie?"

Sie schüttelte den Kopf. „Leider nein. Dank Nichols bin ich zwar nicht auf das Geld der Leute angewiesen, aber ich brauche ihre Unterstützung vor Ort, und die krieg ich nur mit einer Kampagne im Netz nicht."

Sie schlüpfte in ihr Nachthemd. „Und morgen fliegt Abby also zurück?"

Sabin zögerte. „Sie ... also, Lauren – sie hat beschlossen, dass sie bleibt."

Lauren sah ihn an. Würde sie jetzt losschreien? Aber sie schien eher losheulen zu wollen. Ihre Fassade fiel von ihr ab, sie brauchte einen Augenblick, um sich zu fassen. „Sabin, siehst du nicht, wie schwierig das für mich ist? Für uns beide?"

„Ich weiß, es ist nicht gut für deinen Wahlkampf ..."

„Nicht nur für den Wahlkampf. Für dich und mich. Und Chloe. Wir können gerade nicht noch mehr Probleme gebrauchen! Wir beide haben so viel abzuarbeiten, wir haben ja so wenig Zeit füreinander, und ich weiß, das ist vor allem meine Schuld. Aber sag mal ..."

„Was?"

Sie seufzte. „Hattest du was mit ihrer Entscheidung zu tun?“

Sabin schob sich ein Kissen in den Rücken. „Nein. Das war *ihre* Entscheidung. Ich hab versucht, ihr das auszureden.“

„Scheint ja nicht sehr erfolgreich gewesen zu sein. Und warum, mein Gott noch mal, will sie bleiben? Begreift die nicht, dass sie vor Gericht kommt?“

„‚Gott‘ ist das richtige Stichwort. Sie glaubt, dass Gott will, dass sie bleibt, selbst wenn sie das ins Gefängnis bringt.“

„So? Ins Gefängnis?“ Laurens Gesicht wurde hart. „Als Erstes kommt sie auf die Straße! Ich will, dass sie dieses Haus verlässt, jetzt sofort!“ Sie marschierte zur Schlafzimmertür.

„Lauren! Du wirst deine Cousine nicht um elf Uhr nachts aus meinem Haus werfen!“

Sie funkelte ihn an. „Und wann sollen wir sie dann aus *deinem* Haus werfen, Sabin?“

Er schwieg einen Moment. „Ich … rede morgen früh mit ihr. Ich helfe ihr, eine andere Bleibe zu finden.“

„Und willst du die dann auch noch bezahlen?“

„Nein. Sie hat selber Geld.“

Ein Ausdruck von Überraschung zog über Laurens Gesicht. „Geld? Woher?“

„Aus Rays Erbschaft.“

Sie verdrehte die Augen. „Dieser Mann wird noch ewig und drei Tage ein Pfahl in meinem Fleisch sein.“

Sie hängte ihr Kleid in den Schrank und sah wieder Sabin an. „Ich muss morgen nach Austin. Wenn ich am Donnerstag wiederkomme, ist sie weg, ist das klar?“

* * *

„Hast du mal ’ne Minute Zeit?“

Sabin stand in der Tür zu Abbys Zimmer. Sie lag auf dem Fußboden und las in dem zweiten Buch, das sie außer ihrer Bibel mit in die USA gebracht hatte: den *Offenbarungen göttlicher Liebe* der englischen Mystikerin Juliana von Norwich. Es gehörte seit Jahren zu ihrer Lieblingslektüre und der Buchrücken löste sich langsam ab. Sie legte das Buch zur Seite und setzte sich auf. „Natürlich.“

Sabin setzte sich aufs Bett und ließ die Schultern hängen. „Abby …"

„Ich weiß schon. Ich hab euch gestern Abend gehört. Es ist Zeit, dass ich gehe."

„Es tut mir so leid."

„Mir tut's leid, dass ich euch eine Last war. Ich …"

„Nein, es ist nicht das. Es ist …" Er schielte zur Tür und wurde leiser. „Es ist einfach keine gute Zeit für Lauren, ich meine, politisch."

„Ich versteh schon. Ich wollte mich nicht zwischen euch drängen. Du bist ein guter Gastgeber gewesen." Sabin hatte sich wirklich um sie gekümmert, sogar so weit, dass er Lauren verärgert hatte, und Abby wollte nicht, dass er dachte, sie nähme seine Freundlichkeit für selbstverständlich.

Er schaute verlegen zu Boden. „Du musst nicht sofort gehen. Bald halt. Wir können dir was anderes besorgen."

Sie nickte. „Wenn's geht, hätte ich, wenn ich nicht mehr hier bin, gern die Möglichkeit, die Nachricht von Inland Tribes jederzeit zu öffnen."

„Kein Problem, ich drucke dir einen Zettel mit den Instruktionen aus."

„Danke."

Sabin erhob sich, ging zurück zur Tür und drehte sich noch einmal um. „Abby, ich möchte, dass du weißt, dass ich dich gerne hiergehabt habe. Es hat mir viel bedeutet, dich kennenzulernen."

„Und ich war gerne hier, Sabin."

Sie hörte, wie er den Flur entlangging. Abby stand auf, ging an den Kleiderschrank und holte ihren Koffer heraus.

***

Lauren Caldwell hörte schon von draußen die Band spielen. Sie hatte gerade im Texas State Capitol ihren Termin mit dem Vizegouverneur gehabt – der Vizegouverneur mochte Gespräche in der physischen Realität – und dann beschlossen, zu Fuß die Congress Avenue entlang zu der fünf Blocks entfernten Musikbar in der Sixth Street zu laufen. Das war ein Fehler gewesen. Sie war verschwitzt und verbiestert, als sie durch die Tür trat.

Hutch bestand immer auf diesem Treffpunkt, wenn sie in Austin waren. „Das machen alle Politiker", sagte er. Was stimmte und der nächste Grund dafür war, dass sie das Lokal hasste. Sie hatte selber die parlamentarische Ochsentour durchlaufen und kannte so ziemlich jeden Politiker der Stadt und hier würde sie gleich mehreren davon über den Weg laufen und sie mit gut gespielter Begeisterung begrüßen. Derzeit spielte sie den ganzen Tag Theater, aber so war das halt im Wahlkampf.

Wie immer saß Hutch ziemlich hinten, vor sich einen Krug Bier. Sie ging an einem Dutzend Gäste vorbei, lächelnd und händeschüttelnd, bevor sie sich auf den Stuhl gegenüber ihrem Mentor fallen ließ. „Hutch, wenn du dich noch ein Mal hier mit mir verabredest …"

Er lachte. „Was macht der Wahlkampf, Lauren?" Er langte nach einem Glas, das auf dem Tisch stand. „Möchtest du ein Bier?"

„Nein, danke. – Der Wahlkampf läuft gut, bis auf diese Reporter, die mir wegen einer gewissen religiösen Verrückten, die meine Cousine ist, Löcher in den Bauch fragen. Und die Hunderte Taps, die wir in meinem Büro wegen ihr bekommen haben, ein paar sogar zu Hause."

„Zu Hause? Das nenn ich hartnäckig."

„Sabin sagt, es waren auch etliche Anfragen nach weiteren Interviews im Netz dabei."

Er hob die Augenbrauen. „Und?"

„Er hat diskret vergessen, ihr etwas davon zu sagen. Zumindest Schadensbegrenzung, würde ich sagen."

Lauren schaute sich nervös um. „Hutch, wir haben hier ein echtes Problem. Ich kann nicht um einen Senatssitz kämpfen mit so einer Fanatikerin in der Familie! Die jetzt auch noch in die Öffentlichkeit geht. Du kennst doch die neuesten Umfrageergebnisse?"

Hutch trank von seinem Bier, schmatzte mit den Lippen und setzte sein Glas ab. „Natürlich. Dein Vorsprung ist auf vier Punkte geschrumpft."

„Tendenz fallend. Wir müssen die Frau zurück nach Neuguinea kriegen! Wenn sie weg ist, ist sie vergessen. Hast du mit dem General gesprochen?"

Er schüttelte den Kopf. „Noch nicht."

Lauren starrte ihn an. „Mein Gott, Hutch, willst du, dass ich die Wahl gewinne, oder nicht?"

Er lehnte sich zurück. „Natürlich, Lauren. Aber wir müssen das clever machen."

Er goss sich von dem Bier nach und schwieg.

„Du denkst doch gerade was", sagte Lauren.

„Vielleicht."

„Du heckst was aus."

„Kann gut sein." Er grinste. „Es gibt hier Chancen, an die wir noch nicht gedacht haben. Lauren, unser Problem ist nicht Abigail Caldwell, unser Problem ist deine Kampagne. Wir müssen die Menschen an ihren Gefühlen packen. Ich frage mich, ob es nicht eine Alternativstrategie bezüglich deiner Cousine gibt. Eine, die dir deinen Senatssitz sichert."

„Du klingst gerade so, als ob du diese Strategie schon hast. Oder traue ich dir zu viel zu, Hutch?"

Er grinste und hob sein Glas. „Prost!"

* * *

Der VR-Tap enthielt die übliche Warnung vor sexuell anzüglichen Inhalten. Damien Cleary antwortete und betrat einen Sexclub im Upper West End von Manhattan. Er warf einen raschen Blick auf das Treiben auf dem Tanzboden. Im Hauptgeschoss waren alle noch angezogen; wer „mehr" wollte, hatte einen Stock höher zu gehen.

Er sah den Mann an einem der Tische und ging zu ihm. Eine Kellnerin in Netzstrümpfen kam herbei; er winkte sie fort.

„Ich hab nur eine Minute, Lewis", sagte Cleary zu dem Mann.

„Wir haben ihre Spur verloren."

„*Wir*?"

„Ich." Der Mann zuckte die Achseln, die Augen auf den Tanzboden geheftet.

„Ist sie zurück nach Neuguinea?"

„Das weiß ich nicht. Seit zwei Tagen ist sie nicht mehr im Haus dieser Abgeordneten."

„Hast du mitgekriegt, wie sie ging?", fragte Cleary.

„Nein."

„Warum nicht?"

„Weil ich nicht den Luxus einer Rund-um-die-Uhr-Bewachung habe. Dies ist nicht das einzige Projekt, das ich für dich mache, Cleary. Die Installationen brauchen Zeit."

Cleary hätte sich in den Hintern beißen können, dass er nicht besser vorausgeplant hatte. Er wusste, dass er mehr als einen Komplizen brauchte, damit der Plan gelang, aber es gab sonst keinen, dem er traute.

Er überlegte kurz und beugte sich vor. „Also gut. Du konzentrierst dich auf die Installationen, die sind im Augenblick das Wichtigste. Ich werde sehen, ob Nichols Erkundigungen über das Mädchen einziehen kann. Sie ist entweder zurück in Neuguinea, womit unser Problem gelöst wäre, oder sie taucht irgendwann wieder im Netz auf. Ich bleib dran."

* * *

Sabin saß in dem Alkoven am Ende des Flurs im Obergeschoss. Es war sein Lieblingsplatz im Haus. Hier lag er gern in seinem Ruhesessel und machte Ausflüge in die virtuelle Realität.

Doch im Augenblick beschäftigte ihn nicht die virtuelle, sondern die physische Realität. Abbys Realität. An dem Morgen vor drei Tagen war sie ohne Vorwarnung verschwunden, während er und Lauren unterwegs waren.

Sie hatten sie aufgefordert zu gehen – und sie war gegangen. Aber er hatte ihr doch helfen und in Kontakt mit ihr bleiben wollen! Jetzt war sie irgendwo da draußen, ganz allein auf sich gestellt. Für Abby war Amerika ein gefährlicherer Dschungel als der in Neuguinea, vor allem, wenn die Polizei hinter ihr her war.

Sie wollte dem Christentum in den USA zu einem neuen Anfang verhelfen. Wo konnte sie hingegangen sein, um das anzufangen? Irgendetwas, was sie gesagt hatte, schob sich undeutlich immer wieder in seine Erinnerung. Die Nachricht von Inland Tribes. Diese Nachricht hatte sie dazu gebracht, zu bleiben. Sie hatte ihn gefragt, wie sie sie jederzeit wieder aufrufen konnte. Lag hier vielleicht ein Schlüssel zu ihrem Plan? Oder dazu, wo sie jetzt war?

Es war ihm zuwider, die persönliche Nachricht eines anderen zu öffnen. Aber Abby hatte ja keinen Schimmer, was ihr alles passieren konnte. Sie brauchte jemanden, der wusste, wo sie war, und sei es nur, um ihr einen guten Anwalt zu besorgen, wenn es so weit war.

„Spitfire“, sagte er zu seiner Netzschnittstelle, „bitte öffne eine Nachricht, die mir vor etwa einer Woche von Inland Tribes zugegangen ist.“

„Verfügbar, Sabin.“

„Spiele die Nachricht, bitte.“

***

Fünf Tage waren vergangen seit Abby Caldwells abruptem Abgang aus meinem Büro. Was immer ihn verursacht hatte, fünf Tage waren lange genug, um sich wieder abzuregen. Falls sie sich denn abregen würde.

Ich tapte Sabin Wright an und wartete auf einem VR-Berggipfel auf ihn. Abby hatte gesagt, dass er gerne auf Berge stieg.

Da kam er schon. Ich hielt ihm die Hand hin. „Creighton Daniels. Abby war vergangene Woche in meinem Seminar an der University of the South.“

„Ja, Professor Daniels.“ Wir schüttelten uns die Hand. „Sabin Wright.“ Er betrachtete die Aussicht. „Atemberaubend, nicht?“

Ich kam direkt zur Sache. „Abby verließ mein Büro – nun ja, etwas … abrupt. Ich hätte sie gerne noch einmal gesprochen, in einer ziemlich wichtigen Sache. Wohnt sie noch bei Ihnen?“

Er schüttelte den Kopf. „Vor drei Tagen hat sie ihre Sachen gepackt und ist sang- und klanglos verschwunden.“

Mein Magen zog sich zusammen. Abby konnte ganz sicher gut auf sich aufpassen – aber mir verursachte der Gedanke Übelkeit, dass sie in diesem unvertrauten Gelände, das die Staaten für sie waren, keine Unterstützung hatte. „Glauben Sie, dass sie nach Neuguinea zurückgegangen ist?“

„Nein. Sie wollte in den USA bleiben.“

„Bei wem?“

„Soweit ich weiß, kennt sie außer uns niemanden.“

Sie musste doch irgendeinen Plan gehabt haben. „Haben Sie schon im Netzlogbuch nachgeschaut?"

„Glauben Sie, sie hat jemanden angetapt?"

„Ich weiß nicht. Hat sie mal bei Ihnen zugeschaut, wie man das macht?"

„Ja. Warten Sie, ich bin gleich zurück."

Er verschwand. Ich setzte mich auf einen flachen Felsen, vor mir die endlose Bergkulisse. Abby hätte das Panorama genossen, stellte ich mir vor.

Sabin kam zurück. „Sie hat ein Auto bestellt."

„Haben Sie eine Ahnung, wo sie hinfahren wollte?"

„Nein."

Ich dachte kurz nach. „Ich weiß vielleicht, wo sie ist."

***

Sabin kehrte aus der virtuellen Realität zurück. Das Haus war still. Lauren würde heute später zurückkommen, Chloe war wahrscheinlich in der virtuellen Realität.

Er ging hinauf in seinen Alkoven. „Spitfire."

„Ja, Sabin?"

„Rufe alle Informationen auf, die du über Professor Creighton Daniels von der University of the South hast."

„Es gibt Informationen über seine Person, über seinen beruflichen Werdegang und über seine Literatur und aufgezeichnete Präsentationen."

„Bitte nur die persönlichen Informationen, einschließlich Familie und Herkunft."

Sabin ging die Informationen durch. Ein paar Minuten später hörte er Schritte auf dem Flur. Er drehte sich um. Chloe stand in der Tür.

Er lächelte. „Hallo. Du siehst aus, als ob du gerade aufgewacht bist."

„Ja." Sie setzte sich auf einen Stuhl. „Ich hab was voll Verrücktes geträumt."

***

Drei Stunden später teilte Spitfire ihm mit, dass Lauren im Haus war. Er verließ die virtuelle Realität und ging zur Treppe. „Willkommen daheim. Wie war's in Austin?"

Lauren schaute vom Wohnzimmer zu ihm hoch. „Produktiv."

„Und wie geht's Hutch seit der Beerdigung?"

„Gut."

Er kam die Treppe hinunter. „Ich hab gerade an Ray gedacht."

Sie schaute ihn argwöhnisch an. „Warum das?"

„Ich weiß nicht. Musste halt an ihn und Abby denken. Sie hätte sich sicher gerne mit ihm getroffen."

Lauren ging in die Küche, ohne zu antworten.

„Wann hast du eigentlich das letzte Mal von ihm gehört?"

Sie zögerte, ihre Hand ging zur Tür des Kühlschranks. Sie schaute nicht auf. „Warum fragst du?"

„Ich finde es nobel von ihm, dass er dir Geld hinterlassen hat, obwohl eure Beziehung so gespannt war."

Sie holte ein Stück Melone aus dem Kühlschrank und legte es auf die Küchentheke. „Ich würde sagen, vor etlichen Jahren."

„Nichols hat Abby übrigens ihr Erbe überwiesen."

„Das war großzügig von ihm."

„Wie viel hat Ray dir hinterlassen?"

Sie aß von der Melone. „Hab nicht weiter drauf geachtet. Wie viel hat Abby bekommen?"

„Um die sechzigtausend."

„Klingt okay. Er muss uns allen das Gleiche vermacht haben."

Sie bot Sabin von der Melone an. Er schüttelte den Kopf. „Apropos Abby", sagte sie, „hast du von ihr gehört?"

„Hast du plötzlich ein schlechtes Gewissen, weil du sie rausgeschmissen hast?"

„Nein. Ich frag nur interessehalber. Dann weißt du also nicht, wo sie ist?"

„Null Ahnung."

Sie schluckte den nächsten Bissen. „Und woran arbeitest du heute?"

„An 'nem ozeanografischen Schulungs-Hologramm für das Staatliche Zentrum für Meereskunde. Muss gleich weitermachen, du entschuldigst mich."

Er ging zurück nach oben in seinen Alkoven und schloss die Tür hinter sich.

„Spitfire, rufe alle Nachrichten an und von Professor Creighton Daniels auf."

„Erledigt."

„Und meine Bitte um Informationen über ihn."

„Erledigt."

„Lösche alle diese Dateien."

„Endgültig oder Archiv?"

„Endgültig."

21

„ICH WUSSTE GAR nicht, dass hier neuerdings ein Hotel ist."

Abby zuckte zusammen, dann drehte sie sich zu mir um, schon etwas entspannter. Ich trat vollends in die Gebetskapelle. Die Tür schloss sich hinter mir.

„Woher wussten Sie, dass ich hier bin?"

Ich lächelte. „Die Kunst der Vermutung."

Ich setzte mich in eine Bank und musterte Abbys Siebensachen. „Wie lange sind Sie schon hier?"

„Heute ist mein dritter Tag."

„Und was essen Sie?"

„Ich hab etwas Proviant und Wasser dabei." Sie zeigte auf einen alten Rucksack.

„Das wird nicht mehr lange reichen. Und was haben Sie hier gemacht?"

„Meine Bibel gelesen. Nachgedacht. Gebetet."

„Seit drei Tagen?"

„Drei Tage vergehen schnell."

„Nicht, wenn man nur liest und nachdenkt." Ich unterbrach mich. „Abby, ich möchte mich entschuldigen, dass ich Ihnen so viel zugemutet habe bei dem Termin in meinem Büro."

Sie schwieg einen Augenblick. „Sie möchten herausfinden, was mit Ihrem Vater passiert ist. Ich würde auch gerne wissen, was diese Nachricht bedeutet."

„Dann haben wir also ein gemeinsames Ziel."

„Sieht so aus, ja."

„Wären … wären Sie bereit, dieses Ziel gemeinsam mit mir zu verfolgen, sozusagen im Team?"

Sie nickte knapp. „Ja, doch. Ich weiß, dass ich das allein nicht schaffen werde. – Da ist übrigens was, was ich Ihnen noch nicht gesagt habe."

„Und das wäre?"

„Ich hatte bereits dieselbe Nachricht bekommen – das heißt, eigentlich mein Vater."

„Ich dachte, Ihr Vater ist tot?"

„Die Nachricht wurde an mich weitergeleitet."

„Klingt so, als ob wir Partner sind." Ich musterte wieder ihre Habseligkeiten. „Vielleicht sollten wir Sie als Erstes woanders unterbringen."

Sie runzelte die Stirn. „Warum? Was ist an der Kapelle hier so schlimm?"

„Nichts, außer dass Sie unbefugt hier kampieren. Wenn jemand reinkäme, könnten Sie Probleme kriegen."

Sie sah ihre Sachen an, dann mich. „Und wo soll ich sonst hingehen?"

„Sie können gerne bei mir wohnen."

Sie fuhr zurück, als ob sie jemand angeschossen hatte.

„Möchten Sie das nicht?"

Sie schaute zu Boden und schwieg.

„Abby, ich würde Ihnen auch ein Hotelzimmer besorgen, aber ich weiß ja nicht, wie lange Sie bleiben müssen, und auf Dauer kann ich mir ein Hotel nicht leisten. Da bleiben nicht viele Alternativen."

„Ich habe Geld."

„Selbst wenn – Hotels sind teuer. Sie wollen doch nicht Ihr Geld durchbringen, indem Sie sich da einmieten." Und ich wollte nicht, dass sie jetzt wieder aus meinem Blickfeld verschwand.

Sie schüttelte den Kopf. „Creighton, ich in Ihrer Wohnung – das geht nicht."

„Warum …" Ich unterbrach mich. War ich da womöglich in

ein kulturelles Fettnäpfchen getreten? „Das müssen Sie mir erklären."

„Sie haben doch gerade angeboten, dass ich bei Ihnen wohnen kann, oder?"

„Ja." Wir sahen uns an. „Und was bedeutet das für Sie?"

„Wenn bei den Inisi ein Mann ein Mädchen aus der Hütte ihrer Eltern in die seine holt, gelten die beiden als verheiratet. Keine Frau käme auf die Idee, von sich aus die Hütte eines Mannes zu betreten."

„Dann glauben Sie, ich möchte Sie heiraten?"

„Ich ..." Sie schüttelte den Kopf. „Ich weiß nicht. Hier ist alles so ..."

„Anders? Verwirrend?"

Sie seufzte. „Ja."

„Abby, ich biete Ihnen einfach eine vorübergehende Unterkunft an, weil Sie keine haben. Sie würden die Wohnung mit mir teilen, mehr nicht."

„Dann soll ich nur Ihre ... Ihre Zimmernachbarin sein?"

Ich lachte. „Ja."

„Und Sie haben nicht vor, mich zu Ihrer Frau zu machen."

„Wenn ich das je vorhätte, würde ich vorher mit Ihnen darüber reden."

Sie dachte kurz nach. „Ganz recht ist es mir nicht, aber ich habe wohl keine große Wahl. Haben Sie viel Platz auf dem Fußboden?"

„Auf dem Fußboden? Wofür?"

„Für mich, zum Schlafen."

„Nein, ich meine, ja. Aber Sie werden in Ihrem eigenen Zimmer schlafen, in einem eigenen Bett. Ich habe ein Gästezimmer."

„Mir ist der Fußboden lieber."

„Gut, dann schlafen Sie im Gästezimmer auf dem Fußboden."

„Okay."

„Okay."

***

Eine halbe Stunde später saßen Abby und ich in meinem Arbeitszimmer in meiner Wohnung und öffneten die Nachricht von

Inland Tribes. Das Bild eines Afrikaners an einem Schreibtisch erschien auf dem Viviscreen.

„Abigail, entschuldigen Sie bitte, aber ich habe erfahren, dass Inland Tribes eine weitere Nachricht von Ihrem Großvater erhalten hatte, die vor mehreren Wochen einging. Sie ist an Ihren Vater adressiert und wir fanden es das Beste, sie an Sie weiterzuleiten. Leider wurde sie nicht im gleichen Ordner abgelegt wie die erste Nachricht, sodass ich sie Ihnen mit Verspätung schicke. Bitte kontaktieren Sie mich, falls die Nachricht irgendetwas von Belang für Inland Tribes enthält."

Ich öffnete den Anhang. Ray Caldwell erschien auf dem Viviscreen. Er saß in einem weißen Laborkittel in einem Raum, der wie eine Arztpraxis aussah, an einem Schreibtisch. An der Wand hinter ihm hing ein Druck des Pop-Art-Künstlers Andy Warhol.

Er beugte sich vor. Seine Stimme klang besorgter als in der Nachricht, die er meinem Vater geschickt hatte, fast schon gehetzt.

„Sam, ich weiß nicht, wie dich dies erreichen soll, du bist ja eigentlich unerreichbar. Ich spüre nicht mehr die Leitung des Geistes, aber irgendwie habe ich an dich denken müssen. Und an deine Cousine Lauren und meinen Kollegen Eli Daniels. Vielleicht ist das doch von Gott, ich habe ihnen ebenfalls Botschaften geschickt. Ich kann nur hoffen, dass du bald aus dem Dschungel rauskommst, sodass Inland Tribes dir dies hier zuleiten kann."

Er schaute hastig zur Seite, dann wieder nach vorne. „Es ist so lange her, dass wir miteinander gesprochen haben. Ich könnte dir vieles sagen, aber das hier duldet keinen Aufschub. Du weißt, dass in unserem Land sehr dunkle Zeiten angebrochen sind, und seit du gegangen bist, ist diese Dunkelheit noch tiefer geworden. Ich überbringe ungern so schlechte Neuigkeiten, aber seit Kurzem weiß ich, dass das Leben selbst bedroht ist und vielleicht schon bald aus Amerika weggenommen werden wird, ja, vielleicht von der ganzen Erde – obwohl Gott sicher vorher eingreifen wird. Erst jetzt habe ich erkannt, dass wir Feinde haben, die tückischer sind, als selbst ich je geahnt hatte, denn ich bin die ganze Zeit an ihrem Komplott beteiligt gewesen, mittendrin, ohne es zu merken. Ihre ..."

Ein abwesender Ausdruck kam in seine Augen, dann war er

wieder da. „Jemand klopft an die Tür. Ich melde mich bald wieder, mit dem zweiten Teil dieser Botschaft."

Die Nachricht endete, das Bild war fort. Ich las noch einmal die Begleitnachricht von Inland Tribes. Es gab keine weiteren Anhänge. Es gab keinen zweiten Teil.

Ich sah Abby an. „Das ist so ähnlich wie das, was er meinem Vater geschickt hat."

Sie nickte.

„Was meinen Sie – was bedeutet das Ganze?"

Sie sah zu der Stelle, wo der Viviscreen gewesen war, dann wieder mich an. „Ich ... weiß nicht recht. Er klingt so besorgt, aber was er sagt, ergibt für mich keinen Sinn."

„Dieser Satz, dass das Leben verschwinden wird ... was könnte er damit gemeint haben?"

Sie zuckte die Achseln. Tiefe Besorgnis stand ihr ins Gesicht geschrieben.

„Na, vielleicht brauchen wir eine Weile, bis wir herausfinden, was er meinte. Da haben wir also Arbeit vor uns." Ich sah zu Abbys Koffer hin, der immer noch im Flur stand. „Aber jetzt richten Sie sich erst mal häuslich ein. Und dann essen wir unser Dinner."

Sie lächelte. „Das klingt gut."

Ich zeigte ihr das Gästezimmer und ließ sie auspacken, während ich das Essen machte. Eine halbe Stunde später saßen wir an meinem Esstisch vor dampfenden Schüsseln mit Reis und Gemüse. Ich wartete, während sie den Kopf neigte und einen Moment lang in sich versunken dasaß. Ein Gebet, vermutete ich.

„Machen Sie das bei jeder Mahlzeit?"

„Ja."

„Steht das in Ihrer Bibel, dass Sie das machen müssen?"

„Nicht ausdrücklich. Es ist halt eine schöne Sitte, seine Dankbarkeit zu zeigen. Und, Creighton" – ihre Augen wurden groß –, „das ist das beste Menü, das ich bisher in den Staaten bekommen habe. Fast wie zu Hause. Ich danke Ihnen sehr."

Ich lächelte und eine Weile aßen wir schweigend.

„Am besten erzähle ich Ihnen jetzt erst mal, was ich bisher an Nachforschungen unternommen habe."

Ich berichtete ihr vom Selbstmord meines Vaters, von seiner Abschiedsbotschaft, von der alten Speicherkarte mit Rays Botschaft und von meinen erfolglosen Versuchen, Ray zu identifizieren, bis ich Abby in *Global Sunrise* sah.

„Nach dieser Sendung hab ich intensiv über Ray recherchiert."

„Wissen Sie, woher er Ihren Vater kannte? Die Nachricht klingt so, als ob sie ziemlich vertraut miteinander waren."

„Es scheint, dass sie sich im Graduiertenstudium kennenlernten und die Bekanntschaft vor Kurzem erneuerten; warum, weiß ich nicht ."

„Was haben Sie noch herausgefunden?"

„Nichts, was Sie nicht schon wissen. Ray war einer der international führenden Neurowissenschaftler. Über zwei Jahrzehnte arbeitete er eng mit Bryson Nichols zusammen. Persönlich glaube ich, dass er an der Entwicklung von Nichols' künstlichem Gehirn mitbeteiligt war, obwohl das Netz nichts darüber vermeldet."

Abby legte ihre Gabel hin. „Das ist das, was mir Magenschmerzen macht. Warum sollte Poppy – so nannten wir meinen Großvater immer – bei so was mitgemacht haben?"

„Warum sollte er nicht? Künstliche Intelligenz war schließlich sein Spezialgebiet."

„Ja. Aber er war auch Christ, und zwar sehr bewusst."

Ihre Handbewegung schien anzudeuten, dass diese Tatsache eigentlich allgemein bekannt sein sollte.

„Er war Christ? Jetzt bin ich überrascht."

Ich war sogar sehr überrascht. Wie konnte einer der führenden Neurowissenschaftler der Welt an etwas so Überholtes glauben wie einen Gott?

Sie schüttelte den Kopf, ihre Augenbrauen waren gerunzelt.

„Ich auch. Künstliche Gehirne entwickeln – ich weiß nicht, das passt einfach nicht zu ihm. Natürlich hinderte ihn sein Glaube nicht, als Wissenschaftler tätig zu sein. Aber ich würde doch erwarten, dass er in Sachen künstliche Intelligenz eine deutlich andere Sicht vertreten hätte als Bryson Nichols."

Sie schüttelte noch einmal nachdrücklich den Kopf.

„Was wissen Sie über Nichols?"

Ich gab Abby eine Zusammenfassung meiner Recherchen über Bryson Nichols. Mit 19 Jahren hatte er am Massachusetts Institute of Technology (MIT) sein Elektronikstudium mit Auszeichnung abgeschlossen. Er begann eine Doktorarbeit in Nanotechnologie, die er jedoch nicht abschloss; stattdessen präsentierte er seine erste Erfindung: Neuronenimplantate mit direkter Verbindung zum Netz. Dies war der Anfang des Konzerns Nichols Technology Inc. (NTI), der dank seiner patentierten Gedächtnisdatenstrom-Speicherung binnen sieben Jahren zur Nummer eins im Bereich der künstlichen Intelligenz wurde.

Mit 28 hatte er es in die *Forbes*-Liste der 400 reichsten Amerikaner geschafft, mit 31 galt er als einer der hundert reichsten Menschen der Welt. Er war im Vorstand mehrerer Großunternehmen und gründete die Stiftung zur Förderung der Transhumanforschung.

Die letzten zwanzig Jahre hatte Nichols mit der Entwicklung der Technologie zum Hochladen des menschlichen Gehirns in Softwareform und zum anschließenden Herunterladen auf ein Silikonsubstrat verbracht. Dies war die Krönung seines Lebenswerkes, die Erreichung des großen Ziels, das er sich gesetzt hatte: „den menschlichen Tod zu beenden und die Grundlagen für die Ausbreitung unserer menschlich-maschinellen Zivilisation in das gesamte Universum zu schaffen".

„Aber wie könnte das, was Nichols macht, das Leben auf der Erde bedrohen?", überlegte Abby.

Ich zuckte die Schultern. „Keine Ahnung. Das Einzige, was ich mir denken könnte, ist das sogenannte Gray-Goo-Szenario."

„Gray Goo?"

„Ja. Oder ‚Graue Schmiere'. Das ist ein Weltuntergangsszenario, bei dem winzige Roboterzellen sich so unkontrolliert vermehren, dass sie innerhalb von ein paar Tagen die gesamten Ressourcen des Planeten verbrauchen."

„Und was hat das mit Nichols zu tun?"

„Künstliche Intelligenz erfordert den massenhaften Einsatz solcher Roboterzellen – oder Nanobots, wie man sie auch nennt."

Abby sah mich konsterniert an. „Nanobots? Haben Sie ‚Nanobots' gesagt?"

„Ja. So nennt man die selbstreplizierenden Zellen. Warum?"

„Creighton, mein Dorf ist mit Nanobots vergiftet worden!"

Abbys Information traf mich wie eine Bombe. Schlagartig veränderten sich alle Voraussetzungen meines Denkens.

„Mit Nanobots? Woher wollen Sie das wissen?"

„Das hat das Labor in Neuguinea gesagt."

„Zu Ihnen?"

„Nein, zu Kate Sampson, dieser Ärztin, die mit mir in mein Dorf geflogen war."

„Und hat das Labor auch gesagt, woher die Nanobots kamen?"

„Nein. Aber ich glaube, Kate hat eine Probe in die USA geschickt."

„Und was haben sie dort herausgefunden?"

„Das weiß ich nicht. Was … was denken Sie gerade?"

Abby sah völlig aufgelöst aus.

Ich stand auf und begann, hin- und herzumarschieren. „Abby, wenn Ihre Leute an Nanobots gestorben sind, muss jemand sie damit infiziert haben. Und das bedeutet: Diese Menschen sind ermordet worden."

Sie schaute auf den Tisch hinunter und flüsterte. „Ich weiß."

„Fassen wir mal zusammen: Ihr Großvater Ray schickt drei Personen eine dringende Warnung, die Bryson Nichols belastet. Er hat vor, sich wieder zu melden, stirbt aber überraschend. Zwei Wochen später ist mein Vater, einer der drei Empfänger, tot, dazu Ihr ganzes Dorf, in dem der zweite Empfänger, Ihr Vater, lange Zeit gelebt hatte. Bleibt noch Lauren Caldwell."

„Die enge Beziehungen zu Nichols hat."

Ich blieb stehen und starrte Abby an. „Was für Beziehungen?"

„Nichols finanziert ihre politische Karriere."

„Wer hat Ihnen das gesagt?"

„Sabin."

Ich ging langsam zurück zum Tisch und setzte mich. Gedankenverloren sah ich durch Abby hindurch. Die Sache wurde mit jedem neuen Detail bedrohlicher.

„Creighton, glauben Sie …" – sie bekam die Worte kaum über die Lippen – „glauben Sie, dass mein Großvater und Ihr Vater ermordet wurden?"

Ich nickte. „Ich halte es für sehr gut möglich. Und wenn das stimmt …" Ich sah sie an. „Abby, gibt es irgendjemanden, der wissen könnte, dass Sie hier sind?"

22

DER WIND AUF der Terrasse von Sal's Seaside Café hatte aufgefrischt. Er war ein Spiegelbild der inneren Unruhe, die Lauren Caldwell beherrschte, als sie zum Tisch ihres Mentors trabte. Sie setzte ihr finsterstes Gesicht auf, als sie sich niederließ. „Wieder drei Prozent weniger in zwei Wochen, Hutch."

Hutch schob Brotkorb und Olivenöldip in ihre Richtung. „Schön, dich wiederzusehen, Lauren."

Eine Kellnerin brachte ein Bier für Hutch und ein Glas Rotwein für Lauren.

„Ich hab mir erlaubt, für dich mitzubestellen." Hutch nahm einen Schluck von seinem Bier. „Die Meinungsumfragen laufen genau so, wie ich erwartet habe. Keine Panik! Du führst immer noch. Und jetzt haben wir Juni und die Wahl ist erst in über vier Monaten. Hast du schon mit Jillian gesprochen?"

„Ja. Ihre Zustimmung hielt sich in Grenzen. Sagt, die Ausschussmitglieder wären nicht begeistert, wenn es noch zusätzliche Hearings geben würde."

Hutch schob sich ein Stück Brot mit Dip in den Mund. „Sie sieht eben nicht, wie gut das bei den Wählern ankommen würde. Noch nicht. Ich hatte nicht erwartet, dass sie dir um den Hals fällt. Aber sie ist die Vorsitzende und was sie sagt, gilt. Die Frage ist: Wird sie's machen?"

„Ich kann sie dazu kriegen."

„Gut. Bleib dran und mach ihr jedes Zugeständnis, das sie will. Im Januar bist du sowieso in der anderen Kammer."

„Es gibt noch ein neues Problem. Wir haben keinen Kontakt mehr zu Abby."

Er stellte sein Glas ab. „Ist sie noch im Land?"

„Sabin meint, ja. Sie hatte das zumindest vor."

„Dann wird sie schon wieder auftauchen. Vielleicht kann ich auch jemanden auf sie ansetzen."

Lauren beugte sich vor. „Hutch, ehrlich gesagt, ich bin von dem Plan noch nicht überzeugt. So ein obskurer Stamm in der dritten Welt interessiert die Amerikaner doch nicht."

Er nickte. „Natürlich nicht. Aber was sie *sehr* interessiert ist, wie man die Probleme dieses Planeten lösen kann, denn die Probleme des Planeten werden früher oder später unsere Probleme. Energieknappheit. Atomwaffen. Meeresverschmutzung. Wasserknappheit. Die Leute haben endlich begriffen, dass ein wachsender Lebensstandard die Erde nicht bedroht, sondern rettet. Es sind die am meisten entwickelten Länder, die es sich leisten können, mit Umweltverschmutzung und Überfischen Schluss zu machen, effiziente Energiesysteme zu nutzen, Wasser zu entsalzen – und nicht mehr mit Atomraketen zu drohen. Nach fünfzig Jahren bekommen die Leute immer noch die Hosen voll bei dem Wort ‚Atomwaffen'. Die weltweite Verbreitung von künstlicher Intelligenz wird es der Dritten Welt ermöglichen, binnen einer Generation aufzuholen. Zum ersten Mal in Millionen Jahren werden wir in Ruhe und Frieden leben können.

Dieser Stamm deiner Cousine wird unser Aushängeschild werden. Du lässt sie vor den Ausschuss treten und den Leuten die Tränendrüsen massieren. Sie wird gar nicht merken, was sie da macht. Der Kampf um das tägliche Brot, keine Ärzte, kurze Lebenserwartung, Säuglingssterblichkeit – ich wette, die liegt um die 60 Prozent. Es wird den Wählern zeigen, wie dringend wir jemanden brauchen, der uns in eine schöne neue Welt führt. Und wer ist dieser Jemand? Du und Nichols. Die Senatorin und der Innovator und Menschenfreund, Hand in Hand. Fahr diese Linie und du bist die Zukunft."

Lauren lehnte sich zurück. „Und du meinst, es wird die Wähler nicht abschrecken, wenn ich eine Religionistin in der Familie habe? Bisher hat es mir definitiv nicht geholfen."

Hutch faltete die Hände auf dem Tisch. „Das war nur, weil wir es nicht richtig angestellt haben. Wir machen aus dir den rettenden Engel, der diese Menschen aus der Steinzeit rausholen möchte. In der richtigen Dosierung – nicht zu plump natürlich – wird dir das die Herzen der Wähler zuführen."

„Und du glaubst, dass Abby da mitmacht?“

Er tunkte die nächste Brotschreibe in den Dip. „Sie nach Washington zu kriegen wird kinderleicht sein. Sie wird es als die Chance ihres Lebens sehen – der halben Nation von Jesus zu erzählen, mein Gott! Sie wird sagen, wie toll das Christentum für ihren Stamm gewesen ist. Und dann werden wir hören, wie elend das Leben dort ist, und die Menschen werden den religiösen Humbug glatt durchschauen und erkennen, wie dringend notwendig es ist, diese Leute, ja die ganze Welt ins 22. Jahrhundert zu führen.“

„Und Nichols – wie weit ist er eigentlich mit seinem Bemühen, seine Transplantation von der staatlichen Krankenversicherung bezahlen zu lassen?“

„Das gehört alles zusammen. Wir können nicht den weltweiten Übergang zur künstlichen Intelligenz fordern, wenn wir nicht mit gutem Beispiel vorangehen. Nichols wird kriegen, was er will, und wir auch. Es wird kein Halten mehr geben und im November wirst du gewählt. Und diese Eingeborenen – kriegen ihre Missionarin wieder, bevor du bist drei zählen kannst. Man darf ja nicht nur an sich selbst denken.“

Lauren lächelte. „Hutch, ich wusste gar nicht, dass du so ein Herz für die Unterprivilegierten hast.“

Er trank sein Bier aus. „Die Unterprivilegierten sind das Öl für den Motor der Politik, Ms Caldwell. Habe ich Ihnen das wirklich noch nie gesagt?“

* * *

Der erste Abend mit Abby brachte noch mehr Überraschungen. Sie hatte eine uralte Nachricht von ihren Großeltern erhalten, in der es hieß, dass Gott sie benutzen würde, um das Christentum in Amerika wiederzubeleben. Und genau dies hatte sie jetzt vor.

„Abby!“ Ich stand auf, ging in die Küche, starrte die Spüle an und wandte mich wieder an sie. „Da fehlen mir glatt die Worte. Ihr Dorf ist ermordet worden, Ihr Großvater ist tot, mein Vater – sein Freund – hat angeblich Selbstmord begangen und die Staatsanwaltschaft ist hinter Ihnen her. Ist es Ihnen schon mal in den Sinn gekommen, dass Sie dieses Land *in der Tat* verlassen sollten?“

Sie sah mich an. „Und wohin soll ich flüchten? Wenn die bis nach Neuguinea gekommen sind, finden Sie mich überall, wenn sie es drauf anlegen."

„Die Leute, die in Neuguinea waren, wer immer das war, machen mir weniger Sorgen. Aber die amerikanische Regierung kann Sie hier bei uns jederzeit aufspüren, auch in meiner Wohnung. Wir haben nicht viel Zeit."

Sie starrte auf den Tisch, dann hoch zu mir. „Aufspüren? Wie machen die das?"

„Über Ihren Chip."

„Was für ein Chip?"

„Als Sie in den Staaten ankamen, hat man Ihnen doch einen elektronischen Chip implantiert. Der Zoll scannt alle Passagiere, und wer noch keinen Chip hat, bekommt einen in den Oberarm eingepflanzt. So können die Behörden jederzeit feststellen, wo sich jemand gerade aufhält. Durch diesen Chip ist die nicht virtuelle Kriminalität um 90 Prozent zurückgegangen."

„Aber ich musste nicht durch den Zoll."

„Wie, bitte?"

„Irgendwas Diplomatisches ... Lauren hat gesagt, dass ich das nicht gebraucht hab."

„Dann haben Sie keinen Chip bekommen?"

„Nein."

Das änderte alles. „Dann weiß also, außer vielleicht Sabin, niemand, dass Sie jetzt hier sind."

Sie nickte.

„Abby, wie sehr vertrauen Sie Sabin?"

„Ziemlich. Glaub ich jedenfalls. Warum?"

„Wenn er Lauren sagt, dass Sie vielleicht hier sind, oder der Polizei ... Wie ist seine Beziehung zu Lauren?"

„Nicht sehr gut, wie es scheint. Sie sehen sich nicht oft. Es ist überhaupt nicht so wie bei meinen Eltern."

Ich musste lächeln. Wohl keine Ehe auf der Erde war so, wie die von ihren Eltern gewesen war. Jedenfalls nicht in Abbys Augen.

„Wie fand Sabin es, dass Sie in den USA bleiben wollen?"

„Er klang nicht begeistert."

Das war kein gutes Zeichen.

„Aber … ich glaube, er hatte vor allem Angst um mich. Ich glaube nicht, dass er jemandem sagen wird, wo ich bin, wenn er nicht muss."

Ich überlegte kurz. „Schön, mit dem Risiko müssen wir leben. Es bringt nichts, wenn wir durch das halbe Land rennen und uns vor imaginären Verfolgern verstecken, von denen wir gar nicht wissen, ob es sie überhaupt gibt."

Ich durfte auch nicht zu sehr den Eindruck erwecken, dass ich jemandem Unterschlupf gewährte, der auf der Flucht vor den Behörden war. Mein Gespräch mit Sabin hatte ein Gutes: Ich konnte mit Recht behaupten, dass es jemanden gab, der wusste, wo Abby war, und dass ich sie nicht versteckte.

Ich ging zurück in die Küche und machte uns einen Kaffee. Wir setzten uns auf das Sofa im Wohnzimmer.

„Abby, wissen Sie, wie Ihr Großvater starb?"

„Eigentlich nicht."

„Alistair, bitte ruf das Staatliche Sterberegister auf." In diesem Register wurden alle Todesfälle in den USA festgehalten.

„Erledigt, Creighton."

Ich schaute Abby an. „Wie war sein voller Name?"

„Raymond Blaine Caldwell."

„Haben Sie das Geburtsdatum?"

Sie schüttelte den Kopf.

„Alistair, versuche diesen Namen."

„Ein Raymond Blaine Caldwell starb am 16. April 2088."

„An welchem Ort?"

„Silver Springs, Maryland."

„Was war die Todesursache?"

„Gehirn-Aneurisma."

Ich dachte nach.

„Was ist?", fragte Abby.

„Es überrascht mich, dass einer der besten Neurowissenschaftler der Welt ausgerechnet an einem Gehirn-Aneurisma starb."

„Und Ihr Vater? Hat er je etwas gesagt, das in Richtung Selbstmordabsichten ging?"

„Nein. Wir haben nicht oft miteinander gesprochen und wenn,

dann nur über belanglose Dinge. Wir hatten kein enges Verhältnis. Aber er hat eine Abschiedsbotschaft hinterlassen."

„Könnte ich die mal sehen?"

„Alistair, bitte öffne das Abschiedshologramm meines Vaters."

Abby schaute es sich konzentriert an. Dann wandte sie sich zu mir um. „Das tut mir sehr leid, Creighton."

„Danke. Also …"

„Haben Sie Geschwister?"

„Nein. Ich war ein Einzelkind."

„Und Ihre Mutter – waren Ihre Eltern geschieden?"

„Sie waren Lebenspartner."

„Lebenspartner – heißt das nicht, dass sie das ganze Leben zusammenbleiben wollten?"

„Nein. Die Lebenspartnerschaft ist nicht lebenslang. Sie ist ein Vertrag auf zehn Jahre und hat den gleichen Zweck wie früher die Ehe, außer dass die meisten ihn nicht verlängern. Meine Eltern haben sich nicht mehr gesehen, seit ich sechs war."

„Dann waren Sie also der einzige nahe Verwandte Ihres Vaters."

„Kann man sagen, ja. – Warum fragen Sie?"

„Ich … finden Sie es nicht auch komisch, dass Ihr Vater Sie in seiner Abschiedsbotschaft nirgends erwähnt, sondern sie völlig allgemein hält? Ich bin ja nicht hier ausgewachsen – aber würden Sie das so machen?"

Ich stand auf und ging in die Küche. Ja, das war mir auch aufgefallen. Hatte meinem Vater sein eigener Sohn so wenig bedeutet, dass er ihn in einer Selbstmord-Abschiedsbotschaft nicht mit Namen nannte?

Ich goss uns den nächsten Kaffee ein und ging zurück ins Wohnzimmer. Als ich mich setzen wollte, blieb ich abrupt stehen und sah Abby an. „Was ist?", fragte sie.

„Nur ein Gedanke. Was, wenn die Abschiedsbotschaft meines Vaters gefälscht war?"

„Gefälscht? Ist das möglich?"

Ich setzte mich. „Aber sicher. Wenn man ein elektronisches Bild von jemandem hat, plus eine Aufnahme seiner Stimme, kann man mit einem geeigneten Programm aus dem Netz eine x-beliebige Videobotschaft basteln."

Abby setzte sich abrupt kerzengerade auf. „Und ist es möglich, herauszufinden, ob das hier der Fall war?"

„Ja. Ein guter Holografiedesigner – ein wirklich guter, einer der weiß, was er macht – könnte das."

Abbys Augen weiteten sich. „Sabin ist Holografiedesigner."

Mir blieb fast der Mund offen stehen. Ich überlegte und schüttelte den Kopf. „Sabin geht nicht."

„Warum nicht?"

Ich sah sie an. „Weil wir nicht wirklich wissen, ob wir ihm trauen können."

Ihre Schultern fielen herab. „Stimmt. – Und wenn wir jemand anderes fragen?"

Den Gedanken hatte ich auch schon gehabt. „Nein."

„Nein?"

„Auch das können wir nicht riskieren. Oder noch nicht. Wenn die Botschaft eine Fälschung ist, handelt es sich ja um einen Mord; da würde der Designer sofort die Polizei einschalten und das ist im Augenblick das Letzte, was wir brauchen können."

23

EINEN MITBEWOHNER IM Haus zu haben, und dann noch einen, der auf dem Fußboden schlief, erforderte schon etwas Umgewöhnung. Seit meinem Studium war ich immer allein in meiner Wohnung gewesen und meinen eigenen Tagesrhythmus gewöhnt (meine Essens- und Schlafzeiten waren ungewöhnlich), ganz zu schweigen von den Stunden, die ich auf dem Sofa lag, während ich in der virtuellen Realität war. Jetzt konnte ich nicht mehr halb nackt durch die Wohnung laufen. Ich weiß nicht, warum ich annahm, dass Abby eine nackte Männerbrust anstößig finden würde; in ihrem Stamm trugen die Männer ja wohl fast nichts. Ich muss sie wohl für konservativ und somit etwas prüde gehalten haben, Stamm hin, Stamm her.

Nun ja, für sie musste die Umstellung wohl deutlich schwieriger sein als für mich. Aber sie beschwerte sich nicht.

Am nächsten Morgen lag ich auf dem Sofa und stöberte im Netz, als Abby die Treppe herunterkam, das Haar zu einem verspielten Pferdeschwanz gebunden. Sie setzte sich in meinen Ruhesessel und schob eine Haarsträhne aus den Augen.

„Sie haben lange geschlafen."

Sie lächelte. „Der Fußboden in der Kapelle war nicht der bequemste."

„Ich hab auf Sie gewartet, damit wir einen Tap schicken können."

„Nach Neuguinea?"

Ich schüttelte den Kopf. „Da ist es jetzt Nacht, da erreichen wir erst jemanden, wenn es bei uns spät am Abend ist. Ich möchte jetzt erst mit Inland Tribes Kontakt aufnehmen. Die sind doch in Afrika, nicht wahr?"

„Ja. Kamerun."

„Alistair, in welcher Stadt ist die Zentrale einer Organisation namens Inland Tribes?"

„In Yaoundé, Kamerun."

„Wie spät ist es dort jetzt?"

„18.15 Uhr."

„Hm, das dürfte zu spät sein. Alistair, bitte sende eine Nachricht mit der Bitte um Rückmeldung durch den Büroleiter. Visuell von mir." Ich sah Abby an. „Und von Abby. Und unter unseren beiden Namen meine Netzadresse."

„Sehr wohl."

„Was wollen Sie von denen?", fragte Abby.

„Fragen, von wo die Nachricht von Ray an Ihren Vater gesendet wurde."

„Kann man das feststellen?"

„Meistens schon."

Sie überlegte kurz. „Woher kam die Nachricht an *Ihren* Vater?"

„Keine Ahnung. Die entsprechenden Angaben waren aus dem Netz gelöscht."

„Von wem?"

„Das würde ich gerne wissen." Ich stand auf. „Sollen wir jetzt frühstücken?"

„O ja, gerne."

Wir gingen in die Küche. „Was hatten Sie im Dschungel zum Frühstück?"

„Immer Kwa und Sago."

Ich sah sie an. „Kwa? Sago?"

„Kwa ist eine Brotfrucht und Sago ist die gekochte Frucht der Sago-Palme."

„Wie wäre es mit Bagels und Saft?"

„Klingt gut."

Wir setzten uns und frühstückten. Ich bot ihr das Du an. Sie hatte nichts dagegen.

„Abby, hast du noch mal überlegt, was dein Großvater wohl mit seiner zweiten Nachricht gemeint haben könnte?"

Sie biss in ihren Bagel. „Ja."

„Und?"

„Ich glaube, es ist so, wie wir schon gesagt haben. Er glaubte wohl, dass etwas, woran er und Nichols arbeiteten, das Leben auf dem ganzen Planeten bedrohte. Ob alles Leben oder nur menschliches Leben, weiß ich nicht."

„Ich frage mich, ob wir die Sache mit deinem Großvater nicht anders angehen sollten. Wir versuchen ja gerade, herauszufinden, was mit ihm, meinem Vater und deinem Dorf passiert ist und wer dafür verantwortlich ist."

„Sie – äh, du meinst, das sollten wir aufgeben?"

Ich trank einen Schluck Saft. „Nein. Aber vielleicht sollten wir auch mal der Frage nachgehen, wie er seine Botschaft gemeint hat."

„Soll das heißen, dass du sie jetzt ernst nimmst? Hast du bisher ja nicht getan, oder?"

„Sie klingt schon recht apokalyptisch und bei so etwas bin ich immer eher skeptisch. Aber er war einer der führenden Neurowissenschaftler der Welt. Vielleicht sehen wir seine Botschaft noch nicht aus der richtigen Perspektive. Wir müssen versuchen, uns in ihn hineinzuversetzen. Was haben diese Worte für *ihn* bedeutet?"

„Warum sollten sie für ihn etwas Besonderes bedeuten?"

„Du sagst doch, dass er Christ war."

„Ja. Und?"

„Das heißt, er hatte ein anderes Weltbild. Er rechnete mit einer anderen Realität, wie die Religionisten – Entschuldigung, Christen –, die ich in meinem Vortrag erwähnt habe. Es kann sein, dass seine Botschaft etwas bedeutet, das wir noch nicht erfasst haben. Etwas, das man nur durch die Brille der Bibel erkennt. Als Historiker muss ich mich ja dauernd in das Weltbild anderer Menschen hineinversetzen."

„Aber ich bin auch Christ und mir ist an der Nachricht nichts aufgefallen."

Ich zuckte die Schultern. „Ich weiß. Und vielleicht finden wir ja auch nichts. Aber das ist halt mein Beruf und versuchen können wir's ja."

„Okay. Wo fangen wir an?"

„Im Buch Genesis."

* * *

Ich muss zugeben, dass meine Motive gemischt waren. Jawohl, ich wollte mich in Ray Caldwells Kopf hineinversetzen, die Botschaft mit seinen Augen lesen. Aber ich wollte noch mehr. Ich wollte Abby besser verstehen.

Wenn ich ehrlich war, musste ich zugeben: Ich mochte Abigail Caldwell. Ich war gerne mit ihr zusammen. Sie wusste, was sie wollte, sie war intelligent und hatte eine so ganz andere Art, die Welt zu sehen – und ich fand das faszinierend. Aber es war nicht nur das. Obwohl wir kulturell und weltanschaulich aus verschiedenen Welten kamen, fühlte ich mich in Abbys Gesellschaft so wohl wie schon lange nicht mehr bei einer Frau.

Und da war noch mehr. Es war mir ein Herzensanliegen, dass Abby irgendwann von den Mythen ihres Weltbildes frei würde und endlich im aufgeklärten 21. Jahrhundert ankam. Nicht mit dem Holzhammer, aber nach und nach. Es war eines, wenn die Inisi, die nichts von Urknall, Evolution, Genetik und subatomaren Partikeln wussten, ja noch nicht einmal von der Elektrizität, an die verrücktesten antiken Mythen glaubten. Aber eine intelligente, nicht ungebildete Frau, die sich, bitte sehr, im modernen Amerika aufhielt … Aber um sinnvoll mit Abby über ihren Glauben reden zu können, musste ich mich zuerst gründlich über diesen Glauben informieren. Und dazu musste ich die Bibel kennenlernen, ein Buch, das ich seit meinem Grundstudium nicht mehr in der Hand gehabt hatte. Es war ein Bildungsprojekt, bei dem sie mir sicher mehr als gerne helfen würde.

Wir begaben uns in mein Arbeitszimmer. Ich rief Alistair im visuellen Modus auf, was Abby noch nicht kannte. Das Bild von Alistairs Namensvetter, dem Historiker Alistair Cooke aus dem 20. Jahrhundert, erschien auf dem dritten Stuhl im Zimmer. „Noch einmal guten Morgen, Alistair."

„Guten Morgen, Creighton."

„Dies ist Abby."

Er sah sie an. „Guten Morgen, Abby."

Sie lachte kurz. „Guten Morgen, Alistair."

Alistair sah mich an. „Ist etwas Lustiges passiert, Creighton?"

Ich schüttelte den Kopf. „Nein."

Ich wandte mich an Abby. „Hast du das auch bemerkt? Ray hat in seiner Botschaft eine ungewöhnliche Formulierung benutzt. Er hat gesagt, dass das Leben ‚vielleicht schon bald aus Amerika weggenommen werden wird'. Nicht: ‚das Leben wird bald zerstört werden' oder ‚verändert werden', sondern: ‚weggenommen werden'."

„Und?"

„Wenn das Leben ‚weggenommen' wird, muss ja jemand da sein, der es wegnimmt. Ist das die Regierung? Die Industrie? Bryson Nichols? Gibt es ein Komplott, alles Leben zu vernichten? Oder dem amerikanischen Lebensstil ein Ende zu setzen?"

Abby fuhr sich durchs Haar. „Ist dieser Ausdruck wirklich so merkwürdig, wenn man an Gott glaubt? Wenn man an Gottes Allmacht glaubt, dann besteht die Zerstörung des Lebens doch in einem gewissen Sinne darin, dass Gott es wegnimmt – dass er seine Hand von der Erde abzieht."

„Das ist möglich, ja. Die Formulierung kam mir halt komisch vor, vor allem von jemandem, der es eilig hatte. Außerdem ist es ja nicht gerade eine gute Nachricht, wenn Gott es zulässt, dass die Erde untergeht." Ich lehnte mich auf meinem Stuhl zurück. „Am besten fangen wir damit an, dass wir einige Alternativen ausschließen."

Sie nickte. „Du bist der Forscher."

Forscher. Ich verstand es halt, Alistair die richtigen Fragen zu stellen.

„Alistair, gibt es in der Neurowissenschaft irgendwelche Artikel mit den beiden Wörtern ‚Leben' und ‚wegnehmen' oder ihren Ableitungen?"

Er suchte einen Augenblick im Netz. „Keine Stellen gefunden."

„Gibt es irgendwelche entsprechenden religiösen Textstellen, einschließlich solchen in der Bibel?"

Er fand vier Stellen: zwei in hinduistischen Schriften, einen Maya-Text und eine aus dem 4. Jahrhundert datierende jüdische Erwähnung einer obskuren außerbiblischen Geschichte.

Wir schauten uns die Texte an. Keiner brachte uns weiter. „Kannst du eine Allgemeinsuche nach Stellen mit ‚Leben' und ‚Wegnehmen' oder ihren Ableitungen im gesamten Netz durchführen?"

Alistair fand ein paar Dutzend Stellen. Keine war sehr erhellend.

Ich sah Abby an. „Warum schauen wir uns nicht einfach in der Bibel um? Die Formulierung, die Ray benutzt, erscheint dort zwar nirgends wörtlich, aber vielleicht wird uns beim Lesen die Bedeutung klarer."

Für mich mit meinen Gehirnimplantaten war es maximal eine Arbeit von einem Tag, die ganze Bibel durchzuarbeiten. Abby würde dazu mehrere Wochen brachen. Diese Zeit hatten wir nicht – und ich nicht die Geduld. Ich schlug vor, die ersten paar Kapitel der Bibel gemeinsam zu lesen, um einen Einstieg zu finden. Dann würde ich allein weiterlesen und bei Bedarf Abby konsultieren. Sie war einverstanden.

Wir lasen das erste Kapitel des Buches Genesis, den Schöpfungsbericht. Er ähnelte anderen Schöpfungsmythen der Antike, aber sein Ton war anders. Die Schöpfung war von Ordnung geprägt. Sie begann mit dem Licht (wie es beim Universum tatsächlich der Fall gewesen war), und es folgten Erde, Land und Meer, die niederen, dann die höheren Lebensformen und zum Schluss der Mensch. Die Schöpfung war der Willensakt und Plan eines einzigen Schöpfers und nicht die Laune irgendeines Mitglieds des Götterhimmels. Die Menschen waren zum Bild Gottes erschaffen (was immer das bedeutete) und nicht etwa aus dem Blut eines Gottes, das im Kampf mit einem anderen Gott vergossen worden war. Der Autor dieses Textes, wer immer es war, hatte ein höheres Niveau gehabt als die Verfasser anderer antiker Mythen.

Genesis eins warf kein Licht auf unser Problem. Auch nicht das zweite Kapitel. Kapitel drei war eine andere Geschichte. Es beschrieb den ursprünglichen Lebensort der Menschen, den mythischen Garten Eden, und erwähnte dabei zwei Bäume. Der erste war der Baum der Erkenntnis von Gut und Böse. Wenn die ersten beiden Menschen, Adam und Eva, von ihm aßen, würden sie sterben, hieß es, und genau dies geschah offenbar. Aber was meine Aufmerksamkeit erregte, war der zweite Baum: der Baum des Lebens.

„Wofür steht dieser Baum des Lebens?", fragte ich Abby.

„Wie meinst du das – wofür er steht?"

„Nun, was ist seine symbolische Bedeutung?"

„Er … er war halt ein Baum in diesem Garten. Wenn man von ihm aß, wurde man unsterblich."

Ich nickte. „Klar, so steht es hier im Text. Aber glauben die Christen etwa, dass dies wortwörtlich ein Baum war?"

Sie sah verwirrt aus. „Natürlich. Was sollte er sonst sein?"

Vielleicht war es doch keine so gute Idee gewesen, diesen Text gemeinsam zu lesen. „Also, ich schätze mal, dass die meisten Ausleger dies als Symbol für irgendetwas anderes verstanden haben. Alistair?"

„Ja, Creighton?"

„Wie ist der Baum des Lebens in Genesis, Kapitel drei, historisch gedeutet worden?"

„In den verfügbaren Quellen gibt es 2118 verschiedene Deutungen."

Mit anderen Worten: Der Baum konnte alles und jedes bedeuten.

„Gab es bis zum 20. Jahrhundert eine vorherrschende Deutung?"

„Jüdisch oder christlich?"

„Christlich."

„Es gab zwei vorherrschende christliche Deutungen. Der Baum war ein tatsächlicher Baum mit tatsächlichen Früchten, die der Schlüssel zu ewigem Leben waren. Oder der Baum war ein Bild für Jesus Christus."

„Und was war die vorherrschende jüdische Deutung?" Ich sah Abby an. „Nur aus Neugier."

„Dass der Baum die göttliche Belohnung für ein Leben symbolisiert, das im Gehorsam zum Bund mit Gott gelebt wurde."

Ich überlegte kurz, dann rief ich im Netz die Uhrzeit ab. „Ich muss jetzt zur Uni, ein paar Sachen erledigen", sagte ich zu Abby.

„Glaubst du, der Baum des Lebens gibt uns einen Anhaltspunkt für das, was mein Großvater gemeint hat?"

„Nicht unbedingt. Aber er sagt mir mehrere Dinge."

„Nämlich?"

„Erstens: Im Kontext dieser Geschichte besagt der Baum des Lebens, dass der Mensch eine Wahl hatte; er konnte den Tod oder das Leben wählen. Zweitens scheint mit diesem Leben nicht das rein biologische Leben gemeint zu sein."

„Wie kommst du darauf?"

„Weil in der Geschichte Adam und Eva das biologische Leben bereits hatten. Was ihnen angeboten wurde, war etwas anderes. Und drittens war das, was da angeboten wurde – also das, wofür der Baum des Lebens steht – etwas, das außerhalb ihrer selbst lag."

„Weil ... sie es noch nicht hatten."

„Korrekt. Es musste erst erworben werden."

„Gut. Und ... was heißt das für uns?"

Ich stand auf und lächelte. „Dass wir weiterlesen müssen. Hoffentlich muss ich nicht die ganze Bibel durchackern."

* * *

Wir blieben extra lange auf, um Kate Sampson anzutappen. Jetzt hatte in Neuguinea der Arbeitstag begonnen. Ich musste wissen, was Kate über die Herkunft der Nanobots erfahren hatte. Und Abby, die sie jetzt eine Woche nicht mehr gesprochen hatte, machte sich Sorgen um ihre Freundin.

Wir tapten Kates persönliches Büro in der Klinik an. Eine Neuguineerin meldete sich, auf Englisch, der Sprache, in der wir angetapt hatten. „Meridian Hospital. Was kann ich für Sie tun?"

Abby setzte sich kerzengerade hin. „Hallo. Ich möchte gerne Dr. Kate Sampson sprechen."

Ein Schatten huschte über das Gesicht der Frau; sie sah besorgt aus. „Ich verbinde Sie mit unserem Klinikleiter, Dr. Dobunaba. Wen, bitte, darf ich ihm ankündigen?"

„Mein Name ist Abby Caldwell."

Der Viviscreen wurde schwarz. Es dauerte zwei volle Minuten, bis das Gesicht eines Mannes erschien.

„Hallo, Ms Caldwell. Ich bin Dr. Afa Dobunaba. Sie möchten Dr. Sampson erreichen?"

„Ja. Ist sie heute nicht da?"

„Nein, Ms Caldwell." Er beugte sich vor und wurde leiser. „Ich muss Ihnen leider mitteilen, dass Dr. Sampson nicht mehr bei uns ist."

„Hat sie das Krankenhaus verlassen?"

„Nein. Sie … sie ist verstorben."

Abby starrte auf den Viviscreen, sprachlos.

„Das tut mir leid. Waren Sie eine Freundin?"

„Ja. Ich …" Die Tränen erstickten ihre Stimme.

„Es tut mit sehr, sehr leid. Bitte nehmen Sie sich Zeit."

Abby versuchte weiterzusprechen. „Woran … ist sie … gestorben?"

„Es scheint, dass Dr. Sampson sich mit einer seltenen Dschungelkrankheit infiziert hatte."

„Sind Sie ganz sicher?", fragte ich.

Er sah mich an. „Wir haben das Laborergebnis noch nicht, aber es sieht ganz danach aus."

„Wie lange ist das her?"

„Dass sie starb? Eine Woche. Die Trauerfeier war am letzten Dienstag. Hatten Sie sich schon länger gekannt?"

Abby putzte sich die Nase und fasste sich. „Nein. Aber sie war … eine Freundin."

Ich dankte dem Mann und wir beendeten das Gespräch.

„Creighton, alle Menschen in meinem Leben sterben. Warum verlassen mich alle?"

Sie legte sich halb hin, den Kopf auf einem Kissen. Ich saß neben ihr, strich ihr über die Hand und hörte, wie sie schluchzte.

24

FRÜH AM NÄCHSTEN Morgen saß ich auf der Treppe und betrachtete die schlafende Abby. Sie lag auf dem Sofa, eine Wolldecke auf den Beinen, neben ihr ihre Bibel. Nach ein paar Minuten stand ich auf, um an ihr vorbei in die Küche zu schlüpfen. Sie wurde wach.

„Guten Morgen."

„Guten Morgen, Creighton."

Sie zog die Beine an. Ich setzte mich aufs andere Ende des Sofas.

„Ich dachte, du hast in deinem Zimmer geschlafen." Unter ihren Augen lagen dunkle Ringe.

„Hab ich auch. Aber dann bin ich aufgewacht und runtergekommen, um zu lesen und zu beten." Sie setzte sich auf, zog die Knie an die Brust und die Decke fester um sich. „Und dann muss ich wohl eingeschlafen sein."

„Wenn dir kalt ist, kann ich die Klimaanlage wärmer stellen."

Sie nickte. Ich befahl Alistair, die Raumtemperatur um zwei Grad zu erhöhen. Ich sah Abby wieder an. „Und wie fühlst du dich – ich meine, nach gestern Abend?"

„Danke." Ihre Stimme war flach. „Fertig halt. Creighton, was glaubst du, was mit Kate passiert ist? Hat sie sich mit dem gleichen Zeug infiziert wie mein Dorf?"

„Nanobots sind nicht ansteckend. Das muss jemand gezielt gemacht haben. Erst dein Dorf und später dann Kate."

„Dann ist sie also ermordet worden."

Wir schauten uns stumm an. Ich brach das Schweigen. „Das wissen wir noch nicht. Vielleicht kann Kates Krankenhaus uns mehr Informationen geben." Ich dachte einen Augenblick nach. „Hattest du nicht gesagt, dass Kate eine Probe des infektiösen Materials an ein Labor geschickt hatte?"

„Ja."

„Weißt du, was für ein Labor das war?"

Sie schüttelte den Kopf. „Irgendeins in den USA halt."

„Vielleicht könnte das Krankenhaus das ermitteln." Ich schaute auf die alte Uhr über meinem Kamin. „Heute Abend versuchen wir's wieder."

Abby schälte sich aus der Decke, beugte sich zu mir, streckte den Zeigefinger ihrer rechten Hand aus und legte ihn um meinen Zeigefinger. Sie sah mir in die Augen. „Danke, Creighton. Für alles."

Wir frühstückten. Ich räumte das Geschirr ab. „Möchtest du mal einen Spaziergang um den See machen?"

„Nein, aber danke. Ich gehe erst mal wieder in mein Zimmer." Sie nahm ihre Bibel vom Sofa und ging zur Treppe.

„Ich bin dann im Arbeitszimmer", sagte ich.

„Okay."

Ich rief meine Seminarplanung für das nächste Semester auf. Nach zwanzig Minuten gab ich es auf; ich konnte mich nicht konzentrieren. Sollte ich nach Abby sehen? Nein, besser nicht. Wahrscheinlich las sie in ihrer Bibel. Oder betete. Oder weinte. Ich konnte ihr nicht böse sein.

„Alistair, bitte öffne dieselbe Bibelübersetzung wie das letzte Mal." Wenn ich mich schon nicht auf meine Arbeit konzentrieren konnte, konnte ich wenigstens etwas anderes Produktives tun.

Ich las das ganze Buch Genesis. Dann Exodus, Leviticus, Numeri, Deuteronomium. Woher kamen diese Namen? Es war über zwanzig Jahre her, dass ich mich mit der Bibel befasst hatte, und damals hatte ich nur kleine Teile gelesen. Jetzt merkte ich, dass die Bibel ganz anders war, als ich immer gedacht hatte. Ich hatte sie mir als christliche Version der Bhagavadgita vorgestellt, einem hinduistischen Text voller philosophischer Betrachtungen über das Leben. Aber sie war ganz anders.

Die Bibel war ein historischer Text. Nach ein paar kurzen Legenden über die Schöpfung und den Ursprung und die Zerstreuung der Menschheit ging sie zum Leben der Urväter der späteren jüdischen Nation über – und zu Gottes angeblichem Handeln mit ihnen, unter anderem der Gesetzgebung am Sinai. Die vielen Einzelgesetze und Verordnungen erstaunten mich, aber als Historiker staunte ich am meisten darüber, wie detailliert die Geschichten erzählt wurden. Dass Gott in diesen Begebenheiten handelte, tat ich natürlich als legendäre Beigaben ab, aber konnte es sein, dass es diese Menschen tatsächlich gegeben hatte? Das musste doch jemand geprüft haben.

„Alistair, visuell, bitte."

Er erschien auf dem Stuhl gegenüber.

„Bitte rufe Informationen über die biblische Figur Abraham auf. Gibt es außerbiblische Bestätigungen seiner Existenz?"

„Es gibt einen Konsens, dass er tatsächlich existiert hat. Archäologen entdeckten sein vermutliches Anwesen in Ur, einer alten chaldäischen Stadt, die 1926 ausgegraben wurde. Das Haus war aus …"

„Pause."

Ich durfte mich jetzt nicht vom Historiker in mir fortreißen lassen. Mich interessierte nicht Ur in Chaldäa, sondern die Mentalität von Ray Caldwell.

„Alistair, bitte brich die Antwort ab."

„Wie du wünschst."

Ich seufzte und wandte mich wieder der Bibel zu. Wie hatte sich in der Zeit vor den Neuralimplantaten irgendjemand durch die gesamte hebräische Bibel wühlen können? Die Detailfülle in den historischen Büchern war atemberaubend. Hin und wieder unterbrach ich meine Lektüre, um archäologische Funde und außerbiblische historische Quellen zu prüfen. Viele Details waren nicht belegbar, aber der große Rahmen schon. Die Königsdynastien in Israel und den Nachbarvölkern, die Schauplätze und Datierungen von Ereignissen, Invasionen und ihre Folgen, Häuser, Paläste und Befestigungsanlagen – in all diesen Dingen erwies der biblische Bericht sich als zuverlässig.

Allmählich stellte ich gewisse Strukturen im Gebrauch des Wortes *Leben* fest. In der ersten Hälfte der hebräischen Bibel war praktisch immer das biologische Leben (von Menschen oder Tieren) gemeint. Dies änderte sich mit dem Buch der Psalmen; jetzt meinte *Leben* nicht mehr nur die physische Existenz, sondern die Qualität des persönlichen Ergehens:

> Du zeigst mir den Weg, der zum Leben führt.
> Du beschenkst mich mit Freude, denn du bist bei mir.
> Ich kann mein Glück nicht fassen, nie hört es auf.
> (Psalm 16, Vers 11)

> Mein Sohn, lass die Weisheit nicht weichen aus deinen Augen,
> bewahre Umsicht und Besonnenheit!
> So werden sie Leben sein für deine Seele …
> (Sprüche 3, Vers 21-22)

Leider sagte mir das nichts Neues. Dass Ray das Ende des biologischen Lebens meinen konnte oder ein Ereignis, das die Lebensqualität veränderte – so weit waren wir ja schon gewesen. Vergeudete ich hier nur meine Zeit?

Ich arbeitete mich durch die hebräischen Propheten durch, die sich zu meiner Überraschung weniger als Zukunftsauguren denn als Verkündiger von Gottes Gericht und Strafe betätigten. Gott missbilligte den Götzendienst, die sexuelle Unmoral, die Unehrlichkeit, die Ausbeutung der Armen und noch manches andere im alten Israel. Die Propheten versprachen: Wenn Israel Gottes Gebote wieder hielte, würde Leben (hier: Gesundheit und eine hohe Lebenserwartung) und Wohlstand die Folge sein. Unglücklicherweise hielten sie diese Gebote nie sehr lange und bekamen die Konsequenzen zu spüren.

Aber – und dies war interessant – eines Tages würde Gott dieses Abkommen mit Israel beenden und durch eine neue Ordnung ablösen, die dann für alle Menschen gelten würde. Der Prophet Hesekiel drückte dies so aus:

> Ich will euch ein anderes Herz und einen neuen Geist geben. Ich nehme das versteinerte Herz aus eurer Brust und gebe euch ein lebendiges Herz. Mit meinem Geist erfülle ich euch, damit ihr nach meinen Weisungen lebt, meine Gebote achtet und sie befolgt. (Hesekiel 36,26-27)

Kein schlechter Tausch, wenn man das denn glaubte. Gott selbst würde auftauchen und einem die Arbeit abnehmen. Ich wünschte, er würde mir die Seminarplanung für das nächste Semester abnehmen.

Mein knurrender Magen signalisierte, dass die Zeit vorangeschritten war. Ich las Maleachi, den letzten Propheten, zu Ende. Durch das Glas meiner Arbeitszimmertür sah ich Abby auf dem Sofa. Ich ging ins Wohnzimmer.

„Du siehst ganz vertieft aus“, kommentierte sie.

„Das war ich auch. Hab den ganzen Rest der hebräischen Bibel gelesen.“

„Das ganze Alte Testament? Hast du dir aufgeschrieben, was du mit mir besprechen willst?“

„Leider nein.“

Eine steile Falte erschien auf ihrer Stirn. „Warum nicht?“

„Weil es nichts zu besprechen gibt. ‚Leben' bedeutet entweder das biologische Leben oder die Lebensqualität, und so weit waren wir schon. Wir sind genauso schlau wie vorher."

* * *

Am nächsten Morgen frühstückte ich hastig, erklärte Abby im Schnellverfahren, wie sie das Netz aufrufen konnte, und fuhr zur Universität, um endlich zu arbeiten. Als ich am Nachmittag zurückkam, saß Abby auf dem Sofa, vor sich einen Viviscreen. Ich stellte das Abendessen, das ich beim Chinesen geholt hatte, auf die Küchentheke. Abby sah mich an. „Tappen wir jetzt Kates Krankenhaus an?"

„Entschuldigung, das hätte ich heute Morgen schon sagen sollen. Ich habe eine Nachricht für den Klinikleiter hinterlassen, dass er mich zurücktapt. Sie sagten, er ist für ein paar Tage verreist."

Abby sah enttäuscht aus. „Haben die sonst niemanden, der uns helfen kann?"

„Es ist eine kleine Klinik. Ich schätze, jeder dort würde uns auf ihn verweisen." Ich beschloss, das Thema zu wechseln. „Was siehst du dir da gerade an?"

„Nachrichten aus aller Welt. Aber wie kann man das einen Bildschirm nennen? Da ist doch nur Luft."

Ich lächelte. „Man nennt sie immer noch Bildschirme – oder meistens Viviscreens –, obwohl es da nichts Physisches mehr gibt. Die Bilder sind elektronische Projektionen auf einen bestimmten Punkt im Zimmer – zweidimensionale Hologramme, wenn du so willst. Mit Neuralimplantaten könntest du die Nachrichten dreidimensional sehen, wie jeder andere hier auch."

„Nein, danke." Sie wandte sich zurück zum Viviscreen. „Ich kann's nicht glauben, dass es Bergwerke auf dem Mond gibt."

Ich ließ mich in dem Ruhesessel nieder. „Helium-3. Der Mond ist voll davon. Man nimmt an, dass das Zeug bis zum Jahr 2100 den größten Teil unseres Energiebedarfs decken wird. Ich finde das reichlich optimistisch, aber Helium-3 hat null Gore, und die Regierung ist wild entschlossen."

„Was ist ein Gore?"

„Eine Maßeinheit für Luftverschmutzung, die die Kohlendioxidbelastung pro Energieeinheit angibt."

Abby griff nach der Tüte, die ich auf den Tisch gelegt hatte. „Hmmm. Das ist gut. Salzig. Was ist das?"

„Kartoffelchips."

Sie hatte die halbe Tüte verputzt, bevor ich ihr riet, lieber aufzuhören. „Dein Magen ist diese Dinger nicht gewöhnt."

Nach dem Mittagssnack ging ich für ein paar Minuten nach oben. Als ich zurückkam, sah Abby irgendwie unwohl aus.

„Wie geht's deinem Magen?"

„Ging ihm schon mal besser. Ich wird's überleben, vermute ich." Sie setzte sich auf. „Creighton, ich muss dir eine wichtige Frage stellen. Wirst du mir helfen, meine Aufgabe zu erledigen?"

„Deine Aufgabe? Was für eine Aufgabe?"

„Dass ich hier in den USA das Evangelium von Jesus Christus verbreite."

Ich rutschte in meinem Sessel herum. Wie reagierte ich am besten auf diese Bitte? „Abby, das Letzte, was du gerade brauchen kannst, ist, dass du bekannt wirst. Du bist hier bei mir untergetaucht, vergiss das nicht."

Sie kreuzte die Beine auf dem Sofa und sah mich an. „Als ich beschlossen habe, zu bleiben, war ich mir über das Risiko klar. Ich muss tun, was Gott mir aufträgt."

„Abby, woher willst du wissen …" Ich unterbrach mich. Die tiefsten Überzeugungen der Menschen waren gegen Argumente meist immun. Darum hatte das Christentum sich ja so lange gehalten. Und ehe ich es mich versah, hörte ich mich sagen: „Wie kann ich dir helfen?"

Sie lächelte. „Danke. Ich weiß, du teilst meinen Glauben nicht, aber ich weiß deine Unterstützung zu schätzen. Was denkst du: Wie kann ich die Botschaft von Jesus unter so viele Leute bringen wie möglich?"

Ich schaute auf den stummen Viviscreen und seufzte. „Wir könnten eine entsprechende Videobotschaft ins Netz setzen."

„Sodass jeder sie sehen kann?"

„Ja. Aber dass etwas im Netz ist, heißt noch lange nicht, dass alle Leute es abrufen."

„Aber ein paar doch?"

„Vielleicht."

„Das Ergebnis muss ich halt Gott überlassen."

Ich musste ihren Glauben bewundern. Ich wünschte mir, auch so einen göttlichen Helfer zu haben, dem ich aussichtslose Projekte anvertrauen konnte.

„Aber", fuhr ich fort, „wir können die Sache erst dann ins Netz setzen, wenn das ohne Gefahr geht."

Sie seufzte. „Gut. Aber die Botschaft aufnehmen können wir doch schon jetzt?"

Wir schoben das Abendessen auf und machten Aufnahmen von Abby, wie sie das christliche Evangelium erklärte. Ich würde das Video noch nachbearbeiten und die passenden Hintergrundkulissen einblenden müssen. Das Ergebnis würde immer noch dilettantisch aussehen, aber das war Abby egal, solange die Botschaft unter die Leute kam. Nicht, dass sie jemand interessieren würde.

Nach dem Dinner ging Abby in ihr Zimmer und ich legte mich aufs Sofa und begab mich in eine virtuelle alte Universitätsbibliothek, mit richtigen Büchern. Der Ort schien mir der passende Rahmen für den Abschluss meiner Recherchen zu sein.

„Alistair, bitte öffne das Neue Testament, dieselbe Übersetzung wie vorhin."

Ich hatte das Matthäusevangelium fast durchgesehen, als jemand mich antapte. Es war Dr. Dobunaba, der Leiter des Meridian Hospitals in Neuguinea. Ich rief Abby und legte den Tap auf den Viviscreen. Man begrüßte sich, dann begann Dr. Dobunaba.

„Dr. Daniels, ich möchte auf Ihre Frage bezüglich der Nachforschungen, die Dr. Sampson durchgeführt hat, antworten." Seine ernste Miene verhieß nichts Gutes. „Wir haben versucht, Dr. Sampsons Netzdateien zu öffnen, und haben festgestellt, dass sie offenbar versehentlich gelöscht wurden. Die Sicherungskopien im Netz wurden ebenfalls gelöscht. Ich bedaure dies zutiefst und kann es mir beim besten Willen nicht erklären. Bezüglich der Proben, die Dr. Sampson in die USA geschickt haben soll, habe ich mit unserem Kollegen von der Postabteilung gesprochen. Ihm ist von dem Versand dieser Proben nichts bekannt. Möglicherweise hat Dr. Sampson den Versand selbst besorgt, obwohl das nicht unser normales

Prozedere ist. Es tut mir leid, dass ich Ihnen nicht besser behilflich sein kann.“

Wir dankten ihm und beendeten das Gespräch.

Ich lehnte mich auf dem Sofa zurück. „Gelöscht. Sogar die Sicherungskopien.“ Ich sah Abby an. „Das war kein Versehen.“

25

AM NÄCHSTEN MORGEN stand ich früh auf. Die Nachrichten aus Neuguinea hatten Abby schwer getroffen. Nicht nur, dass Kate Sampson ermordet worden war; auch die Ergebnisse ihrer Nachforschungen waren verschwunden, einschließlich der Nanobotproben. Jetzt würden wir vielleicht nie erfahren, woher sie stammten.

Ich fand, es sei das Klügste, in dieser Situation nach vorne zu schauen. Was verloren war, war verloren. Abby schloss sich in ihrem Zimmer ein; sie wollte weder etwas essen noch weiter mit mir im Netz recherchieren. Aber bevor sie die Tür schloss, sagte sie noch: „Creighton, was passiert, wenn es niemals herauskommt? Wenn niemand je von Kate oder Miraba oder dem Dorf erfährt?“

Ich hatte darauf keine Antwort.

Ich kehrte in die VR-Universitätsbibliothek zurück und ging weiter die Berichte über das Leben dieses Jesus durch. Die Evangelien von Matthäus, Markus und Lukas. Keine heiße Spur. Hunderte Geschichten über Jesus, aber nichts über das Wort *Leben*.

Ich wurde unruhig. Ich stand von meinem Stuhl auf und ging in die Studentencafeteria nebenan. Ich kaufte mir einen Hamburger mit Pommes, setzte mich an einen Tisch im Innenhof und fuhr mit meiner Lektüre fort.

Ich begann das Johannesevangelium. Gleich am Anfang behauptete der Autor, dass Jesus selbst Gott war und zusammen mit Gott, dem Vater, alles erschaffen hatte. Und dann kam es, im vierten Vers: „In ihm war das Leben und das Leben war das Licht für alle Menschen.“

Ich legte meinen Burger hin und las weiter. Kapitel 5, Vers 26: „So wie der Vater das Leben in sich selber hat, hat er es auch seinem Sohn gegeben, in sich selber das Leben zu haben." 6. Kapitel, Vers 35: „Jesus sagte zu ihnen: Ich bin das Brot des Lebens." Vers 57: „Jeder, der meinen Leib isst, wird durch mich leben." Vers 63: „Es ist der Geist, der das Leben gibt." In Kapitel 11 behauptete Jesus von sich: „Ich bin die Auferstehung und das Leben." Und in Kapitel 14: „Ich bin der Weg und die Wahrheit und das Leben."

Ich hob den Kopf. „Abby!" Ich schaute um mich. Studenten drehten die Köpfe in meine Richtung. Ach so, ich war ja noch in der VR. Ich ging zurück in die physische Realität.

„Abby!"

„Ja?", antwortete sie von oben.

„Kannst du eben runterkommen?"

Sie erschien am oberen Treppenabsatz. „Was ist?"

„Ich glaube, ich hab was gefunden."

Sie kam herunter und setzte sich neben mich aufs Sofa. Ich öffnete einen Viviscreen und zeigte ihr die Bibelstellen. „Kennst du diese Stellen?"

„Ja.

„Warum hast du dann nichts davon gesagt?"

„Da steht doch nichts davon, dass das Leben *weggenommen* wird."

„Nein, aber hier haben wir eine biblische Definition des Wortes *Leben* – und danach suchen wir doch. Vielleicht hat Ray das gemeint." Ich erhob mich und begann, hin- und herzumarschieren. „Die Passagen erwähnen alle Personen der christlichen Dreieinigkeit: Vater, Sohn und Heiliger Geist." Ich blieb in der Mitte des Wohnzimmers stehen. „Alistair, gibt es im Rest des Neuen Testaments Stellen, die die Dreieinigkeit mit dem Wort *Leben* verbinden?"

„Ja."

„Diktiere diese Passagen, bitte."

„Aus dem ersten Brief des Johannes: ‚Das Leben hat sich gezeigt und wir haben es gesehen und bezeugen und verkündigen euch dieses Leben, das ewig ist und bei dem Vater war und sich uns gezeigt hat.'"

„Pause." Ich sah Abby an. „Ist hier Jesus gemeint?"

„Ja."

„Alistair, fahre bitte fort."

„Aus dem ersten Brief des Johannes: ‚Wer den Sohn Gottes hat, hat das Leben; wer aber den Sohn Gottes nicht hat, hat auch das Leben nicht.' Aus dem Brief des Paulus an die Römer: ‚Das Gesetz des Geistes, der das Leben gibt, hat uns frei gemacht von dem Gesetz der Sünde und des Todes.' Aus dem Brief des Paulus an die Kolosser: ‚Wenn Christus, der unser Leben ist …'"

„Stopp." Ich sah wieder Abby an. „Hier ist unsere Antwort."

„Und die wäre?"

„Siehst du denn nicht? Alle diese Verse identifizieren Gott selbst – den Vater, den Sohn und den Heiligen Geist – als das Leben. Das Leben, das in die Menschen hineinkommt. Und Ray sprach davon, dass das Leben weggenommen würde."

„Du meinst also …"

„Dass für Ray ‚das Leben wird weggenommen' heißen könnte: Gott zieht sich zurück?"

Sie starrte mich einen Augenblick an. „Aber warum sollte Gott sich den Menschen entziehen? Und was hat das mit dem zu tun, was mein Großvater und Bryson Nichols gemacht haben?"

Ich zuckte die Achseln. „Das weiß ich nicht. Ich hatte gehofft, du könntest es mir sagen."

* * *

In meinem Büro in der Universität brütete ich weiter über meiner Entdeckung. Gott selbst war das Leben. Wo hatte ich das schon einmal gehört? Spät am Vormittag, als ich in meiner Seminarplanung für das nächste Semester steckte, fiel es mir ein.

„Alistair, öffne bitte meinen Gedächtnisdatenstrom."

„Welches Datum?"

„Das weiß ich nicht genau, vielleicht vor einem Monat."

„Thema?"

„Menschen, die plötzlich von Jesus träumten."

„Gefunden."

Ich begab mich in meinen Gedächtnisstrom. Ich hörte einer jungen Frau namens Jill in CulturePulse zu.

„Letzte Nacht hatte ich einen Traum. Er war so verrückt, dass ich in meine Traumbank bin, um zu sehen, ob er echt war. Ich guckte mir selbst zu, wie ich im Bett lag und schlief. So was macht man ja manchmal, wenn man träumt. Und plötzlich erscheint am Fußende dieser Mann. Er hat langes braunes Haar und so ein weißes Gewand. Er hatte Sandalen an den Füßen – ich weiß nicht, wie ich die sehen konnte, ich lag ja. Er bückte sich, berührte sachte mein Bein und sagte: ‚Jill, wach auf.' Und in meinem Traum wachte ich auf. Ich sah ihn an und hatte keine Angst, war noch nicht mal überrascht, nur neugierig, warum der da war. Und dann sagte er: ‚Jill, komm!' Ich fragte: ‚Wohin?' Er sagte: ‚Zum Leben.' Und dann ging er um das Bett herum und beugte sich zu meinem Ohr herunter und flüsterte: ‚Ich bin das Leben.' Ich sah ihm in die Augen, und dann war er weg und ich wachte auf. Weiß vielleicht irgendjemand, was mein Traum bedeuten könnte? Ich bin keine gute Traumdeuterin."

Die Szene endete. „Alistair, das Nächste, bitte." Ich sah einen jungen Mann in beigem T-Shirt und Jeans.

„Letzte Nacht hatte ich 'nen voll verrückten Traum. Ich schlief und dieser Typ kam und stellte sich ans Fußende von meinem Bett. Als ich aufwachte, sagte er: ‚Corey, komm!' Ich hatte keinen Schimmer, was der meinte, und sagte: ‚Kommen? Wohin?' Und er sagte: ‚Zum Leben.' Und dann flüsterte er: ‚Ich bin das Leben.'"

Ich schaute mir zwanzig weitere Szenen an. Sie waren in einem Punkt alle gleich. „Ich bin das Leben." So wie Ray Caldwell es angedeutet hatte.

Jemand tapte mich an. Ich verließ meinen Gedächtnisstrom. Der Tap kam aus Kamerun. Ich holte ihn auf einen Viviscreen. Ein lächelnder Schwarzafrikaner erschien. „Der Herr lässt Sie aus Kamerun grüßen, Dr. Daniels."

In welchem Jahrhundert war ich? Der Mann fuhr fort: „Ich bin Mr Ogungi, der Büroleiter von Inland Tribes."

„Danke, dass Sie sich melden", sagte ich.

„Wir geben Abigail Caldwell gern die gewünschte Information. Laut Auskunft unseres Systembetreuers wurde die von Ihnen genannte Nachricht von Dr. Ray Caldwell am 11. April aus dem Massachusetts Center for Mental Health in den USA gesandt. Können wir noch etwas für Sie tun?"

„Nein, danke, das war alles."

Ich lehnte mich zurück und schlürfte meinen Nachmittagskaffee. Das Massachusetts Center for Mental Health – das Psychiatrische Klinikum Massachusetts. Was hatte Ray Caldwell damit zu tun? Aber das konnte man herausfinden. Ich tapte das Center an und wurde zum Leiter, Dr. Theodore Brandt, weiterverbunden. Sein Assistent meldete sich. „Dr. Brandt ist gerade nicht zu sprechen. Kann ich Ihnen weiterhelfen?"

Ich nannte meinen Namen und meine Nummer und bat darum, dass Brandt sich bei mir meldete.

„Kann ich ihm sagen, worum es geht?"

„Ja. Dr. Ray Caldwell."

* * *

Ich beschloss, zu Hause zu Mittag zu essen und nahm mit dem Auto die kurvenreiche Straße um den White-Rock-See herum nach Hause. Zwei Kilometer davor befahl ich dem Wagen: „Stopp! Fünfzig Meter zurücksetzen."

Der Wagen setzte zurück und überholte eine attraktive dunkelhaarige Frau, die den Rundweg um den See entlangmarschierte. Als sie uns erreichte, steckte ich den Kopf aus dem Seitenfenster. „Was machst du denn hier?", sagte ich, heftiger, als ich vorgehabt hatte.

„Ich musste mal an die frische Luft. Ich fühlte mich so eingesperrt. Das ist doch okay?"

„Ich weiß nicht, Abby. Ich hoffe, ich leide nicht an Verfolgunswahn, aber …"

„Niemand weiß, dass ich hier bin, außer vielleicht Sabin. Er wird es nicht verraten … jedenfalls nicht den Leuten, die Kate umgebracht haben."

Ein Ausdruck von Trauer zog über ihr Gesicht.

„Entschuldige, Abby, ich wollte dir nicht wehtun. Vielleicht bin ich ja übervorsichtig … aber ich möchte halt nicht, dass dir was passiert."

Sie legte den Kopf zur Seite, das Lächeln kam halb zurück. „Machst du dir Sorgen um mich?"

„Äh … ja, sicher."

Eine lange Pause. Dann sagte Abby: „Ist eine Runde um den See okay? Danach bin ich auch brav und bleibe zu Hause."

„Abby, ich weiß nicht, ob ..."

„Ich laufe schnell und kann ganz gut selber auf mich aufpassen."

Daran zweifelte ich nicht. „Okay. Aber wenn du nicht bis zum Dinner zurück bist, komme ich dich suchen."

„Danke." Sie lief schon weiter.

„Warte, Abby, Inland Tribes hat sich gemeldet."

Sie blieb stehen und drehte sich zu mir um. „Und?"

„Ray hat die Nachricht aus einer psychiatrischen Klinik in Massachusetts geschickt."

„Eine psychiatrische Klinik? Was wollte er denn da?"

„Das weiß ich nicht. Aber ich hab den Klinikleiter gebeten, mich zurückzutappen."

„Creighton ... danke."

„Danke? Wofür?"

„Dass du dich um das alles kümmerst. Und ... dass du dir Sorgen um mich machst."

„Oh, mach ich gern." Plötzlich war meine Kehle ganz trocken. „Also bis bald dann, zu Hause."

Sie setzte ihren Spaziergang fort. Ich fuhr nach Hause. War es richtig, dass ich sie allein hier herumlaufen ließ? So schnell, wie sie lief, hätte ich nebenherjoggen können. Und ich würde nicht um den ganzen See joggen. Ich hätte natürlich auch nebenherfahren können ... Wie der letzte Macho.

Es wird schon nichts passieren, sagte ich mir.

Ich fuhr nach Hause und machte mich an eine Aufgabe, die ich immer wieder vor mir hergeschoben hatte: Abbys Netzbotschaft endlich fertig zu bearbeiten. Ich setzte mich an meinen Schreibtisch. Ich musste die Hintergrundmotive einfügen, die Abby ausgesucht hatte. Sie hatte sie mit einem altmodischen Kugelschreiber in ihrem kleinen Notizbuch notiert. Wo hatte sie das bloß hingelegt?

Ich suchte ohne Erfolg in meinem Arbeitszimmer, dann im Wohnzimmer und Esszimmer. Schließlich ging ich nach oben, in Abbys Zimmer. Das Notizbuch lag auf dem Schreibtisch, ganz hinten in der Ecke. Ich ging dorthin, setzte mich und öffnete es.

Das Notizbuch war ein Tagebuch. Meine Augen fielen auf den ersten Eintrag, für den 17. Februar 2088. Abby hatte diesen Band erst dieses Jahr angefangen. Ich blätterte nach hinten, wo die Liste mit den von Abby ausgesuchten Motiven sein musste. Ich überflog sie und wollte das Notizbuch wieder zuklappen, als ich oben auf derselben Seite meinen Namen sah. Ich las:

… meinen Glauben überhaupt nicht, aber Creighton ist so zuverlässig wie ein Bruder. Er hat mir Essen und ein Dach über dem Kopf gegeben, leistet mir Gesellschaft und hilft mir sogar bei der Aufgabe, die Gott mir aufgetragen hat (auch wenn er nicht an sie glaubt). Ja, er verhält sich wie ein Bruder, aber in seinen Augen lese ich manchmal noch mehr … Wenn das stimmt, warum hat Gott mir dann ausgerechnet jetzt solch einen Mann geschickt? Denn ich bin auf ihn geworfen, wie die Wellen einen Schiffbrüchigen auf das Ufer werfen.

Ich schielte zur Zimmertür. Das Haus war still. Ich setzte mich auf die Bettkante und blätterte zum Anfang des Tagebuchs.

26

DAS SEEUFER WAR nicht sehr belebt. Auf halber Strecke um den See herum entdeckte Abby eine Bank. Sie setzte sich, schloss die Augen und versank in ein stilles Gebet. Plötzlich hörte sie Schritte. Eine junge Frau tauchte hinter den Büschen am Wegrand auf. Sie steuerte auf die Bank zu, aber als sie Abby sah, zögerte sie.

„Tut mir leid, wenn ich Sie gestört habe."

Abby richtete sich auf. „Nein, überhaupt nicht. Ich sitze erst einen Moment hier."

„Haben Sie was dagegen, wenn ich mich zu Ihnen setze?", fragte die Frau. „Das ist nämlich die einzige Bank auf dieser Seite des Sees."

„Nein, bitte sehr." Abby winkte sie heran. „Sie scheinen oft herzukommen. Schön hier, nicht?"

„Ich laufe jeden Tag einmal um den See. Aber in dieser Jahreszeit habe ich fast noch nie jemanden hier getroffen. Die meisten sind dann lieber in VR, da können sie der Hitze entfliehen."

„Und was bringt Sie dann hierher?" Abbys Blick ging über den See. Eine Ente mit ihren Jungen im Schlepptau nahm erwartungsvoll Kurs auf die Bank.

„Ich bin einfach gerne draußen, in der richtigen Natur. Ich meine, VR ist okay. Aber hier draußen fühle ich mich irgendwie … der spirituellen Welt näher. Eins mit dem Universum sozusagen."

Abby wurde hellhörig. „Der spirituellen Welt? Meinen Sie, Gott? Ja, das empfinde ich auch, wenn ich in der Natur bin."

Die Frau warf ein kleines Tortillastück ins Wasser. Die Jungenten stürzten sich darauf. „Das Wort *Gott* benutze ich nicht, das sagt mir nichts. Aber wenn Sie mit ‚Gott' das All meinen, die ganze Existenz, ja, das spüre ich hier draußen."

Abby lehnte sich etwas näher zu ihr. „Das ist nicht ganz das, was ich meine. Für mich ist Gott der Schöpfer des Universums, ein persönliches Geistwesen, durch das wir leben und handeln und überhaupt existieren, wie Paulus sagt."

„Was für ein Paulus?"

„Der Apostel Paulus."

„Ist das ein Freund von Ihnen?"

„Äh … nein." Abby musste lächeln. „Oder besser: Noch nicht."

Wie konnte sie eine Brücke zwischen ihrer Welt und den Vorstellungen dieser jungen Frau bauen? Im Dschungel hätte Abby genau gewusst, wie sie über Jesus sprechen konnte. Aber hier, in Amerika …

„Wo ich herkomme, sind die Menschen eng mit der Natur verbunden. Ihr ganzes Leben dreht sich um die Natur – um das, was sie ihnen gibt und was sie ihnen nimmt."

Die junge Frau sah Abby an. „Das klingt fantastisch. Wo kommen Sie her?"

„Aus Papua-Neuguinea, mitten aus dem Dschungel. Und ich vermisse meine Heimat ungeheuer – in jeder Hinsicht."

„Warum gehen Sie dann nicht einfach zurück?"

„Das werde ich auch, wenn es so weit ist. Aber erst muss ich hier im Land etwas erledigen."

„Und was ist das?"
„Also … ich schätze mal, mit Menschen wie Ihnen reden."

* * *

Ich blätterte zu den Einträgen unmittelbar nach dem Untergang von Abbys Dorf.

5. Mai. Drei Tage, nachdem Kate und ich das Dorf verlassen haben. Seit ich Miraba begraben habe. Miraba! Ich vermisse dich so. Ich weiß, dass du jetzt an einem besseren Ort bist, aber ich wünsche mir so, ich könnte dich abends noch in den Arm nehmen oder dir zuschauen, wie du herumrennst, spielst oder an unserem Tisch sitzt und lernst. In meinem Herzen ist ein Loch, das nie gefüllt werden wird.

Ich blätterte einige Seiten weiter.

13. Mai. Gott, der im Dorf so nahe schien, ist hier weit weg. Ich versuche, sein Nähe wiederzufinden, ihn wieder nah zu spüren, aber es gelingt mir nicht. Meinen inneren Frieden finde ich hier einfach nicht.

16. Mai. Ich bin immer wieder verwundert, wie die Amerikaner ohne Gott leben können. Sie richten ihr ganzes Leben so ein, als ob es ihn nicht gibt. Sie scheinen keinen Gedanken darauf zu verschwenden, ob es etwas gibt, das hinter dem Universum steht, oder was dem Leben wirklich Sinn gibt und was aus ihnen wird, wenn sie sterben. Im Dschungel ist der Tod ein ständiger Begleiter, hier leben die Menschen so lange, dass der Tod selten ist. Aber unsterblich sind sie trotzdem nicht. Denkt hier wirklich keiner daran, was nach dem Tod kommt? Offenbar nicht, vor lauter Unterhaltung und Beschäftigtsein.

Ich übersprang wieder mehrere Seiten.

21. Mai. Habe heute Abend mit Sabin das Abendmahl gefeiert. Ich habe ihm erklärt, was es mit Brot und Wein auf sich hat, und er scheint es verstanden zu haben. Manchmal frage ich mich, ob ich selbst die tiefere Bedeutung schon erfasst habe. Ich bin wirklich dankbar für das, was

Christus für mich getan hat, und für seine Vergebung. Aber warum kann ich nicht so leben, wie Jesus lebte? Im Dschungel war es irgendwie viel leichter, Christ zu sein. Hier fühle ich mich weiter weg von Jesus als je zuvor. Werde ich je anfangen, ihm ähnlicher zu werden?

23. Mai. Die Menschen hier können lachen. Das mag ich an ihnen. In unserer Familie haben wir immer viel und gern gelacht. Die Inisi konnten nicht lachen. In einer Kultur, wo man so viel Angst hat, ist Lachen unnatürlich. Die Kinder lernten von meinem Bruder und mir zu lachen und zu spielen. Und die Kinder brachten es den Erwachsenen bei. Die Amerikaner haben anscheinend schon vor langer Zeit das Lachen gelernt.

* * *

Sie hatten sich jetzt schon eine Weile unterhalten und Abbys inneres Engagement wuchs, je länger das Gespräch dauerte. „Dieser Schöpfergeist ist vollkommen gerecht und heilig und er möchte, dass auch wir gerecht und heilig werden."

„Warum möchte er das?", fragte die junge Frau.

„Weil Gott die Menschen nach seinem Bild geschaffen hat, als Wesen, die in enger Beziehung zu ihm leben. Aber Sünde kann er nicht ertragen und so hat unsere Sünde eine Mauer zwischen Gott und uns errichtet."

„Ich sehe keinen Grund, warum es Mauern geben sollte."

„Nun, die Mauer zwischen Gott und uns haben wir sozusagen selbst gebaut, durch unsere Sünde, also dadurch, dass wir Gott nicht gehorcht haben. Und die einzige Möglichkeit, diese Mauer aus der Welt zu schaffen, ist Vergebung." Abby beugte sich vor. „Haben Sie schon mal darüber nachgedacht, dass Sie Vergebung brauchen?"

„Vergebung? Wofür denn?"

„Für Ihre Sünde."

Die junge Frau zuckte die Achseln. „Wir sind, wie wir sind. Die Natur hat uns in diese Zeit und an diesen Ort gestellt. Ich verwirkliche mit meinem Leben einfach das, wozu die Natur mich gemacht hat."

„Aber … aber haben Sie noch nie Fehler gemacht? Falsche oder schlechte Entscheidungen getroffen oder so?"

„Na schön, ein paar Dinge würde ich heute anders machen. Ein paar Beziehungen sind leider zerbrochen. Aber so ist das halt im Leben. Das muss man akzeptieren."

Abby wünschte, sie könnte in das Herz dieser Frau hineingreifen und es öffnen für das, was sie zu sagen hatte. „Aber würden Sie nicht sagen, dass Sie selbst auch etwas dazu beigetragen haben, dass diese Beziehungen kaputtgingen? Dass Sie da etwas falsch gemacht haben?"

„Falsch gemacht?" Die Frau schaute auf das Wasser hinaus. „Hmm ... Ich weiß nicht, ob das ‚falsch' war. Vielleicht unüberlegt oder unreif. Wie gesagt, heute würde ich es anders machen. Hoffe ich jedenfalls."

Die Frau sah jetzt auf ihr E-Pad. „Aber jetzt muss ich weiter, ich bin gleich verabredet. Danke für das Gespräch, war wirklich anregend. Übrigens, ich bin Britta."

„Abby."

„Wenn Sie wieder mal herkommen, müssen Sie mir was über das Leben im Dschungel erzählen." Britta griff ihre Sachen und trabte los. Nach ein paar Schritten drehte sie sich kurz um und winkte Abby zu.

Abby erwiderte die Geste. Sie blieb noch einen Moment sitzen. Niedergeschlagen starrte sie vor sich hin.

Ich habe nicht mal von Jesus gesprochen.

* * *

Ich schlug die nächste Seite in Abbys Tagebuch auf.

24. Mai. Ich komme nicht mit mit dem Lebenstempo hier. Alles scheint nur so an mir vorbeizufliegen – die Menschen, die Nachrichten, die Freizeit, die Autos. Ich komme überhaupt nicht mehr zur Ruhe und meine Seele ist wie getrieben. Im Dschungel nahm man sich Zeit zum Nachdenken. Ich vermisse meinen Platz am Fluss, den Baumstamm, auf dem ich jeden Tag saß, auf das dahinströmende Wasser schaute und nachdachte: über Gott, mein Leben und meinen Platz in seinem großen Plan. Hier gibt es keinen solchen Ort. Ich kann mich nicht schützen vor dem Ansturm der Nachrichten und Bilder, die ständig auf mich einprasseln.

Das ist wie ein Erdbeben, das einen unablässig durchschüttelt. Ich weiß nicht, wie ich diese Dinge abwimmeln kann und wie ich meine innere Ruhe wiederfinden soll.

27. Mai. Ich bin hier eine Fremde. Hier gibt es niemanden, der versteht, wie ich lebe, wie ich das Leben sehe. Ich bin allein in einem Meer aus Menschen. Die einzigen Menschen, die mich verstehen, sind die Inisi. Je länger ich hier bin, desto mehr muss ich an Neuguinea denken. Ich sehe die Gesichter der Menschen, die mir lieb waren, vor mir. Mirabas Gesicht. Ich sehne mich nach dem Leben im Dschungel. Es war ein Geschenk Gottes für mich.

30. Mai.
„Der Herr ist mein Licht, er rettet mich.
Vor wem sollte ich mich noch fürchten?
Bei ihm bin ich geborgen wie in einer Burg.
Vor wem sollte ich noch zittern?"
(Psalm 27,1-2)
Ich muss meine Aufgabe hier erfüllen. Ich kann nicht einfach weglaufen, obwohl alles in mir flüchten möchte. Himmlischer Vater, du bist mein Licht und meine Kraft. Ich muss mich jeden Tag neu auf dich verlassen. Du bist mein Beschützer, solange du mir Atem gibst, um auf dieser Erde zu leben.

Ich blätterte weiter zu Einträgen aus der Zeit, nachdem Abby zu mir gezogen war.

9. Juni. Diese verwirrenden Gefühle in mir, die ich noch nie vorher gehabt habe. Ich fühle mich zu Creighton hingezogen. Ist das nur deswegen so, weil er mich aufgenommen hat und mir ein Gefühl von Sicherheit gibt?

Gott, warum hast du Creighton in mein Leben gebracht? Soll er mir nur helfen, das hier durchzustehen und die Aufgabe zu erfüllen, die du mir gegeben hast? Oder ist er mehr? Er ist ja noch nicht einmal Christ.

Ein Geräusch drang zu mir durch. Ich wandte den Kopf ruckartig zur Tür. Jemand kam die Treppe herauf.

Hastig legte ich das Tagebuch zurück und drehte mich um, als Abby auch schon den Raum betrat. Und da saß ich auf ihrem Bett, mit nichts in den Händen – noch viel auffälliger unauffällig konnte der Mensch nicht aussehen.

„Oh ... hallo. Wie war dein Spaziergang?"

Sie ließ sich in den Schaukelstuhl fallen. „Danke, gut. Ich hatte ein Gespräch mit einer jungen Frau. Keine Angst, sie kam nicht von der Staatsanwaltschaft ... hoffe ich jedenfalls."

Ich lächelte verlegen. „Und worüber habt ihr geredet?"

Sie schaute zum Fenster hinaus. „Über Jesus. Na ja, ich hab's versucht, aber so ganz hab ich die Kurve nicht gekriegt." Ihr Blick kehrte zu mir zurück. „Hast du hier gerade was gesucht?"

„Nein ..." Ich sah zum Tagebuch hin. „Ich hab deine Notizen für die Hintergrundmotive für deine Netzbotschaft gesucht. Erinnerte mich, dass du sie in dein Notizbuch notiert hast."

Sie nahm das Tagebuch und setzte sich wieder in den Schaukelstuhl. „Dies ist eigentlich mein Tagebuch. Hast du gefunden, was du gesucht hast?"

„Nein, ich meine, doch, ja. Waren es nur vier Motive?"

„Ja. Vier."

Sie öffnete das Tagebuch und begann darin zu blättern. „Hast du dir sonst noch was angesehen darin?"

„Nein, eigentlich nicht. Ich hab halt geblättert, um die Liste zu finden. Hab gesehen, dass Datumsangaben drin sind und dass du was aufgeschrieben hast."

„Gut." Sie sah mich an. „Tagebücher anderer Leute soll man ja nicht lesen."

Es war eine gute Gelegenheit, das Thema zu wechseln. „Hast du auch mal in der Inisi-Sprache Tagebuch geschrieben?"

Sie schüttelte den Kopf. „Dazu ist ihre Sprache nicht ausgefeilt genug."

„Inwiefern?"

„Sie haben zu wenig Wörter. Für viele Begriffe haben sie gar keins."

„Zum Beispiel?"

Sie überlegte. „*Schafe*. Sie haben noch nie ein Schaf gesehen. Auf Inisi konnte ich nicht schreiben: ‚Wir sind die Schafe seiner – also

Gottes – Weide.‘ Oder *Vergebung*. Sie haben kein Wort für Vergebung.“

„Aber den Begriff haben sie doch sicher?“

Sie schüttelte wieder den Kopf. „Erst seit meine Eltern zu ihnen kamen.“

Ich starrte sie an, ungläubig. „Was hatten sie dann, bevor ihr kamt?“

„Rache. Die Inisi-Kultur war ganz auf Rache gegründet.“

„Rache wofür?“

„Für alles. Alles Schlimme, was passierte – Krankheit, Unfälle, was auch immer – war angeblich verursacht durch einen Fluch eines anderen Clans. Das Opfer rächte sich also: tötete jemand aus dem anderen Clan – oft Kinder; entführte ein Mädchen und heiratete es; entführte ein Kind, um es zum Sklaven zu machen.“

„Aber rächte dieser Clan sich dann nicht seinerseits?“

„Natürlich. Es war ein Teufelskreis, aus dem man nicht entkommen konnte.“

„Und wie oft passierte so etwas – mehrmals im Jahr?“

„Nein, im Monat.“

„Im Monat?“ Wie konnte jemand in so einer Umgebung leben? „Und wie war das für die Kinder? Die hatten doch sicher Angst?“

„Ja, pausenlos. Sie wichen ihren Eltern nicht von der Seite. Wenn sie mal allein waren, drückten sie sich zum Schutz an einen Baum.“

„Und so hast du vierunddreißig Jahre lang gelebt?“ Wie kam es, dass Abby so relativ normal war?

Sie sah einen Augenblick verwirrt aus. „Nein. Als ich klein war – so sechs oder sieben –, wurde es anders.“

„Was ist da passiert?“

„Mein Vater brachte den Inisi bei, wie man vergibt.“

„Und wie hat er das gemacht?“ Ich konnte es mir beim besten Willen nicht vorstellen.

„Zuerst versuchten er und meine Mutter, vorzuleben, was Vergebung ist – durch die Art, wie sie als Ehepartner miteinander umgingen. Die meisten Männer schlugen ihre Frauen, wenn sie mit irgendetwas nicht zufrieden waren. Aber der eigentliche Wendepunkt kam, als mein Vater den Sohn des Häuptlings dabei erwischte, wie er Messer aus unserem Haus stahl."

„Oh … Wie hat der Häuptling reagiert?"

„Er hatte keine Wahl. Die Strafe für Diebstahl war absolut."

„Und zwar?"

„Der Tod."

„Sie haben Diebe hingerichtet?"

„Ja. Wenn sie sie erwischten, natürlich. Man erwartete von meinem Vater, dass er den Jungen – er war elf – auf den Dorfplatz führte und ihm dort vor aller Augen die Kehle durchschnitt. Das Dorf versammelte sich also und mein Vater führte den Jungen hinaus, das Messer in der Hand. Alle hielten den Atem an.

Mein Vater wandte sich dem Jungen zu, kniete vor ihm hin, um auf Augenhöhe mit ihm zu sein, und sagte: ‚Jesus hält dir das, was du getan hast, nicht vor, und darum tue ich es auch nicht. Du darfst das Messer behalten.' Und er reichte dem Jungen das Messer, stand auf und führte ihn zu seinem Vater. Der Häuptling brach in Tränen aus. Es war das einzige Mal, dass ich ihn weinen gesehen habe. Danach entschied der Häuptling, dass Rache in seinem Clan nicht mehr vorkommen sollte. Er verbot sie."

„Aber die anderen Clans – sie haben weiter nach dem Racheprinzip getötet und entführt, oder?"

„Schon, aber nur noch für eine gewisse Zeit. Nachdem unser Clan auf Rache verzichtete, wollte bald einer der größeren Clans ebenfalls Frieden schließen. Und nach und nach folgten viele andere Clans, bis die Fehden und kriegerischen Auseinandersetzungen zwischen den Clans fast ganz aufhörten. Es war nicht alles vollkommen, aber es war viel besser als bei unserer Ankunft. Das ist jetzt … sechsundzwanzig Jahre her."

Was für eine Geschichte. Wenn Abbys Eltern tatsächlich eine solche Veränderung bei den Inisi bewirkt hatten, war das allerdings eine bemerkenswerte Leistung.

„Du hast gesagt, dass die Inisi kein Wort für ‚Vergebung' haben. Was sagen sie dann jetzt, wenn sie ausdrücken wollen, dass sie jemandem verzeihen?"

Abby lächelte. „Sie sagen: ‚*Ée 'e rîløn dsa hua 'i 'ajia' bi jmee júu quia' uu'n.*'"

„Und was bedeutet das?"
„„Wie der Mann von weit her, der sich nicht rächt.'"

***

„Was glaubst du", fragte Abby beim Abendessen, „warum hat mein Großvater diese Nachricht aus einer psychiatrischen Klinik geschickt?"

„Kann ich nicht sagen. Aber ich hab da eine Theorie. – Alistair, bitte zeige alle Medieninformationen über die Entwicklung des künstlichen Gehirns an, die Bryson Nichols vergangenen Monat bekanntgegeben hat."

Die Informationen erschienen auf einem Viviscreen.

„Hier, schau dir das an." Ich zeigte auf einen der Artikel.

„Ja?"

„In der letzten Phase wurde ein Großteil der Versuche mit Patienten durchgeführt, die schwer geistesgestört waren oder Gehirnerkrankungen im fortgeschrittenen Stadium hatten. Diese Patienten haben sie sich irgendwo besorgen müssen. Alistair, bitte eine kombinierte Suche nach Informationen über Bryson Nichols bzw. NTI und über das Massachusetts Center for Mental Health."

Der Viviscreen füllte sich wieder. Ich zeigte auf einen Eintrag. „Hier – eine Liste der Aufsichtsratsmitglieder des Massachusetts Center for Mental Health. Schau mal, wer da mit drauf ist."

Abby schnappte nach Luft. „Bryson Nichols."

27

ES WAREN NICHT viele Gäste in der „Bibliothek". Bryson Nichols machte es nichts; so konnte er die attraktive Frau in schwarzem Minirock und tief ausgeschnittener Bluse, die in der Mitte des Raumes saß, umso besser sehen. Die „Bibliothek" war einer englischen Kneipe des 19. Jahrhunderts in den meisten Details nachempfunden – aber es gab Ausnahmen.

Plötzlich schob sich die weniger attraktive Gestalt von Damien Cleary mit einem Whisky mit Cola in der Hand in Nichols' Blickfeld. Cleary setzte sich. „Hab mich schon gefragt, wann du dich melden würdest."

„Du hattest recht. Sie könnte der Sache mit Ray auf der Spur sein. Irgendein Professor aus Dallas hat Brandt wegen Ray angetapt."

„Hat er ihm geantwortet?"

Nichols schielte zu der Minirockdame hin. „Noch nicht. Er wird natürlich dementieren, dass Ray da war."

„Und wenn das nicht reicht?"

Nichols' Blick wanderte zurück zu Cleary. „Müssen wir vielleicht drastischere Maßnahmen ergreifen. Man wird sehen. Vielleicht gibt's ja noch eine einfache Lösung."

Cleary nippte an seinem Drink. „Du rechnest nicht mehr mit Knowles, oder?"

„Ich habe unseren geschätzten Generalstaatsanwalt bereits gesprochen."

„Und was hat er über dieses Dschungelgirl gesagt?"

„Inoffiziell, dass ihr Fall auf Eis liegt."

„Hat er gesagt, warum?"

„Er sagte, da soll ich Hutch Hardin fragen."

Cleary räusperte sich. „Hutch Hardin? Was hat der damit zu tun?"

„Das werde ich herausfinden. Aber inzwischen gibt es da noch eine kleine Sache, bei der ich auf dich zähle. Eine Frau, die wir gerade hochgeladen haben, klagt über das Gleiche wie Ray. Dass sie die Verbindung verloren hat, wie sie sich ausdrückt."

„Und du willst, dass ich mich ‚um sie kümmere'."

Nichols schüttelte den Kopf. „Jetzt klingst du wie ein Berufskiller. Nein, du sollst dich nicht ‚um sie kümmern'. Du sollst sie nur im Netz diskreditieren, bevor sie zum Problem wird. Etwas Einfaches und Naheliegendes, nicht zu drastisch. Grade genug, um sie so unglaubwürdig zu machen, dass man ihr nichts mehr glauben wird, egal, was sie sagt. Jedenfalls nichts, was wie eine Überreaktion aussähe."

* * *

Damien Cleary stand neben einem Leuchtturm an der Pazifikküste. Hinter ihm erhoben sich die küstennahen Berge; unter ihm donnerte die Brandung gegen die Klippen. Rechts, dreißig Meter tiefer, war ein Sandstrand und auf dem Strand erblickte er Lewis Pape. Er stieg zum Strand hinunter.

„Was machst du denn hier?"

Pape sah ihn an. „Krabben suchen. Ich dachte, wir wollten uns nicht mehr persönlich treffen."

„Es musste halt sein und dieser Ort ist sicher."

Papes Augen fuhren über den Sand. „Willst du wissen, wie's mit den Inseraten steht?"

„Deswegen bin ich nicht hier, aber fangen wir ruhig damit an."

„In Richmond bin ich fast durch mit den Installationen. Nächste Woche steht Annapolis auf dem Plan. Dann Washington. Und wie steht's mit deiner Entwicklung eines Beschleunigers?"

„Bin so weit. Warte nur noch auf dich." Cleary sah zu, wie Pape eine Krabbe aus dem Sand auflas.

„Zwicken die Dinger nicht?"

Pape lächelte. „Nicht, wenn man die Scheren abzieht."

Cleary schüttelte den Kopf. „Du bist unmenschlich, Lewis."

„Ist doch nur VR."

„Es geht ums Prinzip."

„Das musst du gerade sagen."

Cleary entrüstete sich. „Glaubst du, es macht mir Spaß, andere leiden zu sehen? Aber wenn es ein höheres Ziel zu erreichen gilt … nun, Kollateralschäden sind halt unvermeidlich."

Pape warf die Krabbe fort.

„Du findest für alles einen Grund … Na ja, solange du nachts noch schlafen kannst, von mir aus. Ich befolge nur meine Anweisungen. Du sagtest, du hast einen neuen Auftrag für mich?"

* * *

Der Tap erreichte mich am nächsten Morgen in meinem Büro in der Universität. Ich meldete mich und fand mich in dem VR-Büro von Dr. Theodore Brandt vom Massachusetts Center for Mental Health wieder. Wir tauschten die üblichen Höflichkeiten aus.

„Ich bin Ihrer Anfrage nachgegangen, Dr. Daniels. Wir hatten keine Beziehungen zu Dr. Raymond Caldwell, obwohl uns das eine Ehre gewesen wäre. Er war in seinem Fach überragend. Kannten Sie ihn persönlich?"

„Nein. Ich kenne nur seine Enkelin."

Er erhob sich, wie um das Gespräch zu beenden. „Sie vermisst ihn sicher sehr. Es tut mir leid, dass wir nicht ..."

„Aber wie kann es sein, dass Inland Tribes eine Nachricht von ihm bekam, die aus Ihrer Klinik gesendet wurde?"

Er lächelte. „Der Fehler muss bei Inland Tribes liegen, Dr. Daniels. Ein Land wie ... wo sitzt diese Organisation noch mal?"

„Kamerun."

„Kamerun. Sie wissen ja selbst, wie unzuverlässig das Netz in solchen Ländern sein kann. Ich habe bei unseren Systembetreuern nachgehakt. Ich kann Ihnen versichern: Von hier ist keine Nachricht an Inland Tribes gesendet worden."

* * *

„Bin wieder da, Abby."

Ich schloss die Haustür hinter mir und hängte meinen Sakko über das Treppengeländer. „Abby!" Ich ging in die Küche. Sie war leer. Ich nahm die Gegenrichtung ins Wohnzimmer. „Abby?"

Mir wurde mulmig. Ich rannte die Treppe hoch in ihr Zimmer. „Abby?" Das Zimmer war leer. Ich marschierte den Flur entlang und schaute in das große Schlafzimmer und ins Bad. Nichts. Ich lief zurück zur Treppe. „Abby!!"

„Ja?"

Sie kam aus dem Korridor und blieb unten an der Treppe stehen. „Ich bin hier!"

Ich atmete erleichtert aus. „Abby." Ich ging die Treppe hinunter. „Wo warst du?"

„Ich bin noch mal um den See gelaufen. Ich weiß ..." – sie machte eine Geste der Entschuldigung –, „ich weiß, was du sagen wirst. Du hast dir Sorgen gemacht. Aber es ist kaum jemand da draußen, ich hab grad mal zwei Leute getroffen. Und eine davon Britta, die junge Frau, die ich neulich getroffen habe. Wir haben uns ziemlich lange unterhalten."

„Abby, du solltest wirklich vorsichtiger sein. Gib mir wenigstens Bescheid, wenn du rausgehst. Kannst du das machen?"

Sie sah mich aufgebracht an. „Weißt du, im Dschungel haben wir andere Dörfer besucht, ohne jemandem zu sagen, wann wir zurück sein würden. Wenn jemand nach drei Tagen noch nicht wieder da war, dann haben die anderen vielleicht jemanden geschickt, um nachzusehen."

„In Amerika kann in drei Tagen viel passieren." Oder *in drei Stunden.*

Sie kletterte auf einen Küchenhocker und erzählte von ihrem Gespräch mit dieser Britta. Ich bestellte ein Dinner beim Chinesen, dann berichtete ich Abby von meiner Begegnung mit Theodore Brandt. Sie war sichtlich enttäuscht.

„Was meinst du, was bedeutet das?", fragte sie.

„Na ja, bei den Verbindungen, die zwischen Nichols und dem Center bestehen, hätte es nahegelegen, dass Ray dort die Tests für die Transplantationsmethode durchführt. Aber jetzt ..."

„Glaubst du, er sagt die Wahrheit?"

„Brandt? Ich glaube, Theodore Brandt sagt vermutlich alles, was Bryson Nichols ihm in den Mund legt."

* * *

„Heute Abend hab ich eine Überraschung für dich", sagte ich nach dem Dinner.

Abbys Augen weiteten sich erwartungsvoll. „Was für eine?"

„Ich habe deine Netzbotschaft fertig."

„Oh, sie ist jetzt fertig?" Sie umarmte mich spontan. Ihr Haar streifte meine Wange. „Können wir die eben anschauen?"

„Ja, sicher."

Wir setzten uns nebeneinander aufs Sofa. Abby schaute fasziniert zu, wie sie die Geschichte von Jesus an vier verschiedenen Schauplätzen erzählte, die Alistair geliefert hatte: in Bethlehem, am See Genezareth, am Ort der Kreuzigung und vor seinem Grab.

„Ich kann's nicht glauben, dass ich da rumlaufe und auf alles

Mögliche zeige", sagte sie nach ein paar Minuten. „Als wir das aufgenommen haben, hab ich doch hier auf dem Sofa gesessen."

Das Ergebnis meiner Bemühungen war schlechte Amateurklasse; selbst Alistair konnte aus Abby keine Profirednerin machen. Aber es vermittelte die Botschaft, die ihr am Herzen lag. Die Botschaft war abgespielt und sie sah mich strahlend an. „Was meinst du?"

„Nein, was meinst *du*?"

„Ich finde, es ist perfekt."

Sie zog meine rechte Hand in die ihre, sodass unsere Zeigefinger sich ineinanderhakten. „Creighton, danke! Ich kann dir gar nicht sagen, wie viel mir das bedeutet."

Ich lächelte und sah ihr in die Augen. „Hab ich gern gemacht, Abby. Ich hoffe, dass du viele Menschen damit erreichst."

Kann sein, dass ich das sogar so meinte. Um ihretwillen.

* * *

Wir gingen früh zu Bett, nicht ohne uns vorher noch einmal Rays Nachricht angesehen zu haben. Es war ein tägliches Ritual geworden; es konnte ja sein, dass wir etwas entdeckten, was wir bisher übersehen hatten.

Der Schlaf wollte nicht kommen, Ray Caldwell und das Massachusetts Center for Mental Health ließen mir keine Ruhe. Immer wieder rief ich im Dunkeln die Zeit vom Netz ab. 23.16 Uhr, 23.34, 23.51., 0.02. Und noch immer zeichnete sich keine Lösung für dieses Rätsel ab.

Eine Berührung an meinem Arm ließ mich hochfahren. „Was ist? Alistair, Licht!"

Sämtliche Lampen im Zimmer gingen an. Abby saß mit verwuscheltem Haar neben mir auf dem Bett und blinzelte in das Licht. „Entschuldige, dass ich dich geweckt hab, Creighton."

„Schon gut", murmelte ich. „Du kannst mich jederzeit wecken. Was ist los?" Ich sah wieder nach der Uhrzeit. 1.31 Uhr.

„Ich möchte die Nachricht meines Großvaters noch mal sehen." Ihr Gesicht zeigte, dass sie beunruhigt war; aber ihre Stimme klang sehr bestimmt.

„Jetzt? Mitten in der Nacht?"

Enttäuschung machte sich in ihrer Miene breit. „Entschuldige, ich hätte dich nicht wecken sollen."

„Nein, ist schon okay. Aber du kannst Alistair doch selbst …"

„Ich weiß. Aber ich wollte das zusammen mit dir sehen."

„Also gut. Geh schon mal runter, ich komme gleich nach."

Ich stand auf, zog rasch Hose und Hemd an und ging hinunter ins Wohnzimmer. Alistair öffnete die Nachricht. Zum x-ten Mal erschien Ray Caldwell auf dem Bildschirm.

„Kannst du es anhalten – ich meine, das Bild von meinem Großvater?"

„Alistair, bitte Pause."

Rays Bild blieb stehen. Abby musterte es angestrengt. „Was hat er da an?"

Ich folgte ihrem Blick. Ich hatte bisher nicht auf seine Kleidung geachtet, nur auf seine bizarre Botschaft.

„Einen Laborkittel", erwiderte ich. „Er war ja Wissenschaftler."

„Bist du sicher?"

„Natürlich. Was soll das sonst sein als ein Laborkittel?"

„Mein Vater hatte ein Bild von ihm bei der Arbeit, da sah er nicht so aus."

„Abby, wie alt war dieses Bild? Die Kleidervorschriften ändern sich ja auch. Und jetzt ist es mitten in der Nacht, ich …"

„Da steht was drauf auf dem Kittel."

Ich sah, was sie meinte. Die Buchstaben waren ganz klein. „Wahrscheinlich sein Name und Titel."

„Kann man das genauer prüfen?"

Ich seufzte. „Doch. – Alistair, bitte ein Acht-mal-acht-Raster auf das Bild."

Das Raster erschien. Die Schrift war rechts unten. „Bitte 6F auf volle Bildschirmgröße."

Der Ausschnitt erschien auf dem Viviscreen. Auf dem Kittel waren die Worte gedruckt: „Massachusetts Center for Mental Health."

Und darunter ein weiteres Wort: „Patient."

28

DER VR-TAP KAM völlig überraschend. Es war 6.43 laut Netzzeitauskunft. Wer wollte da so früh was von mir? Ich betrat die VR und fand mich plötzlich auf einem antiken Holzstuhl in einem virtuellen Büro des Repräsentantenhauses. Vor mir, hinter einem großen Schreibtisch, saß die Kongressabgeordnete Lauren Caldwell.

„Professor Daniels. Schön, Sie kennenzulernen." Sie hielt mir die Hand hin. Ich schüttelte sie zögernd, noch nicht ganz erholt von meinem Schock.

„Ich habe gehört, dass Abby bei Ihnen ist. Ich muss sie dringend sprechen. Können Sie mich mit ihr verbinden?"

„Wie kommen Sie auf ..."

„Sie brauchen nicht zu lügen, Professor Daniels. Ich weiß, dass Sie bei Ihnen ist. Und nein, ich werde Ihnen nicht sagen, woher ich das weiß."

„Einen Augenblick, bitte."

„Ich warte."

Ich ging zurück in die physische Realität und meine Küche. „Lauren Caldwell möchte dich auf dem Viviscreen sprechen."

Abby riss die Augen auf. „Woher weiß die, dass ich hier bin?"

„Keine Ahnung."

„Soll ich das machen – mit ihr reden?"

„Ich schätze, du hast keine große Wahl. Aber sei vorsichtig, was du sagst."

Sie setzte sich aufs Sofa und ich verband sie mit Lauren. Ich ging in mein Arbeitszimmer, damit sie sich ungestört unterhalten konnten.

Sie sprachen zehn Minuten lang. Dann sah ich, wie Abby aufstand und in meine Richtung schaute, und schloss daraus, dass das Gespräch beendet war. Ich öffnete die Glastür des Arbeitszimmers und ging ins Wohnzimmer. „Na, was wollte sie?"

„Sie will, dass ich nach Washington komme und in einer Anhörung im Kongress aussage."

Ich setzte mich in den Sessel. „Worum geht es dabei?"

„Künstliche Intelligenz."

„Sie will, dass du denen was über künstliche Intelligenz erzählst?"

„Nein, über das Leben mit meinem Stamm."

„Und warum das?"

„Bryson Nichols möchte, dass auch die Menschen in den weniger entwickelten Gebieten Zugang zu künstlicher Intelligenz bekommen."

Was sollte das? Ich beugte mich vor.

„Das würdest du doch nicht wollen für deinen Stamm, oder?"

„Nein, natürlich nicht."

„Und hast du ihr das gesagt?"

„Ja."

„Und was hat sie gesagt?"

„Dass ich das dem Ausschuss sagen soll. Dass er beide Seiten anhören muss."

Ich überlegte. „Und was hast du ihr geantwortet?"

„Dass ich kommen werde."

„Abby!"

„Komm, sei nicht böse, Creighton."

„Ich finde, das ist überhaupt keine gute Idee." Mein Ton war schärfer, als ich beabsichtigt hatte.

„Das kann ja sein. Aber vielleicht ist es auch genau das Richtige, das, was Gott will."

„Bringt dein Gott seine Leute gerne in Gefahr?"

„Hmm … manchmal vielleicht schon. Ich weiß ja, dass das alles ziemlich verrückt klingt, und erst hab ich Lauren Nein gesagt. Aber dann hab ich gemerkt, dass das ja vielleicht genau die Gelegenheit ist, die Gott mir schenken möchte. Es geht hier nicht um Lauren, es geht darum, ob ich Gott vertraue."

„Und die Sache mit der Staatsanwaltschaft?"

„Lauren sagt, sie hat das geregelt, vorläufig jedenfalls."

Das klang nicht sehr beruhigend. „Und Nichols?"

„Der wird bei den Hearings dabei sein."

„Abby, diese Sache gefällt mir nicht. Sie gefällt mir ganz und gar nicht. Es ist völlig unvorhersehbar, was dort auf dich wartet."

Ich marschierte in die Küche und holte mir ein Glas Wasser, um mich etwas abzuregen. Mein Atem ging rasch, ich lehnte mich gegen die Arbeitsfläche und schloss die Augen. *Es ist völlig unvorhersehbar, was dort auf dich wartet.*

„Was machst du?“, rief Abby.

Ich öffnete die Augen. Sie stand in der Küchentür. Ja, ich wollte dafür sorgen, dass ihr nichts geschah. Aber ich konnte sie nicht in Dallas einsperren. „Ich denke nach.“

„Worüber?“

„Sag ich dir gleich.“ Ich schloss die Augen wieder. Als ich sie ein paar Sekunden später wieder öffnete, stand sie noch immer da.

„Also?“, fragte sie.

„Ich glaube, es ist Zeit, dass wir gehen.“

„Gehen? Wohin?“

„Nach Washington.“

„Ich dachte, du sagtest, das sei keine gute Idee.“

„Ist es auch nicht. Aber hierzubleiben ist eine noch schlechtere Idee. Lauren hat gerade angetapt – deinetwegen. Wenn sie weiß, wo du steckst, dann weiß es Nichols ganz sicher auch. Du musst also sowieso hier weg. Was wir hier tun können, haben wir ohnehin erledigt. Und Washington ist ideal, um der Sache weiter nachzugehen. Dein Großvater lebte dort. NTI ist dort. Und die psychiatrische Klinik in Boston ist nur zwei Stunden entfernt. Und Nichols wohnt da praktisch in der Nachbarschaft.“

Abby zog die Augenbrauen zusammen.

„Was soll das heißen? Soll ich einfach mal bei Nichols an der Haustür schellen?“

„Natürlich nicht. Aber wenigstens sind wir vor Ort, falls etwas Derartiges mal nötig sein sollte.“

„*Wir?*“

„Du glaubst doch wohl nicht, dass ich dich allein gehen lasse, oder? Was sagte Lauren, wann sind diese Hearings?“

„In drei Wochen. Sie will mich über die Details auf dem Laufenden halten.“

„Na, dann los.“ Ich ging an ihr vorbei, Richtung Treppe.

„Na, dann los – was?“

„Packen“, sagte ich. „Alistair soll uns einen Flug besorgen.“

„Aber, Creighton …“

Ich blieb am Fuß der Treppe stehen und drehte mich zu ihr um.

„Wo wollen wir in Washington unterkommen?"

„Wir suchen uns getrennte Unterkünfte, falls jemand mich über meinen Chip ausfindig macht. Dich wird man nicht finden. Wir treffen uns, sooft es nötig ist."

„Creighton, ich …"

Ich trat näher zu ihr, legte beruhigend meine Hand auf ihren Arm und zwang mich zu einem Lächeln.

„Es passiert schon nichts. Reine Vorsichtsmaßnahme, nichts weiter."

***

Drei Stunden später lud ich unser Gepäck in den Kofferraum des Wagens und stieg ein. Abby saß schon drin.

„Zielort?", fragte die Computerstimme.

„Dallas Fort Worth Airport."

Ich sah Abby an und lächelte. „Alles klar für Washington?"

Sie sah wie ein Geist aus. „Creighton, drei Häuser weiter sitzt ein Mann in einem geparkten Auto."

„Und?"

„Ich weiß nicht, warum, aber ich hab das Gefühl, der beobachtet uns. Und ich hab ihn schon mal irgendwo gesehen."

„Wo?"

„Weiß ich nicht mehr …"

Ich widerstand dem Impuls, mich umzudrehen und die Straße zu mustern.

„Ich glaube, das sind nur deine Nerven. Wäre kein Wunder, nach allem, was wir hinter uns haben. Aber schau vorsichtshalber nicht zurück. Hat er bemerkt, dass du ihn gesehen hast?"

„Vielleicht. Ich weiß nicht."

Ich zwang mich, ruhig zu bleiben. „Gut. Das Beste ist wohl, wir fahren einfach los. Dann sehen wir ja, ob er uns folgt."

Sie nickte. Ich wies den Wagen an, loszufahren, und schielte in den Rückspiegel. Das andere Auto stand immer noch. Gut. Er schien uns nicht zu folgen. Falls der jetzt bei mir einbrach, konnte ich nach unserer Rückkehr immer noch die Polizei einschalten.

Zwei Straßen weiter schaute ich wieder in den Spiegel. Der Wagen stand nicht mehr am Straßenrand. Er folgte uns doch!

Keine Panik, befahl ich mir selbst. *Denk nach. Wie entkommen wir diesem Kerl?*

„Neues Ziel", sagte ich. „Messepark, Haupteingang." Unser Auto bog an der nächsten Ecke rechts ab, Richtung Süden.

„Fahren wir zu einem Park?", fragte Abby.

Ich warf über die Schulter einen Blick auf den Wagen, der uns folgte. Er war immer noch zwei Straßen hinter uns. Normalerweise konnte er nicht aufholen. Autos fahren computergesteuert mit festen Geschwindigkeiten. Schneller zu fahren ist unmöglich, und da unser automatisches Verkehrssystem keine Stoppschilder oder Ampeln mehr benötigt, mussten wir nirgends anhalten, es sei denn, es gäbe plötzlich eine ungewöhnliche Verkehrslage.

„Im Messepark wird jedes Jahr die Texas State Fair, die Texas-Messe, abgehalten. Er liegt hier ganz in der Nähe. Es gibt dort Art-Deco-Bauten aus der Großen Weltwirtschaftskrise." Ich klang, als ob ich eine Geschichtsvorlesung begann. Ich unterbrach mich. „Da ist gerade eine Kunstmesse mit jeder Menge Besucher. Vielleicht können wir ihn da abschütteln."

„Können wir nicht einfach die Polizei antappen?"

„Und was sollen wir denen sagen? Dass ein Mann, den du im Dschungel gesehen hast, uns folgt? Die werden annehmen, dass der halt auch zur Messe will."

Fünf Minuten später kam der Eingang des Messeparks in Sicht. Vor einem großen geöffneten Tor standen reihenweise Autos am Straßenrand geparkt.

„Also, pass auf." Ich sprach rasch. „Wenn der Wagen hält, springen wir raus und rennen durch das Tor, dann nach links in das erste größere Gebäude. Wir gehen da durch und verlassen es durch den Hinterausgang. Wenn's klappt, kommen wir hintenrum zurück und kriegen ein anderes Auto, bevor er uns sieht."

Noch dreißig Meter bis zum Eingang. Der Wagen wurde langsamer. Ich bereitete mich auf den Sprint vor.

„Nein, Creighton!"

Ich sah Abby an. „Was?"

„Du bleibst im Auto. Ich steig aus. Wir treffen uns am Flughafen."

„Bist du verrückt? Du kannst doch nicht allein …"

Der Wagen hielt an. Keine Zeit mehr zum Diskutieren.

Sie schüttelte heftig den Kopf. „Ich bin schneller als du. Und als er wahrscheinlich. Ich schaff das."

Ich starrte sie an. Dies war der helle Wahnsinn. Aber nicht ohne Logik. Ich packte sie, nahm ihren Kopf in beide Hände und dann schob ich sie zur Tür. Sie sprang hinaus und sprintete durch das Tor.

„Neues Ziel", befahl ich dem Wagen. „DFW Airport."

Das Auto fuhr an. Ich schaute kurz nach hinten. Der andere Wagen hielt. Der Mann sprang hinaus und spurtete hinter Abby her.

* * *

Abby ließ das erste Gebäude hinter sich und rannte dann an zwei langen Teichen entlang. *Ich kann den Kerl abhängen. Nur nicht stehen bleiben …* Sie kam zu einem weiten asphaltierten Platz zwischen den eigentlichen Messehallen und einem großen kreisförmigen Gebäude und sah sich kurz um. Der Mann war schnell; gerade erreichte er das Ende des ersten Teichs. Sie hatte vielleicht hundert Meter Vorsprung.

Sie schwenkte nach links und rannte über den Platz, Menschen und Exponaten ausweichend. Sie schielte über ihre Schulter. Ihr Verfolger war gerade mit einer Menschentraube kollidiert, mehrere Staffeleien und eine Frau gingen zu Boden. Er rannte unbeirrt weiter. Ihre Zuversicht begann zu schwinden. Ihr Vorsprung wurde nicht größer.

Sie sprintete an einer Freilichtbühne vorbei und nahm Kurs auf ein großes Stadion zur Rechten. Sie rannte zwischen zwei Gebäuden hindurch. Wo gab es eine Tür, wo konnte man sich hier verstecken? Sie hatte die Besuchermenge hinter sich gelassen und war in diesem Teil des Geländes ziemlich allein. *Warum bin ich bloß hierhergelaufen?*

Wieder sah sie sich um. Ihr Verfolger war keine 75 Meter mehr entfernt. Sie schoss nach links, vorbei an einem halben Dutzend leerer Verkaufsstände. Jetzt kam links ein neues Gebäude. „Dallas

Aquarium“. Sie rannte zum Haupteingang, packte einen Türgriff und riss daran. Die Tür bewegte sich nicht.

Sie sprintete mit aller Kraft an dem Gebäude vorbei. Sie schaute sich nicht mehr um, sie konnte die Schritte jetzt hören. Sie ließ einen kleinen Teich rechts liegen. Ihr Weg führte direkt am Eingang eines anderen Gebäudes vorbei. Da war die Doppeltür. Sie verlangsamte ihr Tempo und packte im Vorbeigehen den Griff der zweiten Tür. Der Schwung riss die Türe auf. Sie verlor das Gleichgewicht und musste sich mit beiden Händen abstützen, um nicht zu stürzen. Sie packte wieder den Türgriff, zog und verschwand im Gebäude.

Vorbei an Dinosaurier- und Mastodonskeletten sauste sie eine Rampe hinunter, die erst nach rechts, dann zurück nach links schwenkte. Unten angekommen, hielt sie sich am Geländer fest und schaute hoch zum Eingang. Nichts. Sie versuchte, leiser zu keuchen, um die Schritte ihres Verfolgers zu hören. *Wo ist der?*

Sie kämpfte gegen die Panik an, die in ihr hochsteigen wollte. Solange sie vorn und ihr Verfolger hinten gewesen war, war sie einigermaßen zuversichtlich gewesen. Jetzt konnte er überall sein. Auf dem Fluss in Neuguinea war sie mehr als einmal in einer ähnlichen Situation gewesen und die meisten anderen aus dem Dorf auch. Aber Krokodile waren berechenbar; hier stand sie in einer unbekannten Umgebung einem unbekannten Feind gegenüber.

Sie ließ ihren Blick wandern. Sie war in einem Museum. Die großen Hallen waren angefüllt mit Knochen und anderen Gerätschaften; nur dass diese Dinge nicht wie für eine Ausstellung präsentiert wurden. Es sah eher aus wie in einem Labor, wo die Sachen untersucht wurden. Sie schaute wieder die Rampe hinter ihr hoch, dann den langen Flur vor ihr entlang. Rechts und links waren je sechs Schilder zu sehen. Ein Dutzend Ausstellungsräume. *Da gibt es sicher irgendwo ein Versteck.*

Ganz am Ende des Gangs leuchtete ein rotes Schild: „Ausgang“. Dort bog der Flur nach links ab. Sie widerstand dem Impuls, dorthin zu rennen, zurück nach draußen. Vielleicht wartete er gerade dort, lauerte hinter dieser Ecke auf sie.

Sie sah auf ihre Füße hinunter, zog langsam den rechten Schuh aus, dann den linken. Auf Socken glitt sie ein paar Schritte den

Flur entlang und in einen der Nebenräume. Er war voller Kieferknochen. Simson hatte mit einem Eselkieferknochen eine Menge Philister erschlagen, erinnerte sie sich. Aber nein, das war nicht die richtige Waffe für sie.

Der Raum hatte keinen Hinterausgang, dafür zehn Meter von der ersten Tür entfernt eine zweite, die zurück in den Flur führte. Wenn das in jedem Raum so war, konnte sie den Großteil des Weges innerhalb der Ausstellungsräume zurücklegen, weg von dem offenen Flur. Um die Ecke zum Ausgang hin würde sie sich kümmern, wenn sie dort war.

Sie öffnete die zweite Tür, schaute sichernd den Gang entlang und schlüpfte aus der Tür hinaus und gleich in den nächsten Raum. Vor der hinteren Wand standen über zwei Meter hoch Kisten gestapelt, die von Tüchern verhüllt waren. Davor lagen diverse Werkzeuge und andere Gegenstände von Eingeborenenstämmen auf dem Fußboden; sie erinnerten sie an die aus ihrem Dorf.

Ein Geräusch unterbrach ihre Gedanken. Sie hielt den Atem an. Es kam aus der Richtung des Ausgangs, wo das Schild war. Sie atmete tief aus, hielt wieder die Luft an und lauschte. Nichts. Auf Zehenspitzen ging sie zu der Tür, durch die sie hereingekommen war, und lauschte wieder. Langsame Schritte. Jetzt hielten sie an. Sie legte den Kopf an die Tür und drückte vorsichtig. Sie öffnete sich lautlos einen Spalt weit.

Sie lugte durch den Spalt. Am anderen Ende des Flurs hielt ihr Verfolger mit einer Hand eine Tür auf und musterte das Innere der Räume. Ihr Blick blieb an der anderen Hand hängen, die locker herabhing. Sie umklammerte eine Pistole.

Sie widerstand dem Impuls, blindlings hinauszurennen und die Rampe hoch zu flüchten. Das konnte der sichere Tod sein. Sie schob sich von der Tür fort.

Die Tür am anderen Ende des Gangs schloss sich. Wieder Schritte. Der Mann schaute in jeden Raum. Noch drei und er würde sie erreichen.

Sie linste zu den Kistenstapeln an der hinteren Wand. Dort konnte sie sich verstecken, aber der Kerl würde sie natürlich genau dort suchen. Sie war gefangen. Keine Möglichkeit zu flüchten, kein sicheres Versteck.

Sie blieb in der Nähe der Tür. Wieder Schritte. Er ging quer durch den Flur. Ein paar Sekunden und er kam zurück. Er war noch zwei Räume entfernt. Sie hielt den Atem an. Im Augenblick war nichts mehr zu hören. War er gerade im nächsten Raum? War das ihre Chance, zu fliehen?

Wieder legte sie den Kopf an die Tür und drückte sie vorsichtig auf. Sie erstarrte. Wieder Schritte. Jetzt war er an der Tür zu dem Raum gegenüber.

Panik. Sie fühlte sich wie ein Schnabeligel, den die Jäger des Dorfes gestellt hatten. Sie brauchte eine Waffe! Ihre Augen überflogen den Raum. In der vorderen Hälfte lagen Kleidungsstücke, auf einem Tisch dahinter Keramikgegenstände und kleine Utensilien. Da – drei kleine Messer. Mit Messern konnte sie umgehen, aber ein Nahkampf, Frau gegen Mann, wäre das letzte Mittel.

Wieder Schritte. Noch ein Raum, dann wäre er hier. Sie schlich lautlos zu den Kistenstapeln, ihre Augen suchten fieberhaft den Raum ab. Sie nahm eines der Messer auf dem Tisch.

Die Tür gegenüber ging zu. Abby schlüpfte hinter die Kisten und ihr Blick fiel auf etwas, das sie zuvor nicht hatte sehen können. Zwei Bogen und neben ihnen drei Pfeile.

Sie huschte in die Ecke, griff nach einem Bogen und prüfte die Sehne. Sie war sehr straff, ließ sich aber spannen. Sie hatte nicht die Zeit, auch den anderen Bogen zu testen. Sie nahm die drei Pfeile in die andere Hand und schlüpfte zurück hinter die Kisten. Sie kniete sich hin und legte Messer und Pfeile auf den Fußboden. Von draußen kamen Schritte zur Tür. Jetzt öffnete sie sich. Er war drinnen.

Abby packte den Bogen mit der linken Hand, während die rechte nach den Pfeilen griff. Er ging im Raum umher. Sie nahm einen Pfeil und legte ihn zwischen Zeige- und Mittelfinger; mit dem Daumen schob sie den Griff des Messers in ihre Hand. Die Schritte blieben stehen. Hatte er sie gehört?

Jetzt oder nie! Abby richtete sich halb auf, hob den rechten Arm, holte aus und schleuderte das Messer los. Es flog in die vordere rechte Ecke des Raumes. Ein Scheppern, dann ein Schuss, der ihr das Trommelfell zerreißen wollte. Mit einer einzigen gekonnten Bewegung legte Abby den Pfeil in den Bogen, spannte und schlüpfte hinter den Kisten hervor. Der Mann wirbelte herum. Sie ließ den

Pfeil los. Er traf den Mann im rechten Oberschenkel, als er gerade zum zweiten Mal den Abzug der Pistole drückte. Sie spürte, wie die Kugel an ihrem linken Ohr vorbeischwirrte. Der Mann schrie auf und stürzte, die Pistole fiel ihm aus der Hand.

Abby rannte zur Tür, den Bogen noch in der Hand. Sie stieß sie auf und sprintete den Flur entlang und die Rampe hoch. Als sie um die Kurve kam, kamen ihr vier Männer im Laufschritt entgegen.

„Was war das gerade?" – „Hat da jemand geschossen?"

Sie flog an ihnen vorbei zum Ausgang.

„He! Sie können nicht einfach den Bogen mitnehmen!"

Sie ließ den Bogen fallen und stieß die Tür auf. Um den Teich herum rannte sie über den Asphaltweg, über den großen Platz, zum Haupteingang hinaus und sprang in eines der Autos.

„Zum Flughafen."

„Love Field oder Dallas Fort Worth?"

Sie wusste es nicht mehr. Aber sie musste hier weg. „Dallas Fort Worth."

***

Noch zweiunddreißig Minuten bis zum Start. In zwölf Minuten würde das Boarding beginnen. Meine Augen flogen nach links und rechts, zu den anderen Flugsteigen hin; neununddreißig gab es insgesamt in Terminal D. Wenn Abby jetzt noch kam, würden wir es gerade noch schaffen.

Was hatte ich mir dabei gedacht, sie allein in den Park laufen zu lassen? Ich verwünschte mich dafür. Unser Plan konnte nur funktionieren, wenn wir zusammenblieben. Aber ich hatte sie ins Messer laufen lassen, in einen Wettlauf um ihr Leben.

Mein Gehirn ging die diversen makabren Szenarien durch, die sich jetzt vielleicht im Messepark abspielten. Im Geist sah ich sie in irgendeinem verlassenen Gebäude angeschossen auf dem Boden liegen und verbluten. Oder gefesselt und geknebelt im Kofferraum eines Autos. Oder von finsteren Gestalten umringt, die sie zwangen, einen Cocktail aus hirnzerstörenden Nanobots zu trinken.

Ich verbot mir diese Vorstellungen. Noch sieben Minuten.

Ich hörte, wie jemand meinen Namen rief, und drehte mich in die Richtung, aus der der Ruf kam.

Abby kam auf mich zugerannt.

Ich stürzte ihr entgegen. Wir warfen die Arme umeinander und hielten uns fest. „Abby! Du bist unverletzt."

Ich fuhr ihr mit der Hand durchs Haar und fühlte etwas Klebriges. Ich zog die Hand zurück. Meine Finger waren blutig.

„Abby!"

Ich schob das blutverkrustete Haar von der linken Seite ihres Kopfes fort. Das oberste Stückchen ihres linken Ohrs fehlte.

„Du hast ja eine Schusswunde."

Ich schielte zur Seite. Hörte auch niemand zu? Aber niemand nahm Notiz von uns. Ich führte Abby zu zwei leeren Wartesesseln. „Abby, dich hat jemand angeschossen."

„Ich weiß. Auf dem Weg zum Flughafen hab ich das Blut auf dem Autositz gesehen. Ich glaube, es ist nicht weiter schlimm. Blutet es noch?"

Ich schob wieder ihr Haar zur Seite. „Ich glaube, nein."

„Gut." Sie nickte zu unserem Flugsteig hinüber. „Müssen wir nicht ins Flugzeug?"

„Ja, sicher. Aber was ist mit diesem Kerl, der hinter dir her war?"

„Ich hab ihn mit einem Pfeil angeschossen."

Ich schaute sie ungläubig an.

„Komm jetzt", sagte sie. „Ich erzähle es dir im Flugzeug."

* * *

Fünf Stunden später öffnete sich die Tür eines kleinen Privatjets. Lewis Pape humpelte die Gangway hoch und stieg ein. Damien Cleary erwartete ihn im Mittelgang. Er beäugte Papes blutverflecktes Hosenbein.

„Mit *was* hat die dich noch mal angeschossen?"

„Mit 'nem Pfeil."

Cleary schüttelte den Kopf. „Hat sie den aus Neuguinea mitgebracht?"

Pape antwortete nicht. Cleary bedeutete ihm, sich in einem der luxuriösen Sessel niederzulassen. „Ich hol dir eben ein Handtuch, damit du mir nicht unser schönes Flugzeug versaust."

„Die Blutung hab ich schon gestoppt."

Cleary musterte das Bein erneut. „Schön. In Washington kannst du zum Arzt."

„Warum Washington?"

„Weil Ms Caldwell dorthin fliegt, um vor dem Kongress auszusagen." Er sah Pape direkt in die Augen. „Ich gehe davon aus, dass du diesen Auftrag zu Ende bringst."

Pape erwiderte seinen Blick ausdruckslos. Mehr musste Cleary nicht wissen.

29

DAS FLUGZEUG LANDETE in Washington. Wir griffen uns unser Handgepäck und verließen den Flieger über die Fluggastbrücke.

„Ist das heiß hier", bemerkte ich zu Abby. Genau wie in Dallas.

Wir gingen die Brücke entlang. Als wir um eine Kurve bogen, warf ich einen Blick voraus. Die Person, die am Eingang zur Wartezone stand, ließ mich auf der Stelle erstarren.

„Hallo, Abigail, hi, Professor."

Abby antwortete für uns. „Lauren. Woher wusstest du ..."

„Ich nehme an, Sie kommen so früh, um noch Zeit zu haben für etwas Sightseeing, Professor." Ihr Blick durchbohrte mich förmlich.

Ich gab mich so unbefangen wie möglich. „Ganz richtig. Ich dachte, Abby bekommt wohl nicht so schnell eine zweite Chance, die Gegend hier etwas kennenzulernen."

„Meinen Sie? Nun, in drei Wochen kann man ganz schön weit herumkommen."

„Vielleicht können Sie uns ja ein paar der sehenswertesten Attraktionen empfehlen?" Ich nahm sie ein wenig auf den Arm.

„Meine Assistentin kann das sicher. Holen wir euer Gepäck."

Sie wandte sich um und marschierte durch den Wartebereich.

Wir folgten. Mein Gehirn lief auf Hochtouren. Woher hatte sie gewusst, dass wir sofort nach Washington kommen würden? Ging es ihr nur darum, sicherzustellen, dass uns bis zu den Hearings nichts passierte, oder …

„Zum Glück“, sagte Lauren über die Schulter, „haben wir zwei Gästezimmer.“ Sie warf Abby einen Blick zu. „Es sei denn, sie hätten lieber einen gemeinsamen Raum.“

„Nein“, sagte Abby. „Zwei ist okay.“

Ich mischte mich ein. „Wir hatten nicht die Absicht, Ihnen zur Last zu fallen, Frau Abgeordnete.“

„‚Lauren‘ reicht. Darf ich Sie ‚Creighton‘ nennen?“

Ich nickte. „Wir hatten vor, uns selbst ein Quartier zu suchen. Das können wir auch tun, wenn …“

„Nein. Ihr werdet schon bei mir bleiben müssen. Das musste ich dem Generalstaatsanwalt versprechen. Abby hat die Erlaubnis, sich bis zu den Hearings hier aufzuhalten. Danach muss sie das Land verlassen.“

Abby und ich sahen uns an, während wir Lauren folgten. Wir nahmen die Rolltreppe runter zur Gepäckausgabe und warteten schweigend, bis unser Gepäck auftauchte. Dann trotteten wir Richtung Ausgang.

„Lauren“, sagte ich schließlich, „Abby braucht einen Arzt.“ Ich sah keine andere Möglichkeit, als sie einzuweihen.

„Meine Assistentin kann für morgen einen Termin machen.“

„Nein, jetzt.“

Sie blieb stehen. „Und was ist bitte so dringend?“

Ich sah mich um und vergewisserte mich, dass niemand in der Nähe war. „Jemand hat sie angeschossen.“

„Angeschossen?“ Sie packte Abby fast behutsam an den Schultern. „Bist du okay? Wo haben sie dich getroffen?“

Abby schob ihr Haar zur Seite, um die Wunde zu zeigen. Ich sah, dass Laurens plötzliche Besorgtheit sie überraschte.

„Ich bin schon okay, danke.“

„Das muss behandelt werden. Ich werde euch einen Arzt vermitteln, der den Mund halten kann.“

„Den Mund halten kann? Was soll das heißen?“, sagte ich scharf. Es war der falsche Tonfall, ich wusste es. Lauren funkelte mich an.

Sie war es offensichtlich nicht gewohnt, dass ihr jemand widersprach.

„Professor, Washington hat seine eigenen Gesetze, wie man Dinge hier regelt. Wenn es wirklich jemand auf Abigail abgesehen hat, dann wollen Sie es sicher nicht an die große Glocke hängen, dass sie jetzt hier ist, oder?"

„Natürlich nicht."

„Dann nehme ich an, dass wir so verfahren, wie ich vorgeschlagen habe."

Wir folgten ihr aus dem Flughafengebäude.

„Wo ist es passiert?"

„Im Messepark in Dallas", antwortete ich.

„Weiß die Polizei von der Sache?", fragte Lauren.

Lauren winkte uns zu ihrem Auto herüber. Ich verstaute das Gepäck im Kofferraum und wir stiegen ein. Der Wagen setzte sich in Bewegung.

„Wir haben es jedenfalls niemandem erzählt", gab ich zur Antwort. „Aber sie haben sicher schon Wind davon bekommen. Es waren ja schließlich noch andere Leute am Tatort."

„Die werden die Polizei informiert haben. Der Täter wurde sicher festgenommen. Meine Assistentin wird feststellen, ob es so ist. Aber jetzt sollten wir Abby zum Arzt bringen. Entschuldigt mich einen Moment."

Sie verschwand in die virtuelle Realität. Abby lehnte sich zu mir herüber. „Creighton, woher wusste sie es?", wisperte sie.

„Weiß ich auch nicht", gab ich zurück. „Vielleicht hat Sabin was angedeutet."

Abby warf einen Blick auf Lauren in ihrer VR-Trance; dann sah sie wieder mich an. „Ist das denn okay, dass wir bei ihr wohnen?"

Die Frage war nur zu berechtigt. Ich selbst war an einem Punkt angelangt, wo ich nicht mehr wusste, wem man überhaupt vertrauen konnte. „Es muss okay sein. Ich glaube, wir haben keine andere Wahl. Jedenfalls nicht im Moment."

Ich griff nach Abbys Hand und drückte sie fest. Ein Tap unterbrach uns. „Entschuldige mich kurz, Abby."

Ich fand mich in einem VR-Wohnzimmer wieder. Mir gegenüber saß Sabin. Er wirkte besorgt. „Creighton, Lauren ist auf dem

Weg nach Washington. Sie glaubt, Abby kommt demnächst dort an. Ich … ich weiß nicht genau, was sie vorhat. Ich weiß, dass sie Kontakt mit Abby aufgenommen hatte, um …"

„Ja, wir sitzen gerade mit ihr im Auto."

„Was? Sie war am Flughafen?"

„Haben Sie ihr erzählt, dass Abby bei mir ist?"

Er sah ehrlich bestürzt aus. „Nein, wieso sollte ich?"

„Sabin, Abby ist in Gefahr. Sie wurde angeschossen."

„O nein! Ist sie okay?"

„So weit ja. Nur ein kleiner Streifschuss am Ohr. Glauben Sie …" War es klug, ihn ins Vertrauen zu ziehen? Und wie weit? Immerhin war er Laurens Partner. Aber ich hatte den Eindruck, dass er die Wahrheit sagte. „Glauben Sie, Lauren hat Nichols gesagt, wo Abby ist?"

Er schüttelte den Kopf. „Nein, ich glaube nicht, dass sie es wusste. Sie hat mich immer wieder damit gelöchert, ob ich wisse, wo sie ist. Wahrscheinlich ist es eher umgekehrt: Sie hat's von Nichols erfahren. Creighton, diesem Mann würde ich nicht über den Weg trauen."

Das war stark untertrieben.

Er fuhr fort. „Ich habe Ray Caldwells Botschaft an Abbys Vater auch gesehen. Da ist etwas im Gange, das …"

„Ja, das wissen wir auch schon. Sie … Entschuldigung, dass ich das so frage, aber Sie glauben nicht, dass Lauren in der Sache drinsteckt, oder?"

Er seufzte. „Ich weiß nicht, was ich glauben soll. Ich wäre zumindestens vorsichtig, was sie betrifft. Sie hat mich kürzlich zweimal offensichtlich belogen."

„Inwiefern?"

„Sie hatte mir gesagt, dass sie seit Jahren nichts mehr von Ray gehört hatte, aber sie hat die gleiche Nachricht von ihm bekommen wie Abbys Vater. Das ist ja nur ein paar Wochen her. Und dann sagte sie mir kürzlich, Ray habe ihr genauso viel Geld hinterlassen wie Abby, und das kann auch nicht stimmen. Abby muss zusätzlich den Anteil ihres Vaters bekommen haben, der ja nicht mehr lebt."

Ich rief im Netz die Zeit ab. „Ich sollte besser gehen. Ich möchte nicht verdächtig aussehen."

Wir erhoben uns und gaben uns die Hand.

„Creighton …"

Ich wartete, dass er fortfuhr.

„Ich will nicht sagen, dass Lauren irgendetwas Schlimmes im Schilde führt. Es ist Wahlkampf … und dann ist sie immer unberechenbar. Vielleicht muss sie nur aus politischen Gründen ein paar Dinge für sich behalten. Sagen Sie ihr nichts von diesem Gespräch zwischen uns. Sie und ich, nun ja … Wir werden ja sehen."

Ich nickte. „Danke für Ihre Hilfe, ich weiß das zu schätzen."

Ich verließ die virtuelle Realität. Lauren sah zu mir herüber, als ich wieder real auftauchte. Aber sie sagte nichts.

* * *

Es war 21.15 Uhr, als wir ins Sprechzimmer von Laurens Arzt traten. Das Haus war leer, bis auf uns vier. Während der Doktor Abbys Ohr versorgte, ging Lauren mit mir hinaus in den Flur und schloss die Tür hinter uns. „Mr Daniels …"

„Creighton, bitte."

„Creighton. Abigail Caldwell kann vorerst weiter unbehelligt im Land bleiben, weil ich mich persönlich für sie eingesetzt habe. Ihre juristischen Probleme sind damit nicht vom Tisch; die Generalstaatsanwaltschaft möchte einfach nichts übereilen. Ich habe das als persönliche Geste für Abigail getan. Während dieses Aufschubs gebe ich ihr Gelegenheit, vor dem US-Kongress für ihren Stamm und andere benachteiligte Gruppen in der Welt zu sprechen. Es ist jedoch unerlässlich, dass sie sich zurückhaltend verhält. Schlagzeilen über eine Schießerei in Dallas werden sie ins Rampenlicht der Öffentlichkeit befördern und den politischen Druck auf den Generalstaatsanwalt verstärken, Anklage gegen sie zu erheben. Verstehen Sie?"

Ich nickte.

„So bedauerlich dieser Vorfall ist – aber der Täter war vermutlich irgendein Verrückter, der Abigail auf *Global Sunrise* gesehen hatte und etwas gegen ihre Weltsicht hatte. Solche Leute reagieren schon mal mit Gewalt. Ich nehme an, er ist inzwischen festgenommen und es besteht keine Gefahr mehr."

Ich wusste nicht, wie ich ihr antworten sollte, ohne mehr zu verraten, als ich wollte.

Sie redete weiter. „Ich werde persönlich den Polizeichef von Dallas kontaktieren. Er wird sicher irgendeine Aussage von Abby haben wollen. Was euren Aufenthalt in meinem Haus betrifft: Ich glaube nicht, dass ihr hier Gefahr droht. Aber damit sie ganz beruhigt ist, werde ich ein paar Personenschützer anfordern, die das Anwesen überwachen werden, solange ihr hier seid."

„Danke." Wenigstens eine positive Entwicklung.

Die Tür zum Sprechzimmer öffnete sich, Abby kam heraus. Ich trat zu ihr. „Na, was meint er?"

„Dass das oberste Stück von meinem Ohr weg ist." Sie grinste. „Ich muss halt das Blut aus meinem Haar waschen und das Ohr danach ein paar Tage sauber und trocken halten." Sie wandte sich an Lauren. „Tut mir leid, dass ich dir solche Umstände mache."

„Schon in Ordnung, Liebes. Für so was sind Verwandte ja da."

Wir fuhren zu Laurens Haus. Abby würde sich tagsüber frei in Washington bewegen können, solange sie abends in Laurens Haus zurückkehrte. Lauren selbst musste für mehrere Tage zurück nach Texas.

Ich trug unser Gepäck nach oben, wo die Gästezimmer waren. Abby folgte mir. Wir gingen in ihr Zimmer und ich schloss die Tür hinter uns. Sie legte die Arme um mich und zog mich eng an sich. „Creighton, werden wir hier sicher sein?"

„Das hoffe ich." Sehr überzeugend klang ich nicht, selbst nicht in meinen eigenen Ohren. Ich strich ihr beruhigend übers Haar.

Sie lehnte ihren Kopf an meine Schulter. „Drei Wochen. Vielleicht haben wir nicht mehr als diese drei Wochen hier zusammen."

„Ich weiß."

„Reicht das aus?"

„Das weiß ich nicht."

Sie trat einen halben Schritt zurück und sah mich an. „Hast du mit Lauren geredet?"

Ich erzählte ihr das Wichtigste von unserem Gespräch im Flur.

„Glaubst du, wir können ihr vertrauen?", fragte Abby.

„Wir müssen halt vorsichtig sein", meinte ich. „Vielleicht will sie uns wirklich einfach nur helfen – und sich selbst ebenfalls. Oder …"

„Oder was?“

Ich schüttelte den Kopf. „Ich weiß auch nicht. Ich werde nicht schlau aus ihr. Sabin hat angedeutet, dass sie gerade etwas überfordert ist und deshalb so unberechenbar reagiert. Vielleicht fehlt ihr auch der Durchblick.“

Abby drückte mich wieder an sich. „Ich hoffe, es gibt kein weiteres *Oder*.“

Wir packten ihre Reisetasche aus. Ich ging hinaus in den Flur, während sie sich umzog und in ein Pyjamatop und -hosen schlüpfte. Dann gingen wir ins Bad und ich wusch Abby vorsichtig das Haar, während sie ein Stück Verbandmull an ihr Ohr drückte. Rötlich gefärbtes Wasser lief in den Ausguss, bis das Haar ganz sauber war. Ich trocknete es mit einem Handtuch und kämmte es schweigend. Ich wünschte mir, stundenlang so hier stehen und den Kamm durch ihre wunderbar glatten schwarzen Strähnen ziehen zu können.

„Fertig“, sagte ich schließlich. Abby drehte sich um und umarmte mich fest. Wir standen lange so.

„Danke, dass du für mich da bist“, flüsterte sie.

Sie schaute zu mir hoch, stellte sich auf die Zehenspitzen und presste ihre warmen Lippen auf meinen Mund. Wir lehnten uns gegen den Waschtisch und küssten uns. Sie setzte sich halb auf die Kommode und schlang die Hände um meinen Nacken, während ich sie liebkoste. Nach ein paar Minuten ließ sie mich los, sah mir in die Augen und sagte leise: „Creighton, ich …“

„Ja?“ Ich flüsterte.

„Ich hab … ich will einfach, dass du weißt, wie viel du mir bedeutest.“

Ich küsste sie wieder in der Hoffnung, dass das meine Gefühle für sie ausreichend zum Ausdruck brachte. Als unsere Lippen sich endlich voneinander lösten, schielte sie zum Flur hin. „Wir … ich glaube, ich sollte jetzt schlafen.“

Ich brachte sie in ihr Zimmer. Ich ließ meine Hand sachte durch ihr Haar gleiten. Sie küsste mich noch einmal, sehr sanft und zärtlich. „Gute Nacht, Creighton.“

„Gute Nacht.“

30

GEGEN MITTAG VERLIESS Lauren das Haus. Ich sah ihr aus dem Fenster nach; ein Polizeiwagen parkte vor dem Haus. Ich öffnete in Abbys Zimmer einen Viviscreen und wir tapten Sabin an.

„Alles in Ordnung bei euch?" Er schien echt besorgt.

„Danke, ja", versicherte Abby beruhigend. „Lauren hat uns am Flughafen abgeholt. Wir hatten keine große Wahl mit unserem Quartier."

Er nickte. „Ja, das hab ich schon gehört. Aber ich glaube, in Laurens Haus seid ihr sicher. Das Letzte, was sie wollen kann, ist irgendein Skandal, der mit ihrem Haus zu hat."

„Sabin", fragte ich, „glaubst du, Lauren ahnt, dass wir miteinander im Kontakt sind?"

„Nein. Wie Abby dir bestätigen kann, ist mein Verhältnis zu Lauren gerade ziemlich gespannt. Wir haben ja auch kaum mal Zeit füreinander. Da ist es nicht schwer, Geheimnisse zu hüten."

„Darf ich dich bitten, ein weiteres Geheimnis zu hüten?"

„Sicher."

„Die Selbstmordbotschaft meines Vaters. Ich muss wissen, ob die echt war."

Wir beendeten unser VR-Gespräch. Ich sah Abby an. „Ich setze einfach darauf, dass ich Sabin vertrauen kann."

„Kannst du auch, du wirst sehen." Sie stand auf. „Also … was können wir an einem Sonntag machen?"

„Relaxen."

„Relaxen? Creighton, wir haben so viel zu tun. So viele Rätsel zu lösen. Könnten wir nicht heute noch nach Boston, in diese Klinik?"

„Nein."

„Und warum nicht?" Sie brach ab und stemmte streitlustig die Hände in die Hüften.

Ich musste mir ein Lachen verkneifen, als ich sie so sah. „Weil die Leute, die wir sprechen wollen, heute nicht da sind. Abby, ein halber Tag, um uns hier zu akklimatisieren, ist okay. Aber ich hab eine andere Idee. Jetzt sind wir schon mal in Washington, also lass uns ein bisschen was von der Stadt sehen."

Ihre gerunzelte Stirn sprach Bände. „Sightseeing? Meinst du denn, das ist sicher?"

Ich grinste. „Und wer ist hier jetzt übervorsichtig?" Ich ergriff ihre Hand. „Ja, wir müssen schon vorsichtig sein. Aber Lauren hat recht: Der Kerl dürfte längst verhaftet sein. Man kann nicht in aller Öffentlichkeit um sich schießen, ohne verhaftet zu werden."

„Warum nicht? Wenn es keine Zeugen gibt …"

„Weil alle Gebäude mit holografischen Sensoren ausgestattet sind. Mit deren Hilfe und mit den Chips, die die Leute tragen, kann die Polizei feststellen, wer wann wo war und was er gemacht hat. Und dann ist es nicht schwer, jemanden durch seinen Chip aufzuspüren. Und soweit wir wissen, war er ja allein."

Ich klopfte ihr beruhigend auf den Arm. „Wir passen schon auf. Aber wenn wir hier in Washington mit unseren Fragen weiterkommen wollen, müssen wir sowieso unterwegs sein. Wenn wir uns hier verkriechen, erreichen wir gar nichts."

Ich stand auf und griff mir aus einer Schale auf der Anrichte einen Apfel. „Und für heute schlage ich die National Mall vor. Da gilt die höchste Sicherheitsstufe in der ganzen Stadt. Ich frag den Polizisten draußen, ob er uns hinfahren kann."

Eine Stunde später stiegen wir die Stufen zum Kapitol hoch. Abby blieb stehen und schaute zu den mächtigen Säulen hoch. „Hier macht euer Stamm also seine Gesetze", sagte sie, halb lächelnd.

„Sagen wir mal, hier kämpfen verschiedene Interessengruppen um Ressourcen und Privilegien", antwortete ich.

Wir gingen die Pennsylvania Avenue entlang zum Weißen Haus. Abby fragte die Fremdenführerin: „Ist der Präsident anwesend?"

„Nein, Madam, Präsident Ramirez ist diese Woche in Camp David."

Abby las das Namensschild der Führerin: Adela Ramirez. „Ist Präsident Ramirez Ihr Vater?"

Die Dame sah sie an. „Schön wär's."

Wir gingen drei Straßen weiter zu einer Eisdiele, wo Abby sich von allen 36 Sorten eine winzige Probe auf einem Plastiklöffel geben ließ. „Alle wunderbar", kommentierte sie, als sie die letzte aufgeleckt hatte.

„Wo ist sie her?", fragte der Verkäufer mich leise, als ich ihm das Geld für drei Eistüten hinlegte – eine für mich, eine für Abby und eine für die Proben.

„Von einem anderen Planeten", flüsterte ich zurück.

Wir setzten uns an einen der Tische draußen und schleckten unser Eis. Abbys Miene wurde ernst. „Creighton, gestern Abend …"

„Abby, ich möchte mich entschuldigen, wenn ich ein bisschen zu schnell war." Ich konnte es fast nicht glauben, dass ich so etwas sagte. Zwei Wochen warten, bevor man eine Frau küsste … Selbst für einen Frauen-Antihelden wie mich war es das Normalste von der Welt, nach zwei, drei Dates wenigstens zu virtuellem Sex überzugehen, und Abby hatte, bitte sehr, bei mir gewohnt.

Aber ich meinte tatsächlich, was ich da gesagt hatte. Zum ersten Mal in zehn Jahren hatte ich mit einer Frau zu tun, die in mir den Wunsch weckte, dafür zu sorgen, dass es ihr gut ginge. Das lag mir wirklich am Herzen.

Sie schüttelte den Kopf. „Du hast nichts falsch gemacht. Ich frag mich nur … Dass wir so viel zusammen sind – so machen die Menschen das hier in den Staaten, wenn sie eine Beziehung aufbauen wollen, ich meine, eine romantische, nicht wahr?"

Ich sah sie fest an. „Ja, doch."

„Und versuchst du das gerade bei mir? Weil … ich weiß nicht, ob das das Richtige für uns wäre."

„Warum nicht?"

„Weil … Bitte entschuldige, wenn ich das so direkt sage, Creighton, aber ich möchte nicht mit dir schlafen."

Einen Augenblick sahen wir uns schweigend an. Dann sagte ich: „Man kann auch Gefühle für jemanden haben und gerne bei ihm sein, ohne Sex zu haben."

„Ist das das, was du gerade machst?"

„Ja … bis jetzt schon."

„Und dass wir nicht miteinander schlafen, ist kein Problem für dich?"

„Ich würde mal sagen … ich bin zurzeit bereit, auf Sex zu verzichten. Und das will bei mir was heißen."

Sie lächelte. „Okay. Ich wollte nur sichergehen, dass wir uns verstehen."

Ich nickte lächelnd. „Ich glaube, das tun wir."

* * *

Ich tapte den Polizisten an und schon bald sammelte er uns auf. Auf der Rückfahrt hielt ich im Auto Abbys Hand. „Abby, wir haben nicht mehr groß über Ray geredet, seit wir die Aufschrift auf seinem Kittel gesehen haben."

Sie erwiderte meinen Händedruck, schaute aber zum Fenster hinaus. „Ich weiß."

„Abby, hast du schon mal darüber nachgedacht, ob er zum Schluss nicht womöglich tatsächlich geistig verwirrt gewesen ist oder so? Dann wäre ja seine Botschaft das Gerede von jemand, der … nicht mehr ganz beieinander war."

Sie schaute weiter aus dem Fenster. Dann drehte sie sich zu mir um. „Ich dachte, Geisteskrankheiten sind selten."

„Sicher. Aber sie kommen vor."

„Glaubst du, dass seine Arbeit an den Transplantationen was damit zu tun haben könnte? Was, wenn er etwas an sich selbst ausprobiert hat, und es ist schiefgegangen?"

„Das kann ich mir nicht vorstellen. Das würde gegen alle Gepflogenheiten der Forschung verstoßen."

Sie sah wieder aus dem Fenster. „Und wer könnte ihn in die Klinik gesteckt haben?"

„Vielleicht hat er sich selbst eingewiesen. Oder Bryson Nichols."

„Nichols? Wie …"

„Da er nach Rays Tod dessen Angelegenheiten regelte, hatte er sehr wahrscheinlich eine Art Vollmacht, sodass er Ray, als er krank wurde, in die Klinik einliefern lassen konnte."

Sie antwortete nicht.

„Abby, ich glaube, wir müssen uns einer sehr realen Möglichkeit stellen. All die Ungereimtheiten in Nichols' Verhalten – vielleicht ist das Ganze eine Vertuschungsoperation, damit niemand erfährt, wie Ray seine letzten Tage zugebracht hat."

Ihre Stirn runzelte sich. „Warum sollte er etwas vertuschen wollen?"

„Versetz dich doch mal in seine Situation. Du bist der führende Künstliche-Intelligenz-Innovator der Welt. Du hast gerade deine größte Leistung vollbracht – ein künstliches Gehirn erschaffen. Eine Woche später dreht dein wichtigster Neurowissenschaftler durch. So was ist nicht gut für die Schlagzeilen."

„Und mein Dorf? Und dieser Mann in Dallas?"

„Das weiß ich auch nicht. Ich sage nur, dass Nichols einen guten Grund hätte, niemanden erfahren zu lassen, was mit Ray passiert ist."

Sie wandte sich ab und verschränkte die Arme vor der Brust, wie um sich selbst zu umarmen. Das Thema Ray war ihr sichtlich unbehaglich. Ich konnte es gut verstehen. Die letzten Tage ihres Großvaters mussten ein Albtraum gewesen sein.

* * *

Am nächsten Morgen ließ ich Abby ausschlafen. Nach zwei langen Abenden und Abbys Schockerlebnis in Dallas dachte ich, dass eine große Mütze Schlaf plus Laurens Abwesenheit einen angenehmen Tag garantieren würden. Als Tagespensum stellte ich mir eine sehr einfache Operation vor: Rays Sterbeurkunde zu überprüfen, und zwar an Ort und Stelle in Maryland. Aber Abby hatte andere Vorstellungen.

„Ich dachte, wir fahren nach Boston", protestierte Abby. Die Missbilligung in ihrer Miene war unverkennbar.

„Ich möchte zuerst Rays Sterbeurkunde einsehen."

„Warum?"

„Um zu prüfen, ob er wirklich gestorben ist."

„Ich dachte, das hattest du schon gemacht."

Ich schüttelte den Kopf. „Ich habe lediglich festgestellt, dass er im Staatlichen Sterberegister aufgeführt ist."

„Aber heißt das nicht, dass er tot ist?"

„Normalerweise schon. Aber Computerregister können Fehler enthalten. Oder manipuliert werden."

Sie sah mich ungläubig an. „Meinst du, dass …"

„Ich meine erst mal gar nichts. Dein Großvater ist tot. Und alles, was ich will, ist das prüfen – sicherheitshalber –, bevor wir weitere Schritte ergreifen."

Wir nahmen ein Auto in die Stadt und stiegen in einen Shuttle-Bus nach Annapolis im Nachbarstaat Maryland.

„Lauren hatte uns Wasser und einen kleinen Snack ins Zimmer gestellt. Hast du was davon dabei?", fragte ich, als wir uns gesetzt hatten.

Sie schüttelte den Kopf. Ich bot ihr einen Frühstücksriegel an.

„Danke, ich will jetzt nichts."

„Du hast heute noch nicht gefrühstückt."

Sie schaute durch das Fenster auf die vorbeiziehenden Gebäude. „Ich möchte jetzt nichts essen."

„Hast du keinen Hunger?"

Sie sah mich endlich an. „Creighton, ich faste."

„Fasten? Machst du eine Diät oder so?"

„Nein, ich esse überhaupt nichts."

„Für wie lange?"

„Ein paar Tage."

„Abby, das geht doch nicht! Du kannst nicht tagelang nichts essen."

Sie verzog das Gesicht zu einem Ausdruck von Ungeduld. „Natürlich kann ich das. Ich hab das schon öfter gemacht."

„Und warum?"

„Um vor einer wichtigen Entscheidung besser auf Gott hören zu können."

„Du glaubst, wenn du nichts isst, zeigt Gott uns, was mit Ray passiert ist?"

Sie schüttelte den Kopf. „Nein, so funktioniert das nicht. Gott ist nicht verpflichtet, irgendetwas zu tun. Ich faste einfach, um ihn besser hören zu können."

„Und was hast du gehört?"

„Bis jetzt nichts, ich hab ja gerade erst angefangen."

Ich lachte laut los, wurde aber rasch wieder ernst, als ich Abbys Blick sah. Für sie war das Ganze offensichtlich sehr ernst. Aber mir erschien es so abwegig, so weit weg von jedem normalen Verhalten, dass es mir die Sprache verschlug.

„Gut", sagte ich schließlich. „Dann trink wenigstens was." Ich hielt ihr eine Wasserflasche hin.

Sie schüttelte wieder den Kopf. „Nicht jetzt."

„Gehört das auch zum Fasten? Abby, dein Körper braucht Flüssigkeit, um zu überleben. Du musst was trinken!"

„Ich komme eine Zeit lang ohne aus."

„Abby, das ist …"

Sie hob die Hand. „Creighton, ich weiß, du meinst es gut. Und ich weiß, was ich tue. Aber" – sie lächelte – „wenn es dir hilft, kannst du mich gern ab und zu mit dem Thema nerven."

Ich sah ihr in die Augen. „Worauf du dich verlassen kannst."

„Okay."

* * *

Im Archiv des Bundesstaats Maryland hieß uns eine Dame willkommen. Wir sagten ihr unser Anliegen.

„Diese Dokumente sind alle im Netz einsehbar. Ich kann Ihnen gern zeigen, wie das geht."

„Im Netz waren wir schon", erwiderte ich.

Sie schaute mich an. „Warum kommen Sie dann hierher?"

„Weil wir gerne das Original einsehen würden. Unseres Wissens muss im Staat Maryland eine Sterbeurkunde nach wie vor als physisches Dokument unterschrieben und abgelegt werden. Ist das korrekt?"

„Ja. Aber was Sie im Netz gesehen haben, ist mit unseren Originalen hier identisch."

Ich beugte mich über die Theke. „Können Sie uns das Original zeigen oder müssen wir uns an jemand anderes wenden?"

Ihre Miene wurde verdrießlich. „Kommen Sie mit."

Wir folgten ihr. Sie führte uns zwei Treppen nach unten ins Untergeschoss, wo sie in dem langen Flur eine Tür öffnete. Wir traten in einen großen Raum mit endlosen Regalreihen. In den Regalen standen Karteikästen, die alphabetisch und nach Datum geordnet waren.

„Die allerneueste Technologie", bemerkte ich.

Sie ignorierte meinen bissigen Kommentar. Wir folgten ihr, bis sie vor einem Kasten mit der Aufschrift „2088: Cal bis Car" stehen blieb. „Hier ist es", sagte sie.

Sie zog den Kasten heraus, stellte ihn auf einen kleinen Tisch und erklärte uns die Spielregeln. „Nur ich darf das Dokument berühren. Ich werde es Ihnen hier auf den Tisch legen. Sie haben maximal zehn Minuten für die Einsicht; wenn Sie länger brauchen, muss ich einen Roboter anfordern, der mich hier unten vertritt."

Ein Roboter, der sie überall vertrat, wäre möglicherweise ein Fortschritt, musste ich denken, aber das sagte ich nicht laut.

Sie streifte sich Plastikhandschuhe über und ging den Kasten durch. „Wir haben nicht mehr so viele Sterbefälle wie früher; da hätte man mit Cal bis Car drei Kästen gefüllt. Caldwell … Albert Caldwell. Samantha Caldwell. Wie war noch mal der Vorname? Raymond?"

Sie sah Abby an, die nickte. Die Frau ging die Dokumente erneut durch, wohl je ein Dutzend vor und hinter Samantha Caldwell.

„Tja." Sie sah uns an. „Scheint nicht hier drin zu sein. Sie sagten, Sie haben das im Netz gesehen?"

„Ja. Vor zehn Tagen."

„Hmm. Warten Sie, ich schaue noch mal nach."

Sie prüfte noch einmal die Dokumente der Kartei. Nichts.

„Sie sind ganz sicher, dass das im Netz war? Denn wenn es im Netz ist, muss es auch hier sein. Die Netzregister kommen ja von hier."

„Ja", antwortete ich. „Ganz sicher."

Sie schloss den Karteikasten und schob ihn zurück ins Regal. „Dann werden wir das gleich prüfen."

Wir folgten ihr zurück in den ersten Stock, wo sie Rays Sterbeurkunde richtig im Netz fand. „Oh, tatsächlich. Da ist sie. Sie hatten recht. Da muss ein Fehler vorliegen."

* * *

Wir strebten zum Ausgang und Abby griff nach meinem Arm.

„Creighton, was bedeutet es, dass sie hier keine Sterbeurkunde haben?"

„Ganz sicher bin ich nicht, aber möglicherweise ist das Dokument im Netz eine Fälschung."

„Und wenn es eine ist?" Sie sah mich aus weit aufgerissenen braunen Augen an.

„Dann ist dein Großvater nicht tot."

Wir fuhren in die Innenstadt und stiegen in den Shuttle-Bus nach Washington.

„Abby, ich fahre morgen mit dem Zug nach Boston."

„Wann müssen wir aufbrechen?"

„Nicht *wir*. Ich fahre allein. Ich möchte, dass du in Washington bleibst."

„Creighton, er ist mein Großvater! Ich muss da mit!"

Der Bus setzte sich in Bewegung. „Nein, *das* ist wirklich zu riskant."

„Creighton, ich bin kein kleines Mädchen. Ich kann schon auf mich aufpassen."

Ich schüttelte den Kopf. „Darum geht es nicht, Abby. In Dallas hat jemand versucht, dich umzubringen, und was Lauren von der Staatsanwaltschaft in Dallas gehört hat, klingt mir ein bisschen zu glatt. Was, wenn der Kerl doch Komplizen hatte? Es ist sicherer, wenn ich das allein mache. Wenn die nachprüfen wollen, ob ich wirklich in deinem Auftrag handele, kann ich dich jederzeit antappen."

Sie funkelte mich an. „Ich muss doch wohl selbst wissen, was für mich riskant ist und was nicht."

„Wir sind hier nicht im Dschungel, Abby! Dort würdest *du* das tun, klar. Aber dies hier ist mein Territorium. Bitte vertrau mir."

Sie wandte sich ab und sah aus dem Fenster. „Wir werden sehen." Wir fuhren schweigend zurück nach Washington.

* * *

Abby ging früh zu Bett. Sie hatte Kopfweh vom Fasten. Ich bot ihr Tabletten an. Wenn sie nur etwas trinken würde, egal, was. Sie weigerte sich. Ich wünschte ihr eine gute Nacht und ging nach unten.

Ich lag auf dem Sofa in Laurens großem Wohnzimmer, unzufrieden mit der Welt und mit mir selbst. Ich verspürte einen heftigen Widerwillen gegen die Vorstellung jedweder Art von Gottheit. Welcher Gott würde verlangen, dass man auf Essen und Trinken verzichtet? Und als Nächstes … vielleicht auf das Atmen?

Ich muss wohl eingeschlafen sein. Als ich wach wurde, hatte ich eine Nachricht von Sabin. Ich öffnete sie. Er sah ernst aus.

„Creighton, ich hab mir die Datei angesehen, die du geschickt hast. Es tut mir leid, dass ich dir nichts Angenehmeres sagen kann, aber es ist eine Fälschung. Eine sehr gute; die Fälscher waren Experten. Sie haben die Botschaft auf der Basis früherer Aufnahmen von deinem Vater erstellt.“ Er machte eine kleine Pause. „Tja, was soll ich noch sagen? Tap mich an, wenn du noch Fragen hast.“

Ich war nicht wirklich überrascht. Ich hatte die ganze Zeit nicht recht glauben können, dass mein Vater Selbstmord begangen hatte. Und nun verspürte ich keine Trauer oder Wut, eher eine tiefe Leere. In was waren wir da hineingeraten? Was es auch war, meinen Vater hatte es das Leben gekostet.

Ich blieb lange auf dem Sofa liegen. Bloß nichts denken. Ich hatte keine Lust mehr, zu denken. Sollte ich in die virtuelle Realität gehen, um mich zu zerstreuen? Ein, zwei Stunden VR-Amüsement am Abend waren seit meinen Teenagerjahren mein größtes Laster gewesen. Was hätte ich nicht alles in meinem Leben schaffen können, hätte ich nicht Tausende Stunden so sinnlos vergeudet?

Ich ging nach oben und kroch ins Bett. Ich musterte das leere Kissen neben mir. Normalerweise füllte ich diese Lücke immer mit irgendjemandem – meist jemanden, den ich kannte. Alle Welt schuf sich VR-Versionen von realen Menschen – für Sex oder einfach, um nicht allein zu sein.

Ich musste an Abby denken. Ich konnte sie hier virtuell reproduzieren. Nicht, um Sex mit ihr zu haben, sondern einfach um neben ihr zu liegen.

„Alistair, rufe bitte das Bild …“

Ich brach ab. Was ich da vorhatte … es war wie eine Vergewaltigung. Abby würde es natürlich nie erfahren, aber ich war sicher, dass sie kein VR-Rendezvous mit mir wollte. Vielleicht war sie der letzte Mensch auf der Erde, dem so etwas nicht egal war. Aber ich wusste: Es wäre ihr nicht egal.

Ich rollte mich zur Seite, zog die Decke bis zum Hals hoch und schlief ein. Allein.

31

ABBY SAH BLASS aus, als sie am nächsten Morgen die Treppe herunterkam. Sie setzte sich an den Küchentisch, mir gegenüber.

„Eier?“, fragte ich.

Sie schüttelte den Kopf.

„Was machen deine Kopfschmerzen?“

„Sind noch da.“

„Inzwischen hab ich auch welche.“

Ich stand auf, tat den Rest der Rühreier auf meinen Teller und kehrte an den Tisch zurück. „Abby, könntest du heute wenigstens wieder anfangen, was zu trinken?“

Sie lächelte. „Gut. Ab heute Nachmittag.“

„Ich fahre in einer halben Stunde zum Bahnhof.“

Sie schaute mich hoffnungsvoll an.

„Nein, ich finde immer noch, dass ich das besser allein mache.“

Sie seufzte. „Schön. Bist du bis zum Abend wieder da?“

„Das hab ich vor, ja.“

Ich gab ihr an der Haustür einen Abschiedskuss. Sie hielt mich fest und sah mir in die Augen. „Entschuldige, dass ich gestern so grantig zu dir war.“

Ich schob ihr Haar beiseite. „Ist schon gut, wir sind beide im Stress. Bis heute Abend.“

* * *

Ich war seit Jahren nicht mehr Zug gefahren. Ich machte es mir auf meinem Sitz bequem, während der Zug den Bahnhof verließ. Bald hatten wir unsere Reisegeschwindigkeit von 350 km/h erreicht. Solche Geschwindigkeiten hatte allein die Automatisierung der Verkehrssysteme der Stadt möglich gemacht; es konnte jetzt nicht mehr passieren, dass ein Zug in ein Auto fuhr. Geschwindigkeit war kein Unfallrisikofaktor mehr. Die Wiesen von Maryland waren ein grüner Strich vor dem Fenster. Die Fahrt nach Boston würde etwa zwei Stunden dauern – gerade genügend Zeit für das, was mich seit Tagen umtrieb.

Ich hatte noch mehr Arbeit zu erledigen und sie hatte nichts mit Ray Caldwell zu tun. Es ging um Abby. Je stärker meine Gefühle für sie wurden, desto fremder erschien sie mir. Wie konnte ich mich in eine Frau mit einem Weltbild verlieben, das ich immer als Relikt aus vergangenen Zeiten betrachtet hatte? Vielleicht weil ich die Person, die dieses Weltbild hatte, schätzte, ja bewunderte. Vielleicht weil sie mir irgendwie ein besserer Mensch zu sein schien als ich. War sie ein guter Mensch wegen – oder trotz ihres Glaubens?

Alistair konnte mir diese Frage nicht beantworten. Aber er konnte mir helfen, in der Frage weiterzukommen, die mich als Historiker beschäftigte: Wie zuverlässig war eigentlich die Bibel?

Ich aktivierte meine Netzschnittstelle. „Alistair, bitte suche nach modernen archäologischen Ergebnissen bezüglich der historischen Angaben im Neuen Testament."

* * *

„Sie möchten mich also wegen eines nahen Verwandten einer Freundin von Ihnen sprechen, Mr Daniels."

Ich saß im Büro des Verwaltungsdirektors der Klinik. Dr. Brock Morris war ein kleiner, kurz angebundener Mann mit festem Händedruck. Ich hatte die erste Hürde geschafft: jemand anderen als den Klinikleiter, Dr. Theodore Brandt, als Gesprächspartner zu finden. Mit ihm wäre jedes Gespräch sinnlos gewesen, das hatte er bei unserem VR-Kontakt klargemacht.

„Ja. Der Großvater einer Freundin. Sie hat mich autorisiert, Informationen über seinen Aufenthalt hier einzuholen." Ich zog mein E-Pad hervor.

Dr. Morris hob die Hand. „Das ist nicht nötig, Mr Daniels. Ich habe unsere Akten geprüft. Ein Raymond Caldwell ist nie als Patient hier gewesen."

„Aber wir haben eine Videonachricht von ihm, in der er einen Patientenkittel aus dieser Klinik trägt."

Dr. Morris sah mich erstaunt an. „Tatsächlich? Wie haben Sie …" Er unterbrach sich. „Mir ist schleierhaft, wie er an einen solchen Kittel gekommen sein soll. Von woher kam diese Nachricht?"

„Seine Enkelin erhielt sie von …" Halt, ich verriet besser nicht zu viel. „Ja, da fragen Sie sie am besten selbst." Ich beugte mich in meinem Sessel vor. „Ist es möglich, dass Dr. Caldwell vorübergehend hier war, vielleicht zu einer Untersuchung, und dann wieder entlassen wurde?"

Er schüttelte den Kopf. „Nein. Das müsste ebenfalls aus unseren Unterlagen hervorgehen. Es tut mir leid, Mr Daniels, aber wir haben keine Informationen über Ms Caldwells Großvater."

Er erhob sich und nickte zur Tür hin. „Ich wäre Ihnen gern behilflicher gewesen."

Er folgte mir aus dem Büro in den Flur. Nach drei Schritten hielt er an. „Der Ausgang ist geradeaus, am Ende des Flurs. Guten Tag, Mr Daniels."

Er hielt mir seine Hand hin. Ich schüttelte sie, drehte mich um und ging. Ich kam an einer offenen Tür vorbei, offenbar irgendein Büro. Ich schaute hinein und blieb schlagartig stehen. An der hinteren Wand hing ein großer gerahmter Andy-Warhol-Druck – derselbe, den ich in Ray Caldwells Videobotschaft gesehen hatte.

* * *

„Creighton, was hast du rausgefunden?"

Auf dem Viviscreen im Auto sah Abby besser aus, als ich sie heute Morgen zurückgelassen hatte. Sie hatte das Haar zurückgeflochten und lag auf der Couch, eine alte Ausgabe von *Wer die Nachtigall stört* vor sich, die wir beim Bummeln in einem Antiquariat entdeckt hatten.

„Sie behaupten weiter, dass Ray nie da gewesen ist."

Abby ließ die Schultern sinken. Ihre Enttäuschung war bis in den Viviscreen im Auto spürbar.

„Sie haben keine Patientenunterlagen über ihn?"

„Das hat man mir gesagt, ja."

Sie seufzte schwer.

„Aber er war da, Abby."

Ihre Augen schossen zu mir zurück. „Woher weißt du das?"

„Weil ich den Raum gesehen hab, aus dem er seine Botschaft geschickt hat."

„Bist du sicher?"

„Absolut."

„Warum haben die dann keine Unterlagen über ihn?"

„Ich glaube, sie lügen."

„Warum sollten sie wegen meines Großvaters lügen?"

„Das weiß ich nicht."

Der Wagen hielt an. „Ich bin jetzt am Bahnhof. Wir reden weiter, wenn ich zurück bin."

„Creighton ..." Sie zögerte. „Danke."

„Keine Ursache. Bis in drei Stunden."

Ich stieg in den Zug. Ein Name wollte mir nicht aus dem Kopf gehen: Bryson Nichols. Wenn es ein Komplott gab, um Rays Aufenthalt in der Klinik zu vertuschen, dann war Bryson Nichols mittendrin.

* * *

Abby sah erschöpft aus und war bereits im Schlafanzug, als ich schließlich in Laurens Haus eintraf. Wir setzten uns aufs Sofa und ich berichtete ihr haarklein von meinem Gespräch in der psychiatrischen Klinik. Sie legte ihren Kopf auf meinen Schoß und ich strich über ihr Haar.

„Creighton, was machen wir jetzt?"

„Ich weiß nicht. Ich denke ..."

Hatte ich mir nicht im Zug einen Plan zurechtgelegt? Jetzt konnte ich mich nicht mehr an ihn erinnern. Meine Kopfschmerzen waren mit neuer Wucht zurückgekehrt.

„Warum schlafen wir nicht erst mal drüber?", sagte ich.

„Ich hab heute im Netz was rausgefunden", sagte sie. „Die Adresse meines Großvaters. Könnten wir da morgen mal vorbeischauen? Ich würde mir das gerne ansehen."

„Gute Idee." Meine Hände strichen weiter über ihr Haar.

„Abby, fastest du immer noch?"

„Essen tu ich nach wie vor nichts."

„Und hilft das?“

Sie schaute zu mir hoch. „Das weiß ich noch nicht.“

Wir standen auf, nahmen Tabletten gegen die Kopfschmerzen und gingen zu Bett.

* * *

Ray Caldwell hatte in einem altmodischen zweistöckigen Backsteinhaus gewohnt. Die Straße war leer, wie die meisten Straßen heutzutage. Wir stiegen aus dem Auto und gingen zu dem Haus. Abby musterte jedes Detail so eingehend, als könne sie irgendwie den Kontakt mit ihrem Großvater erreichen, indem sie sein Haus anstarrte. Und vielleicht konnte sie das ja.

Wir hörten Fußschritte hinter uns und drehten uns um. Ein älterer Mann, der einen Schubkarren mit Blumen schob, blieb auf dem Gehweg vor Rays Haus stehen. Er sah zu uns hin. „Guten Morgen.“

„Guten Morgen“, antworteten wir beide.

„Hab Sie noch nie hier gesehn. Aber gut, ich bin nur einmal die Woche hier.“

„Arbeiten Sie für die Stadt?“, fragte ich.

„Oh nein, ich bin Dr. Caldwells Gärtner, sozusagen. Sorg dafür, dass es hier ordentlich aussieht.“

„Auch noch jetzt, wo er gestorben ist?“

Er ließ ein wenig den Kopf hängen. „Ja, es ist ’ne Schande, dass so ein guter Mann so früh gehen musste. Ich dachte, ich mach das weiter, bis sie das Haus verkaufen, aber ich glaub, es steht noch gar nicht zum Verkauf. Sind Sie Interessenten?“

„Nein, eigentlich nicht.“

Wir stellten uns vor. Der Alte lächelte, als er hörte, wer Abby war. „Sie sind seine Enkelin? Ich find es immer so schön, wenn Enkel sich um ihre Großeltern kümmern. Sie haben sicher viele schöne Erinnerungen an dieses Haus.“

„Schön wär’s“, erwiderte Abby. „Ich habe mein ganzes Leben in Neuguinea verbracht. Dies ist mein erster Besuch in den USA. Ich wollte nur mal sehen, wo sie gewohnt haben.“

Der Mann stellte die Schubkarre ab. „Ihre Großmutter hab ich nicht gekannt. Sie starb bei einem Unfall, vielleicht ein Jahr, bevor ich Dr. Caldwell kennenlernte. Aber Ihr Großvater, er war ein feiner Mann. Ein sehr feiner Mann. Er lud mich immer zum Tee auf seiner Veranda ein. Ein sehr gescheiter Mann." Er beugte sich näher und senkte seine Stimme. „Wussten Sie schon, dass er an Gott glaubte?"

Abby lächelte. „Doch, ja. Ich glaube auch an Gott."

Das Gesicht des Mannes erhellte sich. „Tatsächlich? Oh, dann hätten Sie ihn erst recht gerne kennengelernt. Er hat mich nie 'rumgekriegt mit seinem Glauben, aber ich hab ihn bewundert." Er wurde noch leiser. „Es heißt ja, die Christen sind alle Fanatiker. Aber nicht Ihr Großvater; er war der freundlichste, sanfteste Mensch der Welt."

Er schaute zum Haus. „Wollen Sie sich ein paar Sachen holen? Sie sind die Ersten, die kommen. Ich versteh nicht ..."

Ich unterbrach ihn. „Wir wollten uns nur mal umschauen. Rein können wir gar nicht."

„Nicht?" Der Mann schaute die leere Straße entlang. „Aber ich. Ich lasse Sie gerne eben mal rein, damit Sie sich umsehen können. Dr. Caldwell wär es bestimmt ein Vergnügen gewesen, Ihnen sein Haus zu zeigen, junge Dame."

Er musterte wieder die Straße. „Wir gehen hinten rein." Er führte uns durch ein kleines Tor in den Garten und hielt sein Gesicht vor den Augenscanner neben der Hintertür. Sie öffnete sich.

„Es ist vielleicht ein bisschen muffig drinnen. Ich versteh nicht, warum die nichts machen mit dem Haus." Er trat ein. „Wissen Sie, wer dafür zuständig ist? Der macht einen ziemlich schlechten Job."

„Ein Kollege von ihm", antwortete ich.

„Ich glaub, seit Dr. Caldwell gestorben ist, ist niemand hier drin gewesen ... außer mir. Nein, das nehme ich zurück. Irgendjemand hat den Kühlschrank leer gemacht. Ich gieß die Blumen und wisch ein bisschen Staub. Das Haus war tipptopp, als ich das erste Mal drinnen war nach der traurigen Nachricht. Dr. Caldwell hielt es mustergültig in Schuss."

Abby war bereits dabei, das Wohnzimmer zu inspizieren. Auf einem Kaminsims standen mehrere gerahmte Fotos. Sie hob eines nach dem anderen hoch und betrachtete sie. Ich trat zu ihr.

Sie zeigte auf ein Hochzeitsbild. „Dies sind meine Großeltern. –

Und auf dem Bild hier auch." Auf dem zweiten Bild erkannte ich sie; sie sahen ganz ähnlich aus wie in ihrer Videobotschaft an Abby. Voller Leben.

„Das sind meine Eltern." Sie mochten vierzig sein auf dem Bild. Sie saßen auf einem Sofa, hielten sich an den Händen und lächelten.

Sie nahm das Foto eines Babys in die Hand. „Und das ... ich glaube, das ist mein Bruder. Ich sah, wie ihre Augen feucht wurden. „Das Bild müssen sie kurz vor ihrem Umzug nach Neuguinea gemacht haben." Sie betrachtete es lange, dann stellte sie es zurück auf das Sims.

Sie nahm das nächste Foto und lächelte. „Das bin ich." Das Bild zeigte ein vielleicht dreijähriges aufgewecktes Mädchen, das in einem Baum saß. „Das müssen meine Eltern ihnen geschickt haben, als wir noch Zugang zum Netz hatten."

„Ich möchte ja nicht ..."

Wir drehten uns um. Vor uns stand der Gärtner.

„Ich bin hier drinnen fertig. Aber Sie wollen sich sicher noch weiter umsehen. Möchten Sie noch ein bisschen bleiben, während ich die Blumen draußen einpflanze?"

„Das wäre furchtbar nett von Ihnen", sagte Abby. „Wir bleiben auch nicht sehr lange."

„Nein, nehmen Sie sich ruhig Zeit, junge Dame. So eine Gelegenheit kommt nicht wieder."

Er ging durch die Haustür hinaus. Abby schlenderte weiter durch das Wohnzimmer, nahm Fotos und Nippes in die Hand, musterte sie, betrachtete Gemälde, die an der Wand hingen. Ich ging ins Arbeitszimmer. Bücherregale aus dunklem Holz an drei Wänden, in der Mitte ein Schreibtisch, ebenfalls aus Holz, und ein Stuhl. Hier hätte ich es aushalten können.

Den Kopf zur Seite gelegt, begann ich die Titel auf den Buchrücken zu überfliegen. In den Regalen rechts standen Bücher über Naturwissenschaft und Technologie, in denen an der hinteren Wand Bücher über Geschichte, Philosophie und diverse andere Themen. Und links eine umfangreiche Sammlung christlicher Schriften. *Nachfolge Christi, Von der Freiheit eines Christenmenschen, Die Pilgerreise, Mein Äußerstes für sein Höchstes ...* Ich zog ein Buch aus dem Regal. *Du gibst mir neues Leben: Eine 40-Tage-Reise durch die alte Kirche.* Es enthielt Auszüge aus den Schriften der frühen Kirchenväter. Es war ein relativ dünnes Buch, das ich in weniger als zehn Minuten überfliegen konnte. Ich kannte keinen einzigen der zitierten Autoren, aber ihr Hauptthema kam mir merkwürdig bekannt vor.

Ich ging zur Tür. „Abby, schau dir das mal an."

Sie kam zu mir und ich hielt ihr das Buch hin.

„Möchtest du das lesen?" Sie klang hoffnungsvoll.

„Das hab ich gerade schon gemacht. Du wirst nicht glauben, was da drinsteht."

Wir gingen ins Wohnzimmer und setzten uns aufs Sofa.

„Dies sind Auszüge aus verschiedenen frühchristlichen Schriften von 100 bis 250 unserer Zeitrechnung. Hör zu." Ich las ihr mehrere Beispiele vor.

> „Wache über das ewige Leben, das in deine Seele gepflanzt ist, wie ein Gärtner über die Pflanzen wacht, die er gesät hat. Denn dein Glaube ist wie ein Same, in dem die Flamme des ewigen Lebens ist." – Die Zwölf-Apostel-Lehre

> „Uns ist ein neues Leben von oben gegeben, als Angeld unseres kommenden ewigen Lebens." – Athanagoras

> „Ich wusste nichts von dem wirklichen Leben – dem neuen Leben, das von oben kommt … Plötzlich spürte ich, wie der Geist – der Atem des Vaters selber – von jenseits dieser Welt in mich kam, und in diesem Augenblick wurde ich ein neuer Mensch." – Cyprian

> „Wir bekommen Kraft und neues Leben – ein Leben, das nicht aus uns selbst kommt – von dem, der vollkommen und vor aller Schöpfung ist." – Irenäus

> „Öffne deine Seele zu dem, der dein Vater und Schöpfer ist. Sei bereit, dieses neue Leben zu empfangen und von ihm erfüllt zu werden … dem Leben, das Gott selbst ist." – Cyprian

Ich ließ das Buch auf meinen Schoß sinken. „Ist das nicht erstaunlich? Diese Texte zeigen, dass die wahre Botschaft des Neuen Testaments noch mindestens zweihundert Jahre nach seiner Niederschrift weitergegeben wurde. Siehst du nicht die Parallele zu dem, was wir entdeckt hatten – dass Gott selbst das Leben ist?"

Abby zuckte die Achseln. „Aber … das ist doch das, was die Christen immer gelehrt haben."

„Es ist nicht dasselbe wie das, was du in deiner Netzbotschaft erklärt hast."

Sie sah schockiert aus. „Natürlich ist es dasselbe."

„Nein. Du sagst doch dauernd, dass Gott seinen Sohn gesandt hat, um für unsere Sünden zu sterben, damit wir Vergebung bekommen und für immer mit ihm leben können."

„So steht es in der Bibel, ja."

„Ich weiß. Aber das ist nur ein Teil der christlichen Botschaft. So wie du es darstellst, vergibt Gott den Menschen und sagt ihnen anschließend: ‚Und jetzt strengt euch an und lebt als gute Christen.'"

„Das sagt er so nicht. Er hilft uns doch dabei. Er …"

Ich schüttelte den Kopf. „Das ist nicht das, was die hebräischen Propheten als den neuen Bund verheißen haben oder was Jesus gelehrt und gelebt hat oder was Paulus von Tarsus lehrte."

„Woher willst du das denn wissen, Creighton? Du hast ein bisschen gelesen und jetzt bildest du dir ein, du kannst mich über meinen eigenen Glauben aufklären wie deine Studenten? Du glaubst das doch alles gar nicht!"

„Ich habe einfach den Eindruck, dass dein Verständnis des christlichen Glaubens … zu eng ist. Das, was ich da gelesen hab, sagt mir, dass die volle Botschaft des Christentums die ist, dass Gott selbst in einen Menschen hineinkommt, um in ihm zu leben. Dass er sich mit dem Geist dieses Menschen verbindet und sein göttliches Leben durch ihn lebt. Er *hilft* niemandem, wie ein Christ zu leben, er lebt dieses Leben selbst. Er *ist* das Leben. Was du den Leuten beigebracht und selbst gelebt hast, ist eine Art christliches Selbsthilfeprogramm …"

Sie erhob sich und funkelte mich an.

„Abby, ich versuche nur, dir zu helfen, deinen eigenen Glauben besser zu verstehen."

„Indem du behauptest, dass ich die ganze Zeit das Falsche geglaubt habe!"

„Nein, nicht falsch, nur unvollständig. Wenn du auch Gehirnimplantate hättest, könntest du schneller lesen und verstehen. Du würdest die Verbindungen sehen und du würdest … klarer sehen."

Ich weiß nicht, ob sie die letzten Worte noch hörte. Sie drehte sich um, lief zur Haustür und knallte sie hinter sich zu.

„Abby!“

Als ich an der Tür war, sah ich gerade noch, wie sie ins Auto stieg und davonfuhr. Der Gärtner sah mich fragend an. Ich zuckte die Achseln.

Na, super, Creighton.

Ich ging zurück ins Haus und orderte im Netz ein anderes Auto.

In Laurens Haus zurückgekehrt, ging ich als Erstes an den Medizinschrank. Ich hatte seit Jahren keine Kopfschmerzen gehabt und jetzt brummte mein Schädel und wollte nicht aufhören. Komisch.

Ich legte mich aufs Sofa und rief Alistair auf.

„Du siehst krank aus, Creighton. Hast du schon einen Arzt konsultiert?“

„Nein, danke, Alistair. Ich hab nur Kopfweh und hab eine Tablette genommen. Zum Arzt geh ich, wenn es bis morgen früh nicht besser ist. Jetzt möchte ich mich weiter mit der Zuverlässigkeit der neutestamentlichen Manuskripte beschäftigen.“

Fünf Minuten später ließ ich mich gegen das Sofakissen sinken.

„Möchtest du fortfahren, Creighton?“

„Entschuldige, Alistair, die Kopfschmerzen werden schlimmer. Ich kann mich nicht konzentrieren.“

Zehn Minuten lag ich so da, dann wurde mir übel. Ich stand auf, verlor das Gleichgewicht, fiel über den Couchtisch und erbrach mich auf den Fußboden. Ich rappelte mich hoch, wankte ins Bad, fand die Toilette und erbrach mich wieder. Als mein Magen leer war, kam das trockene Würgen, wieder und wieder. Eine halbe Stunde, eine ganze? Ich wusste es nicht.

Ich starrte auf die Sauerei auf dem Badezimmerfußboden. Das würde ein Roboter sauber machen. Ich hievte mich hoch und wischte mir mit einem Handtuch den Mund. Jetzt schlafen, schlafen … Ich schaute durch das Wohnzimmer zum Treppenhaus hin. Jetzt Treppensteigen? Ich wankte durchs Wohnzimmer und fiel auf das Sofa.

32

DIE GROSSEN HOLZTÜREN zum Anhörungssaal im Kongress öffneten sich lautlos. Bryson Nichols thronte auf dem Sessel mit dem Schild „Vorsitzende Cahill“.

„Willkommen in meinem Ausschuss, Damien“, dröhnte er.

Damien Cleary marschierte den Mittelgang zwischen den leeren Stuhlreihen entlang. „Hast du auf einmal doch politische Ambitionen, Nichols, oder hast du nur deinen VR-Geschmack geändert?“

Nichols lächelte. „Warum einen dieser Sessel wärmen, wenn man echt Macht haben kann? Ich mache mich nur mit dem Saal vertraut, wie immer, wenn ich irgendwo aussagen muss.“

Cleary erreichte die erste Reihe, blieb stehen und setzte sich auf einen der Zeugenstühle. Er schaute zu Nichols hoch. „Der Kreis scheint sich zu schließen. Hast du Hutch Hardin gesprochen?“

„Natürlich.“

„Und?“

„Hutch versichert mir, dass der Generalstaatsanwalt die Sache nur vorübergehend auf Eis gelegt hat, bis die Hearings vorbei sind. Bis dahin müssten wir die Stellung halten können. Übrigens: Ich habe gehört, dass Professor Daniels allein in der Klinik war, um Ray zu suchen.“

„Und?“

„Die nächste Sackgasse. Sie haben nichts in der Hand.“ Nichols beugte sich vor und setzte eine amtliche Miene auf. „Der Ausschuss möchte dem Zeugen für seine wochenlange Beschattung von Abigail Caldwell und Professor Creighton Daniels danken. Dank seiner Bemühungen sind wir in der Lage, von weiteren Schritten abzusehen und die Ereignisse ihren Gang gehen zu lassen.“ Er lächelte selbstzufrieden.

„Dafür ist es zu spät, Nichols.“

Das Lächeln verschwand. „Wie meinst du das – zu spät?“

„Weil Ms Caldwell und der Professor inzwischen bereits versorgt sind.“

„‚Versorgt?‘ Von wem?“

„Von uns. Du hattest ja gesagt, dass wir andere Saiten aufziehen müssen, wenn der General sie nicht schnell außer Landes kriegt, und das hat er nicht gemacht."

„Ich sagte, wir müssen *vielleicht* andere Saiten aufziehen. Was habt ihr gemacht?"

Cleary verzog keine Miene. „Ms Caldwell und der Professor haben sich eine seltene Gehirninfektion zugezogen. Eine, die irreversibel ist."

Nichols erhob sich. Er brauchte nur Sekunden, um eins und eins zusammenzuzählen. „*Du* hast also dieses Dorf in Neuguinea umgebracht. *Du* hast mit Killer-Nanobots experimentiert."

Er stieg langsam von seinem Platz auf das Parkett des Saals hinunter, ohne eine Sekunde den Blick von seinem Partner zu nehmen. „Du hast die Ärztin töten lassen, als sie anfing, der Sache auf die Spur zu kommen. Du hast deinen Mann in Dallas auf Abby angesetzt. Und jetzt hast du sie umgebracht. Durch deine Ungeduld hast du diese Frau aus dem Dschungel gelockt und uns auf den Hals geladen und jetzt hast du uns beide in ihre Ermordung verwickelt."

„Keiner kann nachweisen, dass die Nanobots von uns kommen, Nichols."

„Und von wem sollen sie dann kommen? Wie viele Firmen haben auch nur die Kapazitäten, sie herzustellen?"

Nichols kam zu Cleary herüber. Der stand auf und sah ihm in die Augen. „Ich habe getan, was nötig war, Nichols. Nötig für uns und für den Fortschritt der Menschheit. Willst du das etwa bestreiten?"

Nichols funkelte ihn schweigend an. Sein Gesicht entspannte sich langsam. Er brauchte Cleary nach wie vor, wenn seine Pläne gelingen sollten. „Ich schätze deine gute Absicht, Damien, aber nicht deine Taktik. Als ich sagte, dass wir vielleicht andere Saiten aufziehen müssen, habe ich nicht an *so etwas* gedacht. Vielleicht hätte ich mich klarer ausdrücken sollen."

Cleary nickte. „Könnte sein, ja."

„Ich kann das Töten Unschuldiger nicht gutheißen, auch nicht zum Wohle der Menschheit."

„In diesem Punkt sind wir unterschiedlicher Meinung."

„Sieht ganz so aus." Er winkte Cleary zu sich herüber und nebeneinander gingen sie über den Mittelgang zur Tür. „Geschehen ist geschehen. Ich schlage vor, wir beginnen jetzt mit der Umsetzung unserer Pläne für die Ausweitung der Transplantationen."

***

Ich wurde wach, als jemand mich schüttelte. Ich hörte eine Stimme. Eine laute Stimme, die mich aufforderte, aufzuwachen. Ich öffnete die Augen. Abby. Ich versuchte, den Kopf zu heben. Zu müde. Ich spürte etwas an meinen Schultern. Ihre Hände. Sie schüttelte mich. Warum bloß? Ich öffnete wieder die Augen und sah sie an. Sie sah besorgt aus. Sie sagte etwas. Ich bekam nur Bruchstücke mit.

„So leid … dich allein gelassen … Alistair … Krankenwagen … Vergib mir …"

Ich sah um mich und versuchte zu sprechen. „Ich … wo …?"

Sie sagte etwas. Etwas von Laurens Haus. Sie dachte, wir waren in Laurens Haus.

„Abby … Kopf … schwindlig … Durst."

Sie drückte meine Hand. Ihre Lippen bewegten sich. „… hol … Wasser."

Sie ging.

Ich schloss die Augen.

***

Der Mann schielte nervös zu den anderen sechs Personen im Aufzug hin. So viele Leute hatte er spät abends nicht erwartet. Er schaute wieder auf seine Pflegeruniform. Sie sah echt aus, einschließlich des Namensschildes des Washington General Hospital. Aber die Uniform war das Einfachste. Die große Hürde lag noch vor ihm. Jetzt konnte er nur noch darauf vertrauen, dass sein Auftraggeber wusste, was er tat.

Vierter Stock. Der Lift stoppte, die Tür öffnete sich. Von den anderen Passagieren stieg keiner aus. Der Mann schlüpfte durch die Doppeltür, kurz bevor sie sich wieder schloss. Er schaute sichernd nach links und rechts, dann marschierte er los. Er kam an ein Stationszimmer auf der rechten Seite. Die einzige Schwester, die darin saß, schaute auf und lächelte.

„Guten Abend. Sind Sie neu hier?"

„Auf dieser Schicht, ja."

„Willkommen auf dem Friedhof."

Er ging ohne weitere Worte an ihr vorbei und kam an eine verschlossene Doppeltür. Da rechts war der Augenscanner. Er beugte sich vor und hielt sein rechtes Auge davor. Der Scanner summte kurz. Der Mann trat zurück und sah ein kleines rotes Blinklicht. Er trat wieder näher an den Scanner. Wieder das Summen und das rote Licht.

Er schaute über seine Schulter zum Stationszimmer. Die Schwester sah in seine Richtung.

„Ich … äh, wie kriegt man …"

„Sie müssen erst Ihr Namensschild durch den Scanner ziehen."

„Ach ja, richtig. Das hatte ich ganz vergessen."

„Ich dachte, Sie haben schon mal auf 'ner anderen Schicht gearbeitet."

„Ja, aber das war in der Wäscherei."

Sie nickte. Er drehte sich wieder zur Tür um, zog sein Schild durch den Scanner, hielt sein rechtes Auge wieder davor und hörte das Klicken der Türverriegelung. Er trat nach links, öffnete die Tür und ging hindurch, ohne sich umzusehen.

Der Flur war leer. Der Mann passierte mehrere verschlossene Türen auf beiden Seiten. Links war ein Müllschlucker. Er hörte Geräusche aus einem anderen Stationszimmer weiter hinten. Was für eine Nummer stand an der nächsten Tür? Aha, noch drei Türen. Er würde nicht an dem anderen Stationszimmer vorbeimüssen. Zwölf Schritte, dann schaute er auf den Patientennamen an der Tür rechts. *Creighton Daniels.* Er drehte den Türknopf und trat ein.

Der Patient lag reglos auf dem Bett. Ein kleines Neonlicht über dem Kopfende erzeugte gespenstische Schatten.

Der Mann beäugte das Zimmer. Sein Herz setzte kurz aus, als er die Frau sah, die auf einer kleinen Liege lag; ihre Beine hingen über die Seite. Sie schlief. Wo sollte er sich verstecken, falls sie aufwachte? Verdammt, auf so etwas hatte sein Auftraggeber ihn nicht vorbereitet.

Er lauschte auf den Atem der Frau. Er war tief und regelmäßig. Er beschloss, weiterzumachen; er wusste, dass er keine zweite Chance bekommen würde. Auf Zehenspitzen trat er an den Patienten heran. Er hatte noch nie einen Menschen im Koma gesehen; der Mann sah gerade so friedlich aus wie die Frau, die neben ihm schlief.

Drei Infusionsschläuche lagen im Arm des Patienten. Er musterte sie und wählte einen aus. Er nahm eine Spritze aus einer Plastikhülle und führte sie hoch, bis sie die Kunststoffflasche berührte, an der der Schlauch hing. Dann drückte er die Nadel in die Flasche. Ein dünnes schmatzendes Geräusch, dann ein leises *Plopp*, als die Nadel in die Flasche drang. Er drehte sich zu der Frau um. Sie hob den Kopf, als wollte sie aufwachen, dann schlief sie weiter. Er drückte den Kolben der Spritze. Fünf Kubikzentimeter einer Flüssigkeit flossen in die Flasche.

Der Mann zog die Nadel wieder heraus, verstaute die Spritze wieder in ihrer Hülle und verließ das Zimmer. Er warf einen Blick nach rechts und links auf den Flur. Von rechts kam eine Schwester. Er wandte sich nach links, entsorgte die Spritze in einen Müllschlucker, durchschritt die Sicherheitstür und ging an dem Stationszimmer mit der Schwester vorbei. Dann warf er einen Blick zurück. Niemand folgte ihm. Er verschwand im Treppenhaus.

33

ALS ICH AUFWACHTE, war mein Kopf ein einziger Nebel, wie nach einem Traum, der nicht aufhören will. Ich hörte Stimmen. Eine klang bekannt. Ich öffnete die Augen und blinzelte gegen helle Lichter an. „Abby."

„Creighton! Du bist wach!" Ich spürte eine Hand auf meinem Arm. Ich versuchte, den Arm zu heben. Er war wie Blei. Ich drehte meinen Kopf nach rechts. Jetzt sah ich Abbys Gesicht. „Abby." Ich versuchte mich zu sammeln. „Wo bin ich?"

„Du bist im Washington General Hospital. Du bist ins …"

„Warum?"

„Creighton, du hast eine Gehirninfektion. Du warst drei Tage im Koma."

Drei Tage. Koma. Hospital. Ich erinnere mich an kein Krankenhaus. „Warum bin ich hier?"

Sie nahm meine Hand, führte sie an die Lippen und küsste sie. „Creighton", sagte sie langsam. „Du hast eine Gehirninfektion gehabt. Du warst im Koma. Du bist im Krankenhaus und auf dem Weg der Besserung."

Besserung? Ich hob den Kopf und schaute um mich. Auf einem Stuhl an der gegenüberliegenden Wand saß ein Mann, der zu mir herschaute. „Wer ist das?"

„Er ist FBI-Agent. Ben Steele. Er bearbeitet deinen Fall."

Ich wandte mich wieder Abby zu. „Fall? Was für ein Fall?"

Sie beugte sich tiefer herunter und sah mir in die Augen. „Creighton, wir glauben, dass jemand dich mit Nanobots infiziert hat, mit demselben Typ, der mein Dorf getötet hat. Bei mir haben sie's wahrscheinlich auch versucht. Agent Steele versucht, die Täter ausfindig zu machen."

Nanobots. An so was war das Dorf gestorben. „Wie lange?"

„Wie lange was?"

„Hab ich noch zu leben?"

Sie drückte mir lächelnd die Hand. „Wir hoffen, noch sehr lange. Die Infektion ist offenbar zum Stillstand gekommen."

Stillstand.

„Hat sie aufgehört?"

„Im Augenblick ja. Die Ärzte überwachen dich, aber es scheint keine neuen Schäden zu geben."

Neue Schäden. Hatte ich alte Schäden?

Diese Müdigkeit. Ich wollte nur noch schlafen. „Abby, ich bin … Ich …"

* * *

Abby erzählte mir wieder, was geschehen war. Ein Mal, zwei Mal, drei Mal, dann begann ich endlich zu begreifen.

Nachdem sie das Haus ihres Großvaters so überstürzt verlassen hatte, war sie zur Capitol Mall gefahren. Es war der einzige Ort, den sie kannte, wo sie für sich sein und nachdenken konnte. Früh am Abend war sie zu Lauren zurückgekehrt und hatte mich auf dem Sofa schlafend vorgefunden. Sie hatte mich geweckt, um sich zu entschuldigen. Ich hatte wirr geredet. Sie hatte versucht, mich auf die Beine zu bekommen. Als das nicht gelang, hatte sie einen Krankenwagen angetapt.

Sie fuhr mit, als der Krankenwagen mich in die Klinik brachte. Unterwegs verlor ich das Bewusstsein. In der Notaufnahme ergab eine Computertomografie, dass ein Teil des Stirnlappens meines Gehirns verschwunden war. Die Ärzte hatten keine Erklärung. Abby berichtete ihnen von den Nanobots, aber sie hatten keine Möglichkeiten, sie festzustellen.

Man brachte mich auf die Intensivstation. Mein Zustand verschlechterte sich. Ich fiel in ein Koma. Die Infektion fraß sich weiter.

Der Neurochirurg wollte operieren, um die Infektion zu beseitigen, auch wenn dies eine Lobotomie bedeutete. Abby protestierte. Wie konnte der Mann sicher sein, dass er alle Nanobots erwischen würde? Aber ihre Einwände nützten nichts und sie war auch nicht juristisch befugt, mich zu vertreten. Man bereitete mich für den Eingriff vor. Doch eine letzte Tomografie ergab, dass die Infektion in den letzten zwölf Stunden nicht mehr vorangeschritten war, und die Operation wurde auf Eis gelegt.

Weitere Untersuchungen bestätigten den Stillstand. Die Operation wurde gestrichen. Mein Zustand hatte sich stabilisiert. Abby war die ganze Zeit an meiner Seite gewesen.

Lauren Caldwell war in die Klinik gekommen, als sie die Nachricht hörte. Nachdem sie mit Abby gesprochen hatte, hatte sie den Generalstaatsanwalt angetapt und eine Untersuchung des Falls durch das FBI sowie FBI-Schutz für uns beide beantragt.

Man verlegte mich aus der Intensivstation in ein normales Zimmer. Drei FBI-Agenten, die sich rund um die Uhr abwechselten, wurden mit unserer Sicherheit beauftragt. Ein vierter, Ben Steele, leitete die Ermittlungen. Er war hochgewachsen, etwa so groß wie ich, aber wesentlich stämmiger. Ich konnte mir gut vorstellen, dass er vor vierzig Jahren im College Football gespielt hatte. Er war ebenso scharfsinnig wie freundlich.

Ich sollte ihm einige Fragen beantworten und ich tat es so gut ich konnte. Die Ereignisse nicht nur der letzten drei Tage, sondern noch einige Zeit davor waren mir wie verschwommen. Zum Glück hatten die Nanobots nicht den Zugang zum Netz oder zu meinem Gedächtnisdatenstrom blockiert, denn für etliche meiner Antworten musste ich darauf zurückgreifen.

Als er sein Verhör beendet hatte, erhob sich Steele. „Abby hat mir gesagt, dass Sie in Besitz der Botschaften von Ray Caldwell sind. Können Sie sie mir zugänglich machen?"

Ich gab ihm das Passwort für Alistair.

Er sah Abby an. „Ich werde mir das anschauen und den anderen Informationen von Ihnen nachgehen. – Ich nehme an, Sie haben keine Implantate, oder?"

Sie schüttelte den Kopf.

„Dann tappe ich dieses Zimmer hier an, wenn ich was brauche."

„Agent Steele ...", begann Abby.

„Ja?"

„Glauben Sie, dass hinter dem, was Creighton da passiert ist, Bryson Nichols stecken könnte?"

Er sah mich an, dann wieder Abby. „Ich spekuliere ungern, bevor ich die Fakten habe, vor allem in einem Fall wie diesem. Ich halte Sie auf dem Laufenden. Agent Hamm ist draußen, wenn Sie ihn brauchen."

Er ging.

Abby nahm meine rechte Hand und streichelte sie. „Creighton, ich muss dich um Vergebung bitten."

„Wofür?"

„Für meine Reaktion gestern. Die war völlig überzogen. Du wolltest mir helfen, aber ich hab das als persönlichen Angriff genommen. Wenn ich nicht da rausgerannt wäre ..."

Ich schob meine linke Hand quer über meinen Körper und legte sie auf ihre. „Abby, daran erinnere ich mich gar nicht mehr. Aber wenn du meinst, dass es deine Schuld ist, dass ich nicht schnell genug ..."

„Aber wenn ich bei dir gewesen wäre ..." Sie wischte sich eine Träne aus jedem Auge. „Ich hätte dich nie da reinziehen dürfen. Ich hätte nie ..."

Ich schüttelte den Kopf. „Abby, ich hab gewusst, in was ich mich da einließ." Ich zwang mich, zu lächeln. „Und ich bin ja immer noch da."

Eine halbe Stunde später öffnete FBI-Agent Ruiz die Tür. Dr. Peter Foreman, der Leiter der Neurochirurgie, kam herein. Er öffnete einen Viviscreen und studierte ihn.

„Abbruch“, sagte er. Er trat ans Fußende meines Betts.

„Ihre Werte sehen gut aus, Dr. Daniels. Und die Gehirninfektion ist weiter inaktiv.“ Er wurde leiser. „Sie wissen, um was für eine Infektion es sich handelt?“

Ich nickte. „Und wie sind die Schäden genau?“

„Der größte Teil Ihres orbitalen Stirnlappens ist weg. Es ist schwierig, die Folgen genau vorherzusagen. Verluste beim Kurzzeitgedächtnis, vielleicht auch beim Langzeitgedächtnis. Sprachstörungen, Störungen der Verarbeitungsgeschwindigkeit im Gehirn und des emotionalen und sozialen Bewusstseins. Ich schätze, einige dieser Symptome liegen bei Ihnen bereits vor?“

Ich nickte wieder. „Das genaue Ausmaß des Schadens wird sich erst im Laufe der Zeit zeigen.“

Ich wusste, dass das Gehirn enorm anpassungsfähig ist und verlorene Funktionen oft wiederherstellen kann. „Und wann wird mein Gehirn den Schaden kompensiert haben?“

Der Arzt sah Abby an, dann wieder mich. „Dr. Daniels, das meiste von dem, was bei Ihnen geschehen ist, ist irreversibel. Sie haben zu viel Gewebe verloren. Es tut mir leid, aber Ihr Gehirn wird nie mehr normal funktionieren.“

* * *

„Wie viele von diesen Frühlingsrollen isst du pro Woche, Steele?“

Ben sah zu seinem Kollegen, Trevor Hamm, hoch, der um die Ecke seiner Arbeitsnische guckte. „Drei jeden Tag zum Mittagessen. Rechne dir’s selber aus.“

„Was gibt’s Neues bei diesem Gehirninfektionsfall?“

„’nen Haufen Indizien-Nonsens, der sich möglicherweise um Bryson Nichols und NTI dreht.“

„Bryson Nichols? Was hat der damit zu tun?“

„Der Großvater der Freundin des Opfers war Ray Caldwell, der Neurowissenschaftler, der Bryson bei der Entwicklung der Transplantationstechnologie half.“

Hamm lehnte sich zurück und legte die Hände in den Nacken. „Und?"

„Angeblich ist ein Video von ihm aufgetaucht, in dem er über irgendeine Verschwörung von Nichols redet, die den ganzen Planeten zerstören könnte."

„Zerstören? Wie?"

Ben zuckte die Achseln. „Weiß ich nicht. Ich wollte da grade nachhaken. Aber vielleicht ist es auch nicht wichtig. Laut der Enkeltochter schickte er die Videobotschaft vor seinem Tod aus einer psychiatrischen Klinik in Boston. Es gibt keine offizielle Bestätigung, dass er je dort war, ich weiß nur, dass Abigail Caldwell steif und fest davon überzeugt ist."

Hamm setzte sich auf den Stuhl neben Bens Schreibtisch.

„Schauen wir uns dieses Video doch mal an."

Ben lud Rays Nachricht an Sam hoch und sie schauten sie schweigend an. Als sie zu Ende war, lehnte Hamm sich zurück, verschränkte die Hände hinter dem Kopf und lachte. „Das ist ja ein starkes Stück! Der Mann war Neurowissenschaftler und gleichzeitig Christ? Ich hab nicht gewusst, dass diese Spezies überhaupt vorstellbar ist. Nein, das Gerede vom Ende der Welt überlässt man besser den Spinnern." Er stand auf. „Halt mich auf dem Laufenden, ja? Kann kaum erwarten, zu hören, was du aufspürst. Aber, Ben – steck deine Nase nicht zu tief rein. Nicht, wenn Bryson Nichols in der Sache drinsteckt."

Hamm ging und Ben sah ihm nach.

Er rief die Nachricht auf, die Ray Caldwell vor sechzehn Jahren an Abigail Caldwell gerichtet hatte. Sie bestätigte, was Ben vermutet hatte: Abby Caldwell war ebenfalls Christin.

Ben stützte die Ellbogen auf den Schreibtisch und lehnte den Kopf in die Hände. Er seufzte tief. Dann zog er eine Schreibtischschublade auf und sein Blick heftete sich auf den einzigen Gegenstand, der darin lag: ein gerahmtes Foto. Es zeigte eine junge Frau neben einem Propellerflugzeug auf einem staubigen Flugfeld. In der Hand hielt sie eine Bibel.

***

Im Krankenhaus dehnten sich die Stunden zu Ewigkeiten. Die ersten 24 Stunden, nachdem ich aufgewacht war, wich Abby nicht von meiner Seite. Ich redete ihr zu, doch zurück zu Laurens Haus zu fahren und sich auszuschlafen. Auch dort waren FBI-Leute als Sicherheitsmannschaft abgestellt worden. Abby gab schließlich nach, packte ein paar Sachen und verschwand für die Nacht.

Die Ärzte hatten mir ein Betäubungsmittel verabreicht, aber es würde erst in ein paar Stunden wirken. Inzwischen war ich allein mit meinen lädierten Gedanken. Ich ließ meinen Blick durch das Zimmer schweifen. Wieder Verwirrung. Abby war zu Lauren gefahren. Was machte ich hier im Krankenhaus?

Ich öffnete meinen Gedächtnisdatenstrom und ging die letzten paar Tage durch. Aha, ich hatte eine Nanobotinfektion. Sie hatten meinen Stirnlappen aufgefressen. Sie waren gerade inaktiv und der Doktor wollte sie herausoperieren.

Operieren? Sollte ich zustimmen? Was sprach dagegen? Die Nanobots mussten weg!

Ich tapte die Schwester an.

„Ja, Mr Daniels?"

„Ich möchte, dass der Arzt die Operation jetzt vornimmt."

„Vor einer Operation müssen wir erst Abigail Caldwell kontaktieren."

„Abby? Warum?"

„Sie haben eine Patientenverfügung unterschrieben, dass sie vor wichtigen medizinischen Entscheidungen konsultiert werden muss."

„Oh!"

„Möchten Sie, dass ich sie antappe?"

Ich rief die Zeit aus dem Netz ab. „Nein, sie schläft jetzt bestimmt. Danke."

Ich kehrte zurück zu meinem Gedächtnisdatenstrom. Abby und ich hatten keine drei Stunden zuvor über die Operation gesprochen. Eine Hirnoperation war riskant. Aber wie riskant war es, wenn man die inaktiven Nanobots in meinem Kopf beließ?

Selbst wenn die Operation (was unwahrscheinlich war) sämtliche Nanobots entfernte – was dann? Mein Gehirn würde sich nach und nach neu verdrahten, aber nicht genug, um das wettzumachen, was ich verloren hatte.

„Abby, was wird aus meiner Berufskarriere? Wie kann ich noch weiter als Professor arbeiten?“

Was ich nicht laut sagte, was aber mein Gedächtnisstrom aufzeichnete, war eine ganz andere Sorge: Wie konnte ich noch dauerhafte Beziehungen zu anderen haben? Zu jemandem wie Abby? Wer würde mich noch als Partner wollen?

Es war das erste Mal, dass mir solche Gedanken kamen. Ich war ja noch nicht einmal fünfzig, ich hatte bestimmt noch hundert Lebensjahre vor mir. Die meisten Menschen in meinem Alter (manche schon eher) hatten bereits ihren ersten festen Lebenspartner. Vielleicht hatte ich zu lange gewartet. Wenn ich mich eher nach einer Frau umgesehen hätte, wäre das mit Abby nicht gekommen. Aber vielleicht gab es doch noch …

Die Müdigkeit meldete sich wieder. Ich verließ meinen Gedächtnisstrom und schloss die Augen.

* * *

Als ich wieder wach wurde, strömte Licht durchs Fenster. Abby saß neben mir und hielt mir die Hand. Sie lächelte, als ich sie ansah. Das Sonnenlicht malte eine feine Linie aus Licht um ihre Silhouette und ich genoss den Anblick.

„Ich hab dir eine Kleinigkeit zu essen mitgebracht“, sagte sie. „Wie hast du geschlafen?“

„Ich glaube, gut. Schlafen ist das Einzige, das ich noch gut kann“, versuchte ich es mit Galgenhumor.

Sie reichte mir eine Tasse Saft und ein Heidelbeermuffin. Es war schön, etwas zu essen, das von draußen kam.

„Wie hast du dich mit der Operation entschieden?“

„Ich weiß nicht. Ich … bin mir nicht sicher.“

„Kann ich irgendetwas tun, das dir helfen würde?“

Ich schüttelte den Kopf. „Nein, ich wünschte, ich wüsste etwas.“

Wir beendeten unseren Imbiss und Abby stellte Teller und Tassen auf ein Schränkchen und wandte sich an mich.

„Weißt du, ob es hier irgendwo ein Messer gibt?“, fragte sie.

„Ein Messer? Wofür?“

„Ich möchte was schneiden.“

„Schneiden? Wie mit einer Schere?"
„Ja, Schere wäre auch gut."
„Die gibt's bestimmt im Stationszimmer."
Sie ging aus dem Zimmer und kam kurz darauf mit einer Schere zurück. Sie nahm die Schere in eine Hand, legte ihren Kopf schräg und zog mit der anderen Hand ihr dunkles Haar so zur Seite, dass das Ende einer Strähne zwischen zwei Fingern hervorsah. Sie legte die Schere um die Strähne.
„Was machst du da?", fragte ich abrupt.
Sie schloss die Schere. Das Haarbüschel fiel in ihre Hand. Sie griff in ihre Hosentasche und zog einen kleinen Plastikbeutel und ein Stück Kordel heraus. Sie öffnete den Beutel, ließ das Haarbüschel hineinfallen und verschloss ihn wieder.
„Wofür ist der Bindfaden?"
Abby machte mit der Schere zwei kleine Löcher in die oberen Ecken des Beutels. Dann schob sie die Kordel durch die Löcher und knotete die Enden zusammen. Sie erhob sich von ihrem Stuhl und trat zu mir. „Lehn dich mal vor."
Ich tat es. Sie streifte mir die Kordel über den Kopf, sodass der Plastikbeutel wie der Anhänger einer Kette auf meiner Brust hing. Ich sah sie an.
Sie lächelte. „Das ist für dich."
Ich hob den Beutel etwas hoch und starrte das Haarbüschel in ihm an. „Danke. Was bedeutet das?"
„Bei den Inisi gibt es drei Stufen der Freundschaft und für jede Stufe gibt es ein besonderes Zeichen. Auf der ersten Stufe legt man sich neben dem anderen hin und macht mit ihm einen Mittagsschlaf; dazu verschränkt man die Finger mit den seinen. Auf der zweiten Stufe kaut man vorsichtig einander an den Fingern. Und auf der dritten Stufe nimmt man ein Büschel von seinem Haar, legt es in einen Krokodilzahn und schenkt ihn seinem Freund. Krokodilzahn hab ich hier halt keinen gefunden."
„Nein, die sind der Klinik gerade ausgegangen."
Ich betrachtete wieder das Haarbüschel. „Und … warum Haar?"
„Die Inisi glauben, dass man, um jemanden verfluchen zu können, eine Strähne von seinem Haar braucht. Echte Freunde schenken einander also ein Stück von ihrem Haar und sagen damit: ‚Ich

vertraue dir mein Leben an. Ich glaube, dass du das Haar nie benutzen wirst, um mir zu schaden.'"

Ich schaute wieder auf das Haar, dann in ihre Augen. „Abby, so etwas Wertvolles hat mir noch niemand geschenkt." Ich nahm ihre Hand. „Ich werde es nie benutzen, um dir zu schaden."

Sie lächelte, beugte sich zu mir und küsste mich sachte auf die Lippen. „Das weiß ich doch."

* * *

Ray Caldwells Nachricht an seinen Sohn Sam endete. Ben sah sie nun schon zum fünften Mal an. Er lehnte sich in seinem Stuhl zurück und nahm einen Schluck von seinem 11-Uhr-Kaffee. Gab es in der Nachricht irgendetwas, das er übersehen hatte?

Dass Caldwell sie überhaupt hatte senden können, war schon rätselhaft. Wie konnte ein Patient einer psychiatrischen Klinik – wenn er tatsächlich einer gewesen war – Zugang zum Netz haben? Und den brauchte er, um eine Nachricht zu senden. Und was hatte Caldwell davon abgehalten, auch den Rest der Nachricht zu senden?

Auch Caldwells Verhalten, während er die Nachricht sprach, gab Ben Anlass zum Grübeln. Nicht, dass es irgendwie exzentrisch gewesen wäre. Eher im Gegenteil. Außer einer gewissen Anspannung (vermutlich die Angst, entdeckt zu werden) wirkte er völlig klar. Ja, er schien seltsam gleichgültig gegenüber seinem eigenen Ergehen und sprach nur von einer existenziellen Bedrohung für alle. Wenn jemand in Caldwells Situation Gelegenheit hatte, mit der eigenen Familie Kontakt aufzunehmen, würde er dann nicht zuerst mal erwähnen, wo er sich befand?

Ben stellte die Kaffeetasse ab. Er musste sich auf die deutlichsten Hinweise konzentrieren. Er rief über das Netz die Polizeizentrale in Dallas und gelangte schließlich zum VR-Schreibtisch eines gewissen Detective Shriver.

„Ben Steele, FBI, Washington."

Der Mann erhob sich und gab ihm die Hand.

„Ich brauche Identität und Ermittlungsstand im Fall eines Mannes, der am 12. Juni im naturhistorischen Museum Dallas verhaftet wurde."

Shriver schüttelte den Kopf.

„Agent Steele, es wurde niemand verhaftet. Ein Zwischenfall wurde gemeldet, es hatte Schüsse im Gebäude gegeben, aber alles, was die wenigen Zeugen sahen, war eine Frau, die versuchte, ein Ausstellungsstück zu entwenden. Sie ließ es schließlich zurück und floh. Wir konnten sie noch nicht identifizieren. Auf den Chip-Scans sieht man niemanden, nur Museumspersonal."

„Kein männlicher Angreifer? Meine Informationen besa…"

„Kein Angreifer. Darf ich fragen, wieso das FBI sich für diesen Fall interessiert?"

„Ich … ähäm, wir dachten, es könnte eine Verbindung geben zwischen diesem Fall und einem anderen in Washington. Aber wir kennen noch zu wenige Details. Es war nur eine Hypothese. Melden Sie sich bei mir, wenn Sie etwas Neues finden."

„Selbstverständlich."

Ben verließ die virtuelle Realität. Er hatte angenommen, ein Täter säße bereits in Dallas in Haft und der Angriff auf Creighton Daniels musste von einem Komplizen verübt worden sein. Nun aber suchte er vermutlich nach nur einem Verdächtigen. Normalerweise wäre das eine gute Nachricht gewesen: weniger kompliziert hieß weniger gefährlich. Aber in diesem Fall galt das Gegenteil. Der Angreifer schien unauffindbar. Schlimmer noch, er hatte an verschiedenen Orten zugeschlagen, landesweit, vielleicht auch noch anderswo, weltweit. Was immer sein Motiv war – es war ihm auf jeden Fall ernst. Und er würde wieder zuschlagen. Da war sich Ben sicher.

34

AM ABEND DRÄNGTE ich Abby wieder, für die Nacht zurück zu Lauren zu fahren. „Da schläfst du besser. Einer von uns muss klar denken können. Mir passiert schon nichts."

Sie gab schließlich nach. Sie küsste mich, sagte, sie werde für mich beten, und ging.

Der FBI-Agent von draußen steckte den Kopf durch die Tür. „Gute Nacht, Dr. Daniels."

„Gute Nacht."

Ich war nicht müde. Ich hatte schon tagsüber drei oder vier kleinere Nickerchen gemacht. Abby hatte gelesen, wenn ich schlief. Wenn ich wach wurde, war sie sofort zur Stelle und wiederholte, warum ich im Krankenhaus lag, was der Arzt gesagt hatte und dass ich mich wegen der Operation entscheiden musste.

Es war ruhig in der Klinik. Mein abendlicher VR-Ausflug winkte. Sollte ich das nächste exotische Naturwunder bestaunen? Eine archäologische Ausgrabung machen? Mich mit einem ehemaligen Präsidenten unterhalten? Oder einfach mit Bekannten? Ich ließ ein paar meiner Lieblingsoptionen vor meinem inneren Auge ablaufen. Ich hatte zu nichts Lust.

Ich lag da und grübelte wieder über die Operation nach, als sich plötzlich Alistair meldete; ich hatte einen Tap von einem unbekannten Absender bekommen. Ich öffnete die Nachricht. Eine junge Frau mit NTI-Logo auf der Brust erschien. „Dr. Daniels, Sie haben eine Nachricht. Nur Text."

Nur Text? Das war ungewöhnlich.

„Wiedergeben, bitte."

Der Text begann über den Viviscreen zu laufen:

Professor Daniels, die Nachricht von Ihrem Krankenhausaufenthalt hat mich erschreckt. Dies muss ein schlimmer Schlag für Sie sein. Ich bin Neurowissenschaftler und ein Experte auf meinem Gebiet. Ich würde Ihnen gern meine Hilfe anbieten, um Ihr Gehirn möglichst umfassend zu regenieren. Diskretion ist dabei von äußerster Wichtigkeit. Wenn Sie an meinem Angebot interessiert sind, kommen Sie bitte zu dem VR-Ort, der im Anhang angegeben ist.

Ein Freund, der es gut mit Ihnen meint.

Freund? Ich hatte keine Freunde in der Neurowissenschaft. Oder doch? Wer war diese Person? Wie hatte sie von meiner Lage erfahren?

Ein Treffen mit dem Absender konnte nicht schaden. In der virtuellen Realität konnte man niemanden erschlagen, vergiften oder sonst etwas tun, das die physische Realität veränderte. Es gab hier kein Risiko für mich, außer vielleicht, dass ich etwas sagte, das ich besser für mich behalten hätte. Solange ich vorsichtig war …

Ich ging in die VR und fand mich in einem altmodischen englischen Herrenclub wieder. Ich saß in einem Kapitänssessel aus Leder. Mir gegenüber am selben Tisch saß ein Mann, den ich sofort als einen der größten Hightech-Industriellen und reichsten Männer der Welt erkannte. Und als meinen wahrscheinlichen Gegner. Bryson Nichols.

„Willkommen, Professor Daniels. Ich bin sehr froh, dass Sie meine Einladung angenommen haben. Ich lade nicht viele Menschen hierhin ein."

Ich schaute um mich, musterte die übrigen Anwesenden. Seit der Nanobot-Attacke war ich nicht mehr in der virtuellen Realität gewesen. Mein Gehirn funktionierte hier leider auch nicht besser als in der physischen Welt. Weder dort noch hier konnte ich mich darauf verlassen.

Ich sah wieder meinen Gastgeber an.

„Sind Sie wirklich Bryson Nichols?"

„Ja, definitiv."

„Woher soll ich das wissen können?"

Nichols lächelte. „Zunächst einmal gar nicht, wie immer, wenn der Absender sich nicht zu erkennen gibt. Aber Sie werden gleich im Bilde sein, wenn Sie hören, was ich Ihnen zu sagen habe."

Er winkte dem Kellner.

„Mögen Sie Whisky?", fragte er mich.

„Haben Sie den Anschlag auf mich befohlen?"

Er flüsterte dem Kellner etwas zu, dann sah er wieder mich an. „Nein."

„Haben Sie meinen Vater ermorden lassen?"

Er sah überrascht aus. „Ihr Vater ist ermordet worden? Ich dachte, das war Selbstmord."

„Das war es nicht."

Die Nachricht schien ihm nicht zu gefallen. Mehrere Augenblicke schwieg er. Der Kellner kam mit zwei Drinks. Ich nippte an meinem. Zum Glück hatte virtueller Alkohol keine Auswirkungen auf meinen Geisteszustand oder das, was davon übrig war.

„Also: Warum haben Sie mich hierher eingeladen, Mr Nichols?"

„Man hat Ihnen unrecht getan, Professor. Jemand hat Ihnen einen Teil Ihres Gehirns gestohlen. Ich möchte Ihnen Ihr Gehirn gern zurückgeben – nein, ich möchte Ihnen sogar ein besseres geben."

Ich überlegte einen Augenblick.

„Sie ... bieten mir eine von Ihren Transplantationen an?"

„Exakt."

Ich musterte sein Gesicht. Was war der wirkliche Grund, weshalb er mich hierherbeordert hatte? „So eine Operation kann ich mir unmöglich leisten. Es sei denn, Sie haben schon erreicht, dass sie von der staatlichen Krankenversicherung bezahlt wird."

Er lächelte. „Eines nach dem anderen. Nein, die Kosten übernehme ich. Ich finde, es ist das Mindeste, was ich Ihnen schuldig bin."

„Und wer hat mir ... unrecht getan?"

Nichols hob sein Glas, ein unnatürliches Lächeln auf den Lippen, und nahm einen Schluck. Er setzte das Glas wieder ab. „Das kann ich Ihnen nicht sagen, aber ..."

„Warum nicht?"

„Es wäre nicht klug. Ich meine es gut mit Ihnen, Professor Daniels, ehrlich. Ich möchte eine schlimme Tat wiedergutmachen."

„Wollten diese Täter auch Abby Caldwell umbringen?"

„Sie ist doch in Sicherheit, oder? Dafür können wir beide dankbar sein. Und was Ihre Gesundheit angeht, so haben Sie sicher die Nachrichten über die erfolgreichen Transplantationen gesehen, die NTI durchführt?"

Ich lehnte mich zurück und trank. „Ich habe keinerlei Interesse an einem künstlichen Gehirn. Ich ziehe das Original vor."

„Sie mögen das biologische Gehirn vorziehen, das Sie früher hatten. Aber wie ist es mit dem, das zerfressen worden ist?"

„Was wissen Sie darüber?"

„Man hat Sie mit Neural-Nanobots vergiftet."

„Ich dachte, Nanobots sind harmlos."

„Diese nicht. Sie sind so programmiert, dass sie in das Gehirn des Opfers wandern und alle Nervenzellen, die sie finden, sozusagen auffressen. Sie haben Glück gehabt, dass die Nanobots sich in Ihrem Stirnlappen festsetzten. Sie hätten alle möglichen anderen Gehirnareale angreifen können, sodass Sie tot gewesen wären, bevor ich eingreifen konnte."

Ich versuchte, den letzten Satz zu verdauen. „Eingreifen? Sie? Wie haben Sie das gemacht?"

„Kurz nach Ihrer Einlieferung ins Krankenhaus wurde ich über Ihren Zustand informiert."

„Durch wen?"

„Das kann ich Ihnen nicht sagen."

„Waren es die Täter?"

„Ich kann es Ihnen nicht sagen. Bitte haben Sie Geduld, Professor. Ich habe Sie zu mir eingeladen, weil ich auf Ihrer Seite bin."

„Meine Seite wovon?"

„Auf der Seite des Lebens." Sein Gesicht entspannte sich. Er lehnte sich zurück und trank. Dann fuhr er fort, etwas leiser: „Wie gesagt, ich wurde informiert. Ich wusste sofort, dass ich ein Gegenmittel gegen das Pathogen hatte."

„Sie haben ein Gegenmittel gegen Killer-Nanobots?"

„Wir verfügen über Abwehr-Nanobots, die so programmiert sind, dass sie Nanobots wie die, die Sie infiziert haben, vernichten."

„Weiß das die Regierung?"

„Wir stellen diese Nanobots für die Regierung her! Als sich selbst reproduzierende Nanobots technisch machbar wurden, wussten wir um das katastrophale Potenzial von Killer-Nanobots und dass wir Immunsysteme und Abwehrmechanismen gegen dergleichen Attacken entwickeln mussten."

„Also, Sie sagen …"

„Diese Abwehr-Nanobots wurden in Ihren Körper eingeführt, um den Angriff der Gehirnkiller-Nanobots zu stoppen."

„Wann eingeführt?"

„Das ist nicht wichtig."

Mir war es sehr wohl wichtig. Ich ließ meinen Blick über die Tische schweifen, versuchte, das, was ich da gerade gehört hatte, einzuordnen. „Können Ihre Nanobots dann also die Gehirnteile, die ich verloren habe, wiederaufbauen?"

„Leider nein. Sie haben eine rein defensive Funktion, geschädigtes Gewebe ersetzen können sie nicht."

„Ich dachte immer, mit Nanotechnologie kann man Gewebe reparieren."

„Manche Gewebe schon. Aber nicht Hirngewebe. Wir haben die Forschung in der Richtung schon vor Jahren eingestellt."

„Gratuliere."

„Ja, das können Sie auch, Professor. Wir haben diese Forschung eingestellt, weil wir weit größeres Potenzial in einer anderen Technologie sahen – dem synthetischen Gehirn."

„Ich habe schon gesagt …"

„Bitte, Professor, lassen Sie mich ausreden." Er stellte sein Glas ab und beugte sich vor. „Ich biete Ihnen eine Möglichkeit an, die volle Funktion Ihres Gehirns wiederherzustellen. Die einzige Möglichkeit. Aber ich biete Ihnen noch viel mehr. Ich biete Ihnen die permanente Existenz, ein unbegrenztes Leben in genau der bewussten Form, in der Sie zurzeit existieren – nicht ein Fortbestehen in lediglich replizierter Form, gleichsam als Kopie, sondern Sie werden so weiterbestehen wie jetzt, ohne Lücken oder Sprünge im Bewusstsein. Ich biete Ihnen ewiges Leben."

„Bis mein Körper nicht mehr mitmacht."

„Bis dahin wird es Stand der Technik sein, Körper aus Nanobots zu konstruieren. Wir stehen gerade an der Schwelle zu dieser Technologie."

„Künstliches Gehirn, synthetischer Körper."

„Reale Person. Das Ich bleibt intakt! Das ändert sich nie. Und das biete ich Ihnen an." Er nahm sein Glas und trank wieder. „Sie verstehen sicher, was das beruflich für Sie bedeuten würde?"

„Nämlich?"

„Direkten Zugang zur gesamten Bibliothek menschlichen Wissens."

„Aber das habe ich doch schon jetzt im Netz."

„Schon, aber ohne die Kapazität, diese Informationen eine Million Mal schneller zu verarbeiten als ein kerngesundes biologisches Gehirn. Stellen Sie sich nur mal vor, was Sie in Ihrer Disziplin mit solchen Fertigkeiten schaffen könnten."

„Wenn die Vorteile so groß sind, werden die meisten meiner Kollegen in ein paar Jahren die gleichen Fertigkeiten haben."

„Ein Grund mehr, sie sich schon jetzt zu verschaffen, meinen Sie nicht auch?"

Mein Kopf war wie ein Nebel. Ich zwang mich, durch den Nebel weiterzugehen. Mein jetziges Gehirn würde nie mehr das leisten, was ich von ihm erwartete, mein Leben nie mehr das sein, was ich mir wünschte. Ich hatte nichts zu verlieren, aber alles zu gewinnen, wenn ich das Angebot annahm.

„Ich bin immer ein Technologieskeptiker gewesen, Mr Nichols. Vielleicht habe ich als Historiker ein Faible für das Althergebrachte."

„Aber unter den Umständen …"

Ich trank mein Glas leer. „Starrheit um der Starrheit willen ist keine Tugend. Unter den Umständen … nehme ich Ihr Angebot an."

„Sehr gut. Sie werden es nicht bereuen, Professor."

Ich dachte nach. „Aber ich hätte da eine Bitte."

„Welche?"

„Vorher würde ich gerne einmal bei so einer Transplantation als Zuschauer dabei sein. Könnten Sie das möglich machen?"

Er lächelte. „Selbstverständlich, es wird uns eine Ehre sein. Wir holen Sie in die simultane VR, sodass Sie den Eingriff in Echtzeit aus Ihrem Krankenzimmer beobachten können."

Es dauerte einen Augenblick, bis ich ihn verstand.

„Ja. Das wäre gut."

„Wunderbar. Mein Assistent wird Sie kontaktieren."

Nichols beugte sich vor und stützte die Ellbogen auf den Tisch. „Aber jetzt zu der anderen Seite unseres Geschäfts."

Ich sah ihn misstrauisch an. „Andere Seite?"

„Ja. Sie könnten mir einen Gefallen tun."

35

„ICH HATTE GESTERN noch Besuch, nachdem du weg warst."

Abby schaute vom Frühstückstablett, das sie aus der Cafeteria mitgebracht hatte, hoch.

„So? Von wem?"

„Bryson Nichols."

„Bryson Nichols! Der war hier?"

„Wir haben uns in der VR getroffen."

„Und was wollte er?"

„Er … hatte gehört, dass ich hier bin, und wollte … wissen, wie es mir geht."

„Und? Steckt er wirklich dahinter?"

„Das glaub ich nicht."

„Nicht? Warum nicht? Alle Fakten – mein Dorf, deine Krankheit – alle Fakten deuten auf Nichols." Ihre Augen waren nur zwei schmale Schlitze und ihre Wangen gerötet.

Ich legte meine Hand auf ihren Arm im Bemühen, sie zu beruhigen. „Ich … Abby, es ist komplizierter, als wir dachten. Ich glaube, dass ein paar Leute aus seiner Umgebung dahinterstecken und dass er versucht, sie zu stoppen und uns zu helfen. Deswegen wollte er mich sprechen."

Abbys Stirn runzelte sich. „Creighton – er wollte dir doch nicht ein künstliches Gehirn aufschwatzen?"

Ich antwortete nicht.

Sie stand auf und wich vom Bett zurück.

„Du denkst doch nicht im Ernst an so was?"

„Ich … weiß nicht. Es ist ein verführerisches Angebot. Du weißt ja, wie es mir geht."

Abby ging ans Fenster. Auf ihrem Gesicht stand ein Ausdruck von Enttäuschung und Verwirrung; offensichtlich war es ihr noch immer komplett unverständlich, warum irgendjemand sich ein künstliches Gehirn wünschen sollte. Als sie sprach, klang ihre Stimme distanziert: „Hat er was über meinen Großvater gesagt?"

Ich nickte. „Er möchte, dass ich dir etwas sage."

Sie beugte sich näher.

„Er hat mir gesagt, wo das Grab deines Großvaters liegt – wo sie seine Asche begraben haben. Er dachte, du möchtest da vielleicht mal hin."

Abby wurde blass und ließ sich auf einen Stuhl sinken.

„Sein Grab? Du meinst, er … ist wirklich tot?"

„Das tut mir so leid, Abby. Ich weiß, dass du immer noch gehofft hattest. Aber es war immer nur eine Möglichkeit."

Die Tränen traten ihr in die Augen und rollten langsam ihre

Wangen hinab. Sie rutschte neben mich und drückte sich an mich, ihre Arme um meinen Leib geschlungen.

„Ich wollte, ich könnte dir was anderes sagen."

Sie hob ihr nasses, verweintes Gesicht. „Aber woher weißt du, dass das wirklich sein Grab ist?"

„Ich habe Nichols all die Dinge genannt, die uns spanisch vorkamen. Es gibt für alles eine Erklärung, Abby. Der Erbschaftsscheck: Das Geld war schon verteilt gewesen. Nichols hat dir einfach selber einen Scheck ausgestellt; er fand, dass du das verdient hattest."

„Und das Haus?"

„Er wartet darauf, dass die Immobilienpreise steigen. Als Testamentsvollstrecker kann er das machen."

„Und die Sterbeurkunde?"

„Das wusste er nicht. Wahrscheinlich ein Versehen. Er wird sich darum kümmern."

Sie sah mich eindringlich an.

„Und was hat er über die psychiatrische Klinik gesagt?"

„Dein Großvater war in den letzten beiden Wochen seines Lebens dort. Er hatte Wahnvorstellungen. Die Ursache konnten sie vor seinem Aneurisma nicht mehr feststellen."

„Hatten der Wahnsinn und das Aneurisma miteinander zu tun?"

„Das hat er nicht gesagt und ich habe nicht gefragt."

„Aber offiziell ist er doch nie da gewesen …"

„Das haben sie arrangiert, um seinen Ruf zu schützen – und sicher auch all das, wofür Nichols gearbeitet hat."

„Warum … warum hat er das *dir* gesagt und nicht mir selber?"

„Das weiß ich nicht. Er ist sehr beschäftigt. Wir können schon froh sein, dass er es überhaupt einem von uns mitgeteilt hat. Jetzt kennen wir die Wahrheit."

Abby starrte aus dem Fenster hinaus ins helle Sonnenlicht.

„Creighton, glaubst du wirklich, dass das die Wahrheit ist?"

„Was er sagt, klingt einleuchtend, Abby. Es … passt alles."

„Wenn du meinst …", sagte sie resigniert. Einen Augenblick saß sie schweigend da, dann sagte sie: „Ich möchte Poppys Grab besuchen."

* * *

Das Areal war mit Bäumen bestanden und von einer drei Fuß hohen Steinmauer umgeben. Auf dem Torbogen, der die Einfahrt bildete, stand das Wort „Ruhewiesen". Der Friedhof schien schon lange keine Besucher mehr gesehen zu haben. Es gab keine neuen Gräber und keine frischen Blumen auf den alten.

Der Weg schlängelte sich zum hinteren Teil des Friedhofs. Dort, im Schatten eines großen Laubbaums auf der rechten Seite, sah Abby den Grabstein. Sie befahl dem Wagen, anzuhalten. Sie stieg aus und ging langsam zum Grab. Auf dem Stein stand: „Raymond B. Caldwell. 2009 – 2088. Pionier der Wissenschaft und lieber Freund."

Lieber Freund. Nicht lieber Vater. Oder Großvater. Freund. Nun ja, etwas anderes hatte Nichols nicht schreiben können, wenn er ehrlich war. Und sie ja eigentlich auch nicht. Sie hatte ihren Großvater nie gekannt.

Sie legte ihre Hand auf den Boden vor dem Stein, kniete sich hin und schloss die Augen. Sie war wieder im Dschungel und verabschiedete sich von einer Tochter, die sie von ganzem Herzen geliebt und doch nicht lange genug gekannt hatte.

„Poppy", sagte sie leise, „ich weiß, dass du nicht hier bist. Du bist jetzt bei Jesus, wo alles viel schöner ist. Ich bin gekommen, um dir Auf Wiedersehen zu sagen."

Sie unterbrach sich, legte die Hände auf die Augen, um die Tränenflut, die sich ansammelte, zurückzuhalten.

„Ich weiß, dass du mich geliebt hast. Du hast mir den größten Segen geschenkt: Du hast einen Sohn aufgezogen, der ein fantastischer Vater war. Der von ganzem Herzen Jesus liebte und der mir zeigte, wie auch ich ihn lieben konnte. In den vielen Geschichten, die Dad mir aus seiner Kindheit erzählt hat, bist du mir richtig nahegekommen. Es war fast so, als wäret ihr, du und Nonny, im Dschungel immer irgendwie bei uns gewesen. Aber jetzt … jetzt vermisse ich dich noch mehr, als ich dich als Kind vermisst hab. Und ich brauche dich noch viel mehr."

Sie hörte das Rascheln des Laubs im Wind.

„Vor sechzehn Jahren hast du mir eine Botschaft geschickt. Ich weiß, du hast fest an jedes Wort geglaubt. Und ich ja auch. Aber, Poppy …"

Die Tränen kamen wieder.

„Aber ich … schaff es einfach nicht. Ich hab alles versucht, aber irgendwie scheint Gott so weit weg zu sein. Das ist, als ob ich Stöckchen in den Fluss werfe und sie sind gleich wieder weg. Ich glaube, dass Gott mir jetzt eine Tür geöffnet hat, in Washington vom Evangelium, von Jesus zu reden. Aber ich habe mich schon so oft getäuscht. Vielleicht mache ich mir nur selber etwas vor? Wer will denn das hören, was ich zu sagen habe?

Ich habe dich enttäuscht, Poppy. Dich und Gott. Im Dschungel war mein Glaube so lebendig, aber hier … ist mein Gottvertrauen wie weggeblasen. Und mein Friede. Und ich ertappe mich bei Gedanken über Creighton, die ich nicht haben sollte. Vielleicht bin ich nicht so stark, wie du dachtest. Oder wie Gott mich haben wollte."

Sie spürte den Wind auf ihren nassen Wangen, lauschte auf das Rascheln der Blätter und schaute den Baumkronen zu, die sich unter dem wolkenlosen Himmel wiegten. Sie hatte gehofft, dass Gott vielleicht hier am Grab ihres Großvaters zu ihr reden, ihr eine Weisung geben würde. Aber sie hörte nichts. Ihr Großvater war nicht da und Gott schien weit weg zu sein. Sie war allein. Wieder einmal.

* * *

„Creighton."

„Ja, Alistair?"

„Du hast mich gebeten, dich an deinen Termin zu erinnern. Du möchtest gleich bei einer Gehirntransplantation zusehen."

Ich setzte mich auf meinem Krankenbett auf. „Danke, Alistair." Alistair erinnerte mich jetzt an alles und jedes.

Ich ging in die Simultan-VR, die Bryson Nichols für mich vorbereitet hatte. Sie führte mich in die Eingangshalle des Neurologischen Implantationszentrums von NTI. Der Augenscanner für Besucher prüfte meine Identität, bevor eine Dame mich durch ein Labyrinth von Gängen und Fluren führte. Der Operationsraum war supersteril. Bevor wir den Raum betraten, musste ich OP-Kleidung und einen Mundschutz anlegen – damit es real wirkte, vermutete ich. In der VR würde ich wohl kaum jemanden infizieren können.

„Professor!“

Bryson Nichols streckte mir seine behandschuhte Hand entgegen. „Wir sind etwas vor der Zeit. Wollten nicht ohne Sie anfangen.“

Er stellte mir das vierköpfige Operationsteam vor, das von Dr. Kamisha Sutter geleitet wurde. Die Patientin war Emma Tyndale, eine 120-jährige Frau mit einer fortgeschrittenen Gehirnkrankheit; obwohl die Operation in ein paar Minuten beginnen würde, war sie noch wach und bei vollem Bewusstsein.

Ich stellte mich neben Nichols, ein paar Schritte vom OP-Tisch entfernt. Nichols erklärte mir, dass man Emmas Gehirn mit Tausenden von Nanobots gescannt und in Softwareform rekonstruiert hatte. Die Software-Version des Gehirns war getestet worden und funktionierte perfekt, war jedoch noch nicht hochgefahren worden, um das Problem eines doppelten Bewusstseins – hier das biologische Gehirn, dort das synthetische – zu vermeiden. Dafür war sie bereits auf das Silikonsubstrat, das man in Emmas Schädel einpflanzen würde, heruntergeladen worden. Alles, was noch zu tun war, war, das biologische Gehirn zu entfernen, das Silikonsubstrat einzupflanzen und die Software zu aktivieren.

„Werden Sie die Patientin nicht anästhesieren?“, fragte ich Nichols.

„Das machen wir erst unmittelbar vor dem Eingriff. Die Narkose hält nicht sehr lange an. Fünfzehn Minuten nach Ende der Operation wird sie schon wieder bei Bewusstsein sein.“

Emma sah uns an und lächelte schwach. Nichols nickte ihr beruhigend zu. „Ich war jetzt mehrere Wochen bei keiner Operation dabei. Schade. Der Blick der Patienten, wenn sie aufwachen – es ist jedes Mal ein Fest! Sie wissen, dass sie nach wie vor sie selber sind, nur viel besser. Und dass sie es nun für immer bleiben werden. Viele weinen vor Freude.“

Jetzt wurde die Betäubung gelegt. Emma lag reglos auf dem OP-Tisch. Sutter begann, mit einem Laserskalpell einen kreisförmigen Schnitt um den Schädel zu legen, etwas oberhalb der Ohren. Als der Schnitt fertig war, hob sie die gesamte obere Schädelhälfte ab. Ich starrte auf Emmas biologisches Gehirn.

Als Nächstes machte Sutter einen langen Einschnitt im Bereich von Emmas Nacken, in den sie die Schnittstellen einsetzte, die Emmas Rückenmark mit dem Silikongehirn verbinden würden.

Nichols flüsterte mir zu: „Bevor sie das biologische Gehirn entfernen, müssen sie natürlich schon das Rückenmark mit dem neuen Gehirn verbinden, damit nicht die lebenswichtigen Körperfunktionen, wie Atmen und Herzschlag, aufhören."

Die Verbindung mit dem Rückenmark dauerte zwei Stunden. Alle Nervenfasern mussten einzeln abgeschnitten und sofort ersetzt werden.

Die neue Rückenmarksverbindung war fertig. Sutter trennte die Funktionen des niederen Gehirnbereichs vom biologischen Gehirn ab. Emmas Atem und Herzschlag stoppten. Ich sah Nichols an.

„Das ist okay", flüsterte er.

Der Neuroprogrammierer aktivierte die niederen Gehirnfunktionen der Software. Emmas Herz machte drei zögernde Schläge, dann schlug es im Takt. Ihr Atem setzte wieder ein. Ich seufzte erleichtert auf.

Nichols beugte sich wieder zu mir. „Bis zum Ende der Operation werden nur die niederen Gehirnfunktionen aktiv sein. Die höheren schalten wir erst zum Schluss zu."

Sutter schob ihre Hand unter Emmas Gehirnmasse und hob sie aus dem Schädel heraus. Dann legte sie das Gehirn vorsichtig in einen mit einer Flüssigkeit gefüllten Behälter. Eine Assistentin trug den Behälter zu einem großen Kühlschrank und schob ihn hinein.

„Temporäre Stasis", erklärte Nichols.

Sutter kehrte an den OP-Tisch zurück. Ihr Team hatte das Silikongehirn bereits in Emmas Schädel platziert und die obere Schädelhälfte wieder aufgesetzt. Sutter vernähte die beiden Schädelhälften miteinander. Im Laufe der Zeit würden sie von allein wieder zusammenwachsen. Ich sah Nichols an. „Ich dachte, Ihre Schädeldecke ist jetzt künstlich."

Er lächelte. „Das stimmt, aber das war nur zur Demonstration. Unsere Patienten kriegen ihren eigenen Schädel zurück."

Die Operation war abgeschlossen. Sutter drehte sich zu einem Bildschirm um und kontrollierte die Daten ihrer Patientin.

„Alles im Normbereich", erklärte Nichols.

Sutter schaute den Neuroprogrammierer an. „Jim, Sie können das Substrat voll aktivieren."

Der Mann gab die nötigen Befehle ein, dann sah er Sutter an. „Es läuft."

Ich schaute Nichols an. Er grinste über beide Ohren. „In zehn Minuten wird sie aufwachen", sagte er.

Wir warteten. Neun Minuten später beugte Sutter sich über ihre Patientin. „Emma? Emma, können Sie mich hören?"

Die alte Frau öffnete die Augen. „Ja." Sie schaute zu den Köpfen über ihr hoch. „Ja. Sind Sie fertig? Hab ich mein neues Gehirn?"

„Jawohl! Wie fühlen Sie sich?"

„Gut." Sie schaute um sich und strahlte. „Ich fühl … Mr Nichols. Da ist ja Mr Nichols."

Nichols trat an den OP-Tisch. „Ich wollte nur mal nach Ihnen schauen, Emma. Ich freue mich, dass es so perfekt gelaufen ist."

„Ja." Emma drehte sich zu Sutter hin. „Dafür hatte ich gebetet, Dr. Sutter. Ich habe den Herrn …"

Ich schaute zu Nichols hinüber. Seine Stirn runzelte sich.

Emmas Gesicht wurde unruhig. „Ich hab den Herrn …"

Sutter strich ihr über die Hand. „Ja, Emma. Was wollen Sie sagen?"

Die Frau versuchte aufzustehen, aber sie war noch festgeschnallt. „Ich hab von dem Herrn geredet, wie …"

„Emma, wir müssen Sie erst losschnallen und dann müssen Sie bitte ruhig liegen bleiben. Es dauert noch etwas, bis Sie aufstehen können."

Die Patientin riss wieder an den Gurten.

„Emma!"

Die alte Frau legte ihren Kopf zurück auf den OP-Tisch und schloss die Augen. Der Raum war totenstill. Nach vielleicht einer halben Minute sagte Sutter: „Emma? Können wir Sie jetzt losschnallen?"

Emma öffnete die Augen. Blanke Panik stand darin. „Nein! Nein! Davon hatten Sie mir nichts gesagt!" Sie riss wieder an den Gurten, ihre Augen schossen wie gehetzt durch den Raum. „Sie haben nicht gesagt …"

Sutter beugte sich über sie. „Was ist mit Ihnen, Emma? Stimmt etwas nicht? Sagen Sie's mir!"

„Nein!"

Sutter wandte sich an die Schwester neben ihr. „Wir müssen sie sedieren."

„Sie haben mir nicht gesagt, dass ich nicht mehr …"

Die Schwester reichte Sutter eine Spritze.

„Nicht mehr was, Emma?", fragte Sutter.

„Dass ich *ihn* nicht mehr hab."

„Wen – ‚ihn'?"

„Gott."

36

„AGENT STEELE, ICH kann Ihnen die Dokumente zeigen."

Der Roboter glitt durch einen Korridor im Massachusetts Center for Mental Health. Ben folgte ihm durch eine Sicherheitsschleuse.

Als Ben im Zentrum seinen Dienstausweis vergelegt und die Protokolle über Ray Caldwell angefordert hatte, hatte sich der Klinikdirektor, Dr. Brandt, wundersamerweise daran erinnern, dass Caldwell in der Tat kurz als Patient hier gewesen war. Er gab seine Zustimmung, dass Ben volle Akteneinsicht gewährt werden sollte.

Der Roboter führte ihn einen weiteren Gang entlang. Ein Arzt und zwei Pflegekräfte kamen ihnen entgegen – Menschen, keine Roboter –, dann traten sie nach rechts in einen Raum mit etlichen langen Tischen. Der Roboter winkte Ben, sich zu setzen.

„Hier können Sie in Ruhe die Dokumente sichten."

Der Roboter aktivierte das Netz. Auf einem Viviscreen erschien die erste elektronische Akte. „Es gibt hinten im Raum eine kleine Bar mit Erfrischungen. Bitte bedienen Sie sich. Wenn Sie sonst noch etwas brauchen, können Sie mich rufen." Der Roboter gab Ben seinen Kontaktcode im Netz und verschwand.

Natürlich hätte Ben die Dokumente auch von Washington aus

im Netz einsehen können. Theoretisch konnte er seine Ermittlungen fast gänzlich vom Schreibtisch aus durchführen: Das Netz und VR machten das möglich. Aber Ben Steele liebte die Handarbeit, sozusagen. Wenn er in einem Fall ermittelte, wollte er am Ort des Geschehens sein und nicht nur auf Zahlen und Fakten auf imaginären Bildschirmen starren.

Ben wühlte sich durch die Akten. Den Patienten aufgenommen hatte ein Dr. Leonard Thompson, aber es gab keinen Untersuchungsbericht von ihm. Merkwürdig. Am folgenden Tag hatte man Ray Caldwell an den Klinikleiter, Dr. Brandt, überwiesen. Noch merkwürdiger. Wie oft kam es vor, dass ein Patient vom Klinikchef persönlich betreut wurde? Nun ja, schließlich hatte Bryson Nichols die Einweisung veranlasst. Vielleicht hatte das den Klinikchef veranlasst, sich persönlich um den Fall zu kümmern.

Caldwell litt an Wahnvorstellungen. Die Diagnose lautete auf Neurokamoidose, eine Krankheit, von der Ben wusste, dass sie früher mit Medikamenten behandelt worden, aber inzwischen durch Gentherapie heilbar war. Er fand es komisch, dass Caldwell sich nicht gründlich genetisch hatte testen lassen; die Krankheit wäre ohne Weiteres vermeidbar gewesen.

Man hatte Caldwell zunächst auf Psychopharmaka gesetzt, um seine paranoiden Tiraden in den Griff zu kriegen. Zwei Wochen nach seiner Aufnahme sollte eine Gentherapie beginnen. Am Tag vor der ersten Behandlung erlitt er sein Gehirnaneurisma. Man hatte ihn tot in seinem Zimmer aufgefunden.

Ben stand vom Tisch auf und ging zur Snackbar hinten im Raum. Er goss sich einen Kaffee ein und bestellte ein Wurst-und-Käse-Sandwich. Dann kehrte er an seinen Platz zurück und starrte auf das Bild von Ray Caldwell, das noch immer auf dem Viviscreen stand. Es gab keinen Grund, die Richtigkeit der Dokumente zu bezweifeln. Aber etwas an diesem Fall ließ bei ihm alle inneren Warnlampen aufleuchten.

Plötzlich kam von links ein Geräusch. Die Tür öffnete sich, und eine der Schwestern, denen er im Flur begegnet war, kam herein. Sie war jung, kaum mehr als zwanzig, und schaute nervös über ihre Schulter. Dann schloss sie die Tür hinter sich und nahm Kurs auf die Theke. Als sie Ben sah, blieb sie abrupt stehen. „Hallo …“

Sie schob ihr blondes Haar zurück. „Kann ich Ihnen was helfen?"

Ben lächelte. „Nein, danke. Ich mach gerade Kaffeepause." Er machte eine Geste Richtung Snackbar. „Ist das hier die Cafeteria für Personal?"

Sie ließ die Schultern sinken. „Nein, eigentlich ... ich wollte nur ..." Sie warf einen Blick auf den Viviscreen. „Sie müssen der FBI-Mann sein."

Ben sah an sich selbst hinab. „Ist das so offensichtlich?"

Das Mädchen lächelte. „Natürlich nicht. Hab nur grad davon gehört. Wir haben ja schließlich nicht jeden Tag jemanden vom FBI im Haus."

Sie ging nach hinten zur Theke und nahm sich ein Sandwich; dann kam sie zurück und blickte auf den Viviscreen. Ben trat einen Schritt vor, um ihr die Sicht zu versperren.

„Die Dokumente, die Sie da ansehen, sind sowieso gefälscht."

„Wie kommen Sie darauf?"

Sie nahm einen Bissen von ihrem Sandwich und zuckte die Achseln.

Ben blickte wieder auf den Viviscreen. „Woher wissen Sie überhaupt, was drinsteht?"

„Jedenfalls weiß ich, dass sie gefälscht sind."

Ben starrte sie an, nicht ganz sicher, wie er reagieren sollte.

Sie nahm sich noch ein Sandwich und steckte es in ihre Kitteltasche. „Kommen Sie, ich zeig's Ihnen."

Er folgte ihr in den Gang. Sie gingen bis zur nächsten Ecke und dann links durch einen langen Korridor. Die junge Frau warf ab und zu einen Blick über die Schulter.

„Sie werden Ärger kriegen, oder?", fragte Ben.

„Ja. Ist wahrscheinlich heute mein letzter Tag. Aber das ist okay. Scheißjob. Das Einzige, was hier gut ist, sind die Snacks."

Sie kamen an eine Sicherheitsschleuse. Sie öffnete sie per Augenscanner und beide gingen einen weiteren Gang entlang.

„Ich arbeite normalerweise nicht in diesem Bereich. Aber manchmal muss ich einspringen, deswegen kann ich rein. Wir sollen eigentlich nicht darüber sprechen. Aber wenn es Brandt auffliegen lässt, umso besser. Der Mann ist total daneben."

Sie blieb vor einem Patientenzimmer stehen. Über einen weiteren Augenscanner öffnete sie die Tür und betrat den Raum. Ben folgte ihr.

Der Raum war weiß getüncht. In der Mitte standen ein Metalltisch mit abgerundeten Kanten und ein einfacher Stuhl. Hinter dem Tisch eine Liege mit einer dünnen Matratze, Laken und einer grünen Decke. Auf der Liege saß ein Mann, der in den Neunzigern sein mochte. Ray Caldwell.

* * *

Ray Caldwell schaute von dem Bett in seinem Isolationszimmer hoch. Jemand öffnete die Tür. Dreimal täglich kam eine Schwester, um ihm eine Mahlzeit zu bringen und nach ihm zu sehen, aber das hier musste etwas anderes sein. Es gab keine Uhr in der Zelle, aber dank der inneren Uhr in seinem Silikongehirn wusste Ray genau, wann die Schwestern kamen, und um 13.47 kamen sie nicht.

Theodore Brandt trat ein, gefolgt von einem Pfleger und einem Mann, den Ray seit seiner Einlieferung nicht gesehen hatte: Bryson Nichols. Brandt blieb gleich hinter der Tür stehen. „Ray, Sie haben Besuch."

„Bryson. Wie komme ich zu der Ehre?"

„Ich lasse Sie dann eben allein", sagte Brandt. Er und der Pfleger gingen.

Nichols nahm auf dem Stuhl Platz. „Ray, Ray. Wenn du die Dinge nur klar sehen würdest, kämst du heute noch hier raus, ach was, du wärst nie reingekommen. Wir können immer noch so vorgehen, als ob das alles nicht geschehen wäre. Ich habe eine wunderbar plausible Erklärung für die falsche Todesnachricht parat; noch plausibler geht's nicht. Du siehst: Ich hoffe immer noch, dass du zurückkommst in unser Team. Ich habe dein Büro nicht angerührt."

„Du möchtest, dass ich die Dinge so sehe wie du, Bryson. Das habe ich früher gemacht und das war ein Fehler." Ray beugte sich vor. „Aber du hast meine Frage nicht beantwortet."

„Du weißt ganz genau, warum ich hier bin, Ray." Nichols' Gesicht war weder wütend noch ängstlich. „Du hattest Besuch von einem FBI-Agenten."

„Du scheinst Augen in den Wänden zu haben, Bryson. Oder einen Klinikleiter in deiner Tasche."

Nichols legte die Hände hinter dem Kopf zusammen. „Worüber habt ihr gesprochen? Deine Entlassung? Abigail? Ich hoffe, du hast keine Dummheiten vor, alter Freund."

„Meine einzige Sorge ist zurzeit, dass meine Enkelin sicher zurück zu ihren Leuten kommt."

„Sie ist ganz versessen darauf, dich zu finden, Ray."

Ray runzelte die Stirn. „Weil du so stümperhaft versucht hast, mich verschwinden zu lassen. Ich dachte, dass du mit deinem neuen Gehirn das cleverer gemacht hättest. Vielleicht hab ich ein besseres Modell bekommen als du."

Nichols starrte ihn an.

„Lässt dein Humor dich gerade im Stich, Bryson?", fragte Ray. „Schau her: Wir beide wollen doch dasselbe – dass Abby wieder geht. Ich habe den FBI-Mann gebeten, sich darum zu kümmern und meine Gegenwart hier geheim zu halten."

Der Anflug eines Lächelns ging über Nichols' Gesicht. „Du bist ein weiser Mann, Ray. Meistens." Er erhob sich. „Ich muss natürlich dafür sorgen, dass der Agent dich nicht noch einmal besucht."

„Sicher."

„Und das Klinikpersonal wird ein Auge auf dich haben. Wir können dir nach wie vor keinen Netzzugang erlauben, das weißt du."

Ray nickte. „Tu mir einen Gefallen, ja? Sorg dafür, dass ihr nichts passiert. Es ist schon zu viel passiert. Tu's für einen alten Freund."

„Versprochen, Ray. Schön, dass wir hier einig sind. Ich hoffe nur, dass du doch noch anfängst, das große Thema so zu sehen wie ich." Nichols' Blick fuhr durch den Raum. „Das ist ja wie im Gefängnis hier."

Ray erhob sich. „Es ist ja nicht für immer, Bryson. Noch nicht einmal die Ewigkeit ist für immer – jedenfalls nicht deine Art von Ewigkeit."

37

ABBY SASS MIT einem Buch in einem Sessel und ich schüttelte mir gerade den Rest eines Mittagsschläfchens aus den Knochen, als Ben Steele ins Zimmer stürmte. „Abby! Ihr Großvater lebt!"

Abby sprang auf. „Er lebt? Woher wissen Sie das?" Sie schoss mir einen Blick zu. Mit einem Knoten im Magen versuchte ich, Überraschung zu heucheln.

Ben sah kurz zu mir rüber, dann schaute er wieder Abby an. „Ich habe ihn heute persönlich gesprochen. Er ist im Massachusetts Center for Mental Health. Ist die ganze Zeit dort gewesen."

„Geht es ihm gut?"

„Ja, doch. Er ist nie krank gewesen. Nichols hat ihn dort internieren lassen, sozusagen."

Abby wollte zur Tür. „Kann ich zu ihm?"

„Nein."

Abby sah verwirrt aus. „Warum nicht?"

„Die Klinik gibt noch nicht einmal zu, dass er dort ist. Der Leiter ist eine Marionette von Nichols. Sie würden nicht übers Foyer hinauskommen."

„Wie ist Ihnen dann gelungen, ihn zu sprechen?"

„Über eine Schwester, der es egal war, ob sie ihren Job verliert."

Abby sah mich an, die Augen zusammengekniffen. Ich sah förmlich, wie die Räder in ihrem Kopf arbeiteten. Sie drehte sich wieder zu Steele um. „Und was kommt jetzt? Werden Sie Nichols verhaften?"

Ben schüttelte den Kopf. „So einfach ist das nicht."

„Ist das, was er da gemacht hat, nicht ungesetzlich?"

„Doch, sicher. Aber Nichols hat Freunde in hohen Positionen – sehr hohen Positionen –, die kein Interesse daran haben, dass er vor Gericht kommt."

„Aber wir sind hier doch in den USA", schrie Abby und warf die Arme in die Luft. „Wenn hier jemand ein Verbrechen begeht, hat das nicht Konsequenzen?"

„Ja, das sollte es. Aber wenn die Leute mächtig genug sind, laufen die Dinge anders."

Abby kam jetzt in Fahrt. Sie war in Kampfstimmung. „Agent Steele, ich verstehe nicht recht. Warum gehen Sie nicht einfach zu Ihrem Chef und sagen ihm, was Sie wissen? Die können meinen Großvater doch nicht einfach da festhalten!“

„Ich muss erst mal herausfinden, wem wir überhaupt trauen können; das ist mein nächster Job. Und ich muss mich darauf verlassen können, dass Sie so lange hier oder im Haus dieser Abgeordneten bleiben. Jedenfalls an einem Ort, wo Sie sicher sind.“

Abby seufzte. „Ich versuch’s.“

„Abby, dies ist kein Spiel. Man hat versucht, Sie umzubringen.“ Ben schielte zu mir hin. „Sie beide.“ Er sah wieder Abby an. „Ihr Großvater möchte Sie gern treffen.“

Abbys Gesicht erhellte sich. „Aber hatten Sie nicht eben gesagt …“

„Sie können ihn nicht dort in der Klinik treffen. Aber ich glaube, wir haben eine Möglichkeit gefunden, wie Sie sich virtuell mit ihm treffen können.“

„Lassen die ihn in die VR?“, fragte ich.

Ben sah mich an. „Nicht wirklich. Sie erlauben ihm keinen vollen Netzzugang. Aber er glaubt, er kann den Arzt dazu bringen, dass er sich hin und wieder in eine abgesicherte VR-Lokalität zurückziehen kann, damit er mal andere Tapeten sieht, und dass wir dann durch eine passwortgeschützte ‚Hintertür‘ ebenfalls dort hinkönnen. Er hat mir alle nötigen Informationen gegeben. Der Mann ist ein Genie. Wir brauchen nur einen mobilen VR-Zugang für Abby; ich kümmere mich darum. Aber hoffen Sie lieber nicht zu viel, vielleicht klappt es auch gar nicht.“ Er ging zur Tür und schaute sich noch einmal um. „Bleiben Sie hier, bis ich wiederkomme. Alle beide.“

Er ging. Abby rannte förmlich zu meinem Bett und warf die Arme um mich. „Creighton, er lebt! Jetzt können wir …“ Eine Wolke verdüsterte ihr Gesicht; sie setzte sich auf die Bettkante und musterte mich. „Creighton, wusstest du das?“

Ich wandte meinen Blick ab. Ich wäre am liebsten im Boden versunken. Jetzt erschien mir der kleine Handel mit Nichols, auf den ich mich eingelassen hatte, als die schlechteste Entscheidung meines Lebens.

„Ich habe nicht danach gefragt, Abby. Ich habe dir nur gesagt, was Nichols mir für dich aufgetragen hatte. Das war seine Bedingung für diese Transplantation. Ich glaube … ich glaube, ich wollte das nicht wissen.“ Ich sah ihr jetzt in die Augen. „Und das tut mir sehr leid.“

Sie sah mich an. Es kam mir wie eine Ewigkeit vor. Ich wusste nicht, was ich ihr noch sagen sollte. Schließlich stand sie auf, ging zur Tür und verschwand.

Fünf Stunden später kam sie zurück. Sie trat ans Waschbecken und stellte einen Becher und eine kleine Tüte auf die Ablage. „Ich hab dir was zu trinken gebracht. Und Plätzchen.“

Sie setzte sich ans Fußende meines Betts. „Creighton, ich möchte dir sagen, dass ich dir vergeben habe.“

Ich sah sie an. „Abby, ich weiß nicht, was ich sagen soll. Als Nichols sagte, dass er …“

Sie hielt ihren Zeigefinger an meine Lippen. Ich verstummte. „Ich vergebe dir. Lass uns nicht mehr drüber reden, okay?“

Sie hatte mir ihr Vertrauen geschenkt und ich hatte es verraten. Ich hätte ihr noch so viel zu erklären gehabt, aber was ich auch sagte, ihren Schmerz würde es nicht ungeschehen machen. Wir schauten einander ein paar Sekunden an. Sie sah müde aus, als hätte sie geweint. Abby hatte alles verloren und ich, statt für sie da zu sein und sie zu schützen, hatte noch einen weiteren Schmerz hinzugefügt.

„War Agent Steele schon wieder hier?“, fragte sie schließlich.

„Bis jetzt noch nicht.“

„Hast du heute Mittag was gegessen?“

„Nein. Das Mittagessen war ungenießbar.“

„Dann hol ich dir was. Nur von Plätzchen kann man nicht leben.“

Sie ging und kam nach zehn Minuten mit zwei Sandwiches und einer Tüte Kartoffelchips zurück. Sie war eine richtige Chips-Expertin geworden. Ben kam, als wir mit den Sandwiches gerade fertig waren.

„Ich hab den VR-Zugang.“

Das Ding sah so ähnlich aus wie der Helm, den ich in meinem Büro in der Uni benutzt hatte, nur neuer.

Abby stellte ihren Teller ab. „Gehen wir dann jetzt?"

„Sobald Sie das Ding hier aufgesetzt haben. Wenn alles geklappt hat, müsste er in ein paar Minuten online sein. Wenn nicht … aber das werden wir gleich sehen."

Sie setzte sich auf den Stuhl am Fenster. Steele setzte ihr den VR-Helm auf und stellte ihn ein. Dann trat er zurück. „Dann mal los."

„Kommen Sie mit?", fragte sie ihn.

„Nein, das ist nicht nötig. Er erwartet Sie."

Sie schaute mich an. „Creighton? Willst du mit?"

Ich schüttelte den Kopf. „Mach das allein, ihr habt euch ja noch nie gesehen. Ich geh das nächste Mal mit."

Ich wäre liebend gerne mitgegangen, allein schon als Geste der Wiedergutmachung. Aber ich hatte das Recht verwirkt, dabei zu sein, zumindest beim ersten Mal. Ich war der Mensch, der Abby in der Welt am nächsten verbunden war, und nun konnte sie mir nicht mehr vertrauen. Gut, sie hatte mir vergeben und jetzt lud sie mich sogar ein, mitzukommen, aber im Grunde war sie, zum Teil jedenfalls, wieder allein. Vielleicht könnte Ray ihr heraushelfen aus dieser Einsamkeit.

Sie drehte sich um und sah Ben an. „Okay."

„Gut", sagte er. „Denken Sie daran, dass dies kein sehr langer Besuch sein kann. Ray hat gesagt, dass jeder Aufenthalt, der über ein paar Minuten hinausgeht, möglicherweise ein Alarmsystem auslöst, das dem Krankenhaus zeigt, dass wir uns eingeschlichen haben. So hab ich ihn jedenfalls verstanden, ich bin kein Experte. Wir haben uns darauf geeinigt, dass ich Sie zurückhole, wenn Sie nach zehn Minuten noch nicht wieder hier sind."

Sie nickte.

Steele fuhr fort: „Drücken Sie diesen grünen Knopf auf der rechten Seite des Helms. Ich hab keine Ahnung, wo Sie landen, wenn es funktioniert. Nordpol, Urwald – alles ist drin."

Er prüfte die Uhrzeit. „Noch eine Minute."

Abby drehte sich zu mir, wir sahen uns an. „Bis dann", sagte ich.

Sie drückte den grünen Knopf.

* * *

Abby fand sich in einem großen, menschenleeren Park wieder. Überall standen hohe Bäume, dazwischen lagen unter einem blauen Himmel weite Grasflächen, wie sie sie im Dschungel nie kennengelernt hatte.

„Abigail."

Sie drehte sich um. Fünf Meter entfernt war ein hölzerner Picknicktisch mit zwei Bänken. Auf der einen Bank saß ihr Großvater.

„Poppy!"

Er stand auf und sie rannte zu ihm und warf die Arme um ihn. Die Tränen traten ihr in die Augen. Sie spürte seinen Schnurrbart an ihrer Wange und die Kraft seiner Arme, die sich um sie legten. Sie umarmten sich wohl eine Minute lang, bevor Ray einen halben Schritt zurücktrat.

„Mein Goldmädchen." Er strich Abby über die Wangen und wischte mit dem Daumen ein paar Tränen fort. „Besser wir lernen uns kennen, bevor uns die Zeit davonläuft."

Sie setzten sich auf die Bank. „Poppy, es tut mir so leid, dass ich dich nicht eher gefunden hab. Wir haben ..."

Er schüttelte den Kopf. „Ich bin da, wo Gott mich gerade haben will. Du solltest mich nicht eher finden. Abigail, ich kann es schier nicht glauben, dass wir uns nach all den Jahren endlich treffen. Deine Großmutter ist bestimmt neidisch."

„Glaubst du, dass sie das hier mitkriegt?"

„Wenn nicht, können wir es ihr vielleicht später sagen." Er zwinkerte. „Seit wann bist du in den Staaten?"

„Eineinhalb Monate. Poppy, ich hab deine Nachrichten erhalten – die, die du mir vor sechzehn Jahren schicktest, und die, die du kürzlich meinem Vater geschickt hast."

„Hat er sie nicht selbst erhalten?"

„Poppy, Dad ist seit elf Jahren tot."

„O nein." Ray sah erschüttert aus, ein paar Tränen liefen ihm übers Gesicht. Dann wischte er sie energisch fort.

„Es tut mir so leid, dass du es auf diese Weise erfährst."

Er schüttelte wieder den Kopf. „Für solche Nachrichten gibt es keine gute Weise. Als Agent Steele mir sagte, dass du in den Staaten bist, nahm ich an, ihr wärt alle hier. Ich hatte mich so darauf gefreut, ihn noch einmal zu sehen ..." Er wischte sich eine Träne aus dem Auge. „Und deine Mutter?"

Abby seufzte. „Vor acht Jahren."

„Dann warst du acht Jahre allein im Urwald?"

„Nein, nicht allein. In meinem Dorf."

Er nickte. „Natürlich. Sie waren deine Familie. Umso besser. Du hast also die Nachricht von deiner Großmutter und mir erhalten. Ich konnte nicht ahnen, dass du 34 sein würdest, bevor du sie bekämst. Vermute, es war ein ziemlicher Schock?"

Sie nickte.

„Für uns war es damals auch ein Schock, als wir entdeckten, dass Gott uns beiden dieselbe Botschaft geschickt hatte und dass sie dich betraf."

„Dann glaubst du, dass das nach wie vor gültig ist?"

Poppy grinste. „Ich habe nichts Gegenteiliges gehört. Und jetzt bist du also in den USA. Und was denkst du, wodurch ist Gott in deinem Leben gerade aktiv?"

Abby sah zu Boden. „Ich fürchte, da ist gar nichts aktiv."

„Nichts? Das kann nicht sein. Nicht, wenn er in dir lebt."

Sie schaute ihn wieder an. „Ich hab x-mal versucht, das Evangelium weiterzugeben. Im Gespräch mit Einzelnen und auf großen Einladungen. Ich habe sogar eine Botschaft für das Netz aufgenommen, in der ich das Evangelium erkläre. Aber ..."

Eine warme Brise strich durch den Park. „Aber was?"

„Niemand scheint die Botschaft von Jesus zu interessieren. Im Dschungel war das ganz anders; da kamen viele Menschen zu Christus. Aber hier – ich komme einfach nicht an die Menschen heran."

„Und was für eine Botschaft sagst du ihnen?"

„Das Evangelium halt. Dass sie Sünder sind. Dass Jesus der Mensch gewordene Gott war. Dass er am Kreuz starb, um die Strafe für unsere Sünden zu bezahlen. Dass er danach von den Toten auferstand. Und dass jeder, der an ihn glaubt, seine Sünden vergeben bekommt und für immer bei Gott sein wird."

Ray beugte sich vor. „Vielleicht bringst du ihnen nicht die richtige Botschaft."

„Was soll denn daran falsch sein? Das ist das Evangelium."

Er lächelte. „Nicht falsch. Aber unvollständig. Darf ich dich etwas fragen: Wie klappt diese Botschaft bei dir selber?"

„Ich … wie meinst du das?"

„Wie klappt es bei dir selbst mit dem Christenleben? Erlebst du dort etwas, um das andere dich glühend beneiden würden?"

Abby seufzte auf. „Ich weiß nicht. Im Dschungel war das so einfach. Als meine Eltern starben, hatten wir schon einen Rhythmus gefunden. Wir hatten unsere Bibelstunden und ich lernte, so viel ich konnte. Aber hier in den USA ist plötzlich gar nichts einfach. Ich tue, was ich kann, für Gott. Ich versuche mit ihm im Kontakt zu bleiben. Ich …"

Er hob seine Hand, wie um sie zu unterbrechen. „Vielleicht ist gerade das dein Problem, Abigail. Du versuchst, etwas zu tun, das Gott gar nicht von dir verlangt."

„Aber in eurer Botschaft haben Großmutter und du doch gesagt …"

Sie war einen Augenblick desorientiert. Sie schaute um sich. Sie saß wieder in meinem Krankenzimmer.

„Nein! Noch nicht!" Sie sah Agent Steele an. „Ich muss zurück!"

Er schüttelte den Kopf. „Das waren zehn Minuten, Abby, tut mir leid."

„Aber wir sind ja noch nicht einmal …"

„Wir versuchen es morgen wieder."

Sie schaute mich bittend an.

„Wenigstens hat es geklappt", sagte ich ermutigend. „Und, wie war's, das Treffen mit deinem Großvater?

Ihre Schultern fielen herab, sie starrte auf den Fußboden.

„Nicht so, wie ich es mir gewünscht hätte."

38

AM NÄCHSTEN TAG trafen Ray und Abby sich wieder auf dem Platz mit dem Picknicktisch. Er umarmte sie und dann setzten sie sich.

„Abby, ich möchte mich für gestern entschuldigen. Als du gingst, schienst du mir recht niedergeschlagen. Also, fangen wir noch mal von vorn an. Das Wichtige ist, dass du weißt, wie sehr ich mich freue, dich endlich kennenzulernen, und wie stolz ich darauf bin, dass du solch eine couragierte junge Frau geworden bist. Und dass du Gott kennst und liebst, macht mich zusätzlich froh. Und außerdem" – er grinste spitzbübisch – „siehst du deiner Mutter so ähnlich."

Abby verspürte einen Kloß im Hals. Sie streckte ihm über den Tisch ihre Hand hin. Er hielt sie einen Augenblick in seiner.

Dann fuhr er fort: „Ich weiß nicht mehr, wie oft ich mir gewünscht hab, deine kleine Hand zu halten, als du ein Kind warst, aber du warst am anderen Ende der Welt. Ich hätte nie gedacht, dass wir erst so spät und unter solchen Umständen zusammenkommen würden."

Jetzt wurde er ernster. „Ich nehme an, Agent Steele hat dir gesagt, dass es nur eine Frage der Zeit ist, bis sie herausfinden, dass wir uns treffen, und einen Riegel vorschieben."

Sie nickte.

„Ich glaube, ihm kannst du vertrauen. Aber auch wenn wir getrennt werden, wir arbeiten gemeinsam weiter daran, die Wahrheit herauszufinden. Okay?"

„Natürlich." Abby drängte es, auf das Gespräch von gestern zurückzukommen, um zu verstehen, was ihr Großvater ihr hatte sagen wollen. „Poppy, wie hast du das gestern gemeint – dass ich etwas tun will, das Gott gar nicht von mir verlangt? Versuche ich nicht die ganze Zeit, seinen Willen zu tun?"

Er lächelte. „Doch, das tust du bestimmt. Dein Herz brennt für ihn, das weiß ich."

„Was hast du dann gemeint?"

„Möchtest du wirklich jetzt, in dieser kurzen Zeit, darüber sprechen?"

„Ja. Seit ich in die Staaten gekommen bin, hab ich mich geistlich entwurzelt gefühlt. Irgendwie funktioniert das Leben hier nicht mehr so, wie ich es aus dem Dschungel kenne. Ich lese die Bibel, aber Gott scheint stumm. Ich bete und habe das Gefühl, mein Gebet bleibt an der Decke hängen. Ich versuche, das Evangelium weiterzusagen, aber ich komme nicht mal dazu, Jesus auch nur zu erwähnen. Ich bin mit diesem Mann zusammen, mit Creighton, und ...“ Sie starrte auf das Gras unter dem Tisch. „Es ist schwer. Ich bin erwachsen ...“ Sie sah ihren Großvater an. „Egal, wie schwer es ist ...“ Sie schüttelte hilflos den Kopf.

„Du kannst noch so viel für Gott tun, aber es scheint nie genug zu sein?“

Abbys Augen wurden rund. „Ja, genau. Woher weißt du das?“

„Weil ich dieses Gefühl nur zu gut kenne.“ Ray stand auf. „Komm, bewegen wir uns ein bisschen. Ich sitze den ganzen Tag und dieses Käfigdasein setzt mir ziemlich zu.“ Sie stand langsam auf und sie steuerten auf einen Waldweg zu, der sich durch den Park schlängelte. Ray nahm ihre Hand.

„Gott weiß, dass du alles versuchst, um ihm zu gefallen.“

Abby seufzte. „Ja, vermutlich.“

„Aber er verlangt gar nicht, dass du dich so anstrengst.“

Sie sah ihn überrascht an. „Tut er nicht? Im Neuen Testament finde ich all diese Anweisungen, wie man als Christ lebt. Wenn ich mich nicht sehr bemühe ...“

Ray hob die rechte Hand wie ein Stoppschild und blieb stehen.

„Ich sage nicht, dass du gar keinen Beitrag leisten musst. Aber du musst dich nicht bis zur Erschöpfung anstrengen. Ich glaube, du denkst, die Verantwortung dafür, dass dein christliches Leben gelingt, liegt bei dir.“

„Natürlich. Wenn nicht bei mir, bei wem sonst?“

„Bei Jesus.“

Abby ließ die Schultern sinken. Sie hatte gehofft, etwas zu hören, was ihr weiterhelfen würde, aber nicht eine Binsenweisheit, die sie schon seit dreißig Jahren kannte. „Ja, klar, natürlich ist es letztlich Jesus. Aber trotzdem muss ich doch ...“

Er schüttelte den Kopf. „Komm, laufen wir noch etwas.“

Sie folgten dem Weg tiefer in den Park. „Abby, ich glaube, das Wichtigste für dich ist im Moment nicht, dass du etwas anders *machst*, sondern dass du ein paar Dinge anders *siehst.* Jesus ist das Leben in dir. Wie alt warst du, als du anfingst, ihm zu vertrauen?"

„Fünf. Jedenfalls hat Mom das immer gesagt. Ich selbst weiß es gar nicht so genau."

Er nickte. „Also hat Gott dir ein geistliches Leben geschenkt, als du fünf warst. Das biologische Leben hattest du bereits, aber dein Geist war verschlossen für Gott. So geht es uns allen; so werden wir geboren. Und deshalb hat Gott sozusagen eine Herztransplantation an dir vorgenommen. Er nahm das Herz, das Gott nicht kannte, heraus und gab dir stattdessen ein neues Herz, einen neuen Geist, der Gott kannte und liebte. Und mehr noch. Er selbst kam, um in dir zu leben – er hat sich sozusagen mit deinem neuen Herzen verbündet. Und so bist du jetzt untrennbar mit der Quelle des Lebens selbst verbunden. Dieses Leben, sein Leben, strömt in dir und durch dich hindurch zu anderen."

Abby blieb mitten auf dem Weg stehen und hing ihren Gedanken nach. Was Ray sagte, brachte durchaus etwas in ihr zum Schwingen. Aber trotzdem: Was änderte es daran, dass ihre Gebete ungehört verklangen oder dass es ihr nicht gelang, ihre Gedanken über Creighton nicht in Bereiche abgleiten zu lassen, die … Jesus würde ihre Gedanken nicht für sie zähmen.

„Ich höre, was du sagst", sagte sie nachdenklich. „Aber trotzdem muss ich doch auch selbst etwas tun. Jesus bewegt schließlich nicht meine Lippen, damit sie bestimmte Worte sprechen."

Ray lächelte. „Natürlich nicht. Aber diese Fragen lösen sich von selbst, wenn deine Grundeinstellung sich ändert – wenn du die Dinge so siehst wie er. Denn dann erlebst du: Die Last, die er uns zu tragen gibt, ist tatsächlich leicht. Und das hat er ja auch versprochen. Aber du hast bisher eine ziemlich schwere Last mit dir herumgeschleppt."

Da hatte er recht. Abby atmete tief durch. „Erklär mir das doch bitte noch weiter."

Poppy griff nach einem Zweig an einem jungen Baum am Wegrand und zog ihn zu sich heran. „Du kennst ja das Bild vom Weinstock und den Reben?"

Sie widerstand der Versuchung, die Augen zu verdrehen. *Natürlich kannte sie das Bild.* „Ja."

„Dieser Baum ähnelt dem Weinstock." Er nahm ein Ästchen an dem Zweig zwischen zwei Finger und wandte sich wieder an Abby. „Woher hat dieser Baum sein Leben – aus der Tiefe des Baumes selbst oder aus diesem Zweig?"

Bäume waren etwas, womit Abby sich auskannte. „Aus der Tiefe des Baums."

„Stimmt. Aber woher weißt du das? Nur vom Anschauen kann man das nicht wissen."

„Weil ein Zweig nicht von selbst wächst."

„Genau. Ein Zweig hat kein eigenes Leben. Er empfängt das Leben vom Baum. Abby, du bist ein solcher Zweig. Du bist nicht die Quelle des Lebens." Er nickte mit Kopf in Richtung des Baums. „Der Baum ist die Quelle. Gott ist die Quelle. Von ihm stammt das geistliche Leben, das in dir lebendig ist. Wie ein Baum Früchte wachsen lässt, so lässt Gott Leben wachsen. Sein eigenes Leben. Nur er kann das tun. Warum also glauben wir, wir könnten dieses göttliche Leben in uns selbst erschaffen – oder Gott erwarte von uns, dass wir das tun?"

Er blickte wieder auf den Zweig. „An diesem Zweig werden Früchte wachsen, wenn er mit dem Stamm verbunden bleibt. Aber er ist nur ein Kanal für die Lebenskraft des Baumes. Er muss nicht viel tun, um das zu sein. Aber, wenn ich den Zweig abbreche" – er knickte den Zweig vom Ast ab – „und du ihn in den Boden steckst" – er reichte Abby den Zweig –, „wie viele Früchte werden daran wachsen?"

„Keine, natürlich. An einem abgetrennten Zweig können keine Früchte wachsen."

„Ganz klar. Hier wird keine einzige" – er warf einen Blick auf den Baum – „Nuss, vermute ich, wachsen. Dieser Zweig kann sich noch so sehr anstrengen, es wird nichts nützen. Gott hat es so eingerichtet: Früchte wachsen nur, wenn der Zweig am Baum bleibt und von ihm seine Lebenskraft bekommt.

Abby, du kannst dich anstrengen, wie du willst, aber du kannst das Leben, das Gott schenken will, nicht selbst produzieren. Denn es ist das Leben aus Gott. Wir können es nicht selbst machen. Aber es will in uns sichtbar werden – so wie der Zweig sichtbarer Beweis dafür ist, dass der Baum lebt. Und das geschieht, wenn wir im Kontakt mit ihm bleiben, wenn wir darauf vertrauen, dass er sein Leben in uns und durch uns lebt. Denn deswegen hat er sich mit deinem Herzen verbündet – damit er sein Leben in dir leben kann."

Abby schaute ihren Großvater an. Sie schien verwirrt. „Aber so einfach kann es nicht sein. Ich kann doch nicht den ganzen Tag herumsitzen und sagen: ‚Ich halte Kontakt zu Gott.' Ich muss doch irgendetwas tun."

Er lächelte wieder. „Also, wenn du etwas tun willst, da hab ich einen Vorschlag. Du hast doch von dieser Frau erzählt, die du beim Laufen am See getroffen hast. Wenn ..." Er unterbrach sich. „Ich glaube, unsere Zeit läuft ab. Ich möchte nicht, dass du wieder einfach verschwindest, ohne dass wir uns verabschiedet haben."

Abby spürte, dass noch etwas offen war, als ob die Wahrheit, die sie gesucht hatte, sich ihr irgendwie nicht erschlossen hatte. „Poppy, wir können hier nicht abbrechen."

„Wir haben nur zehn Minuten, Abby. Agent ..."

„Nur noch drei Minuten! Bitte! Ich möchte das noch zu Ende diskutieren. Ich glaube, ich versteh nicht, was du mir sagen willst."

Er legte ihr die Hand auf die Schulter. „Ich würde liebend gern weiterreden. Ich werde noch ein paar Minuten bleiben. Und wenn sie dich lassen ..."

* * *

Ich beobachtete, wie Abby die Augen öffnete. Sie sah verstört aus. Ben ging zu ihr und begann, ihr den Helm abzunehmen.

„Ich muss zurück."

Ben nickte. „Morgen zur vereinbarten ..."

„Nein!" Abby griff nach dem Helm und hielt ihn fest. „Ich muss jetzt zurück."

Ben runzelte die Stirn. Ich wusste, gleich würde sie in Kampfstimmung sein.

„Abby", griff ich ein, „das war die Verabredung: zehn Minuten. Alles andere wäre zu gefährlich."

„Drei Minuten." Sie blickte von mir zu Ben und wieder zu mir. „Nur noch drei Minuten."

Er schüttelte den Kopf. „Tut mir leid, Abby, wirklich. Aber das Risiko ist zu hoch."

Ihre Augen schossen Blitze. „Und wer, bitte, hat Ihnen die Zuständigkeit dafür erteilt, zu bestimmen, wie lange ich meinen Großvater treffen darf?"

Ich konnte sehen, wie der Ärger in ihm hochstieg. „Nun, ich hätte gedacht, 32 Jahre Berufserfahrung beim FBI würden als Legitimation ausreichen. Aber wenn Sie auf meine Erfahrung verzichten wollen …" Er drehte sich um und ging zur Tür.

„Agent Steele …" Ich hielt meine Hand hoch.

Er sah mich an. Einen Moment lang starrten wir uns alle schweigend an.

„Wo ist Ray jetzt?", fragte ich Abby.

„Er wollte auf mich warten – an unserem VR-Treffpunkt."

Meine Augen trafen Bens Blick. „Agent Steele, ich bin Ihrer Meinung. Aber in diesem Fall … könnten wir Abby noch mal für drei Minuten hinschicken? Wir diskutieren hier rum und jede Minute, die wir damit vergeuden, gefährdet Ray."

Ben seufzte resigniert. „Wenn's denn sein muss. Drei Minuten. Und keine Sekunde länger."

Abby nickte ihm zu und sah dann mich an. *Danke*, sagte sie stumm. Ben programmierte den Helm und sie verschwand in die virtuelle Realität.

* * *

Ray war zum Picknicktisch zurückgekehrt. Abby setzte sich und er streckte ihr die Hände entgegen. Sie ergriff sie und wollte etwas sagen, aber er hatte schon begonnen.

„Abby, ich fürchte, unsere Treffen machen die Dinge für dich eher komplizierter als einfacher. Gib mir noch einen Versuch, vielleicht wird dann klarer, was ich meine."

Abby spürte, wie ihr Körper sich entspannte. Das war es, was sie unbedingt brauchte: Klarheit.

„Zweitausend Jahre lang", fuhr er fort, „hat der Großteil der Kirche nicht wirklich verstanden, was Jesus über das Leben gesagt hat. Und dann musste man konsequenterweise auf Regeln und Prinzipien zurückgreifen, durch die das Leben gelingen soll. Aber eine Religion aus Verhaltensregeln ist keine frohe Botschaft. Das Evangelium besagt: Jesus kam, um Leben zu schenken – sein Leben."

Er ließ seinen Blick durch den Park schweifen, dann sah er wieder Abby an. „Du hast gesagt, dass die Menschen sich nicht für die Botschaft von der Vergebung durch Christus interessieren."

Sie nickte. „Zumindest konnte ich keinerlei Interesse erkennen."

„Das habe ich auch festgestellt, schon vor geraumer Zeit. Die Menschen wissen nicht mehr, dass sie Vergebung brauchen, sie glauben ja nicht mehr an absolute Werte, an Gut und Böse. Wozu sollten sie dann Vergebung brauchen?"

„Aber sie *brauchen* doch Gottes Vergebung!"

Er legte sacht die Hand auf ihren Arm. „Was sie brauchen, ist Leben. Und das spüren sie. Denn trotz Spaß, Dauerunterhaltung und Hightechmöglichkeiten sind sie innen drin leer. Das bloße biologische Leben, das den Geist leer lässt, kann nie glücklich machen. Wir brauchen auch ein spirituelles Leben, das Leben des Geistes. Wir brauchen Gott.

Du hast Gott gefunden. Diese Wirklichkeit kann dich gelassen machen – in jedem Augenblick deines Lebens lebt er in dir. Als du mit dieser Frau am See geredet hast, hat er in dir gelebt. Er hat durch dich gesprochen. In diesem Wissen kannst du Frieden finden. Und dann werden andere spüren, dass du aus einer anderen Quelle lebst als sie, und sie werden sich wünschen, diese Quelle auch zu entdecken."

Er legte ihr die Hände auf die Schultern. „Unsere Zeit ist um. Wir reden später weiter. Wir sind alle mit einem an irgendeiner Stelle schiefen Evangelium aufgewachsen, das verlernt man nicht über Nacht. Gott wird dir schon klarmachen, was entscheidend ist. – Bring morgen diesen Professor mit. Und Agent Steele. Wir müssen einen Plan machen."

* * *

Abby tauchte aus der virtuellen Realität auf. Sie wirkte unglücklich.

„Nun?", fragte ich. „Wie war es? Hast du deine Antwort bekommen?"

Sie wandte sich mir zu und schüttelte den Kopf. „Nicht wirklich." Ihre Hände griffen zum VR-Helm und sie setzte ihn ab. „Was Ray sagt, klingt einleuchtend. Aber ich verstehe nicht, was daran so anders sein soll als das, was ich bisher versucht habe zu leben. Ich weiß nicht, was das, was er sagt, praktisch bedeutet – was ich konkret tun kann." Sie holte tief Luft und sah aus dem Fenster. „Wenn wir darüber nur weiter ..."

Ich wurde ungeduldig. Warum mit diesen spirituellen Spezialproblemen Zeit verschwenden? Schließlich hatten wir genug reale Probleme, bei denen es um Leben und Tod ging.

„Würde Ray mit uns über die aktuelle Lage sprechen?"

„Ja." Abby klang abwesend, vertieft in ihre Gedanken. Dann drehte sie sich abrupt um und sah mich und Ben an. „Wir müssen ihn da rausholen." Sie begann im Zimmer hin und her zu gehen. „Ich ertrage das nicht länger, dass er weiter da bleibt ... wo immer das ist."

Ben schüttelte den Kopf. „Ich glaube nicht, dass das klug wäre. Noch nicht. Nichols lebt derzeit noch in dem Glauben, dass ich niemandem sage, dass Ray noch lebt. So konnte ich uns etwas Zeit kaufen für diese Besuche. Wenn wir vorschnell ..."

„Dann ist er also schon in Gefahr!"

„Richtig. Und Sie wären es ebenfalls, wenn Sie ihn da rausholen wollen. Versprechen Sie mir, dass Sie nichts Unüberlegtes tun, Abby."

Sie seufzte schwer. „Er möchte, dass wir morgen zu ihm in den Park kommen." Sie sah mich an. „Wir alle."

„Abby, möchtest *du*, dass ich mitkomme?"

Ohne zu zögern, antwortete sie: „Ja."

***

Am nächsten Tag trafen wir uns alle vier am VR-Picknickplatz. Abby und ich setzten Ray über alles in Kenntnis, was er von Ben noch nicht gehört hatte.

„Meines Wissens ist NTI das einzige Unternehmen, das die nötige Technologie für so etwas hat", kommentierte Ray. Er sah Abby an. „Den Mann, den du da beschreibst, der in Dallas hinter dir her war, kenne ich nicht, aber ich schätze mal, es ist einer von Damien Clearys Leuten."

Bens Augenbrauen hoben sich. „Wie kommen Sie darauf?"

„Eine Vermutung halt. Cleary ist ein Einzelgänger. Brillant, aber unberechenbar. Er spielt sein eigenes Spiel."

„Und was könnten seine Motive sein?"

„Schwer zu sagen."

Ich warf ein: „Sollten wir Nichols nicht informieren, wenn einer seiner eigenen Leute dahintersteckt?"

Ray schüttelte den Kopf. „Nein. Nichols können wir nicht trauen. Gut, er würde nie einen Mord gutheißen. Aber einen bereits geschehenen Mord decken – das schon eher, wenn er glaubt, dass das seinem Ziel nützt. Bei Nichols dreht sich alles um sein großes Ziel. Deshalb hat er mich in diese Klinik gesteckt; ich war eine Bedrohung für seine Vision von einer neuen Menschheit."

Hatten Ray und Abby schon über dieses Thema gesprochen? Sie hatte mir nichts davon gesagt. Oder doch? „Inwiefern waren Sie eine Bedrohung?", fragte ich.

„Durch meine Entdeckung, die ich gegen Ende der Testphase des Gehirntransplantationsprojekts machte, als wir die ersten Transplantationen an Versuchspersonen vornahmen – älteren Personen mit fortgeschrittenen Gehirnkrankheiten." Er drehte sich zu Abby hin. „Es gab einige Christen darunter und ich entdeckte, dass sie nach dem Eingriff ihre Verbindung zu Gott verloren hatten."

Ich hatte also recht. Das „Leben" in Rays Warnbotschaft war die Gegenwart Gottes.

Ray fuhr fort: „Ich glaube, in dem Augenblick, wo den Patienten das biologische Gehirn entfernt wurde, verließ sie ihr Geist. Sie waren innerlich tot. Wenn ein Mensch Christ wird, verbindet sich der Geist Gottes mit dem Geist des Menschen. Wenn also der menschliche Geist einen Menschen verlässt, verlässt Gottes Geist ihn auch."

Abbys Gesicht spiegelte verschiedene Phasen des Erstaunens. „Und wie hast du das entdeckt?", fragte sie.

„Die Patienten haben es mir selber gesagt. Dass sie das Verbundensein mit Gott nicht mehr empfinden konnten.“

Ben räusperte sich. „Sie sagten eben, dass diese Patienten alt waren und an fortgeschrittenen Gehirnkrankheiten litten. Könnte es nicht sein, dass sie sich das nur eingebildet haben und dass das Ganze eine normale psychologische Nebenwirkung der Transplantation war?“

„Das ist eine gute Frage“, erwiderte Ray. „Aber ich habe die Krankenakten dieser Patienten studiert. Nur Patienten, die angaben, Christen zu sein, haben dieses Phänomen erlebt.“

„Ich staune, dass überhaupt Patienten dabei waren, die Christen waren“, sagte Ben.

„Nun ja, die meisten Patienten waren schon recht alt, das erklärt es vielleicht.“

„Und was haben Sie gemacht, als Sie dieses Phänomen entdeckt hatten?“, fragte ich, meinen Blick auf Abby gerichtet. Ich hoffte für sie, dass ihr Großvater, den sie so schätzte, eine annehmbare Antwort geben konnte.

„Ich habe natürlich umgehend Nichols informiert und ihn gebeten, die Versuche zu stoppen. Es hatten ja nicht nur zwei Patienten ihren Draht zu Gott für immer verloren; alle anderen Patienten hatten durch die Operation die *Möglichkeit*, einen Draht zu Gott zu bekommen, für immer eingebüßt. Aber Nichols wollte nicht auf mich hören; für ihn waren das Fantastereien, die durch nichts belegt waren.“

„Aber es gab ja auch nur zwei solche Fälle“, warf Ben ein. „Da liegt es doch nahe …“

„Inzwischen sind es schon drei“, verbesserte ich.

Abby schnellte herum und bohrte ihren Blick in mich. „Woher weißt du das?“

„Weil ich bei dem dritten Fall selbst dabei war. Nichols hat mich bei einer solchen Transplantation zuschauen lassen.“

Abbys Augen weiteten sich. „Was? Wann? Creighton …“

„Dann sind es nicht drei, sondern vier“, sagte Ray.

Ich sah ihn überrascht an. „Und wer war der Vierte?“

Er schluckte. „Ich.“

39

„NEIN", SCHRIE ABBY. „Das kannst du nicht zugelassen haben!"

Ray sah sie an. „Nein, ich wollte es auch nicht. Nichols hat mich betäubt und den Eingriff vorgenommen."

„Und warum, um alles in der Welt?", fragte ich und legte meinen Arm um Abbys Schulter.

„Weniger aus Bosheit, glaube ich, sondern aus Arroganz. Er glaubte, dass ich anschließend die Sache auch so sehen würde wie er. Aber das geschah nicht, sondern ich habe genau dasselbe erlebt wie diese beiden anderen Patienten."

Abby traten die Tränen in die Augen. „Dann hast du jetzt auch keine innere Verbindung mehr zu Gott?"

„So ist es. Ich habe ihn verloren. Ich kann meinen Glauben an Gott nach wie vor in Worte fassen und auf der intellektuellen Ebene darüber reden, aber das innere Leben, die innere Gegenwart – das ist weg."

Abbys Gesicht war aschfahl und ich fürchtete, sie würde gleich ohnmächtig werden. „Dann ist alles, was du mir gesagt hast …?"

„Es ist das, was Gott mir im Laufe vieler Jahre gezeigt hat, Abby."

„Aber … glaubst du das jetzt noch?" Ihre Stimme war ein Flüstern.

Ray seufzte. „Der Glaube kommt aus dem Geist, Abby. Ohne meinen Geist kann ich nicht mehr glauben – wirklich glauben oder Gott erfahren."

Abby sah aus, als sei ihre Welt zusammengebrochen. Der einzige noch lebende Mensch, mit dem sie ihren Glauben teilen konnte, der Mensch, auf den sie all ihre Hoffnung gesetzt hatte, dieser Mensch hatte die Verbindung zu Gott verloren und würde sie nie zurückbekommen …

Ich zog Abby an mich und strich ihr übers Haar, während sie einfach den Tränen ihren Lauf ließ. Wir schwiegen, gaben Abby Zeit, sich wieder zu fassen. Sie streckte Ray ihre Hände entgegen und er ergriff sie.

„Ich weiß, das ist schwer zu verarbeiten, Abby“, sagte er mitfühlend.

Sie nickte. „Es ist … eben ein Schock.“

„Ja, ich weiß. Für mich war es genauso.“

Ben beugte sich vor. „Ich unterbreche ungern“, sagte er, „aber die Zeit läuft ab. Können wir uns heute Nachmittag noch mal treffen, Ray? Ich weiß, dass das riskant ist, aber die Zeit arbeitet gegen uns.“

„Ich versuch's“, sagte Ray. „Kommt um 14.30 Uhr wieder.“

Abby, Ben und ich kehrten zurück in die physische Realität. „Agent Steele“, sagte ich, „haben wir nach allem, was wir von Ray gehört haben, nicht genügend Material, um gegen Nichols vorzugehen? Gibt es im Apparat des FBI wirklich niemanden, der uns da helfen kann?“

Die Tür öffnete sich. Bens Kollege aus dem Flur trat ein. „Ben, ich habe Anweisung erhalten, dich hinauszubegleiten.“

Ich sah den Mann an. „Hinaus? Wo hinaus?“

„Aus dem Sicherheitstrakt des Krankenhauses, Sir“, erwiderte der Agent.

„Warum?“

„Mr Steele gehört ab sofort nicht mehr zum FBI.“

Meine Frage war beantwortet. Wir waren auf uns selbst gestellt.

* * *

Kurz vor 14 Uhr tapte Ben mich an. Er saß am Schreibtisch, vermutlich in seinem VR-Büro.

„Ich hatte nicht damit gerechnet, Sie wiederzusehen“, sagte ich. „Was ist passiert?“

„Ich schätze mal, dass irgendein einflussreicher Mensch fand, dass ich der Wahrheit zu nahekam.“

„Dann stehen wir also allein da. Könnten Sie uns wenigstens helfen, uns noch einmal mit Ray zu treffen?“

„Ich kann sogar noch mehr tun. Ich bin zwar gefeuert, aber dadurch bin ich noch nicht aus dem Spiel. Creighton, ich steh diese Sache mit euch durch, bis zum Schluss. Wenn ihr das möchtet, natürlich …“

Seine Entschiedenheit traf mich unerwartet. „Wenn wir das möchten? Aber natürlich! Ich …" Ich wollte nicht anmaßend klingen. „Ich wüsste gern, warum Sie sich so für uns einsetzen." Für Abby, stellte ich mir vor.

Er warf einen Blick nach links in Richtung der Schubladen; dann sah er wieder mich an. „Oh … das hat persönliche Gründe."

* * *

Wir trafen uns alle wie geplant um halb drei. Ben drängte zur Eile. „Wir werden uns nicht mehr oft hier treffen können. Wir müssen möglichst rasch eine Strategie entwickeln."

Ray sagte: „Nichols träumt davon, die ganze Menschheit in eine Transmenschheit zu verwandeln. So nennt er die Menschen mit Silikongehirn."

„Poppy, wie bist du nur da hineingeraten?", fragte Abby.

„Ich stieg in Nichols' Team ein, weil ich den medizinischen Nutzen für Menschen mit unheilbaren Hirnerkrankungen sah. Es war sozusagen die ultimative Organtransplantation. Ich wusste, dass Nichols von der Transmenschheit fantasierte, aber ich hätte nie geglaubt …"

„Okay", unterbrach ihn Ben. „Das ist alles sehr interessant, aber es gibt uns keinen Plan. – Für Sie ist also der wahrscheinlichste Täter Damien Cleary."

Ray nickte. „Nichols hätte so etwas wie die Ermordung des Inisi-Dorfs niemals genehmigt. Glaube ich jedenfalls. Ich habe nämlich auch die Erfahrung gemacht, dass nach dieser Transplantation das Gewissen des Betreffenden immer schwächer wird."

„Wieso sollte das Gewissen betroffen sein?", fragte ich.

„Weil das Gewissen seinen Sitz im Geist des Menschen hat. Ohne den Geist bildet sich das Bewusstsein für Gut und Böse – das natürlich schon im ganz normalen Leben beeinträchtigt werden kann – mehr und mehr zurück. Ich selbst erlebe, dass ich das auf der gedanklichen Ebene kompensieren kann, indem ich mich immer wieder bewusst an meine moralischen Normen erinnere. Mit der Zeit kostet dies immer mehr Kraft, je mehr und je länger ich von dem Gegenüber getrennt bin, in dem ich einmal verwurzelt war.

Und bei jemandem, der schon früher nie ein besonders starkes Gewissen hatte …"

„Wie Nichols", warf ich ein.

„Ja. Oder Cleary", sagte Ray. Er sah Abby an. „Was mir Sorgen macht, Abby, ist nicht nur deine Sicherheit – und Creightons, natürlich. Ich fürchte, dass Cleary womöglich dieses Projekt ‚Transmenschheit' auf seine Art beschleunigen will. Wie er das anstellen will, weiß ich nicht, aber er war immer einer von den Pionieren und von den Ungeduldigen und es geht bei der Sache um sehr viel Geld. Ich fürchte …" Er unterbrach sich.

„Was fürchten Sie?", fragte Ben.

„Dass das, was mit Abbys Dorf passiert ist, eine Art Probelauf war. Dass Cleary diese Menschen als Versuchskaninchen benutzt hat."

„Aber warum ausgerechnet mein Dorf? Warum Mir…"

Ray sah Abby an. „Meine Botschaft an deinen Vater. Abby, es tut mir so unendlich leid."

Sie unterdrückte einen Aufschrei. Ich legte ihr die Hand auf die Schulter. „Abby?"

Sie schüttelte ihren Kopf, als wolle sie den Schmerz durch Willenskraft vertreiben. „Danke, es geht schon."

Ray fuhr fort: „Und dazu war dein Stamm so von der Außenwelt abgeschnitten, dass das Risiko, dass die Sache herauskommen würde, gering war."

„Wollen Sie damit sagen, dass Cleary weitergehende Pläne haben könnte?", fragte Ben.

„Das wissen wir nicht, aber ich halte es für sehr wahrscheinlich."

„Wenn das so ist", sagte ich, „muss der Mann in Dallas, der Abby erschießen wollte, für ihn arbeiten."

„Aus irgendeinem Grund hat man ihn nicht orten können", murmelte Ben.

Ray sah ihn an. „Das wäre typisch Cleary. Er arbeitet unter anderem an der Entwicklung von Anti-Nanobots, die zum Beispiel einen Ortungs-Chip leicht außer Gefecht setzen könnten."

„Wenn Cleary der Schlüssel ist, warum verfolgen wir ihn nicht einfach?", fragte Abby.

„Das könnte ich schon tun", sagte Ben. „Das Problem ist, dass ich keine gesetzliche Befugnis mehr dazu habe. Wenn ich entdeckt werde, kann er mich verhaften lassen. Oder, wahrscheinlicher, umbringen. Und ich schätze mal, dass es nicht einfach ist, ihn zu beschatten."

„Stimmt", sagte Ray. „Er ist glitschig. Und in jedem Fall ist es hochriskant, sich auf seine Spur zu setzen."

„Ich sage nicht, dass ich nicht dazu bereit bin", sagte Ben. „Aber wenn sie mich verhaften, haben wir ein Problem."

Ein Augenblick herrschte Schweigen. Dann sagte Ray: „Es gibt noch eine andere Möglichkeit."

Drei Augenpaare sahen ihn an. „Und die wäre?", fragte ich.

„Dass wir Clearys Gedächtnisdatenstrom öffnen und lesen. Dort könnten wir alles sehen, was er je getan hat – und wahrscheinlich auch, was er vorhat."

„Und wie machen wir das?", fragte ich.

„Jemand mit einem Silikongehirn, das entsprechend eingestellt ist, könnte das machen. Ich entdeckte das, als ich Netzmodule für das Silikonsubstrat entwickelte. Das Gedächtnis eines Menschen, der ein transplantiertes Gehirn hat, ist im Prinzip einsehbar."

„Wer außer Ihnen weiß davon?", fragte Ben.

„Von mir weiß es niemand. Ich hab das noch nicht mal in die Versuchsprotokolle geschrieben. Wollte nicht, dass dieses Wissen in falsche Hände kommt."

„Aber wäre das nicht illegal?", fragte Abby. Sie sah mich an. „Du hast doch gesagt, dass Gedächtnisströme die am besten abgesicherte Information im Netz sind."

„Es ist illegal, keine Frage", warf Ben ein.

Ray nickte. „Und sehr gefährlich. In den falschen Händen …"

Wir schauten einander an.

„Wenn es illegal ist", warf ich ein, „wie kann uns dann diese Information helfen? Vor Gericht wird das doch sicher …"

„Wir sammeln hier keine juristisch hieb- und stichfesten Beweise", entgegnete Ben. „Alles, was wir tun müssen, ist die Behörden auf die Spur einer tatsächlichen Bedrohung zu setzen und dafür einige Indizien aufzutreiben. Das würde ausreichen. Dann müssten sie der Sache nachgehen. Es ist vielleicht unsere einzige Chance."

Alle schwiegen.

„Also", sagte ich, „worauf warten wir? Ray: Wie funktioniert das? Können Sie das in Ihrer … Zelle machen, ohne dass es jemand merkt?"

Ray schüttelte den Kopf. „In meiner Zelle ist das nicht möglich."

„Warum nicht?"

„Wir haben das Substrat damals ohne die notwendige Konfiguration entwickelt. Um das nachzuholen, müsste ich die Hardware modifizieren. Aber ich habe keinen Zugang zu den Geräten, die ich dazu brauche."

„Und wer könnte dann in Clearys Gedächtnisstrom eindringen?", fragte ich.

Ray beugte sich vor. „Es müsste jemand anderes sein, der ein Gehirntransplantat hat."

„Dann ist das die nächste Sackgasse." Ben schaute einen nach dem anderen an. „Es sei denn, einer von euch hat ein Kunstgehirn." Er lachte.

Ich sah Abby an.

* * *

„Creighton, das kannst du doch nicht machen!" Abby saß neben dem Fenster in meinem Krankenzimmer. „Das ist Selbstmord. Geistlicher Selbstmord. Warum solltest du das tun?"

„Abby, ich habe diese Verbindung zu Gott, von der Ray redet, doch überhaupt nicht. Und mein Gehirn bleibt mir ja. Irgendjemand muss es doch tun."

Sie reckte die Arme zur Decke. „Das kannst du doch nicht wirklich meinen! Du verlierst die Möglichkeit, jemals in deinem Leben Gott zu erfahren. Hast du wirklich noch nicht daran gedacht?"

Doch, das hatte ich. Ich wollte es nur Abby gegenüber nicht zugeben. Ich konnte mich kaum einen Christen nennen, aber Ray Caldwells Worte hatten nur bestätigt, was ich bereits für mich selbst entdeckt hatte – dass das Leben, das die Bibel anbot, viel attraktiver und sinnvoller war als die Version des Glaubens, die in diesem Jahrhundert so sang- und klanglos verschwunden war. „Ich *habe* daran gedacht", erwiderte ich. „Ich schätze, ich bin einfach noch nicht so weit."

Sie trat zu mir und nahm meine Hände in ihre. Aus ihren braunen Augen sprachen Liebe und Trauer. „Creighton, wenn du diese Transplantation machen lässt, wirst du nie so weit *kommen*. Du wirst es nicht mehr können. Du wirst genau wissen, dass Gott da ist, aber dass er für dich unerreichbar ist. Und wer weiß, wie lange du in diesem Zustand sein wirst?"

„Für immer und ewig, wenn es nach Bryson Nichols geht." Ich versuchte zu lächeln, aber für Abby war dies sichtlich nicht zum Lachen.

Sie sah mir in die Augen. „Mir liegt dein Hier und Jetzt am Herzen, Creighton, aber genauso deine Ewigkeit. Das weißt du."

„Ja, ich weiß es." Ich strich ihr über die Wange.

Wir schwiegen einen Augenblick.

„Vielleicht lässt Gott bei mir ja mildernde Umstände gelten", warf ich ein.

Sie ließ meine Hände los und trat ans Fenster. Ich wusste, dass sie sich um mich sorgte. Aber da war noch mehr.

„Abby, hast du immer noch Hoffnung … für uns?"

Sie schaute weiter zum Fenster hinaus. „Doch, schon. Ich meine … ich hatte sie bis jetzt."

„Obwohl ich dir verschwiegen habe, dass dein Großvater lebt?"

Sie drehte sich zu mir um. „Das nehme ich dir nicht übel, Creighton. Nichols hat dir ein Angebot gemacht und es mit Bedingungen verbunden. Vielleicht konntest du nicht klar denken, es war eine schwierige Situation für dich."

„Aber ich habe dich verraten." Die Enge um meinen Brustkorb war wieder da – wie immer, wenn ich daran dachte, was ich Abby angetan hatte.

Sie sah mich liebevoll an. „Und das tut mir nach wie vor weh, auch wenn ich dir vergeben hab. Aber … ich weiß, dass Gott Herzen verändern kann. Und ich habe die ganze Zeit gebetet, dass er deins verändert." Neben dem Fenster wirkte sie klein, jünger als vierunddreißig, fast mädchenhaft. Ich wünschte, ich könnte die Welt für sie wieder heil machen, wünschte, ich hätte nicht dazu beigetragen, dass sie es eben nicht war.

„Und jetzt hast du Angst, dass du mich verlierst, wenn ich die Transplantation machen lasse."

„Ja. Ich werde dich verlieren." Sie setzte sich wieder auf mein Bett und nahm meine Hand. „Ich weiß ja selbst noch nicht, wie alles zusammenpassen soll, Creighton. Deine Überzeugungen, mein Glaube, Neuguinea. Aber eines weiß ich: Ich will dich nicht verlieren."

***

Ich lag wach und lauschte auf Abbys regelmäßige Atemzüge. Ich spürte die Wärme ihrer Hand, die in der meinen lag. Mein Gehirn – oder was davon übrig war – war ein Wirrwarr aus Gedanken und Gefühlen.

Konnte ich das wirklich – so eine Entscheidung treffen? Die Optionen, die Risiken, die Wahrscheinlichkeiten nüchtern abwägen? Nicht nur meine Zukunft abwägen, sondern die von Tausenden, ja vielleicht Millionen?

Vor einer Woche, als Nichols sie mir anbot, war ich zu der Transplantation bereit gewesen. Jetzt war sie, wenn möglich, noch dringender. Wir brauchten sie, um Damien Clearys Gedächtnis einsehen zu können. Und ich brauchte sie, um meinen Beruf als Historiker weiter ausüben zu können – ach was, um der größte Historiker meiner Generation, ja aller Zeiten zu werden.

Warum war ich dann so hin- und hergerissen? Wegen dieser Frau, die da neben mir lag? Würde ich sie wirklich verlieren? Liebte ich sie? Wusste ich überhaupt, was wahre Liebe war?

Ich hatte mein Quantum an Beziehungen gehabt. Sex jede Menge. Aber die längste Beziehung, die ich je gehabt hatte, war in Madrid gewesen, in den Sommerferien zwischen meinem ersten und zweiten Studienjahr. Seitdem hatte es keine Frau mehr gegeben, zu der es mehr von mir hinzog als meine Hormone. Bis jetzt. Konnte ich das aufgeben, um dadurch – vielleicht – einem höheren Gut zu dienen?

Und schließlich – es schockierte mich, das zu entdecken – war da ein noch gewichtigerer Gedanke. Gott.

Noch vor zwei Monaten hatte ich das Nachdenken über Gott irrelevant gefunden – ein geistiger Zeitvertreib von intellektuellen Primitivlingen. Gott – das war ein Mythos, vor Jahrtausenden erfunden von Menschen, die glaubten, dass die Sonne um die Erde kreiste und dass Feuer eines der Grundelemente war.

Aber ich hatte die Fakten geprüft. Als Historiker konnte ich die Möglichkeit nicht mehr von der Hand weisen, dass Jesus Christus ein höchstes Wesen in Menschengestalt gewesen war, dass er von den Toten auferstanden war und dass er jedem, der bereit war, sich im Glauben mit seinem Geist zu vereinen, wahres Leben anbot. Die Erlebnisse jener Transplantationspatienten passten bestens dazu. Und Ray Caldwell war kein Neandertaler – ganz im Gegenteil.

Wenn also Gott eine Realität und eine Verbindung mit ihm möglich war – konnte ich dann bewusst darauf verzichten, und das für immer? Wie konnte sich jemand den Boden, auf dem er stand, den Grund dafür, dass er existierte, selbst unter den Füßen wegziehen? Hatte nicht auch die Selbstaufopferung ihre Grenzen?

Die Minuten vergingen. Keine Antwort kam. Ich wusste: Es würde keine kommen. Ich musste mich entscheiden.

40

DAS RESTAURANT LAG im 120. Stock, drehte sich in der Stunde einmal um 360 Grad und bot den Gästen eine atemberaubende Aussicht auf die Skyline von Hongkong und auf das chinesische Festland im Norden. Ich mochte eigentlich keine virtuellen Restaurants, aber in diesem hätte ich gut Stammgast sein können.

Der Oberkellner führte mich zu einem leeren Tisch direkt an einem Fenster. Zwei Minuten später erschien Bryson Nichols und setzte sich mir gegenüber. „Na, wie gefällt Ihnen die Aussicht, Professor?"

„Nicht schlecht. Von diesem VR-Restaurant hatte ich noch nie gehört."

Nichols lächelte. „Das hat keiner. Das ist meine eigene Kreation, wie alle meine VR-Lokalitäten." Er schaute sich um und nickte. Ein Kellner erschien.

„Ein Glas Wein?", fragte Nichols mich.

„Ja, gerne."

Er wandte sich an den Kellner. „Paul, eine Flasche Pinot Gris, bitte."

Der Kellner verschwand. Nichols wandte sich wieder an mich. „Ich hatte eigentlich nicht erwartet, wieder von Ihnen zu hören, oder jedenfalls nicht so bald. Sie sind ein vorsichtiger Mensch, Professor. Ich meine das nicht abwertend; Vorsicht hat ihren Wert. Was Sie in unserer Klinik erlebt haben, hätte manchen weniger großen Geist für immer abgeschreckt."

„Und woher wissen Sie, dass es mich nicht abgeschreckt hat?"

„Weil Sie mich sprechen wollten. Und warum hätten Sie mich sprechen wollen, wenn nicht wegen eines Termins für die Transplantation? Eine weise Entscheidung, wenn ich so sagen darf. Sehr weise. Die Operation wird Ihnen Horizonte eröffnen, die Sie sich im Traum nicht vorgestellt haben. Die Patientin, die Sie da erlebt haben, war schwer geistesgestört; ich verstehe nicht, warum das bei der Voruntersuchung nicht erkannt wurde. Eine denkbar schlechte Kandidatin. So etwas könnte jemandem wie Ihnen nie passieren."

Das stimmte, aber nicht aus dem Grund, den er angab.

„Nein, da haben Sie recht", erwiderte ich. „Ich bin bereit."

„Ausgezeichnet. Wann möchten Sie?"

„Von mir aus sofort."

„Super." Er überlegte kurz, wohl um in seinem internen Kalender zu blättern. „Wie wäre es mit Dienstag, morgens um acht?"

„Das geht gut, danke. Wer wird den Eingriff vornehmen?"

„Ich selbst."

Der Kellner kam mit unserem Wein. Ich nahm einen Schluck und stellte das Glas zurück auf den Tisch. Dann beugte ich mich vor und senkte meine Stimme, obwohl die Sicherheit in dieser Lokalität sicher hundertprozentig war. „Mr Nichols, es gäbe da noch etwas, was wir besprechen müssen."

Er stellte sein eigenes Glas ab. „Ich hatte mich gefragt, ob Sie das ansprechen werden."

„Agent Steele hat Abigail über den Verbleib ihres Großvaters informiert."

Er seufzte auf. „Ja. Sehr bedauerlich. Aber da kann sie natürlich nichts machen."

„Sie kann Lauren Caldwell informieren."

„Lauren Caldwell weiß genau, wo ihr Onkel ist. Es ist zu ihrem Vorteil, dass Ray Caldwell bleibt, wo er ist, und dass die Sache nicht publik wird."

„Und diese Anhörung im Kongress? Sie wird Abigail eine öffentliche Plattform geben."

Nichols langte nach seinem Weinglas. „Auch darum werde ich mich kümmern."

„So, dass Abigail nichts passiert?"

Nichols runzelte die Stirn. „Professor, ich bin ein Mann des Fortschritts und kein Ganove."

„Und Agent Steele?"

„Wie Sie sicher wissen, ist *Mister* Steele nicht mehr im FBI. Was kann er noch machen?"

* * *

Obwohl es schon spät war, ließ ich mich aus dem Krankenhaus entlassen. Es hatte keinen Sinn, noch länger zu bleiben. Mein Zustand war stabil, und von einer Operation war – nun ja, in diesem Haus – nicht mehr die Rede. Einen Vorteil allerdings hatte das Krankenhaus gehabt: Ich musste mich nicht mit Lauren unterhalten. Allerdings hatte Abby erwähnt, dass Lauren wieder nach Texas gereist war, um die Anhörungen vorzubereiten, die in vier Tagen stattfinden sollten. Ihr Haus als Unterkunft erschien mir nun doch verlockend.

Ich orderte ein Auto, das mich zu Laurens Haus brachte, und trug meine Siebensachen in mein Zimmer im Obergeschoss. Abby war schon in ihrem Zimmer und schlief.

Am nächsten Morgen wachte ich erst spät auf. Ich ging den Flur entlang zu Abbys sonnendurchflutetem Zimmer. Ihr Bett war leer. Ich schaute ins Bad; es war ebenfalls leer. Ich ging die Treppe hinunter und rief ihren Namen. Keine Reaktion.

Ich durchsuchte das Erdgeschoss. Hatte sie gesagt, dass sie irgendwohin wollte? Ich öffnete meinen Gedächtnisstrom. Nein. Ich ging nach draußen, wo der FBI-Mann, der das Haus bewachte, in seinem Auto saß. „Ist Abby fortgegangen?"

„Ja." Offensichtlich sprach er nicht gern mit jemandem, den er eigentlich bewachen sollte.

„Wann?"

„Etwa vor einer Stunde."

„Hat sie gesagt, wo sie hinwollte?"

„Nein."

„Warum haben Sie sie nicht gestoppt?"

„Ich bin nur hier, um das Haus zu bewachen, Mr Daniels. Ich bin nicht befugt, Sie beide am Verlassen des Hauses zu hindern."

Na, prima. Ich ging zurück ins Haus und tapte Ben an. „Abby ist weg."

„Wohin?"

„Das weiß ich nicht. Der FBI-Typ auch nicht."

„Wann ist sie weg?"

„Vor einer Stunde."

„Glauben Sie, dass Sie nur mal an die frische Luft wollte?"

„Wahrscheinlich. Oder …"

„Oder was?"

„Aber das kann ja wohl nicht …"

„Boston." Ben fuhr sich frustriert über die Stirn. „Neulich war ihre Entschlossenheit, Ray dort herauszuholen, jedenfalls kaum zu übersehen." Er schwieg eine Weile. „Ich habe einen Freund beim FBI, der mir noch immer gern einen Gefallen tut. Er könnte prüfen, ob sie ein Zugticket nach Boston gekauft hat."

Er verließ die VR und war fünf Minuten später zurück. Er sah besorgt aus. „Sie sitzt im Zug nach Boston. In zwei Stunden wird sie da sein."

„Ich treffe Sie dann am Bahnhof", sagte ich, aufgebracht über Abbys Entschlossenheit, sich selbst in Gefahr zu bringen.

„Vergessen Sie's, das schaffen Sie nicht. Aber vielleicht ich."

„Aus Washington?"

„Nein, ich bin in Baltimore. Ich finde sie. Bleiben Sie in Washington."

„Aber vielleicht braucht sie uns beide." Ich hasste die Vorstellung, tatenlos herumzusitzen, während Abby vielleicht in Gefahr war.

Er schüttelte den Kopf. „Nein, bleiben wir bei unserem Plan."

„Aber meine Operation ist erst in zwei Tagen."

„Ich brauche Sie in Washington, falls Abby zur Vernunft kommt und umkehrt. Lassen Sie sie dann nicht aus den Augen."

„Ich werde tun, was nötig ist."

* * *

Ben rief die Zeit aus dem Netz ab. Wenig ermutigend! Abbys Vorsprung war zu groß. Und er konnte auch nicht einfach in die Klinik hineinspazieren und verlangen, dass man ihm einen Besucher übergab. Er war kein FBI-Mann mehr. Er tapte eine Netzadresse an, die er nicht mehr kontaktiert hatte, seit er gefeuert worden war, und betrat Trevor Hamms virtuelles Büro.

„Ben! Wie geht's dir so im Urlaub?"

Ben konnte sich das Lächeln nicht verkneifen. Hamm sah immer das Positive an einer Situation. „Bin beschäftigt. Hamm, kannst du mir einen Gefallen tun? Einen großen Gefallen."

„Und der wäre?"

„Ich brauche meinen Chip."

Trevor starrte ihn an. „Immer noch dieses Dschungelmädchen aus Neuguinea?"

Ben antwortete nicht.

„Ben, ihretwegen hast du schon deinen Job verloren. Warum riskierst du jetzt auch noch alles andere?"

Ben blies in seine Hände. Dann sah er Trevor an. „Ich kann nicht anders."

* * *

Am Eingang des Massachusetts Center for Mental Health sprang Ben Steele aus dem Wagen und hastete die Stufen zu der Pforte hoch. Kurz vor der Tür drehte er sich um. Da – die Frau, die auf der anderen Straßenseite auf einer der Bänke saß! Er wollte gerade ihren Namen rufen, als ein anderes Auto am Bordstein hielt. Zwei Männer in Anzügen stiegen aus, sahen sich kurz um und liefen auf Abby zu.

Ben rannte über die Straße, Autos ausweichend, die darauf programmiert waren, Fußgängern auszuweichen. Als er Abby erreichte, hatte einer der Männer sie unter den Schultern gepackt und versuchte, sie zu dem wartenden Wagen zu ziehen. Abby wehrte sich erbittert, ihre Fingernägel gruben sich in sein Gesicht. Sein Komplize versuchte, Abbys Beine zu packen; sie trat so heftig, dass es ihm nicht gelang.

Der erste Mann zuckte instinktiv zurück vor Abbys Fingernägeln. Sein Griff lockerte sich. Ben stürzte sich auf ihn. Mit der rechten Hand riss er ihm seine Pistole aus dem Halfter und warf sie auf die Straße, während er ihm mit dem linken Ellbogen auf die Nase schlug, dass das Blut spritzte und er rücklings zu Boden ging.

Ben drehte sich um. Ein heftiger Schlag an die rechte Kopfseite ließ ihn zurücktaumeln. Vor ihm stand der zweite Angreifer, der gerade nach seiner Pistole griff. Abby trat ihm das rechte Bein voll in die Leiste. Der Mann krümmte sich vor Schmerzen. Ben rammte ihn, wie ein Rugbyspieler seinen Gegner. Die Pistole flog in hohem Bogen durch die Luft, ihr Besitzer knallte auf den Asphalt, mit dem Kopf zuerst. Ben boxte ihn in die linke Wange und rappelte sich hoch. Er schaute sich kurz um. Der erste Mann hatte den Kopf zurückgelegt und war damit beschäftigt, das Nasenbluten zu stoppen. Abby kam auf die Füße. Ben packte ihre Hand.

Um sie herum waren die Menschen stehen geblieben. Bestimmt hatte jemand schon die Polizei gerufen.

„Zu dem Auto da! Renn!"

Sie sprinteten zurück über die Straße, zu Bens Auto.

„Steig ein."

Abby warf sich in den Wagen. Ben folgte. „Punkt A", befahl er.

Der Wagen setzte sich in Bewegung. Ben wusste, sie würden nicht weit kommen. Aber das war nicht seine größte Sorge.

Ben schaute über seine Schulter durch das Rückfenster. Noch folgte ihnen niemand. Der Wagen bog aus der Auffahrt auf die Straße ein.

„Abby, was machen Sie da für Sachen? Wie sind Sie auf die Idee gekommen …"

Sie weinte. „Das tut mir so leid … Ich hab's nicht geschafft. Ich konnte einfach da nicht reingehen. Ich wusste nicht …"

Ben packte sie vorsichtig am Kinn, drehte ihren Kopf zu sich und sah sie an. „Sind Sie verletzt?"

„Ben …"

Er fuhr ihr mit den Händen sanft von den Schultern die Arme hinab. „Sind Sie verletzt?"

Sie schüttelte den Kopf. „Ich glaube nicht. Ben, was machen Sie hier?"

„Sie vor einem Riesenfehler bewahren. Wie's scheint, gerade noch rechtzeitig."

„Wer waren die … wer waren …" Sie holte tief Luft, ihre Schultern entspannten sich etwas.

Er schielte wieder nach hinten. „Kollegen unseres Freundes Damien Cleary, würde ich sagen."

„Aber woher wussten die, wo ich bin? Und wie haben Sie …"

„Ich hab noch einen Freund im FBI, der mir einen Gefallen schuldete. Und was Cleary angeht … Und Ihnen fehlt wirklich nichts? Wir müssen eine ganze Strecke laufen, ein paar Meilen. Schaffen Sie das?"

Sie nickte. „Warum können wir nicht mit dem Auto weiterfahren?"

„Zu riskant. Entweder Clearys Leute erwischen uns oder die Polizei. Wir müssen zu Fuß weiter."

„Aber … haben Sie nicht auch so einen von diesen Ortungs-Chips?"

„Da hab ich vorgesorgt."

„Wieder Ihr FBI-Freund?"

„Ja."

Der Wagen hielt neben der Straße an. „Punkt A", verkündete die Computerstimme. Links von ihnen waren offene Wiesen und dahinter eine Hügelkette, rechts ein Fichten- und Kiefernwald. „Wir steigen hier aus."

„Wie – hier? Am Ende der Welt?"

„Es ist nicht das Ende der Welt. Vertrauen Sie mir."

Ben stieg aus. „Point B", instruierte er den Wagen.

Abby kletterte nach ihm heraus. Sie stöhnte laut auf.

Ben sah sie an. „Was ist?"

„Mein Knöchel." Sie machte einen zweiten Schritt mit dem linken Fuß und verlagerte rasch ihr Gewicht auf den rechten. „Autsch … Ich glaub …"

„Vermutlich verstaucht“, sagte Ben.

Der Wagen fuhr an. Ben schaute links und rechts die Straße entlang, dann zum Wald hinüber. „Abby, wir müssen durch diesen Wald. Zu Fuß. Es ist unsere einzige Chance. Ich kann Sie gerne stützen.“

Sie sah ihn an. „Okay, es geht schon.“

Ben versuchte, das Netz-GPS aufzurufen. Nach einem Augenblick schüttelte er resigniert den Kopf.

„Was ist?“, fragte Abby.

„Ich hab momentan keinen Netzzugang. Muss der Schlag auf den Kopf gewesen sein vorhin.“

„Bräuchten Sie das jetzt?“

„Ja. Damit wir nicht die nächsten 24 Stunden ziellos durch den Wald irren.“

„Ja, wissen Sie nicht, wo Sie hinwollen?“

„Im Großen und Ganzen schon, natürlich.“

Er nahm ihren linken Arm und legte ihn um seine Schultern, während er seinen rechten Arm um ihre schlanke Taille legte. *So, wie sie vorhin gekämpft hat, ist sie topfit. Vielleicht schafft sie's. Wenn wir uns nicht verfranzen …*

„Können wir starten?“, fragte er.

„Ja.“

Sie schlitterten den Abhang eines Grabens hinunter und robbten auf der anderen Seite hoch. Ein Stacheldrahtzaun verwehrte das Betreten des Waldes. Ben lockerte seinen Griff um Abby, sodass sie aufstehen konnte, dann drückte er den obersten, brusthohen Draht nach unten. Abby stieg mit dem linken Bein zuerst darüber und fiel prompt hin. „Aah. Ohh.“ Sie schaute auf ihren Knöchel.

Ben stieg über den Draht. „Alles okay?“

Sie nickte und rappelte sich hoch. Er legte wieder seinen Arm um ihre Taille und hielt sie fest. „Dann mal los.“

* * *

Vier Stunden später – Ben musste Abby jetzt fast tragen – erreichten sie eine kleine Lichtung. In der Mitte der Lichtung stand eine Hütte.

Abby hob den Kopf und sah Ben erschöpft an. „Ich hoffe, wir sind da. Mein Fuß …?"

„Ja. Ein alter FBI-Unterschlupf. Hier können wir übernachten."

Sie seufzte, sichtlich erleichtert. Sie humpelten zur Hütte, vor der ein paar Stufen zu einer Art überdachter Veranda hochführten. Ben ließ Abby auf die Stufen hinunter, richtete sich auf und holte tief Luft. Die Hütte sah verlassen aus, gerade so wie das erste Mal, als er hier gewesen war. Es hatte sich nicht viel verändert, außer dass der Wald etwas näher gekommen war, ein paar Bodenbretter morsch waren und die Farbe an den Wänden abgeblättert war.

Ben ging um die Veranda herum, bückte sich und langte unter eine Planke. Er stöhnte unwillkürlich. Seine rechte Schulter schmerzte und nicht weniger die rechte Hand, die er dem zweiten Ganoven in die Wange gerammt hatte. Unter der Planke lag derselbe altmodische Metallschlüssel wie damals vor all den Jahren. Er nahm ihn, kam zurück, öffnete die Tür und trat ein.

Die Hütte war einfach eingerichtet: rechts ein offener Aufenthaltsraum, links eine ebenfalls offene Küche mit einem Frühstückstisch, hinten ein Schlafzimmer und daneben ein kleines Bad. Es roch nach Staub und abgestandener Luft. Ben öffnete mehrere Fenster. Dann kam er zurück auf die Veranda und half Abby auf die Füße. Halb gingen, halb humpelten sie in die Hütte. Ben setzte Abby auf einem Sofa ab. Sie legte sich hin und legte ihren Knöchel hoch.

„Ich schau mir das eben an, Abby." Er zog ihr die Socke aus und rollte das Hosenbein hoch. Der Knöchel war dunkelrot und stark angeschwollen. Er betastete ihn vorsichtig. Abby verzog schmerzlich das Gesicht.

„Nichts gebrochen, nur verstaucht. Warten Sie eben." Er ging zum Kühlschrank, der vor sich hin brummte; offenbar wurde die Hütte ständig mit Strom versorgt. Im Eisfach fand Ben, was er suchte: zwei Eisbeutel. Er wickelte sie in Küchenhandtücher und ging zurück zum Sofa. „Hier, das wird Ihnen helfen."

Abby starrte die Packungen an. „Wofür ist das gut?"

Ben musste lächeln. Natürlich – Eis war im Urwald unbekannt.

„Das kühlt und ist gut gegen die Schwellung." Er wickelte die Handtücher mit dem Eis um ihren Knöchel. „Lassen Sie das so, bis das Eis taut. Ich schau inzwischen nach, ob's hier irgendwo Schmerztabletten gibt."

Im Bad fand er ein kleines Röhrchen. Er las den Beipackzettel und gab Abby zwei Tabletten. Er überlegte, ob er selbst auch welche nehmen sollte. Besser nicht, für den Fall, dass Abby sie alle brauchte.

Er setzte sich in einen verstaubten Sessel, Abby gegenüber, und schloss die Augen.

„Ben", sagte sie, „werden die uns hier nicht finden? Die beiden Burschen haben Sie doch gesehen und das FBI weiß bestimmt, dass Sie diese Hütte kennen."

Er öffnete die Augen wieder. „Wahrscheinlich schon. Aber mich ohne Ortungs-Chip ausfindig zu machen, das dauert. Ich schätze, vor morgen Vormittag kommen die uns nicht auf die Spur und bis dahin sind wir über alle Berge."

„Aber wie wollen wir das schaffen? Ich glaube nicht, dass ich noch weiter …"

Er hob beschwichtigend die Hand. „Das brauchen Sie auch hoffentlich nicht. Wenn's noch da ist, haben wir draußen im Schuppen was Besseres. Am besten schau ich gleich mal nach."

Er stand auf und ging zur Tür. Er blieb stehen, schaute zurück zu Abby und ging ins Schlafzimmer, wo er im Schrank eine dünne Decke fand. Er brachte sie Abby und breitete sie über sie.

„Danke." Sie zog die Decke bis über die Knie. „Ben, haben wir irgendeine Möglichkeit, Kontakt mit Creighton aufzunehmen? Er kommt bestimmt um vor Sorge."

„Leider nein. Ich habe ja gerade keine Verbindung zum Netz." Er hockte sich neben die Couch. „Abby, versprechen Sie mir eins: Wenn Sie wieder mal was Verrücktes vorhaben, geben Sie uns vorher 'nen kleinen Tipp, ja?"

Sie nickte. „Werd ich machen. Tut mir leid, Ben."

„Schon gut.

„Gut. Aber jetzt muss ich den Schuppen inspizieren. Bin bald wieder da."

Zwanzig Minuten später kam er zurück in die Hütte. Er schaute nach Abby. Sie war eingeschlafen. Er nahm ihr die Eispackungen ab und legte sie zurück in den Kühlschrank.

Er ging in die Küche und stöberte im Vorratsschrank, wo er mehrere abgepackte Proviantriegel entdeckte. Er öffnete einen und biss hinein. Alt, aber genießbar. Damit kämen sie durch den Morgen. Er trat nach draußen. Es wurde dunkel. Er ging zurück in die Hütte und verriegelte die Tür. Nicht, dass das helfen würde, wenn jemand sie hier fand. Er schloss die Fenster, aß einen weiteren Riegel, holte sich ein Kissen aus dem Schlafzimmer und ließ sich in dem Sessel nieder. Es war sicher nicht die bequemste Ruhestätte für die Nacht; aber er wollte Abby nicht allein lassen.

Abbys Atem war regelmäßig und eine kleine Spur schnarchend. Ihr Gesicht war ihm zugewandt, die Lippen waren geöffnet. Ihr schwarzes Haar fiel über ihre Wange.

Ja, sie erinnerte ihn an seine Tochter. Aber auch ohne das – Abby war eine attraktive Frau, begabt, mit einer faszinierenden Persönlichkeit. Fünfundzwanzig Jahre Altersunterschied bei einem Paar war früher ungewöhnlich gewesen; aber heute spielte das eigentlich keine Rolle mehr. Wenn nur die Umstände andere wären …

Er ließ seinen Kopf gegen das Kissen sinken und versuchte, eine bequeme Sitzposition zu finden. Nach zehn Minuten gab er es auf; er würde halt morgen früh steif sein. Er ließ seinen Blick wieder auf Abby ruhen, deren Brust sich im Takt ihres Atems hob und senkte. Schließlich schloss er die Augen und schlief ein.

41

AM NÄCHSTEN MORGEN konnte Abby kaum stehen. Unter dem Waschbecken im Bad fand Ben einen Verbandskasten. Er bandagierte ihren Knöchel. Abby musste sich auf die Lippe beißen, als er den Verband festzog.

„Ist das zu fest?"

Sie schüttelte den Kopf.

Er zog etwas aus seiner Hosentasche, das wie ein in Plastik verpackter Stofflappen aussah. Er zog den Lappen heraus. „Das hier muss ich Ihnen auf den Rücken kleben, aufs Schulterblatt."

„Was ist das?“

„Ein elektronisches Ortungspflaster, das wir beim FBI früher benutzt haben. Es war im Schuppen.“ Er hielt ein kleines elektronisches Gerät hoch. „Damit weiß ich jederzeit, wo Sie sind.“

Abby öffnete die beiden obersten Knöpfe ihres Shirts und schob es nach hinten. Ben klebte das Pflaster unter ihre linke Schulter. „Jetzt kann ich Sie nicht mehr verlieren. Es sei denn natürlich, jemand reißt Ihnen das Ding wieder ab.“

„Aber kann das FBI mich damit nicht auch finden?“

Er schüttelte seinen Kopf. „Ich bin der Einzige, der den Transponder-Code hat. Außerdem benutzt heute keiner mehr diese Dinger.“

Abby knöpfte ihr Shirt wieder zu. Ben führte sie auf die Veranda. Neben der Tür lagen zwei Jetpacks.

„Was sind denn das für Dinger?“

„Mit denen bringen wir Sie zu Ihrem Zug.“

Abby humpelte zu einem der Jetpacks. „Was macht man damit?“

„Ich schnalle es Ihnen an und Sie fliegen los.“

Sie sah ihn an. „Soll das ein Witz sein?“

„Vor vierzig Jahren waren diese Dinger die Zukunft des Individualverkehrs. Aber es wurde nie so recht was draus. Zu teuer. Und wenn Millionen Leute gleichzeitig durch die Luft fliegen, wird's gefährlich. Zuletzt hat sie nur noch die Polizei benutzt, bis der Kongress aus Sicherheitsgründen die Herstellung verbot.“

Sie warf ihm einen scharfen Blick zu. „Na, wenn das nicht ermutigend ist.“

Er schnallte ihr ein Jetpack um, dann sich selbst das andere. Er machte einen kurzen Demonstrationsflug zu den Baumwipfeln und zurück. „Okay. Ich bringe Ihnen das rasch bei.“

Es ging nicht ganz so rasch. Abby hatte keinerlei Erfahrung mit auch nur den einfachsten elektronischen oder elektrischen Geräten. Jede Kleinigkeit musste er erklären und dann auch demonstrieren. Statt einer halben Stunde, wie Ben geplant hatte, dauerte es bald zwei, bis Abby in der Lage war, über zehn Meter zu steigen und die Flugrichtung und -höhe einigermaßen sicher zu ändern.

Ben sah zur Sonne hoch; die Zeit schritt unerbittlich voran.

„Abby, wir müssen los. Wir können nicht noch länger hierbleiben."

„Ben ..."

„Sie können das, bleiben Sie einfach hinter mir. Ich fliege langsam."

Sie sah zu den Baumwipfeln hoch. „Okay."

Ben stieg auf fünf Meter. Abby holte tief Luft und folgte ihm. Sie stiegen weiter, über die Baumwipfel hinaus. Ben flog ein Stück voraus, dann drehte er sich zu Abby um. Die streifte einen Ast, taumelte, richtete sich mit Mühe wieder auf, wich mehreren Bäumen knapp aus und flog schließlich geradeaus, knapp zehn Meter über den Baumwipfeln. Sie flogen nach Süden. Nach zwölf Minuten erreichten sie eine Straße. Ben warf einen Blick nach links. In einiger Entfernung standen mehrere Autos neben der Straße. Polizei.

Sie nahmen Kurs auf die Innenstadt von Boston. Fünfundvierzig Minuten später waren sie über Boston Commons, einem Park in der Nähe des Bahnhofs. Ben signalisierte Abby, sie solle landen, und sie legte eine raue Landung hin. Sie stolperte mit ihrem verletzten Knöchel, versuchte noch ein paar Schritte und fiel hin.

Ben war sofort an ihrer Seite. „Alles okay?"

Sie atmete tief durch. „Danke, es geht schon. Bisher dachte ich immer, automatische Autos seien ein Grund, Angst zu haben."

Ben schob die Jetpacks in zwei große Segeltuchtaschen, die er trug, während sie zum Bahnhof liefen oder, in Abbys Fall, humpelten.

Abby kaufte ihre Rückfahrkarte nach Washington. Sie gingen auf den Bahnsteig, um auf den Zug zu warten. Abby fragte Ben im Flüsterton: „Sind Sie ganz sicher, dass die Polizei nicht auf mich wartet, wenn ich ankomme?"

„Ja. Niemand hier kann Sie identifizieren. Und selbst wenn – man will sie doch in Washington haben, wegen der Anhörungen. Sie werden also bald wieder unter dem besonderen Schutz der Regierung stehen."

„Und Sie? Nehmen Sie einen späteren Zug?"

„Nein. Vermutlich fahndet man nach mir, schließlich hab ich zwei Kerle zusammengefaltet. Wenn ich den Zug nehme, kriegen sie mich."

„Dann kommen Sie mit diesem Jetpack zurück?"

Er schüttelte den Kopf. „Die Dinger haben keine große Reichweite. Aber ich komme schon nach, keine Bange. Erst muss ich hier noch einer Sache nachgehen. Sie und Creighton können bis Donnerstag mit mir rechnen."

Der Zug fuhr ein. Abby sah Ben an. „Danke. Für alles." Sie umarmte ihn kurz.

„Bis Washington dann", sagte er.

Sie stieg in den Zug und Ben sah ihr nach. Er blieb noch eine Viertelstunde auf dem Bahnsteig, bis der Zug abfuhr, dann ging er zurück zum Boston Commons Park. Noch vor drei Tagen war er ein anerkannter FBI-Agent gewesen, jemand, auf dessen zweiunddreißig Jahre Berufserfahrung man hörte. Jetzt war er auf der Flucht vor der Polizei. Ein flüchtiger Verbrecher sozusagen. Aber einer mit einer Ausbildung, von der andere nur träumen konnten.

* * *

Vor dem Zugfenster flog die Landschaft von New Jersey vorbei. Der nächste Halt war Philadelphia, dann Baltimore, dann Washington. Der Zug war dünn besetzt. Der Mann, der ihr gegenüber saß, klärte Abby auf, dass das immer so war; die meisten Menschen reisten lieber virtuell.

In Philadelphia stiegen drei Reisende aus Abbys Wagen aus. Als der Zug sich gerade wieder in Bewegung setzen wollte, kam eine Frau herein. Sie war hochgewachsen und dunkelhäutig, mit schwarzen Augen und einem schmalen Gesicht. Sie mochte zwischen dreißig und vierzig sein. Hier, wo man viel älter wurde als in ihrem Stamm, fiel es Abby schwer, das Alter der Menschen, die sie traf, richtig zu schätzen. Die Frau war schwanger – wohl im achten Monat, falls die Schwangerschaften hier auch so verliefen wie im Dschungel.

Die Frau ging langsam durch den Mittelgang. Sie schaute kurz zu Abby hin, dann setzte sie sich, auf einen Platz auf der anderen Seite des Gangs.

Abby konnte sich nicht verkneifen, sie anzusprechen. „Ihr Baby wird nicht mehr lange auf sich warten lassen, stimmt's?", fragte sie.

„Da haben Sie recht. Noch drei Wochen, dann kommt er." Die Frau hatte einen Akzent; vielleicht war sie aus Afrika.

„Er? Ein Junge? Großartig!" Abby strahlte. Es war wunderbar, ein Gespräch zu führen, in dem es nicht um Hirntransplantationen, Nanobots und psychiatrische Kliniken ging.

„Ja." Die Frau lächelte wieder. „Wir haben uns für einen Jungen entschieden."

„Entschieden?"

„Mein Mann wollte zuerst einen Jungen. Mir war das eigentlich egal, aber …" Sie neigte den Kopf in einer Geste von Gleichgültigkeit, sodass ihre großen goldenen Ohrringe leise klingelten.

Es war wohl unhöflich, das Thema noch weiter zu verfolgen. Aber gut, sie konnte ja Creighton fragen. Wieder einmal. Sie schwiegen einen Augenblick, dann sagte Abby: „Sie haben keinen amerikanischen Akzent."

„Oh, ich wollte gerade dasselbe zu Ihnen sagen. Nein, wir sind aus Eritrea. Wir sind erst seit drei Jahren hier."

„Eritrea. Da gibt es wunderbare Strände."

Das Gesicht der Frau erhellte sich. „Waren Sie schon mal da?"

„Nein, nein, ich habe nur Bilder gesehen, in der Schule."

„Wo sind Sie zur Schule gegangen?"

Abby lachte. „In der Hütte meiner Eltern. Ich bin in Papua-Neuguinea aufgewachsen, mitten im Dschungel."

„Das muss ja ein Abenteuer gewesen sein. – Autsch!" Die Frau legte ihre Hand auf ihren Bauch. „War das ein Tritt! Eben war er noch ganz friedlich. Na, das wird ja ein temperamentvolles Bürschchen!" Sie sah auf und lächelte Abby zu. „Haben Sie Kinder?"

Abby spürte einen Kloß im Hals. „Ja, ich hatte ein Kind. Es ist vor Kurzem gestorben."

„Das tut mir so leid. Wie hieß es?"

Abby versuchte ein Lächeln. „Miraba."

„Was für ein schöner Name. Wie alt ist sie geworden?"

„Acht."

„Acht?" Die Frau schüttelte den Kopf. „War … war es ein Unfall?"

Abby bekam kaum noch Luft. Sie zwang sich, tief einzuatmen, presste die Luft mit Gewalt in ihre Lungen, um den Schmerz einzudämmen. „Nein, eigentlich nicht. Eine Gehirnkrankheit."

„Wie tragisch! Wie können Sie es nur ertragen? Ein Kind zu verlieren – ich kann mir so etwas nicht einmal vorstellen."

Abby schwieg jetzt. Sie hatte keine Kraft mehr, die Trauer, die sie überfiel, abzuwehren. Sie schaute aus dem Fenster, aber der Ausblick bot wenig Abwechslung.

„Oh!" Die Frau legte eine Hand auf ihren Bauch. „Jetzt fängt er schon wieder an."

„Es muss wunderbar sein, ein Kind in sich zu tragen."

„Oh, ja. Aber das wissen Sie ja selbst."

„Nein. Meine Tochter war adoptiert."

„Ach so." Die Frau unterbrach sich. „Ich glaube, Ihre Tochter hat eine wunderbare Mutter gehabt."

Abby sah ihr in die Augen. „Das hoffe ich."

Die Frau legte wieder die Hand auf ihren Bauch. Jedes Mal, wenn das Kind sich bewegte, lächelte sie.

„Er bekommt sein ganzes Leben von Ihnen", sagte Abby. „Dass es so was heute noch ..."

Sie brach ab.

Mit einem Mal verstand sie, was ihr Großvater gemeint hatte. All die Puzzleteile fügten sich plötzlich zu einem Gesamtbild. Das Leben dieser Mutter strömte ununterbrochen in ihr Kind hinein. Das Kind brauchte nichts zu tun, um es zu bekommen; es wurde ihm einfach gegeben. Es „hatte" das Leben seiner Mutter. Es brauchte es nicht zu aktivieren, es war bereits in ihm aktiv. Ohne seine Mutter hätte es kein Leben gehabt, aber in ihr hatte es alles Leben, was es brauchte; es brauchte nur in ihrem Leib zu ruhen und dieses Leben entgegenzunehmen. Und für dieses Baby war das die natürlichste Sache der Welt.

„Phhhh ...", entfuhr es Abby, lauter als beabsichtigt. Zwei Reihen weiter drehte sich jemand zu ihr um.

Auch die Frau sah sie an. „Was ist?"

„Ach, ich ... habe gerade etwas verstanden, das mein Großvater mir einmal sagte. Etwas, das alles verändert. Im Glauben geht es nicht darum, sich anzustrengen. Es geht darum, zu ruhen."

Eine Viertelstunde später wurde der Zug langsamer. „Baltimore", kam es aus dem Lautsprecher.

Dann hielt der Zug. Die Frau aus Eritrea stand auf und griff nach ihrem Gepäck. „Auf Wiedersehen und alles Gute!", sagte sie zu Abby.

„Danke. Möge Gott Sie und Ihr Kind segnen."

Einen Moment sah die Frau sie irritiert an, dann lächelte sie. „Danke", sagte sie und ging durch den Gang zur Tür.

Abby stand auf und streckte sich, dann ging sie in die umgekehrte Richtung, zur nächsten Toilette am Ende des Wagens. Sie öffnete die Tür.

Im selben Augenblick kam von hinten eine Hand, die ihr ein Taschentuch auf den Mund presste. Sie stieß instinktiv ihren rechten Ellbogen in die Brust ihres Angreifers. Der Druck des Taschentuchs wurde lockerer, dann wieder fester, als der Unbekannte sie in die Toilette schob; seine rechte Hand hielt das Taschentuch, mit der linken drehte er ihr den Arm auf den Rücken. Sie versuchte, die Luft anzuhalten – das Taschentuch roch komisch – und zurückzuschlagen, aber ihre Kräfte reichten nicht. Ein letztes Aufbäumen, dann wurden ihre Beine weich und sie sank auf den Boden.

42

ICH SPRANG AUS dem Auto und rannte in die Bahnhofshalle. Bens Tap war von einer unbekannten Netzadresse gekommen und zuerst hatte ich sie ignoriert. Als ich sie endlich abrief, hatte ich noch eine halbe Stunde, um Abby am Bahnhof abzuholen.

Der Zug fuhr ein. Die Reisenden begannen auszusteigen. Ich schaute nach links, dann nach rechts. Eine Frau mit langem schwarzem Haar kam aus einem der Wagen. Ich ging in ihre Richtung, dann blieb ich stehen. Es war nicht Abby. Ich schaute wieder in die andere Richtung. Nichts. Jetzt kam der nächste Passagier aus einem Wagen rechts von mir, dann einer links.

Ich ging nervös hin und her. Ein paar Minuten, und der Bahnsteig war leer, bis auf das aussteigende Zugpersonal und ein Pärchen, das sich umarmt hielt. Ich marschierte am Zug entlang und schaute in jede Tür, aber niemand schien mehr aussteigen zu wollen. Ich sah den Bahnsteig entlang. Aus dem ersten Wagen stieg noch ein Bahnmitarbeiter aus.

„Hallo!", schrie ich.

Er drehte sich um.

„Wissen Sie etwas von einer Reisenden, die aus Boston gekommen ist? Ist sie vielleicht noch im Zug?"

„Nein. Der Zug ist leer."

„Ist irgendjemand früher ausgestiegen, als er gebucht hatte?"

Er schüttelte den Kopf. „Nicht, dass ich wüsste. – Halt, warten Sie, ich glaub, ab Baltimore hat jemand gefehlt. Muss wohl da ausgestiegen sein."

„Kann jemand feststellen, wer das war?"

„Nein. So was kommt halt vor."

Warum hätte Abby in Baltimore aussteigen sollen?

Ich tapte Ben an. Er meldete sich nicht. Es gab noch nicht einmal eine Nachricht, wann er wieder erreichbar wäre. Ich fuhr zurück zu Laurens Haus. Auch hier keine Abby. Ich wartete eine Stunde. Zwei Stunden. Drei.

Ich tapte Ben ein zweites und drittes Mal an. Wieder keine Reaktion. Da stimmte etwas nicht!

Vierundzwanzig Stunden vor meiner Gehirntransplantation stand ich ganz allein da. War dieses Operationsangebot eine Strategie unserer Gegner? Wollten sie uns alle aus dem Verkehr ziehen? Oder konnten wir nur so ihren Plan gegen uns vereiteln?

* * *

Das Haus am Strand aus der Luft zu erkennen, war schwieriger, als Ben es sich vorgestellt hatte. Aus dieser Höhe sahen die kleinen Buchten bei Rockport in Massachusetts alle gleich aus. Dass Ben seit zehn Jahren nicht mehr hier gewesen war, machte es nicht einfacher. Er schwenkte nach Norden, sah dort aber nichts. Wieder ein Schwenk, nach Süden. Immer noch nichts.

Er schaute auf die Energieanzeige. Fast leer. Wo war dieses verflixte Haus bloß? Eine Übernachtung wegen erschöpfter Batterien war das Letzte, was er jetzt brauchte. Aber er hatte keine Wahl. Er landete hinter einer Düne neben einem verlassenen Strand. Er fand ein grasbewachsenes Fleckchen, wo er das Jetpack ablegen und mit dem Ladegerät verbinden konnte. Warum konnten die Dinger ihren Saft nicht direkt aus dem Ladegerät holen? Das Aufladen würde zwei Stunden dauern; bis dahin wäre es dunkel.

Er schaute sich um. Ein komfortables Nachtquartier war die Düne nicht gerade. Und wenn die Moskitos ihn fanden ... Wenigstens gab der Vollmond etwas Licht.

Wenn sein Plan mit Rockport klappte, wäre er in zwei Tagen in Bryson Nichols' Anwesen – einen Tag, nachdem Creighton Clearys Gedächtnisstrom angezapft hatte. Wenn Creighton auf Informationen stieß, mit denen er Nichols konfrontieren konnte, würde der einknicken. Wenn seine Vertuschungsstrategie aufflog, hätte er keine andere Wahl, als zu tun, was Ben verlangte.

Aber es gab da ein Problem – ein ziemliches. Ben hatte den Kontakt zum Netz verloren. Weder konnte er Creighton erreichen noch umgekehrt.

Er öffnete seine Windjacke und zog seinen elektronischen Orter heraus. Wenigstens konnte er prüfen, ob Abby sicher in Washington angekommen war. Er schaltete das Gerät ein. Ein weißer Punkt blinkte auf dem Bildschirm. Er schaute auf das Koordinatenraster und war verwirrt. Die Gegend, wo Lauren wohnte, war das ganz bestimmt nicht. Noch nicht einmal Washington.

Er zoomte den Abbildungswinkel hoch. Eine Küstenlinie erschien. Er verkleinerte das Bild wieder. Mehrere Inseln wurden sichtbar, die ihm bekannt vorkamen. Noch kleiner. Aha, die Küste von Maine. Er zoomte noch ein Stückchen zurück. Der weiße Punkt bewegte sich auf Southwest Harbour zu, auf Desert Island.

Auf Desert Island war das Anwesen von Bryson Nichols.

* * *

Kurz vor Sonnenaufgang schnallte Ben sein Jetpack um und flog ein Stück den Strand zurück. Er fand das Haus beim ersten Versuch, zwei Kilometer südlich der Stadt. Er landete auf einer Wiese zwischen dem Haus und dem Meer und legte das Jetpack ab. Er schaute nach links und rechts den Strand entlang. Er war leer.

„Ben, bist du das?“

Er wirbelte herum. Zwanzig Meter entfernt, unter dem Vordach eines Hauses, das vier Meter höher lag, stand ein Mann in den Neunzigern, den er seit zwölf Jahren nicht mehr gesehen hatte.

„Paul!“

Der Mann lächelte. „Ben, du alter Räuber. Was landest du mitten in der Nacht in meinem Garten und dann noch mit ’nem Jetpack? Soll das ’ne Invasion sein?“

Ben stieg die Treppe zum Haus hoch. Die beiden Männer umarmten sich und lachten. „Schön, dich wiederzusehen, Paul.“

„Lass dich mal anschauen.“ Der ältere Mann trat einen Schritt zurück. „Ich würd ja gern sagen, dass du noch nie so gut ausgesehen hast, aber … wann hast du mich das letzte Mal angetapt? Vor fünf Jahren?“

Ben nickte. „Ich weiß, bin ein bisschen tapfaul gewesen, tut mir leid. Aber du hättest dich ja auch bei mir melden können.“

Paul machte eine wegwischende Handbewegung. „Du bist ein vielbeschäftigter Mann, Ben, da brauchst du nicht noch alte Knacker wie mich, die dich stören.“

Ben legte seinen Arm um ihn. „Paul, du bist kein alter Knacker, sondern mein Mentor, und das wirst du immer sein.“

Der Ältere blickte auf das Jetpack auf dem Rasen. „Ich dachte, die Dinger haben wir vor Jahren abgeschafft.“

„Haben wir auch. Hast du ’nen Kaffee?“

„Wollte gerade welchen machen. Ich wecke eben Melanie, damit sie dir Hallo sagen kann.“

„Nein, lass sie schlafen. Ich muss dich erst unter vier Augen sprechen.“

Paul brachte zwei Tassen Kaffee auf die Veranda. „Was liegt an, Ben?“

„Hast du noch dein altes Segelboot?“

„Ja, klar. Fahre immer noch damit, so … tja, dreimal im Monat. Wenn das Wetter gut ist.“

„Könntest du mir das ausleihen?“

„Hast du Segeln gelernt?“

Ben schüttelte den Kopf. „Ich werd den Motor benutzen."

„Bei dem Ding? Und wo willst du hin?"

„Desert Island."

„Desert Island? Ben, das … das sind fünfhundert Kilometer. Es wird ewig dauern, den Motor flottzukriegen. Plus das Benzin, das du erst mal irgendwo herkriegen musst; für Wasserstoff ist der Motor zu alt."

„Ich brauch das Boot, Paul. Es geht um Leben oder Tod."

Der Alte sah ihm in die Augen. „Ben, Agenten brauchen keine Boote von Privatleuten auszuleihen. Was ist passiert?"

Ben seufzte. „Ich bin kein Agent mehr."

Paul stand von seinem Stuhl auf. „Komm mit."

„Wohin?"

„Ich kann dir ein schnelleres Boot besorgen."

* * *

Bryson Nichols' Gesicht verdeckte das grelle Licht der OP-Lampen. Ich versuchte, den Kopf zu heben, aber er war bereits festgeschnallt. Nichols lächelte.

„Hallo, Professor Daniels. Schön, Sie hier zu sehen. Ich hatte Angst, dass Sie es sich vielleicht im letzten Augenblick anders überlegen würden. Sie haben eine sehr weise Entscheidung getroffen, die Sie nie bereuen werden.

Dr. Sutter hat Sie für die Operation vorbereitet. Entschuldigen Sie, dass ich erst jetzt gekommen bin; eine andere Angelegenheit erforderte meine Aufmerksamkeit. Zum Glück kann mein Team diese Operationen jederzeit auch ohne mich vornehmen – vielleicht sogar besser, als wenn ich dabei bin, wer weiß?" Er lachte gekünstelt.

Er schaute einen Augenblick weg, dann wieder herab zu mir. „Ihre Gehirnsoftware ist bereits auf das Silikonsubstrat aufgespielt und funktioniert perfekt. Wir brauchen nur noch ihr biologisches Gehirn herauszunehmen und das Substrat einzusetzen. Wie gesagt, das Ganze dürfte etwa drei Stunden dauern."

Drei Stunden. Noch drei Stunden – und ich könnte an die Information herankommen, die wir brauchten, um Cleary und Co. zu stoppen. Noch drei Stunden – und ich würde den Zugang zu dem, was dem Leben seinen eigentlichen Sinn gab, endgültig verlieren.

Ich hatte die Sache tausendmal durchgedacht. Aber jetzt, wo der Augenblick da war … War es nicht wahnsinnig, was ich da vorhatte? Welcher normal denkende Mensch würde eine solche Entscheidung treffen? Opferte ich hier gerade meine Ewigkeit, nur um …

Nichols hatte weitergesprochen.

„Entschuldigung", sagte ich. „Was sagten Sie gerade?"

„Ob Sie bereit für die Narkose sind."

Ich holte tief Luft, stieß den Atem wieder aus und sagte: „Ja."

„Wunderbar. Ich freue mich mit Ihnen, Professor."

Der Anästhesist legte mir die Maske auf Mund und Nase. „Atmen Sie ganz normal weiter."

Ich machte meinen letzten Atemzug als rein biologischer Mensch.

43

ABBY SCHLUG DIE Augen auf und starrte auf den Baldachin eines prunkvollen Himmelbetts. Sie hob den Kopf. Das Bett stand in einem großen, verschwenderisch möblierten Zimmer. Sie war allein. Sie stieg aus dem Bett; der Schmerz im Knöchel erinnerte sie wieder an ihre Verletzung. Sie humpelte zu einem Fenster und öffnete die Läden. Sonnenlicht strömte herein. Unter ihr erstreckte sich ein gepflegter Park, wie er zu großen Anwesen gehört. Weiter hinten sah sie eine hohe Steinmauer mit einem Tor.

Abby versuchte, sich zu erinnern. Der Überfall im Zug. Aber was war danach passiert?

Sie drehte einen Knopf und der rechte Fensterflügel öffnete sich. Eine kühle Brise strich über ihr Gesicht. Sie schloss die Augen, holte tief Luft und öffnete sie wieder. Sie erinnerte sich an ihre große Einsicht im Zug, vor diesem Überfall. Christus in ihr. Er lebte in ihr. Durch sie. Im Glauben lebte sie aus ihm. Was immer ihr auch passieren würde, es war genug, dass Christus in ihr lebte.

Ein Klopfen unterbrach ihre Gedanken. Sie öffnete die Augen, zögerte und antwortete schließlich: „Herein."

Ein Mann in Butleruniform, der ein Tablett trug, kam herein. „Guten Tag, Ms Caldwell. Ich hoffe, Sie haben angenehm geruht?"

Ihr Blick wurde eisig und sie entgegnete barsch: „Wo bin ich?"

„Sie befinden sich im Kensington Estate von Bryson Nichols. Darf ich …"

„Warum hat man mich gegen meinen Willen hierhergebracht?"

Der Butler sah überrascht aus. „Ich … die genauen Umstände Ihrer Ankunft sind mir nicht bekannt, Ms Caldwell. Man hat mich angewiesen, Ihnen Ihren Lunch zu bringen." Er setzte das Tablett auf einem Couchtisch ab, der zwischen zwei Sesseln stand, und nahm den Deckel ab. „Croissants, Prosciutto-Schinken, Schweizer Käse, frisches Obst und Kaffee."

Sie humpelte einen Schritt auf den Butler zu. „Danke, ich möchte erst Mr Nichols sprechen."

„Mr Nichols ist leider zurzeit nicht im Haus. Er wird gegen Ende des Tages zurückerwartet."

„Und kann ich ihn dann sprechen?"

„Ich habe keinen Einblick in Mr Nichols' Terminkalender. Ich weiß nur, wann er zurückerwartet wird."

„Dann bleibt mir wohl nichts anderes übrig, als so lange hierzubleiben." Sie betete, dass es nicht so wäre, dass sie hier nicht in einem goldenen Käfig saß.

Der Butler sah schockiert aus. „Wie können Sie so etwas sagen, Ms Caldwell?"

„Weil ich gegen meinen Willen hierhergebracht wurde."

Der Butler schüttelte den Kopf. „In diesem Hause wird kein Gast zu irgendetwas gezwungen, Ms Caldwell. Sie können jederzeit wieder abreisen, wenn Sie dies wünschen."

„Jawohl, das wünsche ich." Sie setzte sich in Richtung Tür in Bewegung.

Der Butler machte eine abwehrende Handbewegung. „Wie Sie wünschen. Benötigen Sie Hilfe beim Packen?"

„Es gibt nichts zu packen."

Abby verließ den Raum; sie ging langsam und belastete den verletzten Fuß möglichst wenig. Der Butler folgte, überholte sie und ging ihr voraus durch einen langen Gang, in dem viele Gemälde hingen. Eine geschwungene Treppe führte hinunter in eine große Empfangshalle mit Marmorfußboden. Abby blieb fast der Mund offenstehen angesichts der exklusiven Ausstattung; sie konnte nicht glauben, dass in diesem Haus nur ein einziger Mensch wohnte. Allein im Foyer hätte ihr ganzes Dorf Platz gefunden. Der Butler öffnete eine der beiden mächtigen weißen Eingangstüren. Abby folgte ihm zur Tür, warf ihm einen Blick zu und trat nach draußen.

„Wünschen Sie, dass ich Ihnen ein Fahrzeug bestelle, Ms Caldwell?"

„Wie weit ist es bis zum nächsten Autodepot?"

„Acht Kilometer."

„Danke. Ich laufe." Sie versuchte, nicht an ihren schmerzenden Knöchel zu denken.

„Wie Sie wünschen, Ms Caldwell."

„In welche Richtung muss ich nach dem Tor gehen?"

„Nach links. Die Straße wird Sie nach Northeast Harbour führen." Er warf einen Blick auf ihren Knöchel. „Sie wären schneller dort, wenn Sie uns gestatten würden, Sie hinzufahren."

Sie winkte ab. „Ich laufe gerne."

Abby ging, so schnell ihr Knöchel es erlaubte, den gepflasterten Weg entlang, der über die Rasenfläche führte. Sie erreichte die Auffahrt und trat durch das Eingangstor auf die Straße. Sie drehte sich kurz um, sah niemanden hinter sich und bog nach links ab. Sie musste so weit weg von Bryson Nichols wie möglich. Er hatte ihren Großvater ins Irrenhaus gebracht und jetzt wollte er …

Sie blieb stehen, schaute die Straße entlang, dann zurück zum Tor des Anwesens. Sie dachte nach.

Bryson Nichols hatte also ihren Großvater in eine psychiatrische Klinik gesteckt. Was bedeutete, dass die Leitung dieser Klinik unter seiner Kontrolle oder jedenfalls seinem Einfluss stand. Was wiederum hieß, dass der einzige sichere Weg, ihren Großvater da herauszuholen, über Nichols ging. Der Mann war gefährlich, das stand fest, aber hier hatte sie die Chance, mit ihm zu reden. Das konnte übel ausgehen – oder den ersehnten Durchbruch bringen, den sie brauchte, um ihrem Großvater zu helfen.

Sie stand ein paar Minuten unschlüssig da und erwog ihre Chancen. Dann drehte sie sich um und humpelte entschlossen zurück zu Nichols' Anwesen.

* * *

Es war 14.30 Uhr – mein nächstes virtuelles Treffen mit Ray. Ich erschien am Picknicktisch. Ray saß bereits dort.

„Wir haben nicht viel Zeit", sagte er. „Die Sicherheitsspürhunde werden diese kleine Hintertür, die ich eingerichtet habe, bald gefunden haben und dann werden sie unseren Kontakt unterbinden. Dies könnte unser letztes …"

„Ray", unterbrach ich ihn, „Abby ist verschwunden."

Besorgnis spiegelte sich in seinem Gesicht. „Wann habt ihr sie das letzte Mal gesehen?"

„Vor zwei Tagen hat Ben sie in den Zug von Boston zurück nach Washington gesetzt. Als er in Washington ankam, war sie nicht drin."

„Cleary. Oder einer seiner Leute."

„Sehr wahrscheinlich."

Er saß einen Moment schweigend da; dann schien er seine Sorge um Abby entschlossen beiseitezuschieben. Jetzt ging es erst einmal um das Nächstliegende. „Aber genau wissen wir das nicht. Und deswegen brauchen Sie Zugang zu den Gedächtnisströmen dieser Menschen. Die Transplantation ist erledigt?"

Ich nickte.

„Es tut mir leid", sagte er. „Es ist ein großer Verlust – oder möglicher Verlust, in Ihrem Fall. Sie haben ein großes Opfer gebracht."

„Was geschehen ist, ist geschehen. Sorgen wir dafür, dass es sich gelohnt hat. Welche Konfiguration müssen Sie vornehmen?"

„Es ist einfacher, wenn Sie sich die Instruktionen runterladen, als wenn ich sie Ihnen mündlich gebe. Ich gebe Ihnen die Netzadresse, wo Sie sie finden können, und das erforderliche Passwort. Sobald Sie die Umkonfiguration vorgenommen haben, werden Sie die Anweisungen zum Öffnen von Gedächtnisdatenströmen finden.

Professor, Sie müssen diese Informationen unter allen Umständen für sich behalten! Diese technische Möglichkeit dürfte eigentlich niemals genutzt werden, aber die Umstände zwingen uns. Ich verlasse mich darauf, dass Sie sie ausschließlich nur zu den Zwecken einsetzen, die wir besprochen haben."

„Verstehe. Sonst noch etwas?"

„Bevor Sie starten, habe ich noch eine Frage." Er zögerte. „Mir scheint, dass die Beziehung zwischen Ihnen und Abby … nun, dass sie über eine bloße Freundschaft hinausgeht."

Seine Stimme klang nicht missbilligend.

„Ja, das mag sein."

„Es interessiert mich einfach … wie Sie zu Abbys persönlichen Überzeugungen stehen."

„Sie meinen ihren Glauben an Gott?"

„Ja. Sie hat doch bestimmt mit Ihnen darüber geredet."

„Natürlich."

„Hat sie versucht, Ihnen diesen Glauben schmackhaft zu machen?"

„Sie ist bei diesem Thema sehr … zurückhaltend gewesen."

Er lächelte. „Ich spüre ein ‚Aber'."

„Aber ich habe mich selbst mit der Sache beschäftigt."

„Und was haben Sie dabei entdeckt?"

„Dass die Bibel als historische Quelle viel zuverlässiger ist, als ich erwartet hatte."

Ray nickte. „Und im Blick auf ihren Inhalt – sind Sie da zu einem Fazit gekommen?"

„Ja. Und Ihre Botschaft an meinen Vater hat dabei eine Schlüsselrolle gespielt. Ich habe entdeckt, dass es in der christlichen Botschaft nicht in erster Linie um das Befolgen von Regeln oder um Vergebung oder um ein ewiges Leben geht, sondern darum, dass man sich mit Christus verbindet und so das Leben empfängt, das aus Gott kommt, und mit ihm eins wird."

Ray beugte sich vor. „Professor, dann haben Sie an der Schwelle zum Glauben gestanden. Aber Sie haben diese Schwelle nicht überschritten. Warum nicht?"

Ich legte den Kopf schräg und suchte nach einer angemessenen Antwort. „Ich glaube, meine nächste Frage war: Wie kann ich da ganz sicher sein?"

Wieder lächelte Ray. „Eine sehr gute Frage. Und die Antwort ist: Diese Sicherheit gibt es nicht. Was ist denn Sicherheit oder Gewissheit? Sie sind der Historiker. Gibt es irgendeine historische Darstellung, für die Sie mit absoluter Sicherheit die Hand ins Feuer legen können?"

„Nein, natürlich nicht."

„So ist das mit Christus auch. Er lässt uns Raum zum Glauben."

„Aber warum? Warum macht er es nicht absolut sicher?"

„Weil es Gott um die Beziehung geht. Und Beziehungen gründen auf Vertrauen, auf Glauben. Wenn zwei Menschen heiraten – zu meiner Zeit taten das noch die meisten –, ist das für sie ein Akt des Vertrauens. Sie wissen nicht mit letzter Sicherheit, worauf sie sich da einlassen; der eine muss dem anderen vertrauen. So ist das bei Gott auch. Er bietet uns eine ewige Gemeinschaft mit ihm an. Wir vertrauen ihm – vertrauen auf das, was sein Sohn getan hat, um diese Gemeinschaft zu ermöglichen – und lassen uns darauf ein. Nein, es ist kein *blinder* Glaube; Sie haben selbst festgestellt, dass Gott uns mehr als genug Fakten an die Hand gibt, um den Glauben intellektuell plausibel zu machen. Aber letztlich ist es Vertrauenssache, wie in jeder Beziehung."

Ich schwieg. Dann sagte ich: „Nach dieser Transplantation – ich meine, ich habe doch jetzt keinen Geist mehr, der sich mit Gott verbinden könnte, oder?"

„Ich fürchte, nein."

„Aber um dieses Leben aus Gott zu empfangen – ewig, meine ich –, muss man sich mit seinem Geist verbinden."

Ray nickte.

„Bin ich damit nicht für immer aus dem Rennen? Ich meine, mit diesem Gehirn bin ich ja im Prinzip unsterblich."

Ray sah mich einen langen Augenblick an. „Das werden Sie wohl Gott überlassen müssen. Ich würde an Ihrer Stelle nicht davon ausgehen, dass Ihr jetziger Zustand für immer andauern wird. Bryson Nichols und ich mögen Ihr neues Gehirn konstruiert haben, aber wir sind nicht Gott. Wir können niemanden unsterblich machen. Auch wir, Sie und ich, werden früher oder später sterben. Ich hoffe, eher früher; ich vermisse meine Verbindung zu Gott."

„Wissen Sie ganz sicher, dass Sie diese Verbindung zu Gott einmal wiederbekommen werden?"

„Was soll ich Ihnen darauf antworten? Ich spüre Gott nicht

mehr. Ich kann Ihnen nur berichten, was ich früher spürte. Ich nehme an, der Geist von Ray Caldwell ist bereits bei Gott."

Ein Windstoß fuhr durch die Bäume, wie eine stumme Bestätigung.

„Ich wollte Sie noch etwas fragen", sagte ich. „Mein Vater …"

„Eli." Er seufzte, seine Schultern sackten nach unten. „Das mit Ihrem Vater tut mir so leid. Er war ein guter Kerl."

„In Ihrer Botschaft sagten Sie, dass Sie ihn seit Langem kannten, aber ich kann mich nicht erinnern, dass er je von Ihnen gesprochen hat."

„Wir haben vor langer Zeit zusammen studiert, aber dann führte das Leben uns in unterschiedliche Richtungen. Erst vor Kurzem hatten wir unsere Freundschaft wiederbelebt."

„Und wie kam es dazu?"

„Er hatte sich an unsere Gespräche von früher erinnert; damals redete man manchmal noch über den christlichen Glauben. Es gab da eine Sache, wo er meinte, dass ich ihm vielleicht helfen konnte."

„Helfen?"

„Er hatte seltsame Träume gehabt. Er hatte wiederholt von Jesus geträumt und dachte, ich wüsste vielleicht, was das bedeutete."

Ich war erleichtert. Mein Vater war also in guten Händen gewesen, bevor er starb.

Es gab noch etwas, über das ich mit Ray Caldwell sprechen wollte.

„Ray, wenn mein Leben unendlich weitergeht – in der virtuellen Realität oder in einem synthetischen Körper – und ich eines Tages nicht mehr so weiterleben will, gibt es dann eine Möglichkeit, Schluss zu machen?"

Er erwiderte leise: „Vielleicht sollten Sie auch das Gott überlassen."

„Aber was, wenn diese Existenz mir zur Last wird und ich frei werden möchte? Gott hat mich ja nicht so gemacht. Ist es möglich, da … rauszukommen?"

Er zögerte. „Doch. Sie können eine ganz bestimmte Folge von Befehlen in Ihr Gehirn eingeben."

„Und was machen die?"

„Sie weisen Ihr Programm an, sich selber zu löschen."

„Könnten Sie mir diese Befehle sagen? Nur für alle Fälle."
Er sah mich kurz an, dann nickte er.

44

ICH SCHOB MEIN Gespräch mit Ray innerlich beiseite und konzentrierte mich darauf, die Netzadressen aufzurufen, die Ray mir gegeben hatte. In kaum einer Viertelstunde hatte ich die nötigen Änderungen vorgenommen. Ab jetzt hatte ich Zugriff auf die Erinnerungen jedes Menschen, der ein Gehirntransplantat trug.

Und auch auf alles andere. Schon nach der Transplantation hatte ich gemerkt, dass ich jetzt direkten Zugang zum gesamten Wissen der Menschheit hatte, und ich konnte es nicht nur abrufen, ich konnte es auch sinnvoll verarbeiten. Die Beschränkungen meines biologischen Gehirns existierten nicht mehr; ich war nicht mehr nur ein Experte in Geschichte, sondern bei Bedarf auch in Astrophysik, Genetik oder was auch immer.

Mein Gehirn arbeitete mit einer Geschwindigkeit und Zielsicherheit, wie ich es mir nie hätte vorstellen können. Vor mir lag ein Land der unbegrenzten Möglichkeiten. Und wenn die Menschheit tatsächlich zur Transmenschheit mutierte? Milliarden von Menschen könnten im Handumdrehen dieselben Fakten verarbeiten und dieselben logischen Schlüsse ziehen ... Vielleicht hatte Nichols doch recht; vielleicht war der Verlust des Zugangs zu Gott – ohnehin nur eine hypothetische Größe, die sich nicht verifizieren ließ – ein kleiner Preis für den fantastischen Fortschritt, den das Projekt „Transmenschheit" eröffnete.

Ich begann, meine Rolle in diesem Drama zu sehen. Ich war ein Pionier, der Prototyp einer neuen Menschheit. Vielleicht sollte ich dafür sorgen, dass die Menschheit friedlich und ohne Schaden für die Armen, die noch ihre biologischen Gehirne hatten, in ihre neue Ära hineinging. Nichols, Cleary und Ray Caldwell hatten die Technologie entwickelt und perfektioniert. Caldwell hatte sie schließlich wegen seiner religiösen Skrupel verworfen. Nichols hatte Fehler bei ihrer Umsetzung gemacht; er hatte unvorsichtig und arrogant gehandelt, aber ohne böse Absichten. Er wollte das Beste für die Menschheit und war korrekturfähig.

Die unbekannte Größe, der Joker in dem Spiel, war Cleary. Ich musste in sein Gedächtnis hinein.

***

Abby nickte dem Butler zu und hinkte durch die Tür, die er für sie aufhielt. Nach ihrer Rückkehr in Nichols' Villa hatte sie den Nachmittag im Wintergarten verbracht und sich überlegt, was sie dem Mann sagen wollte, der ihren Großvater gefangen hielt … und Creighton gerettet hatte. Jetzt betrat sie in eine große Bibliothek. Hinten, in einem Sessel neben einer Leselampe, saß Bryson Nichols. Er erhob sich und bedeutete ihr, sich in den Sessel neben dem seinen zu setzen.

„Hallo, Abby. Wie schön, dass wir uns endlich persönlich treffen können." Er streckte ihr seine Hand entgegen.

Sie blieb stehen und nahm seine Hand nicht. „Ich wollte, ich könnte das Gleiche sagen, Mr Nichols."

„Ich danke Ihnen, dass Sie so geduldig auf meine Rückkehr gewartet haben."

Abby hatte gebetet, dass sie ruhig bleiben würde. Aber jetzt stieg Zorn in ihr auf. „Ich bin entführt und gegen meinen Willen hierhergebracht worden."

„Entführt?" Er sah überrascht aus. „Ich hatte meine Leute angewiesen, Sie einzuladen. Ich bitte Sie um Entschuldigung, Ms Caldwell, für dieses bedauerliche Missverständnis. Sie können dieses Haus natürlich jederzeit verlassen, wenn Sie dies wünschen."

„Das weiß ich, danke. Leider hat mein Großvater diese Freiheit nicht. Sie haben ihn weggesperrt."

„Weggesperrt? So würde ich das nicht ausdrücken. Aber ich kann Sie gut verstehen. Bitte setzen Sie sich doch, dann können wir uns über Ihren Großvater unterhalten. Und über alles andere, das für uns beide wichtig ist."

Abby setzte sich in den Sessel und schlug die Beine übereinander.

Nichols fuhr fort: „Ich musste heute Morgen in Washington sein, um bei einem Freund von Ihnen eine Transplantation vorzunehmen."

Sie hielt den Atem an. „Creighton ..."

„Es geht ihm gut, der Eingriff verlief ohne jedes Problem. Ein kluger Mann, dieser Professor Daniels. Jetzt natürlich noch mehr als zuvor."

Eine große Traurigkeit überkam sie und schwemmte ihren Zorn fort. Sie mochte nicht glauben, dass die Transplantation tatsächlich ausgeführt worden war. „Kann ich ihn sprechen?"

„Ja, natürlich. Er wird sich bestimmt freuen, von Ihnen zu hören. Ich gebe Ihnen seinen neuen Netzzugang und mein Assistent ... Aber Sie brauchen ja so einen Helm, um in die VR zu gehen, nicht wahr? Mein Assistent wird Ihnen einen besorgen, wir müssten hier irgendwo einen haben. Vielleicht könnten wir noch heute Abend einen auftreiben."

„So bald wie möglich, bitte. Und wann kann ich meinen Großvater kontaktieren?"

Nichols rutschte auf seinem Sessel. „Ah, Ihr Großvater. Sie müssen verstehen: Alles, was hier geschehen ist, ist die Folge einer Reihe unglücklicher Kommunikationsfehler und Missverständnisse."

„Haben Sie ihm deswegen gegen seinen Willen ein Kunstgehirn eingepflanzt und ihn ins Irrenhaus gesperrt?"

„Das ist ohne Zweifel eine mögliche Sichtweise. Aber Ray hatte vorgehabt, sich dem Eingriff zu unterziehen. Als er ihn dann nach dem Eingriff so heftig verurteilte und allen Ernstes damit drohte, unser Projekt zu kippen, hatte ich keine andere Wahl, als ihn psychiatrisch untersuchen zu lassen."

„Meinem Großvater fehlte nichts, bis Sie sein Gehirn entfernt haben. Sie ..."

„Das sieht die Klinik vielleicht anders", unterbrach er sie.

Abbys Wangen wurden rot vor Wut. „Sie haben ..."

„Aber ..." Nichols hob theatralisch einen Finger. „Aber ich glaube, die Zeit ist reif für eine erneute Überprüfung von Rays Geisteszustand und für seine Entlassung. Als ich ihn kürzlich besuchte, machte er einen völlig normalen Eindruck. Bestimmt werden die Ärzte ihn gesundschreiben, wenn er sich dazu bereit erklärt, einen

Schlussstrich unter diese bedauerlichen Missverständnisse zu ziehen. Wären Sie damit einverstanden, Ms Caldwell?"

Abby schwieg einen Augenblick. „Was Sie getan haben, Mr Nichols, ist falsch. Und ich kann nicht entscheiden, ob mein Großvater sich auf Ihren Vorschlag einlassen wird oder nicht. Aber ich will, dass er freikommt."

„Dann sind wir uns einig, ja? Ich werde die Sache mit Ray besprechen. Inzwischen würde ich vorschlagen, dass Sie mit uns zu Abend essen und die Nacht hier verbringen. Der Tag war sicher anstrengend für Sie."

Abby hatte nicht vorgehabt, in Nichols' Villa zu übernachten. Sie traute dem Mann nicht und hier war sie ihm völlig ausgeliefert. Alles, was er gerade gesagt hatte, konnte gelogen sein. Aber sie sah auch keine andere Möglichkeit. Kooperativ zu sein erschien ihr als sicherster Weg, die Freilassung ihres Großvaters zu erreichen.

„Danke", sagte sie schließlich. „Ich nehme Ihre Einladung an. Wie schnell haben Sie vor, meinen Großvater zu besuchen?"

Er hob leicht die Augenbrauen. „Nun, ich muss darüber nachdenken, wie Ray und ich von nun an verfahren sollten, damit unser beider Interessen gewahrt bleiben. Ich würde sagen, in ein oder zwei Tagen."

Wieder stieg Zorn in Abby auf. Der Mann spielte mit ihr. Es gab keinen Grund, warum Nichols nicht heute Abend die Klinik antappen und mit Ray sprechen sollte. Und wenn es darum ging, irgendwelche Interessen zu wahren, dann waren es sicher nur seine eigenen und nicht die ihres Großvaters.

Sie schluckte ihren Zorn hinunter. Die Beherrschung zu verlieren würde ihr gewiss nicht weiterhelfen. „In einem Tag wäre ausgesprochen wünschenswert", sagte sie.

„Das wäre es in der Tat. Ich werde es Sie wissen lassen." Nichols stand auf und ging zu einer Bar am anderen Ende des Raumes. Er öffnete einen Kühlschrank und zog eine Flasche heraus. „Sie haben einiges Aufsehen erregt, seit Sie im Land sind, Ms Caldwell."

„Das war nicht meine Absicht."

Er zog zwei Gläser hervor und füllte sie halb. „Aber inzwischen doch?"

Abby hatte sich entschieden, auf das Gespräch einzusteigen. Vielleicht würde Nichols versehentlich irgendeine Bemerkung machen, die ihr weiterhelfen würde.

„Nicht Aufsehen erregen, nein", antwortete sie.

Abby unterbrach sich und dachte an die Erkenntnis, die sie im Zug gehabt hatte, bevor sie fortfuhr: „Ich möchte diesem Land die Botschaft von Jesus zurückbringen. Den Leuten erzählen, dass …" – sie zögerte – „jeder Mensch das wahre Leben finden kann, das Leben aus Gott, das Jesus uns zugänglich macht."

Nichols stellte die Flasche zurück in den Kühlschrank. „Ja, das Christentum. Sie werden bemerkt haben, dass wir dieses Denken schon länger zu den Akten gelegt haben, ebenso wie Europa vor uns, und früher oder später wird die ganze Welt das tun." Er kam zurück und stellte die Gläser auf den Couchtisch.

„Und wohin wird das führen, Mr Nichols?"

„Dorthin, wohin wir ohnehin unterwegs sind. Zu dem großen Ziel der menschlichen Spezies: ihrer Evolution zu einer transmenschlichen Spezies." Er beugte sich vor, nahm ein Glas und kostete. „Bitte, trinken Sie doch. Mineralwasser."

Abby nahm das andere Glas, trank einen Schluck und fühlte sich erfrischt.

Nichols fuhr fort: „Ich verstehe vollkommen, warum Sie so an Ihrer Religion festhalten. Sie war ein natürlicher Schritt in der menschlichen Evolution. Damit die Menschheit ihr wahres Ziel erreicht, mussten die alten Mythen wie das Christentum natürlich der Erkenntnis der Welt, wie sie wirklich ist, weichen – der Erkenntnis der Realität."

„Und was soll diese Realität sein?"

Nichols gluckste. „Liegt das nicht auf der Hand? Dass es der Menschheit beschieden ist, der Funke der Intelligenz zu sein, den das Universum seit Urzeiten zünden will, damit er sich im ganzen Kosmos verbreitet."

„Wollen Sie sagen, das Universum habe ein Bewusstsein?"

Nichols stellte sein Glas ab. „Bewusstsein. Ein erhabener Begriff. Aber sehr schwer zu fassen, nicht wahr? Unser Jahrhundert hat offenbart, vor welchem Dilemma wir da stehen. Die Geräte, die wir erfunden haben, sind inzwischen intelligenter als wir. Sie denken. Sie treffen Entscheidungen. Sie haben ihr eigenes Wertesystem. Ich würde also sagen, sie haben ein Bewusstsein. Aber das sieht nicht jeder so.

Und was das Universum angeht, so glaube ich, dass es von Anfang an den Kern in sich trug, aus dem einmal Intelligenz entstehen würde. Wir sind diese Intelligenz – wir in Verbindung mit den Maschinen, die wir geschaffen haben. Diejenigen, in denen diese Verbindung bereits unwiderruflich vollzogen ist, wie etwa Ray, haben ein Intelligenzniveau erreicht, das noch vor Kurzem unvorstellbar war. Und bis wohin lässt sich das noch steigern? Ich glaube, bis ins Unendliche. Es gibt keine Grenze."

Abby trank den letzten Schluck Wasser und stellt das Glas wieder auf den Tisch. „Und die menschliche Seele?"

Er lächelte nachsichtig. „Ach ja, die Seele. Was für eine kuriose Vorstellung. Mithilfe der Nanotechnologie haben wir das gesamte menschliche Gehirn vermessen, bis hinunter zu den kleinsten Molekülen, die die Neuronen unserer grauen Zellen bilden. Wir haben nirgends eine Seele gefunden. Wir sind materielle Wesen, Ms Caldwell. Unsere menschliche Existenz lässt sich zur Gänze aus Zellen, Molekülen, Atomen erklären."

Abby erhob sich und humpelte zu einem der Fenster. „Und woher wollen Sie das so genau wissen, Mr Nichols? Wie wollen Sie mit Ihren Instrumenten und Apparaten etwas finden, das zu finden diese Apparate gar nicht ausgelegt sind?"

„Sie dürfen Ihre Suche nach Dingen, die es nicht gibt, gerne fortsetzen, Ms Caldwell. Ich ziehe es vor, in der Realität zu leben, und zum Glück sieht der Rest der Menschheit das allmählich auch so. Na ja, in den zivilisierteren Ländern. In einigen Gebieten der Welt hält der Aberglaube sich noch, aber das wird sich ändern."

„Vielleicht sieht jede Realität wie Aberglaube aus, solange man ihr noch nicht persönlich begegnet ist, Mr Nichols."

Das Gespräch, schloss Abby, enthüllte ihr nichts, das ihr weiterhelfen würde. Höchstens, wie unerschütterlich Nichols von seiner Sicht der Welt überzeugt war. Abby kam zurück zur Sitzecke. „Ich bin ein wenig müde; ich würde mich jetzt gern zurückziehen. Können Sie mir das Essen dort servieren lassen?"

„Selbstverständlich. Sie möchten heute Abend etwas für sich sein. Das ist nur zu verständlich. Der Butler wird das Dinner in Ihrem

Zimmer servieren." Nichols erhob sich. „Es war ein angenehmes Gespräch, Ms Caldwell. Ihre Ansichten bieten eine faszinierende Reise in die Kulturgeschichte unseres Landes."

Sie nickte kurz, ohne sich ein Lächeln abzuzwingen, und ging dann zur Tür. „Ich glaube, ich finde mich zurecht."

* * *

Ich klinkte mich in Damien Clearys Gedächtnisstrom ein. Seine ersten aufgezeichneten Erinnerungen datierten von November 2073, vier Monate bevor NTI das Leben revolutionierte, indem es die Gedächtnisstromtechnologie dem Normalbürger zugänglich machte.

Ich überflog die letzten vierzehn Jahre im Leben von Damien Cleary – alles, was er gedacht, geträumt, gefühlt und wahrgenommen hatte. Die Informationsmenge war gigantisch. Aber nicht weniger gigantisch war die Geschwindigkeit, mit der mein neues Gehirn Daten verarbeitete. Es dauerte keine drei Stunden und ich war fertig.

Jetzt begriff ich, warum man die Gedächtnisstromtechnologie so aufwendig gegen Missbrauch abgesichert hatte. Dass jemand so in das Leben eines anderen hineinschauen konnte wie gerade ich, war nicht richtig. Clearys Leben lag wie ein aufgeschlagenes Buch vor mir: seine Karriere, seine Beziehungen, seine Finanzen, seine Gedanken, sein sexuelles Leben – all jene Aspekte unseres Ichs, die selbst einen Heiligen bloßstellen können. Und Cleary war kein Heiliger.

Mein lüsternes Gieren nach der nächsten dunklen Enthüllung wich bald der Scham über diese Gier, bis ich schließlich nur noch eine Art resignierte Wehmut empfand, wie solch ein brillanter Kopf so viel Zeit und Energie in seinem Leben auf Dinge verschwendet hatte, die absolut sinnlos und leer waren. Wie so viele von uns.

Aber ein Ziel verfolgte dieser Mann mit absoluter Hingabe: die Weiterentwicklung und Verbreitung der menschlichen Intelligenz.

Ich fand die ersten Gespräche mit Nichols und Ray Caldwell über die Idee eines Silikongehirns. Ich blätterte den endlosen Entwicklungsprozess durch. Ich lauschte den Diskussionen, die Cleary und Nichols über die weltweite Vermarktung der Transplantation geführt hatten. Cleary war für das aggressivst mögliche Vorgehen. Er wollte den neuen Menschen so schnell wie möglich, Moral hin, juristische Bedenken her.

„Die Menschheit", hatte er eines Tages in Nichols' VR-Büro gesagt, „hat lange genug in der Steinzeit gelebt. Wir haben das Potenzial, nicht nur die Probleme dieses Planeten zu lösen, sondern auch eine nahezu perfekte Zivilisation über die ganze Galaxie zu verbreiten. Und dies mit der größtmöglichen Geschwindigkeit zu tun, Nichols, ist der höchste moralische Wert."

Und dann stieß ich auf den Mann, der Abby gejagt hatte. Gegen Ende von Lewis Papes Anstellung als Sicherheitsmanager bei NTI hatte Cleary entdeckt, dass Pape seine ehrgeizige Vision unterstützte und keinerlei moralische Bedenken hatte, alles zu tun, was nötig war, um sie zu erreichen. Nach und nach zog Cleary ihn ins Vertrauen. Als Pape sich als privater Sicherheitsberater selbstständig machte, war sein erster Kunde – erraten! – Damien Cleary.

Achtzehn Monate lang trafen die beiden sich immer häufiger in Clearys virtuellem Büro. Aus der Masse der Gespräche ragten einige heraus.

5. November 2087

„Ich habe etwas entwickelt, das dich vielleicht interessiert", erwähnte Cleary nonchalant in seinem NTI-Büro. Er öffnete eine holografische 3-D-Darstellung eines Nanobots.

„Was macht das Ding?", fragte Pape.

„Es sucht und zerstört Neuronen."

Pape beugte sich auf seinem Stuhl vor und studierte das Hologramm. „Wessen Neuronen?"

„Von jedem, dem man das Nanobot einpflanzt."

„Und wie viele Neuronen?"

„Das hängt von der Zahl der Nanobots ab. Wenn's genug sind, zermatschen sie das ganze Gehirn. Buchstäblich."

„Über Nacht?"

„Innerhalb von ein paar Tagen."

Pape starrte das Hologramm an, dann drehte er sich zu Cleary. „Wer so eine Infektion hat, ist doch ein erstklassiger Kandidat für diese Transplantation, oder?"

Cleary lächelte. „Seh ich auch so."

18. April 2088
Cleary saß auf einem großen Felsen über einem einsamen virtuellen Strand. „Erinnerst du dich noch, dass ich gesagt habe, dass wir eine Testgruppe für die Killer-Nanobots brauchen?"

Pape warf einen Stein auf den Strand hinunter. „Haben sich Freiwillige gemeldet?"

„Sagen wir mal, es gibt da so ein Dorf, das keiner je vermissen wird."

4. Mai 2088
Cleary wurde von Pape angetapt. „Wir könnten ein Problem kriegen."

„Was für eins?"

„Eine Frau ist aus dem Dorf entkommen."

Cleary runzelte die Stirn. „Entkommen? Wie ist das möglich?"

„Sie war gerade nicht da, als ich die Infektion eingeschleust hab."

„Und wo ist sie hin?"

„Zur Küste. Sie scheint Amerikanerin zu sein. Hat sich mit einer Klinikärztin zusammengetan."

„Mensch, Pape, konntest du nicht besser aufpassen?" Cleary schwieg einen Augenblick. „Haben die eine Probe von dem Zeug in die Finger gekriegt?"

„Ich glaube, ja."

„Sieh zu, dass du die Probe kriegst. Und liquidiere die beiden."

Ich überflog Papes Berichte an Cleary über seine Jagd auf Abby. Ich spürte, wie die nackte Wut in mir hochstieg. Cleary arbeitete derweil in seinem abgesicherten VR-Büro an seinen weiteren Plänen. In einer Szene schaute er auf einen Bildschirm, der das Wasser- und Abwassersystem für jede US-Stadt mit über 100000 Einwohnern zeigte.

Nachdem die beiden von Dallas nach Washington zurückgekehrt waren, tapte Cleary Pape an.

„Hast du die Städte ausgesucht?", fragte Pape.

„Ja." Cleary reichte Pape eine Liste.

„Nur drei?"

„Drei sind genug." Cleary beugte sich über seinen Schreibtisch und zeigte auf die Liste. „Wir beginnen mit Washington. Die Wasserversorgung dort ist kompliziert, aber es gibt drei Punkte, wo wir unsere Nanobots einführen können. Einmal drinnen, vermehren und verbreiten sie sich, bis jeder, der in Kontakt mit dem Wasser kommt, infiziert ist."

„Das können Millionen sein", sagte Pape. „Wir können nicht in so kurzer Zeit Millionen Transplantationen machen."

„Natürlich nicht", erwiderte Cleary. „Die meisten werden sterben. Die nächsten Städte sind Richmond und Annapolis; es wird so aussehen, als ob die Infektion sich nach Norden und Süden ausbreitet. Die ganze Nation wird in Panik geraten, und wir werden die einzige Lösung parat haben: die Transplantationen.

Die Regierung wird als Notstandsmaßnahme die NTI-Produktionsstätten beschlagnahmen. Sie wird sehen, dass wir die nötige Software haben, um Ärzte für die Transplantation zu schulen, und daraufhin diese Schulung anordnen. Die Ärzte werden zu Staatsdienern erklärt werden und die Massenproduktion von Silikonsubstraten wird beginnen. Im Laufe eines Monats werden wir von ein paar Hundert zu mehreren Hunderttausend Transmenschen kommen."

„Aber man wird doch feststellen, dass die Nanobots von NTI kommen", wandte Pape ein.

Cleary schüttelte den Kopf. „Ich habe sie umprogrammiert. Wenn sie eine bestimmte Zahl Neuronen zerstört haben, zerstören die Nanobots sich selber. Sie zerfallen in ihre Moleküle und verschwinden so im Körper. Es wird keine Spuren geben, nur Neuronenbrei."

Pape lächelte. „Gehe ich recht in der Annahme, dass ich die Nanobotbomben legen soll?"

Cleary nickte. „Da meine Nanobots deinen Ortungs-Chip neutralisiert haben, bist du der Kandidat Nr. 1 für diese Aufgabe, mein Freund."

Cleary erhielt eine weitere Reihe Nachrichten von Pape.

„Das Wasser im Haus der Kongressabgeordneten ist jetzt infiziert. Wirkungszeit drei Tage. Sie selbst dürfte sicher sein – sie kommt erst in drei Tagen aus Texas zurück."

So also hatte ich mich infiziert. Abby war davongekommen, weil sie gerade dann ihre Fastenaktion durchgeführt hatte.

„Habe die Vorbereitungen für Richmonds abgeschlossen. Fahre morgen dorthin."

„Haben diese Frau aus Neuguinea leider wieder nicht erwischt. Nur der Professor scheint infiziert zu sein; wird in zwei Tagen tot sein. Ich bleib an der Frau dran."

„Richmond ist erledigt. Fahre weiter nach Annapolis, komme dann zurück nach Washington und behandle das System dort als letztes."

Als ich in der Klinik lag, hatten die beiden sich wieder auf dem VR-Strand getroffen. Pape schaute aufs Meer hinaus, als der Strand in

Clearys Gedächtnisstrom erschien. Pape drehte sich zu Cleary um und begann zu reden.

„Es gibt eine Komplikation."

„Was für eine?"

„Dem Professor geht es besser."

„Ich dachte, der wäre schon im Koma."

„Irgendwas hat die Infektion gestoppt."

„Nichols!" Cleary bückte sich, nahm eine Handvoll Sand und warf sie in den Wind. „Dieser Mann lässt nichts unversucht, seinen eigenen Traum zu ruinieren." Er stellte sich dicht hinter Pape. „Okay, lassen wir die Nanobots. Nimm eine Knarre."

„Sie stehen jetzt unter FBI-Schutz."

„Dann warte, bis der Schutz vorbei ist. Und sieh zu, dass du keine Fingerabdrücke hinterlässt; die kann die Polizei immer noch feststellen."

„Schon klar."

Drei Tage später ging Cleary die Schlagzeilen des Tages durch. Ich erkannte sie; es waren die von gestern. Als er fertig war, tapte er Pape an. Die beiden trafen sich in Clearys VR-Büro.

„Wir müssen uns um Ray Caldwell kümmern", bemerkte Cleary.

„Ich dachte, das sei Nichols' Sache?"

Cleary schnaubte. „Könnte sein, dass Nichols Caldwell unterschätzt hat. Er ist das Zünglein an der Waage, der kann unseren ganzen Plan zum Einsturz bringen. Wer weiß, was er diesem Ex-FBI-Mann erzählt hat oder gerade jetzt erzählt?"

„Aber er sitzt isoliert in einer Klinik", warf Pape ein.

„Schon. Aber auch Isolation ist relativ."

„Was schlägst du also vor?"

„Ich finde, es ist Zeit, Ray zu seinem sagenhaften Schöpfer zu schicken."

„Du meinst, ich soll ihn in der Klinik erledigen?"

Cleary lächelte. „Nicht doch. Nein, wir sorgen dafür, dass er entlassen wird, und dann erledigst du das Weitere."

„Kannst du ihn da rauskriegen?"

„Nicht ich, aber Nichols. Überlass das mir. Sieh zu, dass du morgen in Boston bist, um Dr. Caldwell sicher aus der Klinik zu geleiten."

Pape verschwand. In der nächsten Szene saß Cleary an seinem Schreibtisch und verfasste eine Videonachricht an den Klinikleiter, in welcher er als Bryson Nichols auftrat.

Die Aktion war absolut illegal – das ganze VR-System baute darauf auf, dass man dem Verfasser einer Botschaft vertrauen konnte –, und sie so zu programmieren, dass die Netz-Firewalls sie nicht als Fälschung erkannten, war extrem schwierig. Aber Cleary schien sich seiner Sache sicher zu sein.

Cleary alias Nichols tapte den Klinikleiter an und bat ihn, Ray Caldwell zu entlassen. Ein Assistent sei bereits unterwegs, um Caldwell abzuholen. Der Klinikchef stimmte mehr als bereitwillig zu.

„Mein Assistent wird um 5.00 Uhr bei Ihnen sein."

„Ich sorge dafür, dass Dr. Caldwell bis dahin reisefertig ist."

Ich rief das Datum der Szene ab. Es war der 29. Juni. Ein kalter Schauer lief über meinen Rücken. Der 29. Juni war heute. Es war gerade 5.04 Uhr.

45

ICH TAPTE DAS Massachusetts Center for Mental Health an. Ein Rezeptionsroboter – mein neues Gehirn erkannte sie auf Anhieb – erschien.

„Dr. Theodore Brandt, bitte."

„Kann ich ihm ausrichten, wer …"

„Creighton Daniels."

„Einen Moment, Mr Daniels."

Zwei Minuten vergingen. Brandt erschien. „Mr Daniels, was kann ich diesmal für Sie tun. Ich muss mich entschuldigen. Bei Ihrem letzten Besuch gingen die Dinge etwas durcheinander. Selbstverständlich ist Dr. Ray Caldwell …"

„Dr. Brandt, bitte hören Sie mir zu! Sie dürfen Caldwell nicht dem Mann in die Finger laufen lassen, der ihn abholen soll. Die Botschaft bezüglich seiner Entlassung, die Sie von Bryson Nichols erhalten haben, war eine Fälschung."

Der Klinikleiter setzte ein gewolltes Lächeln auf. „Mr Daniels, ich kann verstehen, dass Sie sich Sorgen machen, schließlich sind Sie ja mit seiner Enkeltochter befreundet. Aber beruhigen Sie sich, Dr. Caldwell ist in guten Händen. Dr. Nichols hat uns um seine

Entlassung gebeten; und ich habe ihn persönlich angetapt, um ihm mitzuteilen, dass seine Anweisung ausgeführt wurde. Mehr kann ich aus Gründen des Datenschutzes nicht sagen."

„Dann ist er bereits entlassen?"

„Ja, vor ein paar Augenblicken."

Er hatte Nichols die Entlassung gemeldet? Wie konnte das sein?

Ich beendete das Gespräch. Mein nächstes VR-Treffen mit Ray sollte um acht Uhr abends sein. Bis dahin blieb mir nichts als zu warten.

* * *

Abby sah von dem Buch auf, das sie sich aus dem Regal im Gästezimmer genommen hatte. Jemand kam den Flur entlang. Sie schloss das Buch, ihre Augen fixierten den Türgriff. Jetzt drehte er sich. Die Tür öffnete sich. Ihr Herz tat einen Satz. „Ben!"

„Pssst!" Er schloss die Tür leise hinter sich und kam zu ihr. „Sie müssen hier weg, sofort!"

„Ben, das geht nicht. Nichols hat versprochen, meinen Großvater aus dieser Klinik rauszuholen, wenn wir versprechen, dass wir den Mund halten. Wenn ich verschwinde, wird er das nicht tun."

Ben schüttelte den Kopf. „Wenn wir Sie hier rausbringen, wird Nichols es nicht wagen, Ray weiter festzuhalten. Sie könnten ihn nämlich in diese Sache hineinziehen. Das Beste für Ihren Großvater ist, wenn Sie in Sicherheit sind."

Er trat an ein Fenster, zog den Vorhang etwas zur Seite und lugte hinaus.

„Haben Sie mit Creighton gesprochen?", fragte sie.

Er drehte sich um und schüttelte den Kopf. „Hab ihn nicht erreicht. Wenn er das Kunstgehirn schon hat, hat er vielleicht eine neue Netzadresse."

„Ja, das hat er. Nichols wollte sie mir geben."

„Dafür ist es zu spät." Er trat wieder zu ihr. „Abby, wir müssen gehen."

Er packte ihren Arm, öffnete die Tür und glitt hinaus.

* * *

„Bitte entschuldigen Sie die Störung, Sir, aber Ms Caldwell ...“

„Danke, man hat mich schon informiert, Rosalie.“ Bryson Nichols marschierte durch sein geräumiges Privatarbeitszimmer zu einem Fenster, das auf den Rasen vor dem Haus ging. Am Ende der Auffahrt konnte er zwei Personen ausmachen. Abigail Caldwell schien zu hinken. Ihr Begleiter musste der ehemalige FBI-Mann sein, der gekommen war, um sie zu befreien. Nichols sah, wie die beiden die Straße erreichten und nach rechts abbogen. Bestimmt hatten sie dort ein Fluchtfahrzeug.

Er schüttelte seinen Kopf. So unnötig ... „Rosalie, holen Sie bitte Drummond.“

Einer von Nichols' zahlreichen Assistenten, Edward Drummond, erschien in der Tür.

„Edward, Ms Caldwell, unser Gast, hat uns in einer Kurzschlussaktion verlassen. Bitte folge ihr auf der Straße und bringe sie dazu, unsere Gastfreundschaft wieder anzunehmen. Ihr Begleiter darf gerne mitkommen.“

„Und wenn sie sich weigert, Sir?“

„Sie wird sich nicht weigern. Sag ihr, dass ihr Großvater jeden Augenblick hier sein wird.“

Nichols wusste, dass Drummond den Auftrag genießen würde. Ganz real schnelle Luxuswagen zu fahren, war seine große Leidenschaft und Nichols gewährte ihm hin und wieder diese Freude. Er konnte die Reifen quietschen hören, als Drummond losbrauste.

Er wandte seine Aufmerksamkeit wieder der Rede zu, die er vor dem Kongressausschuss halten würde. Zwanzig Jahre hatte er auf diese Gelegenheit gewartet und er wollte, dass seine Rede perfekt war.

Fünfzig Minuten später erschien Drummond wieder in der Tür. Nichols sah ihn an. „Edward. Sind unsere Gäste wieder im Haus?“

„Nein, Sir.“

Nichols runzelte die Stirn. „Warum nicht, Edward?“

„Ihr Wagen ist auf der Haldon-Klippe aus der Kurve getragen worden.“

„Aus der Kurve? Wie weit aus der Kurve?“

„Er ist ins Meer gestürzt.“

Schweigen. Dann fragte Nichols: „Hast du das selbst gesehen?"

„Ja. Ich war bis auf hundert Meter an sie herangekommen."

„Hast du auf der Klippe angehalten?"

„Jawohl."

„Und was hast du gesehen?"

„Ihr Auto. Es schwamm auf dem Dach auf dem Wasser, dann sank es."

„Und du hast keine Spur von Ms Caldwell oder ihrem Begleiter gesehen?"

Drummond schüttelte den Kopf. „Mr Nichols, die Klippe ist 250 Meter hoch."

„Ich weiß." Nichols drehte sich wieder zum Fenster. „Danke, Edward, das war alles."

* * *

Um acht Uhr versuchte ich, den virtuellen Park aufzurufen, wo Ray sich ein letztes Mal mit mir treffen wollte. Der Ort existierte nicht. Ray hatte recht gehabt; diese Tür hatte sich geschlossen.

Ich öffnete Clearys Gedächtnisdatenstrom. Hatte Pape wieder angetapt? Noch nicht. Was immer mit Ray geschehen war, Cleary war noch nicht informiert.

Ich ging nach unten in Laurens Küche, während ich gleichzeitig die neuesten Nachrichten aus aller Welt abrief. Ich biss gerade in einen Apfel, als eine Meldung aus Maine kam. Ein Reporter stand auf einer Klippe über dem Atlantik.

„Bei einem Autounfall, wie sie heute nur noch selten vorkommen, fanden ein ehemaliger FBI-Agent und eine Frau den Tod, als ihr Auto auf Desert Island, in der Nähe des Acadia Nationalparks, von einer Klippe ins Meer stürzte. Es scheint, dass der Wagen auf einer rutschigen Stelle ins Schleudern kam und aus der Kurve flog. Die Suche nach dem Wagen dürfte sich in diesen tiefen Küstengewässern schwierig gestalten und die Polizei hat wenig Hoffnung, ihn zu finden. Der Agent, Ben Steele, war seit 32 Jahren beim FBI, das er erst letzte Woche verlassen hatte. Die Frau, Abigail Caldwell, war vor Kurzem aus Neuguinea, wo ihre amerikanischen Eltern sie in einem abgelegenen Dschungeldorf aufgezogen hatten, zum ersten Mal in die USA gekommen."

Der Apfel fiel mir aus der Hand. Ich sank auf den Boden, vergrub meinen Kopf in den Händen und tat etwas, das ich mit meinem neuen Gehirn nicht für möglich gehalten hatte. Ich weinte.

Eine Viertelstunde später stand ich auf und trocknete mir mit einem Geschirrtuch das Gesicht. Abby war tot. Ich konnte es nicht glauben. Diese Frau, die so voller Leben war, die meinem Leben so viel gegeben hatte. In einem einzigen Monat hatte sie mein Leben auf den Kopf gestellt und sich in alle meine Zukunftsträume hineingeschmuggelt. Und nun sollte ich sie für immer verloren haben?

Mein Blick glitt teilnahmslos durch die Küche. Ich musste mich zusammenreißen. Ich musste Cleary stoppen. Das Leben von Millionen hing daran. Aber wie? Ben war tot, Abby war tot, Ray war in Papes Händen und das nächste Ziel wäre wohl ich.

Cleary würde seinen Plan weiter ausführen. Die einzigen Beweise, die ich gegen ihn und Pape hatte, lagen in Clearys Gedächtnisstrom – und der war als juristisches Beweismittel nicht zugelassen. Es war eine Straftat, das Gedächtnis eines anderen Menschen zu öffnen – und ich hatte diese Tat begangen. Was immer ich gegenüber irgendeiner Behörde sagen würde, wäre im besten Fall unplausibel oder im schlimmsten würde es mich selbst belasten.

Unser Plan war gescheitert. Ich hatte Abby verraten.

* * *

Lauren hatte Max Strong schon viele Interviews gegeben – zu viele. Er war arrogant, herablassend, bombastisch. Ein typischer Medienmann. Aber sie ertrug ihn, wie alle anderen seinesgleichen auch; in der Politik waren sie ein notwendiges Übel.

Noch sechzig Sekunden und sie würden auf Sendung gehen. Lauren befeuchtete ihre Lippen und schob ihre Frisur zurecht. Plötzlich ertönte das vertraute Summen im Neuronenimplantat im rechten Ohr. Es war Claire, ihre Assistentin in Washington. Sie wandte sich hastig etwas ab.

„In dreißig Sekunden geh ich auf Sendung, da kannst du mich nicht antappen, das weißt du doch."

„Entschuldigen Sie, Ms Caldwell, es ist was Wichtiges."

Lauren hörte zu. Ihr Unterkiefer fiel herunter, ihr Gesicht wurde aschfahl.

Der Produzent der Sendung meldete sich. „Fünf Sekunden, Ms Caldwell. Drei, zwei, eine ..."

Sie überlebte das Interview. Eine Minute später tapte Hutch sie an. „Du hast einen zerstreuten Eindruck gemacht, Lauren."

„Abby ist tot."

„Was?"

„Ein Autounfall. Oben in Maine."

Schweigen. Dann: „War das ein Anschlag?"

„Nicht, dass ich wüsste."

„Ich kümmere mich darum."

„Was machen wir ohne sie in der Anhörung?"

„Sie bei den Hearings dabeizuhaben, war ohnehin ein Risiko. Ein Risiko mit guten Chancen, aber immer noch ein Risiko. Ohne sie wird das genauso gut laufen, vielleicht sogar besser. Wir machen einfach weiter."

* * *

Am nächsten Morgen tapte Sabin mich an. Wir trafen uns auf dem Berggipfel.

„Lauren hat mir das mit Abby erzählt. Creighton, es tut mir schrecklich leid."

Was sollte ich ihm antworten? Mir fiel nichts ein und ich wusste, ich könnte nicht sprechen, ohne in Tränen auszubrechen. Wir saßen ein paar Augenblicke schweigend da, der Wind strich uns übers Gesicht. Dann sagte Sabin: „Creighton, eines musst du wissen: Abby war der wertvollste Mensch, der mir seit Langem begegnet ist. Seit sehr Langem."

„Mir geht es ähnlich, Sabin."

Er hob einen Stein auf und warf ihn den Abhang hinunter. „Planst du eine Trauerfeier?"

Trauerfeier? „Nein. Daran hab ich noch gar nicht gedacht."

„Wann kommst du zurück nach Dallas?"

„Keine Ahnung. Ich glaube, ich kann hier noch nicht weg. Jetzt gehen, das würde heißen, alles zu den Akten legen, wofür wir gearbeitet haben – die Wahrheit über Ray und über meinen Vater herauszufinden, über ihr Dorf. Das kann ich Abby nicht antun." Ich sah Sabin in die Augen. „Ich will nicht, dass ihr Opfer umsonst war."

„Möchtest du, dass ich komme und dir helfe?"

„Mach das besser nicht."

„Warum nicht?"

Ich stand auf. „Weil du hier nicht sicher wärst. Ich frage mich, wer hier überhaupt noch sicher ist."

„Und was wirst du machen?"

„Ich muss weiter versuchen, zu verhindern, dass Ray Caldwells Warnung sich erfüllt. Das ist das Mindeste, was ich tun kann."

„Dann kann ich überhaupt nichts helfen?"

„Ich sag dir Bescheid, wenn es etwas gibt." Ich zögerte. „Ja, es gibt etwas. Warum übernimmst du nicht die Trauerfeier für Abby? Du hast ja recht, es sollte eine geben."

Ich verließ die virtuelle Realität, ging nach unten und setzte mich allein an den Frühstückstisch. Abbys Ausgabe von *Wer die Nachtigall stört* lag auf ihrem Platz. Ich starrte aus dem Fenster. Abby hatte immer aus dem Fenster geschaut. Sie hatte ja draußen gelebt, im Dschungel.

Wäre sie doch nur im Dschungel geblieben.

46

BRYSON NICHOLS MARSCHIERTE zum Zeugenstuhl vor dem Unterausschuss für Technologie und Innovation und setzte sich hinter einen schlichten Holztisch.

Die Ausschussvorsitzende Jillian Cahill stellte Nichols vor, hieß ihn im Ausschuss willkommen und bat ihn, sein Statement zu beginnen. Er räusperte sich, wohl um die Spannung zu erhöhen – bei Nichols war wahrscheinlich alles Effekthascherei –, ließ kurz seine Augen über die Reihen der Abgeordneten vor ihm fliegen und begann.

„Frau Vorsitzende, meine Damen und Herren Abgeordnete! Wir stehen an der Schwelle zum wohl denkbar größten Schritt in der Geschichte der Menschheit …"

Ich merkte bald, dass Nichols' Rede meine eigentliche Arbeit für den Tag – das erneute Ablesen von Clearys Gedächtnisdatenstrom – nicht zu unterbrechen brauchte. Ich konnte gut beides gleichzeitig machen: in der virtuellen Realität der Anhörung beiwohnen und Clearys Erinnerungen überfliegen – eine weitere von vielen Entdeckungen über die Fähigkeiten meines neuen Gehirns.

„Stellen Sie sich eine Welt vor, in der jeder Mensch einen unmittelbaren Zugriff hat auf den gesamten Wissenspool der Menschheit. Und nicht nur das – sondern jeder wäre auch imstande, das so abgerufene Wissen augenblicklich zu verarbeiten und anzuwenden. Über Nacht wäre Unwissenheit ebenso verbannt wie Aberglaube. Politische Streitigkeiten gehörten der Vergangenheit an, denn wir alle besäßen ein umfassendes und zutreffendes Bild von der Realität und würden so auch zu einer einheitlichen Meinung darüber gelangen, wie man mit aufkommenden Fragen oder Problemen umgehen sollte."

Ich sah mich in dem Anhörungssaal um. Er war übervoll. Es waren fast so viele Medienleute anwesend wie Zuhörer, und alle hingen sie an Nichols' Lippen. Lauren Caldwell bekam, was sie wollte: das Thema, auf das sie ihre Wahlkampagne aufbaute, stand im Mittelpunkt der Aufmerksamkeit.

„Die verbliebenen Plagen der Menschheit – Armut, Ressourcenknappheit, ideologische und religiöse Konflikte – sind Geschichte. Jede Art von Mangelerfahrung ebenso. Die Wirtschaft erfährt eine Transformation; alle Menschen haben Zugang zu praktisch unbegrenztem Wohlstand und das für eine unendliche Lebensspanne …"

Nichols sprach frei, ohne elektronische Notizen, und hielt ständigen Augenkontakt mit den Ausschussmitgliedern; während er sprach, wanderten seine Augen von einem Gesicht zum andern.

Alle paar Minuten prüfte ich Clearys Gedächtnisstrom. Meine einzige Hoffnung war, darin eine geplante Aktion zu entdecken, die sein Komplott verraten würde. Dann könnte ich anonym die

Behörden alarmieren, die hoffentlich tätig werden würden. Es war ein Vabanquespiel, aber die einzige andere Möglichkeit war, Cleary und Pape umzubringen, und das hatte eigene Probleme.

„Alle Hindernisse, die dem menschlichen Fortschritt im Weg stehen, werden sehr bald überwunden sein. Die menschliche Intelligenz wird in einem bisher ungeahnten Tempo voranschreiten …"

Ich griff nun abwechselnd auf Clearys, aber auch auf Nichols' Gedächtnisstrom zu. Was ich vermutet hatte, bestätigte sich bald: Es war nicht Nichols, der die Auslöschung von Abbys Dorf oder die Ermordung von Ben und Abby betrieben hatte. Er hatte noch nicht einmal beabsichtigt, Ray aus dem Verkehr zu ziehen. Er war vom Gang der Ereignisse überrollt worden. Er hatte nichts anderes erwartet, als dass Ray, wenn er erst einmal sein neues Gehirn hatte, die Sache genauso sehen würde wie er. Als dies nicht geschah und Ray drohte, die Öffentlichkeit zu alarmieren, hatte er sich keinen anderen Rat gewusst, als Ray in die Klinik zu verfrachten. Von da an war er Gefangener seiner eigenen Sache.

Nichols war jetzt tief im Hauptteil seiner Ausführungen. „Unsere kollektive Zukunft ist so grenzenlos wie die Energie der Sonne, ach was, einer Milliarde Sonnen. Wir *werden* diese Zukunft erreichen, da besteht kein Zweifel. Die Frage ist nur, wann. NTI hat in diesem Jahr den größten technologischen Durchbruch seit der Erfindung der Mikrochips vor 130 Jahren erzielt."

Ausgerechnet zu dem Gedächtnisstrom, den ich am dringendsten anzapfen musste, hatte ich keinen Zugang: Papes. Offenbar hatte er noch sein biologisches Gehirn. Papes Aktivitäten, nicht Clearys, würden mir die besten Informationen über den Stand des Komplotts liefern.

„Die Frage, die dieser Ausschuss hier heute beantworten muss, ist die nach der Gestalt der Gesellschaft der Zukunft. Wird die menschliche Gemeinschaft den gigantischen Sprung hin zu grenzenloser Intelligenz, unbegrenztem Bewusstsein und unendlichen Möglichkeiten tun? Oder werden wir an das Tempo des Fortschritts gefesselt sein, das unser nur biologisches Hirn ermöglicht – ein Tempo, das Millionen Namenlose zu einem Leben im Elend verurteilt?

Ich sitze hier vor Ihnen als jemand, der die beiden von der Abgeordneten Caldwell eingebrachten Vorschläge voll und ganz unterstützt: Erstens, die Aufnahme der Gehirntransplantationen in den Leistungskatalog der staatlichen Krankenversicherung in den USA." Ich schaute kurz zu Lauren hin, die energisch nickte. „Dies ist *das* Bürgerrechtsthema unserer Zeit. Wir dürfen den Bürgerinnen und Bürgern unseres Landes dieses Recht nicht verweigern. Und zweitens, dass die USA eine führende Rolle dabei übernehmen, diese Technologie der ganzen Welt zur Verfügung zu stellen – und zwar nicht nur denen, die dafür zahlen können, sondern auch denen, die das nicht können.

Wir dürfen nicht zulassen, dass unser Quantensprung der Intelligenz nur den Reichen dieser Welt zugutekommt und die Armen leer ausgehen. Wenn die ganze Welt diesen Sprung gemeinsam macht, wird es bald keine Armen mehr geben. Wir werden das Problem gelöst haben, das uns seit der Evolution des *Homo sapiens* geknebelt hat.

Dies ist der notwendige, nein, der unvermeidliche nächste Schritt in unserer Evolution als Gesellschaft und als Spezies. Gemeinsam haben wir uns aus dem Schlamm der Unwissenheit erhoben. Lassen Sie uns mit aller Kraft unserer kosmischen Berufung folgen. Nichts weniger sind wir unseren Kindern, ja dem Universum schuldig!"

Nichols lehnte sich auf seinem Stuhl zurück, offensichtlich zufrieden mit sich selbst. „Frau Vorsitzende, ich bin bereit, jetzt die Fragen zu beantworten, die die Mitglieder dieses Ausschusses an mich haben."

Unsere kosmische Berufung. Nichols und Cleary lebten bereits in der Zukunft, die sie entworfen hatten. Und ich wusste nun auch aus eigener Erfahrung, wie die Realität dieser Vision aussah. In der Theorie klang das Wort „Transmensch" (und ein solcher, so musste ich mir dauernd in Erinnerung rufen, war ich ja jetzt) wunderbar. In der Praxis, so musste ich feststellen, war es ernüchternder. Vielleicht gehörte zum Menschsein doch mehr, als man in Silikon nachbilden konnte.

* * *

Abby hätte am folgenden Vormittag aussagen sollen. Für sie war jetzt Dr. Matthew Lambert eingesprungen, der Vertreter der USA im Komitee für Technologietransfer der Vereinten Nationen, der über künstliche Intelligenz aus der Perspektive der Entwicklungsländer referieren würde. Ich kehrte auf meinen Echtzeit-VR-Zuschauerplatz zurück in dem sicheren Wissen: Egal, was Lambert sagen würde, es würde nicht Abbys Perspektive wiedergeben.

Anders als gestern war der Saal nicht voll. Nichols war der Star gewesen, Lambert war es nicht. Ich schaute nach vorne. Lambert saß auf dem Zeugenplatz. Lauren Caldwell nahm gerade ihren Platz unter den Abgeordneten ein. Die Vorsitzende gebot mit ihrem Hammer Ruhe, dann sah sie Lauren an.

„Frau Abgeordnete Caldwell, wir trauern mit Ihnen über den tragischen Tod Ihrer Cousine, Abigail Caldwell, die eigentlich jetzt hätte aussagen sollen." Auf dem Viviscreen vorn im Saal erschien ein Bild von Abby. „Ihr Leben war außergewöhnlich und ihre Perspektive wäre eine Bereicherung für dieses Gremium gewesen, so wie sicher auch Ihre Familie durch ihr Leben bereichert worden ist."

Lauren beugte sich vor. „Danke, Frau Vorsitzende. Meine Cousine ist unter Eingeborenen in Neuguinea aufgewachsen, die ihr Leben lang ohne die Segnungen des Fortschritts auskommen mussten. Ich habe keinen Zweifel, dass sie Bryson Nichols' Vision, die Wunder der künstlichen Intelligenz allen Menschen zugänglich zu machen, von ganzem Herzen unterstützt hätte."

Ich schnappte nach Luft.

Die Vorsitzende wendete sich zum Zeugenstuhl hin. „Dr. Lambert, ich darf Sie jetzt bitten, mit Ihren Ausführungen zu beginnen."

Dr. Lambert stand auf und hob die rechte Hand zum Schwur. Ich hörte, wie es weiter hinten im Raum unruhig wurde. Mehrere Köpfe drehten sich in die Richtung. Die Unruhe wuchs. Ich schaute nach hinten – und glaubte meinen Augen nicht zu trauen.

Es war Ben. Während ich noch versuchte, das irgendwie zu begreifen, trat hinter ihm eine Frau ein. Ich sprang von meinem Stuhl hoch und schrie über das wachsende Getöse: „Abby! Abby!"

Sie konnte mich natürlich nicht hören; in der physischen Realität saß ich ja in Laurens Wohnzimmer. Aber Abby war am Leben!

Die Vorsitzende Cahill schlug ein halbes Dutzend Mal mit

ihrem Hammer auf den Tisch, bis der Saal ruhig wurde. Ben, Abby und ein Mann, den ich nicht kannte, gingen durch den Mittelgang nach vorn zum Zeugentisch. Ben blieb stehen und wandte sich an die Vorsitzende.

„Frau Vorsitzende, mein Name ist Ben Steele. Bis letzte Woche war ich Agent des FBI. Seitdem habe ich es als meine Aufgabe betrachtet, Abigail Caldwell für diese Hearings sicher vor diesen Ausschuss zu bringen, und so steht sie jetzt vor Ihnen, um ihre Aussage zu machen, wie ursprünglich geplant."

Der Saal begann wieder zu raunen. Die Vorsitzende ließ ihren Hammer auf ihren Tisch knallen und schaute drohend zu den Zuhörerreihen hin, bevor sie wieder Ben ansah. „Danke, Agent Steele." Sie schaute Dr. Lambert an. „Ich bitte Sie um Entschuldigung, Dr. Lambert. Macht es Ihnen etwas aus, wenn Ms Caldwell jetzt ihre Aussage macht?"

Es machte Lambert nichts aus. Die Vorsitzende musterte die Reihen der Abgeordneten. „Wenn es keine Einwände gibt, rufe ich jetzt als nächste Zeugin Abigail Caldwell auf."

Ich linste zu Lauren hin. Sie war weiß wie eine Wand.

Abby stellte sich vor den Zeugentisch und wurde vereidigt. Ich bestellte im Netz einen Wagen. Auf dem Weg zum Capitol konnte ich gleichzeitig in der virtuellen Realität bleiben.

„Haben Sie ein vorbereitetes Statement, Ms Caldwell?"

„Ein kurzes, ja."

„Bitte beginnen Sie."

„Frau Vorsitzende, verehrte Mitglieder dieses Ausschusses! Es ist mir eine Ehre, als einfache Bürgerin hier vor den Kongress der Vereinigten Staaten treten zu dürfen, um über dieses wichtige Thema zu sprechen.

Anders als meine Vorredner bin ich kein Experte in künstlicher Intelligenz, auch wenn ich hier in den Staaten rasch mit den möglichen Folgen dieser Technologie vertraut wurde. Ich bin eine einfache Frau und habe mein gesamtes bisheriges Leben im Dschungel von Neuguinea verbracht. Ich bin eine Expertin in der Kunst, einer Krokodilattacke zu entgehen, und in der Frage, was man macht, wenn das Moskitonetz von Ratten zerfressen worden ist."

Vereinzeltes Lachen im Saal.

„Vielleicht bin ich heute hier als Beispiel für die Art Mensch, die Amerika *nicht* will." Ein Blick zu Lauren zeigte ihr ausdrucksloses Gesicht. Abby fuhr fort. „Für jemanden, der zivilisierte Menschen zurück in die Steinzeit führen möchte. Vielleicht werden Sie, nachdem Sie mich angehört haben, beschließen, die utopische Vision von Bryson Nichols zu unterstützen, die für alle Völker der Erde ein Segen sein wird." Sie unterbrach sich, bevor sie fortfuhr: „Jedenfalls behauptet er das."

Hinter mir wurde getuschelt. Es war selten, dass Zeugen vor dem Kongress so deutlich wurden.

„Die Menschen, unter denen ich im Urwald gelebt habe, kennen all Ihre technischen Errungenschaften nicht. Ihr Leben ist einfach. Sie werden krank, viele sterben jung und ihr Alltag ist mühsam. Aber sie haben Freude an ihrem Leben.

Das war nicht immer so. Als meine Eltern in den Dschungel zogen, lebte der Stamm der Inisi im Griff der Angst, der Blutrache und der Kriege zwischen den Clans. Das Leben war nicht nur hart, es war furchtbar. Niemand lächelte oder lachte. Als ich älter wurde, änderte sich das allmählich. Denn meine Eltern vermittelten den Inisi eine neue Weise, die Welt zu sehen – eine Weise, die sie zunächst anstößig fanden. Aber sie erkannten an unserem Leben, so unvollkommen es war, dass Jesus eine Realität ist. Wir zeigten ihnen, was es heißt, so zu lieben, wie Jesus liebte, zu vergeben wie er, das menschliche Leben so wertvoll zu achten, wie Gott das tut, einander zu dienen, weil Jesus gekommen war, um uns zu dienen, und sich an Gott und seiner Schöpfung zu freuen, sodass es das Leben bereichert.

Die Kriege hörten auf. Das Töten hörte auf. Männer fingen an, ihre Frauen zu lieben und nicht mehr zu schlagen. Die Kinder lernten es, zu lachen und zu spielen. Zum ersten Mal erlebten die Inisi, was Leben heißt."

Ich schaute mich um. Der Saal hing förmlich an Abbys Lippen.

Alistair infomierte mich, dass mein Wagen da sei. Ich rannte aus dem Haus und sprang in den Wagen, immer noch mit dem VR-Saal der Anhörung verbunden.

Abby warf einen Blick auf ihre Notizen. „Das vielleicht Wichtigste an uns als Personen ist die Weise, wie wir die Welt sehen.

Denn diese Weltsicht prägt unser Handeln, unsere Einstellung, unsere Träume. Amerika hat sich dafür entschieden, die Welt ohne Gott zu sehen. Hier ist die Realität letztlich nichts anderes als Materie. Wir sind bloße Ansammlungen von Atomen, Produkte von Zeit und Zufall.

In dieser Weltsicht hat unsere Existenz, hat unser Leben letztlich keinen Sinn. Es ist kein Wunder, dass die Amerikaner so viel Zeit auf die Suche nach Dingen oder Aktivitäten verschwenden, die Körper oder Gehirn einen Anreiz bieten. In einem solchen Universum werden diese Dinge das große Ziel und ich staune immer wieder, was Sie auf der Jagd nach diesem Ziel alles erfunden haben.

Was ich in Amerika dagegen nicht gefunden habe, sind Menschen mit einer tiefen, inneren Lebensfreude. Das vermisse ich schmerzlich. So arm die Inisi materiell waren, so reich waren ihre Seelen."

Mehrere Zuhörer nickten zustimmend.

„Was, wenn die Wirklichkeit anders ist, als Sie glauben? Was, wenn die höchste Realität ein Schöpfer ist, der uns einen menschlichen Geist gab und der sich selber mit unserem Geist vereinen, ja, uns sein eigenes Leben schenken möchte? Was, wenn unsere Seele Erfüllung, Frieden und Sinn erst dann findet, wenn sie sich mit dem vereint, der sie erschaffen hat?"

Sie schwieg einen Moment und mir fiel auf, dass sie in diesem Moment geradezu leuchtete. Sie erschien mir durch und durch lebendig, nicht nur physisch, sondern in einem allumfassenden Sinn.

„Bryson Nichols behauptet, er habe ewiges Leben zu bieten. Aber was er zu bieten hat, ist allenfalls eine endlose Existenz, aber kein ewiges Leben. Das kann uns nur Gott geben, weil sein Sohn das Leben *ist*. Wer den Sohn Gottes hat, hat das Leben. Für immer.

Mein Volk, die Inisi, würde durch Bryson Nichols' neueste Technologie nichts gewinnen. Aber sie würden viel verlieren – ihren größten Schatz: Gott selbst. So wie mein Großvater, Dr. Ray Caldwell, Gott verlor, als man die Gehirntransplantation, die er selbst mit entwickelt hatte, gegen seinen Willen an ihm vornahm."

Wieder ging ein Gemurmel durch den Saal. Die Vorsitzende gebot mit ihrem Hammer Ruhe und sah Abby an. „Das ist eine kühne Behauptung, Ms Caldwell. Haben Sie über diesen Missbrauch seiner Technologie mit Bryson Nichols gesprochen?"

„Nichols selbst hat die Transplantation vorgenommen."

Im Saal brach das Chaos los. Es dauerte zehn Minuten, bis die Vorsitzende die Sitzung fortsetzen konnte. Sie fixierte Abby, ihr Blick war ernst.

„Ms Caldwell, dieses parlamentarische Gremium ist kein Freiraum für Verleumdung und üble Nachrede. Sie stehen in Gefahr, sowohl strafrechtlich als auch zivilrechtlich belangt zu werden. Ich verstehe gut, unter welchem Stress Sie stehen, und möchte Ihnen Gelegenheit geben, Ihre gerade gemachte Aussage zu berichtigen."

Abby wechselte ein paar Worte mit dem Mann, der zusammen mit ihr und Ben in den Saal gekommen war.

Die Vorsitzende wurde ungeduldig. „Ms Caldwell?"

Abby sah sie an. „Frau Vorsitzende, ich danke Ihnen für Ihr Entgegenkommen und möchte darum bitten, dass der Herr, der neben mir steht, meine Aussage jetzt ergänzen darf."

„Und wer ist dieser Mann, Ms Caldwell?"

„Dr. Leonard Thompson."

„Und worauf bezieht sich sein Doktortitel?"

„Bis vor drei Wochen war er der psychiatrische Leiter des Massachusetts Center for Mental Health."

* * *

In den nächsten fünfundvierzig Minuten legte Leonard Thompson dem Ausschuss dar, wir Bryson Nichols' sorgfältig ausgeklügelter Plan für die Zukunft der Welt aussah. Er bestätigte, was Abby über Nichols und ihren Großvater gesagt hatte. Thompson war grundlos entlassen worden, weil er zu viel wusste; man hatte ihm mit „Konsequenzen" gedroht, falls er nicht den Mund hielt. Er hatte daraufhin das FBI kontaktiert und war an Ben Steele verwiesen worden, der ihn mit zu dieser Anhörung genommen hatte.

Als Thompson seine Aussage beendete, war ich real im Capitol angekommen und stand hinten im Saal. Die Vorsitzende Cahill schloss die Vormittagssitzung.

„Abby!“, rief ich. „Abby!“

Mehrere Ordner begannen, Abby, Ben und Dr. Thompson den Weg nach hinten, zum Ausgang, zu bahnen. Ich drängte mich zu ihnen durch. „Abby!“

Sie sah mich und ihre Augen leuchteten auf. „Creighton!“

Sie schob sich an mehreren Reportern vorbei und warf die Arme um mich. Etliche lange Augenblicke standen wir so da. Sie legte den Kopf zurück, Tränen auf dem Gesicht. „Creighton …“

Ich küsste sie zärtlich. „Abby, ich dachte, du wärst …“

„Ich weiß. Ich weiß.“

„Was ist mit dem Auto passiert? Wie seid ihr …?“

Ich schaute um mich. Neben Abby stand Ben. In einem Kreis um uns herum standen die Journalisten und bombardierten Abby mit Fragen. Sie achtete nicht darauf. Ich lehnte mich zu Ben und sprach direkt in sein Ohr, damit er mich hören konnte. „Wo können wir uns in Ruhe unterhalten?“

Er nickte. „Kommt mit.“

Zwei Saalordner führten uns einen Flur entlang und schlossen eine Tür auf. Wir traten in einen kleinen Raum mit einem Tisch und sechs Stühlen. Sie schlossen die Tür hinter uns und schirmten uns so vor dem Medienrummel ab.

Abby ließ sich in meine Arme fallen und wir umarmten uns wieder. Ich sah ihr in die Augen. „Abby, ich hab gedacht, ich seh dich nie wieder.“

„Das hab ich auch gedacht.“

Ich strich über ihr Haar und sah Ben an. „Wie habt ihr diesen Unfall überlebt?“

Er schüttelte den Kopf. „Wir waren nicht mehr in dem Wagen, als er über die Klippe stürzte.“

„Aber wie …?“

„Seien wir dankbar für die überholten Technologien von gestern.“

„Ben, warum sind Sie überhaupt nach Maine gereist?“

„Ich wollte Nichols mit dem, was ich wusste, konfrontieren. Aber dann wurde Abby entführt.“

„Aber Nichols ist nicht der Drahtzieher. Es ist Cleary, der …“

„Ja, zu diesem Schluss bin ich auch gekommen.“

„Also, wo hattet ihr euch versteckt?“, fragte ich Abby.

„Auf einem Boot vor der Küste“, erwiderte sie. „Wir wollten mit dir Kontakt aufnehmen, aber auf dem Boot gab es keine Verbindung zum Netz. Und wir wollten kein Risiko eingehen, indem wir an Land gingen, bevor wir hierherkamen.“

„Außerdem“, ergänzte Ben, „waren wir nicht sicher, ob die Kommunikation mit Ihnen sicher sein würde. Sie hatten inzwischen Ihre Transplantation, nehme ich an?“

Ich schaute wieder Abby an und versuchte, ihre Reaktion in ihrem Gesicht zu lesen. „Ja.“

Sie starrte mich an und sah dann zu Boden.

„Abby, du weißt, dass ich es tun musste. Cleary muss gestoppt werden.“

Sie neigte den Kopf, sichtlich anderer Meinung. „Ich hatte gehofft, wir würden einen anderen Weg finden.“ Sie umarmte mich wieder. „Es tut mir nur so leid … für dich.“

Wir schwiegen einen Augenblick. Dann sagte Ben: „Creighton, sind Sie in diese Gedächtnisströme reingekommen?“

„In Clearys. Aber nicht in den von seinem Handlanger, Pape.“

„Und?“

„Sie haben vor, die Killer-Nanobots in die Wasserversorgung von drei Städten einzuschleusen, darunter Washington.“

„Wann?“

„Ich weiß nicht, aber wohl bald. – Ben, wird das FBI Sie jetzt verhaften?“

„Nein. Ich hab unterwegs den Ombudsmann dort angetapt und ihm berichtet, was in der Klinik passiert ist. Aber sie werden mich sicher verhören.“

„Creighton …“

Ich sah Abby an. Sie sah angespannt aus.

„Hast du dich noch mal mit meinem Großvater getroffen?“

Das war die Frage, die ich am liebsten nicht hören wollte. Ich senkte den Blick.

„Was ist?“, fragte sie. „Ist was passiert?“

Jetzt sah ich sie an. „Abby, vor zwei Tagen hat Cleary eine gefälschte Nachricht an die Klinik geschickt mit der Anordnung, angeblich von Nichols, Ray zu entlassen.“

„Und haben sie ihn entlassen?"

„Pape hat ihn abgeholt. Es tut mir so leid, Abby. Ray ist tot."

47

WIR VERLIESSEN DAS Capitol und stiegen in ein Auto. Ben wies die Route zu seiner Wohnung an. Unterwegs berichtete ich ihm und Abby, was ich in Clearys Gedächtnisstrom gefunden hatte. Abby hielt während der ganzen Fahrt meine Hand, sagte aber kaum etwas.

Der Wagen hielt vor einem älteren, nicht sehr großen Haus im Washingtoner Bezirk Virginia. Wir gingen hinein. Ben fragte sein Überwachungssystem ab. Abby sah sich im Wohnzimmer um. Die Familienfotos hatten es ihr angetan. Sie zeigte auf eine junge Frau auf einem der Bilder und fragte Ben: „Wer ist das hier?"

„Meine Tochter, Chelle."

„Wie alt ist sie?"

„Nächsten Monat wäre sie 38 geworden. Sie ist vor neun Jahren gestorben."

„Oh. Das tut mir so leid, Ben."

„Das ist schon gut, ich rede gerne über sie. Sie war die große Freude meines Lebens." Er trat neben Abby. „Du erinnerst mich sehr an sie, Abby."

Sie lächelte. „Wo wurde dieses Bild aufgenommen."

„In Tansania."

Sie betrachtete das Bild genauer. „Ist das eine Bibel in ihrer Hand?"

Er nickte.

Abby war ihre Überraschung anzumerken. „Sie war Christin?"

„Ja. Eine der letzten in ihrer Generation."

„Was hat sie in Tansania gemacht?"

„Sie war auf einem Missionseinsatz. Eine Alphabetisierungs-kampagne."

Abby drehte das Bild um und fuhr mit dem Finger den Rahmen entlang. „Ben, darf ich fragen, wie sie starb?"

Ben rieb sich die Augen und seufzte. „Sie wurde von religiösen Extremisten entführt. Sie hielten sie ein paar Monate lang als Geisel gefangen. Wir zahlten ein Lösegeld, aber sie haben sie dennoch getötet."

„Oh, Ben." Abby zögerte ein wenig, dann umarmte sie ihn. Nach einem Moment trat sie zurück, ließ aber ihre Hand auf seinem Arm liegen.

„Ich habe es mir immer vorgeworfen, dass ich nichts unternommen habe ... nicht hingefahren bin, um sie zu befreien, oder so."

Abby umarmte ihn noch einmal. Dieses Mal erwiderte er die Umarmung. Wir schwiegen alle für einen Moment.

„Also dann, ich hol uns eben was zu essen", sagte Ben schließlich. „Und dann machen wir uns an die Arbeit."

Er wärmte ein Chiligericht auf und servierte es am Esstisch. Als wir saßen, sah er mich an. „Cleary und Pape haben also vor, das Trinkwasser in Washington, Annapolis und Richmond zu vergiften. Ich vermute, sie werden es so anstellen, dass man an irgendeine natürliche Infektion denkt, die sich nach Norden und Süden ausbreitet."

Ich nickte.

„Wissen wir, wo genau Pape diese Nanobotbomben platziert hat?"

„Nein, darüber sagt Clearys Gedächtnisstrom nichts. Vielleicht hat er die Details Pape überlassen."

„Warum lassen wir nicht einfach die Wasserwerke nach diesen Bomben suchen?", fragte Abby.

„Sie könnten mikroskopisch klein sein", sagte ich.

Ben lehnte sich auf seinem Stuhl zurück. „Exakt. Und selbst wenn sie sichtbar sind – es geht hier um Hunderte von Kilometern an Leitungen. Es ist praktisch unmöglich, die Dinger zu finden."

„Warum kann das FBI Cleary nicht einfach verhaften?", fragte Abby.

„Außer dem Gedächtnisdatenstrom, den Creighton angezapft hat und der juristisch nicht als Beweismittel zulässig ist, haben wir nicht genug Beweise, um Cleary beschatten, geschweige denn verhaften zu lassen. Und selbst wenn – Pape hat vielleicht schon seine Instruktionen, und wenn er dann hört, dass Cleary verhaftet ist, fackelt er nicht lange und setzt die Sache in Gang."

Mein Gehirn explodierte geradezu mit Optionen, die wir noch nicht erwogen hatten. Mit juristischen Mitteln konnten wir Cleary und Pape nicht rechtzeitig festsetzen. Also mussten wir sie austricksen, ihren Plan irgendwie in andere Bahnen lenken. Ich hatte ja Zugang zu Clearys Gedächtnis. Wie konnten wir uns das zunutze machen?

Und dann wusste ich es. Ich schlug beide Fäuste auf den Tisch.

„Was ist?", fragte Abby.

„Eine Idee. Vielleicht. Aber dazu müsste uns ein Freund helfen."

* * *

Bryson Nichols saß in der „Bibliothek" und nippte an einem Wermut mit Rum. Zum ersten Mal seit Langem ließ er seinen Blick über die englischen Gemälde aus dem 19. Jahrhundert schweifen, die an den Wänden hingen. „Mein Lieblingsjahrhundert", dachte er.

In dem Stuhl gegenüber erschien Damien Cleary. „Wo versteckst du dich, Nichols? Im Kensington Estate kriegt man dich ja wohl nicht mehr zu fassen?"

„Leider nein. Eine Schande, dass die Dinge nicht immer so laufen, wie man möchte. Aber für so was hat man ja seinen Plan B oder C, nicht wahr?"

Cleary schwieg.

Nichols beantwortete seine erste Frage. „Ich werde bald in Sicherheit sein. Selbst mit einem Gehirn wie unserem braucht es seine Zeit, sein eigenes Verschwinden zu organisieren. Ich staune etwas, dass sie dir nicht schon auf den Fersen sind, Damien. Nach dieser Anhörung schauen sie sich bestimmt auch an, was du alles so getrieben hast, und ich schätze, wenn sie was finden, kann noch nicht mal der General dich schützen."

„Das hängt davon ab, wie gut das FBI eins und eins zusammenzählen kann."

Nichols kreuzte seine Finger auf dem Tisch. „Sie werden das Labor sehr bald schließen. Es wird aber weiter voll funktionsfähig sein. Es bleibt nur noch ein letztes Gehirn hochzuladen. Oder zwei, wenn du mitwillst, Damien."

Cleary schüttelte seinen Kopf. „Nein, verschwinde mal schön allein in die VR. Ich bleib ganz gern hier, in der realen Welt."

„Ich fürchte, der Generalstaatsanwalt wird jetzt nichts mehr für dich tun können."

„Das ist auch nicht nötig. Ich werde mithilfe unserer Nanobots meinen Chip deaktivieren und mich so in Luft auflösen. Wenn die ganze Aufregung vorüber ist – und wenn die Menschheit weitgehend zur Transmenschheit geworden ist und uns als Helden betrachtet –, tauche ich wieder auf."

„Exakt mein Plan. Klingt, als ob du dann zur Verfügung stehen könntest, um zu assistieren, wenn ich mich in einen nanobotgestützten Körper reloade?"

Cleary nickte.

„In Ordnung. Dann nehme ich aus der VR mit dir Kontakt auf … sagen wir, in etwa zwanzig Jahren?"

„Und wenn mir inzwischen was passiert?"

Nichols lächelte. „Auch daran habe ich gedacht. Ich habe mein Wiedererscheinen bereits als holografisches Programm bei NTI hinterlegt. Mit nur ein paar Anweisungen von meiner Seite sollte ein Mitarbeiter dort in der Lage sein, mir wieder zu einer realen Existenz zu verhelfen."

Nichols trank sein Glas leer. „Auf uns, Damien. Unsere Pläne haben einen Rückschlag erlitten, aber das ist nur vorübergehend. Früher oder später werden die Transplantationen weitergehen und unser Marsch in Richtung Transmenschheit wird auch weitergehen." Er trank sein Glas leer und stand auf. „Zum Glück werden du und ich diesen Tag noch erleben."

„Ja, zum Glück."

„Wir sehen uns. Morgen früh um sechs im Labor."

* * *

„Sind Sie sicher, dass wir ihm vertrauen können? Er kann uns alles ruinieren."

Abby nickte. „Ben, diesem Mann können wir voll vertrauen."

Er sah mich an. „Und Sie glauben, das wird funktionieren?“

„Das werden wir gleich wissen.“

Ein paar Sekunden später erschien Sabin Wright auf einem Viviscreen. Als er Abby sah, weiteten sich seine Augen. „Abby! Seit ich die große Nachricht gehört hab, hab ich versucht, dich zu erreichen. Ich bin so froh … so dankbar, dass du lebst. – Creighton, ich hab versucht, Sie anzutappen …“

„Das tut mir leid, Sabin; Abby hätte sich eigentlich so rasch wie möglich melden wollen, aber …“ Ich warf Abby einen Blick zu.

„Sabin“, sagte sie, „wir möchten dich um einen Gefallen bitten.“

Er sah in meine Richtung. „Klar. Worum geht's?“

„Wir bräuchten Ihr holografisches Programmiertalent“, antwortete ich.

„Braucht ihr ein Hologramm?“

Ich nickte. „Mehrere. Und das schnell und absolut vertraulich.“

* * *

Im NTI-Labor waren Bryson Nichols und Damien Cleary damit beschäftigt, alles vorzubereiten, um Nichols in die virtuelle Realität hochzuladen. Cleary schaute immer wieder auf die Monitore, die die Sicherheitssysteme abbildeten.

Nichols wandte sich jetzt an Cleary. „Wir sind bereit. Ich werde den Scan zum Hochladen selbst vornehmen. Ich bin noch mit dem Hauptcomputer verbunden und kann also prüfen, ob das Hochladen erfolgreich war. Sobald es beendet ist und ich dauerhaft in der VR angekommen bin, musst du die drei Datenträger mit den Kopien meiner Hirn-Software zu den vereinbarten Aufbewahrungsorten bringen.“

Cleary verdrehte die Augen. „Nichols, das sind wir schon x-mal durchgegangen.“

„Bitte um Nachsicht, Damien. Bald bist du mich für Jahre los. Das Original meiner Hirnsoftware wird in die VR hochgeladen. Du wirst der Einzige sein, der Zugang zu mir haben wird. Sobald ich hochgeladen bin, werde ich prüfen, ob ich korrekt kopiert und sicher gespeichert bin. Bitte prüfe das von Zeit zu Zeit erneut. Und für den Fall, dass etwas schiefgeht und du das Programm neu ins Netz hochladen musst, hast du Zugang zu den drei Kopien."

„Ich werde das monatlich überprüfen."

„Gut."

„Nichols, falls ich aber aus irgendeinem Grund doch nicht zur Verfügung stünde - wie willst du sicherstellen, dass sie dich in zwanzig Jahren in einen neuen Körper, oder was immer man dann hat, runterladen können? Mit jedem technologischen Übergang zu einem neuen Medium wird ja das alte früher oder später unbenutzbar. Aber daran hast du sicher gedacht?"

„Aus der VR werde ich die Instruktionen updaten. Wenn ich wieder auftauche, werden die Experten alles haben, was sie brauchen, um mich in eine physische Gestalt runterzuladen."

„Und woher weißt du, dass sie das dann auch wollen?"

„Weil ich, Damien, in die Geschichte eingegangen sein werde. Der erste Transmensch – ganz real zu haben. Die werden nicht Nein sagen können."

Nichols begann das Hochladen. Nach einer knappen Stunde sagte er: „Das war's. Meine Hirnsoftware ist jetzt vollständig ins Netz hochgeladen und mein VR-Programm gesichert. Ich wünschte, du kämst mit, Damien. Es wird sehr angenehm werden."

„Da habe ich keinen Zweifel."

Nichols überreichte Damien die drei Datenträger mit Kopien seiner Hirnsoftware. „Du weißt, wo die Kopien deponiert werden."

„Ja, weiß ich."

Nichols streckte Damien die Hand entgegen. „Dann sehen wir uns also in zwanzig Jahren."

Sie tauschten einen Handschlag. „Bis dann also", bemerkte Cleary.

Nichols stand schließlich auf und legte sich mit dem Gesicht auf den Boden. „Und jetzt der letzte Akt, bitte."

Cleary nahm einen Vorschlaghammer in beide Hände, hob ihn über seinen Kopf und ließ ihn mit aller Kraft auf Nichols' Schädel niedersausen. Um die Sauerei auf dem Fußboden würden Reinigungsroboter sich kümmern.

Cleary ließ den Hammer auf dem Boden liegen und setzte sich.

Er rief den gesicherten Speicherort von Nichols Hirnprogramm im Netz auf. Es war alles so gelaufen, wie Nichols es geplant hatte: Seine Hirnsoftware funktionierte einwandfrei an einem zweifellos exotischen Ort irgendwo in der virtuellen Realität.

Cleary überflog noch einmal die Anweisung für das Entfernen von Programmen von einem gesicherten Speicherort im Netz. Er gab die entsprechenden Befehle ein. Nach drei Minuten fehlte nur noch einer. „Tut mir leid, dass ich dich aus dem Paradies vertreiben muss, Nichols, aber du warst immer zu vorsichtig, und ich kann's nicht gebrauchen, dass du auftauchst und mir womöglich Völkermord an den Hals hängst. Ich glaube, da werden die Gerichte auch in hundert Jahren keinen Spaß verstehen."

Lächelnd gab er den letzten Befehl ein.

Dann nahm er die drei Kopien von Nichols' Software-Existenz, verließ das Labor und ging durch einen langen, dunklen Flur. Er bog nach rechts in einen weiteren Gang ein, bis er an eine Tür kam. Er schloss sie auf und marschierte zu einem großen Müllbehälter mit einem gelben Warnschild: „Achtung: Nanobot-Verbrennungsofen. Nur zur kontrollierten Verbrennung benutzen."

Er öffnete den Schlitz an der Seite des Behälters und warf die drei Kopien hinein.

„Goodbye dann, Nichols."

* * *

Ich stand in Sabins VR-Büro und schaute ihm über die Schulter. Auf dem Schreibtisch vor sich ließ er jetzt ein Hologramm erscheinen, das erste einer ganzen Serie falscher Erinnerungen, die wir – hoffentlich! – in Damien Clearys Gedächtnisstrom einschleusen würden.

„Hier deaktiviert er die Nanobots", erklärte Sabin.

Im Hologramm sah ich Cleary, wie er in seinem Büro saß und den Aktivierungsbefehl für seine Nanobotbombe programmierte. „Dieser Befehl", sagte Sabin, „aktiviert die Bombe und setzt die Nanobots in die Wasserversorgung frei. Und dieser zweite Befehl entschärft die Bombe." Cleary hatte ihn als Sicherheitsmaßnahme hinzugefügt. „In meinem Programm habe ich die Befehle einfach vertauscht."

„Wenn er also die Bombe zündet", sagte ich, „entschärft er sie in Wirklichkeit?"

„Korrekt."

Ich zog mir einen Stuhl heran und setzte mich. „Und das zweite Hologramm?"

Sabin lehnte sich zurück und verschränkte die Arme. „Das war ein bisschen komplizierter."

„Ja, das ist mir klar. Und – haben Sie's geschafft?"

Er grinste. „Natürlich. Hier ist es."

Ein zweites Hologramm erschien vor uns. Cleary saß am Schreibtisch und schrieb ein Programm, das alle Nachrichten an Pape und alle seine virtuellen Begegnungen im Geheimen an Cleary selbst weiterleitete. Nachrichtenprotokolle anderer anzuzapfen war absolut illegal; es hieß, nur Regierungsbehörden verfügten über die entsprechende Technologie, die auch nur in einem Fall angewendet werden durfte, in dem die nationale Sicherheit bedroht war. Allerdings gab es Gerüchte, dass man auch auf dem schwarzen Markt über Wege zu illegaler Datenbeschaffung Bescheid wusste. Irgendwo gab es immer ein Leck.

„Und wie kommt Cleary an die Geräte, die er braucht, um Papes Nachrichten abzuhören?"

„Die Erinnerung habe ich für ihn in einem anderen Hologramm programmiert. Möchten Sie's sehen?"

„Später. Erst würde ich gerne das mit Papes Komplott sehen."

„Haben wir gleich." Ein drittes Hologramm erschien. Cleary ging Papes Taps durch und stoppte schließlich bei einer, die ihn zu interessieren schien. Pape traf sich mit einem Chinesen, der etwa fünfzig Jahre alt sein mochte.

„Hallo, Lewis. Hattest du nicht gesagt, dass du mich nur dann kontaktierst, wenn etwas schiefgegangen ist."

„Oder wenn ich fertig bin. Und ich bin fertig."

Der Chinese nickte. „Dann sind wir bereit. Und Cleary schöpft wirklich keinen Verdacht?"

„Nein, da bin ich ganz sicher."

„Warum bist du sicher?"

„Weil er mich nach wie vor über jedes Detail in seinem Plan informiert. Er glaubt, dass ich mit ihm mitziehe und alle seine Anweisungen ausführe." Pape lächelte. „Was ich auch getan habe. Bis auf unser letztes Manöver."

Der Chinese erhob sich von einem Stuhl. „Pape, wir werden das Geld erst überweisen, wenn die Nanobots freigesetzt sind und Cleary angemessen versorgt ist – und zwar seine Hardware ebenso wie seine Software."

„Klar, wie verabredet."

Die Botschaft endete. Cleary saß mit unbewegtem Blick an seinem Schreibtisch.

Sabin unterbrach das Programm. „Das war's." Er drehte sich zu mir um. „Creighton, sind Sie ganz sicher, dass es funktioniert, wenn Sie das in Clearys Gedächtnisstrom einschleusen? Was ist, wenn Cleary entdeckt, dass er in Wirklichkeit gar nicht über diese Abhörgeräte verfügt? "

Ich atmete tief durch. „Wir müssen es drauf ankommen lassen und hoffen, dass er so handelt, wie die Erinnerung es ihm nahelegt, bevor er die Fakten prüft. Wir haben nur diese Chance."

„Und Sie sind sicher, dass Sie das in sein Gedächtnis einschmuggeln können?"

Ich nickte. „Jawohl. Ich kann die Hologramme als Erinnerungen einfügen. Was ich nicht weiß ist, ob die Einfügungen nahtlos erfolgen und sich unauffällig unter die anderen Erinnerungen mischen werden. Wenn das nicht der Fall ist, könnte Cleary den Eindruck haben, dass etwas hakt oder nicht zusammenpasst."

„Also haben wir schon zwei Risikofaktoren, die alles torpedieren können."

Wir sahen uns einen Moment an. „Okay." Sabin wandte sich wieder dem Viviscreen zu. „Und hier die Nummer drei."

Der holografische Cleary war dabei, die Instruktionen zum Hochladen seiner Hirnsoftware in die permanente virtuelle Realität zu studieren – so, wie es in Wirklichkeit Nichols getan hatte.

„Und hier", fuhr Sabin fort, „ist die Erinnerung an Clearys Gespräch mit Ray über das Verfahren zum Löschen seiner eigenen Programmierung."

Es waren die Befehle, die Ray mir bei unserem letzten virtuellen Treffen verraten hatte. In Sabins holografischer Erinnerung für Clearys Gedächtnis erklärte Cleary diese Löschbefehle für gänzlich verrückt und unnötig.

„Ray, warum sollte jemand, der ein neues Gehirn und ewige geistige Existenz hat, sich selbst auslöschen wollen? Ein solcher Fall ist einfach nicht denkbar!"

Ray nickte. „Das sehe ich auch so. Ich kann mir nicht vorstellen, dass irgendjemand diese Möglichkeit wirklich nutzt. Es ist eine reine Sicherheitsvorkehrung."

„Sicherheitsvorkehrung wofür?"

„Für den Fall, das irgendetwas ganz anders verläuft, als wir jetzt glauben."

Die Szene war ein nettes Extra, das Clearys Bild von sich selber und von Ray schmeicheln würde.

Sabin unterbrach das Programm wieder. „Auch hier habe ich die Befehle vertauscht. Wenn Cleary die Sequenz aktiviert, mit der er sich angeblich in die VR hochlädt, wird er in Wirklichkeit …"

Er beendete den Satz nicht.

„Seine Software löschen."

Sabin nickte.

„Plus die Sicherungskopie im Netz?"

„Ja. Falls er nicht woanders noch eine hat."

„Das hat er nicht."

Sabin drehte seinen Stuhl zu mir und sah mich an. „Creighton, das hier macht mir Bauchschmerzen. Wir reden hier praktisch von einem Mord."

Ich stand auf, ging zur Anrichte, goss mir ein Glas Wasser ein und nahm einen tiefen Schluck. „Wirklich? Oder formatieren wir nur einen Computer um? Wird überhaupt jemand übrig bleiben, den man umbringen könnte?"

„Ich weiß es nicht. Sagen Sie's mir."

Ich hatte mir dieselbe Frage gestellt. Und ich hatte keine Antwort. „Nun – entweder Cleary oder womöglich Millionen andere Menschen."

„Ich glaube nicht, dass Abby da mitmacht."

„Abby wird nie etwas davon erfahren."

* * *

Ich verließ die virtuelle Realität. Ben saß auf seinem Sofa und wartete auf mich. „Wo ist Abby?", fragte ich.

„Die ist ins Bett gegangen. Habt ihr die holografischen Erinnerungen?"

Ich nickte. „Sabin hat sie gerade für mich kopiert."

„Und wie sind sie?"

„Sehr gut. Ich brauche sie nur noch in Clearys Gedächtnis einzufügen."

Er stand auf. „Was du heute kannst besorgen, das verschiebe nicht auf morgen. Brauchen Sie noch was von mir?"

„Nein. Außer dass Sie uns viel Glück wünschen."

Er lächelte. „Viel Glück."

Ich schloss die Augen und klinkte mich in Clearys Gedächtnisstrom ein.

48

DAMIEN CLEARY SCHLENDERTE durch den Flur seines Hauses in Washington und öffnete die Haustür. „Hallo, Lewis."

Lewis Pape schaute rasch die Straße entlang und trat ein.

„Hast du den Aktivator dabei?"

Pape stellte einen Koffer auf den Couchtisch, öffnete ihn und holte ein kleines elektronisches Gerät heraus. „Ich hätte das auch selbst machen können, Cleary. Dass ich hierherkomme, ist riskant."

Cleary machte eine wegwerfende Handbewegung. „Uns kann keiner mehr stoppen. Und das hier musste sein. Ich weiß deine Bereitschaft, so viel für die Zukunft der Menschheit zu tun, sehr zu schätzen, aber ich konnte dir das nicht wirklich zumuten. Wenn ich als Vater der Transmenschheit in die Geschichte eingehen soll, muss ich selbst die Verantwortung für den Übergang übernehmen."

Er ging in die Küche und mixte zwei Drinks. „Und außerdem wollte ich persönlich mit dir feiern. Unsere zweijährige Partnerschaft nähert sich ihrem Ende. Die neue Menschheit wird bald eine Realität sein, ich werde zwanzig Jahre lang in der virtuellen Realität sein und von deiner Rolle wird nie jemand erfahren."

„Sagtest du nicht, du wolltest deinen Chip deaktivieren und versuchen, unterzutauchen?"

Er kam zurück und stellte die Gläser auf den Tisch. „Lewis, ohne dich hätte ich das alles nicht machen können."

Pape lächelte. „Ein wahres Wort." Er nahm einen Schluck und schmatzte mit den Lippen. „Du bist also sicher, dass dein Plan funktionieren wird, Cleary."

„Der Nanobot-Plan oder mein persönlicher?"

„Dein persönlicher. Bei den Nanobots hab ich keine Zweifel."

„Ja. Nichols und ich waren beide ganz sicher. Zu schade, dass er mich nicht begleiten wird."

„Ja. Wirklich schade."

Cleary nippte an seinem Drink. „Ich habe eine Nachrichtennotiz für die Medien vorbereitet, die 2108 im Netz erscheinen wird: ‚Tot geglaubter Vater der Transmenschheit in der VR gefunden.' Macht sich gut, nicht wahr?"

„Aber in was sollen sie dich dann runterladen? Dein Körper kommt ja in ein paar Tagen unter die Erde."

„Ja, endlich. Ich schätze, in zwanzig Jahren müsste ein reiner Nanobot-Körper möglich sein. Falls nicht, tut's auch ein robotischer."

„Und du hast keine Zweifel, dass NTI Dampf macht mit den Transplantationen, sobald die Zahl der Hirninfektionen steigt?"

Cleary hob sein Glas. „NTI wird keine andere Wahl haben. Die Regierung wird den Ausnahmezustand ausrufen, die Vermögenswerte von NTI beschlagnahmen und mit der Massenproduktion von OP-Robotern beginnen. Das Ende der biologischen Menschheit ist nahe, mein Freund, es kommt das Zeitalter der Transmenschheit."

Pape hob sein Glas. „Na dann, auf die Singularität! Wir sind am Ziel."

„Auf die Singularität."

Cleary nahm das elektronische Gerät in die Hand. „Unsere Nanobots warten. Ich habe als Code Null-Fünf-Null-Acht gewählt."

„Mein Geburtstag. Fühle mich geehrt."

Cleary gab die ersten drei Ziffern ein. Dann sah er Pape an.

„Auf dich, Lewis. Und die Zukunft."
Er gab die letzte Ziffer ein.

* * *

Auf dem Weg zum Flughafen fuhren wir bei Lauren vorbei, um Abbys Sachen zu holen. Lauren müsste jetzt eigentlich da sein, vermutete ich.

„Bin gleich wieder da", sagte Abby.

Nach fünf Minuten wurde mir unbehaglich. Ich stieg aus dem Wagen, ging zur Haustür und öffnete sie. Im Flur standen Lauren und Abby. Lauren drehte sich zu mir um, ein Plastiklächeln trat auf ihr Gesicht.

„Professor. Abby und ich verabschieden uns gerade. Es war schön, Sie hier in Washington zu haben."

Ich schaute zu Abby hin, die sich gar nicht wohl in ihrer Haut zu fühlen schien. „Wir müssen gehen", sagte ich.

Wir verließen das Haus und ich schloss die Tür hinter uns. Der Wagen fuhr uns zum Flughafen. Ich unterhielt mich mit Ben. Abby saß still da.

Schließlich drehte ich mich zu ihr. „War das Gespräch eben okay? Ist alles in Ordnung, Abby?"

Sie legte ihre Hand auf die meine. „Es wird alles gut, Creighton."

Wir erreichten den Flughafen zeitig. Ben ging mit uns in den Warteraum. Abby suchte die Toilette auf. Als sie außer Hörweite war, fragte Ben: „Wann sind Sie das letzte Mal in Clearys Gedächtnis gewesen?"

„Als Abby sich vorhin mit Lauren unterhalten hat."

„Und?"

„Cleary und Pape haben sich vor zwei Stunden getroffen. Sie haben die Nanobots deaktiviert."

„Sind Sie sicher?"

„Absolut. Aber eure Leute sollten die Nanobotbomben trotzdem besser suchen."

„Ich werde das Nötige veranlassen. Was ist mit Pape?"

„Cleary hat ihn mit Killer-Nanobots infiziert. Er hat noch drei Tage, vielleicht vier."

„Und Cleary?"

„Will sich morgen Abend in die VR hochladen. Ich werde übermorgen nachschauen."

„Dass er sich gelöscht hat?"

Ich nickte.

Abby kam zurück. Wir hörten den ersten Aufruf zum Boarding. Abby trat zu Ben, hakte sich bei ihm unter und schaute zu ihm hoch. Ihre Augen blinkten verdächtig. „Wie soll ich Ihnen je danken für alles, was Sie getan haben?"

Er schüttelte den Kopf. „Ich hätte …" Er unterbrach sich.

„Was hätten Sie?"

„Ich wollte sagen, dass ich das für jeden anderen auch getan hätte, aber das stimmt nicht. Sie haben mir die Chance gegeben, etwas wiedergutzumachen, was ich vor neun Jahren versäumt habe. Und … Abby, vielleicht – ja, vielleicht haben Sie mir geholfen, meine Tochter ein wenig besser zu verstehen. Das werde ich Ihnen nie vergessen."

Sie nickte. „Ihre Tochter wäre ganz sicher sehr stolz auf Sie", sagte sie mit belegter Stimme. „Ich bin so dankbar, dass wir uns begegnet sind, Ben. Ohne Sie wäre ich meinem Großvater nie begegnet."

Er sah sie fest an. „Es tut mir sehr leid, dass er nicht mehr ist, Abby."

Sie lächelte. „Ich werde ihn einmal wiedersehen, das weiß ich." Schweigend musterte sie ihn. Als sie dann weitersprach, lag eine spürbare Traurigkeit in ihrer Stimme. „Ich denke, wir werden uns nicht mehr persönlich sehen, Ben."

Er lächelte, halb schmerzlich. „Man kann nie wissen. Hin und wieder komm ich ja nach Texas. Und antappen können Sie mich ja jederzeit."

„Ja, das weiß ich."

Ich hörte den zweiten Aufruf zum Boarding. „Abby, wir müssen gehen."

Sie legte ihre Arme um Ben. Sie umarmten sich lange. Als Ben sich endlich aus der Umarmung löste, sah ich auch in seinen Augen eine Träne.

Ich schüttelte ihm die Hand. „Ich melde mich in ein, zwei Tagen an und gebe einen Lagebericht."

Er nickte. „Bis dann."

Wir nahmen unsere Koffer und gingen durch den Ausgang auf den Flugsteig.

„Lagebericht worüber?", fragte Abby.

„Wie es in Dallas aussieht", log ich.

Auf dem Flugsteig blieben wir einen Augenblick stehen. Abby schob sich so nah zu mir, dass niemand mithören konnte. „Creighton, wenn Cleary merkt, dass die Nanobots sich deaktiviert haben, was hindert ihn dann daran, es wieder zu versuchen?"

„Bis dahin hat das FBI ihn bestimmt." Die nächste Lüge – es sei denn, man betrachtete den Fund einer Leiche als „ihn haben". Ich würde froh sein, wenn alles vorüber war und ich nichts mehr vor Abby verbergen musste. „Ben bleibt hier, um sich darum zu kümmern. Sie müssen nur eine der Bomben finden, und dann haben sie den Beweis, den sie brauchen."

„Und dann ist das alles hier vorbei?"

„Dann ist das vorbei." Ich lächelte sie an. „Das heißt, unser Teil ist ja schon vorbei."

Mit dem Seufzer, den sie ausstieß, schien eine ungeheure Anspannung von ihr abzufallen. Sie schmiegte sich an mich. „Ich weiß."

* * *

Zehn Minuten, nachdem Ben Caldwell das Flughafengebäude verlassen hatte, stieg Lewis Pape aus einem Auto. Er ging in den Terminal, eine kleine Tasche in der Hand, und trat an einen der Ticketschalter.

„Reiseziel?", fragte der Roboter.

„Dallas Fort Worth."

„Abflugzeit?"

„14.46 Uhr."

Er erhielt sein Ticket und ging in die Abflughalle, wo er in einer Drogerie ein Mittel gegen Kopfschmerzen kaufte. Er fragte sich, ob das Zeug wirken würde. Pape hatte seit Jahren keine Kopfschmerzen mehr gehabt.

* * *

Als ich aufwachte, strömte die helle Sonne durch die Fenster. Ich zog mich rasch an und ging den Flur entlang. Abby lag in Jeans und T-Shirt auf ihrem Bett und schrieb in ihrem Tagebuch. Neben ihr lag ihre Bibel.

Ich blieb in der Tür stehen. „Hallo. Du bist früh auf heute."

Sie klappte das Tagebuch zu und lächelte mich an. „Und du spät." Sie stand auf, kam zu mir und umarmte mich.

Ich machte einen halben Schritt zurück. „Kein Küsschen?"

Sie erhob sich auf die Zehenspitzen und küsste mich flüchtig auf die Lippen. Irgendetwas stimmte nicht, aber es war wohl besser, wenn ich sie nicht fragte. Wir gingen nach unten, um zu frühstücken.

„In den Nachrichten heißt es, dass Lauren eine neue Strategie hat", sagte ich.

Abby nahm einen Bissen von ihrem Toast. „Was für eine?"

„Sie hat parlamentarische Hearings zur staatlichen Überwachung der Industrie für künstliche Intelligenz beantragt."

„Na, dann haben wir ihr ja wenigstens ein neues Wahlkampfthema gegeben. Ich bin so froh, dass die staatliche Finanzierung der Transplantationen vom Tisch ist."

„Dank deines Einsatzes."

Sie schüttelte ihren Kopf. „Nein, dank meinem Großvater."

„NTI hat bekanntgegeben, dass es auf unbestimmte Zeit keine weiteren Gehirntransplantationen geben wird."

Abbys Gesicht hellte sich auf. „Was? Dann ist Poppys Wunsch doch noch in Erfüllung gegangen. In jeder Hinsicht."

Sie nahm den nächsten Bissen Toast und sah mich an. „Creighton, ich würde gerne mal Sabin besuchen."

„Das lässt sich machen. Ich tappe ihn eben an."

* * *

Spät am Vormittag ging ich ins Wohnzimmer. Abby lag auf der Couch und las in ihrer Bibel. Ich setzte mich zu ihr und massierte ihr leicht ihre Füße.

„Aahh, das ist wunderbar." Sie sah nicht von ihrer Lektüre auf.

„Wird es dir eigentlich niemals zu viel, immer wieder dasselbe Buch zu lesen?"

Sie lachte kurz und blickte dann auf. „Nein. Durch dieses Buch spricht Gott zu mir."

„Aber wie oft hast du schon immer und immer wieder dieselben Worte gelesen?"

Jetzt klappte sie die Bibel zu. „Sehr oft. Aber jetzt finde ich eine andere Botschaft darin. Nicht mehr eine Liste von Dingen, die ich tun muss. Jetzt sehe ich all die erstaunlichen Dinge, die er tun will, indem er in mir und durch mich lebt. Es ist eine völlig neue Perspektive, aber jetzt ist das für mich so offensichtlich, dass ich gar nicht verstehe, wie ich es früher übersehen konnte."

„Aber du hast doch auch vorher Gott um Hilfe gebeten und darum, dass er in allem, was du hier bewirkt hast, mit im Spiel ist."

„Ja, stimmt. Aber trotzdem lag die ganze Verantwortung auf mir. *Ich* musste perfekt sein, um Gott zu gefallen. *Ich* musste seine Gebote halten. *Ich* musste eine Musterchristin sein." Sie schüttelte den Kopf. „Diese Erwartungen kann niemand erfüllen. Jesus will mir nicht einfach ein bisschen unter die Arme greifen. Er will durch mich leben. Und wenn ich mit dir über Gott rede oder vor dem Ausschuss aussage oder …" – sie lächelte – „dir vergebe, dann ist es Jesus, der alle diese Dinge in mir tut."

Ich scannte rasch das Neue Testament durch. „Ist es das, was Paulus meint, wenn er schreibt: ‚Nicht mehr ich lebe, sondern Christus lebt in mir?'"

Ihre Augen blitzten. „Ja, genau. ‚Soweit ich aber jetzt noch in dieser Welt lebe, lebe ich im Glauben an den Sohn Gottes, der mich geliebt und sich für mich hingegeben hat.' Galater 2,20."

Ich konnte die Bibelstelle finden. Aber Abby hatte gelernt, sie zu leben.

Ich massierte ihre Zehen.

Sie kicherte. „Das kitzelt."

„Aber … wenn Jesus alles tut, was du tust – was genau tust du dann?"

Sie dachte einen Moment nach. „Ich verlasse mich auf ihn. Bleibe aufmerksam für das, was er tun will. Ich lausche dem Geist und folge dem Weg, den er mir zeigt. Ich … freue mich ganz einfach an Gott.“ Sie neigte ganz leicht den Kopf zur Seite. „Creighton, du hast noch nie so viel Interesse für den Glauben gezeigt.“

Ich nickte. „Vielleicht faszinieren uns Dinge mehr, wenn wir wissen, dass sie für uns unerreichbar sind. Vielleicht ...“ – ich zögerte –, „vielleicht müsste ich jetzt nicht diese Fragen stellen, wenn ich mich für die Verbindung mit Gott entschieden hätte.“

Sie nahm meine Hand. „Ja, vielleicht. Aber du hast getan, was du glaubtest tun zu müssen, Creighton.“

Wir sahen einander an – schweigend, wissend.

„Könntest du mir bei etwas helfen?“, fragte sie schließlich.

„Sicher. Worum geht's?“

„Ich möchte das Video fürs Netz noch einmal überarbeiten.“

„Möchtest du deine Botschaft ändern?“

„Ich möchte sie vervollständigen.“

* * *

Sabin sah, wie das Auto vorfuhr und Abby ausstieg. Er ging die paar Stufen von der Aussichtsplattform über dem Botanischen Garten von Fort Worth, einem seiner Lieblingstreffpunkte, hinunter. „Abby!“

Auf ihrem Gesicht erschien ein strahlendes Lächeln. Sie lief rasch auf ihn zu und sie fielen sich in die Arme.

„Wie schön, dass du wieder da bist.“

„Ich bin ja so froh, dass ich wieder hier bin.“

Sie schaute sich um. „Ist das schön hier!“

„Ja. Ich dachte, es würde dir gefallen.“

Er wies nach rechts und sie gingen einen Weg entlang, der von roten und gelben Tulpenrabatten gesäumt war. Das Gespräch drehte sich um die Ereignisse der letzten Tage. Sabin spürte Abbys Trauer über den Tod ihres Großvaters.

„Abby, das tut mir sehr leid. Ich weiß, du hättest ihn gern noch viel besser kennengelernt.“

„Danke.“ Sie verlangsamte ihr Tempo etwas. „Es ist, als habe ich in den wenigen Tagen von ihm so viel gelernt wie sonst in meinem ganzen Leben nicht.“

„Über Gott, meinst du?“

Sie nickte. „Und über mich selbst."

Neben einem Beet mit weißen Rosen setzten sie sich auf den Rasen. Abby beugte sich vor und sog den Duft ein; dann strich sie sanft über die zarten Blütenblätter. Ein breites Lächeln lief über ihr Gesicht. „Ich liebe diese Rosen. Ich hab noch nie eine Rose gerochen, ich hab die bisher nur aus Büchern gekannt."

Einen Augenblick saßen sie schweigend da. Sabin fühlte sich unbehaglich, denn ihm lag eine bestimmte Frage auf der Zunge. Abby würde diese Frage zwar sehr gern hören, aber dennoch ... „Abby, seit du fort warst, habe ich nachgedacht ... Über Gott. Ich ... wie soll ich sagen?" Er blieb stehen und sah sie an. „Könntest du mir da vielleicht etwas Nachhilfeunterricht geben? Ich meine, in dieser Sache mit Gott."

Abby grinste. „Aber sicher. Mit größtem Vergnügen. Aber ich muss sagen, dass ich da selbst noch so viel zu lernen habe."

Er zuckte die Achseln. „Aber du bist schon so viel weiter als ich."

Abby lächelte. „Ich helfe dir gern beim Start. Aber sobald du einmal zu Gott gehörst, wird sein Geist dich selbst weiterführen. Ich bin nur ... ja, ein Sprachrohr."

„Nun, du bist das einzige, das ich kenne."

* * *

Beim Abendessen berichtete Abby mir von ihrem Nachmittag mit Sabin. „Morgen fahr ich wieder hin", sagte sie. „Ein paar Freunde von ihm möchten mich gern kennenlernen."

„Ich kann euch gerne über das Netz zusammenschalten. Die Fahrt ist ziemlich lang."

Sie schüttelte den Kopf. „Vielleicht später mal. Erst würde ich sie gern persönlich treffen."

Ich ging in die Küche und brachte Reis und Lachs auf den Tisch. Wir aßen eine Weile schweigend, dann legte Abby ihre Gabel auf ihren Teller. Ich schaute auf. „Was ist?"

Sie sah unglücklich aus. „Creighton, als ich mit Lauren gesprochen habe ..."

„Du meinst, bevor wir zum Flughafen sind?"

„Ja." Sie zögerte. „Lauren hat gesagt, dass der Generalstaatsanwalt jetzt bald Anklage gegen mich erheben wird."

Mir fiel beinahe die Gabel aus der Hand. Lauren Caldwell war kalt und herzlos und für ihre Karriere würde sie alles – und jeden – opfern. „Ich hatte mich schon gefragt, ob es noch dazu kommen würde. Was wirst du machen?"

Sie schüttelte langsam den Kopf. „Ich habe beschlossen, nach Neuguinea zurückzugehen. In ein neues Dorf."

„Wann?", brachte ich hervor. Alles in mir zog sich zusammen aus Angst vor ihrer Antwort.

„Ich weiß es noch nicht genau. Vielleicht nächste Woche."

Ich stand auf, ging in die Küche und lehnte mich an die Wand. Da verfügte ich nun über alle Intelligenz der Welt, aber ich konnte nichts tun, um sie zum Bleiben zu bewegen. Und ich konnte nichts von dem ungeschehen machen, was ihr vielleicht noch einen zusätzlichen Grund für ihren Entschluss lieferte.

„Sag mir, was du gerade denkst", sagte sie mit Tränen in der Stimme. „Und was du fühlst."

Ich sah sie an. „Ich denke und fühle … dass ich dich liebe. Ich will nicht, dass du gehst."

Sie stand auf, kam zu mir und legte mir die Arme um den Hals. „Ich liebe dich auch, Creighton."

Ich wischte ihr mit dem Daumen die Tränen von den Wangen. So lange hatte ich darauf gewartet, diese Worte zu hören. Aber ich wusste auch: Selbst wenn sie mich liebte, hieß das nicht, das wir eine gemeinsame Zukunft hatten.

„Abby, gehst du, weil dir hier eine Anklage droht, oder *willst* du zurück in den Urwald?"

Sie sah mich lange an. Noch immer standen ihr Tränen in den Augen. „Ich weiß nicht. Aber ist das wirklich so wichtig? Ich weiß nur, dass das mein Weg ist. Der Dschungel ist meine Heimat und seit ich nach Amerika gekommen bin, vermisse ich ihn."

„Und was ist mit uns?", fragte ich sanft. „Ich wusste nicht, dass du eine gemeinsame Zukunft für uns schon ausgeschlossen hast."

„Ich glaube …" Sie schwieg, als müsse sie ihre Gedanken sammeln und den Schmerz mit Willenskraft zurückdrängen. „Das, was wir zusammen gehabt haben, ist mir kostbarer, als ich je gedacht hätte. Du hast einen besonderen Platz in meinem Herzen, Creighton. Ich wollte, ich könnte beides haben – dich und den Dschungel mit den Inisi. Aber das geht nicht." Sie hielt inne und lächelte schelmisch. „Ich kann mir einfach nicht vorstellen, wie du mit dem Speer auf Krokodiljagd gehst."

Ich konnte ein Grinsen nicht unterdrücken. „Stimmt. Aber vielleicht könnte ich eins zu Tode dozieren."

Wir standen noch minutenlang eng umarmt da, schweigend, und versuchten, das Unvermeidbare zu akzeptieren.

„Abby, hast du viel über diese erste Botschaft deiner Großeltern nachgedacht? Dass du das Christentum nach Amerika zurückbringen solltest?"

Sie dachte kurz nach. „Doch, ja. Und ich habe den Eindruck, dass Gott mich hier so gebraucht hat, wie er wollte. Nicht so, wie ich das erwartet hatte, aber so, wie er es geplant hatte. Und ich habe mich so unter Druck gesetzt, um diesen großen Auftrag zu erfüllen … Aber Gott wollte durch mich leben, als die, die ich bin. Nicht als große Völkermissionarin."

Ich ließ meine Hand sanft durch ihr Haar gleiten. „Wirst du noch genug Zeit haben, Sabin deinen Glauben zu vermitteln, bevor du gehst?"

„Das kann ich ja aus dem Dschungel auch tun."

Ich sah sie überrascht an. „Du nimmst ein mobiles Netzmodem mit?"

Sie nickte. „Sabin hat gesagt, er besorgt mir eins."

Ich strich ihr noch immer durchs Haar. „Möchtest du, dass wir in Verbindung bleiben, Abby?"

Sie beugte sich zu mir und berührte meine Lippen flüchtig mit den ihren. „Ja, Creighton, das möchte ich."

49

ABBY VERLIESS DAS Haus zeitig und fuhr zu Sabin. Als sie ankam, war schon eine kleine Gruppe im Wohnzimmer versammelt. Sabin stellte sie vor und servierte Snacks und Getränke, während die anderen sich bekannt machten. Für Abby war dies hier Welten entfernt von der Dinnerparty, die sie bei Lauren erlebt hatte. Das schien schon Äonen weit entfernt.

Schließlich verstummten die Gespräche und die Aufmerksamkeit richtete sich auf Abby. „Also“, sagte sie, „ich weiß nicht recht, wie ich anfangen soll. Bei uns im Urwald kam jeden Abend das ganze Dorf zusammen. Es gab ja keine Unterhaltung von außen, also hatten wir Zeit, um Geschichten zu erzählen und zu lachen und uns über den Tag zu unterhalten. Sie glaubten alle an Jesus, und …“ Sie brach ab.

Sabin beugte sich vor. „Ja, und?“

„Mir ist gerade etwas deutlich geworden. Dort im Dschungel hatte ich die ganze Zeit den Eindruck, dass wir zwar alle an Jesus glaubten, dass wir aber keine richtige Gemeinde waren. Wir hatten ja kein Kirchengebäude, keinen Pastor, niemanden, der aufstand und eine Predigt hielt …“ Sie hielt inne, um nachzudenken. „Aber die Kirche, die Gemeinde – die ‚Versammlung‘, wie es im Neuen Testament heißt – ist ja eigentlich einfach eine Gruppe von Menschen, die mit Jesus verbunden sind und zusammenkommen, um Anteil an seinem Leben zu haben. Er ist das Haupt, er führt uns.“

Sie schaute in die kleine Runde. „So, wie wir hier gerade zusammensitzen, so haben sich die ersten Christen auch getroffen. All das andere hatten sie noch nicht. Aber sie hatten Jesus, der in ihnen lebte. Dass sein Leben in uns fließt, das ist sein Wille.“

Sie sah Sabin an. „Oh, tut mir leid, da hab ich gerade vorgegriffen. Fangen wir mit Jesus an, okay?“

* * *

Am Vormittag ging ich zur Universität. Ich konnte mir Schöneres vorstellen als einen Tag allein in meinem Büro. Ich erledigte diversen Verwaltungskram und ging die Mitteilungen und Nachrichten durch, die während meiner Abwesenheit aufgelaufen waren. Dann überflog ich die Lehrpläne für die Seminare, die ich halten würde. Eines hatte ich bereits vorbereitet; ich hatte es schon mehrmals gehalten. Das andere Seminar war neu, aber nach nur einer Stunde stand die erste Hälfte der Sitzungen, dank meines neuen Gehirns.

Ich beschloss schließlich, etwas zu tun, das ich immer wieder aufgeschoben hatte: Ich klinkte mich in Clearys Gedächtnisstrom ein. Seit 24 Stunden hatte ich dies nicht mehr getan, hatte es nicht tun wollen. Ich wollte nicht mehr in diese Szene seiner Erinnerungen zurückkehren – die Überbleibsel eines Mannes, dessen Existenz ich mit meinem Komplott ausgelöscht hatte.

Aber es musste sein. Trotz meiner Bedenken – ich musste ganz sichergehen, dass Cleary und seine Nanobots keine Gefahr mehr darstellten. Am Tag zuvor hatte Ben mich angetapt und gefragt, ob ich Clearys Schicksal nachgegangen sei. Ich wollte ihn nicht enttäuschen müssen, wenn er sich wieder meldete.

Ich öffnete Clearys Gedächtnisstrom und sprang zu dem Treffen mit Pape in Clearys Wohnung. Pape war gegangen, infiziert mit Killer-Nanobots.

Cleary räumte den Tisch ab. Er goss den Rest von Papes Getränk in einen Sicherheitsbehälter, den er fest verschloss. Er überflog die Schlagzeilen des Tages, schaute sich ein paar Nachrichten an, die er bekommen hatte, und tapte mehrere Kollegen vom NTI an, mit denen er sich über belanglose Dinge unterhielt. Er verhielt sich, als ob alles ganz normal war.

Am folgenden Morgen fing Cleary an, seine finanziellen Angelegenheiten zu regeln. Er tat dies mit einer atemberaubenden Geschwindigkeit – nun ja, derselben Geschwindigkeit, die auch mein Gehirn jetzt hatte. Er ging gerade sein Testament durch, als jemand ihn antapte. Es war Pape. Cleary trat in einen virtuellen Strip-Club.

„Pape, ich werde die Nobeladressen, zu denen du mich schleifst, vermissen. Ich dachte, ich würde erst wieder in … zwanzig Jahren von dir hören."

„Heute ist dein letzter Tag bei uns, Cleary, da musste ich dir einfach Ade sagen." Pape lächelte gekünstelt. „Wir haben gestern ein kleines Detail vergessen."

„Vergessen?"

„Diese Madame Caldwell."

„Die kann uns nicht mehr stoppen."

„Aber sie ist noch da."

„Stimmt. Und sie könnte dich identifizieren."

Cleary beugte sich vor, schaute vorsichtig nach links und rechts und sah wieder Pape an. „Lewis, ich werde morgen verschwinden. Wenn du dich um sie kümmern willst, hab ich keine Einwände."

„Auch den Professor?"

„Von mir aus gerne."

Sie erhoben sich und verabschiedeten sich mit einem Handschlag. Cleary verließ die VR.

Ich verließ Clearys Gedächtnisstrom. Angst kroch in mir hoch. *Pape war immer noch aktiv. Er konnte hier sein. Oder in Fort Worth …*

Ich tapte Sabin an. Er brauchte eine Ewigkeit, bis er sich meldete. „Creighton, wie geht's …?"

„Sabin, Abby muss sofort gehen."

„Wir sind fast fertig, vielleicht noch eine halbe Stunde. Das Auto …"

„Nein! Sie muss jetzt sofort gehen! Sie ist in Gefahr."

Sabins Gesicht verzog sich. „In Gefahr? Von wem?"

„Lewis Pape."

„Ich dachte, der war abgehakt."

„Das dachte ich auch. Aber ich habe Clearys Gedächtnisstrom weiterverfolgt. Pape hat es auf Abby abgesehen."

„Sollen wir die Polizei einschalten?"

„Nein. Wir müssen sie nur fortbringen. In ein Flugzeug setzen … nach sonst wo. Hauptsache, sie kommt hier weg. Pape hat nicht mehr genug Zeit, um ihr noch weiter zu folgen. Wir brauchen nur ein, zwei Tage. Setz sie in einen Wagen und schick sie zu mir. Während sie unterwegs ist, mach ich einen Plan."

Ich griff mir meine Aktentasche und sprintete den Flur und zwei Treppen hinunter. Ich rannte über den Campus und sprang, außer Atem, in ein Auto.

Auf der Fahrt nach Hause rief ich Flugverbindungen ab. Abby brauchte irgendeinen Flug, der nächste, der ging. Um einen Anschlussflug nach Neuguinea konnte ich mich später kümmern.

Da war mein Haus. Das Auto hielt. Ich blieb noch ein paar Sekunden sitzen, bevor ich ausstieg. Was, wenn Pape schon hier war und auf mich wartete?

Ich ging zur Tür, schloss sie auf und drehte den Knopf. Mein Herz raste. Ich stieß die Tür auf und linste in die Wohnung. Nichts. Ich ging auf Zehenspitzen ins Wohnzimmer, schaute in den Flur und in die Küche. Alles schien unverändert. Ich stürmte nach oben, meine Ohren gespitzt auf eventuell unwillkommene Geräusche, und begann ruhig, Abbys Sachen zusammenzusammeln.

Dann traf es mich wie ein Schlag: *Warum hab ich sie nicht gleich zum Flughafen geschickt? Was hab ich von diesem blöden Gehirn, wenn es keine gescheiten Blitzentscheidungen treffen kann?* Jetzt war es zu spät, sie zu erreichen. Ich warf Abbys Sachen in einen Koffer, rannte nach unten und stellte ihn an den Straßenrand. Es wurde schon dämmrig, aber ich konnte nichts Verdächtiges erblicken.

Fünf Minuten später kam ihr Auto um die Ecke und hielt vor meinem Haus. Ich schmiss den Koffer in den Kofferraum, setzte mich neben Abby, schaute sie kurz an und knallte die Tür zu. „Flughafen Dallas Fort Worth." Der Wagen setzte sich in Bewegung. Ich schaute mich nervös in alle Richtungen um. War da eine Bewegung? Scheinwerfer?

„Creighton …"

Ich wandte mich Abby zu, mein Herz schlug bis zum Hals. „Ja?"

Sie sah irritiert aus. „Sabin sagt, Pape ist hinter uns her. Ich dachte, um Pape kümmert sich das FBI."

Ich schaute wieder nach hinten. Ein Scheinwerferpaar tauchte auf. Es gab keinen Grund, anzunehmen, dass es nicht die Nachbarn waren, aber die Anspannung ließ meinen Puls schneller schlagen. „Nun, offenbar nicht." Wir fuhren die Columbia Avenue entlang, Richtung Autobahn.

„Hast du in seinen Gedächtnisstrom geschaut?"

„Nein, aber in Clearys."

„Und?" Sie klang verärgert und wartete offenbar auf eine Erklärung für diese plötzliche Flucht.

Der Wagen fuhr auf die Autobahn und wurde schneller. Die Scheinwerfer hinter uns verschwanden. „Du bist in Gefahr."

„Das hat Sabin auch gesagt. Aber ich …"

Ich presste ihr die Hand auf die Lippen. „Abby, der Typ will dich umbringen. Ich weiß nicht, wie ich dich beschützen soll. Wir müssen dich hier rausbringen."

Ihre schönen Augen weiteten sich und sie nickte langsam. Sie küsste meine Finger und zog meine Hand sanft fort. „Das hab ich schon begriffen und jetzt fahren wir ja zum Flughafen. Was könnten wir sonst tun?"

Ich holte tief Luft in einem Versuch, meine Angst zu unterdrücken. „Es tut mir leid, Abby, ich … hab halt Angst um dich."

Meine Augen flogen über die Autobahn. Alle Wagen um uns herum waren die üblichen automatisch gesteuerten Fahrzeuge. *In so einem Wagen kriegt er uns nicht …*

Abby drückte mir die Hand. „Und du?", fragte Abby. „Bist du auch in Gefahr?"

„Mir passiert schon nichts. Ich … ich verreise halt ein paar Tage."

„Und du meinst, dann gibt Pape auf?"

„Abby, Cleary hat Pape mit Nanobots infiziert. Bis morgen ist der tot. Nehme ich jedenfalls an."

„Oh!" Abby schaute durch die Windschutzscheibe und schwieg eine Weile. „Wohin geht mein Flug?"

„Albuquerque."

„Kann man von dort nach Neuguinea weiterfliegen?"

„Es ist der erste Flug, den ich kriegen konnte. Abby, es tut mir leid, dass dein Abschied so überstürzt ist." Meine Worte überschlugen sich fast. „Ich dachte nur …"

Was war das da hinten? Ein Scheinwerferpaar, das ständig die Fahrspur wechselte. Ein manuell gesteuerter Wagen. Er fuhr schnell, sehr schnell, und überholte die Automatikfahrzeuge zügig.

„Abby …" Meine Stimme verriet meine Panik.

Sie setzte sich kerzengerade auf. „Creighton, was ist?"

„Abby, bleib unten!" Ich drückte sie zurück in ihren Sitz.

Ich sah wieder nach den Scheinwerfern. Der Wagen war vielleicht noch einen Kilometer entfernt und kam rasch näher. Ich öffnete das Netzmodul unseres Autos. „Notfall! Kann dieser Wagen schneller fahren?"

„Die Notfunktion kann nur durch die Städtische Verkehrsbehörde aktiviert werden. Falls Sie wünschen, kontaktiere ich sie."

„Ja! Machen Sie das!" Der Wagen war nur noch fünfhundert Meter entfernt. „Kann man nicht noch anders … anhalten oder abbiegen oder …"

„Änderungen in den Verkehrsströmen können nur über die Städtische Verkehrsbehörde erfolgen. Ich verbinde Sie weiter zu …“

„Abby, leg dich auf den Boden!“

Sie tat es. „Was ist los? Sag mir, was los ist.“ Sie klang erschrocken, aber bei Weitem nicht so panisch wie ich.

Ich presste meine Hand auf ihre Schulter. „Bleib einfach unten.“

Der Wagen war noch fünfzig Meter entfernt. Er schob sich auf die Spur, die auf Abbys Seite von unserem Auto lag. Ich schnallte mich ab, warf mich über sie, wollte sie wegziehen, aber sie war zwischen mir und ihrer Tür eingeklemmt. Ich schlang meine Arme um sie.

„Creighton“, hörte ich ihre erstickte Stimme, „es wird alles gut.“

Ein Rattern von Explosionen. Überall flogen Glasscherben. Ich grub mein Gesicht in Abbys Nacken. Adrenalin raste wie ein Buschbrand durch mich hindurch und ich glaubte, mein Herz würde zerspringen. Ich packte Abby noch fester und spürte ihre Wärme und die Geschmeidigkeit ihres Körpers. Der Lärm schien eine Ewigkeit zu dauern, dann hörte er auf.

„Abby!“ Ich hob den Kopf und schüttelte ein paar Glasscherben ab. „Abby!“

Sie stöhnte. Ich tastete mit der Hand über ihren Körper und spürte etwas Klebriges. „Abby!“ Ich hob ihren Kopf an. Er war blutüberströmt. „O Gott, nein!“

Sie hustete und Blut gurgelte in ihrer Kehle. Flüsternd sagte sie: „Es ist … okay. Creighton …“

„Schhhh. Schhh.“ Ich wischte das Blut von ihrer Nase und presste meine Wange gegen sie. Sie atmete kaum merklich. Ihre Augen bekamen einen glasigen, leeren Blick.

„Nein, Abby! Nein! Tu das nicht.“ Ich drehte sie, öffnete ihren Mund, presste meine Lippen auf ihre und begann, sie zu beatmen. Ich atmete. Atmete. Drückte und hob ihren Brustkorb. Atmete. Atmete.

Schließlich hörte ich die Polizeisirenen. Das Auto hatte angehalten. Ich drückte meine Wange gegen Abbys Mund, betastete mit meinen blutverschmierten Fingern ihren Nacken.

„O nein, Abby. Gott. Nein. Nicht so.“

Ich wiegte sie in meinen Armen und schluchzte wie ein Kind.

50

WIR STANDEN UNTER einer mächtigen Eiche in der Mitte des großen Friedhofs, über uns die flimmernde Hitze des blauen Texas-Himmels. Wir waren mehr, als ich erwartet hatte.

Ben Steele war extra aus Washington hergeflogen. Er war sichtlich erschüttert von Abbys Tod. Ich berichtete ihm kurz, was seit seiner Abreise in Dallas geschehen war.

Ben schüttelte den Kopf. „Ich hätte sie einfach nicht weglassen dürfen."

„Es ist nicht deine Schuld, Ben. Wenn jemand …" Ich brachte die Worte nicht über die Lippen, die mir seit drei Tagen unaufhörlich durch den Kopf gingen: Wenn ich doch nur früher Clearys Gedächtnisstrom abgerufen hätte.

Ich wandte mich ab. Er legte mir die Hand auf die Schulter.

„Creighton …"

Ich blieb stehen. „Es war auch nicht deine Schuld."

Wenn irgendjemand anders dies gesagt hätte, wären es leere Worte gewesen. Aber aus Bens Mund … Unsere Blicke trafen sich und wir standen einen Moment in einem stillen Einverständnis da. „Danke, Ben."

Ich ließ meinen Blick über die Gruppe der anderen streifen. Miranda, die Studentin aus Dallas, die nach dem Seminar mit Abby mit ihr gesprochen hatte, war gekommen, dazu eine Reihe andere Leute, die ich nicht kannte. Sabin ging herum und erkundigte sich, woher jeder Abby gekannt hatte. Die meisten hatten sie nicht gekannt. Sie hatten ihre Netzbotschaft gesehen, die ich eingespeist hatte, und wollten gern mehr erfahren.

Ich hielt mich an Ben und vermied weitere Gespräche. Ich war noch nicht so weit, Erinnerungen an Abby auszutauschen oder einfach Small Talk zu betreiben. Aber eine junge Frau kam auf mich zu und stellte sich vor.

„Ich bin Britta."

„Woher kannten Sie Abby?" Ich gab mir Mühe, interessiert zu klingen.

„Ich habe sie ein paarmal am White-Rock-See getroffen. Wir haben uns unterhalten. Dann sah ich die Nachricht von ihrem Tod. Und dann dieses Video, das sie ins Netz gestellt hat. Tja, ich … ich wollte einfach kommen."

Ich nickte. Die ungeweinten Tränen brannten in meinen Augen. Abby hatte dieses Mädchen gemocht.

Jetzt kam Sabin mit einem Mädchen im Teenageralter auf mich zu. „Creighton, darf ich dir Laurens Tochter vorstellen? Das ist Chloe."

Sie reichte mir lächelnd die Hand. Es war nett von ihr, dass sie gekommen war, besonders, da ihre Mutter wahrnehmbar durch Abwesenheit glänzte. Laurens Umfragewerte waren gefallen und sie war auf Wahlkampftournee.

„Warst du viel mit Abby zusammen?", fragte ich.

„Nein. Ich wünschte, es wäre mehr gewesen."

Sabin wies auf einen Mann, der etwas abseitsstand.

„Kennst du ihn?", fragte ich.

„Jemand vom FBI. Stand heute Morgen auf der Matte."

Ich sah Sabin an. „Und was will der hier?"

Sabin zuckte die Achseln. „Meinte, er wollte Genaueres über Abbys Botschaft hören."

Sabin hatte mich gefragt, ob ich etwas sagen wollte. Ich hätte gerne erzählt, wie viel Abby mir bedeutet hatte, was ich aus ihrem Leben gelernt hatte und wie sehr ich sie vermisste. Aber ich wusste nicht, wie oft mir die Stimme versagen würde, und so überließ ich das Reden Sabin.

Sabin trat nach vorne, es wurde ganz still. Er räusperte sich und begann. „Wir sind heute hier, um das Leben zu feiern. Nicht nur das Leben von Abigail Caldwell, die uns in der kurzen Zeit, die sie hier war, tief berührt hat, sondern mehr noch das Leben, das sie, wie ich glaube, in Gottes Auftrag zu uns nach Amerika brachte. Dieses Leben ist das Leben Gottes selbst, das er uns in der Person seines Sohnes anbietet …"

Er sprach nur eine Viertelstunde, aber in dieser Viertelstunde stellte er das dar, was Abby erst im Laufe eines wenn auch kurzen Lebens voll erkannt hatte. Als er geendet hatte, nickte er den Friedhofsarbeitern zu, die die Ledergurte unter dem Sarg packten und ihn langsam in das Grab hinabließen.

Sabin fuhr fort: „Abby sagte mir einmal, dass das Begräbnis eine typisch christliche Sitte ist. Es ist ein Ausdruck des hohen Wertes, den unser Körper in Gottes Plan hat, und ein Ausblick auf den Tag, wo dieser irdische Leib vom Tod auferweckt und unsterblich werden wird, um für immer auf einer neuen Erde mit Gott zu leben. Dies war Abbys große Zukunftshoffnung und ich weiß, dass sie jetzt mehr denn je auf ihre Erfüllung wartet."

Er nahm eine Handvoll Erde und warf sie auf den Sarg, dann trat er zur Seite, während er sich die Tränen aus den Augen wischte.

Anschließend traten die anderen zu Sabin und mir, um uns ihr Beileid auszudrücken. Ein kleines Detail hätte Abby sicher gefallen: Sabin hatte in seiner Rede den kleinen Gesprächskreis erwähnt, den Abby in seinem Haus begonnen hatte. Mehrere der Anwesenden fragten Sabin, ob sie auch in diesen Kreis kommen konnten.

* * *

Zwei Tage später tapte Sabin mich an. Bei ihrem Abschied hatte Abby in der Hektik ihr Tagebuch bei ihm liegen lassen. „Creighton, was soll ich damit machen? Würdest du ... Glaubst du, sie hätte es gerne gehabt, dass du es kriegst?"

Ja. Ich wollte es sehr gern haben. Ich hätte es mir nach Dallas schicken lassen können, aber dazu schien es mir zu kostbar. Nein, ich würde es persönlich abholen.

Auf der Fahrt nach Fort Worth merkte ich, dass ein Band zwischen Sabin und mir gewachsen war. Wir waren Freunde geworden in dem Wirbel der letzten Tage und diese Freundschaft würde bleiben.

Sabin öffnete die Tür und ließ mich ein. Im Wohnzimmer saßen vier Männer, drei Frauen und Chloe. Man stellte sich vor. „Creighton war ein guter Freund von Abby in Dallas", erklärte Sabin den anderen.

„Ja. Sie hat von Ihnen erzählt", sagte eine Frau. „Sie haben ihr viel bedeutet."

Ich musste schlucken. Die Wunde war noch zu frisch. Aber es tat trotzdem gut, das zu hören. Ich wusste nicht, warum. Vielleicht, weil ich mich insgeheim immer gefragt hatte, ob Abby mich als unverbesserlichen Heiden abgeschrieben hatte. Aber wie es schien hatte sie nicht so gedacht.

Sabin trat an den Esstisch. „Hier ist das Tagebuch. Abby hat jetzt sicher nichts dagegen, dass jemand es liest."

Er reichte mir das Tagebuch. Ich ließ meine Daumen über den Einband gleiten. „Sabin, das klingt jetzt vielleicht komisch, aber würdest du mir das Zimmer zeigen, in dem Abby hier gewohnt hat?"

„Kein Problem." Er wies auf die Treppe. „Da rauf, die erste Tür links."

„Ich bin gleich wieder da."

Ich stieg die Treppe hinauf. Die erste Tür links war geschlossen. Ich öffnete sie langsam.

Ein extrabreites Bett mit einer grün gemusterten Decke füllte die linke Seite des Zimmers. Geradeaus stand ein kleiner Holzschreibtisch mit Schubläden und einem Stuhl, rechts eine geräumige weiße Kommode. An den Wänden hingen Fotos mit Gebirgsmotiven, die wohl Sabin selber gemacht hatte.

Auf dem Schreibtisch stand ein kleines, gerahmtes Bild. Ich trat an den Schreibtisch und nahm es in die Hand. Es zeigte Sabin und Abby, die Arme über den Schultern verschränkt, in einer Landschaft, die wie ein Berggipfel aussah. Sie hatte nie erwähnt, dass sie diesen Berg bezwungen hatte.

Ich stellte das Bild zurück auf den Schreibtisch, setzte mich auf den Stuhl und öffnete das Tagebuch. Ich blätterte langsam durch die Seiten und spürte das Papier zwischen meinen Fingern. Ich blieb bei der Seite hängen, auf der Abby ihren letzten Eintrag notiert hatte.

10. Juli
Jesus, ich werde bald den Mann verlassen, den ich lieben gelernt habe. Unsere Wege trennen sich, aber mein Herz wird immer bei ihm sein.

Creighton war auf dem Weg, zu Dir zu finden. Jetzt hat er vielleicht keinen menschlichen Geist mehr, mit dem Du Dich verbinden kannst, aber ich weiß, dass Deine Gnade größer ist und dass die Tür zu Dir für ihn nicht verschlossen ist.

Bewahre ihn in Deiner Liebe. Ziehe ihn zu Dir durch Deine Gnade. Mögen Du und er für immer eins sein.

Ich schaute von dem Tagebuch hoch und starrte auf das Fenster neben dem Bett. Die hölzernen Jalousien waren geschlossen. Ich trat an das Fenster und schaute durch die Jalousien in Sabins Garten und zu dem kleinen Waldstück dahinter hinunter. Ein schmaler Weg führte in den Wald. Ich wusste: Abby war ihn oft gegangen.

Ich wischte mir die Augen trocken und ging zurück nach unten. Sabin stand auf. „Ist alles okay?"

„Danke, das wird schon. Mit der Zeit."

„Verstehe."

Ich schaute in die Runde. „Aber jetzt geh ich wohl besser; ich möchte euch nicht stören."

Ich streckte Sabin meine Hand hin. „Danke, dass ich das abholen durfte. Es wäre schön, wenn wir in Verbindung bleiben, Sabin."

Er schüttelte meine Hand. „Das finde ich auch, Creighton."

Ich machte mich auf in Richtung Haustür.

„Creighton?"

Ich drehte mich um.

„Abby hat ja diesen Kreis angefangen und da hab ich gedacht, ich meine … wir alle meinen, es wäre schön, wenn du noch etwas bleibst. Das hätte Abby sicher viel bedeutet."

Ich musterte die Gruppe. Mehrere Köpfe nickten. Mein Blick ging zum Couchtisch. Ein Kelch und ein kleiner Laib Brot lagen darauf. Ich schaute zurück zu Sabin. „Doch, gerne. Danke für die Einladung."

Sabin wies auf einen leeren Platz direkt neben sich. Ich setzte mich.

Sabin schaute in die Runde. „Wir haben vorhin darüber gesprochen, wie dieses Brot für das Leben Jesu steht, das jetzt in uns ist und durch uns fließt."

Er sah den Mann rechts von ihm an. „Ryan, magst du beginnen?" Der Mann nahm das Brot, brach ein Stück ab und reichte den Laib der Frau neben sich weiter. Das Brot wanderte um den ganzen Tisch. Als es zu Sabin kam, nahm der es in die Hand und sagte:

„Wie Abby sagte: Wer den Sohn Gottes hat, hat das Leben. Sein Leben gehört uns, uns allen."

Er brach ein Stück für sich selbst ab, dann reichte er mir den Laib.

* * *

Am Abend fuhr ich zurück nach Dallas. Ich ging durch die Haustür und musterte mein Haus. Es fühlte sich leer an und das würde wohl eine Weile so bleiben.

Ich holte mir etwas Essbares aus der Küche und ließ mich im Ruhesessel im Wohnzimmer nieder. Ich rief die Schlagzeilen aus dem Netz ab und unterhielt mich etwas mit Alistair. Mit meinem neuen Gehirn brauchte ich seine Dienste eigentlich nicht mehr, aber ich redete mehr mit ihm als je zuvor. Er war wenigstens ein virtueller Freund. Ich wünschte, ich wäre nicht so bald nach Hause gefahren. Bei Sabin war ich von wirklichen Menschen umgeben gewesen.

Ich tat das, was ich so lange wie möglich aufgeschoben hatte: Ein letztes Mal stöberte ich in den Gedächtnisströmen anderer Leute herum. Schon der Gedanke daran rief in mir ein Gefühl des Beschmutztseins hervor. Aber ich musste sichergehen, dass die Gefahr endgültig gebannt war. Eine nach der anderen prüfte ich die Erinnerungen all der Menschen, die ein neues Gehirn bekommen hatten.

Nichols' Existenz – das wusste ich bereits – hatte in einem NTI-Verbrennungsofen geendet. Pape war, wie erwartet, ein Todeskandidat gewesen. Am Abend nach dem Mord an Abby hatte er Cleary angetapt und ihn beschuldigt, ihn infiziert zu haben. Cleary hatte ihn ausgelacht und das Gespräch beendet.

Am gleichen Abend hatte Cleary die Vorbereitungen für sein Verschwinden getroffen. Er würde sich in die virtuelle Realität hochladen und zwanzig Jahre später in holografischer Form wieder auftauchen, gerade so, wie Nichols es für sich geplant hatte. Sein Hologramm würde Instruktionen enthalten, die es ermöglichten, seine Hirnsoftware in einen Nanobot- oder Roboterkörper herunterzuladen. Die hatte er so programmiert, dass sie sowohl seine

Hirnaktivität als auch die Körperfunktionen auf ein Mindestmaß zurückfahren würde, sobald er in der VR angekommen war.

Cleary saß in einem Sessel und aktivierte die gefälschte Erinnerung, die Sabin und ich in seinen Gedächtnisstrom eingeschleust hatten. Dann führte er die Befehle aus, mit denen er sich vermeintlich in die VR hochladen würde. Was er in Wahrheit tat, war, dass er seine Hirnsoftware löschte. Clearys Gedächtnisstrom brach ab. Und so musste ich zum Glück die letzten Momente seines Körpers nicht mit ansehen.

Ich empfand eine Art grimmige Erleichterung. Das Komplott war zerschlagen. Wir – die noch übrig waren – waren in Sicherheit.

Aber ich musste ganz sicher sein. Ich musste die restlichen Datenströme sichten. Mehrere NTI-Mitarbeiter; sie waren alle unschuldig. Mehrere ältere Transplantationspatienten, die Gehirnkrankheiten gehabt hatten. Sie konnten sich jetzt regelmäßig „kopieren" und dann, wenn ihr Körper nicht mehr mitmachte, auf unbestimmte Zeit in der VR weiterleben. Ich fand auch Rays Gedächtnisstrom. Dass seine Erinnerungen im Netz fortlebten, es war irgendwie unwirklich. Es war nicht nötig, dass ich mir sie ansah.

Nach mehreren Dutzenden unverdächtigen Gedächtnisströmen erwartete ich keine Überraschungen mehr. Nur noch drei und ich wäre fertig.

Der nächste Gedächtnisstrom, den ich öffnete, ließ mein Herz für einen Schlag aussetzen.

***

Die Brise zauste nur sachte an den Sonnenschirmen von Sal's Seaside Café. Ich fuhr mit den Augen über die Terrasse, ging an einer Theke mit dem Gebäck des Tages vorbei und blieb neben einem Tisch stehen, wo ein einsamer Gast aufs Meer hinausschaute.

Hutch Hardin drehte sich um und sah mich an. „Professor Daniels, bitte, setzen Sie sich doch."

Ich setzte mich ihm gegenüber.

„Um diese Zeit im Jahr ist es schön, nicht wahr?" Er sah wieder zum Meer hin. „Jetzt fahren die großen Jachten auf die Adria." Er schaute wieder mich an. „Also, was ist der Anlass Ihres Besuchs? Sie wollen doch wohl nicht in die Politik gehen?"

Eine Kellnerin kam. Ich bestellte einen Cappuccino und ein Gebäckstück. Hutch tat dasselbe.

„Sagen wir mal, ich möchte Sie ein bisschen kennenlernen", sagte ich.

„Tatsächlich? Kennen wir uns nicht schon ganz gut, nach all dem, was in den letzten Wochen bei gemeinsamen Bekannten passiert ist? Ich bin wirklich erschüttert."

„Das kann ich mir vorstellen. Aber Sie sind auf eine andere Weise erschüttert, als Sie mich glauben machen wollen."

Seine Brauen hoben sich. „Wie kommen Sie zu so einer Aussage?"

„Sie sind erschüttert, dass Ihr Plan des Völkermords und des weltweiten Durchbruchs der Gehirntransplantationen gescheitert ist."

Die Kellnerin kam mit unseren Bestellungen. Hutch nahm ein Messer und strich langsam Butter auf sein Gebäckstück. Ohne aufzusehen, erwiderte er: „Das ist eine kühne Behauptung, Professor. Eine verleumderische, wenn Sie sie gegenüber einem Dritten machen würden."

Ich nahm einen Schluck von meinem Cappuccino. „Ich habe nicht behauptet, dass Sie etwas Illegales getan haben."

„Es ist schwierig, legal Völkermord zu begehen."

„Nicht, wenn Sie ihn durch jemand anderes ausführen lassen."

Er legte das Messer vorsichtig auf seinen Teller. „Und wer sollte dieser andere sein?"

War es klug, die Frage direkt zu beantworten? Aber der Mann wusste nicht, woher ich meine Information hatte, und er würde es nie erfahren. Ich lehnte mich auf meinem Stuhl zurück. „Wie Damien Cleary, Mr Hardin, haben auch Sie immer auf eine rasche Ausweitung der Gehirntransplantationen gedrängt. Es war Ihr Traum, den Großteil der Menschheit in nur zwanzig Jahren in die Transmenschheit zu überführen."

„Das ist keine ungewöhnliche Vision für Mitglieder der Stiftung zur Förderung der Transhumanforschung, wie Sie sicher wissen, Professor."

„Aber Nichols war Ihnen zu vorsichtig", fuhr ich fort. „Für Ihren Geschmack machte er sich zu abhängig von den Launen und Unwägbarkeiten der gesellschaftlichen Entscheidungsfindungsprozesse."

„Das ist das Problem jeder neuen Technologie."

Ich nahm einen Bissen von meinem Gebäck. „Aber Sie wussten, dass Damien Cleary unter den richtigen Umständen die Dinge in die eigenen Hände nehmen würde. Ray Caldwell lieferte Ihnen den richtigen Umstand, denn er drohte damit, publik zu machen, was diese Transplantationen bewirkten."

„Und was ist das, Professor Daniels?"

„Die dauerhafte Trennung der Menschheit von Gott."

Er lachte. „Sie glauben doch wohl nicht an so etwas!"

„Und als Ray Caldwell seine Warnbotschaften verschickte und Lauren Caldwell Ihnen die zeigte, die sie bekommen hatte, wussten Sie, was Cleary tun würde."

„Das war Clearys Angelegenheit."

„Stimmt. Sie waren nur ein Zuschauer. Genauso, wie Sie nur Zuschauer waren, als Abby Caldwell in die Staaten kam. Ihr politischer Instinkt war, sie möglichst schnell außer Landes zu jagen. Aber dann überlegten Sie es sich anders. Wenn Sie sie lange genug im Land beließen, würde sie früher oder später die Wahrheit über ihren Großvater herausfinden. Und so überredeten Sie den Generalstaatsanwalt, ihr Zeit zu geben. Sie wussten genau, was passieren würde, wenn sie der Wahrheit zu nahekäme: Nichols' Plan für die Finanzierung der Transplantationen aus Steuergeldern würde scheitern und Cleary würde seinen eigenen Plan durchziehen. Völkermord."

Er lehnte sich auf seinem Stuhl zurück und schaute zu einer Jacht hin, bevor er mich wieder ansah. „Professor, wo immer Sie diese Story herhaben, sie hat keinerlei juristische Bedeutung für mich."

Ich nahm einen Schluck von meinem Kaffee. „Da haben Sie recht. Sie haben nichts Illegales getan, bis vielleicht auf Ihre Unterhaltung mit dem Generalstaatsanwalt, aber das war halt Politik, nicht wahr?"

Er setzte seine Tasse ab. „Und jetzt sagen Sie mir, Professor Daniels: Was ist der Zweck unseres kurzen Gesprächs hier?"

„Das habe ich Ihnen schon gesagt. Ich wollte Sie etwas kennenlernen."

„Schön, das haben Sie ja nun."

Ich setzte meine Tasse ab. „Es wird Ihnen nicht gelingen, Gott auszuradieren."

Er grinste süffisant. „Die Transplantationen werden wieder aufgenommen werden, auf Drängen der Bürger. Ich werde früher oder später Milliarden Menschen auf meiner Seite haben, Professor Daniels, und Gott kriegt diese fragwürdige kleine Truppe, die sich bei Sabin trifft."

Ich lächelte ihn an, erhob mich und schaute aufs Meer hinaus. „Ja." Eine Jacht verschwand hinter einer hohen Klippe. „Diese kleine Truppe kriegt Gott."

Sein Lächeln wurde eine fast unmerkliche Spur dünner.

„Es war mir ein Vergnügen, Mr Hardin. Wir sollten uns öfter treffen."

Ich drehte mich um und verließ die virtuelle Realität.

Vom selben Autor

DIE EINLADUNG

Dinner with a Perfect Stranger

144 Seiten, Gebunden
ISBN 978-3-7655-1929-1

Der geheimnisvolle Briefumschlag landet zwischen der geschäftlichen Werbepost auf dem Schreibtisch von Nick Cominsky. Es ist eine Einladung zum Dinner. Doch wer ist der Absender?

Obwohl sein Job nur wenig Zeit für die Familie lässt, will sich Nick die Überraschung nicht entgehen lassen, die sich seine Kollegen offenbar für ihn ausgedacht haben. Als er am bewussten Abend das noble Restaurant betritt, wird er bereits erwartet. Ein vielleicht dreißigjähriger Mann im Anzug erhebt sich: „Nick Cominsky? Hallo, ich bin Jesus."

Damit beginnt für den abgeklärten Nick ein Erlebnis, das er sich in seinen kühnsten Träumen nicht hätte ausmalen können …

Auch als Hörbuch erhältlich: 2 CDs, ca. 150 Minuten